第四卷 上册

宋代道教文学史

罗争鸣 著

中国宗教文学史

吴光正 主编

北方文艺出版社
哈尔滨

图书在版编目（CIP）数据

宋代道教文学史／罗争鸣著． —— 哈尔滨：北方文
艺出版社，2024．2． —— （中国宗教文学史／吴光正主编
）． —— ISBN 978-7-5317-6008-5

Ⅰ．Ⅰ207.99

中国国家版本馆 CIP 数据核字第 2024TS9379 号

宋代道教文学史

SONGDAI DAOJIAO WENXUE SHI

作　　者／罗争鸣	主　　编／吴光正
责任编辑／周洪峰　丛慧颖	封面设计／琥珀视觉

出版发行／北方文艺出版社	邮　　编／150080
发行电话／（0451）86825533	经　　销／新华书店
地　　址／哈尔滨市南岗区宣庆小区 1 号楼	网　　址／www. bfwy. com

印　　刷／哈尔滨久利印刷有限公司	开　　本／787mm×1092mm　1/16
字　　数／403 千	印　　张／36
版　　次／2024 年 2 月第 1 版	印　　次／2024 年 2 月第 1 次印刷

书　　号／ISBN 978 -7 -5317 -6008 -5	定　　价／88.00 元

项目来源：国家社科基金重大项目《中国宗教文学史》（15ZDB069）

学术顾问：宇文所安　孙昌武　李丰楙
　　　　　　陈允吉　　郑阿财　项　楚
　　　　　　高田时雄

丛书主编：吴光正

本册作者：罗争鸣

《中国宗教文学史》 导论

吴光正

  《中国宗教文学史》包括中国道教文学史、中国佛教文学史、中国基督教文学史、中国伊斯兰教文学史四大板块，是一部涵盖汉语、藏语、蒙古语等语种的大中华宗教文学史。经过多次会议①，无数次探讨②，我们以为，编撰这样一部大中华宗教文学史，编撰者需要探索如下理论问题。

---

  ① 《中国宗教文学史》编撰学术研讨会（2012 年 8 月 28—30 日，黄梅）、宗教实践与文学创作暨《中国宗教文学史》编撰国际学术研讨会（2014 年 1 月 10—14 日，高雄）、宗教实践与星云法师文学创作学术研讨会（2014 年 9 月 12—16 日，宜兴）、第三届佛教文献与佛教文学国际学术研讨会（2014 年 10 月 17—21 日，武汉、黄梅）、宗教生命关怀国际学术研讨会（2015 年 12 月 18—19 日，高雄）、第三届宗教实践与文学创作暨《中国宗教文学史》编撰国际学术研讨会（2016 年 12 月 16—18 日，武汉）、从文学到理论——星云法师文学创作学术研讨会（2017 年 11 月 18—19 日，武汉）、《中国宗教文学史》审稿会（2018 年 1 月 10—11 日，武汉）、古代中国的族群、文化、文学与图像国际学术研讨会（2019 年 6 月 22—23 日，武汉）、中国文学史编撰研讨暨国家社会科学基金重大项目"中国宗教文学史"结项鉴定会（2021 年 12 月 4 日，武汉）。参见李松《〈中国宗教文学史〉编撰研讨会召开》，《长江学术》2013 年第 2 期；张海翔《宗教和文学联袂携手，弘法与创作结伴同行——宗教实践与文学创作暨〈中国宗教文学史〉编撰国际学术研讨会综述》，《哈尔滨工业大学学报》2014 年第 3 期；《第三届宗教实践与文学创作暨〈中国宗教文学史〉编撰国际学术研讨会成功举办》，《长江学术》2017 年第 2 期；《〈中国宗教文学史〉审稿会成功举行》，《长江学术》2018 年第 2 期；孙文歌《"古代中国的族群、文化、文学与图像国际学术研讨会"召开》，《文学遗产》2019 年第 5 期；《中国文学史编撰研讨会在武汉大学召开，"中国宗教文学史"结项鉴定会同期举办》，《长江学术》2022 年第 2 期。

  ② 吴光正、何坤翁：《坚守民族本位 走向宗教诗学》，《武汉大学学报》2009 年

一、宗教文学的定义

宗教文学即宗教实践（修持、弘传、济世）中产生的文学。它包含三个层面的内涵。

第 3 期；吴光正：《"宗教文学与宗教文献"开栏辞》，《江西师范大学学报》2010 年 2 期；吴光正：《中国宗教文学史研究（专题讨论）》，《哈尔滨工业大学》2012 年第 3 期；吴光正：《宗教文学史：宗教徒创作的文学的历史》，《武汉大学学报》2012 年第 2 期；吴光正：《扩大中国文学地图，建构中国佛教诗学——〈中国佛教文学史〉刍议》，《哈尔滨工业大学学报》2012 年第 3 期；吴光正：《"宗教实践与文学创作"开栏弁言》，《贵州社会科学》2013 年第 6 期；吴光正：《佛教实践、佛教语言与佛教文学创作》，《学术交流》2013 年第 2 期；吴光正：《宗教文学研究主持人语》，《学术交流》2014 年第 8 期；吴光正：《民族本位、宗教本位、文体本位与历史本位——〈中国道教文学史〉导论》，《贵州社会科学》2014 年第 5 期；吴光正：《宗教实践与近现代中国宗教文学研究（笔谈）》，《哈尔滨工业大学学报》2015 年第 5 期；吴光正：《〈中国宗教文学史〉导论》，《学术交流》2015 年第 9 期；刘湘兰：《先秦两汉宗教文学论略》，《哈尔滨工业大学学报》2012 年第 3 期；李小荣：《论中国佛教文学史编撰的原则》，《学术交流》2014 年第 8 期；李小荣：《汉译佛典文学研究的回顾与展望》，《武汉大学学报》2012 年第 2 期；李小荣：《疑伪经与中国古代文学关系之检讨》，《哈尔滨工业大学学报》2012 年第 6 期；赵益：《宗教文学·中国宗教文学史·魏晋南北朝道教文学史》，《哈尔滨工业大学学报》2012 年第 3 期；高文强：《魏晋南北朝佛教文学之差异性》，《武汉大学学报》2012 年第 2 期；王一帆：《21 世纪中国宗教文学研究动向之一——新世纪中国宗教文学史研究综述》，《文艺评论》2015 年第 10 期；罗争鸣：《宋代道教文学概况及若干思考》，《哈尔滨工业大学学报》2012 年第 3 期；张培锋：《宋代佛教文学的基本情况和若干思考》，《武汉大学学报》2012 年第 2 期；张培锋：《论宋代文艺思想与佛教》，《哈尔滨工业大学学报》2014 年第 3 期；李舜臣：《中国佛教文学：研究对象·内在理路·评价标准》，《学术交流》2014 年第 8 期；李舜臣：《〈明代佛教文学史〉编撰刍议》，《学术交流》2012 年第 5 期；李舜臣：《〈辽金元佛教文学史〉研究刍论》，《武汉大学学报》2012 年第 2 期；余来明：《明代道教文学研究的几个问题》，《云南大学学报》2013 年第 4 期；鲁小俊：《清代佛教文学的文献情况与文学史编写的体例问题——〈清代佛教文学史〉编撰笔谈》，《哈尔滨工业大学学报》2015 年第 5 期；贾国宝：《中国现代佛教文学研究的回顾与展望》，《贵州社会科学》2016 年第 8 期；索南才让、张安礼：《藏传佛教文学论略》，《江西师范大学学报》2013 年第 5 期；树林：《蒙古族佛教文学研究回顾与前瞻》，《蒙古学研究年鉴（2017 年卷）》，2019 年 5 月；宋莉华：《基督教汉文文学的发展轨迹》，《武汉大学学报》2012 年第 2 期；荣光启：《现当代汉语基督教文学史漫谈》，《武汉大学学报》2012 年第 2 期；马梅萍：《中国汉语伊斯兰教文学史的时空脉络与精神流变》，《武汉大学学报》2013 年 6 期；马梅萍：《中国汉语伊斯兰教文学述略》，《中国宗教文学史编撰研讨会论文集》，哈尔滨：北方文艺出版社，2015 年。我们的讨论也获得了学术界的支持和呼应：张子开、李慧：《隋唐五代佛教文学研究之回顾与思考》，《哈尔滨工业大学学报》2012 年第 3 期；吴真：《唐代道教文学史刍议》，《哈尔滨工业大学学报》2012 年第 3 期；李松：《中国现当代道教文学史研究的回顾与省思》，《学术交流》2013 年第 2 期；郑阿财：《论敦煌文献对中国佛教文学研究的拓展与面向》，《长江学术》2014 年第 4 期。

一是宗教徒创作的文学。宗教徒身份的确定，应依据春秋名从主人之义（自我认定）、时间之长短等原则来处理。据此，还俗的贾岛、临死前出家的刘勰、遁迹禅林却批判佛教之遗民屈大均等不得列为宗教作家；政权鼎革之际投身方外者，其与世俗之关系，当以宗教身份来要求，不当以政治身份来要求；早期宗教史上的一些作家可以适当放宽界线。

宗教徒文学具有神圣品格与世俗品格。前者关注的是人与神、此岸与彼岸的超越关系，彰显的是宗教家的神秘体验和内在超越；后者关注的是宗教家与民众及现实的内在关联，无论其内容如何世俗乃至绮语连篇，当从宗教作家的宗教身份意识来加以考察，无常观想也罢，在欲行禅也罢，弘法济世也罢，要做出符合宗教维度的界说。那些违背宗教精神的作品，不列入《中国宗教文学史》的研究范围。

二是虽非宗教徒创作，但出于宗教目的、用于宗教场合的文学。这类作品包括如下两个层面：

宗教神话、宗教圣传、宗教灵验记等神圣叙事类作品。其著作权性质可以分为编辑、记录、整理和创作。编辑、记录、整理的作品，其特征是口头叙事、神圣叙事的案头化；创作的作品，则融进了创作者个人的宗教理念和信仰诉求。

用于仪式场合，展示人神互动、表达宗教信仰、激发宗教情感的仪式性作品。这类作品有不少是文人创作的，具有演艺性、程式性、音乐性等特征。许多作品在宗教实践中传承演变，至今依然是宗教仪式中的经典，有的作品甚至保留了几百年、上千年前的原貌，称得上是名符其实的"活化石"。

三是文人参与宗教实践、因有所感触而创作的表达宗教信仰、宗教体验的作品。在这个层面上，"宗教实践"可作为弹性概念，"宗教信仰"和"宗教体验"应该作为刚性概念。文人创作与宗教有关的作品，有的当作一种信仰，有的当作一种生活方式，有的当作一种文化资源，有的当作一种文化批判，其宗教性差异非常大，要做仔细辨别。只有与宗教信仰和宗教体验有关的作品才可以纳入宗教文学的范畴。因此，充斥于历代文学总集、选集、别集中的，与宗教信仰和宗教体验关系不大的唱和诗、游寺诗这类作品不纳入宗教文学的范畴。

本部分仅仅包括文人创作的"文"类作品，不包括文人创作的碑记、序跋等"笔"类作品。文人创作的"笔"类作品可以作为宗教徒创作的背景材料和阐述材料。

尽管教内的认可度宽延尺度不一，文人创作的宗教性仍要参考教内的认可度。有的文人被纳入宗教派别的法嗣，有的文人被写入教内创作的宗教传记如《居士传》等。这是很好的参考标准。

梳理这部分作品时，应从现象入手，将有关文人的作品纳入相关章节，并进行理论概括。理由如下：几乎所有古代文人都会写有关宗教的作品，其宗教性程度不等，甚至有大量反宗教的作品，所以需要从上述层面进行严格限定；几乎所有古代文人所写的与宗教相关的作品都只是其创作中的一个小景观，《中国宗教文学史》不宜设过多章节来介绍某一世俗作家及其作品，否则，中国宗教文学史就成了一般文学史。

这三部分之间的关系，应该遵循如下原则：宗教徒创作的文学是中国宗教文学史的"主体"，用于宗教场合的非宗教徒创作的作品是中国宗教文学史的"补充"，文人参与宗教实践而创作的表达宗教信仰、宗教体验的作品是中国宗教文学史的"延伸"。编撰

《中国宗教文学史》时，要用清理"主体"和"补充"部分所确立起来的理论视野对"延伸"部分进行界定和阐释，"延伸"部分所占比例要比其他部分小。这样，就可避免宗教文学内涵与外延的无限扩大。

我们对宗教文学的界说，是在总结百年中国宗教文学研究、中国宗教研究经验和教训的基础上展开的。

百年中国宗教文学研究关注的主要是"宗教与文学"这个领域，① 事实层面、文献层面的清理成就斐然，但阐释层面存在不少隔靴搔痒的现象，其关键在于对宗教实践和宗教徒文学的研究相对匮乏。我们甚至可以认为，不了解宗教实践与宗教徒的文学创作，我们就无法对"宗教与文学"做出比较到位的阐释。纵观百年中国宗教文学研究史，在"宗教与文学"层面做出卓越贡献的学者对宗教实践、宗教思维的体会往往很深刻，因此对宗教文学文献的释读也很到位。从宗教徒的角度来说，宗教实践是触发其文学创作的唯一途径。宗教徒创作的文学作品，有的是出于宣教的功利目的，有的是出于感悟与体验的审美目的，有的是出于个人的宗教情怀，有的是出于教派的宗教使命，但无一不与其宗教实践的方式和特性密切相关，无一不与其所属宗教或教派的宗教理念和思维方式密切相关。从"宗教实践"的角度来界说宗教文学，目的在于切除关系论、影响论下的文学作品，纯化论述对象，

① 参见吴光正：《二十世纪大陆地区"道教与古代文学"研究述评》，台湾《文与哲》第 9 期，2006 年；吴光正：《二十世纪"道教与文学"研究的历史进程》，《文学评论丛刊》第 9 卷第 2 辑，2007 年；何坤翁、吴光正：《二十世纪"佛教与古代文学"研究述评》，《世界宗教研究》2013 年第 3 期；吴光正：《域外中国道教文学研究述评》，《中国文哲研究通讯》（台湾）第 31 卷第 2 期，2021年。

把握宗教文学的本质。任何界说，作为一种设定，都具有其合理性和局限性。本设定作为《中国宗教文学史》论述对象的理论界定，需要贯彻到具体的章节设计之中。

百年中国宗教研究，从业人员以哲学界人士占主导地位，哲学模式的宗教研究成果无比丰硕，从业人员不多的史学界在这个领域也留下了经典论著。国内近几十年的宗教研究一直是哲学模式一统天下，有力地推进了中国宗教研究的历史进程。但是，宗教是一个复杂的精神现象和社会现象，需要多维度、多学科加以观照。在目前的研究态势下，更需要强化史学、社会学、政治学、民族学、人类学、文学、心理学等学科的观照，辨析复杂、多元的宗教史实，还原宗教实践场景。有学者指出，目前出版的所有《中国道教史》居然没有一本介绍过道教实践中最为关键的一环——受箓，因此，倡导多元的研究维度还是必要的。在阅读中国宗教研究著作时，学者们常常会反思：唐代以后，大规模的宗教经典创作和翻译工作已经结束，不再产生新宗教教派或新宗教教派不以理论建构见长，哲学模式主导的宗教研究遂视唐以后的宗教彻底走向衰败，结果导致宋元明清宗教史一直被学术界忽视，连基本事实的清理都未能完成，宗教实践的具体情形更是无从谈起。近些年来，宗教学界已经注意到这个问题，并陆续出版了不少精彩的论著。笔者在这里想强调的是，如果能从宗教实践的立场来研究这段历史，结论一定会很精彩。近一百年来，中国宗教史研究所使用的材料主要是经典、经论、史籍和碑刻，对反映宗教实践的宗教徒文学创作关注不够，导致许多研究无法深入。比如，王重阳用两年六个月的时间在山东半岛收了七大弟子后即羽化，他创建的全真教因何能够发展壮大，最后占了道教的半壁江山？史籍和碑刻资料很难回答这个问题，王重阳和全真七子的文学创作却能够回答这个问题。① 明末清初的佛教其实非常繁荣，但是通过史籍和经论很难说清楚，不过，中国台湾学者廖肇亨的研究却很好地解决了这个问题②，原因就在于他能够读僧诗、解僧诗。从宗教实践的角度来看，就是被哲学模式研究得非常深入的唐宋禅学，也有重新审视的必要。哲学擅长的是思辨，强调概念和推理，而禅学偏偏否定概念和推理，甚至否定经典和文字，讲究的是"悟"，参禅、教禅强调的是不立文字、不离文字，即绕路说禅，具有很强的诗学意味。因此，从宗教实践的角度来看，唐宋禅学研究应该是语言学界和文学研究界擅长的领域。③

可见，无论是从宗教史还是从文学史的立场，宗教实践都是一个最为关键的切入点。

二、宗教文学经典与宗教文学文献

从宗教实践的角度将宗教徒的文学创作确立为宗教文学的主体，需要解决的问题是如何认定宗教文学经典、如何收集宗教文学文献。在课题组组织的会议上，我们都面临着这样的问题：宗教徒的文学创作有经典吗？对此，我们的回答是：宗教文学从来不缺经典，缺的是经典的发现和经典的阐释。

关于宗教文学经典的认定，我们觉得应该从如下层面加以展

---

① 吴光正：《金代全真教掌教马丹阳的诗词创作及其文学史意义》，《世界宗教研究》2019年第1期；吴光正：《试论马丹阳的诗词创作及其宗教史意义》，《宗教学研究》2021年第1期。

② 廖肇亨：《中边·诗禅·梦戏：明末清初佛教文化论述的呈现与开展》，台北：允晨文化实业股份有限公司，2008年版。

③ 周裕锴：《禅宗语言》，复旦大学出版社，2017年版；周裕锴：《法眼与诗心：宋代佛禅语境下的诗学话语建构》，中国社会科学出版社，2014年版。

开。一是要从宗教实践的立场审视宗教文学作品的功能，对宗教文学的"文"类、"笔"类作品之优劣加以评估，确立其经典性。二是要强调宗教性和审美性的统一。具备召唤能力和点化能力的作品才是好作品，能激发宗教情感的作品才是好作品，美感和了悟兼具的作品才是好作品。三是要凸显杰出宗教徒在文学创作中的核心地位。俗话说："诗僧未必皆高，凡高僧必有诗。""诗僧"产出区域与"高僧"产出区域往往并不重叠。因此，各宗教创始人、各教派创始人、各教派发展史上的杰出人物的创作比一般的宗教徒创作更具经典性。因此，《真诰》《祖堂集》中的诗歌比一般的宗教徒如齐己的别集更具有经典性。四是要从宗教传播中确立经典。很多作品在教内广泛流传，甚至被奉为学习、参悟之典范，甚至被固定到相关的仪式中而千年流转。流行丛林之《牧牛图颂》《拨棹歌》《十二时歌》《渔父词》一类作品应该作为丛林之经典；在宗教仪式中永恒之赞美诗、仙歌道曲应该是教内之经典；被丛林奉为典范之《寒山诗》《石门文字禅》应该是教内之经典。最后需要指出的是，在终极关怀和生命意识的呈现上，一个优秀的宗教作家完全等同于具有诗人情怀的世俗作家。高僧与诗人，高道与诗人，曹雪芹和空空道人，贾宝玉和文妙真人，本质上是同一的，具备这种同一性的作家和作品，可谓达到了宗教文学的极致！总之，宗教文学经典的确立应从教内出发而不应从世俗出发，而最为经典的宗教文学作品和最为经典的世俗文学作品，其精神世界是相通的。

有了这样的认识，我们才能从浩瀚无边的文献中清理宗教文学作品并筛选宗教文学经典。清理宗教文学文献时，我们拟采取如下步骤和措施。

各大宗教内部编撰的大型经书和丛书应该是《中国宗教文学史》首先关注的文献。《道藏》、《藏外道书》、《道藏辑要》、《大藏经》（包括藏文、蒙古文大藏经《甘珠尔》《丹珠尔》）、汉译《圣经》、汉译《古兰经》中的文献，需要全面排查。经典应该首先从这些文献中确立。《大藏经》中的佛经文学以及《圣经》《古兰经》的历次汉译本要视为各大宗教文学的首要经典和翻译文学的典范加以论述，《道藏》中的道经文学要奉为道教文学的首要经典加以阐释。《道藏》文献很杂，一些不符合宗教文学定义的文献需要剔除，一些文学作品夹杂在有关集子中，需要析出。《大藏经》不收外学著作，其内学著作尤其是本土著述，有的全本是宗教文学著作，有的只有一部分，有的只存在于具体篇章中，需要通读全书加以清理。

各大宗教家文学别集的编撰、著录、存佚、典藏情况需要进行全面清理，要在目录学著作、志书、丛书、传记、序跋、碑刻和评论文章中进行爬梳。

宗教文学选集与总集的编著、著录、传播、典藏情况要从文献学和选本学的角度加以清理，归入相关选本、总集出现的时代。因此，元明清各段的文学史要设置相关的章节。这是从宗教实践、宗教传播视野确立经典的一个维度。

《中国佛寺志丛刊》《中国道观志丛刊》和地方志等文献中存在大量著述信息，需要加以考量。

方内文人编撰的断代、通代选集和总集中的"方外"部分也需要从选本学、文献学的立场进行清理，归入相关选本、总集出现的时代。这类文献提供了方外创作的面貌，保留了大量文献，但其选择依据是方内的，和方外选本有差距。这类选集和总集数量非常庞大，如果不能穷尽，则需要选择典范选本加以介绍。需要特别指出的是，近百年来编撰的各类文学总集往往以"全集"命名，但由于文学观念和资料的限制，"全集"并不全。比如，《全元诗》秉持纯文学观念，对大量宗教说理诗视而不见，甚至整本诗集如《西斋净土诗》也完全弃之不顾。在佛教界内部，《西斋净土诗》被奉为净土文学的典范。中国台湾的星云法师是当代非常擅长文学弘法的高僧，他在宜兰念佛会上举办各种活动时就不断从《西斋净土诗》中抽取相关诗句来吸引信徒。因此，收集宗教文学文献时，我们一定要秉持宗教文学观，不要轻易相信世俗总集之"全"，而要上穷碧落下黄泉式地搜寻资料。

藏族佛教文学、蒙古族佛教文学、南传佛教文学、中国基督教文学和中国伊斯兰教文学的基本文献均未得到有效整理，基本上尘封于全国乃至全世界的图书馆、宗教场所中，尘封于报刊中，需要研究者花时间和精力去探寻。近些年来，一些大型史料性丛书得以出版。如钟鸣旦、杜鼎克、黄一农、祝平一主编《徐家汇藏书楼明清天主教文献》，钟鸣旦等主编《耶稣会罗马档案馆明清天主教文献》，王秀美、任延黎主编《东传福音》，曾庆豹主编《汉语基督教经典文库集成》，周振鹤主编《明清之际西方传教士汉籍丛刊》《徐家汇藏书楼明清天主教文献续编》，张美兰所著《美国哈佛大学哈佛燕京图书馆藏晚清民国间新教传教士中文译著目录提要》，周燮藩主编《清真大典》，王建平主编《中国伊斯兰教典籍选》，吴海鹰主编《回族典藏全书》等。从这些文献中爬梳宗教文学作品，也是一份艰辛的工作。

总之，《中国宗教文学史》各段要设专章对本段宗教文学文献进行全面清理，为后来的研究提供文献指南。不少专著和专文已经做了初步的研究，可以全面参考。这是最见功力、最耗时间的一章，也是最好写的一章，更是造福士林、造福教界的一章。

三、宗教文学文体与宗教诗学

近百年来，西方的纯文学观念彰显的是符合西方观念的作品，一定程度上遮蔽了中国自身的文学传统，并且制造了不少伪命题。作为一种学术反思，学术界的本土化理论建构已经在探究"传统文学"的"民族传统"。在这种学术潮流中，诸多学者的研究已经产生重大反响，比如，罗宗强的文学思想研究，刘敬圻的还原批评，张锦池的文献文本文化研究，陈洪、蒋述卓、孙逊、尚永亮的文学与文化研究，吴承学倡导的文体研究，陈文新秉持的辨体研究，等等，均深获学界赞许。这一研究路径应该引起宗教文学研究者的重视，《中国宗教文学史》应该继承和发扬这一研究范式，因为，宗教文学是最具民族特色的文学，而文体作为一种把握世界的方式，是最具民族特性的。

对中国宗教文学展开辨体研究，就意味着要抛弃西方纯文学观念，不再纠缠"文学"之纯与杂，而是从宗教实践的立场对历史上的各大"文"类、"笔"类作品进行清理，对其经典作品进行理论阐述。因此，我们特别注重如下三个方面的论述：第一，我们强调，研究最具民族性的传统文学——宗教文学时，要奉行宗教本位、民族本位、历史本位、文体本位，清理各个时期宗教实践中产生的各类文体，对文体进行界说，对文体的功能、题材、程式、风格、使用场合进行辨析，也即对各大文体、文类下定义，简洁、明晰、到位之定义，足以垂范后学之定义。如，魏晋南北朝时期的经表之文、仙真之传、神仙之说、仙灵之诗，其文体在道教文学史上具有典范意义，我们在撰述过程中应该对其文体进行准确界说。第二，我们强调，各文体中出现的各大类别也要进行界说，并揭示其宗教本质和文学特质。如佛教山居诗，要对山居诗下定义，并揭示山居诗的关注中心并非山水，而是山水中的僧人——俯视众生、超越世俗、自由自在、法喜无边的僧人。第三，我们强调，宗教文学文体是应宗教实践而产生的，有教内自身的特定文体，也有借自世俗之文体，其使用频率彰显了宗教实践的特色和宗教发展之轨迹。

在分析各体文学的具体作品时，我们不仅要尊重"文各有体，得体为佳"的创作规律，而且要建立起一套阐释宗教文学的话语体系和诗学理论。

用抒情言志这类传统的文人诗学话语和西方纯文学的诗学话语解读中国宗教文学作品时，往往无法准确揭示中国宗教文学的本质，甚至过分否定其价值。比如，关于僧诗，唐代还能以"清丽"加以正面评价，从宋人开始就完全以"蔬笋气""酸馅味"加以一概否定了。中国古代宗教文学作品，无论是道教文学还是佛教文学，能得到肯定的只是那部分"情景交融"的作品，这类作品在研究者眼里已经"文人化"，因而备受关注和肯定。这是一种完全不考虑宗教实践的外在切入视野。如学术界一直否定王重阳和丘处机的实用主义文学创作，却认定丘处机的山居诗情景交融，是"文人化"的体现，是难得一见的好作品。殊不知，丘处机的山居诗是其苦修——斗闲思维的产物。为了斗闲，丘处机在磻溪和龙门山居十三年，长期的苦修导致他一生文学创作的焦点均是山居风物，呈现的是一种放旷、悠闲、自由的境界。西方纯文学观念引进中国后，宗教徒文学在相当长的一段时间内基本上淡出学者的学术视野，在百年中国文学史书写中销声匿迹。大陆晚近三十来年的宗教文学研究主要在文献和事实清理层面上成绩突出，理论层面虽有所建树，但需要探索、解决的问题依然很多。因此，需要从宗教实践的立场探索一套解读、阐释宗教文学的话语系统和诗学理论。

因此，我们强调，宗教观念决定了宗教的传播方式和语言观，也就决定了宗教文学的创作特性。不同的宗教有不同的传播策略、不同的语言观，从而影响了佛教、道教、基督教和伊斯兰教的经典撰述和翻译，也影响了宗教家对待文学创作的态度，更影响了宗教家的作品风貌。佛典汉译遵循了通俗易懂原则、随机应变原则，这是受佛经语言观影响形成的翻译原则，导致汉译经典介于文白和雅俗之间，对佛教文学创作产生了重要影响。[①] 葛兆光甚至认为，佛教"不立文字"和道教"神授天书"的语言观和传播方式决定了佛教文学和道教文学的风格特征。[②] 基督教和伊斯兰教的语言观和传播方式不仅决定了经典的翻译特色，而且决定了基督教文学和伊斯兰教文学的创作风貌。伊斯兰教强调《古兰经》是圣典，不可翻译，因此，中国伊斯兰教徒一直用波斯语和阿拉伯语诵读《古兰经》，大量伊斯兰教徒的汉语文学创作难觅伊斯兰教踪影，直到明王朝强迫伊斯兰教徒汉化才形成回族，才有汉语教育，才有《古兰经》的汉语译本，才有伊斯兰教汉语文学。巴别塔神话实际上就是基督教的语言观和传播方式的一个象征，这一象征决定了中国基督教文学的特色。为了宣传教义，传教士翻译了大量西方世俗文学作品和基督教文学作品，李奭学的《译述：

---

① 李小荣：《汉译佛典文学研究的回顾与展望》，《武汉大学学报》2012 年第 2 期。

② 葛兆光：《"神授天书"与"不立文字"——佛教与道教语言传统及其对中国古典诗歌的影响》，《文学遗产》1998 年第 1 期。

明末耶稣会翻译文学论》《中国晚明与欧洲文学——明末耶稣会古典型证道故事考诠》① 已经成功地论证了晚明传教士在这方面的努力。与此同时，传教士不仅不断翻译、改写《圣经》来传播福音，而且利用方言和白话创作了大量文学作品，并借助现代传媒——报纸、杂志、电台进行传播，其目的就是为了适应中国国情而进行宗教宣传，其通俗化、艺文化和现代化策略极为高超，客观上对中国现代文学产生了重要影响。

因此，我们强调，中国宗教文学自身具有一些和传统士大夫文学、传统民间文学截然不同的表达传统。中国史传文学发达，神话和史诗不发达，这是一般文学史的看法。如果考察宗教文学就会发现，这样的表述是不准确的。民族史诗、佛教和道教的神话、传记在这方面有很显著的表现，形成了一种独特的叙事诗学，并对中国小说、戏剧产生了重要的影响。② 中国抒情诗发达，叙事诗和说理诗不发达，这是一般文学史的定论。但是，宗教文学的目的在于劝信说理，宗教文学最为注重的就是说理和叙事，并追求说理、叙事、抒情兼善的表达风格，其叙事目的在于说理劝信，其抒情除了在人与人、人与自然之间展开外，更多在人与神、宗师与信众之间展开。这是一种迥异于世俗文学的表达传统，传统诗学和西方诗学或视而不见，或做出不公的评价，因此，需要确立新的阐释话语。

《中国宗教文学史》的目的在于通过宗教文学史史实、宗教文

① 李奭学：《译述：明末耶稣会翻译文学论》，香港：香港中文大学出版社，2012 年版；李奭学：《中国晚明与欧洲文学——明末耶稣会古典型证道故事考诠》，台北："中央研究院"及联经出版公司联合出版，2005 年版。

② 参见吴光正：《神道设教——明清章回小说叙事的民族传统》，武汉：武汉大学出版社，2012 年版。

学经典、宗教文学批评史实的清理，建构中国宗教诗学。本领域需要发凡起例，垂范后学。即使论述暂时无法深入，但一定要说到，写到，要周全，要周延。这是一种挑战，更是一种诱惑。编撰者学术个性应该在这个层面凸显。宗教诗学的建构任重而道远，虽不能一蹴而就，而心向往焉。

四、中国宗教文学史与民族认同、文化认同

《中国宗教文学史》将拓展中国文学史的疆域和诗学范畴，一个长期被忽视的疆域，一个崇尚说理、叙事的疆域，一个面对神灵抒情的疆域，一个迥异文人创作、民间创作的表达传统和美学风貌。《中国宗教文学史》魅力无限，宗教徒文学魅力无限，只有在宗教徒文学的历史进程、表达方式、内在思想、生命意识得到清理之后，我们才能更好地把握纯文学视野无法放下的苏轼和白居易们。

《中国宗教文学史》需要跨学科的视野，其影响力不仅仅在文学领域，更可能在宗教和文化领域，也即《中国宗教文学史》不仅仅是文学史，而且还应该是宗教史和文化史。

宗教文学史是宗教实践演变史的一个层面，教派的创建与分合、教派经典的创立与诵读、教派信仰体系和关怀体系的差异、教派修持方式和宗教仪式上的特点、教派神灵谱系和教徒师承风貌、宗教之间的冲突与融汇均对宗教文学创作产生了重要的影响，有时甚至就是这些特性的文学呈现。在这个层面上，我们特别强调教派史和文学史的内在关联。并不是所有的作品均呈现出教派归宿，不少宗教徒作家出入各大教派之间，有的甚至教派不明，但教派史乃至宗门史视野一定能够发现太多的宗教文学现象，并加深研究者对作品的阅读和阐释，深化研究者对宗教史的认识。

《中国宗教文学史》的编撰一定能催生一种新的宗教史研究模式，并对学术史上的一些观点进行补说。宗教信仰是一种神圣性、神秘性、体验性、个人性的心灵活动，其宗教实践和概念、体系关系不大。可是，以往的中国宗教史研究对这一点重视不够。宋前的概念史是否真的就反映了历史的真实？宋后没有新教派、新体系、新概念就真的衰弱了吗？《中国宗教文学史》需要反思这一研究模式，对宗教文学史、宗教史做出新的描述和阐释。宗教文学最能反映宗教信仰的神圣性、神秘性、体验性、个人性，清理这些特性一定能别开生面。《中国宗教文学史》的断代和分期应该与宗教发展史相关，和朝代更替关系不大，和世俗文学史的分期更不相关。目前采取朝代分期，是权宜之计。如何分期，需要各段完成写作之后才能知道。因为，目前的研究还不足以展开分期讨论。我们坚信，对中国宗教文学史的深入研究足以引发学界对宗教发展史分期和特点的探讨。其实，先秦宗教重在实践，理论表述不多；汉唐宗教实践也没有西方、日本式的发展形态和理论形态；道教符箓派本质上是一个实践性的宗教，理论表述并不是其关注焦点；中国宗教在唐代以后高度社会化，其宗教实践渗透到民众生活的各个层面。目前关于明末清初佛教文学的研究已经表明，明清佛教并不像学术界所说的那样"彻底衰败"。通过对清代三百余种僧人别集的解读，我们相信，这种"彻底衰败说"需要修正。我们梳理清代道教文学创作后发现，清代道教徒的文化素养、艺文素养其实并不低，清代道教其实在向社会化和现代化转变。

宗教实践的演变和一定时代的文化氛围密切相关，冲突也罢，借鉴也罢，融合也罢，总会呈现出各个时代的风貌。玄佛合流、三教争衡、三教合一、以儒释耶、以儒释经（伊斯兰教经典）、政教互动、圣俗互动、族群互动、对外文化交流、宗教本土化等文化现象，僧官制度、道官制度、系账制度、试经制度、度牒制度、道举制度等文化制度均对宗教文学的创作产生了重要影响。例如，金元道教出现了迥异于以往的发展面貌，从而形成了一些颇具特色的文学创作现象：苦行、试炼与全真教的文学创作；弘法、济世与玄教领袖的文学创作；远游、代祀与道教文学家的创作视野；遗民情怀与江南道教文学创作；雅集、宴游、艺术品鉴与江南道教文学创作；宗教认同与金元道教传记创作；道人居室题咏；文人游仙诗创作；道教实践、道教风物之同题集咏；道士游方与送序、行卷；北方全真教的"头陀"印记与南方符箓派的"玄儒""儒仙"印记，国家祭祀与族群文化认同。这些文学现象，是金元道教发展史上的独特现象，也是金元王朝二元政治环境下的产物，更是元王朝辽阔疆域在道教文学中的折射。这些文学现象，不仅是文学史、宗教史上的经典个案，更是文化史上的经典个案，值得我们深入探究。

文学史和宗教史向文化史靠拢，就意味着文化交流，就意味着族群互动与文化认同。中国历史上的两次南北朝时期，就是通过文化认同和民族认同熔铸了中华民族的精神谱系。其中，道教，尤其是佛教所起的作用颇为重要，可惜这一贡献在百年来的文化建设和学术研究中得不到足够的重视。其实，只要我们认真清理这两个时期留下的宗教文学作品，我们就能体会到宗教认同与文化认同、民族认同之间的密切联系。近现代以来，西方文明在列强的枪炮声中席卷全中国，包括宗教在内的传统文化被强烈批判乃至抛弃，给今天的文化建设带来了巨大的困扰。但太虚法师倡导的人间佛教在台湾取得丰硕成果，不仅成为台湾精神生活的奇迹，而且以中华文明的形式在全球开花结果。以佛光山、法鼓山、中台禅寺、慈济功德会为代表的台湾人间佛教，如今借助慈善、禅修、文化、教育和文学，不仅在中国台湾，而且在全球弘扬中国传统文化，提升中国文化软实力。星云法师、圣严法师的文学创作，不仅建构了自身的人间佛教理念，而且强化了自身的教派认同，不仅在台湾岛内培育了强大的僧团和信众组织，而且在全球吸纳徒众和信众，其文学创作所取得的宗教认同、文化认同和民族认同，非同凡响，值得我们深思。这也提醒我们，编撰《中国宗教文学史》不仅是在编撰文学史、宗教史、文化史，而且是在进行一种国家文化战略的思考。

目　　录

第一章　绪　论

　　宋代道教处于转折、复兴和繁荣的阶段，又因其特殊的政治地位和坚实的信仰基础，道教文化取得长足进展。此期道教文学随着官方的尊崇、内丹道的流行、新道派的崛起，真宗、徽宗等崇道皇帝及张伯端、白玉蟾等教内高道创作大量道教文学作品；范仲淹、苏轼、陆游、真德秀等文人士大夫对道教亦有或深或浅的理解与倾慕，在出任地方官参与祈禳仪式的时候，他们也创作过青词、步虚词、仙道赋等各种体裁的作品。另外，民间社会的道教文学创作也一定是五彩纷呈的，但目前以文字形式流传下来的文本并不多见。在传统诗歌、小说、骈散文之外，随着宋词、话本等新兴文体的成长、繁荣，宋人也以词、道情、话本等新的文学样式创作出具有时代特色的道教文学。总体上看，宋代道教文学延续了唐五代的繁荣趋势而不断滋长，成就了一代宗教文学的辉煌。

　　关于"文学与宗教"及宗教文学的定义，T. S. 艾略特（1888—1965）1936 年出版的《古代与现代文集》（*Essays Ancient and Modern*）中《宗教与文学》（Religion and Literature）一文有过认真的思考[①]。艾略特以为文学只能用文学的标准来判断，反对把

---

　　① 林季杉的《T. S. 艾略特论"宗教与文学"》对此文做了详细解读，见《西南民族大学学报》（人文社科版）2008 年第 7 期。

"类文学"的文本当作文学的"泛文学"倾向,认为好的基督教文学作品,不应该是那些"宣传"教义、为基督教辩护的文学,而是不自觉、无意识地表现基督教思想感情的作品。此文发表已经过去七十余年,但是有些观点对我们的"宗教文学史"研究仍有启发意义。我们如何看待中国的"宗教与文学"或"宗教文学",是一个关涉极广的、重要的理论问题。显然艾略特所论的"宗教与文学"主要指的是"基督教"与文学,中国的"佛、道教"与文学与此有明显的区别。尤其"道教"本身的宗教属性与基督教差异很大,它与文学的关系也就不必套用艾略特的观点。中国的"道教文学"是否有"泛文学"倾向,道教文学、道教文学批评的定义与标准是什么?这些都有待通过中国宗教文学史的研究作出理论性的回答。

一部好的道教文学史,不仅是文学、宗教与历史的交融,还应该是思想与学术的结合。道教文学因以"宣教"为目的,从艺术水平和作者的创作动机上看,与纯文学创作大异其趣,具有特殊的宗教艺术魅力。努力探寻道教文学的艺术价值是写作的重要部分,但更有价值的是分析道教文学与纯文学的互动及道教文学在整个文学发展史上的特殊作用。另外,在宋代文学"走向世俗"的过程中,道教文学扮演的角色和作用也是本部文学史关注的重点之一。

第一节　宋代道教文学史撰写的学术基础

两宋 300 多年的历史文化在整个古代社会可谓光辉灿烂,近年又有论者提出,宋代政治、经济、军事并不是一句简单的"积贫积弱"可以概括的，两宋的历史地位和文化成就有待重新审视①。
宋代文学作为宋代文化的重要组成部分，其特征、地位和发展脉络，自近代学术展开以来就不乏系统关注。柯敦伯1934年出版了
《宋文学史》②，宋代散文、诗、词、四六、小说、戏曲都在论述之
列，基本奠定了宋文学史的书写范围。吕思勉《宋代文学》分古
文、骈文、诗、词曲、小说五部分，虽是数万言的一册小书，但论
述极为精到准确，足资后人借鉴参考③。程千帆、吴新雷撰有《两
宋文学史》，孙望、常国武主编《宋代文学史》，张毅著《宋代文
学思想史》，王水照、熊海英著《南宋文学史》，曾枣庄、吴洪泽
编四巨册《宋代文学编年史》等，再加上数十种文学通史、文学
体裁史对宋代文学的描述，天水一朝的文学风貌已在艺术思想、
创作水平、存世文献、历史编年等多个维度上显得日益丰满灵动，
比如新近出版的《南宋文学史》对南宋文学特征、整体成就及在
整个文学史上的承启作用所作的论述，都相当恰切④。但一个时代
的文学史应该是三维立体的，除了士大夫和勾栏艺人的雅、俗文
学（"世俗文学"），还应该包括僧人、道士等教内信徒创作的大量
具有文学性的作品，即"宗教文学"。如从信仰角度划分，完整的
文学样态应由世俗文学和宗教文学共同组成，而宗教文学，尤其道

---

① 葛金芳：《两宋历史地位的重新审视》，《求是学刊》，2009 年第 5 期，第
122 页。

② 柯敦伯：《宋文学史》，载《民国丛书》第五编第 5049 册，上海书店，
1996 年。

③ 吕思勉《宋代文学》有香港商务印书馆 1964 年版，现《吕思勉全集》
收入第 19 册，上海古籍出版社，2016 年。

④ 除了《南宋文学史》一书，还可参考王水照《南宋文学的时代特点与历
史定位》，见《文学遗产》2010 年第 1 期。

教文学研究，虽然取得了一些成绩，但总体来看，水平参差不一，研究的广度和深度，尚未达到成熟意义上的学术范型的标准①。

　　两宋道教文学史的撰写概始于詹石窗的《道教文学史》②。该书从道教雏形时期的汉代道教文学写起，止于北宋的道教碑志与道教传奇，南宋以后均未涉及，可谓"半部"道教文学史。2001年詹石窗又出版了《南宋金元道教文学研究》，此书虽未以"史"名之，却进一步拓展了道教文学的历史脉络③，两部书合二为一，一部宋代道教文学史也基本成型。詹先生习惯从宗教学立场把握道教文学的个性，揭示其独特的表达空间、观照方式和演变历程，体现了宗教史与文学史结合的研究路数④。《道教文学史》与《南宋金元道教文学研究》两书，从纯粹的道教文学和受道教影响的文人文学两个维度，基本上确立了宋代道教文学的范围与框架，但就一代文学史而言，其系统性和涉及面仍有不足之处。张松辉的《唐宋道家道教与文学》中的宋代部分从文学出发，注重分析涉道文人及其作品的深刻蕴意⑤，但这种个案研究毕竟不是"文学史"，对宋代道教文学独特发展脉络的描述尚有不足。杨建波的

---

①　刘雪梅《道教文学研究的现状与反思》认为道教文学研究尚处初始阶段，见《中国宗教研究年鉴》，2001—2002 年卷，宗教文化出版社，2003；吴光正未刊稿以为道教文学文献没有得到有效的清理，缺乏充分的个案研究，道教文学作品反映的民族精神没有得到有效的挖掘，民族诗学建构也处于尝试阶段。另赖慧玲《海峡两岸"道教文学"研究资料（1926—2005）概况简析》一文对道教文学研究状况亦有概括，见《成大宗教与文化学报》第八期，2007 年 8 月，第 97—128 页。

②　詹石窗：《道教文学史》，上海文艺出版社，1992 年。

③　詹石窗：《南宋金元道教文学研究》，上海文化出版社，2001 年。

④　详参吴光正《二十世纪"道教与古代文学"研究的历史进程》的相关总结。见《高等学校文科学术文摘》2007 年第 6 期。

⑤　张松辉：《唐宋道家道教与文学》，湖南师范大学出版社，1998 年。

《道教文学史论稿》也涉及了两宋时期的道教文学史，以诗、词、传记、宫观名山志为类别，分别论述总结教内道徒和教外文人的道教文学成就①。王水照主编的《宋代文学通论》思想篇第三章《道教与宋代文学》仅有三节内容，但从作家、作品、创作方法、文学观念等角度，对宋代道教与文学的内在联系与影响做深入探讨，是目前宋代道教与文学研究中最富启发意义的论著之一②。蒋振华的《唐宋道教文学思想史》则从文学思想的角度对宋代内丹理论与文学性的通融，道教隐语系统与文学隐喻的关系及内丹南宗的文学观念等重要理论问题做了深入阐释和总结③。另外，盖建民《道教金丹派南宗考论：道派、历史、文献与思想综合研究》（上、下）为南宋金丹歌诗研究提供了较为可靠的历史考订和文献整理。④ 道教与文学研究的专著《道教文化与宋代诗歌》已经出版，该书注重考查道教元素对宋代诗人、诗作的影响及道教在宋诗生成、繁荣与传播中的作用，又统计编辑了两宋道士诗人和《全宋诗》漏辑作品等⑤。这是宋代道教文学研究的一个综合性成就，为进一步研究打下重要的推进基础。

回顾两宋道教文学研究，还有两篇文章不得不提，即《宋代文学与宗教》和《宋代道教文学刍论》⑥。两文发表于二十世纪八

---

① 杨建波：《道教文学史论稿》，武汉出版社，2001 年。
② 王水照主编：《宋代文学通论》，河南大学出版社，1997 年。
③ 蒋振华：《唐宋道教文学思想史》，岳麓书社，2009 年。
④ 盖建民：《道教金丹派南宗考论：道派、历史、文献与思想综合研究》，社会科学文献出版社，2013 年。
⑤ 张振谦：《道教文化与宋代诗歌》，人民文学出版社，2014 年。
⑥ 龙晦《宋代文学与宗教》发表于《成都大学学报（社会科学版）》1986 年第 1 期；蒋安全的《宋代道教文学刍论》发表于《广西师范大学学报（哲学社会科学版）》1995 年第 4 期。

九十年代，距今已二三十年，但内容翔实，识见深远，对两宋道教文学的存世文献与艺术特征都有深切的把握。

近年来，有多篇硕士、博士毕业论文也以宋代道教文学为研究对象，有的已经出版，有的在此基础上继续深入发掘，已经成为宋代文学领域的重要成果。许蔚硕士论文《许逊信仰与文学撰述》用力颇深，但其博士论文在此基础上进一步开掘，已经正式出版，题为《断裂与建构：净明道的历史与文献》①，为净明道经典文献研究和文学研究做出重要贡献。另外周密的《道教科仪与宋代文学》（浙江大学 2018 年博士论文）也是这一领域卓然有成的学位论文。

综括以上宋代文学史及道教文学史的研究，我们可以形成这样的印象：前人做过很大努力，有开拓之功，搭建了基本框架，提供了大量线索，是我们继续探索的学术基础，但也存在一些毋庸置疑的问题。比如，有些著作限于全书体例，论述相对简略，如蜻蜓点水，浅尝辄止，面对浩瀚的宋代道教文学资料和复杂的宗教文学现象，未作系统观照。两宋青词创作数量相当庞大，不仅教内道徒参与创作，众多士大夫也热衷于此，但少有论著对这部分内容做过系统分析②。随着道教科仪的复杂化和扩大化，两宋步虚词创作也呈现出新的面貌，但是大多数研究仅停留在步虚词本身，没有结合科仪的发展与步虚词背后的仪式功能展开讨论，总有隔靴搔痒之憾。另外，有些论著虽名之曰"文学史"，但更像

---

① 许蔚：《断裂与建构：净明道的历史与文献》，上海书店出版社，2014 年。
② 近见若干篇宋代青词研究的论文，如查庆、雷晓鹏《宋代道教青词略论》，《四川大学学报》（哲学社会科学版），2009 年第 4 期；张海鸥、张振谦《唐宋青词的文体形态与文学性》，《文学遗产》，2009 年第 2 期。

一部道教文学资料集，缺乏针对文本的细致分析。

道教文学史是一种特殊的艺术专史。克罗齐《美学或艺术和语言哲学》所收《文学艺术史的改革》一文反对社会学式的文学史和借由文学艺术了解风俗习惯、哲学思想、道德风尚、思维方式等，强调艺术和艺术家的独特精神与天才创造①。克罗齐的观点值得思考，文学艺术史的书写不必勉强寻找艺术之间的某种联系。两宋道教文学史的撰写，应着重作家作品的深入解读，尽量避免"非美学研究"，应努力呈现宗教文学的固有特征和自足性的一面。但这样的文学史，也绝不是作家作品的资料编年。道教文学作者的创造与想象，离不开他们所处的时代、所从属的道派和所反映的教义思想，他们与道教史、社会史、世俗文学史的发展演变存在更为密切的联系。所以，在纷繁的头绪面前，宋代道教文学史的书写还需作纵深的理论探索。

第二节 宋代道教文学文献的范围、存藏与规模

道教文学是一个多层面的概念。我们从作家身份上判断，道教文学是以道士为创作主体的文学作品；从作品上着眼，道教文学是以反映道教仪式活动或教义阐发与宣传为目的的文学作品。但这个定义无法回避一个事实，即介于两个层面之间，部分文人士大夫等非道教徒也创作了一些以反映道教活动为目的，或未必参与道教活动但带有浓厚道教色彩的文学作品。我们如何对待这部分作品？彻底切割显然不符合道教文学的真实样态，合并以之，

---

① 克罗齐：《美学或艺术和语言哲学》，中国社会科学出版社，1992年，第149—170页。

又有边界不明的困扰。这就涉及了一个基本问题，即道教文学史的书写对象、范围到底如何界定？对此，我们一定程度上拓展"纯文学"观念，主张广阔的文学义界。如果把宗教文学作狭义的理解，仅从作家、作品做片面的圈定，又会走到"纯文学观"的另一个极端。判断是否为道教文学作品，不应该以作者身份做唯一的判断标准，我们更应关注作品的性质与创作目的。《〈中国宗教文学史〉编撰纲要》（修订版）在定义"宗教文学"时强调"宗教实践"，即注重"修持"与"弘传"，淡化作者身份，这与林帅月对"道教文学"所做的定义——"以道教活动为目的"[1]比较接近。该《编撰纲要》从这个角度出发，将所有宗教文学文本大致分为两个层面，即宗教徒创作和非宗教徒的文人士大夫出于宗教目的而参与宗教实践的创作。在这个基础上，本书对两宋道教文学的书写对象，做如下归纳：

（一）由道士或崇道的信徒、隐士创作的以道教信仰、科仪实践为目的的作品，是"地道"的道教文学，是我们观照的核心部分。

在宋代社会崇信道教的强大驱力下，尤其在朝廷的扶持下，两宋涌现出一些通读《道藏》、儒书，并能创宗立派的高道大德。他们纂集《道藏》，阐释内丹理论，编写科仪文本，在道教发展的各个方面做出了卓越贡献。如张伯端的《悟真篇》、白玉蟾的《上清集》《玉隆集》等大量阐释内丹理论的歌诀、以弘道为目的的道士传记及用于斋醮科仪的青词、步虚词等，这些都是典型的道教文学著作，是道教文学史书写的重要对象。有些道士创作了很多

---

① 载《中国文哲研究通讯》卷六第 1 期，1996 年 3 月。

与宗教活动无关的作品，比如白玉蟾还创作了大量普通文人色彩很浓的"世俗诗歌"，但也多少隐含着道教因素，这部分作品也在观照之列，但更多的是用于从整体上认识白玉蟾其人及其道教文学特征。另外，两宋还有一些隐士也是道教文学创作的主力。这其中最值得注意的就是北宋初的邵雍。明《道藏》太玄部载邵雍《伊川击壤集》二十卷，可见教内基本上是把这部诗集当作道经文献观照的，诗作体现的也多是安时处顺、知命乐道的隐逸情怀。

（二）文人士大夫参与道教活动并创作的道教文学作品。

道教在宋朝基本上处于半官方地位，从朝廷到各级官府，修斋设醮等崇道活动相当频繁，除了道士主持其事，有时地方官吏甚至皇帝也参与其中。两宋文人士大夫阶层与高道交游，参与道教活动，创作道教文学作品，此现象并非个别或偶发。从宋初的王钦若、李昉、杨亿，到欧阳修、范仲淹、曾巩、王安石、苏轼、黄庭坚、曾慥、朱熹、真德秀、杨万里、范成大、陆游、辛弃疾、周邦彦等等①，他们或多或少都参与过崇道活动，撰写过涉道篇什。我们翻检《全宋文》《全宋诗》《全宋词》，就会发现文人参与道教科仪时创作的青词、步虚词及宫观游赏类诗作数量相当惊人，如《四部丛刊》影印苏轼《集注分类东坡先生诗》卷四、卷五中的"仙道"类作品，即属此类文人创作的道教诗歌；又如陆游《剑南诗稿》中的步虚词。此类诗歌文献，在处理两宋道教文学资料时，绝不能因苏轼、陆游非道门中人而忽略不计。

---

① 诸多道教文学史著作对此都有提及，如张松辉的《唐宋道家道教与文学》，詹石窗的《道教文学史》等书，但远不充分，仍有大量涉道文人未被关注，鲍新山《北宋士大夫与道家道教》对此有较详论述。

（三）民间道教活动或民间文学中涉及的道教文学。

在"走向世俗"的两宋社会，勾栏瓦舍的民间文艺走向历史舞台，话本、唱道情等逐渐繁荣，内中有不少作品都具有道教文学的成分，这也是宋代道教文学的有机构成，而且对后世章回体小说、戏曲的发展产生了巨大影响。

以上三个方面，有时候没有明确的界限，但孰轻孰重应把握一个"度"，研究对象既不能漫无边际，也不能过于狭窄僵化，因为古代宗教与文学本身，虽已是历史，但所反映的情感与体验仍旧是动态的、复杂的。

在上述标准下，我们对宋代道教文学文献的存藏与规模做个大致的总结。

道教文学兼具宗教与文学的双重特质。从宗教层面上看，宋代道教不及佛教兴盛，道士、女冠人数比不上僧尼人数①，宫观规模与数量也远不如寺庙，但是官方对道教的重视程度却明显超过佛教，道教在宋代带有若干官方色彩②，且教义深化、新神大量引入、新道派林立、道书编纂昌盛，这些都是宋代道教复兴、滋衍、繁荣的表征。③ 从文学层面看，两宋文学作为"宋型"传统文化的体现之一，在唐代文学盛极而变的趋势下重建了文学辉煌。宋代各体文学，尤其宋词的数量和质量成就了堪称"一代所胜"的文学代表。据《全宋词》统计，今存词人1300多家，作品近2万首，

---

① 据程民生《宋代僧道数量考察》，两宋道士、女冠数量最多两万人，与僧尼比例，最多不过8.2%，见《世界宗教研究》2010年第3期。

② 汪圣铎：《宋朝礼与道教》，见《宋代社会生活研究》，人民出版社，2007年，第35页。

③ 任继愈：《中国道教史》第十三章《宋朝与道教》，中国社会科学出版社，2001年，第540页。

孔凡礼《全宋词补辑》又补词人 100 多家，增收 430 多首。宋代诗、文也不逊色，《全宋诗》所收作者和诗篇是《全唐诗》的数倍，而新近出版的《全宋文》收作者 9176 人，单篇文章是《全唐文》的 9 倍，计 178292 篇。两宋诗、词、文俱善的大家，欧阳修、苏轼、陆游等不胜枚举。而此期话本、志怪、传奇、笔记类创作，也颇有可观者。《太平广记》《夷坚志》一向为说部渊薮；近年连续出版了上海师范大学古籍研究所编纂的《全宋笔记》，据统计现存宋人笔记 500 余种。两宋道教与文学在各自领域取得了令世人瞩目的成就，作为综括二者的道教文学，其特征与地位，并非简单的"加法"可以推论。"道教文学"在两宋道教与文学繁荣发展过程中，如何参与其中，又如何成就一己自足的文学史意义？这首先要对宋代道教文学文献的存藏与分布有个基本的统计与估量。

两宋道教文学文献的主要收在明《道藏》、道士别集、道观仙山志、碑刻、文人别集、类书等资料之中，《全宋文》《全宋诗》《全宋词》《全宋笔记》等今人所编的大型文学史料总集也有助于宋代道教文学史料的搜集和整理。

《道藏》中有不少具有文学性的作品①，朱越利《道藏分类解题》曾加以分类总结。该书第七部"文学类"统计诗文集有 11 部，诗词集 36 部，文集 8 部，戏剧表演类 153 种，神话类 49 种；第九部历史类中的历史资料、仙传部分多为古代小说文献，也属于文学类作品；第十部地理类中的道教宫观、仙山志中也蕴藏着

---

① 《重刊道藏辑要》在明《道藏》基础上，增收道经百余种，多数为清朝新出道经，也有清朝以前的作品，如曹仙姑的《灵源大道歌》，据考，成书于两宋，被收录在《道藏辑要》中，但这类文本相对较少，不单独列示。

大量文学资料①。综括《道藏》中的文学性文献，两宋编撰者概有70余人，大致具有这样的特征：以仙歌、仙传、经诀为主；相对庞大的两宋文人创作队伍，70余位编撰者略显单薄，但不乏《悟真篇》《玉隆集》《武夷集》等高水平的道教文学作品。

当然，两宋道教文学文献绝不限于《道藏》，《道藏》失收的道教文学文献不在少数，如《宋人总集叙录》卷十考录的《洞霄诗集》，明《道藏》未收。该书十四卷，编撰者孟宗宝为宋末元初道士，所编《洞霄诗集》据宋绍定刊本删补而成，一般归入宋人文集②。是集所收诗歌，卷二至卷五为宋人题咏，卷六为"宋高道"，卷七为"宋本山高道"作品，收了陈尧佐、王钦若、蔡准、苏轼、叶绍翁、戴复古、周密等人的诗作，这些作品均是典型的宋代道教文学作品。

除了藏内的两宋道教文学文献，《全宋文》《全宋诗》《全宋词》《全宋笔记》及两宋类书《太平御览》《太平广记》《类说》《绀珠集》《韵补》等也不容忽视。

《全宋文》中的道教文学作品主要由道教斋醮章表、祝文、青词、宫观碑铭等文体组成。其中青词占了相当大的比重，据今人统计，《全宋文》共收录青词1400余篇③，有一个值得注意的现象

---

① 朱越利：《道藏分类解题》，华夏出版社，1996年，第150—229页。《中国道观志丛刊》（广陵书社编，凤凰出版社，2000年）及张智、张健主编《中国道观志丛刊续编》（广陵书社，2004年）中收录的宫观志及道教碑刻有相当数量的两宋道教文学文献。

② 祝尚书：《宋人总集叙录》，中华书局，2004年，第481页。另，《洞霄诗集》有《宛委别藏》、《知不足斋丛书》、《丛书集成初编》本，另《中国道观志丛刊》（续编）也收录了此书。

③ 张鹤鸥、张振谦：《唐宋青词的文体形态与文学性》，《文学遗产》，2009年第2期。

是青词作者大部分为士大夫，且不乏真德秀（130 篇）、周必大（97 篇）、刘克庄（79 首）、欧阳修（45 篇）、苏辙（28 篇）、王安石（26 篇）、苏轼、宋祁（各 19 篇）等著名文人。总的来看，这些文学大家也是重要的道教文学作家。

《全宋诗》是今人编辑的大型断代诗歌总集，全编 72 册，3785 卷，再加上近年各种补苴文章和《全宋诗订补》①，诗人和篇什数量还有增加。在如此浩繁的诗歌文献中，分辨哪些属于道教诗歌是一件非常复杂的事情。首先，道教徒不像僧人均贯以"释"姓，分辨起来一目了然，道士作者除了根据道教史提供的线索，还需要根据《全宋诗》中的诗人小传逐一分辨；其次，文人创作的道教诗歌需加以界定方能定夺。如果按照作品的性质与创作目的划分，文人道教诗大概包括这样几种：

1. 阐发道教义理，描写养生修炼、内丹方术等。如文天祥《彭通伯卫和堂》等描写养生之法的诗歌及朱熹《读道书作六首》等阐发义理之作。

2. 咏怀道教人物，游览宫观、仙山等道教场所的感兴之作。如陆游《湖上遇道翁乃峡中旧所识也》及《道室夜意》《道室晨起》《道室即事》等诗歌；又如宋祁的《予昔游云台观，谒希夷先生陈抟祠堂，缅想其人，今追作此诗》等。

3. 描写道教仙境的游仙诗作。如文天祥的《五月二日生朝》等。

4. 与道徒往来唱和之作。如欧阳修、王安石、苏轼等人大量与道徒往来唱歌之作。

———————————

① 陈新，张如安：《全宋诗订补》，大象出版社，2005 年。

5. 斋醮科仪中创作的经咒、赞颂、步虚词等。这类作品在《全宋诗》中较少见。陈尚君《全唐诗补编》曾收大量斋醮经咒①，这类作品自有其存在的文化价值，如南宋金允中《上清灵宝大法》、吕元素《道门定制》、吕太古《道门通教必用集》等科仪文献中的经咒、赞颂、步虚词等，《全宋诗》订补者均应有所注意。

以上划分未必尽妥，且针对一首背景复杂、内涵丰富的诗歌，断定是否为道教作品着实不易。另外，自北宋开始②，每逢元日、立春、端午等重大节日，翰林学士常撰写"帖子词"③。词臣借传统节日歌功颂德，有儒家古礼的内在成分，但也有道教的斋醮背景，道教意象如仙、桃、王母等是帖子词常用的诗材。纯粹的斋醮经咒、赞颂、乐歌一类的作品是否属于文学作品始终存在争议，后世编者往往撇诸集外，以致淹没不闻。如胡宿曾积极参与北宋的道教活动，创作大量青词和赞颂类作品，《四库全书》馆臣从《永乐大典》辑出五十卷编为《文恭集》，但编入《四库全书》时，删去十卷青词和乐歌部分，仅存四十卷④。另据张振谦《道教文化与宋代诗歌》的统计，得两宋道士诗人 119 位，诗作 1997 首，

---

① 陈尚君《全唐诗补编》卷五十一收录杜光庭所编科仪中大量经咒赞颂类作品，见中华书局，1992 年，第 1509—1535 页。

② 贾先奎《论北宋前期的帖子词》引徐师曾《文体明辨序说·帖子词》，云："按帖子词者，宫中黏贴之词也。古无此体，不知起于何时，第见宋时每遇令节，则命词臣撰词以进，而黏诸阁中之户壁，以迎吉祥。"见《常州大学学报（社会科学版）》2010 年第 3 期。

③ 据贾先奎《北宋前期的帖子词》统计，帖子词创作情况为：夏竦 44 首，晏殊 37 首，赵湘 27 首，胡宿 52 首，宋庠 15 首，宋祁 32 首，苏颂 23 首，欧阳修 61 首，韩维 27 首，司马光 27 首等。另张晓红有《欧阳修帖子词写作及其影响》等文，对两宋帖子词亦有研究。

④ 北京大学图书馆藏清钞本《文恭集》五十卷，《补遗》一卷，为馆臣初辑面貌。

断句 45 则，又从《道藏》《藏外道书》以及古代方志、诗话中辑录《全宋诗》未收诗歌 356 首[①]。这个统计具有重要的文献参考价值，但如所有文献辑佚编纂之作一样，仍有修订补充的空间。

《全宋词》中的道教词作，按作者划分，一部分为道士作品，如张伯端的词作，一部分为文人词作。区划文人创作的道教词，所用标准概如两宋道教诗，如柳永《玉女摇仙佩》《倾杯乐》《迎新春》《巫山一段云》；周邦彦《水调歌头·今夕月华满》；司马光《海仙歌》及陆游等有关内丹修炼的词作等。两宋文人不仅创作大量描写仙境、张扬仙话的游仙词、远游词，而且多个始于两宋的词牌与道教关系密切，如《聒龙谣》始自朱敦儒游仙词《聒龙谣》；《明月斜》始于吕洞宾题于景德寺的词作；《鹊桥仙》始自欧阳修咏牛郎织女；《法驾导引》始于宋代神仙故事；《步虚子令》始于宋赐高丽乐曲[②]；等等。除此以外，《全宋词》中还录有《道情鼓子词》等世俗化的道教词作，也是一种特殊的道教文学。

道教小说是一个成熟的文体类别，《道教小说略论》一文对此有过较系统的论述，指出《新唐书·艺文志》等各种书目子部大多列在"道家"、"神仙类"，宋代罗烨《醉翁谈录》将小说分为八目，其中就有"神仙"目。在深入分析的基础上，该文把道教小说分为广、狭两类：狭义者出自道门中人，用以阐释教理、宣扬法术、记叙神仙事迹；广义者为在表面上看来并无道教活动的

---

① 见张振谦著《道教文化与宋代诗歌》附录一《宋代道士诗人及其作品统计表》、附录二《〈全宋诗〉补遗 356 首（含散句）》，第 408—483 页。

② 左洪涛：《金元时期道教文学研究》，人民出版社，2008 年，第 102—105 页。

描写，但在纵深层次上表达道教观念①。结合前人对道教小说概念的总结，就两宋道教小说而言，大致可以分为这样两类：第一类为纯粹的道教仙传或灵验传记，第二类为带有浓厚道教色彩的由文人写作的笔记、志怪、传奇类作品。第一类多收入《道藏》，如《南岳九真人传》《三洞群仙录》等，而第二类带有道教色彩的笔记、志怪、传奇类作品，划定第二类作品，在实际操作过程中，较难把握。将面临标准如何确立的难题，而且哪些含有道教因素，哪些没有，需要逐篇审读。就此，两宋道教小说的范围，拟采用略加宽泛的模糊标准，即两宋笔记、志怪、传奇中，凡故事主体为道教灵验、修炼、养生、劝善等内容的均视作道教小说。在这样的标准下，两宋道教小说文献主要见于各种道经、类书、丛书及笔记、话本类作品。张君房《云笈七签》是《大宋天宫宝藏》的缩编，时杂北宋道教故事；李昉《太平广记》卷一至卷八十多为神仙、方士故事；《太平御览·道部》仙传、笔记类作品也有部分载录。曾慥曾纂《道枢》《集仙传》等，所纂《类说》一书中的道教小说文献亦有不少。另有类书《通籍录异》《穷神记》《分门古今类事》《绀珠集》，内中道教小说也相当丰富。

两宋道教小说还散见于两宋笔记文献。据刘叶秋《历代笔记概述》，宋代小说故事类笔记如《稽神录》《乘异记》《青琐高议》《夷坚志》《括异志》《幕府燕闲录》《睽车志》《闲窗括异志》《异闻总录》《茅亭客话》《醉翁谈录》等，多涉遇仙、修炼故事，

---

① 詹石窗、汪波：《道教小说略论》，《道家文化研究》第四辑，上海古籍出版社，1994年，第254页。

其中《茅亭客话》记载道教灵验事迹，谈炼丹服药、导引等事尤多①。两宋传奇体神仙小说创作总体上趋于衰落②，但笔记、志怪一类的涉道作品并不算少，只是叙述形式有所嬗变。《全宋笔记》的编辑出版及李剑国《宋代志怪传奇叙录》等书为宋代笔记文献的检索和搜集提供了极大的方便，近年相关研究渐多，如涉及两宋笔记中的内丹黄白等修炼方术的小说文献，就有研究生作为论文选题③。

宋代佛道信仰与小说出现世俗化倾向④，说话艺术渐趋发达。林辰参考《宝文堂书目》及胡士莹先生的考证，指出两宋话本神怪小说有19种，其中神仙类有《种瓜张老》《蓝桥记》《水月仙》《郭翰遇仙》《孙真人》《刘阮仙记》等六种⑤。另外，缘起于仙歌道曲的道情在宋代也开始出现。《道教与戏剧》第八章《道情弹词与传奇戏曲》指出，宋代道情不仅流传于民间，而且受到宫廷的欢迎⑥，惜存留的宋代道情文本很少。道情与话本体道教小说，虽然数量有限，但作为宋代新出现的文体，丰富了两宋道教小说的体式与内容，有特殊的宗教文学史意义。

因道教斋醮与戏剧表演的密切关系，两宋科仪也是值得关注的道教文学文献。孙夷中辑录的《三洞修道仪》、贾善翔编辑的

---

① 刘叶秋：《历代笔记概述》第四章《宋代的笔记》，北京出版社，2003年，第101页。

② 林辰：《神怪小说史》，浙江古籍出版社，1998年，第212页。

③ 曹祥金硕士论文《宋代笔记中的小说史料研究》第五章《宋人笔记中的黄白术记载与后世小说》对这类内容有所阐述。

④ 凌郁之的《走向世俗：宋代文言小说的变迁》一书对小说世俗化趋势做了深入考论，见中华书局，2007年。

⑤ 《神怪小说史》第266页。

⑥ 詹石窗：《道教与戏剧》，厦门大学出版社，2004年，第181页。

《太上出家传度仪》、张商英重撰的《金箓斋三洞赞咏仪》、金允中的《上清灵宝大法》等，有的仪节强调仪式与服饰的象征意义，把文学艺术象征与宗教象征统一起来①，且具有戏剧表演元素②。

总之，两宋道教文学文献是一个体量庞大、内容驳杂的特殊的文献类别。欲撰写两宋道教文学史，全面考察这类文献的数量、种类、形式与内容是必备的基础工作。

第三节　宋代道教文学的创作主体与空间分布

两宋道教文学的写作主体显然是道士和女冠，而部分涉道文人，基于参与和崇信道教的程度，也撰写了参与道教活动的文学作品，如前文所述，他们不应该排斥在道教文学的创作主体之外。完整的道教文学，应该是由教内道徒和世俗社会中的崇道文人共同完成的。

优秀的文学创作者，需要敏锐深刻的观察力、丰富新颖的想象力、缜密深邃的思考力，以及立意选材、布局行文的表达能力。但两宋道士的总体文化水平，与僧人的存在差距，甚至有几近文盲者。南宋孙觌《鸿庆居士集》卷三二《跋陈道士〈群仙蒙求〉》云：

> 今世道士能读醮仪一卷中字，歌步虚词二三章，便有供醮祭衣食，足了一生矣，然犹有不能者。常州天庆

① 蒋振华：《唐宋道教文学思想史》，岳麓书社，2009 年，第 299 页。
② 关于道教科仪与戏剧表演，可以参考倪彩霞的《道教仪式与戏剧表演形态研究》，广东高等教育出版社，2005 年。

观道士陈君葆光，好古嗜学，盖超然出于其徒数千百辈
中者。读《道藏》，通儒书，与夫儒记传小说靡不记览，
著书二十卷，号《三洞群仙录》。贯穿古今，属辞比事，
以类相从，虽老师宿学者不如；偶俪精切，协比声律，
悉成韵语，虽章句之儒有不逮。①

　　孙觌对《三洞群仙录》的作者陈葆光褒扬有加，但也透露了
一个事实，即彼时大部分道徒的文化水平不足以进行文学性的创
造，仅靠读几卷科仪，唱几句步虚词讨生活、维持生计而已，而
有能力阐经释典、著书立说并有著述传世者不多。祝尚书《宋人
别集叙录》中的道士别集仅有葛长庚（白玉蟾）等数家，而僧人
别集则随处可见。

　　两宋道教文学的写作者应是一个开放而富有活力的创作主体。
擅长"舞文弄墨"的这部分道士，往往出入于三教之间，博洽群
书，多才多艺，偶尔厕身幕府，参与政治活动，是一个特殊的知
识阶层，如陈抟、张伯端、林灵素等人，绝非一般的下层道士②。
另外，两宋时期，真宗、徽宗的大规模崇道，也带动了众多道士、
文人的创作热情，而且真宗、徽宗两位皇帝本人也是重要的道教
文学创作者。尤其徽宗，《玉音法事》《金箓斋三洞赞咏仪》中载
录的大量道乐歌词，都是重要的道教诗歌作品。两宋道教文学的
创作主体即由这些教内高道、崇道皇帝组成，但不应局限于此。
道教文学的创作者还有众多文人学士，没有他们的宗教性文学创

---

①　影印文渊阁《四库全书》集部别集类。
②　鲍新山《北宋士大夫与道家道教》第五章《北宋道士参与政治活动》对
陈抟、张守真、张用和、林灵素等人参与政治活动有详细论述。

作，道教文学史就会显得枯槁而毫无生气。

一部断代文学史不是汇集彼时作家作品做单纯的阐释与分析，应该从深层的诗学精神上了解一个时代的作家生态与写作风貌，这都离不开针对那个年代作家空间分布情况的基本分析。道教文学的作者具有很大的不确定性，这里主要对宋代道士、女冠作者的教派与时空分布略作述论。

如前揭，两宋道士虽数量远不如僧人，但纵向比较，仍是一个庞大的信仰群体。这个群体的文化素养参差不齐，能在文学上有所成就并有作品传世的所占比例当少之又少。综括起来，大致分这样几类：内丹道士，外丹道士，三山符箓派道士，南宋新出道派道士；隐逸高人和道教学者。内丹道的萌芽与道派的形成，学界说法不一，但基本上可以确认，唐宋之际一种较为独立而完整的内丹修炼模式——钟吕内丹道——卓然兴起，丹家辈出。从钟、吕算起，陈抟、林太古、曹仙姑、张伯端等内丹道士，各有述作，如《钟吕传道集》《西山群仙会真记》《悟真篇》等，其中尤以张伯端采用文学隐喻性的隐语创作出的大量丹经歌诀为标志性的道教文学成就。南宋内丹比北宋更趋盛行，出现了内丹派南宗，相关著述保存在《道藏》者就达20余种，较北方全真道内丹专著数量为多。内丹南宗共有四传：第一传陈楠，第二传白玉蟾，第三传彭耜等白玉蟾弟子，第四传林伯谦等彭耜弟子，计20余人。内丹南宗留下的内丹著述，如陈楠的《翠虚篇》、白玉蟾的《海琼白真人语录》，数种《悟真篇》注疏都是典型的道教文学著作，在整个道教文学史上具有重要地位。

一般谈及中古道教丹术的转型，特别是外丹的衰落，"中毒说"最为流行，但存在诸多误区，蔡林波对此有详细论证①。实际上，外丹一直延续至明清，并未因内丹的兴起而消亡。两宋时期的外丹修炼规模远不如前，但仍有部分外丹著述存世，这类文献具有较少的文学意味，唯外丹隐语的运用与文学隐喻的关系值得思考。

两宋时期，三山符箓派混一交融，不乏一些高道大德，但符箓派道教是实践性的信仰，擅长修斋设醮，侧重济世度人，具有明显的社会性，不像内丹修炼者，具有明显的内修性质。由此，符箓派道教的文学性创作并不多。翻检茅山上清派、龙虎山天师系、阁皂山灵宝派道士的生平著述情况，他们多以道法名世，阐发教义教理的著述远不如内丹修炼者丰富，但符箓派道教编撰的道教科仪与戏剧表演存在密切关系，也是道教文学研究应予注意的地方。

两宋新出道派及神仙崇拜，如净明道、东华、神霄、天心正法、清微派等，多为符箓派道教，也以法术名世，教义阐发不多。但净明道在南宋形成时，相关仙传和道经具有较浓厚的文学色彩。《净明忠孝全书》《洪州西山十二真君传》等净明道文献本身也是道教文学文献的渊薮，内中有大量道教传记和歌诗作品。

此外，两宋时期还有大量不明道派的隐逸高人及道教思想家，其中不乏造诣高深者。如贾善翔，曾撰有《犹龙传》三卷，《高道传》十卷、《南华真经直音》一卷等书；宋初道士张白，天才敏赡，思如泉涌，数日间赋得《武陵春色》诗300多首，著《指玄

---

① 蔡林波：《神药之殇：道教丹术转型的文化阐释》，巴蜀书社，2008 年，第 169—213 页。

篇》、七言歌诗《丹台集》等；张元化撰有《还丹诀》并小词二
阕，等等。这部分民间高道，界于教内道徒与文人士大夫之间，
在道教文学创作上自有一番成就。

两宋道士创作，从道派分布来看，内丹修炼者的创作数量较
多，且水平较高，这跟内丹修炼者较高的文化素养分不开，但作
品形式大多以隐语丹诗为主。而符箓派道士和民间各种小道派阐
发教义的歌诀和仙传较少，但对戏剧表演、道情创制等世俗化的
文学形式也有所贡献。

两宋道士的数量与分布，《宋会要辑稿·道释》有所记述，如
记载真宗时期道士、女冠人数共有 20 337 人，其中东京 959 人，
京东 560 人，京西 397 人，河北 364 人，河东 229 人，陕西 467 人，
淮南 691 人，江南 3 557 人，两浙 2 547 人，荆湖 1 716 人，福建
569 人，川陕 4 653，广南 3 079 人①。从这个统计看，江南、两浙、
荆湖、川陕、广南道士人数都在千人以上，而围绕东京的北方地
区一共只有三四千人，可见北宋时期南方的崇道风气更盛，而到
了南宋时期，参与道教文学创作的道士、女冠自然以南方道士为
主，南北地域文化的差异在道教文学上也有体现。

第四节　宋代道教文学史的分期

关于宋代道教文学史的分期，詹石窗的《道教文学史》与
《南宋金元道教文学研究》虽为宋代道教文学史的撰写提供了良好

---

① 《宋会要辑稿·道释》有相关记载，此据卿希泰主编《中国道教史》第
二卷第七章《道教在北宋的复兴和发展》转引，四川人民出版社，1996 年，第
583 页。

的前期基础，但在分期问题上还有值得商榷的地方。实际上，北宋、南宋道教文学有一己自足的内在联系和宗教艺术特征，应作整体观照。在一次已经发表的访谈中，詹先生以为"隋唐五代北宋"是道教文学的"丰富期"，南宋为"完善期"，南宋因新道派迭出，道教理论更为伦理化，在道教文学创作上也有深刻体现，有别于他者①。但道教文学在"北宋"与"南宋"之间，是一以贯之，还是彼此区隔？这些都是值得探讨的重要问题。两宋道教文学史如果分开来写，南宋与辽金元一并探讨，固然照顾了时、空同一而忽视了内在的文化区别。南宋避居一隅，与金元对峙，但延续北宋，仍以中原文化为主线，而辽、金、元则为异质文化。道教是典型的中原汉文化，南宋内丹派、符箓派、净明道的兴起与北宋道教一脉相承，道教文学自然也密切相连。

　　两宋道教文学因应宋代诗、词、小说的发展及新的文学体裁的出现，存在水涨船高的现象。比如宋词，作为一代文学的"代表"，道教词作在数量和质量上也有提高。话本、鼓子词等新体文学，道教因素的渗入也都如影随形，而这些都难以按照朝代的更迭做出截然的划分。我们只能说宋代道教文学有别于此前的六朝隋唐及此后的元明清，在宗教叙事与宗教情感的抒发上取得长足进展，但同时也蕴含着变异因素，比如道教俗文学"道教话本"的出现，均是元明清道情戏、道教小说繁荣的先声。显然对两宋道教文学做连贯书写，更易于认识宗教文学内在的发展脉络。采取"北宋"、"南宋"合并一体的书写方式，有作为《中国宗教文

---

① 《访道教文学研究学者詹石窗教授》，见《道家文化研究》第 24 辑，第 4 页，三联书店，2009 年。

学史》丛书中一部"断代"文学史的体例要求，也有"两宋"道教文学史连续性的书写必要。

本著以朝代更迭为时间段，分四个部分论述两宋300多年的道教文学发展脉络与演变的内在规律。四个时间段为：

北宋初期（太祖、太宗、真宗）

北宋中期（仁宗、英宗、神宗、哲宗）

北宋后期（徽宗、钦宗）

南宋（高宗、孝宗、光宗、宁宗、理宗、度宗、恭帝、端宗）

文学有内在的嬗变规律，并非全以朝代更迭为限，但对于道教文学来说，这种划分有内在的合理性。古代道教本身高度依附封建政权，道教的发展兴衰与皇帝的一己好恶，乃至与朝廷和地方官府的支持与否有密切联系，北宋道教的发展也具有这个特征。尤其在真宗和徽宗崇道的两个阶段，道教信仰得到充分发展，道教文学作为道教实践的产物，也随之呈现繁荣的发展态势。在两个高峰之间，北宋仁、英、神、哲四朝的道教文学呈现了稳步发展的大致趋势，并出现了《悟真篇》这种道教文学的典范之作。南宋时期，重大的皇帝崇道事件没有出现，但道教与北方全真道兴起同步，出现很多新的发展趋势，道教文学也随之有一些新变，由此南宋道教文学作为一个完整时段加以论述。

第二章 北宋初期的道教文学
（960—1021）

北宋初太祖、太宗、真宗三朝在道教史上处于官方崇道日盛的阶段，到真宗时期达到顶峰，但历经真宗的狂热崇道，仁宗在财政压力和部分儒臣劝谏下，有所收敛，道教发展随之进入新的阶段，所以我们把太祖、太宗、真宗三朝前后概60余年的道教文学作为"北宋初期"加以考察。这既是历史发展的脉络轨迹，也是道教文学内在的嬗变特征。此期道教文学的创作主体依旧是部分"体制内"有奉道倾向的士大夫和教内高道，他们的创作动力有内在的文学自觉，但更多源于皇帝本人和官方的崇道"需求"。而太宗即位、真宗封禅等具有转折意义的重大事件，都促进了两位皇帝的道教文学创作，他们都留下了不少皇家醮祭用的道教歌诗，而伴随即位和崇道的历史过程，真宗朝编纂的《翊圣保德真君传》成为此期具有标志意义的道教文学成就。总之，北宋初期道教文学在唐五代道教文学的基础上，随着道教信仰形态的转变和文学发展的内在规律，在道教文学体裁、内容和成就等方面，均呈现了较为鲜明的承前启后的发展脉络。

第一节 太宗的道教政策及其道教文学创作

太祖赵匡胤继统以后，对"自五代以来，道流庸杂①"的衰弱局面有所整顿：修建了建隆观、太清观；选拔刘若拙担任新的左街道录，对彼时伪炼黄白、畜养妻孥等道门恶习予以肃正；开宝四年（971）还下诏"前代祠宇，各与崇修②"。但这些都谈不上"崇道"，均属定鼎之初的稳定政策，属于正常的社会治理。作为大宋开国皇帝，太祖事功盖世，但文学成就并不显赫，《全宋诗》存《日诗》一首、散句两句，《全宋文》仅存诏书等公文，《全宋词》未见作品留存，各种文学史也鲜有涉及。

太宗赵匡义对道教的推崇和利用，远远超过了太祖，这与其"非正常"的继统过程有关。太宗即位以后，首先在终南山修建上清太平宫，祀"翊圣将军"，召见丁少微、赵自然、种放、张契真等高道，赐道士陈抟"希夷先生"号。太平兴国年间（976—984）所编《太平广记》卷一至卷八六的神仙、女仙、道术、方士、异人等五类传记大都属于道教灵验、仙真体道的范畴，这为保存前代仙传、道教笔记做出了重大贡献。从端拱二年（989）到淳化二年（991），太宗又命散骑常侍徐铉、知制诰王禹偁等收集道书，重予整理、刊正，共得三千七百多卷。太宗的右文政策保存了道教典籍，无疑也同时促进了道教文学的创作。另外，太宗本人也积极参与各种道教活动，并有为数不少的道教文学创作。

---

① 李攸：《宋朝事实》卷七《道释》，《丛书集成初编》排印本，中华书局，1985年，第107页。

② 徐松：《宋会要辑稿》第十九册，中华书局，1957年，第765页。

　　清光绪《华岳志》从元人张辂《太华希夷志》辑得太宗征召陈抟诗数首。《太华希夷志》即陈抟传记，据张辂作于元延祐甲寅年（1314）《太华希夷志序》，此传为张辂任晋宁河中府幕职时，在公务之暇，采"古书所录或谚语之谈"纂辑而成，当有一定可信度。其中所录两首太宗诗，可以看出一国之君诚召山野隐逸之士的恳切之情：

　　　　听诏曰：朕自即位以来，克服八方，威临万国。遐迹悉归于皇化，华夷亦致于隆平。知卿抱道山中，洗心物外，养太素浩然之气，应上界少微之星，节配巢由，道遵黄老。怀经纶之长策，不谒王侯；蕴将相之奇才，未朝天子。卿不屈于万乘，身奚隐于三峰，乘风犹来，举朝称贺。御诗曰：

　　　　华岳多闻说，知卿是姓陈。云间三岛客，物外一高人。

　　　　丹鼎为活计，青山作近邻。朕思亲欲往，社稷去无因。①

　　此次征召，陈抟"无意求名，有心慕道，不愿仕也"，同年六月太宗再征仍不出山，第三次征召并赋诗云：

　　　　三度宣卿不赴朝，关河千里莫辞劳。凿山选玉终须

---

　　① 《道藏》第5册，文物出版社、上海书店、天津古籍出版社影印涵芬楼本，1988年，第735页。

得，点铁成金未见烧。

紫袍绰绰宜披体，金印累累可挂腰。朕赖先生相辅
佐，何忧万姓辍歌谣。①

这两首诗在张振谦《道教文化与宋代诗歌》中已作为《全宋
诗》补遗收录在附录中②。从内容上看，诗作用语浅近平实，但恳
切之情溢于言表。征召在野遗民高士是历代帝王例行的仁政之一，
其中有浓厚的象征和表演色彩。陈抟最终还是在使臣的坚持下赴
京觐见太宗。据《太华希夷志》，在陈抟进京与太宗的奏对中，太
宗还有诗作数首未得辑出，现列举如下：

其一：

知卿得道数余年，镇日常吞几粒丹？
可讶鬓边无白发，还疑脸上有红颜。
终宵寝向何方观？清晓斋登甚处坛？
肯为眇躬传妙诀，寡人拟欲似卿闲。③

其二：

人人未起朕先起，朝来万事攒心里。
可美东京豪富民，睡至日高犹未起。④

---

① 《道藏》第 5 册，第 736 页。
② 张振谦：《道教文化与宋代诗歌》，第 421—422 页。
③ 《道藏》第 5 册，第 737 页。
④ 《道藏》第 5 册，第 737 页。

其三：

曾向前朝出白云，后来消息杳无闻。

如今若肯随征诏，总把三峰乞与君。①

前两首诗都是太宗在东京与陈抟之间的唱和之作，后一首为陈抟离京之后的思念之作。结合前引两首征召之作，太宗的诗作风格是一致的，即全无文人之作的雕琢，平实浅近而富有情趣，体现了一代君王渴慕长生、求贤若渴的复杂心态。尤其看到楼下富贾大户人家悠闲惬意的生活，引发了"人人未起朕先起，朝来万事攒心里"的万般无奈和富有深意的对比。

太宗召见陈抟，应与他的非正常继统有关。其中若干情节或为太宗的一种政治宣传，突出太宗的正统地位。《太华希夷志》记载太宗曾"从容谓希夷曰：'先兄太祖，功高德厚，宣先生弗至。寡人功卑德薄，烦先生降临丹陛。'抟曰：'先帝不须贫道来，陛下不免臣一遭耳'。"② 太祖召陈抟而不至，但太宗却"不免一遭耳"，这种明显的倾向与太宗召盩厔县民张守真类同。张守真也是对太祖和太宗的态度迥然有别，刻意贬抑太祖而抬高太宗。道教依附皇权、为皇权服务的信仰特征在这里得到鲜明体现，正是在这样的历史进程中，大量有特定艺术价值的道教文学作品被创造出来。

太宗当参与过由皇家道士举办的金箓斋科仪活动。张商英

---

① 《道藏》第 5 册，第 738 页。
② 《道藏》第 5 册，第 737 页。

（1043—1121）编纂《金箓斋三洞赞咏仪》三卷分别收录北宋三位皇帝的金箓斋中的赞颂类乐曲歌词。其中卷上为"宋太宗皇帝御制"，包括《步虚词》十首、《白鹤赞》十首、《太清乐》二十首。这三首作品没有与其他大量道乐歌词重复，《通志》卷六七著录的《太宗御制金箓斋道词》及《宋史·艺文志》著录的《太宗真宗三朝传授赞咏仪》应该都与太宗的御制篇目有关，这从另一个侧面证明了这三首歌词很可能出于太宗之手。现录太宗《步虚词》十首如下：

> 清静建金坛，无为大道理。归依玉帝前，稽首求宗旨。发咏爇名香，一心专不已。愿同四海知，万亿神仙子。悟即杳冥中，玄谈皆彼此。真人受命时，觉者有终始。象外好优游，愚情生谤毁。羽盖驾青龙，行遍八方水。
>
> 天尊驭六龙，百万神仙骑。云起自逍遥，五音皆鼓吹。碧桃烂熟时，七宝林中赐。白凤集千群，雪身排玉翅。华严如意珠，圣化不思议。师子善非常，华胥妙法智。凡愚有道心，慧眼众生施。无限小丫童，蕊宫深殿戏。
>
> 玉箓受经师，科仪尊上帝。颂声世界中，道业心相济。灵宝度众生，丹丘云雨霁。虚无入太清，白鹤声嘹唳。百谷尽朝宗，烟霞全美丽。嚣尘自不迷，秘要门开闭。洞府最深严，神仙无系缀。天高似掌平，一一皆精细。
>
> 上帝化无穷，仙居紫府位。信心杳若空，稽首拜天

地。晴霁布星罗，真门持不二。十州散雨花，五福真人秘。符瑞表其恭，战兢擎宝器。善哉诸法师，祈福来凡意。功行满三千，心缘勿退志。归依大道君，一切灵官记。

仙集会玄都，法轮常转处。持斋振宝铃，冬夏无寒暑。绛节蕊珠宫，瀛洲临远渚。天尊侍立人，崇道绝私语。妙入大乘经，六情皆尽去。默然念在心，澹泊勿疑阻。月皎盛明时，清娥摇玉杵。叩钟雅调音，炼质容相许。

天上典人间，黄衣受玉箓。经开道眼明，持念果成速。若遇邪魔临，灰心似草木。丹田是命根，俯仰皆生福。鹤骨为餐霞，修行如野鹿。三才郁茂中，执卷但勤读。太一及星官，康民无反复。还淳务实时，四序长盈缩。

慕道要归真，知非求得一。先须修炼心，甚好变凡质。礼忏用精专，登坛明似日。六丁驱使易，去住如风疾。念咒与神符，邪魔无纵逸。青词奏表章，善恶包凶吉。元始诸天尊，圣言分甲乙。香灯及醮茶，噗弄神刀笔。

七宝琉璃宫，飞符排绛节。玉京镇十方，众真颂真诀。天地杳冥中，景云浮不绝。太仙跨鹤游，斋醮清严洁。咏赞亦非常，长生无陨灭。上帝伏魔王，执事皆贤哲。下察向黎民，灵官为等列。香华从辇时，扬教动喉舌。

宝铎振銮鸣，诸仙相聚集。较量高下时，浮浅不能入。旋绕如意珠，破坏善修葺。玉皇朝谒前，真人傍侍立。步虚听自然，仰望华胥邑。驾鹤与乘龙，祥光起熠熠。三千功行来，壶有大丹粒。玄都镇八方，临坛皆荟郁。清风发播扬，养命存嘘吸。

日月五星明，公平鉴善恶。三官五帝君，亿万周游乐。法雨从行时，乘云与驾鹤。如意一顾身，所化化城郭。馥郁杳冥中，真宗皆澹泊。九天利物多，宝林叶交错。象教福人间，仙花开紫萼。刚柔转智轮，大道心依托。①

步虚仪节保留至今，是灵宝科仪中的重要仪式环节，也是道教音乐中的瑰宝。这个仪节有上古宗教的遗存，也有佛教仪式的深刻影响，最终在六朝灵宝经造构时期基本定型。步虚仪节中的一个重要环节就是旋绕步虚，一边旋绕象征玉京山七宝玄台的香炉或香案，一边吟唱抑扬顿挫的步虚词。早期标准的步虚词体式，与礼忏十方和坛场布置相关，一般为十首，如《洞玄灵宝玉京山步虚经》中十首体制。《步虚词》后来演变为一种乐府旧题，自庾信以下逐渐有文人参与创作，并出现新的变体，如韦渠牟《步虚词》十九首全用七律等，内容上也有刻意剔除佛教影响的趋势。太宗这十首《步虚词》大体依照十首的旧制，根据步虚仪的宗教意涵，有内在的叙述逻辑，如第一首描述金箓斋开坛之初，具有"启坛"意义："清静建金坛，无为大道理。归依玉帝前，稽首求宗旨。"这是坛场法师具有宣谕色彩的唱词。接下来各首分别描述

① 《道藏》第 5 册，第 764—765 页。

法师存思的场景，各路仙真、仙童玉女齐集坛场的想象图景，再描述玉京山、七宝玄台的仙界景象，随后陈述斋戒者的修斋设醮、持经佩符的精诚之意，最后进行带有佛教"回向"意义的总结性陈述，如最后一首"象教福人间，仙花开紫蕚"一句兼顾了佛教和道教，陈述金篆斋的无量功德。

太宗《白鹤赞》十首也是唱赞歌词的一种，真宗、徽宗都有《白鹤赞》的道曲创作，太宗这组诗每句以"白鹤"起，紧扣白鹤羽毛洁白、绛红丹顶、身姿优雅、鹤鸣清唳的特征，对道教中具有丰富的象征意义的灵禽做了细致描写：

　　白鹤凝霜一顶红，常随碧落杳冥中。三清好是逍遥处，天上人间事不同。

　　白鹤生来羽翼鲜，一声高唳玉皇前。虚无境里飞翔异，去住人稀到九天。

　　白鹤希奇莹月华，雪毛翳日恋朝霞。神仙抱向长生殿，疏羽飞腾出绛纱。

　　白鹤非凡迥不同，人间描在画幛中。桃花结子千年实，自在优游万里空。

　　白鹤云中朝太清，玉童高送凤池鸣。常教栖宿蟠桃下，三岛真人画不成。

　　白鹤毛歆夜月圆，高飞来至步虚前。仙坛绛节霓裳舞，太一真人福寿年。

　　白鹤灵禽与寿年，生教常得羽毛鲜。五云自有千峰嶂，紫盖岩峦海上仙。

　　白鹤衔丹羽翼轻，玉皇常使混三清。昆仑来去飞闲暇，五色云中万里程。

白鹤朱红一顶深，钧天似听沃群心。常随羽客避人世，碧玉桃花万丈寻。

白鹤山高第九层，毛衣洁净莹春冰。化人宫室诸天远，云翼灵飞大道称。①

十首诗均为整齐的七绝，韵脚变化多样，即使没有配乐，读起来也声韵悠扬。太宗另一首《太清乐》歌词，同其他道曲歌词一样，也是道教歌诗的一种，但张振谦《道教文化与宋代诗歌》附录二《全宋诗》补遗并未辑录。《太清乐》与《玉清乐》《上清乐》三部合称《三清乐》，是道教音乐中的大型组合道曲，徽宗就创作了完整的《三清乐》。太宗《太清乐》二十首，第一首六句，但首句"太清乐太清乐，太清乐处以逍遥"当不是诗作正文，具有起兴作用。其余每首七言四句，但每句后都有"太清乐"作为发语词，唱词最后一句重复"太清乐"两次，或为"众和"的衬词，而我们忽略掉句后的"太清乐"，则是二十首七言诗作：

太清乐太清乐，太清乐处以逍遥。太清乐

紫微瑞色驾青龙，太清乐　玉策香笺夜奏封。太清乐

羽盖云中皆缥缈，太清乐　霓裳一舞貌思恭。太清乐，太清乐

精诚大道动幽元，太清乐　天地常存不死仙。太清乐

象外不同人世界，太清乐　众生愿福太平年。太清乐，太清乐

---

① 《道藏》第5册，第765页。

帝星明耀斗星魁，太清乐　　绛阙云浮夜醮台。太清乐

七宝山高栖白凤，太清乐　　琼楼十二月中来。太清乐，太清乐

仙官朝会俨珠旒，太清乐　　素月当天运九秋。太清乐

方丈云軿闲玉阙，太清乐　　巍巍瞻望殿依楼。太清乐，太清乐

焚香夜启醮仙坛，太清乐　　丽景迟迟柳拂烟。太清乐

天上星繁光溢目，太清乐　　真人似降步虚前。太清乐，太清乐

黄衣受箓用心劳，太清乐　　法事坛前夜佩刀。太清乐

修炼但教祛俗态，太清乐　　瀛洲仙境不争高。太清乐，太清乐

秋风入律正凄清，太清乐　　道法邪魔振铎铃。太清乐

恬澹虚无真可重，太清乐　　科仪次第夜堪听。太清乐，太清乐

遥天薄暮景云连，太清乐　　一轴青词月下文。太清乐

四气调来思长养，太清乐　　仙坛夜醮紫微君。太清乐，太清乐

时来乐道正熙熙，太清乐　　八极灵仙是我师。太清乐

太一真人临土宇，太清乐　　蟠桃枝下属文词。太清乐，太清乐

风清恬澹夜焚香，太清乐　　光景如流四序长。太清乐

瑞气浮空何快意，太清乐　　醮茶不敢预先尝。太清乐，太清乐

九天无间运三清，太清乐　　夜月寒光海上明。太清乐

紫府洞中堪眷恋，太清乐 步虚齐唱一声声。太清乐，太清乐

夜坛移烛似流星，太清乐 驾鹤乘龙羽盖轻。太清乐
势耸云端成绛阙，太清乐 十洲花好洞中明。太清乐，太清乐

步虚文好思无穷，太清乐 姑射逍遥夜境中。太清乐
龙阙降祥天畔出，太清乐 韶音远听贯心聪。太清乐，太清乐

天仗门开辟帝阍，太清乐 登坛玉箓受经文。太清乐
嵱㟀洞府吞祥气，太清乐 王母追游驾五云。太清乐，太清乐

玉皇下视九天清，太清乐 仰望层霄一炷馨。太清乐
胜境幽奇千万亿，太清乐 延年字字受丹经。太清乐，太清乐

上方章奏起清编，太清乐 道士科仪事业专。太清乐
玉烛调来云礘磛，太清乐 丹丘游历莫知年。太清乐，太清乐

奇绝文通妙入神，太清乐 凝情瑞雪片纷纷。太清乐
玉华殿里排章奏，太清乐 月满楹庭拥白云。太清乐，太清乐

宝阁香飘绕殿枢，太清乐 帝城缘业士民居。太清乐
天真可爱遥空里，太清乐 子育黎元尽乐胥。太清乐，太清乐

大象星罗混太清，太清乐 五千言道世长生。太清乐
神仙来往云霞丽，太清乐 白凤经天自有程。太清乐，太清乐

一声鹤唳九霄中，太清乐　王母行天阆苑风。太清乐

几许仙人来侍从，太清乐　斋心清洁尽微躬。太清乐，太清乐①

这二十首唱词细致描绘了坛场的各种仪式场景，涉及受箓佩符、步虚吟唱、宣读青词等，对上清胜境群仙往来的缥缈景象极尽想象描绘，且辞藻雅丽，颇类六朝游仙诗。从目前的藏内文献来看，太宗存世的道教文学作品并不多，但具有重要的开创意义。正是自太宗始，宋朝的崇道之风日盛，单纯从宗教文学角度来看，这很大程度上促进了道教文学的创作和发展。

第二节　宋初道隐的文学创作

陈抟、种放、林逋、魏野号称宋初四大隐士。其中林逋更具有佛教倾向，其《台城寺水亭》中有"金井前朝事，林僧问不知"句，"林僧"当自指，集内亦时见与僧人之间的唱和寄赠之作，而陈抟、种放、魏野更具有"道隐"的倾向，他们的诸多诗作具有较浓厚的慕道、劝世、退隐、长生的道教色彩，也是一种广义上的道教文学创作。

陈抟，字图南，号扶摇子，赐号有"白云先生""希夷先生"等，五代北宋初道教学者。关于陈抟有太多箭垛式的杂记和传奇，真伪错杂其间。一般来说，唐咸通十二年（871）陈抟出生于亳州真源县（今河南省鹿邑县），文德元年（888）曾受皇帝召见，赐号"清虚处士"。五代吴越宝正七年（932），陈抟赴洛阳应考，名落孙山。后唐清泰二年（935），隐居武当山九石岩。后晋天福二

---

① 《道藏》第 5 册，第 765—766 页。

年、南唐升元元年（937），返回蜀地，拜邛州天庆观都威仪何昌一学锁鼻术。著有《胎息诀》《指玄篇》等。后晋天福四年（939）游峨眉讲学，号"峨眉真人"。又著有《观空篇》等，拜麻衣道者为师，著有《麻衣道者正易心法注》、《易龙图序》、《太极阴阳说》《太极图》和《先天方圆图》等，但现流传的著作，托名者居多。后晋天福十二年（947），陈抟同麻衣道者隐居华山云台观，游历于华山、武当山之间。后周显德三年（956），受后周世宗柴荣召见，任命"谏议大夫"，不仕，赐号"白云先生"。北宋太平兴国二年（977），宋太宗赵光义召见陈抟。北宋雍熙元年（984），太宗再次召见，赐"希夷先生"称号，《太华希夷志》多有详述。北宋端拱二年（989），逝于华山张超谷。

在唐、宋之际儒、释、道三教合一的思想潮流中，陈抟融合三教，独创新说，其精深广博的学说奠定了两宋学术的深厚基础。蒙文通《论陈碧虚与陈抟学派》曾总结陈抟在学术上的贡献，云："则图南不徒为高隐，而实博学多能；不徒为书生，而固有雄才大略。真人中之龙耶！方其高卧三峰，而两宋之道德文章，已系于一身。"[①] 陈抟著作颇多，但流传至今的甚少，《宋史·陈抟传》谓有诗六百余首，但今《全宋诗》仅存十六首，句两联。房日晰《江海学刊》发表的《读〈全宋诗〉札记》系列文章[②]、胡可先《〈全宋诗〉再考》[③]、吴宗海《〈全宋诗〉吹求》[④]、张振谦《道教文化与宋代诗歌》等学者各有补辑。补辑之作多采自《道藏》洞

---

① 《蒙文通文集》第一卷《古学甄微》，巴蜀书社，1987 年，第 379 页。
② 《江海学刊》1996—1999 年曾连续发表房日晰辑考文章。
③ 《中国文学研究》1997 年第 3 期。
④ 《文教资料》1996 年第 2 期、1997 年 3 期、1998 年第 1 期，均有刊登。

真部记传类文献《太华希夷志》，其中多首为与太宗的对答之作，这些作品体现了陈抟不慕荣华、潜心修道的情志，有的作品对世俗社会不乏深刻的劝诫讽喻之意，如《叹世诗二绝》：

> 千门万户锁重关，星斗排空静悄然。
> 尘世是非方欲歇，六街禁鼓漏初传。

> 银河斜转夜将阑，枕上人心算未闲。
> 堪叹市廛名利者，多应牵役梦魂间。①

这是陈抟被召至京城后的感怀之作，夜深人静时，"枕上人心算未闲"一句形象地描写了世人奔波算计而终为物役的图景。同期作品《闻晓钟》也有类似的感触：

> 玉漏将残月色沉，一声清响透寒音。
> 能催野客思乡切，暗送离人起恨深。
> 窗下惊开名利眼，枕前唤觉是非心。
> 皇王帝霸皆经此，历代兴亡直至今。②

一代高道早已看透世间的一切变换浮沉，"名利眼""是非心""历代兴亡直至今"等用语都极为深切。这类作品较具有代表性的应是其《退官歌》《退官诗》两首：

---

① 《道藏》第 5 册，第 736 页。
② 《道藏》第 5 册，第 736—737 页。

退官歌

道能清，道能静，清静之中求正定。

不贪不爱任浮生，不学愚迷多悭悋。

时人笑臣不求官，官是人间一大病。

官卑又被人管辖，官高亦有人趋佞。

或经秦，或经郑，东来西去似绳纠。

直至百年不曾歇，算来争似臣清静。

月为灯，水为镜，长柄葫芦作气命。

出入虽无从者扶，左有金龟右鹤引。

朝日醉，长不醒，每每又被天书请。

时人见臣笑呵呵，臣自心中别有景。

退官诗

元气充餐草结衣，等闲无事下山稀。

不侵织女耕夫利，犹自傍人说是非。①

　　这两首歌谣体诗作，偶用三言，更显得灵活而富有节奏感，毫无雕琢痕迹，似随意写来浑然天成。"退官""辞职""叹世"等字眼多出现在诗作中，陈抟实际上没有正式的官职，这里的"退"字并非"辞退"这一本意，更多地带有回避、劝诫之意。又如其《辞职叹世诗》《辞朝》等诗作亦大致如此。陈抟是宋代道学的鼻祖，其诗歌创作在一定程度上也具备了宋诗富有理趣的特征，而这样的作品多体现在他的道教诗歌上。

　　种放（955—1015）曾师从陈抟，隐居终南山豹林谷之东明峰

① 《道藏》第5册，第737—738页。

三十年，号"云溪醉侯"，但五十多岁时出山为官，真宗咸平五年
（1002）授左司谏，直昭文馆。景德二年（1005）为右谏议大夫。
大中祥符元年（1008）判集贤院，从封泰山拜给事中；四年
（1011），从祠汾阴，拜工部侍郎；八年（1015）卒。种放有深厚
的儒学根基，是宋初古文运动的重要一环①，对宋代儒学的走向发
生过重要影响，又曾走过"终南捷径"，但他基本上仍是一位倾慕
道教的隐士，临终着道士服，《宋史》也把种放和陈抟列入《隐士
传》。据《宋史·艺文志》等著录，种放有《种放集》十卷、《江
南小集》二卷等，已佚，现留存作品不多，《全宋诗》卷七二存诗
九首，断句四则，《全宋文》卷二〇六收文十一篇。从现存这几首
诗看，种放诗作大多抒发退隐、闲居的放旷情怀，也有出山后对
"失计被簪绂"的追悔和对世俗荣辱的厌弃之情，如下面这首《寄
二华隐者》：

　　我本厌虚名，致身天子庭。不终高尚事，有愧少
微星。
　　北阙空追悔，西山美独醒。秋风旧期约，何日去
冥冥。②

　　种放虽然出仕，但骨子里仍是一个隐士，退隐修道是"高尚
事"，半途而废对种放来说是内心矛盾和灵魂煎熬。内容较多涉及

① 马茂军：《种放：宋代古文运动的重要一环》，《齐齐哈尔大学学报（哲学社会科学版）》，2005年第4期。
② 种放：《寄二华隐者》，载傅璇琮等主编《全宋诗》第2册，北京大学出版社，1995年，第819页。

道教的诗作是一首七律《无题》：

> 楼台缥缈路岐傍，共说祈真白玉堂。株树风高低绛
> 节，灵台香冷醮虚皇。
> 名传六合何昭晰，事隔三清限渺茫。欲识当年汉家
> 意，竹宫梧殿更凄凉。①

"低绛节""醮虚皇"描述的显然是醮仪中的场景，但诗尾转入对汉武求仙不得的讽刺主题，算不上纯粹的宗教歌诗。种放作品大多散佚，我们仅据若干首存诗，无法窥测其道教文学创作的全貌，但可以想见，作为隐士的种放，当是宋初一位重要的道教文学作者。

魏野（960—1020）字仲先，号草堂居士，陕州陕县（今属河南）人。大中祥符四年（1011）被荐征召，力辞不赴，未如种放最终出山，终生不仕。魏野广交僧道隐士，与当时名流寇准、王旦等亦有诗赋往还。魏野生前即有《草堂集》行于世，去世后，其子魏闲总其诗重编为《钜鹿东观集》十卷，今尚存南宋绍定元年（1228）严陵郡斋刻本（残四到六卷），《全宋诗》据贵池刘氏影宋刊本《钜鹿东观集》为底本校辑录存，保存了大部分魏野诗作。

魏野现存诗近400首，古体诗十余首，其它多为五律、七律等近体诗作。魏野诗作多为赠答唱和之作，关于其诗风的评定，北宋以来就存在分歧：一以为白居易体，一以为晚唐体。我们抛开传统诗学取向，从道教文学角度出发，可以发现《钜鹿东观集》

---

① 种放：《无题》，载傅璇琮等主编《全宋诗》第2册，第820页。

中有相当多的作品表现魏野村居退隐的闲适与顺任自然的情趣：

> 布褐楮皮冠，朝昏信自然。眼明山雨后，发乱晚
> 风前。
>
> 鹤病生闲恼，僧来废静眠。自知慵懒性，至死岂
> 能悛。①

魏野在陕县村居，不修边幅，在闲恼、静眠中浑然度日，诗歌形象地描述了一位隐者的日常状态。当然魏野有时也会寻隐问道，其《寻隐者不遇》云：

> 寻真误入蓬莱岛，香风不动松花老。采芝何处未归
> 来，白云满地无人扫。②

这是一首富有想象力的"游仙诗"，与贾岛的《寻隐者不遇》大异其趣。贾岛诗以问答的方式描述寻访不遇的落寞，但"云深不知处"还在人间，而魏野直入"蓬莱岛"，已是香风、松花、白云满地的仙界。贾岛诗尽人皆知，但这首《寻隐者不遇》却很少被人关注，无论是白体还是晚唐体，其清新、富有趣味的仙道意味都值得关注。魏野还有一首《留题华山陈先生旧隐》诗，表达了对陈抟的推崇之情：

> 先生亡不朽，太华合为碑。至道虽无迹，玄言尚有诗。
> 乱飞云似觅，不食鹤应悲。独绕空坛下，山风动

---

① 魏野：《村居述怀》，载傅璇琮等主编《全宋诗》第 2 册，第 924 页。
② 魏野：《寻隐者不遇》，载傅璇琮等主编《全宋诗》第 2 册，第 969 页。

紫芝。①

宋初几位大隐虽非道门中人，但都有慕道倾向，对宋诗风格的形成、古文运动的发起和新儒学的成立产生过重要影响。他们的涉道诗作从外围丰富了宋代道教文学的主体内容。

第三节　张守真降神与
《翊圣保德真君传》的道教文学价值

北宋真宗朝王钦若编撰的《翊圣保德真君传》杂糅了史传、志怪等叙事笔法，详细记述了北宋初年太祖至真宗年间的黑煞神降言张守真事件。这则带有谶纬色彩的道教神话直接关涉太祖太宗之间的皇权更迭问题。从上世纪四十年代开始就有多位历史学者对此宗千古谜案做过深入探讨，但大多针对"金匮之盟""斧声烛影"等事件，从史料对比中做各种分析和推测，鲜有从宋初道教信仰角度加以诠释者②，对《翊圣保德真君传》这部重要道经更

---

① 魏野：《留题华山陈先生旧隐》，载傅璇琮等主编《全宋诗》第 2 册，第 958—959 页。

② 如吴天墀发表于 1941 年的《烛影斧声传疑》，《史学季刊》第 1 卷第 2 期，后收入《吴天墀文史存稿》，四川大学出版社，1998 年；张荫麟的《宋太宗继统考实》，见《文史杂志》1941 年第 1 卷第 8 期；谷霁光的《宋代继承问题商榷》，见《清华学报》1941 年第 13 卷第 1 期；邓广铭的《宋太祖太宗皇位授受问题辨析》，1944 年发表于《真理杂志》第 1 卷第 2 期，后收入《邓广铭全集》第 7 卷，河北教育出版社，2005 年；卢荷生的《对宋太宗承位之剖析》，《中央图书馆馆刊》1970 年第 3 期；李裕民的《揭开"斧声烛影"之谜》，《山西大学学报》1988 年第 3 期；王瑞来的《"烛影斧声"事件新解》，《中国史研究》1991 年第 2 期；《"烛影斧声"与宋太祖之死》，《文史知识》2008 年第 12 期；侯杨方的《宋太宗继统考实》，《复旦学报（社会科学版）》1992 年第 2 期；顾宏义的《"晋王有仁心"说辨析——兼及宋初"斧声烛影"事件若干疑问之考证》，《杭州范大学学报（社会科学版）》2015 年第 2 期。

缺乏应有的关注。

从现存的相关文本来看，虽然黑煞神降言张守真事发生在太祖、太宗朝，但较早的记载是从真宗朝开始的。几乎所有论著都会提及《太宗实录》的相关记录，但这是真宗即位之初的至道三年（997）由钱若水、杨亿花了不到一年时间编修的；《闻见后录》所引的《国史》也比较复杂：大中祥符九年（1016）王旦进呈《两朝国史》，后来合并真宗朝为《三朝国史》，《两朝国史》遂不传，此处所引当为《三朝国史》。《太宗实录》《国史》的相关内容是官修史书中对降言事件的较早记载。另一部真宗朝的相关文献是王钦若编撰的《翊圣保德真君传》，这是对黑煞神降言事件的最系统记述，但因其道经性质，历史学者往往关注不够，即使有所考察，亦未得这部道教记传文献所传递的重要信息。

太宗为了掩饰他的非正常继统，做了一些欲盖弥彰的"手脚"，比如"金匮之盟"的说辞、"斧声烛影"的传说，现在大部分学者都以为不足信。太宗登基后，太祖的正统法脉由此更张，此后一直到南宋高宗都是太宗一支的血脉，后因高宗无子，才把皇位又传予宋太祖七世孙赵昚。太宗在皇位继承问题上虽然不择手段，但在位时已经基本解决，而真宗即位相当曲折，再加上真宗是太宗血脉第一次正式登台，需要面临更大的压力和质疑，此时神化太宗的合法性就显得非常必要。这种宗教神秘主义的预言和神话对太宗继统合法性的肯定具有重要作用，这与唐太宗在玄武门之变后也运用各种手段粉饰自己的登基的行为如出一辙：其中除了史官有意篡改历史外，道教也参与编造各种谶语神化太宗，著名传奇《虬髯客传》就是在这个过程中产生的①。而对于真宗，就需要深明此道的杨亿、王钦若等高级臣僚从事于此了，与《虬髯客传》相对应的文本可以说就是《翊圣保德真君传》了。

王钦若在历史上名声有亏，与丁谓、陈彭年等有"五鬼"之称，但在道经校订、醮仪修纂上有一定功劳。这部《翊圣保德真君传》虽然有深刻的政治目的和浓厚的宗教色彩，但从道教文学角度看，却是宋初一部难得的道教文学作品。《翊圣保德真君传》在《正统道藏》中有两处保存，一是太玄部《云笈七签》卷一百三"传"类，前有《宋真宗御制翊圣保德真君传序》，后附王钦若《进翊圣保德真君事迹表》及真宗的《批答》；一是正一部单行三卷本《翊圣保德传》，序文改题为《宋仁宗御制翊圣应感储庆保德传序》，后附除了《事迹表》《批答》，又缀徽宗崇宁三年（1104）追加"翊圣保德真君"为"翊圣应感储庆保德真君"敕旨一通。显然单行三卷本《翊圣保德传》是经后世整理的再修本，因《云笈七签》的不断刊行，不分卷的《翊圣保德真君传》流传最广。

《翊圣保德真君传》的叙事模式未脱传统谶纬神话的套路，但从细节安排和文辞修饰上看，是一篇相当讲究的综合性长篇传记。《云笈七签》所收《翊圣保德真君传》虽然没有分卷，但文末所附王钦若《进翊圣保德真君事迹表》云"其所录成《真君事迹》三卷，谨随表上进以闻"②，可见原本《真君传》是分卷的③，我们

---

① 参阅李丰楙《六朝隋唐仙道类小说研究》第六章《唐人创业小说与道教图谶传说：以〈神告录〉、〈虬髯客传〉为中心的考察》。李丰楙：《六朝隋唐仙道类小说研究》，台湾学生书局，1986年，第327—333页。

② 《道藏》第22册，第703页。

③ 《云笈七签》本是《大宋天宫宝藏》的缩编，在编排上为节省篇幅，有合并卷次的编纂策略。

从内容上看，此传也的确可分为有明显区别的三个部分，与三卷本对应，下面依据《正统道藏》本《云笈七签》卷一百三《翊圣保德真君传》做如下分析：

第一部分：完整叙述真君降言张守真的道教神话。建隆（960—963）之初，"高天大圣玉帝辅臣"为"为宋朝大事"降言凤翔府盩厔县民张守真，传授为民除妖剑法及为国祈福设醮的结坛之法。从此以后，张守真备有征验，于是引起彼时尚为晋王的赵光义和太祖赵匡胤的注意。但真君显然对晋王与太祖有"厚此薄彼"之心：晋王致醮，降言"吾将来运值太平君，宋朝第二主"；太祖因"未甚信异"，致祷时竟没有降言，后在王继恩设醮时方降，并责备太祖"使小儿呼啸以比吾言，斯为不可"，预言"上天宫阙已成，玉锁开，晋王有仁心，晋王有仁心"，第二日太祖升遐、太宗嗣位，加号真君为"翊圣将军"。此为全传的重要节点。太宗即位后，一一兑现真君当初的"预言"：终南山下修建"太平宫"，殿阁一如预言之制，太宗创年号"太平兴国"，纂修《太平广记》《太平御览》，想必亦应真君所言"将来运值太平君"的说辞。但随着太宗皇位的终结，至道（995—997）初年，真君"却归天上"，张守真亦在真宗即位前化升。大中祥符七年，"翊圣将军"又加号"翊圣保德真君"。

第二部分：叙述真君预言、张守真剑法除妖的十余则灵验故事，又通过降言张守真的方式，表达了对儒释道三教地位和区别的见解、对玉皇大殿"通明殿"的解释等。

第三部分：太祖太宗年间，官吏、民庶等社会各阶层崇奉真君，记录数十首降言。真君降言亦因材施教，"清淳者，示之格言；贪酷者，警以要道"，且"词甚平易，颇叶音韵"，内容涉及修道之要、为官之道等箴言秘语。

从整体看,《翊圣保德真君传》三部分内容由主到次地记述了太祖太宗年间真君降言的完整过程,这是一部组织严密、气势恢宏,且背景复杂、用意隐微的道教杂传。可以说,与此前的《汉武帝内传》、《虬髯客传》等著名道教传记一样,《翊圣保德真君传》有着非常丰富的历史文化信息。

从道教文学角度观照,《翊圣保德真君传》算得上一部小型的道教文学总库。全传包括十几则张守真驱邪除妖的灵验故事,这些故事李剑国《宋代志怪传奇叙录》未曾关注,今人纂辑的各种小说、笔记类文献,注意者也极少①,事实上它们都是十分精彩的志怪小说,在宋初小说史上应引起重视。其中第9则叙述杨家有鬼,请术士"李捉鬼"和僧徒除之,结果反被鬼捉弄的戏剧性描写,就很富有趣味:

> 又长安富民杨氏家有鬼物为怪,掷瓦纵火,一日万变,聚族忧惶,莫可宁处。时有术士李捉鬼者,尤善符禁。杨氏召之,方及其门,若为物所系,匍匐而起,俄复颠陨,如是者三,遂狼狈而走。杨氏复召僧众为道场,诵经作梵呗以祛之。俄又若有物攫其道具,或投于屋,或弃于井,群僧惶惧而去。乃至捣衣砧石,亦自空中腾起,三三两两,相逐而落中庭,遇物凌触,而物无所损。如是之怪尤众,不可具纪。

---

① 安徽大学潘燕的硕士论文《〈道藏〉中的宋代小说研究》(2012)对《翊圣保德传》有所论及。

　　杨氏素闻真君之灵，乃躬持香烛等，驰赴焚祷，具言其怪，且求驱殄。真君降言曰："汝当速归，吾令守真继往也。"守真寻再拜而往其家，士民观者填隘其户。守真易衣整冠，咒水挥剑，行于四隅，其怪即寂然无声。守真谓杨氏曰："此妖伏矣！请为醮以祛之。"向夕，结坛焚章，礼毕而去。一城之众，稽首称叹。守真既归，杨氏随诣宫中，陈醮以谢。①

　　这篇文字用语直白，描写生动，与早期志怪体已有明显区别，与《夷坚志》中的同类作品当不相上下，一定程度上也体现了宋代叙事文学的水平和特征。但这样的作品，在各种宋人小说研究中很少有人关注。

　　诗歌方面，《翊圣保德真君传》也录有二三十首各体诗作。根据许地山《扶箕迷信的研究》对降笔、扶箕的描述②，这里各色人等在崇奉真君时的降笔文字，很可能也是一种扶箕降笔。据笔者统计，全传共录诗 27 首诗，《全宋诗》《全宋诗订补》及若干《全宋诗》补辑类论文均未辑录这些作品，鉴于此，这里一并过录如下：

卷上：

1. 降诗王继恩

　　建隆元年奉帝言，乘龙下降卫人君。扫除妖孽犹闲

---

① 《道藏》第 22 册，第 699 页。
② 许地山：《扶箕迷信的研究》，商务印书馆，1999 年，第 7 页。

事，纵横整顿立乾坤。国祚已兴长安泰，兆民乐业保天真。八方效贡来稽首，万灵振伏自称臣。亲王祝寿须焚祷，递相虔洁向君亲。吾有捷疾一百万，诸位灵官万该人。若行忠孝吾加福，若行悖逆必诛身。赏罚行之既平等，天无氛秽地无尘。爱民治国胜前代，万年基业永长新。①

2. 降诗张守真

大道兴隆阴谋灭，诸天众圣皆欣悦。宋朝社稷甚延年，太平景运初兴发。君上端心显明哲，爱民治国常须切。万年基业永长新，金枝玉叶无休歇。②

卷下：

1. 降诗道士冯洞元

到境始知安，形忘灵物闲。真空须照达，幽微即大还。动观无障碍，希夷合自然。功成神莫测，变化可冲天。去住由自己，三官赦旧愆。命曹除罪簿，六丁奏上天。众生要修道，须知无上源。③

---

① 《道藏》第22册，第695—696页。
② 《道藏》第22册，第696页。
③ 《道藏》第22册，第700页。

2. 降诗侍御史路冲

尽力事君，以为忠臣。浊财勿顾，邪事莫闻。

整雪刑狱，救疗人民。动合王道，终为吉人。

积愆累咎，必有沉沦。①

又降：

六合乾坤内，众生多不会。造业向前行，如盲蓦江海。如将智慧观，自越千重海。②

3. 降丞相沈伦

灵物不病，形躯自安。形躯有病，返照而看。③

4. 降王德渊

莫管内，莫管外，来往真灵无挂碍。

所居安乐是汝家，各自勤行莫相待。

先达之人无滞碍。真空妙乐有天堂，与圣相同灭诸罪。

又降：

---

① 《道藏》第22册，第700页。

② 《道藏》第22册，第700页。

③ 《道藏》第22册，第700页。

妙理须行到，周旋皆合道。举措见真空，真空无烦恼。混合太虚中，自有无声乐。地炉天灶间，皆同凡圣道。常将智慧观，可向今生了。①

5. 降驾部员外郎李铸

建隆之初，方禀希夷。上帝命吾，众圣皆知。
乘龙下降，列宿相随。五岳受命，主张地祇。
潜扶社稷，密佐明时。吾要李铸，知吾降期。
不得轻泄，免漏天机。②

又降：

为官求理在贞明，智慧俱通临事清。观天行道合阴德，食君爵禄常若惊。为吾洗心复换骨，背凡入圣奔长生。天宫快乐胜凡世，不夜之乡挂一名。③

又降：

年登七十余，住世不久居。饶君寿百岁，问汝得几秋？
地府直须怕，冥司难请求。有功无惊惧，积罪必遭诛。
子孙难替代，早觉莫痴愚。④

---

① 《道藏》第 22 册，第 701 页。
② 《道藏》第 22 册，第 701 页。
③ 《道藏》第 22 册，第 701 页。
④ 《道藏》第 22 册，第 701 页。

又降：

> 有缘无缘，福业相牵。有缘福至，无缘业缠。
> 三业大罪，信根不圆。若遵吾语，如倚太山。①

又降：

> 听吾之语必延汝年，亦将康健保安然，至诚不退修
> 真理，今生若在玉皇前。②

又降：

> 托托莫忧烦，军府自然安。每事依王道，从他天
> 下传。③

又降：

> 为主虔诚拜上玄，宋朝社稷保长安。不久太平天下
> 乐，一家受福镇如山。④

又降：

> 为主合虔诚，将心助太平。天宫系其职，每事更宜

---

① 《道藏》第 22 册，第 701 页。
② 《道藏》第 22 册，第 701 页。
③ 《道藏》第 22 册，第 702 页。
④ 《道藏》第 22 册，第 702 页。

精。众圣皆知汝，举措直须惊。一朝功满后，永住看三清。①

又降：

生前莫乱忧，已后亦无愁。主判阳间事，凡人得几秋。但依圣言著，长生天上求。②

6. 降张卓尝

大道养汝性，阴阳生汝身。为吾勤行道，为吾勤修真。公廉常用意，忧恤在乎民。遇时佐明主，清浊上帝闻。浊富终不久，清贫为天人。莫教人道富，从他人笑贫。自有真家富，清高不愧负。③

又降：

形凡性不凡，为国显清廉。家积千余口，有罪自家担。④

又降：

但服阳和气，天灶再熏蒸。地炉别有用，道德日日

① 《道藏》第22册，第702页。
② 《道藏》第22册，第702页。
③ 《道藏》第22册，第702页。
④ 《道藏》第22册，第702页。

新。延命积福应，真空若至清。虚无有妙理，度脱有缘人。①

7. 降道士周务本

汝有词言慕上天，其如心意隔关山。仙宫不远如指掌，内外工夫全未圆。阴官察录无遗过，免堕酆都数百年。依吾所语合吾道，要履三清应不难。②

8. 降张守真子张元济

无事莫街行，勤学必立名。扬名在天下，道荫有长生。③

又降：

为过自家知，善恶日相随。分明违天道，问汝阿谁痴？④

9. 降张守真

当今显圣明，修德动三清。上天归正道，四海息交

---

① 《道藏》第 22 册，第 702 页。
② 《道藏》第 22 册，第 702—703 页。
③ 《道藏》第 22 册，第 703 页。
④ 《道藏》第 22 册，第 703 页。

兵。八方钦睿圣，五谷尽收成。劝君须修德，上帝赐长生。①

10. 降诗诫辅道士

千人心不同，万人心皆错。举意不相通，与圣难相约。②

11. 降诗诫官吏

每存忠信齐其天，文武班行自有贤。为主万年定基业，常忧黎庶恐饥寒。长行德行合其道，烧香虔祝告虚玄。但愿国安君长久，齐心辅佐太平年。③

12. 降诗诫朝臣

擎天之柱著功勋，包罗大海佐明君。文王治世及尧日，辅弼乾坤在忠臣。为主直须行决烈，死生齐却戴皇恩。常行吉善合其德，慎终如始莫忧身。④

这些诗歌有的杂言，有的五言、七言，还有个别符合格律的近体诗，用语浅近直白，在宋初道教文学中别具一格。《翊圣保德传》白文1万余字，内中有道教文学固有的说道内容，如翊圣保

---

① 《道藏》第22册，第703页。
② 《道藏》第22册，第703页。
③ 《道藏》第22册，第703页。
④ 《道藏》第22册，第703页。

德真君借张守真之口讲述三教"一贯"之说、修醮设坛之法，但除去这些内容，这个体量巨大的"母传"包含的志怪故事和道诗都是道教文学史较少关注的对象，而他们对于认识宋初道教文学的总体成就具有重要意义。

第四节　真宗崇道及其道教文学创作

真宗（968—1022）朝推崇道教是史家的常见话题，关于崇道的起因和褒贬，在当世就有议论，但无论如何，此期道教在官方的推动下获得全面发展，尤其擅长醮祭的符箓派道教大行其道，相应的道教文学创作也跟着水涨船高，出现较繁荣的趋势。据各种道教史分析①，真宗崇道分两个阶段，前十年（997—1007）承前朝余续，对道教没有特殊的尊崇，后十余年（1008—1022）开始大规模扶持、崇奉并利用道教。后十年真宗与王钦若、宦官刘承珪、道士王捷等导演"天书下降"事件、封泰山、祭祀汾阴后土地祇等，主角则是各级官吏和各派道士，客观上推动了道教的各方面发展。

在道教宫观的修缮上，真宗恢复了唐五代的宫观使一职，新置宫观副使、判官、都监等②，丁谓、林特等人曾担任此职。在天符下降之初，为了"奉天书"，大中祥符元年（1008）真宗于皇城北天波门建造昭应宫，《续资治通鉴》卷三一《宋纪》云：

---

① 任继愈主编《中国道教史》（上海人民出版社，1990年）及卿希泰主编四卷本《中国道教史》（四川人民出版社，1996年）第二卷均分两个阶段述真宗崇道的历史过程。

② 冯千山：《宋代祠禄与宫观》（上），《宗教学研究》1995年第3期。

帝崇信符瑞，修饰宫观，承规悉预焉。作玉清昭应宫，尤精丽，小不中程，虽金碧已具，必毁而更造，有司不敢计其费……。①

大中祥符七年（1014），玉清昭应宫始成，《续资治通鉴长编》卷八三云：

甲子，以玉清昭应宫成，诏赐酺，在京五日，两京三日，诸州一日。宫宇总二千六百一十区。初料功须十五年。修宫使丁谓令以夜继日，每绘一壁给二烛，遂七年而成。②

玉清昭应宫是建在京城的皇家道观，真宗曾数次在这里举行醮祭之礼，其规模和形制在宋朝所营建的宫观中当首屈一指，但这并不是唯一的营建举措。大中祥符元年（1008）十二月，"诏应天下宫观陵庙有名在地志，功及生民者，并加崇饰"③，二年（1009）十月又"诏诸路、州、府、军、监、关、县择官地建道观，并以'天庆'为额，民有愿舍地备材创盖者亦听"④。这种全国式的大兴土木，势必浪费大量的人力物力。导致北宋财政危机的原因很多，但真宗朝大肆崇道、靡费过大一定是重要因素之一。

---

① 毕沅：《续资治通鉴》，中华书局，1957年，第688页。
② 李焘：《续资治通鉴长编》卷八三，第七册，中华书局，2004年，第1899页。
③ 李焘：《续资治通鉴长编》卷七〇，第六册，第1581页。
④ 李焘：《续资治通鉴长编》卷七二，第六册，第1637页。

大中祥符二年，殿中侍御史张士逊曾上奏："今营造竞起，远近不胜其扰，愿因诸旧观为之。"①

虽然"诏从其请"，但整个真宗朝前后二十余年在道教宫观营建上花费的人力和财力并未见少，为此屡遭后世诟病，但作为宗教活动场所的宫观得到修缮和保护，对道教在北宋的扩张和发展具有积极作用。《续资治通鉴长编》卷七二还有这样一句话：

先是，道教之行，时罕习尚，惟江西、剑南人素崇重，及是，天下始遍有道像矣。②

据此宋初道教塑像并未风行，崇重者只有江西、巴蜀两个素有道教传统的地区，大中祥符以后则"天下遍有道像"，其影响可见一斑。

真宗朝崇道是全方位的，除了营建宫观、塑造神像，还频繁上神尊号、设醮奉神，优渥道士、招徕隐逸、编修道经等。这些举措都是官方行为，有浓厚的政治意味和现实目的。其中编修道经这种规模庞大的道教文化建设更离不开皇家的扶持赞助，太宗时就已经展开道经的搜访与纂辑，《混元圣迹》卷九记载："初，太宗尝访道经得七千余卷，命散骑常侍徐铉、知制诰王禹偁校正，删去重复，写演送入宫观，止三千三百三十七卷。"③ 另据《天台山志》所辑《重建道藏经记》载，雍熙二年（985）太宗下诏运送

① 李焘：《续资治通鉴长编》卷七二，第六册，第1637页。
② 李焘：《续资治通鉴长编》卷七二，第六册，第1637页。
③ 《道藏》第17册，第877页。

天台山桐柏宫《道藏》到余杭传写，写毕又送还桐柏宫①。可见，太宗时就有大规模纂修道藏经的举措，虽然彼时没有具体名目的"道藏"传世，但这为真宗朝编修"道藏"提供了直接依据。上引《混元圣迹》卷九有如下记载：

> 大中祥符二年，己酉，诏左右街选道士十人，校定《道藏》经典。至三年，又令于崇文院集馆阁官僚详校，命宰臣王钦若总领之。初，太宗尝访道经……止三千三百三十七卷。至是，钦若沿旧三洞四辅经目增补，凡四千三百五十九卷，撰成篇目上进，赐名《宝文统录》，帝亲制序。②

从"至是"的上下文意判断，王钦若在太宗朝 3337 卷道经的基础上做了增补，得道经 4359 卷，并据此"撰成篇目"上呈真宗，真宗赐名《宝文统录》，而此时即上文所云任命王钦若总领道经编纂的大中祥符三年（1010）。《宋史》卷八《真宗本纪》大中祥符九年（1016）年三月有"己酉，王钦若上《宝文统录》"的记载，故有以为《宝文统录》成于大中祥符九年，以致诸多误解产生，甚至以之"代指"此时修校的"道藏"③。实则，《宝文统录》仅仅是一部道经目录，决非"道藏"名，且这部道经目录是

---

① 《道藏》第 11 册，第 94 页。

② 《道藏》第 17 册，第 877 页。

③ 卿希泰主编《中国道教史》第二卷第七章《道教在北宋的复兴和发展》之《北宋〈道藏〉的纂修、张君房与〈云笈七签〉》即认为《宝文统录》是大中祥符九年以前修校中的《道藏》的目录，因用以代指此时编纂的《道藏》。

真宗赐名，大中祥符九年"王钦若上《宝文统录》"是在书成并获真宗赐名、制序以后，并非成书时间，否则不当如此表述，可是后世往往忽略这个细微差别。

关于《宝文统录》与张君房主持修纂的《大宋天宫宝藏》之间的关系，吉冈义丰《道藏编纂史》①、陈国符《道藏源流考》②、卿希泰主编《中国道教史》都有分析，这里我们可以肯定《宝文统录》仅是王钦若呈给真宗的目录书，张君房编修《大宋天宫宝藏》是在王钦若所修校道经的基础上③，且仍旧在王钦若统领下纂修而成的一部道藏。后来，这部道藏散佚，但据张君房撮其要而成的《云笈七签》，我们仍可一窥原藏梗概。

纵观真宗朝，搜集传写道经、编撰道经目录、纂修《大宋天宫宝藏》贯穿了整个大中祥符年间（1008—1016），而此期也正是真宗崇道最盛的时期。从《云笈七签》来看，内中所存大量道教文学文献，包括道教歌诗、神仙传记等，都是在这种崇道风气下得以编撰、记录的。但这些都不是皇帝一个人所能推动的，也绝不是皇帝一个人的行为，实际上，从出谋划策到具体施行，都是大量文官、道士参与的系统性活动。这种规模庞大且具有浓厚政治意味的尊崇，在宋代官僚系统的推动下很容易得到普及和拓展，

---

① 《道藏编纂史》第七章《宋代の道藏》对此有较详细考订，参见吉冈义丰：《道藏编纂史》，日本五月书房，昭和六十三年（1988）出版，第118—122页。

② 《道藏源流考》之《历代道书目及道藏之纂修与镂版》引《云笈七签》、《三朝国史志》（《文献通考》引）、《佛祖统纪》等文献详加考订。参见陈国符：《道藏源流考》，中华书局，2014年，第129—133页。

③ 据《云笈七签序》，"选道士冲素大师朱益谦、冯德之等，专其修较，俾成藏而进之"，这或即王钦若主持编纂"成藏"的一部道藏，但没有具体名字，且"纲条漶漫，部分参差"，问题严重，故有张君房重编之举。

而很多道教文学作品正是在这种轰轰烈烈的崇道活动中创作出来的。

真宗好文学，擅书法，谚语"书中自有黄金屋，书中自有颜如玉"即出自他的《励学篇》。《玉海》引《中兴书目》著录《真宗御集》三百卷，包括《玉京集》二十卷、《正说》十卷、《承华要略》二十卷等，但多有散佚。真宗存世的道教文学作品可与徽宗相侔，今《正统道藏》洞真部表奏类有《宋真宗御制玉京集》六卷，张商英编《金箓斋三洞赞咏仪》卷中部分收录了真宗的道教歌诗作品，另外《道藏》中亦有见于数种道经的真宗御制序文，今编《全宋文》未收。

《宋真宗御制玉京集》所收真宗作品多为宫廷斋醮时向玉皇、三清、翊圣、天尊大帝等天神及太祖、太宗、诸皇后的表奏类文章。《全宋文》第十册卷二一二至卷二一六收录真宗的大部分诏书，但《玉京集》中的表奏文则全无收录。表是大臣向皇帝陈述政事、表达衷情的报告性文书。作为"天子"的皇帝在朝廷祭礼、醮仪中向"天""帝""祖宗"陈情的文书也采用"表"体格式，这是"奉天承运"的君权神授专制体系中的重要一环。这些文书未必是真宗亲力亲为，一般由大臣或相关部门草拟，皇帝过目后，按其旨意正式拟定，有固定的格式。这些表文可以为我们提供大量宋朝宫廷醮祭的重要信息，比如举行斋醮祈神的事由，不仅有祈雨、谢雨、祈晴、祥瑞、年节生日、秋成丰收、休兵无事，还有《为火罪己表》中的宫廷失火、《谢道场表》中的举办斋醮，另外真宗朝天书下降、东封泰山等重要崇道事件都有相应的表奏，可以说，从这些表奏文，我们能从一个侧面观察真宗朝的真实状态。真宗表奏的对象，如上表一道，一般为"天"、"三清"、"玉皇"、

"圣祖天尊大帝"，如卷二《谢祥瑞表》三道其一：

> 三清
>
> 嗣天子臣某　诚感诚庆，顿首顿首，再拜上言。臣伏以龙井桧坛，祷灵禧而顺拜；福庭太室，揆言日而告期。枚卜攸同，多仪斯荐，高旻降鉴，嘉应发祥。内顾眇冲，诞膺于介祉；永惟励翼，用答于凝祯。臣无任感幸激切之至，谨奉表称谢以闻。臣某诚感诚庆，顿首顿首，谨言。①

但有的表有十道、十一道，表奏天神、圣祖的顺序则完整体现了宋初皇家神灵、先祖的祀礼程序，如《真宗御制玉京集》卷二《万岁殿祥瑞表》十一道的表奏对象顺序为：

> 三清　玉皇　圣祖天尊大帝　宣祖皇帝　太祖皇帝
> 太宗皇帝　昭宪皇后　孝明皇后　明德皇后　懿德皇
> 后　元德皇后

这个顺序并非固定，有时会有取舍和重复，且添加了"天书"、"翊圣"等新出神迹、神祇，如卷六《为火事词十三道》的祀礼顺序为：

> 三清玉清昭应宫　玉皇　圣祖天尊大帝　北极　天书
> 太祖皇帝　太宗皇帝　三星殿　翊圣　诸小殿　三清上清

---

① 《道藏》第 5 册，第 795 页。

宫　玉皇　圣祖天尊大帝

　　总体来看，"天——三清——玉皇——圣祖天尊大帝——先祖"为宋初神谱的基本框架，醮祭诸神圣祖是宫廷的日常活动之一。跟现实世界中的皇帝诏书相比，这些表奏内容当然是虚拟的，但同样是朝廷日常的重要组成，通过这些古雅、恳切的骈体文字，我们可以看到道教仪式文学沟通他界的非凡效果。

　　《金箓斋三洞赞咏仪》卷中所收真宗歌诗有《步虚词》十首、《玉清乐》十首、《太清乐》十首、《白鹤赞》十首、五言《散花词》十首、七言《散花词》十首，总计60首道教仪式歌诗。这些道教科仪用词大多为各种纯文学研究者所忽略，但它们都有极高的作为宗教文学的审美价值。其《步虚词》十首，较六朝时期的五言古体诗，已经采用了当时相当成熟的五言律诗体，对仗整齐，声律和谐，用词古雅，可谓道教歌诗的一个创作高峰。现引其《步虚词》如下：

　　　　铜浑春律至，玉阙晓烟披。吉梦通天意，灵文表帝期。奉符成钜典，胥宇报纯禧。克布烝民祐，应谐百福宜。

　　　　锡符瞻绛阙，揆日会彤庭。迎导森容卫，黉威罄典刑。氤氲流协气，络绎奏祥经。苾苾修嘉荐，祗祗达杳冥。

　　　　将议元封礼，期观上帝心。清都云杳杳，丹禁漏沉沉

沉。先觉回飙驭，遵期锡玉音。乔封成纪号，虔巩倍
钦钦。

上封初蕆事，吉梦复通真。王检功成近，龟书锡祐
臻。灵丘扬典礼，恭馆答威神。介祉从穹昊，流祥及
下民。

岱岳琅函至，神州藻仗迎。流金炎气散，触石庆云
生。喜见倾都意，欢闻载路声。华簪皆仰望，仙羽表
殊清。

神皋求爽垲，珍馆法圜清。鸿应流无极，丕功见有
成。发祥开茂绪，介祉佑群生。亿兆观宏壮，虔恭意
倍倾。

夕梦通中禁，仙游降上苍。鸿源昭浚发，丕历协无
疆。报况虔心积，储休瑞命昌。庆云知不竭，亿载保
咸康。

福地求清界，良金范粹仪。中霄闻圣训，邃古启昌
期。累洽彰敷祐，精衷报锡禧。乾乾瞻肖像，简简茂
丕基。

药宫成壮丽，郢匠极精微。层阁形疑涌，虚檐势若
飞。宝龟生绿甃，画栋见灵辉。钦奉求多福，常期惠

九围。

> 窈窱门扃启，峥嵘殿宇开。云低龙影度，风静鹤音
> 来。金简藏三洞，飘车凑九垓。何烦言阆苑，即此是
> 龟台。①

因《乐府诗集》卷七八收录唐前大部分文人步虚词，归入杂曲歌辞类，《步虚词》一般被看作乐府旧题，早期旧制为五言古体，至唐韦渠牟《新步虚词》十九首采用近体格律诗的创作方式，后人多以"新"冠之。真宗这十首步虚词，延续韦渠牟的格律体再铸新词，在仪式歌诗写作上有重要意义。从"吉梦通天意"、"吉梦复通真"、"夕梦通中禁"几句看，这十首《步虚词》当写于真宗梦到"天书下降"以后大中祥符年间的一次醮仪。十首诗是作为一个整体的组诗，按照坛场法师存思七宝玄台、礼忏十方、旋绕左行的仪节顺序，有内在的逻辑发展过程。真宗本人有很高的文化修养，这十首极精致的五言律诗，其本身的艺术追求已经超越了宗教科仪本身，如"云低龙影度，风静鹤音来"一句，极富动感地描摹了坛场存思想象中的"龙影""鹤形"。

真宗另有《玉清乐》《太清乐》两首道曲歌词，形制如太宗的《太清乐》，每句歌词后有"玉清乐""太清乐"的衬词，去掉这个用于附和的衬词，亦实为七言诗作。《玉清乐》十首为七言绝句，韵脚各不相同，内容风格与太宗《太清乐》近似。真宗《白鹤赞》有十首，五言、七言《散花词》各十首，这三十首五、七

---

① 《道藏》第5册，第766—767页。

言诗纯文学研究很少关注，但从形式到内容风格上看，都是地道的道教文学作品。《白鹤赞》是科仪音乐的一种，所用唱词有时写作《白鹤词》，有时作《白鹤赞》，吕太古《道门通教必用集》卷二曾录辑数首。如前述，太宗也有《白鹤赞》十首，每句以"白鹤"起，而真宗十首组诗中"白鹤"二字没有出现过一次，造语更趋典雅精致：

群嬉瑞羽出青田，望以霜华编挠天。人世不知空仰叹，静思应是洞中仙。

仙姿相续呈祥至，瑞典徐观自古同。方信扬音清踔内，还同矫翼燎烟中。

霜翎高逐祥风势，朱顶低浮瑞日辉。为显灵心来表瑞，前迎秘箓每群飞。

八景戒期登秘宇，九清敷佑协祥经。曾云颉颃瞻仙羽，暴日徘徊在福庭。

五金镕范粹仪成，千里森罗藻卫行。应有灵仙来述职，化为珍羽蔽空迎。

福地将兴橐籥功，人心祗慄凤宵同。忽观淬羽丹青色，飞上瑶坛烟雾中。

良冶将期睹粹容，醮坛先事祷神功。岂期嘉荐当中夜，忽有仙音在半空。

舳舻相接济洪川，万目丛观意惕然。因见灵潮来巨壑，益知降祉自高天。

宝舰乘流近帝都，应龙表瑞见全躯。不随蓊郁飞云去，常与辉煌藻卫俱。

鸿渊极目接苍烟，巨舰扬帆独晏然。不独阳侯收骇
浪，更观等觉见金田。①

金箓斋、黄箓斋科仪中有散花仪节，即在道场上用香花供养
高真上帝，彼时当配《散花乐》，吟唱《散花词》，今存道经中尚
有《古散花乐》《五字散花乐》等科仪音乐的部分歌词。宁全真、
林灵真编《灵宝领教济度金书》卷十对散花仪节有较详细的描述：

凡散花，每两句为一首，上一句吟毕，继吟"散花
礼"三字，方吟下一句。吟毕，继吟"满道场，圣真前
供养"八字。②

真宗五言《散花词》十首第一首"芬芳盈法座，祇慄待群仙"
带有启坛意味，随后发挥想象描述"天上春常在，花开不计时"
的美好，从"禁苑花齐发，人间第一芳"句开始描述皇家园囿百
花齐发的盛景，最后又回到鲜花满布的坛场。全诗充满了祥和喜
悦之情，如能配乐演唱，回到仪式现场，当是一场美轮美奂的视
觉和听觉的盛宴。

玉宇千门启，金炉百和然。芬芳盈法座，祇慄待
群仙。
天上春常在，花开不计时。瑶坛霭瑞露，芳气更

---

① 《道藏》第 5 册，第 768 页。
② 《道藏》第 7 册，第 94 页。

蕃滋。

仙葩色最红，望与火云同。为问生何处，瀛洲清景中。

仙花不记名，百步有芳馨。华席开清醮，飙车降紫庭。

洞中春不歇，常有百花香。攀折来瑶席，芬芳遍道场。

禁苑花齐发，人间第一芳。雕盘和湛露，兰殿奉虚皇。

非剪亦非裁，先春晓夕开。为迎真驭至，常有好风催。

散花花不尽，遍在玉清中。还似卿云起，纷纷迎碧空。

空里花无际，元生玉帝宫。只来临靖馆，不去逐和风。

此花颜色异，片片绮霞飞。散布瑶坛上，遍霭羽客衣。①

真宗七言《散花词》十首在结构上与五言《散花词》雷同，即前面几首描写仙界大罗天上散花无数，然后写龟台有奇花四季依序开放，仙境"天花"烂漫、随时开放，与人间花开只能"待春来"的情况形成鲜明的对比。整首组诗最后一句"每采芳华朝上帝，愿均福佑及生民"体现了身为一国之君关心民瘼的苦心：

①《道藏》第5册，第768页。

　　散花何处最花多，天上高天有大罗。花在此中生本异，况将瑞露庆云和。

　　昆丘绝顶有龟台，台上奇花四序开。不是群仙朝玉帝，何由散到世间来。

　　天上天花旦夕开，不同人世待春来。天花每有天人折，将献层城日几回。

　　瑶台半夜露华滋，月帔朝真在此时。时有仙花空里降，吹来玉宇奉金姿。

　　五色奇葩降洞天，仰观空里势翩翩。莫言仙境常时有，动是人寰亿万年。

　　仙花折得自仙宫，散在珍台晓景中。玉阙有春春不老，璿图受福福无穷。

　　羽客骖鸾在半天，下瞻珍馆意乾乾。蓬莱折得花无数，散在殊庭黼座前。

　　上林花卉先春发，幽谷莺声尚未知。不遣常人攀折得，尽将福地奉真期。

　　洞中三十六天春，仙境由来异世人。采得名花何处去，将来宫馆奉高真。

　　仙官真侣往还频，去看蓬山阆苑春。每采芳华朝上帝，愿均福佑及生民。①

　　《全宋诗》收录了宋徽宗的《散花词》十首，但是没有收录真宗的二十首"散花词"。从宗教艺术成就上看，真宗这二十首作品

---

　　① 《道藏》第 5 册，第 769 页。

体例谨严，层次分明，在道教文学史上当有一席之地。

第五节　宋初类书编纂与道教文学文献的汇总

崇尚文治的宋朝在太宗、真宗年间，由皇帝下诏，历经 30 多年完成了四部官修类书：《太平广记》、《太平御览》、《文苑英华》和《册府元龟》，总计达 3500 多卷。除了这四部类书，真宗末年仁宗初年，张君房还在《大宋天宫宝藏》的基础上编纂了一部道教类书《云笈七签》。这些大型类书一定程度上都是道教文学文献的渊薮，尤其《太平广记》"神仙类"、《太平御览》"道部"、《云笈七签》卷九十六至卷九十九"赞颂部"的赞颂歌、歌诗、诗赞辞及卷一〇〇至卷一二二"纪传部"、"灵验部"的道教传记、笔记等，都是宋前重要的道教文学文献。这种道教文学文献的大规模修订编纂为道教文学自身的发展打下重要基础，也为仙道基因注入各个艺术门类的创作提供了基本的文献保障。

《太平广记》是太平兴国二年（977）三月，由李昉、徐铉、宋白、吕文仲等 12 人奉敕编纂，来年八月纂成，因成于太平兴国年间，所以定名为《太平广记》①。《广记》全书五百卷，目录十卷，共分九十二大类，下面又分一百五十多小类，如"畜兽类"下又分牛、马、骆驼、驴、犬、羊、豕等细目，专收前代野史、小说及杂著等，被称为"小说家之渊薮"、"荟萃说部菁英"。

《太平广记》前八十卷"神仙""道术""方士"三类，大多纂辑于道教经典，据《太平广记引用书目》，前八十卷书目多引自

---

① 关于《太平广记》的成书与宋初政治问题研究，参见张国风《〈太平广记〉版本考述》，中华书局，2004 年，第 4—5 页。

前代道经：如《列仙传》《神仙传》《真诰》《汉武内传》《洞冥记》《洞仙传》《仙传拾遗》《神仙感遇传》《续仙传》《原仙记》《墉城集仙录》《女仙传》《三洞群仙录》《录异记》等。从内容上看，这八十卷多是道教灵验、仙凡感遇、术数修炼、得道升仙等道教内容。从世俗文学的角度，这些作品多被看作传奇、小说等叙事类作品，但它们与道教信仰有着千丝万缕的联系，同时也是一种神圣叙事，具有宗教宣验、护法的意义。从这个角度，宋初纂修的《太平广记》保留了大量前代道教文学文献，具有重要的文化史意义。

与《太平广记》同时编纂的大型类书还有《太平御览》。宋太宗赵光义于太平兴国二年（977）命李昉等编撰《太平御览》，至太平兴国八年（984）成书，前后费时六年。和《太平广记》一样，"太平"取自年号"太平兴国"，宋敏求《春明退朝录》谓"书成之后，太宗日览三卷，一岁而读周，故赐是名也"①。《太平御览》凡1000卷，为宋代最大的类书之一，索引经史图书，凡一千六百九十余种，今不传者十之七八。该书征引赅博，足资考证，全书分五十五门，共5363类，类下又有子目，大小类目共计约5474类。《太平御览》卷六五九至六七九为"道部"，计二十一卷。这二十一卷"道部"内容和架构近乎一部小型"道藏"，从教义思想到斋醮科仪、法术修炼、道教经典、宫观理所、法器法物等等，囊括了道教信仰的大部分门类：

道部一　道

道部二　真人上

---

① 李昉等编：《太平御览》"总目"，宋刊本。

道部三　真人下

道部四　天仙

道部五　地仙

道部六　尸解

道部七　剑解

道部八　道士

道部九　斋戒

道部十　养生

道部十一　服饵上

道部十二　服饵中

道部十三　服饵下

道部十四　仙经上

道部十五　仙经下

道部十六　理所

道部十七　冠 帻 帔 褐 褵 袍 裘 衣 佩 绶 板 笏 裙 铃 杖 节 履 舄 帷 帐 席

道部十八　简章

道部十九　几案 舆 辇 阙 殿 堂 台 阁 楼 观 宫 室 房 舍 窗 户 门 庭 坛 府

道部二十　传授上

道部二十一　传授下

因参与纂修《太平御览》的多为五代降臣（李昉就曾“汉乾祐举进士”），有深厚的学养，这个分类一定程度上体现了宋初上层文人对道教的认识和理解。所引道经范围相当广泛，有的已经散佚，具有重要的学术价值。如《道学传》就可以据此辑出相当一部分条目，有的道经还有重要的校勘价值。以教内道门来看，这二十一卷具有经典性质，可以说是类书中的一部"道教类书"，现存明《道藏》正一部就节略了《太平御览》中的"理所""简章"等子目，分为卷上、卷中、卷下三部分入藏。《太平御览》这二十一卷有相当多道教修持的内容，保存了数量众多的前代神仙传记、灵验笔记及体道传道事迹，是宋初道教文学史上的重要成绩。

《云笈七签》是缩编《大宋天宫宝藏》内容的一部大型道教类书。北宋天禧三年（1019），时任著作佐郎的张君房编成《大宋天宫宝藏》后，又择其精要于天圣三年至七年（1025—1029）辑成《云笈七签》进献仁宗皇帝。道教称宝经的储藏器物为"云笈"，分"三洞四辅"七部，故张君房在《云笈七签序》中谓"掇云笈七部之英，略宝蕴诸子之奥"，因名之曰《云笈七签》。

张君房称编纂此书的目的是"上以酬真宗皇帝委遇之恩，次以备皇帝陛下乙夜之览，下以裨文馆校雠之职，外此而往，少畅玄风耳"①，其学术价值彪炳千古。按张君房自序，《云笈七签》为一百二十卷，但因历代传抄，分卷大小有别，卷数不一，明《道藏》本一百二十二卷基本保留了全书内容。

张君房虽称此书乃"掇云笈七部之英"而成，但并非杂乱地从《天宫宝藏》中节录，而是重新构筑一部"道教百科全书"或"道教面面观"，与纯粹编纂经典的"道藏"截然不同。这样一册在手，道教的起源、主旨、经典架构、修炼方法、斋戒威仪、教义教理、圣传灵验等等，简明扼要地被全部囊括，无所不包。所以

---

① 《道藏》第 22 册，第 1 页。

说，一定程度上，《云笈七签》不是一部节略杂抄，而是抄出来的"专著"，有其外在的体系架构和内在的逻辑发展。《云笈七签》中载录道教文学文献的部分主要是卷九六至卷一二二，下面简要述之：

卷九六：赞颂歌；卷九七：歌诗；卷九八：诗赞辞；卷九九：赞诗词

这部分赞、颂、歌、诗、词等，主要是取自《汉武内传》、《真诰》等六朝上清道经中的五言歌诗。张君房把这类文献较早地辑录整合在一起，为道教歌诗文献的保存和研究提供了很大方便。

卷一百：纪；卷一百一：纪；卷一百二：纪；卷一百三：传；卷一百四：传；卷一百五：传；卷一百六：传；卷一百七：传录；卷一百八：列仙传；卷一百九：神仙传；卷一百十：洞仙传；卷一一一：洞仙传；卷一一二：神仙感遇传；卷一一三上：传；卷一一三下：续仙传；卷一一四：墉城集仙录；卷一一五：传；卷一一六：传；卷一一七至卷一二二：道教灵验记

从卷一百至卷一二二主要为道教神谱中的仙真传记，除了真宗的序和少数篇目外，这部分内容多为宋以前的道经文献，其道教文学意义也在于文献的纂辑和保存之功。但卷一二二最后一篇《〈太上天童经〉灵验录》确实是宋朝初年的一部相当优秀的道教灵验记，今人所编《全宋笔记》《全宋文》等总集类文献均未见收载，现引录如下：

益州西门内石笋街百姓李万寿者，年五十余，景福元年壬子岁三月中值乱，城门尽闭，家道罄竭，亲属二十余口悉皆沦没，万寿一身穷悴。其月城开之后，遂往汉州，投托亲知。行至新都县，觉日色犹早，乃更前去。殆至昏黑，无处止息，遂见西山之下，隔桥似有人居，茅斋四向，园林森耸。万寿至门，扣扉良久，一女子出，年才及笄，忽见万寿，甚惊，问曰："君是何人？因何至此？"万寿曰："欲往汉州，至此抵夜，愿寄一宿，希不艰阻。"女子曰："君宜速去，此不可住。"万寿再三恳告，乃曰："缘妾夫婿非人也。"万寿坚问其故，乃曰："妾夫即行病鬼王也，啖食生人，莫知其数。妾即新都县蓝淀行内王万回家女也，偶然被摄至此，无由归得。"万寿曰："某至此山路险恶，去亦死，住亦死，愿得一处藏匿，必可免难，当为娘子通报本家，令知在此。"女子良久欣然，遂引万寿入大瓮中，以物蒙之。万寿既喜又惧，不敢喘息，但志心密诵《太上天童护命经》。四更以来，忽闻大风拔树，走石飞砂，俄见鞍马铿訇，旗队震耀，入于堂内，须臾而风止。俄又闻鼾睡之声雷吼，达于屋外。夜未晓，女子潜至瓮，间语万寿曰："我王与群鬼睡矣。然王问妾云：'适来忽见宅四面金刚力士，遍满空中，紫云之内，白鹤仙童，罗列前后，吾遂急归，复遇一老翁四目，部领兵使三十余万，逐吾至大铁围山。吾奔迸窜避，直候兵散，崎岖至此，今大困乏，岂是有术人至此否？'妾但答云：'此无人也。'君必有祕术邪？为妾言之。"万寿曰："某无所能，适但至心密诵《天童护命经》耳。"女子曰："君试诵之，我愿闻也。"万寿遂密密历诵经一遍，女子稽首跪听，移时赞叹，乃曰："岂非此经灵验否？"言讫，复入室内，忽寂然无物，但有空房，四向寻觅，绝无影响，但闻香风飒飒，觉在土穴中，仰见天色皎然，遂奔至瓮所，惊告万寿，同寻香气而出。天色渐晓，方知身在大古墓中，相顾悚惧。万寿遂引女子至新都县，寻其本家父母。聚族悲喜，问其事由。远近人民，传说惊叹。以钱十万、庄一所赠万寿，即于严真观入道。其女子之父王万回，即于万寿处传受《天童经》，于玉皇观中入道。①

《天童护命经》撰人不详，约出于唐代，明《道藏》洞神部本文类收录，金朝道士侯善渊曾作注，经文实为咒语，音声急促，节奏明快，其禳灾驱鬼祛病之效，道门至为推崇。这条灵验记载《道藏》本《道教灵验记》没有收录，以内容分，当属道教灵验记中的"经法符箓灵验"，非杜光庭原本内容，当为张君房节录《道教灵验记》时增补，可见《云笈七签》不仅仅节录前代道经，也收录部分时作。从叙事水平上看，这则道经灵验记述前后衔接紧凑，叙事婉转，充满悬念，具有极好的宣验效果。灵验记前还附了《真宗皇帝御制天童护命妙经序》：

① ［宋］张君房编，李永晟点校：《云笈七签》（五），中华书局，2003年，第2696—2698页。

夫妙本难穷，至真善应，可道而非常道，无为而靡
不为。是以琼简瑶函，爰敷宝训，云章凤篆，咸演秘文，
标示明科，形容造化。所以宣扬博利，伙助洪钧。为善
教之筌蹄，道含灵之耳目。朕获膺元命，茂育群黎，冀
广真诠，潜资庶品。以《天童护命经》者，太清密语，
金阙真符，素有前征，播于别箓。其或洗心诚诵，结念
奉持，固可却疠蠲邪，臻和致寿。类羲图之立象，幽赞
神明；同夏鼎之除袄，不逢魑魅。愈凶灾于六极，集戬
谷于百祥。因模写以颁行，乃标题而叙列。所期寰海，
共乐生成云耳。①

从这篇真宗御制序文来看，当时此经曾摹写颁行，前有皇帝
赐序，后有灵验记载，这是一篇相当完美的道经灵验文学作品，
可惜真迹早已淹没在历史的长河中。

第六节　宋初道教小说的创作与发展

道教小说是道教文学的一个重要门类，罗争鸣《杜光庭道教
小说研究》曾对这类宗教叙事文学作过如下定义：

道教小说的内涵与外延就可以作如下归纳：主旨以
宣传教义、劝善教化为主；内容主要反映道教生活、神
仙信仰；作者以道士为主，但也不乏深受道教影响的文
人士大夫及山中处士等；分布范围，不仅《道藏》、《藏

① ［宋］张君房编，李永晟点校：《云笈七签》（五），第2696页。

外道书》等道门经典大量保存，《太平广记》《类说》
《绀珠集》等藏外文献更有载录。①

　　詹石窗 1994 年与汪波合撰的《道教小说略论》较详细地探讨
了道教小说的形成流变、精神内蕴及艺术模式等多方面问题，曾
提到"我们研究道教小说，不仅要研究那些出于道教中人之手用
以阐释教理、宣扬法术、记叙神仙事迹的作品，而且也需要广泛
涉及那些表面看来并无道教活动的描写，但又在纵深层次上表达
道教观念情感的作品"②。宋前道教小说已有相当成就，尤其唐末
五代时期的杜光庭编撰了《神仙感遇传》《道教灵验记》等大量宗
教叙事性作品，而到了宋初，道教小说创作略显沉寂，没有大规
模的创作，但在藏内、外，也有《江淮异人录》《乘异记》《湖湘
神仙显异》《杨太真外传》等反映道教生活、神仙信仰的作品出现。
　　《道藏》洞玄部传记类收录了宋初吴淑的《江淮异人录》，这
是一部由好道士人撰写的具有道教色彩的志怪传奇。吴淑（947—
1002）字正仪，润州丹阳（今江苏丹阳）人，为徐铉女婿，曾仕
南唐，《宋史》卷四百四十一《文苑传》有传。吴淑幼有俊才，善
属文为诗，深受韩熙载、潘佑等人赏识。归宋后，吴淑以见闻博
洽预修《太平御览》《文苑英华》等类书，著有《秘阁闲谈》《事
类赋》等。吴淑大部分著作都已经散佚，但《江淮异人录》仍有
佚文保存，且收入明《正统道藏》。从入《道藏》这个角度看，

---

　　① 罗争鸣：《杜光庭道教小说研究》之《导论》，巴蜀书社，2005 年，第 2
页。
　　② 詹石窗、汪波：《道教小说略论》，见《道家文化研究》第 4 辑，上海古
籍出版社，1994 年，第 254 页。

《江淮异人录》不仅仅是一部记载道流、术士、侠客的"志怪小说",它同时也是一部宣验性的宗教文本,钱曾《述古堂书目》亦著录在"神仙类"。《江淮异人录》概成书于南唐亡后,而《太平广记》未采录《江淮异人录》,或成于太平兴国三年之前①。

《四库全书总目》卷一四二子部小说家类《江淮异人录》条云:

> 是编所纪,多道流、侠客、术士之事。凡唐代二人,南唐二十三人。徐铉尝积二十年之力,成《稽神录》一书。淑为铉婿,殆耳濡目染,挹其流波,故亦喜语怪欤。铉书说鬼,率诞漫不经,淑书所记,则《周礼》所谓"怪民",《史记》所谓"方士"。前史往往见之,尚为事之所有。其中如《耿先生》之类,马令、陆游二《南唐书》皆采取之,则亦未尽凿空也。②

《江淮异人录》所载事迹不全是"凿空"荒诞之言,有些异人事迹往往有史可征,这也就更具有"见证""宣验"的护法功能。《四库全书》据《永乐大典》辑得 25 人事迹,明《道藏》所载也为 25 人,其中所记少数为江湖术士,大多数"好道",或为正式入道的道士,如司马郊"常被冠褐,蹑屦而行,日可千百里";聂师道"少好道";耿先生"明于道术,能拘制鬼魅,通于黄白之术";潘扆有道气,受"道术",世号之为"潘仙人";润州处士

---

① 李剑国:《宋代志怪传奇叙录》第一编《江淮异人录》条,南开大学出版社,1997 年,第 15 页。

② [清]永瑢等撰:《四库全书总目》,中华书局,1965 年,第 1211 页。

"高尚有道术"；江处士"性冲寂，好道，能制鬼魅"；陈允升"年少而静，然好道"；陈曙"善坛观道士也"；闽中处士"有道术，能通于冥府"；瞿童"愿师事上清三洞法师黄洞源"。可见，所谓"异人录"实有近半数为道士或好道之人，所记述的事迹也多为道教方术和仙人感遇的种种秘事。从叙事风格和艺术水平上看，有的篇目不次于一般的文人传奇，如《耿先生》。耿先生是一位奇女子，江表将校耿谦之女，少而聪慧，善书法诗词，且姿色绝伦，可她并非深居简出的大家闺秀，而是能拘制鬼神、烧炼黄白的"道人"。后耿先生入宫，所行与玄宗朝的叶法善相近，以黄白等道术深得圣上优宠，其中怀中化银及以雪化银两节，文笔颇有风采：

上尝因暇，预谓先生曰："此皆因火以成之，苟不须火，其能乎？"先生曰："试为之，殆亦可。"上乃取水银，以硾纸重复裹之，封题甚密。先生内于怀中，良久忽若裂帛声。先生笑曰："陛下常不信下妾之术，今日面观，可复不信耶？"持以与上。上周视，题处如旧，发之，已为银矣。

又尝大雪，上戏之曰："先生能以雪为银乎？"先生曰："亦可。"乃取雪实之，削为银铤状。先生自投于炽炭中，灰埃坌起，徐以炭周覆之。过食顷，曰："可矣。"乃持以出，赫然洞赤。置之于地，及冷，烂然为铤银，而刀迹具在。反视其下，若垂酥滴乳之状，盖初为火之所融释也。因是，先生所作雪银甚多。①

耿先生后来在宫中怀孕，"一日谓上曰：'妾此夕当产神孙圣子，诚在此耳。请备生产所用之物。'上悉为设之，益令宫人宿于室中。夜半烈风震霆，室中人皆震惧，是夜不复产。明旦先生腹已消如常人。上惊问之，先生曰：'昨夜雷电中生子，已为神物持去，不复得矣。'"这段记载颇为神异，作者吴淑根据传闻如实记录，并称耿先生男女大欲与常人无异，后来以疾终，或为晦迹混俗的神仙。

《潘扆》是一篇典型的"神仙感遇"故事。潘扆为大理评事潘鹏之子，少居和州，在鸡笼山砍柴供养双亲。后过江至金陵，泊舟秦淮口，有一老父求同载过江，潘扆敬其年迈许之，在舟上，潘扆携酒与老者共饮，此后神迹颇似杜光庭《神仙感遇传》中的笔法：

> 及江中流，酒已尽。扆甚恨其少，不得醉。老父曰："吾亦有酒。"乃解巾于髻中取一小胡芦子，倾之，极饮不竭。扆惊，益敬之。及至岸，谓扆曰："子事亲孝，复有道气，可教也。"乃授以道术。扆自是所为诡异，世号之为潘仙人。②

此后潘仙人多行异迹，但后来"亦以疾卒"。在《江淮异人

---

① 《道藏》第 11 册，第 15 页。
② 《道藏》第 11 册，第 15 页。

录》中，高道和好道者少有"飞升""遐举"，多如常人"以疾终"，这种如实记录相比没有边际的夸张更具有"宣验"的效应。从宗教实践的角度上看，《江淮异人录》具有相当重要的宣教功能，这也是这部志怪书得以入藏的根本原因。

宋初，除了吴淑撰写《江淮异人录》等道教灵验作品外，张君房也有撰述。李剑国《宋代志怪传奇叙录》及刘全波《〈云笈七签〉编纂者张君房事迹考》曾引缀《续资治通鉴长编》《麈史》等各种史料，勾勒了张君房的生平，刘全波文还做了张君房事迹简表，颇有所得。张君房，湖北安陆人，字"允方"或"尹方"，景德二年（1005），中进士，大中祥符三年（1010）四十余岁时为开封府功曹参军，四年为御史台主簿。张君房学识渊博，时称茂才，对阴阳五行、符瑞谶纬等有很深的造诣，曾参与纂修《大宋天宫宝藏》，又据全藏纂为《云笈七签》①。《云笈七签》这部道教类书的文学成就，已见前述。张君房除了纂修道教经典，还著有《潮说》《野语》《丽情集》《科名定分录》《脞说》等，其子张百药纂为《庆历集》三十卷，惜已不存。

在张君房诸种笔记、志怪作品中，《乘异记》所记主要为五代至北宋咸平年间的仙道、幻术、征验、变化、报应、神鬼等异事②。《郡斋读书志》《直斋书录解题》《文献通考》《宋史·艺文志》等对《乘异记》均有著录。"乘"为车舆载物，常为史书的别称，如"晋乘"，而"乘异记"则专载异事。《乘异记》原书散佚，现仅存部分内容，《类说》卷八和《绀珠集》卷一一存十二

---

①　综合参考刘全波《〈云笈七签〉编纂者张君房事迹考》，见《中国道教》2008 年第 4 期。
②　李剑国：《宋代志怪传奇叙录》，第 40—41 页。

篇，另据《太平通载》等辑得六篇，共十八篇。从这些佚文看，《乘异记》具有较浓厚的道教文学色彩，其中《道士唱感庭秋词》即以仙道为题材，叙述富有趣味：

> 蜀有狂道士，诣紫极宫谒杜光庭先生求安泊。朝夕饮醉，讴歌《感庭秋》词。一夕，灯烛荧煌，列席甚盛，道士正坐，二青衣童侍立，光庭窥户曰："识度凡浅，不料上仙降监，匍匐门下，冀拜光灵。"道士曰："何辱先生，勤学如此。"乃令二童收拾筵具，折搩之，随手而小，如符子状。又将二童合为一木偶，可寸许，悉纳冠中。乃启户，光庭欣然而入，已无见矣，但四壁焉。①

这则记载当经过《类说》编者节略，非《乘异记》原文，但仍能通过对话和对高妙道术的描写，体会原作具有浓厚道教色彩的宗教叙事艺术。

《湖湘神仙显异》为北宋初曹衍撰，从书名看，这部作品所记当为神仙感应之事。曹衍还有一部《湖湘灵怪实录》，与此《湖湘神仙显异》为姊妹篇，惜已不传，《遂初堂书目》《崇文总目》《通志·艺文略》《宋史·艺文志》等均有著录，题名卷数略有差别。曹衍为衡阳人，宋初曾穷困无以自进，著《湖湘马氏故事》二十卷。十国之南楚为马殷所建，故有"马楚"之称，此或与杜光庭专记蜀地"王氏"的《王氏神仙传》有共同旨归。

---

① ［宋］曾慥编纂，王汝涛等校注：《类说》卷八，福建人民出版社，1996年，第269—270页。

　　《正统道藏》洞玄部谱录类存《南岳九真人传》一卷，题"奉议郎致仕骑都尉赐绯鱼袋廖侁撰"。廖侁，北宋真宗朝前后人，号西溪退叟，《全宋文》载其所著《南岳九真人传序》《横龙寺记》。本书为廖侁受道人欧阳道隆之托，考订校正欧阳家藏道书《九真人传》，行之于世。九真人为南岳九位较著名的道士，即陈兴明、施存、尹道全、徐灵期、陈慧度、张昙要、张始珍、王灵舆、邓郁之，大概活跃于晋宋齐梁间。王青在《〈汉武帝内传〉研究》中提到："廖侁之本又是根据道士欧阳道隆私藏《南岳九仙传》中'取旧碑为定'的仙传。所谓旧碑，当即《南岳小录》中九仙宫的碑记，前代九真人条说是'出九仙宫碑'，乃唐懿宗咸通十年孙觌所置，可代表晚唐的情形。"①

　　宋初道教文学史上还有一位重要作者乐史，颇有可书者。乐史（930—1007，一说928—1005），字子正，抚州宜黄（今属江西）人。乐史曾仕南唐为秘书郎，入宋后为平原主簿。太平兴国五年（980）以现任官举进士，太宗未与，授诸道掌书记，后赐进士及第。太宗朝上书言事，擢为著作佐郎，知陵州，又迁著作郎，直史馆，转太常博士，知舒州、黄州等。真宗咸平初（998—1003）再直史馆，知商州，分司西京，后与子乐黄目同直史馆，至此"三直史馆"，时人荣之。乐史一生虽无显赫政绩，但学识渊博，勤于著述，所撰二百卷《太平寰宇记》是考察北宋初期政区建置变迁的重要史料，是一部继往开来的具有划时代意义的史地

---

　　①　见《文献》，1998年第1期。

巨著①。在乐史的大量著述中，有相当一部分与道教信仰存在密切关系，从题名上看，大致有：《总仙记》一百四十一卷、《诸仙传》二十五卷、《神仙宫殿窟宅记》十卷、《仙洞集》一百卷、《广卓异记》《杨太真外传》《李白外传》等等，但目前仅有《广卓异记》《杨太真外传》等存世。另外，《全宋文》卷五二存文数篇，其中《仙鹅池祈真观记》和《唐景云观碑》叙事颇有可观者②。

《广卓异记》卷二十所收卓异故事的主人公为历代修成正果的"神仙"，而这些篇目均来自《总仙记》，乐史在《广卓异记序》中云：

> 臣又闻《汉书》言学者称东观，如道家蓬莱山。唐太宗开文学馆，得入者谓之瀛洲。瀛洲之与蓬莱，神仙之攸馆，今既比之，即神仙不可不再言矣。臣撰《总仙记》，其间有全家为卿相、累代居富贵者，何异焉！今撮其殊异者入此书中。况夫立身朝廷，致位华显者，其或庆者在堂，吊者在闾，若能以道消息，寄怀于虚无之中，则躁竞之心塞，清净之风生。③

---

① 乐史事见《宋史》卷三〇六《乐黄目传》、《东都事略》卷一一五等，另李剑国《宋代志怪传奇叙录》之《李白外传》一条对乐史生平考订颇详，见第18—19页；余丹《乐史及其小说著述与贡献》一文也有考述，见《名作欣赏》2018年第32期。此综括诸说。

② 《仙鹅池祈真观记》和《唐景云观碑》两篇见于《全唐文》卷八八八，《全宋文》据以采入。

③ 《四库全书存目丛书》史部影印北京图书馆藏清康熙刻本，第87册，齐鲁书社，1996年，第522页。

　　《总仙记》已经散佚，《广卓异记》卷二十据此引录十条，所记神仙许真君、王子乔、匡俗、张良、三茅真君等多见前代仙真传记，但这些仙真的后代亦多登仙，与《广卓异记》所记贵盛显达之辈累代簪缨、五世其昌的叙事方式一样，题目也是"全家登仙""三世六人登仙""祖孙四人登仙""兄弟七人登仙"等。当然，《总仙记》原题未必如此，但是我们可以推测这部 141 卷的"仙传"，是一部规模庞大，上起先秦汉魏、下至五代宋初，带有"总集"色彩的历代神仙传记集。神仙之事本来幽眇难寻，年代世系往往舛误错杂，《总仙记》综括前代、述及当时，这种情况也一定存在。《四库全书总目提要》曾针对《广卓异记》卷二十的"神仙"部分作评断云：

　　　　其末卷则于自撰《总仙记》中撮其殊异者入此书。所言不出全家登仙，祖孙兄弟登仙，及三世四世五世登仙，四人六人七人登仙之类，重复支离，尤不足信。①

　　"重复支离"之弊，想必不限于《广卓异记》卷二十这几条，《总仙记》或均有此病。《宋史》卷三〇六《乐黄目》附其父乐史传，其中"又献《广孝传》五十卷、《总仙记》一百四十一卷，诏秘阁写本进内"② 一句后云：

　　　　史好著述，然博而寡要，以五帝、三王，皆云仙去，

---

　　① ［清］永瑢等撰：《四库全书总目》，第 547 页。
　　② ［元］脱脱：《宋史》卷三〇六，中华书局，1977 年，第 10111—10112 页。

论者嗤其诡诞①。

从上下文意看，这句话很可能针对《总仙记》说的，《总仙记》或囊括了上古神话时代的三皇五帝，因范围太广而招致"诡诞"的讥议。除了《总仙记》，乐史还编撰了《总记传》一百三十卷，从题目上看，两部"总"传当具有姊妹篇的意义。乐史撰有《杨太真外传》《李白外传》（一题《谪仙外传》）《唐滕王外传》《绿珠传》等单行篇目，《郡斋读书志》《直斋书录解题》等均有著录，李剑国《宋代志怪传奇叙录》以为这四篇当在《总记传》中，其余失考，其中《杨太真外传》《绿珠传》尚存，见于《续谈助》《说郛》卷三八、《顾氏文房小说》等②。从现存的两篇传记看，乐史大多采择旧文，但内中穿插各种史地考述，且不乏的评，也颇可见乐史博于杂史、异闻的特色。

乐史仙道故事的叙事水平在其留存的两篇碑记中多有体现。《唐景云观碑》云：

> 予家于观之北，童稚时闻耆老传云：往时观碑额，故将新之，因中元节，众道士推能书者，明日染翰。是日晚，有一道士，形容羸，衣褐荒，栖栖焉，人皆不物色，自言攻篆隶，请书之，众口哗然而阻截。迨夜参半，其道士于堂中张灯火，动笔砚，大书门扉上"景云观"三字。有未睡者潜观焉。迟明，观其笔力遒健，光彩射

---

① ［元］脱脱：《宋史》卷三〇六，第10112页。
② 李剑国：《宋代志怪传奇叙录》，第31页。

人目。于时令佐至，叹讶者数四。虽觉异人，发问未暇，请于新碑更书之，而辞不能也。

斋罢告行，行至三门，令佐暨诸道士随而且留。自言曰："吾是萧子云。"众拜之，举首不见。于是拆其门扉，缘饰为碑。至危太傅全讽为州将，时人移于黄田寨上，失之。得非神仙之物，变化而难留？子云者，梁黄门侍郎，于玉笥山得仙矣。①

这是一则根据南朝梁萧子云传说记载的一则仙道故事。萧子云，字景乔，晋陵人，《南史》卷四二、《梁书》卷三五有传。萧子云从小勤学而有文采，26 岁写成《晋书》（已佚），30 岁任梁秘书郎，后迁太子舍人，著《东宫新记》。后遭侯景之乱，宫城失守，萧子云奔晋陵，饿死于显云寺僧房，年六十三岁。萧子云善草隶书，为世楷法，梁武帝曾论其书云："笔力劲骏，心手相应，巧逾杜度，美过崔寔，当与元常并驱争先。"② 萧子云饿死于显云寺，但又谓"（太清）二年，侯景寇逼，子云逃民间"③，《梁书》谓"逃民间"，但均未提及逃至何处。通过乐史这则记载，我们知道在宋初即有萧子云在玉笥山得仙，化为道士，为景云观题写碑额的传说。后世黄庭坚、白玉蟾等均有诗作敷衍萧子云在江西玉笥山仙隐的典故，如黄庭坚《萧子云宅》：

---

① 曾枣庄、刘琳等：《全宋文》第三册，卷五二，上海辞书出版社，安徽教育出版社，2006 年，第 261—262 页。

② ［唐］李延寿：《南史》卷四二，中华书局，1975 年，第 1075 页。

③ ［唐］李延寿：《南史》卷四二，第 1076 页。

郁木坑头春鸟呼，云迷帝子在时居。

风流扫地无寻处，只有寒藤学草书。①

及至宋末元初，江西道士赵道一在其编撰的《历世真仙体道通鉴》卷三一进一步敷衍萧子云在玉笥山得道成仙的故事：

萧子云，字景乔，南齐高帝之孙，……常携家游江表名山，一日挂帆来访庐陵玉笥，初至清虚馆，时杜元老已于玉笥得道，乃南齐故寮，相值情好如旧，以师事之。往来洞天间，颇得其秘。亲制之刻石，伸言杜德。后过玉笥之东南连山重崖间，今号萧山是也，坛炉药臼，遗迹犹在。会梁武玺书来，召与子特委家入朝。既至，迁侍中。复以善草隶取重于时。子特亦善书，位太子舍人，先父而卒。太清元年侯景之乱，幕获朝臣景慕，仪状奇伟，虽年逾六十而神彩超迈。恐不免祸，遂急还萧山，后再徒居清虚。五年，忽神人降言曰：馆之东北有郁木，坑水自东注，可以久居。萧又徒家寓焉。历二纪，一旦上帝赐玉册，封元洲长史，仍司郁木福庭之籍、神仙之府，八十二口同隐世，不复见。其事亦秘，罕有知者。后人入洞，往往见居宅，若专志求访，则不可

① 《全宋诗》中，此诗与无名氏《玉笥山萧子云宅》重出，据周小山《〈全宋诗〉重出误收诗丛考》一文考订，当为黄庭坚诗作，见《中国韵文学刊》2011年第4期。[宋] 黄庭坚著，刘琳等点校：《黄庭坚全集》，中华书局，2021年，第1507页。

得矣。①

《历世真仙体道通鉴》谓萧子云居玉笥山，历二纪，上帝赐玉册，封"元洲长史"，且八十二口同隐，而反观乐史的这段记载，文字简洁生动，在萧子云传说嬗变的过程中，有重要意义。以其《总仙记》一百四十一卷、《诸仙传》二十五卷等规模庞大的仙真传记判断，乐史在宋初道教小说创作上具有重要的历史地位，惜大部分著作不传于世。

第七节　宋初丹道歌诗的创作与发展

内丹道的源头、发展及与外丹养炼之间的关系较为复杂，张广保《唐宋内丹道教》、戈国龙《道教内丹学溯源》《道教内丹学探微》、蔡林波《神药之殇：道教丹术转型的文化阐释》等中外论著对此各有解说。其中，俄罗斯宗教学家陶奇夫《道教—历史宗教的试述》以为："内丹的所有组成部分（内省术、操术和呼吸练习，等等）比炼丹术本身的实验室实践要久远得多，但是它们的形成系统较晚且仅是受到了外丹的影响，也借用了外丹的方法论和叙述语言。"② 一般来说，内丹道与老庄的修道哲学有内在关联，且综合了各种养生方术，超越了一般的方术小道，讲求道与术的结合，最终达到形神俱妙、性命双修的神仙之境。魏晋之际的《黄庭经》等可以看做早期内丹道文献，唐末五代时期，随着钟吕

---

① 《道藏》第 5 册，第 280 页。
② ［俄］陶奇夫著，邱凤侠翻译：《道教—历史宗教的试述》，齐鲁书社，2011 年，第 315 页。

传道，内丹道开始兴盛，至宋初已经相当成熟①。

钟离权、吕洞宾的各种传记资料被各种神异传说包裹，确切的生卒年无法考订，但五代末、北宋初他们应该仍在世间，其影响至为深远，宋元的南宗、北宗，甚至明清的东、西二派，都自称得自钟吕真传②。钟吕留存著作的真伪也像他们的身世一样迷雾重重，较为可靠的有《破迷正道歌》《灵宝篇》《指玄篇》《肘后三成篇》等。这些丹道经书多以韵文或歌诗的形式写就，是地道的宗教文学文本，有特殊的宗教审美意味。钟、吕一系下的内丹传承者，北宋有朗然子、刘希岳、林太古、柳冲用、高象先、张无梦等人。内丹家为了自神其术，大多以难解玄妙的歌诀形式来阐释丹经秘术，进而留下大量诗词作品。

《正统道藏》太玄部收录谷神子注《龙虎还丹诀颂》一篇，不分卷，卷首云"余生于巴蜀之地，长居齐鲁之乡"，谷神子小字注云："余者，先生自称也。先生姓林，名太古，字象先，道号淳和子。其先并州太原人，因官，生于梁州。洎长，访道寻师，多游齐鲁之地。太宗皇帝知名召见，赐与京兆山居，遂称京兆山人。后隐居于益州之华阳，复号华阳先生。"③《还丹诀颂》为 64 首七绝，有云"颂成还丹诀六十四首"，谷神子注云："先圣所述还丹之要，皆取法易象。故丹诀六十四首，以拟卦数也。如有后学详而习之，习而知之，乃见其妙。"④ 张伯端《悟真篇》中亦有 64 首七绝，据

---

① 此处关于内丹道的形成、发展的观点多参照戈国龙《道教内丹学溯源》的相关章节，见宗教文化出版社，2004 年。

② 参见李远国《论钟离权、吕洞宾的内丹学说》，《宗教学研究》2005 年第 2 期。

③ 《道藏》第 24 册，第 165 页。

④ 《道藏》第 24 册，第 165 页。

其自序，亦象六十四卦，可谓后学详而习之也。此六十四首丹道诗歌，《道藏提要》以为讲外丹，但内中有诗云"不知龙虎真形质，只在玄冥恍惚间"①，似乎所讲有内丹性质。诗歌大量使用丹道隐语，但总体上体现了"诀"顺口押韵、容易记诵的特征。

北宋初期另有丹道诗《太玄朗然子进道诗》，刘希岳著。刘希岳道号朗然子，卷首序云："余乃生居漳水，业本豪家，幼习儒风，曾叨乡贡。嗟浮世速如激箭，伤时光急若瀑流，未免退迹玄门，栖心冠褐。外丹达恍惚杳冥之旨，内气明溯流胎息之源，功勤未及于旬年，人惊不老，寿算已逾于五纪。自觉如斯，有此灵通，故难缄默，谨吟三十首，号曰《朗然子诗》。呈同道望回心，圣意非遥，人自疑惑。时宋端拱戊子岁季冬，住洛京通玄观内，偶兴述之。朗然子书。"②刘希岳《进道诗》现存主要有两个版本，一为《道藏》洞真部众术类所收《太玄朗然子进道诗》，一为陈垣《道家金石略》所收金天德二年（1150）石刻本《重刻朗然子诗》。刘希岳三十首《进道诗》并非专门阐发丹道义理之作，是作者"偶兴述之"的一时感兴，多具有劝讽意味。

《进道诗》概定稿于宋太宗端拱戊子（988）年，此时内丹南宗初祖张伯端年仅数岁，具有典范意义的南宗丹法尚未出现，故道教还停留在众多内修方术并存的局面。在这种历史背景之下，《进道诗》虽然表现出了推崇内丹之意，但其判教意识并不十分明

---

① 《道藏》第 24 册，第 166 页。
② 《道藏》第 4 册，第 918 页。

显，体现出了杂含众术的内丹修炼思想①。

　　道教内外对《进道诗》艺术价值的认识颇为不一，如金代道士长筌子认为《进道诗》"文辞简略，旨趣幽深"②，而清代学者毕沅则认为"其序及诗甚劣，而所说甚奇异"③。之所以出现这种截然不同的评价，是因为二者身份的差异。长筌子是一名道士，他主要从道教的视角审视《进道诗》，重在求取其中的修炼之道，而对其文学造诣的要求不是很高，故得出了"辞简旨深"的正面评价，而毕沅是一个文人学者，没有道教信仰的基础，他从纯文学的角度来看待《进道诗》，甚至还存有儒家对道教的偏见，故得出了"诗劣说异"的负面评价。从宗教文学的角度看，《进道诗》自有其特定的道教文学价值，我们可以用"浅易通俗"来概括其风格特征。其实这一评价和长筌子、毕沅并不矛盾，"言辞简略"故而浅易通俗，不像文人诗歌严整雅致，故毕沅称之为"劣"。

　　具体而言，《进道诗》浅易通俗，较少使用丹道隐语。为了保持内丹修炼的神秘色彩，道教内丹诗歌一般充斥着大量丹道隐语，诸如铅汞、坎离、龙虎、乌兔、黄婆之类，而《进道诗》中的内丹描写却少用此类隐语，对于精、气、神等修炼要素直称其名，从而给人以明白晓畅的感觉。如其诗言：

　　　　铸炼元精却返淳，万般为了始归真。若教愚者皆成

---

　　① 华东师范大学中文系 2019 级博士生张晓东未刊稿《刘希岳进道诗的创作及其后世唱和探析》对《进道诗》做了详尽探讨。本节关于《进道诗》的论述，多有借鉴。

　　② 阎凤梧、康金声主编：《全辽金诗》，山西古籍出版社，1999 年，第 3037 页。

　　③ ［清］毕沅：《中州金石记》卷五，《经训堂丛书》本。

道，争辩神仙是异人。

报效全由功满日，希夷不离自家身。但能勤运冲和气，便觉容颜转转新。①

该诗全无丹道隐语，语意清晰易解，即言修炼需要炼精运气。当然《进道诗》也不是全无隐语，但以少用、不用为主。如其诗云：

夹脊双关至顶门，修行径路此为根。华池玉液频须咽，紫府元君遣上奔。

常使气冲关节透，自然精满谷神存。一朝得到长生地，须感当初指教人。②

这首诗歌中的"华池玉液"指口中津液，"紫府元君"指先天元气，此在教外人士看来或许算作隐语，但对教内人士来说却是常识，故并不有违于《进道诗》浅易通俗的特征。

另外，《进道诗》所体现的内丹修炼方法，相对简易明白。刘希岳主要生活在五代宋初，正如前文所言，此时典型化的内丹修炼理论尚未出现，刘希岳的丹法具有杂含众术的特征。纵观《进道诗》三十首，刘希岳的修炼方法确实也没有什么神秘之处，不过是除情去欲、吞津咽液、搬精运气而已，如其所谓：

---

① 刘希岳：《太玄朗然子进道诗》，《道藏》第 4 册，第 919 页。
② 《道藏》第 4 册，第 920 页。

一居京洛十余春，未肯闲趋富贵门。摄养不教元气散，修行常遣谷神存。

饥餐舌下津还饱，寒发丹田火便温。取性自怡兼自乐，且无惭色感人恩。①

作者在此以自己的修道经验来解说摄元气、吞津液、守丹田的妙处，这些均为简单易行的修炼方法。又其所谓：

小隐居岩大隐廛，立身偏爱闹中闲。心澄莹若天边月，意稳安如海上山。

常遣眼前无欲色，自然脸上有童颜。更能通得泥丸穴，何必驱驱炼大还。②

该诗更是认为只要心安意稳、摒除欲念，便可以取得返还童颜的功效，且不受具体修炼地点的限制。由此可见，刘希岳的修道方法不但在具体操作手段上身心并修，亦"性"亦"命"，容易实行，而且在修炼地点的选择上也不甚拘谨，亦"岩"亦"廛"，随遇而安。

《进道诗》的浅易通俗还体现在大量劝俗内容。《进道诗》中的诗篇并不直接涉及具体修炼方法，仅是劝说读者放弃追名逐利，及早醒悟人生的短暂易逝，早谋修身延命之良方，我们可以称这类作品为劝俗诗。这些诗歌的读者多是未入道之人，故而诗歌往

① 《道藏》第 4 册，第 919 页。
② 《道藏》第 4 册，第 919 页。

往更加通俗易懂，具有俗文学的特征，如刘希岳写道：

紫衣师号苦贪求，养气烧丹总不修。未及中年身已老，正当强壮鬓先秋。

惺惺知有长生路，兀兀甘随逝水流。本挂冠裳缘甚事，争名竞利等闲休。①

紫衣和师号皆为朝廷对道士的赏赐，作者认为它们和世俗名利一样，是有碍身心修炼的身外之物。刘希岳还常常现身说法，以自己的人生经历勉励读者，从而坚定他们修道的信心，如其又写道：

萤窗十载望求名，两上春闱事不成。有志无缘干寸禄，到头有分学长生。

选官岂及选仙士，慕色争如慕道情。但得容颜常悦泽，升腾必定在前程。②

作者曾前后两次参加会试（春闱），但是最后都以失败告终，这使他悟出了选官不如选仙的道理，从而更坚定了其求仙问道的决心，同时也为俗众提供了一个由儒入道的范例。这些劝俗诗歌既无丹道隐语，也无文学典故，明白如话，言浅理深。

《进道诗》对后世有一定影响，曾有后人唱和。刘希岳《进道

---

① 《道藏》第 4 册，第 919 页。
② 《道藏》第 4 册，第 920 页。

诗》概定稿于北宋端拱戊子（988）前后，此时内丹南宗初祖张伯端年仅数岁，内丹北宗初祖王重阳尚未出生，在这一特定的历史时期中，刘希岳以其性命浑融、杂含众术的修炼方法，已经知名于世，对南、北宗均有一定影响。

刘希岳《进道诗》是道教史上较早的内丹修炼作品，与其他内丹修炼著作不同的是：一方面，它很少使用丹道隐语，读起来给人以明白晓畅之感；另一方面它并不严格要求秘传，曾两次以石刻形式公之于众。《进道诗》中既有浅显的修道理论，又有深刻的内丹思想，体现出了杂含众术、性命浑融的思想特色，对后来内丹南北宗的修炼产生了一定影响。同时，《进道诗》又是一部具有浅易通俗风格的文学诗歌集，在道教文学史上应当占有一席之地。后世还出现了两次对《进道诗》的隔代唱和，这在道教文学领域是不常见的现象，足见《进道诗》具有较大的艺术魅力。

《正统道藏》洞真部玉诀类有《学仙辨真诀》一篇，无署名，据《宋史》卷二〇五《艺文志》著有"张无梦《还元篇》一篇"，隔数行见"《学仙辨真诀》一卷"。据《道藏提要》，曾慥《道枢》曾叙《还元篇》之要，与《学仙辨真诀》相类。《学仙辨真诀》卷首有小序云"夫欲归根复朴，返魂还元，长生固本者……"，据此《学仙辨真诀》与《还元篇》或篇同题异的同一本著作。张无梦为陈抟弟子，与种放、刘海蟾为友，北宋初人。《学仙辨真诀》后附《子母歌》一篇，述内丹之旨，有双行小字注。

一母生两子，一男复一女，男是阴之宗，女是阳之主。阴来阳复往，不失本宗祖。脾磨食自消，相将归后土。学者亦如麻，迷者自今古。见龙不识龙，逢虎不识虎。龙不在东溟，虎不在西庞。若向一源求，昭昭知脏腑。若向东西求，有目如双瞽。阴在阳之胞，阳在阴之肚。男白女还赤，自然为夫妇。种麻只收麻，种黍只收黍。向铅不识铅，白手成辛苦。恍恍复惚惚，二物何难睹。杳杳复冥冥，三性自亲侣。情交无众药，气合无言语。若能铅自拘，亦如狸伏鼠。①

全诗压一韵脚，相对浅俗，体现了丹道歌诗在宋朝走向世俗的趋向。

《巨胜歌并序》不分卷，题下署"玄明子上清大洞道士柳冲用"，《直斋书录解题》《崇文总目》均有著录，《道藏提要》指出柳冲用或为北宋初人。《序》云："余少亲儒墨，长学玄风，偶因求瘼之余，近得长生之道。虽尽彤襜之任，有惭朱绶之荣，辄以谀学，将论大药。穷其精实，究以玄微。曾遇明师，获传要妙，固非谬妄，演道贤良。为《巨胜歌》十首，其间歌咏铅汞五行之妙，后来学者，用祛迷惑云尔。"②"巨胜"，《神农本草经》卷一云"胡麻……一名巨胜"，又有"巨胜子"，另一草实，与黑芝麻异，《周易参同契》谓"巨胜尚延年，还丹可入口"，《巨胜歌》之"巨胜"当指代"长生"。这组《巨胜歌》共十首，五、七言不等：

其一：

九鼎何所自，都因一炁生。银铅看得所，龙虎自吞

---

① 《道藏》第 2 册，第 895 页。
② 《道藏》第 19 册，第 327 页。

并。铢两相句制，河车辨性情。循还依节候，还丹应
可成。

其二：

> 龟蛇体殊异，铅汞共宗祖。二女虽同居，良媒分子
> 母。配合由三花，青龙句白虎。四象既可凭，五神当
> 有主。

其三：

> 巍巍尊复高，飘飘何左顾。世人徒炼丹，不识神仙
> 路。众石属坎宫，假名皆不悟。黑白既不知，流年亦
> 虚度。

其四：

> 尽言水土金，三物成大药。假气递相生，相生复相
> 烁。黄芽不是铅，元向铅中作。举东已合西，戊己为
> 橐龠。

其五：

> 二八成两家，中弦敌二八。乃知天地间，阴阳制枢
> 辖。子因母而生，母因子而杀。长养婴孩精，温颜防利
> 滑。月满每成形，抽添还暂歇。壬子一阳生，循环至亥
> 绝。若知出世期，神符与白雪。

其六

修真炼形须守一，参差一二炉间失。且将壬子制裹蹄，不然更泥扶桑日。必令有味到无情，方保元和天性质。不要他处觅良媒，夫妻由来相配匹。马牙从此胜琅玕，弦望晦朔候迟疾。乃知东西定圆方，世人莫谩夸奇术。

其七

水母金父不易识，化他流珠转辉㸌。假气若到白雪宫，黄芽从兹实难测。堤防坚固半浮沉，诧女悲吟宁暂息。

其八

古诗歌诀尽分明，只是迷人强穿凿。至道犹来不甚烦，妄将砂汞相交错。未知赤血与青腰，终日只向铅中作。铅中有物岂易修？失之一气无断齾。

其九

黄芽不是铅，二物生丹田。若求巨胜法，铅汞须自然。都非世间有，不问愚与贤。日魂与月华，识者皆神仙。

其十

太元道士本神仙，移名中都学自然。世人炼药迷金水，烧尽黄芽不识铅。西蜀水银人竟采，得火须臾变作烟。若能得一莫执一，妙法玄之又更玄。①

这是有感于世人妄言朱砂，穿凿水银龙虎而撰写的，最后一首中的"世人炼药迷金水，烧尽黄芽不识铅"鲜明地揭示了烧炼黄白的误区，可见作者主张"自然"玄妙的内丹法。

第八节　《真人高向先金丹歌》的创作与影响

《真人高象先金丹歌》（以下简称《金丹歌》）是一首丹道歌诗，存明《道藏》太玄部。自《周易参同契》《内景经》以下，丹道诗充斥大量隐语别名，加之丹理玄奥，这种诗歌往往缺乏审美意味而晦涩难懂，但这首《金丹歌》以歌行体排闼而来，汪洋恣肆，气势滂沱，且在义理阐释上，鞭辟近里，皎然明白，有的诗句还被《悟真篇》化用，而其与《悟真篇》之关系对《悟真篇》来源问题的考订具有重要的学术意义。检今人研究，高象先《金丹歌》还很少有人关注，此就其作者生平、创作过程、内容结构及与《悟真篇》之关系等问题，从文学史的角度，做一考订辨析。

一、高象先生平

高象先及其《金丹歌》在史籍中的记载很少，现在能看到的

_____

① 《道藏》第 19 册，第 327—328 页。

较早记载是《渭南文集》卷二六《跋高象先金丹歌》的几句话：

> 右玉隆万寿观本。序言有注解而不传，亦不知序者
> 为何人也。
> 丙戌二月八日，务观书[1]。

此丙戌年为南宋孝宗乾道二年（1166），这一年陆游见到玉隆
万寿观（今址南昌市新建县）的单行本《金丹歌》，并简单著录。
二十多年后的光宗绍熙二年（1191）年，陆游又续写了一则跋语：

> 国初，有高象先，淳化中为三司户部副使，少从戚
> 同文学，与宗度、许骧、陈象舆、郭成范、王砺、滕涉齐
> 名，不言其所终，亦不知其乡里，恐即此人。然序言名
> 先，字象先，又似别一人。神仙隐显，不必可知，聊记
> 之耳。辛亥炊熟日书[2]。

这则跋语较上则略详，陆游推测宋初淳化年间（990—994）
的三司户部副使高象先"恐即此人"，但从序看"又似别一人"，
感慨"神仙隐显，不可必知"。陆游并没有深入研读这部道经，其
实这首带有自传色彩的《金丹歌》本身就提供了很多信息。

---

　　① ［宋］陆游著，钱仲联、马亚中主编：《陆游全集校注》之《渭南文集校
注》，浙江古籍出版社，2015年，第143页。
　　② ［宋］陆游著，钱仲联、马亚中主编：《陆游全集校注》之《渭南文集校
注》，第144页。

《金丹歌》首句写到"东海高先真作怪，一个了心无比大"①。"东海高先"的"东海"指籍贯属地，今连云港尚有东海县。卷首佚名《金丹歌序》云："高先，字象先，朐阳人也。余素昧平生。"②朐阳，秦时置县，后改为东海郡，今连云港市仍有朐阳门广场。可以肯定，高先的籍贯就是今连云港东海县。高先，字象先，这在《金丹歌》诗中也有提及：高先闭关存思，灵升太清广寒宫时，"有吏开关问行止，遽报高先字象先"③，这里已经明确"高先字象先"，正与《金丹歌序》所记互证。

又有文献记载高象先号鸿蒙子，如南宋曾慥《道枢》卷三五《众妙篇》辑录历代高道事迹及其道论，其中有"鸿蒙子高象先，尝至广寒宫，于是玉宸君使见于西华夫人"④，随后节录高象先《金丹歌》中的部分内容。宋末元初人俞琰《周易参同契发挥》卷五引高鸿蒙《梦仙谣》，即高象先《金丹歌》⑤。今人丁培仁《增注新修道藏目录》以为高象先号"鸿蒙子"⑥。宋初有张无梦，字灵隐，号鸿蒙子，凤翔鳌屋人，与刘海蟾、种放结为方外之友，事陈抟先生。张无梦之号鸿蒙子是否与高象先混淆，无从判断，可备一说。另外，前引南宋曾慥《道枢》卷三五《众妙篇》同卷，还辑录"高子，名象先"的一则"玉女抱脐"的炼养方法⑦。据此，高象先后世亦被尊为"高子"。

---

① 《道藏》第 24 册，第 151 页。
② 《道藏》第 24 册，第 151 页。
③ 《道藏》第 24 册，第 151 页。
④ 《道藏》第 20 册，第 795 页。
⑤ 《道藏》第 20 册，第 222 页。
⑥ 丁培仁编著：《增注新修道藏目录》，巴蜀书社，2008 年，第 437 页。
⑦ 《道藏》第 20 册，第 795 页。

《金丹歌序》云："祥符六年（1013），因四明传神僧禹昌，始得识公面于京师。"① 序者于大中祥符六年与高象先结识，可推测高象先当活跃于大中祥符（1008—1016）年间。《金丹歌》还有一部分诗句自叙身世，现引录如下：

> 忆昔余年十四五，明经早欲干明主，壮心不伏低时才，遂弄笺毫业词赋。赋成龌龊龇自鄙，篆刻雕虫安足贵，旋操洪笔落宏词，将应大中天子制。前年攘臂来京辇，曼倩飞书方自荐。酒酣览镜照客容，遽骇潘安鬓华变。舍鉴抚膺吁自语，倏忽浮荣宁足慕，金阙遂抛方正科，玉京上应神仙举②。

十四五岁的高象先也曾有一番经邦济世之志，一心从事科举。诗中"将应大中天子制"的"大中"即"大中祥符"的简称，可见此间高象先曾参加科举，又曾飞书自荐（"曼倩飞书方自荐"用东方朔③上书武帝，自荐得为郎的典故），而因感叹韶华易逝、功业难成，最终弃儒入道，放弃了俗世科举而"上应神仙举"，从此以修仙求道为毕生追求。

目前，关于高象先的生平，我们基本上能考之大概。在某种程度上，他与唐人李白的精神志趣是相通的，而这首诗在风格气度上，与李白的古风更可谓隔代知音。

---

① 《道藏》第 24 册，第 151 页。
② 《道藏》第 24 册，第 151 页。
③ 东方朔，字曼倩。

二、《金丹歌》的创作过程与叙事结构

《金丹歌序》云："洎七年秋，观公《承醉答诸宫高员外歌》一首，几二千言。"① 这里的"七年"，从上下文看应是大中祥符七年（1014），序者看到了高象先所做《承醉答诸宫高员外歌》，也就是这首《金丹歌》。歌名已经揭示了这首诗的创作过程——这是一首酒醉之后（"承醉"）的神来之笔，后世所谓《金丹歌》《梦仙谣》等均非旧题。而与高象先共饮者，即"高员外"，此人身世在《金丹歌》中也有描述：

> 此必高才下位人，揖坐从容询姓氏，答我江陵王者孙，祖先世列荆南君，旋属建隆真主出，忻然纳玺称蕃臣。我昔少年心胆雄，文场一战魁群公，岂思一射失前望，武陵曾荐阿房宫。踪迹因兹沉下吏，九品公裳青窄地，折腰趋入谒刺史，阶下一拜不如死。早是徒劳顾飘荡，那堪枉被相诬罔。由赖汉昭明霍光，得全首领归南阳。旋辱天王霈恩渥，一命遄催尉西洛。自嗟薄命非贵人，退归南海怡天真。负郭良田几百顷，禾黍离离堕云颖。王租输外有余储，足养嵇康懒情性。去岁惊闻王御史，尝把文章奏天子。向来已决麋鹿心，不顾丝纶重及此。卧龙诸葛徒权奇，今日升平何所施，拂衣安得修仙子，九天高约云为梯。②

---

① 《道藏》第 24 册，第 151 页。
② 《道藏》第 24 册，第 152 页。

这是高象先受道西华夫人后回到世间，在街衢邂逅高员外时的寒暄之语。高员外本为五代十国南平高季兴的后裔。南平末主高继冲于宋太祖乾德元年（963）纳地归降，即诗句"旋属建隆真主出，忻然纳玺称蕃臣"所述的历史事件。高员外少负雄才，科场曾一举夺魁，"岂思一射失前望，武陵曾荐阿房宫"句用吴武陵推荐杜牧《阿房宫赋》、杜牧遂以得第的典故，此或暗指自己未能如愿得进三甲，从此沉迹下寮，做了折腰趋拜刺史的下层官僚。任上高员外又被诬谤，幸得保全首领，辞官南阳，不久受命任西洛军尉，但自叹薄命，退归南海。诗句"负郭良田几百顷，禾黍离离堕云颖，王租输外有余储，足养嵇康懒情性"描述了高员外这段逍遥自得、颐养天年的归隐生活。高员外的一生起伏跌宕，负高才而庸碌无为，遂决意归隐，即所谓"向来已决麋鹿心"，而"去岁惊闻王御史，尝把文章奏天子"一事让高员外再次燃起希望之火，可惜升平盛事，无所施为，只好以修仙飞升为"凌云"之志。

高象先从西华夫人那里悟得真诠，歌曰"群仙拍手笑方归，人间四大飒然悟"，但悟道后的象先并不主张避居深山修道，如诗云："尝闻古仙有遗语，深山不是修真所。许碏长寻偓月炉，游遍雄都并会府。"① 《悟真篇》卷上有谓"须知大隐居廛市，何必深山守静孤"②，即为此意。许碏，五代高阳人，也曾积极仕进，但屡试不第，遂周游五岳名山，他在所到之处，都于人迹罕至的峭

---

① 《道藏》第 24 册，第 152 页。
② ［宋］张伯端撰，王沐解：《悟真篇浅解》，中华书局，1990 年，第 8 页。

壁间题书"许碏自峨嵋山寻偃月子到此"几个大字①。"偃月子"又称"偃月炉",《悟真篇》卷中有"休泥丹灶费工夫,炼药须寻偃月炉"②。"偃月炉"显然指内丹鼎炉。象先对深山隐居求道不以为意,认为应该像许碏一样遍寻"偃月子"。为此,高象先出入市井都邑,遍历英才,结果"求个同人求不得……未尝失口谈真寂"③。正在孤独彷徨之际,高象先与高员外两位"高人"相遇。

高象先在"通衢"大街上发现高员外,对其神态举止做了相当精彩的描述:

> 有客通衢情忽忽,双睛激电如惊鹘。浑浑行当群小间,鸡中一鹤孤突兀。迤逦潜随复潜视,神骨虽奇容色悴,此必高才下位人。④

这个情节颇类后世武侠小说中的片段,遣词用语有很强的画面感。"情忽忽"一词可以给人无限的想象空间,此客"忽忽"之情非昏昏之态,是带有强大气场的英武拔俗之气。后句"双睛激电如惊鹘"刻画了专注的神态——闪电般的目光,如惊鹘之犀利。此辈在市井群小之间,如鸡中之鹤,卓异不群。见此英豪之士后,歆羡高才之心促使他"迤逦潜随复潜视",跟在后面暗中观察,看出此人"神骨虽奇容色悴,必为高才下位人",于是"揖坐从容询

---

① [元]赵道一编:《历世真仙体道通鉴》卷三六《许碏》,《道藏》第5册,第309页。
② [宋]张伯端撰,王沐解:《悟真篇浅解》,第35页。
③ 《道藏》第24册,第152页。
④ 《道藏》第24册,第152页。

姓氏"，遂有前引高员外自叙身世的一大段文字。两人一见如故，相逢恨晚，"各当携手登酒楼，酒酣高歌豁胸臆"①，诗人接下来描写俩人酣畅淋漓的饮酒场面，也极富感染力：

武阳鸿钟百余列，速饮连倾不得歇，直宜泼向沃焦山，大江须枯海须竭。②

两人饮酒已非"推杯换盏"可比，"武阳鸿钟"或为武阳郡所产"大号"酒杯。"百余列"酒杯自是文学性的夸张，形容两人酒量极大，且豪饮如洪，"速饮连倾不得歇"。"直宜泼向沃焦山，大江须枯海须竭"一句中的"沃焦山"，在《神异经》、《玄中记》等汉魏六朝神话经典中有一些记载，如："天下之强者，东海之沃焦焉，水灌之而不已。沃焦者，山名也，在东海南，方三万里，海水灌之而即消，故水东南流而不盈也。"③ 沃焦山是至阳之石，海水之所以不增，正因此石的蒸发作用。象先与高员外二人的畅饮就如泼向沃焦山而枯竭的江海一样，这种磅礴而恢弘的想象真有太白之风味。

饮中高员外乘兴赋作千言赠给象先，这首千言之作是诗歌还是文赋，不得而知，但从象先的描述来看，也一定是气势恢弘的奇篇佳构，即如象先云："坐中笔我一千言，龙门浩浩倾词源，势

---

① 《道藏》第 24 册，第 152 页。
② 《道藏》第 24 册，第 152 页。
③ 鲁迅校录：《古小说钩沉·玄中经》，齐鲁书社，1997 年，第 234—235 页。

决昆仑塞渤澥，声撼天关摇地阖。"① 接下来，象先以排比句式描述高员外所赠千言：

数百言兮何磊落，囚龙掣断黄金索，霹雳一声泾水湄，云中推下马头鼍。

数百言兮何高奇，虚籁寒生琼树枝，谁将宋玉倚天剑，秋空截断双虹蜺。

数百言兮何清苦，霜猿叫月月当午，霸陵衰柳怯秋风，金谷残花愁暮雨。

数百言兮何达观，万象强名声一断，大哉真觉觉来心，一切圣贤拂如电②。

象先以排江倒海的气势赞美员外所赠千言如何"磊落"、"高奇"、"清苦"、"达观"，而如此奇篇正是象先"承醉"所答的对象，也即诗作原题《承醉答诸宫高员外歌》所提示的。诗中亦云："我有赤龙天上诀，有口人间未曾说。奇君雄负天仙才，不惜天机为君泄。"③ 为君所泄天机，就是高象先魂入太清的宗教性神秘体验，以及西华夫人所受的金丹之诀。

回顾全诗，高象先这首 2000 余言的《承醉答诸宫高员外歌》以顺叙的叙事模式，从少年时代开始，描述他弃儒从道后，魂入太清，受道西华，回到人间邂逅高员外，与员外饮酒互赠的完整的故事。其核心内容——西华夫人传授的"金丹秘诀"，被层层包

---

① 《道藏》第 24 册，第 152 页。
② 《道藏》第 24 册，第 152—153 页。
③ 《道藏》第 24 册，第 153 页。

裹在周边叙事中。大致来看，全诗可分成这样几个叙事环节：

1. 自叙身世，讲述弃儒从道的过程。

2. 八月十五修炼，魂入太清，误入月宫的神秘体验。

3. 仙籍已备，西华夫人授《金丹歌诀》。

4. 悟道后，回到俗世间，邂逅高员外。

5. 与高员外饮酒互赠，一泄天机，道出写作此诗的
理由。

五节环环相扣，首尾衔接，《金丹歌》虽是"承醉"之作，但理路分明，章法谨严。《金丹歌序》云："虽朝上帝，问道西华，率皆寓言。"①《金丹歌》没有像此前的《参同契》《黄庭经》等丹经一样直接阐述丹道秘旨，而是以想象、夸张的文学笔法，以寓言的方式清晰地阐释了金丹大道，并鲜明地表达反对各种小道邪行的态度。这在宗教文学史上具有重要的启示意义。

三、《金丹歌》的真一之道、金丹之旨

如前述，俞琰引录《金丹歌》，题为《梦仙谣》，以为高象先飞升天界不过是一场"梦仙"之旅。但诗作中的朝太清、问道西华实际上是一个"存思"内修的过程，虽为"寓言"而有仙道理据，非怪诞不稽之辞。诗云：

八月十五天清明，闭关思道心冥冥，兀然四大生虚

---

① 《道藏》第 24 册，第 151 页。

白，不觉一灵升太清。①

"闭关思道"非如《枕中记》卢生"目昏思寐"而梦的被动状态，而是一种心尚"冥冥"的修道状态。存思又称存想、存神。《云笈七签》卷四十三"存思"曰："是故为学之基，以存思为首。存思之功，以五脏为盛。脏者何也？藏也。潜神隐智，不炫耀也。智显欲动，动欲日耀。耀之则败，隐之则成。光而不耀，智静神凝，除欲中净。如玉山内明，得斯时理，久视长生也。"② 存思术当源于天师道和六朝上清派道术，有存思内景、外景之别，司马承祯云"存谓存我之神，想谓想我之身"③，即为内视"身神"的一种存思术。高象先正是在存思修道时"灵升太清"。当时为八月十五月明之日，象先魂飞广寒宫，诗作对这段神秘体验做了文学性的描写：

太清四顾何漫漫，水晶宫殿冰相攒，巍巍双阙横云端，玉牌金篆题广寒。广寒宫中有平道，倒景未升天未晓，绛凤紫鸾栖碧林，白鹿黄猿睡瑶草。④

广寒宫中的水晶宫殿，寒气逼人，碧林中有绛凤、紫鸾，瑶草间有白鹿、黄猿。象先扣关，自报行止，双童揖告，原来是

---

① 《道藏》第24册，第151页。
② ［宋］张君房编，李永晟点校：《云笈七签》第2册，中华书局，2003年，第958页。
③ ［唐］司马承祯撰：《天隐子》，《道藏》第21册，第700页。
④ 《道藏》第24册，第151页。

"玉宸有命召先生"①。面见玉宸君后，"急征仙籍问仙名，仙官答云有名字"②，于是告曰："举世何人识河车，子当西去求西华。西华夫人掌枢纽，使当指与真丹砂。"③ 玉宸命双童导引，飞赴西华宫，向西华夫人求道。元道士陈致虚《太上洞玄灵宝无量度人上品妙经注》在引录高象先《金丹歌》时云："高象先日夕思真，不觉魂升玉京，上帝怜之，命西华太乙夫人指示金丹诀。"④ 西华夫人又称"西华太乙夫人"，当即西王母或金母元君。《墉城集仙录》卷一《金母元君》云：

> 金母元君者，九灵太妙龟山金母也。一号太灵九光龟台金母，一号曰西王母，乃西华之至妙，洞阴之极尊。在昔道炁凝寂，湛体无为，将欲启迪玄功，化生万物。……又以西华至妙之气，化而生金母焉。⑤

西王母乃西华之至妙，又以西华至妙之气，化而生金母。又，《无上秘要》卷二二："青琳宫、西华堂、丹微房，右在白玉龟山上，西王母所居。"⑥ 西华堂为西王母所居，"堂"与"宫"有别，但《金丹歌》中的"西华宫"当出于考虑韵脚的一种变通，与

---

① 《道藏》第 24 册，第 151 页。

② 《道藏》第 24 册，第 151 页。

③ 《道藏》第 24 册，第 151 页。

④ 《道藏》第 2 册，第 403 页。

⑤ ［唐］杜光庭撰，罗争鸣辑校：《杜光庭记传十种辑校》（下册），中华书局，2013 年，第 575 页。

⑥ ［北周］宇文邕主纂，周作明点校：《无上秘要》，中华书局，2016 年，第 269 页。

"西华堂"无异。双童引象先至西华宫后，用大量笔墨描述西华夫人的居所西华宫和天仙容貌，诗云：

> 仍命双童为前导，缥缥渺渺凌飞霞。百万里兮何咫尺，倏然已抵金天涯。朱曦半出扶桑东，轻云夹之光曈曚，百花摘引如长虹，抓楹攫槛皆虬龙。琳琅琪树何青葱，天风四触声玲珑，珠玑宝殿森其中，双童指曰西华宫。宫中彩仗何昭晰，有女方年十七八，鬒发缤纷垂暮云，素容轻淡凝春雪。①

西华夫人年方十七八岁，"鬒发缤纷垂暮云，素容轻淡凝春雪"，值妙龄、素容颜、长发垂、肤白皙等等向来是"天仙"的标准姿仪。西华夫人所居西华宫亦是琳琅宝树、殿宇珠玑。得玉宸之旨后，西华为象先设宴张乐，众仙云集，觥筹交错。欢乐难陈之际，西华夫人唱起短歌，即所谓"夫人顾我兮歌短歌"，短歌云：

> 圣贤莫若丘与轲，借问丘轲今何在，空留冢墓高嵯峨。前豪后杰循一辙，溺名涛兮沈利波。甘随石火风灯去，莫有栖心追大罗。红尘此日佳吾子，摆落浮荣如脱屣。向来虔奉玉宸言，为君析理长生事。②

孔丘、孟轲两位儒家圣贤还有数不清的"前豪后杰"不修仙

---

① 《道藏》第24册，第151页。
② 《道藏》第24册，第151页。

道，耽于世俗荣利，都已冢墓荒凉，而高象先能够摆落浮荣，心向大罗，遂为之"析理长生事"。从这里开始，《金丹歌》才进入其核心内容——金丹之旨的阐释。

西华夫人所"析理"的长生事为内丹要旨，有以为"则其所述丹道似为男女合修之内丹"①，男女、夫妻在内丹歌诀中多为阴阳、坎离、水火的代称，内丹也并非男女合修之房中术。西华夫人传道之前云：

君不见古皇问道崆峒室，虽得宏纲未全悉，回头蜀国访峨眉，天真皇人与真一。②

"古皇问道崆峒室"指轩辕黄帝登崆峒山向广成子问道，后又"回头蜀国访峨嵋"，向天真皇人问道。关于黄帝问道事较完整的早期记载，当为葛洪《抱朴子内篇》卷十八《地真》篇：

昔黄帝东到青丘，过风山，见紫府先生，受《三皇内文》，以劾召万神……过崆峒，从广成子受自然之经……到峨眉山，见天真皇人于玉堂，请问真一之道。皇人曰："子既君四海，欲复求长生，不亦贪乎？其相覆不可具说，粗举一隅耳。"③

---

① 任继愈主编、钟肇鹏副主编：《道藏提要》（第三次修订），中国社会科学出版社1991年版，2005年重印，第505页。

② 《道藏》第24册，第151页。

③ ［晋］葛洪撰，王明校释：《抱朴子内篇校释》（增订本），中华书局，1985年版，第323—324页。

黄帝问道广成事，《庄子》外篇《在宥》和《神仙传》卷一
《广成子》都有敷述，如：

> 黄帝闻而造焉，曰："敢问至道之要。"……广成子
> 蹶然而起曰："至哉！子之问也。至道之精，窈窈冥冥；
> 至道之极，昏昏默默。无视无听，抱神以静，形将自正。
> 必静必清，无劳尔形，无摇尔精，乃可长生。慎内闭外，
> 多知为败。我守其一，以处其和。故千二百岁而形未尝
> 衰，得吾道者上为皇，入吾道者下为王。吾将去汝，适
> 无何之乡，入无穷之门，游无极之野，与日月齐光，与
> 天地为常。人其尽死而我独存焉。①

"无劳"、"无摇"这段文字广为流传，广成子授黄帝之道为守
一处和之道，有谓广成子授黄帝《阴阳经》，《历世真仙体道通鉴》
卷一《轩辕黄帝》沿袭《神仙传》，谓广成子授《自然经》一卷。
这些经典传授，即西华夫人所云"虽得宏纲未全悉"，黄帝从广成
子那里仅得修道的纲领，未能全悉大道之旨。后来又赴峨眉山，
访道天皇真人，始得真一之道。上引《抱朴子内篇》卷十八《地
真》篇对"真一之道"有所阐述：

> 夫长生仙方，则唯有金丹；守形却恶，则独有真一，
> 故古人尤重也。仙经曰：九转丹，金液经，守一诀，皆

---

① ［晋］葛洪撰，胡守为校释：《神仙传校释》，中华书局，2010年，第1
页。

在昆仑五城之内，藏以玉函，刻以金札，封以紫泥，印
以中章焉。吾闻之于先师曰：一在北极大渊之中，前有
明堂，后有绛宫；巍巍华盖，金楼穹隆；左罡右魁，激
波扬空；玄芝被崖，朱草蒙珑；白玉嵯峨，日月垂光；
历火过水，经玄涉黄；城阙交错，帷帐琳琅；龙虎列卫，
神人在傍；不施不与，一安其所；不迟不疾，一安其失；
能暇能豫，一乃不去；守一存真，乃能通神；少欲约食，
一乃留息；白刃临颈，思一得生；知一不难，难在于终；
守之不失，可以无穷；陆辟恶兽，水却蛟龙；不畏魍魉，
挟毒之虫；鬼不敢近，刃不敢中。此真一之大略也。①

我们看《抱朴子》引《仙经》对真一的解释："一"已是具
备神格和超凡能力的神，居住在北极大渊之中，有重重卫护；
"一"也是道的化身，不施不与、不迟不疾、能暇能豫，能做到
"守一存真"，则能通神，可以无穷。可见，《抱朴子内篇》据《仙
经》对"真一"之道的解释，与广成子所授"必静必清，无劳尔
形，无摇尔精……慎内闭外，多知为败"的守一处和之道，没有
太大差别。在高象先《金丹歌》中，西华夫人对"真一"之道所
云为何似乎并不在意，相反强调"真一之道何所云，莫若先敲戊
己门"，与其苦苦追求"真一"，不如先敲戊己之门，修炼金丹大
道，那么这是怎样的金丹大道？现引录西华夫人所授如下：

真一之道何所云，莫若先敲戊己门。戊己门中有金

---

① ［晋］葛洪撰，王明校释：《抱朴子内篇校释》（增订本），第324页。

子，金子便是黄芽根。黄芽根为万物母，母得子兮为鼎
釜。日月魂华交感时，一浮一沉珠自飞。明珠飞到昆仑
上，子若求之凭罔象。得之归来归绛宫，绛宫蒸入肌肤
红。肌肤红，鬓发黑，北斗由兹落死籍。大哉九十日成
功，仿佛乔山有遗迹。①

"戊己"为中央土，代指"意"，在内丹隐语中，常用"媒
妁"、"媒娉"、"黄婆"指称，意为引导、运行，如男女婚配之媒
介，使金、水之元精（坎）与木、火之元神（离）会合于中央戊
己之土，凝结成丹。《悟真篇》卷上有"二物会时性情合，五行全
处虎龙蟠，本因戊己为媒娉，遂使夫妻镇合欢"②。卷上又云："戊
己自居生数五，三家相见结婴儿。"③ 卷中又有"黄婆自解相媒合，
遣作夫妻共一心。"④ 这些都是戊己运行水、火，五行交会而成丹
之要旨，"敲戊己门"即修炼金丹之法，这不是外丹黄白，更不是
房中秘术，而是典型的内丹道法。

"黄芽"是内丹道中的重要隐语，常与"白雪"并列，如《悟
真篇》卷上"黄芽白雪不难寻，达者须凭德行深"⑤。坎中真阳是
为黄芽，离中真阳是为白雪，王沐先生在解此句时说："黄芽指精
气动后，做为丹头，是上药三品中最基本的物质。"⑥ 这种物质也

---

① 《道藏》第 24 册，第 151—152 页。
② ［宋］张伯端撰，王沐解：《悟真篇浅解》，第 3 页。
③ ［宋］张伯端撰，王沐解：《悟真篇浅解》，第 24 页。
④ ［宋］张伯端撰，王沐解：《悟真篇浅解》，第 58 页。
⑤ ［宋］张伯端撰，王沐解：《悟真篇浅解》，第 19 页。《周易参同契》云
"玄含黄芽，五金之主"，又云"将欲制之，黄芽为根"。
⑥ ［宋］张伯端撰，王沐解：《悟真篇浅解》，第 20 页。

即诗句所云"黄芽根为万物母"。上引"日月魂华交感时，一浮一沉珠自飞，明珠飞到昆仑上，子若求之凭罔象"中的"自飞"之珠即金丹。这两句典出黄帝索玄珠事，所云"罔象"即"象罔"，《庄子》外篇《天地》云：

> 黄帝游乎赤水之北，登乎昆仑之丘而南望。还归，遗其玄珠。使知索之而不得，使离朱索之而不得，使吃诟索之而不得也。乃使象罔，象罔得之。黄帝曰："异哉！象罔乃可以得之乎？"[1]

黄帝三索玄珠而不得，最后象罔得之。道家对"象罔"的解释，一般以为非有非无的无心之状。而"玄珠"，宝物也，在丹道系统内，"玄珠"成了金丹的代名词。《悟真篇》卷上有谓"虎跃龙腾风浪粗，中央正位产玄珠"[2]。虎、龙为元精、元神的象征，在"中央正位"经过内炼而凝结为金丹。金丹（也称"婴儿"）凝成归入绛宫，于是"肌肤红，鬓发黑"，长生得矣。

上引西华夫人所授歌诗，是北宋初年修道者对内丹道所作的阐释，这几乎囊括了所有内丹修炼的基本宗旨。但是，《金丹歌》的可贵之处在于西华夫人对丹道的讲授并未止于此境。接下来，西华夫人云：

> 又不闻，叔通从事魏伯阳，相将笑入无何乡。准连

---

① ［清］郭庆藩撰，王孝鱼点校：《庄子集释》，中华书局，2012年，第414页。

② ［宋］张伯端撰，王沐解：《悟真篇浅解》，第8页。

山作《参同契》，留为万古丹中王。首曰乾坤易门户，乾
道男兮坤道女。世人不识真阴阳，茫茫天下寻龙虎。日
为离，月为坎，日月为易相吞啖。金乌死，玉兔生，万
物生因天地感。天地氤氲男女姤，四象五行凭辐辕。昼
夜屯蒙法自然，焉用孜孜看火候。采有时，取有日，采
兮取兮须慎密。勿使骊龙惊觉来，天真丧去明珠失。万
一留心契上清，上清非道胡能升。①

叔通，淳于叔通；从事，徐从事，又称徐真人，《真诰》、《三
洞珠囊》等六朝、唐五代道经对二人与魏伯阳先后理定撰作《周
易参同契》事有各种解说，这里笼而统之，谓三人"相将笑入"
无何有之乡，留下万古丹经王《周易参同契》。《周易参同契》首
句即为"乾坤者，《易》之门户，众卦之父母"②，《金丹歌》所谓
"首曰乾坤易门户，乾道男兮坤道女"当化用此句，以说明乾坤、
日月、坎离、阴阳、男女概念同一也。阴阳交会，天地氤氲，水火
配合、男女互姤，在抽添炼化之际，一任自然，不用"孜孜看火
候"。火候该怎么掌握？下句云"采有时，取有日，采兮取兮须慎
密，勿使骊龙惊觉来，天真丧去明珠失"，从字面来看，类似房中
的表述，但这里不过是形容内丹修炼过程中"丹药""炉火"的运
用之理。白玉蟾《海琼问道集》在论述丹道修炼时，即引用高象
先的表述，云：

---

① 《道藏》第 24 册，第 152 页。
② 有以为这是注释文字，足以补正文之缺，见萧汉明、郭东升著《周易参
同契研究》（下编）《参同契校释》，上海文化出版社，2001 年，第 247 页。

惟太上度人，教人修炼，以乾坤为鼎器，以乌兔为药物，以日魂之升沉应气血之升降，以月魄之亏盈应精神之衰旺，以四季之节候应一日之时刻，以周天之星数应一炉之造化。是故采精神以为药，取静定以为火，以静定之火而炼精神之药，则成金液大还丹。盖真阴真阳之交会，一水一火之配合，要在先辨浮沉，次明主客，审抽添之运用，察反覆之安危。如高象先云：采有日，取有时。①

"采有日"指"采精神以为药"，"取有时"指"取静定以为火"，白玉蟾是南宋影响巨大的内丹传人，他的理解应该是准确的。《金丹歌》接下来借西华夫人之口，批判了各种方术派别的修仙歧路，所谓"眼前有路不知处，造空伏死徒冥冥"②。具体来看，《金丹歌》主要批判了如下几种修仙误区：

1. 行气吐纳

返精内视为团空，脐下强名太一宫。先想神炉峙乎内，次存真火炎其中。常当半夜子时起，采日月华投鼎里。妄将津液号金精，漱下丹田作神水。自云冲妙符希夷，脱胎十月生婴儿。劳神疲思良可叹，往往容色先人衰。③

---

① 《道藏》第 33 册，第 142 页。
② 《道藏》第 24 册，第 152 页。
③ 《道藏》第 24 册，第 152 页。

2. 外丹黄白

> 有烹金石为九还，砂中抽汞丹取铅，团作一斤安土釜，炎炎凡火相烹煎。其中方色各归一，依稀亦有黄芽出，似是而非迷杀人，往往饵之成痼疾。①

3. 辟谷、禁欲、苦修、服食、房中等

> 忽断盐，忽断谷，或阳兮孤栖，或阴兮寡宿，或向隅而坐忘遗照，或遁迹兮深山穷谷，或饵便溺为九还，或炼桑灰为大丹，或阴采兮复阳，采溯精气兮冲泥丸。何事千岐并万路，埋没真诠无觅处。②

"劳神疲思良可叹，往往容色先人衰"、"似是而非迷杀人，往往饵之成痼疾"、"何事千岐并万路，埋没真诠无觅处"这几句可谓发人深省，对彼时仙道修炼的乱象有清醒而深刻的认识。这正如《金丹歌序》所云："其排邪斥伪、矫正归真，真一之道也。"③但是，后人在引录此诗时对这些批评往往不加细审，以为此诗所讲为男女房中之术，其谬甚矣。这部分内容对内丹修炼的本质和现实中存在的问题做了全面剖析，是整首《金丹歌》的核心内容。《金丹歌序》所谓："余不佞春秋六十四矣，学道四十年间，百师千友，万言亿术，皆蒙蒙相授，迷迷相指，其皎然明白若象先是

---

① 《道藏》第 24 册，第 152 页。
② 《道藏》第 24 册，第 152 页。
③ 《道藏》第 24 册，第 151 页。

歌者，未之前闻。"① 这句话绝非溢美之词，象先此作振聋发聩、直指真诠，对后世丹法产生深刻影响。

四、《金丹歌》与《悟真篇》的关系

五代末至北宋中期，道教内丹方术渐次兴起，钟离权、吕洞宾、陈抟等丹道修持者先后提出自己的内丹理论，而至张伯端《悟真篇》才有了更具体系的阐发。张伯端字平叔，号紫阳，又称紫阳山人，后改名"用成"（一作"用诚"），人称"悟真先生"。《四库全书总目提要》卷一四六《悟真篇注疏》评《悟真篇》云："是书专明金丹之要，与魏伯阳《参同契》，道家并推为正宗。"②

张伯端所撰《悟真篇序》、《悟真篇后序》及时代较接近张伯端的陆彦孚所作《悟真篇记》（仇兆鳌《悟真篇集注》录作《陆彦孚记》）对《悟真篇》的传授过程，有较明确的记载。南宋翁葆光注、元戴起宗疏《紫阳真人悟真篇注疏》卷前所收张伯端《悟真篇序》，曾明确提到自己于成都感遇真人，受金丹药物，后成《悟真篇》的经过。在翁、戴《注疏》后，还有一篇《悟真篇后序》，也云"仆自己酉岁，于成都遇师授以丹法"③。己酉岁成都感遇真人遂授其金丹之要，张伯端所感遇者何人？南宋陆彦孚所作《悟真篇记》做过认真的推测，《记》云：

> 先公帅秦，阳平王篯袤臣在幕府，因言其兄冲熙先生学道，遇刘海蟾，得金丹之术。冲熙谓："举世道人，

---

① 《道藏》第 24 册，第 151 页。
② ［清］永瑢等编撰：《四库全书总目》，第 1252 页。
③ 《道藏》第 2 册，第 968 页。

无能达此者，独张平叔知之。成道之难，非巨有力者不
能也。"冲熙入洛，谒富韩公，赖其力而后就。……复序
其所从来，得之成都异人者，岂非海蟾耶？①

　　陆彦孚谓冲熙先生遇刘海蟾，推测张伯端所遇也可能是刘海
蟾，但到了元代，赵道一所编《历世真仙体道通鉴》卷四九《张
用成》则明确说："宋神宗熙宁二年，陆龙图公诜镇益都，乃依以
游蜀。遂遇刘海蟾，授金液还丹火候之诀，乃改名用成，字平叔，
号紫阳。修炼功成，作《悟真篇》，行于世。"② 此后，今人多以为
张伯端所遇真人为刘海蟾，如卿希泰主编《中国道教史》指出
"从《悟真篇记》内容看，所遇当为刘海蟾"③；王沐《悟真篇浅
解》附录二《悟真篇丹法源流》据陆彦孚《悟真篇记》等记载，
也认为《悟真篇》直接师承自刘海蟾④。但许寿霖曾作《张伯端师
承刘海蟾考辨》（《气功杂志》1994 年第 10 期）、《再论张伯端师
承刘海蟾》（《宗教学研究》1995 年第 3 期）、《张伯端若干历史问
题辨伪》（《宗教学研究》1997 年第 2 期）等文章，论述张伯端不
可能遇到刘海蟾。张伯端所遇真人是否为刘海蟾，后文还有详考。
总之，《悟真篇》的丹道理论渊源应从广、狭两义理解。从广义来
看，它主要继承《周易参同契》《道德经》《阴符经》、陈抟《先
天图》、钟吕内丹歌等前代知识积累，王沐《悟真篇浅解》附录二

① 《道藏》第 2 册，第 968—969 页。
② 《道藏》第 5 册，第 382 页。
③ 卿希泰主编：《中国道教史》第二卷，四川人民出版社，1996 年，第 750
页。
④ ［宋］张伯端撰，王沐解：《悟真篇浅解》附录二，第 360—361 页。

《悟真篇丹法源流》一文曾予以全面而深入的探讨①。但从"成都遇师"的具体表述来看，张伯端又一定得到某位高人指点传授，从而写就《悟真篇》，而此人到底是谁，这关系到一首绝句的解读。《悟真篇》卷中第十一首绝句云：

> 梦谒西华到九天，真人授我指玄篇②。
> 其中简易无多语，只是教人炼汞铅。③

王沐先生对这首绝句做过如下阐释：

> 这一首虽是游仙诗的体裁，但所指西华似是暗指西岳华山，是陈抟修道的地方；所授《指玄篇》，是陈抟的丹法著作。所以此诗虽托为梦游，实际暗示自己师承，词意是很明显的。清陶素耜认为此诗"西华"系指西华夫人；朱元育说西华指西蜀，真人指刘海蟾，均属牵强。所以我们认为，这一首是他自述与陈抟的继承渊源和精神相通的关系，是比较恰当的。④

王沐先生认为这是张伯端师承陈抟、与其精神相通的证据，

---

① 王沐此文还涉及了出土的玉刻《行气玉佩铭》，认为此铭表述的内炁炼养方法，在整体轮廓和进程方式，与《悟真篇》丹法理论相近，是《悟真篇》丹法理论的最早渊源。见王沐《悟真篇浅解》附录二，第340页。
② 南宋夏元鼎撰《紫阳真人悟真篇讲义》、曾慥《道枢》卷十八节录《悟真篇》，均作"分明授我指玄篇"，但从下文"西华"来看，当作"真人"。
③ ［宋］张伯端撰，王沐解：《悟真篇浅解》，第47页。
④ ［宋］张伯端撰，王沐解：《悟真篇浅解》，第360页。

但是，通过上文对《金丹歌》的释读分析，我们可以发现首句"梦谒"的主语并非张伯端自己，此句借用高象先《金丹歌》的典故，是指象先八月十五闭关思道，灵升太清，拜谒西华夫人。实际上，关于这首绝句与高象先《金丹歌》的关系，南宋以下的各种注疏解释，有几位已经注意到了，如南宋陆子野注此诗云：

> 高象先日夕思真，不觉魂升玉京，上帝遂命西华太乙夫人指示金丹诀，其篇有曰："乾坤，阴阳之门户。……留为万古丹经王。"真人言甚多，只是炼铅制汞耳。①

南宋翁葆光注曰：

> 高象先忽尔魂升玉京，上帝怜之，命西华真人指示丹诀，其篇略曰：……其言甚多，只是教人明真龙真虎炼铅汞而已。叔通姓淳于氏。右引《指玄篇》以明铅汞。②

元戴起宗疏曰：

> 《指玄篇》文字雅古，专论铅汞。今所引乃高象先所作之歌。今撮其妙，可见《悟真》之道，与《指玄篇》

---

① ［宋］张伯端撰，［南宋］薛道光、陆墅、［元］陈致虚注：《紫阳真人悟真篇三注》卷三，《道藏》第2册，第993页。

② ［宋］张伯端撰，［南宋］翁葆光注、［元］戴起宗疏：《紫阳真人悟真篇注疏》卷六，《道藏》第2册，第951页。

同，与所作之歌同。其歌曰：……。①

　　戴起宗的疏曾引起海外汉学家的注意，戴维斯（Tenney
L. Davis）和赵云从翻译过《悟真篇》（1939），后发表《高象先
〈金丹歌〉》（An Alchemical Poem by Kao Hsiang – Hsien）一文②，
文内主要介绍和翻译了戴起宗的疏注文字。施舟人（Kristofer
Schipper）、傅飞岚（Franciscus Verellen）主编的《道藏通考》也
根据翁葆光、戴起宗的《紫阳真人悟真篇注疏》提到：张伯端
《悟真篇》中的典故说明此诗（高象先《金丹歌》）在宋初已经流
行③。仇兆鳌《悟真篇集注》引用了陶素粗的注，补注道："高氏
作《金丹歌》在宋真宗大中间，张公著《悟真篇》在神宗熙宁乙
卯，年岁既有先后，诗引歌中语，容或有之。"④ 可见，有的学者
已经注意到这首绝句化用了高象先《金丹歌》，在时间和年岁上也
有"引歌中语"的可能。

　　另外，上引《悟真篇》"真人授我指玄篇"一句，《太华希夷
志》谓陈抟曾撰《指玄篇》八十章，王沐先生遂以为张伯端师承
陈抟，实为误判。诗中所谓"指玄篇"并非确指，而是泛指丹道
经诀。名为《指玄篇》的道经有数种，如《道枢》卷十三收《指

---

　　① ［宋］张伯端撰，［南宋］翁葆光注、［元］戴起宗疏：《紫阳真人悟真篇
注疏》卷六，《道藏》第 2 册，第 951 页。

　　② Tenney L. Davis，Chao Yun – Ts'ung（赵云从），*An Alchemical Poem by
Kao Hsiang – Hsien*，*History of Science Society*，The University of Chicago Press，1939，
Vol. 30，No. 2，pp. 236—240.

　　③ Kristofer Schipper，Franciscus Verellen：*The Taoist Canon：A Historical Com-
panion to the Daozang*，The University of Chicago Press，2005. pp. 782—783.

　　④ ［清］仇兆鳌：《悟真篇集注》中卷之上，上海古籍出版社影印广州三元
宫刊本，1989 年，第 139—140 页。

玄篇》、《归根篇》、《鸿蒙篇》等道经数篇；《许真君石函记》录有《圣石指玄篇》；吕洞宾也有《指玄篇》，收入《吕祖全书》，显系伪托。"指玄篇"泛指道经的例子也有很多，如南宋陈楠《翠虚篇》：

> 天中妙有无极宫，宫中万卷指玄篇。篇篇皆露金丹旨，千句万句会一言。①

元王玠（字道渊）《还真集》卷下《诗》第八十：

> 丹书万卷指玄篇，句句令人讨个玄。肯向里头参得透，那家门户不朝天。②

另《道藏》洞真部方法类《修真十书》第一书《杂著指玄篇》收录十二种丹经，综括为"杂著指玄篇"，亦可见"指玄篇"一词泛指道经。

通过以上论述，我们可以肯定地说张伯端曾经研读过象先《金丹歌》，并在《悟真篇》中化用了象先拜谒西华夫人受道的典故，而与陈抟《指玄篇》没有直接关系。如果仅仅一首诗引用了《金丹歌》还不足为凭，我们在文本细读的基础上，认真对比了《悟真篇》和《金丹歌》，发现《悟真篇》在文字表述和丹道主旨上，都对《金丹歌》有明显的沿袭和发挥，具体体现在如下几个

---

① 《道藏》第 24 册，第 203 页。
② 《道藏》第 24 册，第 118—119 页。

方面：

1.《金丹歌》强调"戊己"中央土的五行交会，如上引："真一之道何所云，莫若先敲戊己门。戊己门中有金子，金子便是黄芽根。"《悟真篇》开篇十六首律诗就反复申明"戊己"中央土意的重要性，如律诗其三：

> 学仙须是学天仙，惟有金丹最的端。二物会时情性合，五行全处虎龙蟠。本因戊己为媒娉，遂使夫妻镇合欢。只候功成朝帝阙，九霞光里驾翔鸾。①

再如前引《悟真篇》卷上第五首律诗云："虎跃龙腾风浪粗，中央正位产玄珠。"《悟真篇》卷上其十四："戊己自居生数五，三家相见结婴儿。"卷中第十四首绝句："离坎若还无戊己，虽含四象不成丹。"② 第十七首绝句："二物总因儿产母，五行全要入中央。"③ 天仙、金丹均是上乘大法，学仙者当目标高远。元精、元神需用真意导引，精气神三者归一，五行四象，各禀中宫（中央土、戊己），是金丹筑基的初步功夫。上引《悟真篇》诗作正应《金丹歌》"戊己门中有金子，金子便是黄芽根"的论述，反复申明戊己中央土的重要性，与《金丹歌》的表述密切相关。

2.《金丹歌》强调不必在意"火候"，主张"昼夜屯蒙法自然，焉用孜孜看火候"。《悟真篇》卷上其十三也认为但安神息，不必守药炉看火候，如："不识玄中颠倒颠，争知火里好栽莲。牵

---

① ［宋］张伯端撰，王沐解：《悟真篇浅解》，第3页。
② ［宋］张伯端撰，王沐解：《悟真篇浅解》，第50页。
③ ［宋］张伯端撰，王沐解：《悟真篇浅解》，第55页。

将白虎归家养，产个明珠似月圆。谩守药炉看火候，但安神息任天然。群阴消尽丹成熟，跳出凡笼寿万年。"①

3. 《金丹歌》主张识别真阴、真阳，真铅汞，如"世人不识真阴阳，茫茫天下寻龙虎"，而《悟真篇》卷上其八云："时人要识真铅汞，不是凡砂及水银。"② 又其十二："草木阴阳亦两齐，若还缺一不芳菲。初开绿叶阳先倡，次发红花阴后随。常道即斯为日用，真源返此有谁知？报言学道诸君子，不识阴阳莫乱为。"③ 这一点《悟真篇》也与《金丹歌》暗合。

4. 《金丹歌》反对各种修炼小术，上文已经做过总结，具体反对行气吐纳、外丹黄白、辟谷、禁欲、苦修、服食、房中等。而这些在《悟真篇》中也有明确的反对，且全书反复出现类似的表述，如卷上其九："阳里阴精质不刚，独修一物转羸尪。劳形按引皆非道，服气餐霞总是狂。举世漫求铅汞伏，何时得见龙虎降？劝君穷取生身处，返本还源是药王。"④ 这首诗明确反对各种苦修、服气餐霞等小术。又如卷上其十五："不识真铅正祖宗，万般作用枉施功。休妻谩遣阴阳隔，绝粒徒教肠胃空。草木金银皆滓质，云霞日月属朦胧。更饶吐纳并存想，总与金丹事不同。"⑤ 卷中其四十："玄牝之门世罕知，休将口鼻妄施为。饶君吐纳经千载，争得金乌搦兔儿。"⑥ 卷中其五十："不识阳精及主宾，知他那个是疏

---

① ［宋］张伯端撰，王沐解：《悟真篇浅解》，第22页。
② ［宋］张伯端撰，王沐解：《悟真篇浅解》，第15页。
③ ［宋］张伯端撰，王沐解：《悟真篇浅解》，第21页。
④ ［宋］张伯端撰，王沐解：《悟真篇浅解》，第16页。
⑤ ［宋］张伯端撰，王沐解：《悟真篇浅解》，第27页。
⑥ ［宋］张伯端撰，王沐解：《悟真篇浅解》，第96页。

亲。房中空闭尾闾穴，误杀阎浮多少人。"① 这三首诗作，针对休妻禁欲、辟谷绝食、烧炼黄白、烹煮草药、吐纳、房中等明确提出批评和反对，与《金丹歌》的态度完全一致，且在个别遣词造句上，也有对《金丹歌》的模仿和袭用。

从以上比对中，除了张伯端直接化用《金丹歌》典故，我们还看到《悟真篇》与高象先《金丹歌》在丹道修炼的主旨、内容，甚至语词表述上，都有相类沿袭的痕迹。至此，我们回看张伯端《悟真篇序》中的这段表述：

> 后至熙宁己酉岁，因随龙图陆公入成都，以夙志不回，初诚愈恪，遂感真人，授金丹药物、火候之诀。其言甚简，其要不繁，可谓指流知源，语一悟百，雾开日莹，尘尽鉴明。校之仙经，若合符契。……仆既遇真诠，安敢隐默，罄所得，成律诗九九八十一首，号曰《悟真篇》。②

张伯端所受这部金丹药物、火候之诀，"其言甚简，其要不繁"，"指流知源，语一悟百"，很可能就是指西华夫人传授给高象先的数百字金丹秘旨。张伯端于成都所遇真人是否象先，虽无铁证，但从文本内证和理论框架上看，这种可能性还是很大的。

---

① ［宋］张伯端撰，王沐解：《悟真篇浅解》，第 111 页。
② 《道藏》第 2 册，第 915 页。

第九节　宋初文人的道教文学创作

两宋时期，文人崇道或参与道教活动的现象相当普遍。他们在仰慕仙道或参与斋醮活动时，往往会有各种文学表达。文人创作的青词、步虚词，两宋时期就不在少数，这类文献就是他们参与各种科仪的仪式文学。还有些文人虽然出身儒门举业，但游走于儒释道三教之间，与高僧大德有深入交往。他们的诗词散文等文学作品，表露出推崇大道、信奉神仙的意旨。这种文学作品不是教门内部用于宗教实践的宗教文学，它们杂糅了宗教与文学的元素，但更具有文学审美意味和更深刻的省思与哲理，这种综合了宗教与文学的诗文作品，往往有更强的文学思想性和审美意味。

宋初文人的涉道文学创作，主要有王禹偁《小畜集》和以杨亿为首的馆阁文臣创作的《西昆酬唱集》。

王禹偁（954—1001），字元之，济州钜野（今山东省巨野县）人。北宋太平兴国八年（983）进士，历任右拾遗、左司谏、知制诰、翰林学士。王禹偁敢于直言讽谏，因此屡受贬谪。宋真宗即位后，召还王禹偁，复知制诰，后又贬至黄州，故世称"王黄州"。王禹偁为北宋诗文革新运动的先驱，文章学韩、柳，诗崇杜甫、白居易，多反映社会现实，风格清新平易，吴之振《宋诗钞》以为"独开有宋风气"①，有《小畜集》三十卷。

王禹偁除了纂修《太宗实录》《建隆遗事》②，对道家道教比

---

① ［清］吴之振：《宋诗钞》卷一，《四库全书》本。
② 曾育荣：《王禹偁史学发微》，《湖北师范大学学报（哲学社会科学版）》，2018 年第 5 期，第 99 页。

较推崇，还可能直接参与过宋初道经的编纂。陈国符《道藏源流考·历代道书目及道藏之纂修与镂版》中"宋徐铉雠校道书"条指出，宋太宗曾得七千余卷道书，命徐铉、散骑常侍王禹偁校雠，去其重复，得三千七百三十七卷。据《宋史》传记考订，王禹偁与徐铉"自端拱二年（989），至淳化二年（991），徐铉为散骑常侍，王禹偁为知制诰，二人奉敕校正道经，当在此时。"① 王禹偁参与道经整理、与道士交往等，从其《小畜集》中的部分诗歌，还可以看出一些端倪。

《小畜集》中有《酬种放征君》《赠种放处士》《送冯尊师》《送笻杖与刘湛然道士》等与道士交往唱和之作，当然也有部分与僧人之间的酬唱诗歌，想必王禹偁生前与僧道之间均有密切往来。但他似乎更倾向于道，在其诗作中，多处提到"道衣""道装"。王禹偁宦海浮沉，几经贬谪，在其郁郁不振之际，往往想到的是"道装"。病中，他更是慨叹"为儒术所误"，而爱"道装"之轻便随意。这里的"道装"已经由特殊的"服饰"发展为一种隐喻，表达深切的慕道之情。另外，王禹偁很可能参与道教清斋的修炼。《小畜集》卷十有一首《书斋》，云：

> 年年赁宅住闲坊，也作幽斋着道装。
> 守静便为生白室，著书兼是草玄堂。
> 屏山独卧千峰雪，御札时开一炷香。
> 莫笑未归田里去，宦途机巧尽能忘。②

---

① 陈国符著：《道藏源流考》，第108页。
② 傅璇琮等主编：《全宋诗》第二册，北京大学出版社，1991年，第750页。

王禹偁"作幽斋着道装",完全是一副道士形象。所谓"守静便为生白室",当出自《庄子》。《庄子·人间世》:"瞻彼阒者,虚室生白,吉祥止止。"这里王禹偁修炼的是当时一种道家道教的养生清斋。这类沾染着道家道教色彩的诗作在宋初还有一些,它们与宗教实践性的文学作品一起构成了宋初道教文学的风貌。

真宗朝还有一部富有浓厚道教意味的诗歌总集《西昆酬唱集》,也是北宋初期文人道教文学的杰出成就。随着《西昆酬唱集》的结集流传,杨亿等一批创作涉道诗歌的馆阁文人随之出现。

真宗景德、大中祥符年间,王钦若、杨亿等人奉召在秘阁修《历代君臣事迹》,即后来的《册府元龟》。秘阁文人在闲暇之余,"历览遗编,研味前作,挹其芳润,发于希慕,更迭唱和,互相切劘"①,得诗近二百五十首,编为《西昆酬唱集》。这部诗集在诗人主体、诗歌形式与内容上都受到了《册府元龟》的影响,如《泪》诗就是把古来有关悲泣泪流的典故集中在一起为诗,显然不无"类书"编纂的影响。此后,《西昆酬唱集》成为中国文学史上的"问题"诗集。一般以为《西昆酬唱集》结集于大中祥符元年(1008),至今1000余年。詹石窗《道教文学史》曾专辟一节讨论西昆派诗人处理道教体裁的方式与影响,从杨亿等人入手分析集内涉道作品,这是较早从道教角度解读西昆派的论著。但我们应从根本上看到,《西昆酬唱集》的内容乃至西昆派本身就有浓厚的道教色彩,这与北宋初年的道教信仰有密切关系。

"西昆体"的形成及"西昆"一名所起,杨亿的《西昆酬唱集

---

① [宋]杨亿编,王仲荦注:《西昆酬唱集注》,中华书局,1980年,第2页。

序》曾有所交代：

　　　　凡五七言律诗二百五十章，其属而和者，计十有五
　　人，析为两卷，取玉山策府之名，命之曰《西昆酬唱集》
　　云尔。①

　　"玉山策府"用了《穆天子传》和《山海经》中的西王母典
故，此处已超出神话范围，从道教信仰角度，或是顺应真宗崇道
的潮流出发的。

　　《历代君臣事迹》的编修是在秘阁进行的，秘阁是崇文苑下的
"图书馆"——帝王藏书之所。杨亿以"往古帝王以为藏书册之
府"的昆仑群玉之山比附馆阁文人工作的"秘阁"，无疑是顺应真
宗崇道的"跟风"之举②。《西昆酬唱集》的结集时间，有景德四
年（1007）、大中祥符元年（1008）、大中祥符三年（1010）、大中
祥符六年（1013）等四种说法，许琰博士综合诸说，详加参核，
取王仲荦、曾枣庄等人的大中祥符元年秋结集成书说③。《西昆酬
唱集》二百余首诗歌的创作编年，也有学者考证。综合各家成说，
70 个诗题大致作于景德二年（1005）至大中祥符元年（1008）之
间④。而景德、大中祥符年间，正值北宋历史上两个崇道高潮之一

---

　　① 　[宋] 杨亿编，王仲荦注：《西昆酬唱集注》，第 3 页。
　　② 　罗争鸣：《〈西昆酬唱集〉的道教底色》，《武汉大学学报（人文社科
版）》，2012 年第 1 期，第 78 页。
　　③ 　许琰：《〈西昆酬唱集〉研究》第一部分《〈西昆酬唱集〉的成书》，西
北师范大学，2007 年。
　　④ 　除了许琰的博士论文，还可参考曾枣庄的《论〈西昆酬唱集〉的编年》，
见《古籍整理研究学刊》1993 年第 5 期。

的真宗时期。

另外，编者杨亿虽然精通佛学，对禅宗做出过重大贡献，与佛门高僧有过广泛交流，但对道教也并不排斥，曾参与"天书下降"事件，并撰写《大宋天贶殿碑》。杨亿将秘阁文人酬唱诗集取名"西昆"，与其所编《历代君臣事迹》最后名定《册府元龟》的"册府"一样，并非随意采撷神话典故的骚客风雅，深味之，"从上所好"的意趣在焉。从"西昆"一名所起，我们可以看出隐藏在《西昆酬唱集》背后的道教底色。另外，从诗集内容上看，直接吟咏神仙主题的诗歌，如《南朝》《汉武》《明皇》《寄灵仙观舒职方学士》《宋玉》等不在少数；道教意象蓬莱、仙、阿母、七夕、金掌露、羽众、羽车、仙洲等等也频见于《西昆酬唱集》；热衷道教或参与真宗崇道活动的酬唱诗人丁谓、陈鹏年、崔遵度、晁迥、舒雅、张咏、李宗谔、刘筠等，几近 10 人左右[1]，其中杨亿等人的《汉武》组诗，在处理道教题材和道教典故上，最具有文人道教文学的特征[2]。

《汉武》是《西昆酬唱集》卷上的一组唱和诗，由杨亿首唱，刘筠、钱惟演、刁衎、任随、刘骘、李宗谔六人相和，共七首和意不和韵的七律，这在《西昆集》中算规模最大的一组唱和诗了[3]。这组唱和诗正如题目所揭——吟咏汉武帝故事，是典型的咏史之

---

① 据王仲荦《西昆酬唱集注》附录一《西昆酬唱诗人略传》提供的传记资料统计。见第 303—339 页。

② 以下关于《汉武》组诗的论述，本册作者在其《〈汉武〉唱和诗述议——兼论〈西昆酬唱集〉的缘起与特征》一文基础上综合删节而成。此文见《安徽大学学报（哲学社会科学版）》，2013 年第 3 期。

③ 《西昆集》中唱和人数最多的即此《汉武》组诗，其他有六人、五人，大多为三四人联唱。

作。其中杨亿首唱的这首《汉武》，后人评价很高，纪昀《瀛奎律髓刊误》以为"此便欲直逼义山"①，评刁衎《汉武》和诗又云："此亦是装砌汉事，而神采姿泽都减，由不及杨、刘诸公酝酿之深耳。"② 就这首《汉武》诗的用意，《瀛奎律髓》卷三"怀古类"评曰："此诗有说讥武帝求仙，徒费心力，用兵不胜其骄，而于人才之地不加意也。"③ 冯班也云"此诗有作用"④，而今人笺注杨亿《汉武》，更进一步指认此诗有讽谏真宗"导演"天符下降、封禅泰山之意，较典型的如王仲荦《西昆酬唱集注》卷上所云：

> 宋真宗信王钦若之进说，于大中祥符元年之春，即伪造天书。……是年六月，又伪造天书降于泰山，乃于十月封泰山。四年二月，又西祀汾阴。此与汉武帝致惑方士神仙之说，固极近似也。馆臣之为诗讥讽汉武，实即欲以谏帝并止其东封也。⑤

其他各种学人论著，如郑再实《西昆酬唱集笺注》等大多持此"讽谏真宗"说，另外方智范教授的大作《杨亿及西昆体再认识》则作进一步发挥，以为杨亿传承了白诗、晚唐诗的讽喻精神，有"尖锐的现实针对性"——反对封禅⑥。因这组诗在内容与立意

---

① 清嘉庆五年（1800）李光垣校刻本《瀛奎律髓刊误》。
② 清嘉庆五年（1800）李光垣校刻本《瀛奎律髓刊误》。
③ 李庆甲汇编校点：《瀛奎律髓汇评》卷三，上海古籍出版社，1986 年，第 127 页。
④ 李庆甲汇编校点：《瀛奎律髓汇评》卷三，第 127 页。
⑤ ［宋］杨亿编，王仲荦注：《西昆酬唱集注》，第 41 页。
⑥ 方智范：《杨亿及西昆体再认识》，《华东师范大学学报（哲学社会科学版）》2000 年第 6 期，第 3—8 页。

上相近，余下六首和诗学人亦多持此论，如郑再时评任随《汉武》，以为"五六指真宗北巡，末联与大年元唱相呼应"①，李宗谔《汉武》诗后，郑先生按语云："然足证真宗之封禅，当时皆以秦皇汉武拟之，此诗人之所以为刺也。"② 但我们细审这组《汉武》诗，结合"汉武"题材的嬗变、真宗崇道的真实背景及《册府元龟》的编纂等因素，前人对《汉武》组诗的理解有"过分阐释"的倾向，尚有商榷的空间。就这一点，巩本栋教授曾提及："宋真宗东封泰山要在作此诗两年之后，很难相信诸位馆臣当时已有先见之明。其他像《南朝》《明皇》《成都》等咏史诗，是否讽刺宋真宗之作，实在也大为可疑。"③ 张明华教授的部分论文及《西昆体研究》一书也指出前人有"求之过深"的地方④。实际上，杨亿等人的这首《汉武》组诗与编纂大型类书《历代君臣事迹》一事有密切关系，以诗歌形式对道教仙传传说和讽喻主题加以再现。

七首《汉武》诗大量用典，无一字无来历，"以学问为诗"的宋诗特征已初露端倪。这些有关武帝的典故，主要来自《史记》中的《封禅书》《孝武本纪》及《汉书》中的《武帝纪》《东方朔传》《郊祀志》等，另外，《汉武故事》《汉武内传》《神仙传》

---

① 郑再时笺注：《西昆酬唱集笺注》上卷之上，齐鲁出版社1986年影印稿本，第366页。
② 郑再时笺注：《西昆酬唱集笺注》上卷之上，齐鲁出版社1986年影印稿本，第370页。
③ 巩本栋：《关于唱和诗词研究的几个问题》，《江海学刊》2006年第3期，第165—166页。
④ 张明华：《西昆体研究·绪论》，人民文学出版社，2010年，第43页。另外，张明华《从〈武夷集〉到〈西昆集〉：西昆体形成期与成熟期作品比较》，对汉武等咏史诗的用意也有所提及，但不够具体。见《文学遗产》2002年第4期。

《博物志》《十洲记》等杂史、仙道传记也在采撷范围。综观这组诗的咏怀主题，有个别诗句提及武帝出兵威震匈奴事，如：

> 立候东溟邀鹤驾，穷兵西极待龙媒。（钱惟演）
> 已教丞相开东阁，犹使将军误北戎。（刁衎）
> 蕝阳弋猎侵多稼，朔塞旌旗照不毛。（任随）
> 平乐馆中观角抵，单于台上慑天骄。（李宗谔）①

但无论从单句还是整诗来看，诗人的着力点并非汉武用兵，而是武帝妄求神仙而身灭、极尽奢靡而成空的遭遇及由此引发的对家国、人生的悲剧性隐忧。可以说，从杨亿首唱开始，这七首组诗多反复堆砌神仙虚幻、汉武帝求仙不得的各种典故，现七首诗各选一句示下：

> 光照竹宫劳夜拜，露溥金掌费朝餐。（杨亿）
> 相如作赋徒能讽，却助飘飘逸气多。（刘筠）
> 金芝烨煜凌晨见，青雀轩翔白昼来。（钱惟演）
> 洒泪甘泉还有恨，祈年仙馆惜成空。（刁衎）
> 若信凭虚王母说，东方三度窃蟠桃。（任随）
> 东巡岱岳探金策，倒指宁闻寿数长。（刘骘）
> 西母不来东朔去，茂陵松柏冷萧萧。（李宗谔）

汉武帝尊礼李少君，拜李少翁为文成将军，优渥有神秘色彩

---

① 《西昆酬唱集》中的诗句均引自王仲荦《西昆酬唱集注》本，下同。

的东方朔，大做通天台、柏梁台、神明台、井干楼、蜚廉观、延寿观等高楼台榭，招来神仙，承云表之露等举措，见诸上述正史和杂史笔记，当有史实基础。而对于汉武帝好仙道长生、奢侈无度，最终难免一死的无奈结局，东汉末、魏晋时期即已汇聚成具有讽谏、甚至嘲讽意味的各类文本。其实，《史记》卷二八《封禅书》及由此改编而来的《孝武本纪》以冷峻犀利的笔触，对汉武帝滥祭淫祀、笃信方术且执迷不悟的行为已有所讥讽，如《孝武本纪》云：

> 而方士之候祠神人，入海求蓬莱，终无有验。而公孙卿之候神者，犹以大人迹为解，无其效。天子益怠厌方士之怪迂语矣，然终羁縻弗绝，冀遇其真。①

对汉武帝妄求神仙、笃信方士的讽谕基调，或肇始于《史记》《汉书》这类正史文献，至六朝时期，汉武帝已如箭垛式人物，传闻异说纷出，相关的笔记、杂史类著作开始出现，如《汉武故事》《博物志》《汉武帝别国洞冥记》等，而随着道教上清派经典造构的兴起，纯粹道教化的"汉武故事"——《汉武内传》《茅君内传》等也在东晋前后出现。此时，正史未载的西王母驾临、东方朔偷桃等在《博物志》中已有文学化的铺陈，而汉武帝大修土木，建观起宇、尊崇方士、死后葬茂陵而异事不已等正史语焉不详的记载，在《汉武故事》中也有了更详尽的描述和渲染。

六朝时期，这些针对汉武帝妄求神仙的杂史笔记，虽无明确

---

① ［汉］司马迁著：《史记》，中华书局1959年点校本，第485页。

的讽喻主题，或仅出于"搜奇志异"的目的，但叙述本身为接受者的判断提供了各种可能，而"引以为戒"无疑是当然之理。"汉武故事"已成为具有母题（motif）意义的范型，在当时乃至后世被反复扩充、改写，道教化的《汉武内传》就是一个典型案例。

该传仍保留基本的史传模式，从武帝出生写起，直至死后葬于茂陵，略去军政要事，不惜大量笔墨增饰西王母下降武帝事，文内袭用早期上清派经典《智慧消魔经》，转述《五岳真形图》、《六甲灵飞》等十二事的传授内容①，构成纯粹道教化的汉武故事文本②。在这个宗教化的文本中，对武帝的讥讽和奚落更加直白而无所忌惮，如汉武帝向西王母下跪，自谓"彻小丑贱生，枯骨之余"③，西王母严词训斥，责之曰"然汝情恣体欲，淫乱过甚，杀伐非法，奢侈其性"④，汉武帝已全无人君的尊严。实际上，在六朝道教经典系统中，秦皇、汉武已成为节欲、养性的反面典型，如《抱朴子》卷二《论仙》：

> 秦皇使十室之中，思乱者九。汉武使天下嗷然，户口减半。……彼二主徒有好仙之名，而无修道之实，所知浅事，不能悉行。……汉武招求方士，宠待过厚，致

---

① 李丰楙先生的长文《〈汉武内传〉研究》对该传的著成和演变做了精微的考论，原刊《六朝隋唐仙道类小说研究》（台湾学生书局，1986 年），后被《仙境与游历：神仙世界的想象》收入，中华书局，2010 年，第 175—263 页。

② 王青《〈汉武帝内传〉研究》一文以为《汉武帝内传》是典型的传经神话，与道教传经仪式密切相关。见《文献》1998 年第 1 期。

③ 《道藏》洞真部记传类收《汉武内传》，见《道藏》第 5 册，第 49 页。

④ 《道藏》第 5 册，第 48 页。

令斯辈敢为虚诞耳。①

在杂史笔记及道教经典以外，六朝时期的文人诗歌作品对汉武帝嗜好长生却求仙不成的悲剧也有描述，如郭璞《游仙诗》其五：

奇龄迈五龙，千岁方婴孩。燕昭无灵气，汉武非仙才。②

又如江淹《游黄檗山》：

秦皇慕隐沦，汉武愿长年。皆负雄豪威，弃剑为名山。③

六朝诗歌讽喻武帝求仙的重要作品并不多见，讽刺力度也远逊《汉武内传》《汉武故事》等杂史仙传，但唐朝诗歌以此为题材的作品大增，且不乏李白、白居易、顾况、寒山等重要诗人，这些作品大多感怀汉武求仙而身死的悲剧，具有很强的讽喻色彩，现节选最具典型意义的六首如下：

----

① ［晋］葛洪撰，王明校释：《抱朴子内篇校释》卷二《论仙》，第18—19页。

② ［梁］萧统辑，［唐］李善等注：《文选》卷二一，据鄱阳胡氏重校本刊本排印。

③ ［梁］江淹：《梁江文通集》卷三，明万历十六年刻本。

1. 李华《咏史十一首》其一："何为汉武帝，精思遍群山。糜费巨万计，宫车终不还。苍苍茂陵树，足以戒人间。"（《全唐诗》卷一五三）

2. 李白《登高丘而望远》："君不见骊山茂陵尽灰灭，牧羊之子来攀登。"（《全唐诗》卷一六三）

3. 白居易《海漫漫，戒求仙也》："山上多生不死药，服之羽化为天仙。秦皇汉武信此语，方士年年采药去。蓬莱今古但闻名，烟水茫茫无觅处。……君看骊山顶上茂陵头，毕竟悲风吹蔓草。何况玄元圣祖五千言，不言药，不言仙，不言白日升青天。"（《全唐诗》卷四二六）

4. 许浑《学仙二首》其一："心期仙诀意无穷，采画云车起寿宫。闻有三山未知处，茂陵松柏满西风。"（《全唐诗》卷五三八）

5. 薛逢《汉武宫辞》："绛节几时还入梦，碧桃何处更骖鸾。茂陵烟雨埋弓剑，石马无声蔓草寒。"（《全唐诗》卷五四八）

6. 寒山《诗三百三首》："常闻汉武帝，爰及秦始皇。俱好神仙术，延年竟不长。金台既摧折，沙丘遂灭亡。茂陵与骊岳，今日草茫茫。"（《全唐诗》卷八〇六）①

在节选的这六篇诗作中，末联或者后半部分都提到荒凉死寂的"茂陵"，与汉武生前笃信方士、大肆求仙的行为形成反照，"劝诫"之意不言而喻，而这个主题正与《史记·孝武本纪》、《汉

———————

① 以上六篇诗作均录自康熙扬州诗局本《全唐诗》，中华书局1960年校点。

武故事》、郭璞《游仙诗》等一脉相承，只不过表达形式为唐人诗歌。而《西昆酬唱集》中的唱和组诗《汉武》仍是这一"母题"的继续阐释，与真宗封禅关系不大。除了这首组诗，杨亿本人的《武夷新集》有相当一部分诗歌，是祭祀、颂圣的郊庙乐章或吟赏宴饮的应制之作[①]。实际上，杨亿本人向有"颂美"的文学观念[②]。真宗朝虽不如汉唐强大，但天下已定，颇有四海升平的气象，在这种政治气候下，歌功颂德即可。杨亿本人更直说天下太平，连谏官都无所作为，惭于旷职，即如"百辟瞻尧眉，九州蒙禹力，朝政无阙遗，谏官惭旷职"[③]。葛晓音教授曾以为王禹偁等以讽刺为诗道之本的思想，在真宗朝就为崇尚雅颂的观念所取代[④]，而此期杨亿无疑是最重要的倡导者。部分学人以为杨亿和其他六人唱和的《汉武》组诗对真宗封禅事有讽谏之旨，是对武帝妄求神仙、封禅泰山事与真宗导演天符下降、大举西祀东封事做的一种想当然的"联想"，这种联想貌似合理，但我们一旦深入文本和具体语境，就会发现实际并不符合历史真相。而在王禹偁、杨亿等西昆派诗人的推动下，宋初文人道教诗歌创作奠定了良好的发展基础。

---

① 张明华《从〈武夷集〉到〈西昆集〉：西昆体形成期与成熟期作品比较》一文统计《武夷集》中有应制诗十五首，挽歌二十二首，见《文学遗产》2002年第4期。

② 冯志弘的《〈册府元龟〉论韩愈条议述——兼论杨亿的"颂美"文学观》一文对杨亿的颂美文学观做了细致分析，颇有说服力，见《文学前沿》2006年第00期。

③ 《全宋诗》卷一一六，北京大学出版社，1990年，第3册，第1338页。

④ 葛晓音《北宋诗文革新的曲折历程》，见《汉唐文学的嬗变》，北京大学出版社，1990年，第226页。另外，张明华的《西昆体研究》第三章第二节认为西昆体是北宋盛世滋养出来的新文学，见该书第195页。

第三章 北宋中期的道教文学
（1022—1100）

真宗在位后期，任王钦若、丁谓为相，二人常以天书、符瑞之说荧惑朝野，真宗也沉溺于封禅和大规模修斋设醮之事，并广建宫观，劳民伤财，北宋的"内忧外患"日趋严重。作为高度依附古代皇权的道教，皇帝的崇奉或抑制政策都会对其发展演变产生深刻影响。仁宗、英宗、神宗、哲宗四朝前后近80年间，处在真宗和徽宗两位极端崇道皇帝之间。真宗崇道之后，仁宗有所收敛，宋琦、范仲淹等儒臣曾议减罢寺观、道场斋醮，但崇奉道教的根本趋势没有太大的转折，也没有根本改变真宗的宗教政策。仁宗多次诏请高道诣阙建坛，问以神仙飞升之事，道教依旧在官方的支持下继续发展。英宗在位时间很短，大体上沿袭仁宗体制，此期没有发生在道教发展上具有转折意义的事件。神宗时期，熙宁变法对道教利益略有影响，但总体上道教仍处在上升的发展趋势中。此期皇帝屡次重赏厚赐祈禳道士，刘混康、陈景元等高道得到神宗赐号及紫衣。哲宗赵煦即位，宗教政策无甚变更，道教仍在正常轨道发展。

关于此期道教文学，在波澜不惊的信仰氛围下，经过五代、北宋初的长期积累，张伯端的《悟真篇》等歌诗作品取得了具有集大成意义的道教文学成就，并成为金丹派南宗发展的源头，对两宋内丹道发展产生深远影响。道教列纪、仙传、谱录等神圣叙事作品以贾善翔《高道传》、《犹龙传》等为代表，其叙事手法、艺术水平等较前代取得了长足进展。另外邵雍的《伊川击壤集》作为道隐文学创作，在此期有一定代表性，而苏轼、苏辙等文人也参与了道教文学创作。

第一节　邵雍及其《伊川击壤集》

邵雍（1012—1077），字尧夫，学者习称"安乐先生""百源先生"，祖籍范阳（今河北涿州），后随父亲邵古徙居衡漳（今河南林县康节村），又迁至共城苏门山（今河南辉县）。康定元年（1040），邵雍游历河南，将父母葬在伊水之上，遂成为河南人。邵雍少年时即自雄其才，在共城苏门山百源守孝期间，刻苦求学，寒不生炉取暖，暑不打扇乘凉，夜不就席安寝，数年如一日。仁宗皇祐（1049—1054）初年，邵雍定居洛阳，以教授为生，西京留守王拱辰为其购置洛阳天宫寺西、天津桥南旧地，建屋三十间。邵雍于此躬耕自食，并名其室为"安乐窝"。嘉祐（1056—1063）中，仁宗诏求天下遗逸，王拱辰荐之，坚辞，称疾不赴。神宗熙宁十年（1077）病卒，终年六十七岁，哲宗元祐（1086—1094）中赐谥"康节"。

邵雍与周敦颐、张载、程颢、程颐并称"北宋五子"，著有《皇极经世》《先天图》《渔樵问对》等理学著作，是宋代理学象数体系的开创者。邵雍"邃于《易》数"，自《周易参同契》以下，《易经》卦爻象数就与丹道结合，是道教丹道修炼的重要思想来源。《四库全书总目提要》卷一〇八引晁说之所作《李之才传》云：

邵子数学本于之才，之才本于穆修，修本于种放，放本陈抟。盖其术本自道家而来。①

穆修是一位有慕道倾向的隐士高人，陈抟注解的《阴真君还丹歌》见藏于明刊《道藏》洞真部玉诀类，而邵雍最重要的两部著作《皇极经世》《伊川击壤集》也收入《道藏》太玄部。《道藏提要》述及《皇极经世》时云："《道藏》中本收卜筮书多种，邵雍之学有承于道教，故以此书入于《道藏》。本书亦颇推崇老庄，谓老子乃知易之体者，庄子为善通物者。其论政治，则以老庄所尚之三皇无为之治为最上。其观物，以道为大宗，神为大用，以阴阳象数观察万类，反观人身，与道教内丹说颇多相类，其易理象数亦与内丹所用者多同出一源，故道教内丹家常引证其说。未必全为附会也。"② 从当时的"二程"及至南宋朱熹、蔡元定等人，邵雍先天易学在流传和发展的过程中，一直褒贬不一，而俞琰等人用邵雍《皇极经世》阐释道经和丹道理论，王夫之、黄宗羲、黄百家等从义理学角度指斥邵雍先天易学为道教易学、炼丹修命之术③，虽然有失公允，但这从另一个方面说明邵雍《皇极经世》与道家、道教存在密切联系。章伟文《先天图、先天学与道教丹道之关系考察》则继续沿着这个方向，认为邵雍借鉴了《周易参同契》阴阳消长、火候进退的原理，通过先天易图阐发了一套完

---

① ［清］永瑢等编撰：《四库全书总目提要》卷一〇八，第915页。
② 任继愈主编：《道藏提要》（修订版），第479页。
③ 参考宋锡同《邵雍先天易学流传考论》，此文对邵雍易学在思想史上的流传演变有较详细的梳理，见《东岳论坛》2011年第3期。

整的宇宙生发模式①。

关于《伊川击壤集》的性质，后世也有争论，有以为无关道教。《四库提要》引用朱国桢《涌幢小品》的话表示"佛语衍为寒山诗，儒语衍为《击壤集》"②，又从儒家角度以为将此书收入《道藏》不妥：

> 又案：邵子抱道自高，盖亦颜子陋巷之志，而黄冠者流以其先天之学出于华山道士陈抟，又恬淡自怡，迹似黄老，遂以是集编入《道藏》太元部贱字、礼字二号中，殊为诞妄。今并附辨于此，使异教无得牵附焉。③

《四库提要》以为《伊川击壤集》表达的是一位抱道自高的儒者的心声，编入《道藏》是被"异教牵附"，但《伊川击壤集》还是有很多地方体现了道教痕迹，且老庄的君人南面之术和内圣外王之道，从根本上与儒家不相冲突，诚如《道藏提要》所云，以邵氏为儒家，不应归入道教，"亦门户之见耳"④。

《道藏》太玄部所收《伊川击壤集》二十卷，简称《击壤集》。"击壤"是一种古老的体育游戏，王充《论衡》卷五："尧时（天下大和，百姓无事，有）五十之民，击壤于途。观者曰：'大哉！尧之德也。'击壤者曰：'吾日出而作，日入而息，凿井而

---

① 见《周易研究》2014 年第 2 期。
② ［清］永瑢等编撰：《四库全书总目提要》卷一五三，第 1322 页。
③ ［清］永瑢等编撰：《四库全书总目提要》卷一五三，第 1322 页。
④ 任继愈主编：《道藏提要》（修订版），第 480 页。

饮，耕田而食，尧何等力！'"① 邵雍以一种古老游戏为诗集命名，正表现了他"自乐""乐时"的思想，其《伊川击壤集序》云："《击壤集》，伊川翁自乐之诗也。非唯自乐，又能乐时，与万物之自得也。"② 自适顺时、以物观物本身就体现了老庄的道家精神。儒家传统诗学和各种文学史都以为邵雍诗作平白如话的风格源自白居易，《四库全书总目提要》卷一五三云：

> 然北宋自嘉祐以前，厌五季佻薄之弊，事事反朴还淳，其人品率以光明磊达为宗，其文章亦以平实坦易为主。故一时作者，往往衍长庆余风。王禹偁诗所谓"本与乐天为后进，敢期杜甫是前身"者是也。邵子之诗，其源亦出白居易，而晚年绝意世事，不复以文字为长，意所欲言，自抒胸臆，原脱然于诗法之外。③

但是从邵雍《击壤集序》对自己诗作旨趣的表述来看，他的平白如话，与白居易的重写实、尚通俗、"文章合为时而著，歌诗合为事而作"，二者本质并不相同，邵雍"所作异乎人之所作"④的特质缘于他写诗"不限声律，不讼爱恶，不立固必，不希名誉，如鉴之应形，如钟之应声，其或经道之余，因闲观时，因静照物，

---

① ［汉］王充著，黄晖校释：《论衡校释》卷第五《感虚篇》，中华书局，1990 年，第 253 页。

② ［宋］邵雍著，郭彧、于天宝点校：《邵雍全集》第四册《伊川击壤集序》，上海古籍出版社，2015 年，第 1 页。

③ ［清］永瑢等编撰：《四库全书总目提要》卷一五三，第 1322 页。

④ ［宋］邵雍著，郭彧、于天宝点校：《邵雍全集》第四册《伊川击壤集序》，第 2 页。

因时起志，因物寓言，因志发咏，因言成诗，因咏成声，因诗成音，是故哀而未尝伤，乐而未尝淫，虽曰吟咏情性，曾何累于性情哉"①。邵雍诗作如镜子映物、大钟应声一样自然而然，情累两忘，甚至达到连本身都忘却的境界②，似与道家"堕肢体，黜聪明，离形去知，同于大通"的"坐忘"接近。这种境界创作，自然不落任何雕琢形迹。从这个角度，邵雍诗作体现了道家无为自适的旨趣，是在近似道家"丧我""坐忘"境界下产生的创作，与白居易的"平白如话"在风格和目的上并不相同，可见被编入《道藏》其来有自，非道教的"牵附"之举。

《伊川击壤集》在邵雍生前已经刊行，现在流传的版本以《正统道藏》太玄部收藏的本子为佳，另外《四部丛刊》收藏了万历三十四年（1606）徐必达所编《邵子全书》六卷本，《四库全书》集部也予以收录。1975 年江西省星子县南宋陶桂一（南宋景定二年正月十六日卒）墓中出土了《邵尧夫先生诗全集》和蔡弼重编的《重刊邵尧夫击壤集》两个本子，与通行本在卷次、诗作数量和诗歌内容上有些差别，当为陶桂一去世前数年由福建书铺所刻，可补二十几首逸诗，有重要的文献价值③。

邵雍有数首诗作直陈不相信白日升天、长生久视之道，《伊川击壤集》卷八《击壤吟》：

---

① ［宋］邵雍著，郭彧、于天宝点校：《邵雍全集》第四册《伊川击壤集序》，第 2 页。

② 《伊川击壤集序》云："盖其间情累都忘去尔，所未忘者，独有诗在焉。然而虽曰未忘，其实亦若忘之矣。"

③ 李致忠：《九江星子出土邵雍〈击壤集〉〈诗全集〉略考》，《文献》2013 年第 6 期，第 13 页。

人言别有洞中仙，洞里神仙恐妄传。

若俟灵丹须九转，必求朱顶更千年。

长年国里花千树，安乐窝中乐满愗。

有乐有花仍有酒，却疑身是洞中仙。①

卷十一《鲜欢吟》：

生不争名与争利，夫君何故鲜欢意。

以道自重固有之，非理相干是无谓。

白日升天恐虚传，金貂换酒何曾醉。

谁云忧挠大于山，亦是人间常式事。②

"洞中仙"为妄传，"白日升天"为虚传，可见邵雍对神仙方术是持否定态度的，对禅佛也是站在典型的儒家理性立场，卷十四《安乐吟》云"不佞禅伯，不谀方士"③，卷十八《死生吟》又云："学仙欲不死，学佛欲再生。再生与不死，二者人果能。设使人果能，方始入于情。"④但是邵雍对"神仙"抱有的是一种复杂的心态，并非决然的鄙弃，他在《岁杪吟》中道："一日去一日，

---

① ［宋］邵雍著，郭彧、于天宝点校：《邵雍全集》第四册《伊川击壤集》，第139页。

② ［宋］邵雍著，郭彧、于天宝点校：《邵雍全集》第四册《伊川击壤集》，第215—216页。

③ ［宋］邵雍著，郭彧、于天宝点校：《邵雍全集》第四册《伊川击壤集》，第286页。

④ ［宋］邵雍著，郭彧、于天宝点校：《邵雍全集》第四册《伊川击壤集》，第383页。

一年添一年。饶教成大器，其那已华颠。志意虽依旧，聪明不及前。若非心有得，亦恐学神仙。"① 邵雍对理学、象数有所心得而未学神仙，在身体日渐衰老、大限将至的现实面前，他对神仙长生流露出并不反感的心态。《伊川击壤集》卷十一《览照吟》："凌晨览照见皤然，自喜皤然一叟仙。"② 邵雍看到自己满头白发，俨然一神仙老叟，见此而"自喜"，这种心态形象地说明了邵雍对神仙的真实心态。在邵雍六十六岁前后，也即生命的最后一年，他写了一首诗《岁除吟》，从这首《岁除吟》诗中，我们可以看出他身为儒士而学仙、恐为人讥讶的矛盾心态：

> 半百已华颠，如今更皓然。
> 自知为士子，人讶学神仙。
> 风月难忘酒，云山不着钱。
> 行年六十六，明日又添年。③

这种矛盾心态不仅体现在性命修持上。邵雍是一位内外兼修、看重衣冠装束的人，其《内外吟》曰"衣冠严整，谓之外修，行义纯洁，谓之内修""衣冠不整，谓之外惰"④。邵雍出行也相当讲

---

① ［宋］邵雍著，郭彧、于天宝点校：《邵雍全集》第四册《伊川击壤集》，第 358 页。

② ［宋］邵雍著，郭彧、于天宝点校：《邵雍全集》第四册《伊川击壤集》，第 217 页。

③ ［宋］邵雍著，郭彧、于天宝点校：《邵雍全集》第四册《伊川击壤集》，第 388 页。

④ ［宋］邵雍著，郭彧、于天宝点校：《邵雍全集》第四册《伊川击壤集》，第 382 页。

究，偶尔穿着道服，常常被人误以为是高道神仙，其《小车六言吟》曰"将出必用茶饮，欲登先须道装"①，为此，邵雍不得不申明他的儒者身份和立场，如《伊川击壤集》卷十三《道装吟》：

　　道家仪用此衣巾，只拜星辰不拜人。
　　何故尧夫须用拜，安知人不是星辰。

　　道家仪用此巾衣，师外曾闻更拜谁。
　　何故尧夫须用拜，安知人不是吾师。

　　安车麈尾道衣装，里闬过从乃是常。
　　闻说洞天多似此，吾乡殊不异仙乡。

　　如知道只在人心，造化功夫自可寻。
　　若说衣巾便为道，尧夫何者敢披襟。②

　　身披道装并不意味着入道，装束仅仅是外在形式，儒家民本主义下的"人"即星辰、师尊，着道装所拜者就是"人"。"闻说洞天多似此，吾乡殊不异仙乡"说出自己所追求的境界与仙境是一致的，即所追求的颜回"陋巷之乐"与道家的"丧我""坐忘"之趣是相通的。在这种诗歌创作旨趣下，邵雍的诗又体现出委运

---

　　① ［宋］邵雍著，郭彧、于天宝点校：《邵雍全集》第四册《伊川击壤集》，第 285 页。
　　② ［宋］邵雍著，郭彧、于天宝点校：《邵雍全集》第四册《伊川击壤集》，第 272 页。

任化、乐时自乐的道家趣味。

邵雍诗作多以"吟"为题，生活中的所思、所感，随缘生止，即事而吟，如《知音吟》《白头吟》《爽口吟》《对酒吟》《观物吟》《人贵有精神吟》《扫地吟》《欢喜吟》《善饮酒吟》等。整部《击壤集》如果除去以"吟"为题的诗作，恐剩无几。"吟"是创作和赏析并存的艺术活动，但邵雍的"吟"诗绝不同于贾岛的"苦吟"，而是"乐吟"，邵雍绝不会为了推敲一个字"捻断数根须"，更不会"两句三年得"，否则"击壤三千首"是无法完成的①。邵雍诗作不落任何雕琢痕迹，有时就像白话，如《老去吟》：

> 吾今六十六，衰老何可拟。
> 志逮力不逮，人共知之矣。②

卷十六《有病吟》：

> 身之有病，当求药医。
> 药之非良，其身必亏。
> 国之有病，当求人医。

---

① 邵雍《击壤吟》一诗有谓"击壤三千首，行窝二十家"，据胡彦、丁治民《邵雍"击壤三千首"考论》（《上海大学学报（社会科学版）》2011 年第 4 期）考订，邵雍三千首诗不虚，《永乐大典》所存《前定数》录诗近 1500 首，加上《伊川击壤集》，总数即 3000 首上下。

② ［宋］邵雍著，郭彧、于天宝点校：《邵雍全集》第四册《伊川击壤集》，第 307 页。

人之非良，其国必危。①

这种平白如话的诗作消解了诗歌与散文的界限，但浅白之中，往往蕴涵深广，性、理、趣、悟，杂厕其间，乃至自成一家，即严羽《沧浪诗话·诗体》所谓"邵康节体"。当然，我们也从《伊川击壤集》中看出，邵雍对丹道修炼似乎不全然排斥，甚至知晓一二，如邵雍的"天根月窟"说。《伊川击壤集》卷八《寄亳州秦伯镇兵部》其一：

> 天心复处是无心，心到无时无处寻。
> 若谓无心便无事，水中何故不生金。②

卷十六《观物吟》：

> 乾遇巽时观月窟，地逢雷处看天根。
> 天根月窟闲来往，三十六宫都是春。③

卷十八《水火吟》：

> 水火得其御，交而成既济。

---

① 〔宋〕邵雍著，郭彧、于天宝点校：《邵雍全集》第四册《伊川击壤集》，第 321 页。

② 〔宋〕邵雍著，郭彧、于天宝点校：《邵雍全集》第四册《伊川击壤集》，第 128 页。

③ 〔宋〕邵雍著，郭彧、于天宝点校：《邵雍全集》第四册《伊川击壤集》，第 315 页。

水火失其御，焚溺可立至。

不止水与火，万事尽如此。

只知用水火，不知水火义。①

水火既济、天根月窟、水中生金等丹道术语，邵雍运用起来颇为娴熟，从这个角度看，也并非全是"儒语衍为《击壤集》"。仅从这数首疑似丹道诗作来看，邵雍"别为一体"的独特风格得以体现，即一向隐晦不明的丹道歌诗，到邵雍手里也变成了一种相对浅显直白的散文体创作，这种风格对后世丹道歌诗创作不无影响。

第二节　张伯端《悟真篇》与北宋中期
丹道歌诗的发展与成就

内丹歌诀是道教文学中的大宗，也是典型的宗教文学体裁，在道教文学史上有重要地位。五代末至北宋中期，道教内丹方术渐次兴起，钟离权、吕洞宾、陈抟等丹道修持者纷纷提出自己的内丹理论，而至张伯端《悟真篇》有了更具体的阐发。北宋中期，先后有一批内丹实践和理论家，他们阐发丹道理论，多采用歌诀的方式。此期留下内丹歌诀的内丹家主要是周方和张伯端两人。

周方大致活跃于真宗末年至仁宗初年，曾为栖居少室山的一位布衣隐士，字归一，道号至真子。周方曾广泛涉猎道经，深研丹旨，游历名山京洛之间。后遇高士传付真经大道，从此乾坤为

---

① ［宋］邵雍著，郭彧、于天宝点校：《邵雍全集》第四册《伊川击壤集》，第384页。

鼎，天地为炉，终至丹成。《正统道藏》洞真部方法类有一部《至真子龙虎大丹诗》，卷前序云：

> 少室山隐居布衣周方，字归一，道号至真子。方常览仙经，每穷虚旨，探登真之门户，详炼气之枢机，欲身契虚无，乃心忘尘境。纵游诸郡，多历名山、京洛之间，或逢高士，亲承传付，便话幽微，判玉水之根元，割金丹之宗祖。指水虎火龙之妙用，诀土金火水之玄机，明乾坤反覆之宜，晓昼夜循环之候。方闻倾心踊跃，注意惧欣，乃卜名山，择真胜地。乾坤为鼎，天地为炉，坎离为至药之宗，铅汞作大丹之体。须凭四象，又按三才，法戊己成其真形，驾河车运为正质。发则阴阳交媾，胜则日月盘旋。虎啸则玉磬炉前，龙吟则金华鼎内，水火结伏，龙虎相乘，刻漏无差，金丹成矣。……今乃略伸拙意，用剖真机，聊述宏纲，用传同好。天圣四年丙寅岁九月九日序。①

这则写于天圣四年（1026）的序交代了周方的基本情况。周方的《龙虎大丹诗》是一组 32 首以七律写就的丹道歌诗，这些歌诀的内容大多是神秘的经验总结，当即周方得遇真传的修炼体验。全诗分别押 32 韵，对仗严整，用语典雅，且首尾呼应，是一组难得的大型丹道歌诗。诗中一如丹道诗歌的传统，运用了大量道教隐语，充分利用汉语的模糊性，幽微而隐晦地传达了修炼大丹的

---

① 《道藏》第 4 册，第 913—914 页。

根本宗旨和具体步骤，现择其十首录如下：

其一：

    铅中有汞号黄芽，时辈凡流莫谩夸。解把虎龙调鼎鼐，能师日月运河车。安排炉灶飞金液，造化乾坤炼玉华。上法岂同蝉蜕去，逍遥自是玉皇家。①

其四：

    金乌玉兔路无差，三女三男本一家。意马又随红槿艳，心猿常泛白榆花。曾朝王母杯琼液，只候丁公破玉瓜。八百缘中同会去，千朝丹伏倚烟霞。②

其七：

    去谒神仙叩洞门，嫦娥帐里抱龙孙，金花朱日连根取，鼎炼铅霜造化尊。制伏虎龙为事业，岂拘乌兔走朝昏。大终甲子循环满，必驾河车渡海村。③

其九：

    吕家曾与我真铅，只向玄中悟得玄。赤马捉归金谷内，青牛赶放玉溪前。星烟夜里追符使，云洞朝来发剑

---

① 《道藏》第 4 册，第 914 页。
② 《道藏》第 4 册，第 914 页。
③ 《道藏》第 4 册，第 914 页。

仙。除剪业虬期此日，沧波回去棹征船。①

十五：

　　鼎非金鼎是真铅，只向玄中远又玄。牝马收时朝紫府，乾牛放日贮丹田。蟾宫赫奕离龙子，鸣凤威晖兑虎仙。须藉甲兵施水火，炼成秋石自延年。②

二十：

　　还丹九转是三年，须藉金公结汞铅。姹女销宫朝紫户，婴儿握固运丹田。玄珠采得乾坤静，流液收归宇宙坚。要识长生根祖事，长生根祖在人边。③

二十一：

　　世人不解觅长生，谩去寻山静处行。须修丹药谁惺悟，藉施阴德甚分明。华池养就无为物，水火烹成恍惚精。吞却龙虎壶中宝，须滋形质定常荣。④

二十七：

　　捉得金虬夺得珠，活吞入口美如酥。骊龙走日飞神

① 《道藏》第 4 册，第 914 页。
② 《道藏》第 4 册，第 915 页。
③ 《道藏》第 4 册，第 915 页。
④ 《道藏》第 4 册，第 915 页。

剑，海怪奔时镇铁符。白雪返魂填玉柜，黄芽宝质发红
炉。华池浇灌灵龟胜，万象齐攒在鼎壶。①

二十九：

> 至道分明事不烦，淡然一味岂艰难。龙居二八门中
> 隐，虎在三五数内安。铅汞合和青凤髓，乌蟾匹配紫琅
> 玕。南方女子能收掌，采得归来作大丹。②

三十二：

> 乌兔奔腾下玉虚，河车般运向琼壶。炼丹须按三才
> 鼎，养药令安四象炉。铅汞烹为流液质，虎龙锻作降真
> 酥。轩皇昔日青云路，留得踪由许丈夫。③

这32首组诗，在道教文学成就上，可谓丹道歌诗中的上品。
它的写作缘起，也是周方得遇高人，然后传之于世。根据"吕家
曾与我真铅"这句，我们推测周方或得传于吕洞宾，然后写就流
传。这与张伯端得遇真人写就《悟真篇》是同样的叙事逻辑。想
必，周方的《至真子龙虎大丹诗》对张伯端《悟真篇》的创作具
有启发意义。

北宋中期内丹歌诗创作取得了重大成就，代表性作品就是张
伯端的《悟真篇》。如前引，《四库全书总目提要》曾评价《悟真

---

① 《道藏》第4册，第915页。
② 《道藏》第4册，第915—916页。
③ 《道藏》第4册，第916页。

篇》说："是书专明金丹之要，与魏伯阳《参同契》，道教并推为正宗。"①《悟真篇》是完全用诗词形式写就的丹道歌诗，创造了丹道诗词艺术成就的一个高峰，在道教文学史上有重要价值。

一、张伯端生平

如前揭，张伯端字平叔，号紫阳、紫阳山人，后改名用成（又作"用诚"），人称"悟真先生"，传为"紫玄真人"，雍正十三年（1735）被敕封为"大慈圆通禅仙紫阳真人"。张伯端正史无传，相关道经和各种笔记杂史的记载彼此错杂，其生卒年里存在较大争议。就其生卒年，我们常依据张伯端再传弟子南宋人翁葆光的一段记述。翁葆光概学道于淳熙年间，即1174—1189年间，他的《紫阳真人悟真直指详说》中有这样一段话：

> 故示刘奉真之徒以性道无生而入寂，后现真身于王屋山中，示二命道不灭而圆通。故于元丰五年三月初五日尸解之时，乃留偈曰："一灵妙用，法界圆通。"此非性命之道双圆，形神之真俱妙，岂能与于此？其阅世亦九十六载矣，平时宏阐玄微，吟咏情性，言辞奥雅，汲引后来，自目其篇曰《悟真》。②

这里说张伯端卒于元丰五年（1082），"阅世亦九十六载"，比较早的还有南宋龙眉子《金液还丹印证图》中林静所做《金液还

---

① ［清］永瑢等编撰：《四库全书总目提要》卷一四六《悟真篇注疏》条，第1252页。

② 《道藏》第2册，第1020—1021页。

丹印证图后叙》。此书卷首有嘉定戊寅（1218）龙眉子自序，成书时间晚于翁葆光时代，林静《后叙》或在南宋末年①，其中说到：

> 紫阳在元丰五年化去，越七禩，与顺理遇于王屋山，作诗以勉志，有"闻君知药已多年"之语。②

《紫阳真人悟真篇注疏》中的元代人戴起宗亦云：

> 紫玄张真人在世九十六岁，于元丰五年壬戌三月初五日尸解，距熙宁二年乙酉于成都遇师传道，是时真人年已八十有二矣。其修炼又在六十四岁之后者，保养于平日深有功也。③

据可查的宋元文献，多以为张伯端卒于元丰五年（1082），阅世96载，而元赵道一《历世真仙体道通鉴》卷四十九《张用成》谓"于元丰五年三月十五日，跌坐而化，住世九十九岁"④。如果张伯端在世99岁，则生年不一，然《历世真仙体道通鉴》于史实亦颇有出入，孤证不足凭信。综合以上资料和各种考订，我们还是以翁葆光的记载为准，即张伯端生于宋太宗雍熙四年（987），卒于神宗元丰五年（1082）。柳存仁《张伯端与悟真篇》⑤、朱越利

---

① 《道藏提要》第151条提要以为林静《后叙》作于1249年，不知所据。见《道藏提要》第66页。

② 《道藏》第3册，第109页。

③ 《道藏》第2册，第943页。

④ 《道藏》第2册，第943页。

⑤ 见《和风堂文集》，上海古籍出版社，1991年。

《金丹派南宗形成考论》① 对于张伯端谒黄裳等事提出质疑，但盖建民《道教金丹派南宗考论》（上册）第三章《南宗祖师生平系年》一节综合各种资料，指出张伯端卒于元丰五年的结论不能被轻易否定，柳、朱的推论值得商榷②。

张伯端籍贯主要有天台、临海两说。所谓"天台"，张伯端撰于神宗熙宁八年（1075）的《悟真篇序》即自署"天台张伯端平叔叙"③，撰于元丰元年（1078）的《悟真篇后叙》亦署"天台张伯端平叔再叙"④。张伯端本人的序文均谓"天台张伯端"，这是主张张伯端为天台人的最有力证据。另外，张伯端生前曾在陆诜（龙图公）帐下，陆诜之孙陆彦孚（思诚）曾记张伯端追随先大父辗转桂林、成都事，此记见于《道藏》本《紫阳真人悟真篇三注》卷前，缺最后一行，清人仇兆鳌《悟真篇集注》亦载，谓"张平叔先生天台人"⑤。

张伯端再传弟子翁葆光《紫阳真人悟真直指详说三乘秘要》所收《张真人本末》有《道藏》本，另有仇兆鳌《悟真篇集注》所收版本，题作《张紫阳事迹本末》。两文比较，文字互有出入，《张真人本末》未见张伯端依荆湖马处厚事和元丰年间与刘奉真等

---

① 《道韵》第 6 辑，台北中华大道出版社，2000 年。
② 盖建民：《道教金丹派南宗考论》（上册）第三章《南宗祖师生平系年》，社会科学文献出版社，2013 年，第 399—405 页。
③ 《悟真篇序》有不同版本，此引自元人张士弘编《紫阳真人悟真篇三注》，《道藏》第 2 册，第 974 页。
④ 署翁葆光注、陈达灵传、戴起宗疏的《紫阳真人悟真篇注疏》中的《悟真篇后序》题"张用成平叔序"，与元人张士弘编《紫阳真人悟真篇三注》不同，此据《紫阳真人悟真篇三注》，见《道藏》第 2 册，第 1019 页。
⑤ ［清］仇兆鳌：《悟真篇集注》卷首《陆彦孚记》，上海古籍出版社 1989 年影印康熙五十二年（1713）刊本，第 10 页。

人广宣佛法事，显为刻意删除，而仇兆鳌所收《张紫阳事迹本末》尚详于此，对于依马处厚事，云"详述于《陆彦孚记》中"，可见这篇文字参考了《陆彦孚记》，但关于张伯端籍贯，两篇几无异文，均谓"天台璎珞街人"，即："紫阳真人，乃天台缨络街人。先名伯端，字平叔，后名用成。"① 除了张伯端序文自署及以上年代较早的记载，其他文献记为天台的还有很多，《台州道教考》第七章第二节《南宗五祖》做过详尽的搜集，此不具述②。但南宋临海人陈耆卿（1180—1237）《嘉定赤城志》卷三五"张用诚"条称：

> 张用诚，郡人，字平叔。尝入成都，遇真人得金丹术，归以所得秤成秘诀，八十一首，号《悟真篇》。已而仙去，至淳熙中，其家早起，忽有一道流，踞主席而坐，叩其家事，甚历历。会其孙他出，乃去。人以为用诚之归云。③

这里写作"用诚"，而非"用成"，所谓"郡人"，论者多以为陈耆卿也是临海人，有称临海人为郡人的用例，如"国子司业郡人陈耆卿寿老撰""郡人吴子良拾其所遗""郡人林表民逢吉撰"等，陈耆卿、吴子良、林表民均为临海人④。秦始皇分天下36郡，其中并无临海，但三国时期，会稽郡分出临海郡，南宋《（嘉

---

① 《道藏》第 2 册，第 1024 页。
② 任林豪、马曙明著：《台州道教考》，中国社会科学出版社，2009 年，第 310—311 页。
③ ［宋］陈耆卿：《嘉定赤城志》卷三五，《台州丛书》本。
④ 任林豪、马曙明著：《台州道教考》，第 312 页。

泰）会稽志》载：

> 至吴孙亮太平二年，又置临海县，立会稽东部为临
> 海郡，以临海、始平、松杨、罗阳四县属焉。于是会稽
> 始有属郡……。至晋，又分临海郡之松杨、罗阳、东阳
> 郡之遂昌，凡三县，立永嘉郡。①

此后临海郡、永嘉郡等在六朝隋唐期间几度变迁。隋开皇九
年（589）平陈，郡废，临海郡复为临海县。隋大业四年，沈法兴
在临海县擅立海州。唐武德四年（621），平李子通，以临海县置
台州，取天台山之名，此即"台州"一名之始。天宝元年（742）
又改台州为临海郡，乾元元年（758）复为台州。有宋一直称台
州，但治所在临海。可见，"临海郡"为旧称，比"台州"要早，
后一直为台州治所。宋代行政区划为"路——州、府、军、
监——县"三级，没有"郡"级区划，所以宋人一般称州不称郡，
但文人好用古称，也有习用旧称的情况，南宋陈耆卿称张伯端等
人为"郡人"，显然用的是"临海郡"旧称，这是行政区划或籍贯
角度的确切记载。陈耆卿《（嘉定）赤城志》除了这条记载，还有
其他多处记载显示临海实为张伯端故里，就此著名的已故道教学
者王卡先生《雍正皇帝与紫阳真人》一文及《台州道教考》第七
章都曾做过认真梳理，现据《雍正皇帝与紫阳真人》转引两条：

> 卷二《坊市》：悟真坊，在州东北二百五十步。庆元

---

① ［宋］沈作宾、施宿修纂《（嘉泰）会稽志》卷一，清嘉庆十三年刻本。

三年，叶守巃以张平叔居此著《悟真篇》，故名。今有祠。（按"叶守巃"即台州知府叶巃）

卷三《桥梁》：悟真桥，在州东北二百八十步，旧名黄牛坊桥。庆元三年，叶守巃更今名。事见悟真坊。①

可见南宋宁宗庆元三年（1197）临海即有张伯端著《悟真篇》的传说，今临海市内仍有紫阳道观、紫阳故居、悟真坊等，这些遗迹和传闻未必说明张伯端在此创作《悟真篇》，但足以从另一个方面说明张伯端与此地的关系。关于张伯端是否为临海人，实际上雍正皇帝因倾心主张三教合一的张伯端，曾专门委派浙江总督李卫等查访实情，最终确认张伯端为临海人，前述王卡先生的《雍正皇帝与紫阳真人》一文曾予客观理性的详密考订。而张伯端自称"天台"及他书也多作"天台"者，并非从严格的行政区划出发，而是自然地理和宗教地理角度的"泛指"。天台山从六朝就是道教圣地，葛洪《抱朴子》卷四《金丹》曾引仙经谓："鳖祖山、大小天台山、四望山、盖竹山、括苍山，此皆是正神在其山中。其中或有地仙之人。上皆生芝草，可以避大兵大难，不但于中以合药也。若有道者登之，则此山神必助之为福，药必成。"②在道教特有的洞天福地系统中，"十大洞天"中的赤城洞在天台山西北，"七十二福地"中的灵墟、天姥岑、司马梅山等也都在天台，再经唐代司马承祯（隐居天台山玉霄峰）等人的系统化建构，天台山更成为天下道门的圣域。可见，一位在天台山麓范围内的

① 王卡：《雍正皇帝与紫阳真人》，见《第二届全真道与老庄学国际学术研讨会论文集》（上册），华中师范大学出版社，2013年，第87页。

② ［晋］葛洪撰，王明校释：《抱朴子内篇校释》卷四，第85页。

道士自称"天台人"并不为过。而我们当下的一些研究，以现行行政区划下的"天台县"等同于张伯端口中的"天台"，且言辞激烈，含沙射影，缺乏足够的学术理性和"历史地看待历史问题"的科学态度。

张伯端羽化之地也充满了歧说，有临海百步溪、广南西路等说法，因地理沿革变迁，再加上张伯端后世隐显无常的"仙化"形象，各种记载多有出入。

张伯端少年时不显，浪迹云水，但倾慕大道。据《悟真篇自序》，张伯端说："仆幼亲善道，涉猎三教经书，以至刑法、书算、医卜、战阵、天文、地理、吉凶、死生之术，靡不留心详究。"①从这些叙述中，我们看到张伯端从小好道，慕长生，漫游山水，遍涉三教，饱读坟籍。《陆彦孚记》云"少业进士"②，但显然没有获取功名③，此后张伯端在当地做了一名"府吏"，直到惹下一桩官司。《陆彦孚记》谓"坐累，谪岭南兵籍"④，一语带过，具体细节，比较早的记载见于康熙年纂的《临海县志》卷十：

> 宋张用诚，邑人，字平叔，为府吏。性嗜鱼，在官办事，家送膳至，众以其所嗜鱼戏匿之梁间，平叔疑其婢所窃，归扑其婢，婢自经死。一日，虫自梁间下，验之，鱼烂虫出也。平叔乃喟然叹曰："积牍盈箱，其中类

① ［宋］张伯端撰，王沐解：《悟真篇浅解（外三种）·自序》，第3页。
② 《悟真篇集注》之《陆彦孚记》，第10页。
③ 樊光春《张伯端生平考辨》曾考订过张伯端是否得进士第，见《中国道教》1991年第4期。
④ 《悟真篇集注》之《陆彦孚记》，第10页。

窃鱼事不知凡几。"因赋诗云：

刀笔随身四十年，是非非是万千千。

一家温饱千家怨，半世功名百世愆。

紫绶金章今已矣，芒鞋竹杖任悠然。

有人问我蓬莱路，云在青山月在天。

赋毕，纵火将所署案卷悉焚之。因按火烧文书律，
遣戍。先是郡城有盐颠，每食盐数十斛，平叔奉之最谨。
临别嘱曰："若遇难，但呼祖师三声，即解汝厄。"后械
至百步溪，天炎，浴溪中，遂仙去。至淳熙中①，其家早
起，忽有一道人，进门坐中堂，叩其家事，历历，随出
门去，人以平叔归。云百步岭旧有紫阳真人祠，扁云紫
阳神化处，今废。②

显然《临海县志》掇拾各种张伯端传闻拼凑而成，遇盐癫事、
所赋诗篇及《历世真仙体道通鉴》所记与僧神游扬州观琼花事，
均无从考实或语出荒诞③。但也不是所有传闻都是捕风捉影，张伯
端烧文书很可能就是"坐累，谪岭南兵籍"的主因。其中《临海
县志》提到张伯端被"械至百步溪"，天炎，浴溪中而溺亡，而张
伯端后来曾到过桂林、成都等地，何以"械至百步溪"就已"仙
去"？因为这个明显的矛盾，又有谓张伯端晚年（元丰五年）"天

---

① "至"下原作双行小字"今上御名"，北宋有"熙宁"，南宋有"淳熙"、
"绍熙"，据《嘉定赤城志》当为淳熙。

② ［康熙］《临海县志》卷一〇，康熙二十二年（1683）刊本。

③ "刀笔随身四十年"一诗，据《台州道教考》，当为至元二年福建廉访使
蜜兰沙求仙诗。见《台州道教考》第315页。

炎浴水中"，趺坐而化①。

总之，张伯端一生充满传奇和神异色彩，而这正是作为一代高道神龙见首不见尾的高妙之处，给后人留下无尽的想象空间，以致在《西游记》第七十一回《行者假名降怪犼，观音现象伏妖王》中，紫阳真人以正面的道士形象出现。

二、《悟真篇》的成书和结构

《悟真篇》的成书过程就像张伯端的年里生平一样，歧说纷出。最可靠的记载当是张伯端所撰的《悟真篇序》《悟真篇后序》及较接近张伯端的陆彦孚所作《悟真篇记》（仇兆鳌《悟真篇集注》录作《陆彦孚记》）。张伯端的序文和《陆彦孚记》在后世刊纂流传过程中，每有增删改易之处，各本均有同异，但关于《悟真篇》的成书我们还是能看出一些端倪。

在《紫阳真人悟真篇注疏》卷前所收《悟真篇序》中，张伯端云：

> 仆幼亲善道，涉猎三教经书，以至刑法、书算、医卜、战阵、天文、地理、吉凶、死生之术，靡不留心详究。惟金丹一法，阅尽群经及诸家歌诗论契，皆云日魂月魄、庚虎甲龙、水银丹砂、白金黑锡、坎男离女，能成金液还丹，终不言真铅真汞是何物也，又不说火候法度、温养指归，加以后世迷徒恣其臆说，将先圣典教妄行笺注，乖讹万状，不惟紊乱仙经，抑亦惑误后学。

---

① ［康熙］《台州府志》卷十三。转引自《台州道教考》，第317页。

仆以至人未遇，口诀难逢，遂至寝食不安，精神颠颐。虽询求遍于海岳，请益尽于贤愚，皆莫能通晓真宗，开照心腑。后至熙宁己酉岁，因随龙图陆公入成都，以夙志不回，初诚愈恪，遂感真人，授金丹、药物、火候之诀。其言甚简，其要不繁，可谓指流知源，语一悟百，雾开日莹，尘尽鉴明。校之仙经，若合符契。因谓世之学仙者十有八九，而达其真要者未闻一二。仆既遇真诠，安敢隐默，罄所得，成律诗九九八十一首，号曰《悟真篇》。①

　　张伯端这段自序文字最能说明《悟真篇》的写作缘起。张伯端自幼就亲近道教（善道），但也广泛涉猎儒、释两家经典，甚至子部诸说也都详究细讨，但是所研读的大量丹经、歌诀，多为泛泛之谈，终究没有明确"真铅真汞"为何物，对什么是"火候法度、温养指归"也都语焉不详，再加上后世的各种臆说笺注，这些丹经、歌诀更加乖舛难明。为此，张伯端苦求不得，一度寝食不安，精神憔悴。后随陆诜（1012—1070）入成都，在神宗熙宁二年（"乙酉岁"）（1069）于成都得遇真人，受以金丹、药物、火候之诀，于是罄其所得，撰定《悟真篇》。如前文所论，从《悟真篇》引用高象先《金丹歌》诗句来看，张伯端所遇真人有可能是高象先，但毕竟没有铁证。实际上，我们不可能确指所遇到底是哪位真人，但从这些传说中，我们还是能看出《悟真篇》的直接理论渊源，即五代、宋初以来的内丹道法。这其中，关于刘海蟾的传说也并非空穴来风。

---

① 《道藏》第 2 册，第 914—915 页。

与张伯端有间接联系的陆思诚（彦孚）所作的《悟真篇记》，可能是较早提及张伯端遇"刘海蟾"事的重要文献。

张伯端获罪发配岭南军籍时，曾被陆思诚祖父陆诜收在帐下"典机事"，后随陆诜入成都。陆诜薨于成都后，张伯端辗转秦陇，再事马默（字处厚，《宋史》卷三四四有传），把《悟真篇》交付马默，马默为司农少卿时又交付陆诜之婿张坦夫，坦夫传陆诜之子，也即陆思诚父亲宝文公陆师闵，而陆思诚童年时目睹《悟真篇》，取而读之，不能通也。因其耳闻目睹，陆思诚在《悟真篇记》中的这些记载，可信度相当高。柳存仁《张伯端与悟真篇》一文指出张伯端事马默不可信，因马默为河东转运使是在 1086 以后的事情，张伯端如果在 1082 年去世，不可能再事马默①。其实，按《宋史》卷三四四马默本传，马默为司农少卿亦在其任河东转运使之前，陆思诚这里所记当据一时回忆，难免会有史实出入。而我们从宏观角度来看，《悟真篇记》所记绝非荒诞无稽之辞，所涉及的人、事多有据可查。关于张伯端所遇真人是否刘海蟾，《悟真篇记》有自己认真的考订：

先公帅秦，阳平王箴衮臣在幕府，因言其兄冲熙先生学道，遇刘海蟾，得金丹之术。冲熙谓："举世道人，无能达此者，独张平叔知之。成道之难，非巨有力者不能也。"冲熙入洛，谒富韩公，赖其力而后就。

余时年少气锐，虽闻其说，不甚介意，亦不省所谓平叔者为何人。迩来年运日往，志气日衰，稍以黄老方

---

① 柳存仁此文收在《和风堂文集》，见上海古籍出版社，1991 年。

士之术自治。有以金丹之术见授者，曰："神者，生之体；形者，神之舍。道以全神，术以固形。神全而形固，则其去留得以自如矣。"因卜吉戒誓，传法既竟，再谓余曰："九转金液大还丹，上圣秘重，不可轻易泄漏也。异日各见所授，先依盟誓，又须自修，功成方可审择而付之。盖欲亲历其事，然后开谕后学。俾抽添运用之时，得免危殆，则形神俱妙之道，由是著矣。古今相传，皆有斯约，违者必有天谴。岂不知平叔传非其人，三遭祸患者乎？子当勉之，宜无忽焉。"复序其所从来，得之成都异人者，岂非海蟾耶？且冲熙成丹之难，及于世之所谓道人者，无所许可，唯平叔一人而已。其言与予昔者所闻于衮臣者皆合，因取此书读之，始悟其说。又考世之所传吕公《沁园春》及海蟾诗词，无一语不相契者。是以知渊源所来，盖有自矣。①

这里提到的冲熙先生，南宋绍兴（1131—1162）前后成书的《能改斋漫录》《夷坚志》等都有记载，如《夷坚丁志》卷四《司命府丞》：

> 王荃，字子真，凤翔阳平人。其父登科，兄弟皆为进士，荃独闲居乐道。一日郊行，憩瓜圃间，野妇从乞瓜，乳齐于腹。荃知非常人，问其姓，曰："吾萧三娘也。"荃取瓜置诸橐以遗之。妇就食，辍其余，曰："尔

---

① 《道藏》第 2 册，第 968—969 页。

可尝乎？"筌接取而食，无难色，妇曰："可教矣！神仙海蟾子今居此。当度后学，吾明日挟汝往见。"及见，海蟾曰："汝以夙契得遇我。"命长跪传至道，授丹诀，戒以积功累行。遂还家白母，遣妻归，周游名山。一时大臣荐其贤，赐封冲熙处士。①

王筌为王毂兄，赐封"冲熙处士"，即《悟真篇记》所谓"冲熙先生"。其遇刘海蟾事，南宋初在民间已有流传，而冲熙先生曾遇刘海蟾，是通过化身为"乳齐于腹"的野妇"萧三娘"引荐的，冲熙所谓"举世道人，无能达此者，独张平叔知之"，这是对张伯端道行的评价，并没有说张伯端曾遇刘海蟾，以为所遇可能是刘海蟾，这一点是出自陆彦孚的推断——"岂非海蟾耶？"他的推断基于这样两个理解：

1. "其言与予昔者所闻于衮臣者皆合，因取此书读之，始悟其说"，冲熙先生所谓"独张平叔知之"，与其弟王毂所言契合，翻阅《悟真篇》方悟其言。

2. 《悟真篇》诗词与吕洞宾《沁园春》及海蟾诗词相沿契合。

吕洞宾《沁园春》今存数阙，有的或为宋人委托，后世演义小说不断重塑，各种版本歧出。陆彦孚提到的《沁园春》，当即《全唐诗》卷九百所存吕洞宾《沁园春》，其第一首元代俞琰曾予注解，即《正统道藏》洞真部玉诀类所收《吕纯阳真人沁园春丹词注解》，现录如下：

---

① ［宋］洪迈撰，何卓点校：《夷坚丁志》卷四，中华书局，2006 年，第565 页。

　　七返还丹，在我先须，炼己待时。正一阳初动，中
宵漏永，温温铅鼎，光透帘帏。造化争驰，虎龙交媾，
进火功夫牛斗危。曲江上，看月华莹净，有个乌飞。

　　当时。自饮刀圭，又谁信无中就养儿。辨水源清浊，
木金间隔，不因师指，此事难知。道要玄微，天机深远，
下手忙修犹太迟。蓬莱路，待三千行满，独步云归。①

　　这是一首典型的丹道词，张伯端《悟真篇》在风格和内容上
均与此相类。刘海蟾本名刘玄英，《全宋诗》卷七二录《题潭州寿
宁观》一首、散句一句，《历世真仙体道通鉴》卷四九《刘玄英》
传记云："亦间作诗，有诗集行于世。其咏修炼，则有《还金篇》
行于世。"②《还金篇》不存，南宋曾慥《道枢》卷十二节录数语，
俞琰《周易参同契发挥》可辑数句，如：

　　先贤明露丹台旨，几度灵乌宿桂柯。

　　渺邈但捞水里月，分明只探镜中花。

　　莫教违漏刻，长在一阳中。

　　沉归海底去，抱出日头来。

　　不达阴阳祖，徒劳更议玄。

　　快活百千劫，辛勤一二年。③

　　从这几句我们可以看出，刘海蟾《还金篇》当为采用五、七

① ［清］彭定求：《全唐诗》卷九○○，中华书局，1960 年，第 10168 页。
② 《道藏》第 5 册，第 382 页。
③ 引自俞琰《周易参同契发挥》，见《道藏》第 20 册。

言诗形式描述丹道修炼的作品，再结合吕洞宾的作品，张伯端《悟真篇》源于吕、刘一系，当无可怀疑。从冲熙先生遇到刘海蟾到张伯端遇刘海蟾，更多的是后人的推测和比附，如《历世真仙体道通鉴》的记载等，但我们也应从两方面看：一是，冲虚先生所遇也是刘海蟾化身的"野妇"，而凡人成仙羽化后，去留无意，隐显无常，向为道教的宗教性叙事，我们当充分尊重，不必刻意考究真伪；二是，从诗词内容、特征上分析，张伯端《悟真篇》渊源有自，与吕洞宾、刘海蟾的丹道歌诗密切相关。由此，张伯端《悟真篇》不仅参考过高象先《金丹歌》，也可能从吕洞宾、刘海蟾等五代、宋初以来的其他丹道诗词的作者中汲取营养，转益多师，综合各家，从而写就了影响深远的内丹歌诗集。

关于《悟真篇》100多首诗词的结构安排，张伯端在自己的《悟真篇序》中已经讲得很明白，即：

> 仆既遇真诠，安敢隐默，罄所得，成律诗九九八十一首，号曰《悟真篇》。内七言四韵一十六首，以表二八之数。绝句六十四首，按《周易》诸卦。五言一首，以象太一之奇。续添《西江月》一十二首，以周岁律。其如鼎器尊卑、药物斤两、火候进退、主客后先、存亡有无、吉凶悔吝，悉备其中矣。及乎篇集既成之后，又觉其中惟谈养命固形之术，而于本源真觉之性有所未究，遂玩佛书及《传灯录》，至于祖师有击竹而悟者，乃形于歌颂诗曲杂言三十二首，今附之卷末，庶几达本明性之

道，尽于此矣。所期同志览之，则见末而悟本，舍妄以从真。①

严格来说，《悟真篇》只有81首，后来"续添"12首《西江月》词②，结集成篇以后，又觉所讲都是神仙命道，未及空性以遣幻妄，所以玩味佛经及《传灯录》，又作30余首歌颂诗曲杂言等，附于卷末，强调性功，这样的内容结构如下图示：

性命双修 { 命功 { 16首七律："表二八之数"——总论内丹 / 64首绝句："按《周易》诸卦"——内丹修炼过程和方法 / 1首五言："象太一之奇" / 12首《西江月》："以周岁律" } 性功：32首歌颂诗曲杂言 }

张伯端《悟真篇序》对《悟真篇》的结构和用意已有明确说明，翁葆光在《悟真篇注疏》中的一篇序中做了进一步阐发：

仙翁蕴性仁慈，慷慨豁达，穷理尽性，以至于命，三宗一致，妙用无殊，不欲独善诸身，乃作《悟真篇》提诲后学。先以神仙命道诱其修炼，以金丹之术首咏是篇；终以真如空性遣其幻妄，故以禅宗歌咏毕其卷末。

所谓金丹之要者，以二八真阴真阳之物立于炉鼎，诱先天之一气，归斯炉鼎之中，变成一粒，大如黍米，

① 《道藏》第2册，第915页。
② 部分注本收13首《西江月》。

号曰太一真气，是以首列七言四韵一十六首，表其真阴真阳之数也。次咏五言四韵一首，以表太乙之奇，即金丹一粒也。既得一粒饵归丹田，然后运火，依约六十四卦而行之，故续以绝句六十四首，以按《周易》六十四卦也。夫火之功，有十月并沐浴，共十有二月，故又续《西江月》一十二首，以应周天之岁律也。十月功备，胎圆而形化为纯阳之气，故总吟成律诗八十一首，象其纯阳九九之数也。形化气矣，然后抱元九载，炼气成神，以神合道，故得形神俱妙，升入无形，与道合真而不测，是以神性形命俱归于究竟空寂之本源也，故以禅宗性道歌颂诗词三十六首，毕其卷末。已上皆取象金丹大旨，次序如此。[①]

翁葆光的理解与张伯端的稍异，即把十六首七律、一首五律归在一类，看作金丹之要，六十四首绝句和十二首《西江月》看作"运火"之功，三十二篇诗词歌颂有关禅宗性道，在顺序上略有调整，其《悟真直指详说三乘秘要》更将《悟真篇》划分为"强兵战胜之术""富国安民之法""神仙抱一之道"三部分：

强兵战胜之术：

夫强兵战胜之术者，乃炼金丹之旨也。……是以仙翁首列一十六首者，以明龙虎，各一、八之数。五言四韵一首者，以表一时得金丹一粒也。此余所以分为上卷，

表而出之，以明强兵战胜之术，则采金丹之功，粲然明白矣![1]

富国安民之法：

> 夫富国安民之法者，乃运阴阳符火之旨也。……是以仙翁续述绝句六十四首，按《周易》六十四卦者，明运火爻之计也。又续成《西江月》一十二首，以象运火沐浴，共十有二月之功也。此余所以分为中卷，以明运火之法、富国安民之意。盖修丹之序，当如是尔。[2]

神仙抱一之道：

> 夫神仙抱一之道者，乃圣人运火功圆之时也。形化纯阳之气者，身投僻陋之隅，面壁九年，抱一以空其心，心定神化，与道冥一。……是故仙翁毕其卷末而以禅宗性道者，实明神仙抱一之道也，故余分为下卷。[3]

后世各种注解纷出，对《悟真篇》结构、内容及主旨的理解和发挥，众论分歧，但从根本上看，张伯端自序和再传弟子翁葆光和薛道光等人的理解阐发较接近原旨。

方回（1227—1305）曾指摘道经之伪，认为《周易参同契》

---

① 《道藏》第二册，第1021页。
② 《道藏》第二册，第1021—1022页。
③ 《道藏》第二册，第1022页。

不大可能为东汉魏伯阳之作，似为五代蜀道士彭晓所为，而张伯端《悟真篇》即《周易参同契》的注脚，但更趋浅近，其中的十二首《西江月》或为南宋人夏元鼎所为①。就《悟真篇》附于卷末以表性功的 32 首歌、词、颂等，历来也有以为伪作者，清人董德宁《悟真篇正义》未加收录，王沐先生《悟真篇浅解》以此为底本仅作《悟真篇外集》收录之。总之，对于《悟真篇》这部影响深远的丹经巨著，后世伪托张伯端或修订、改编，甚至增补，当不足为奇，但先命后性、性命双修的的基本结构亦大抵如此。

三、《悟真篇》的文学性质

《悟真篇》全用诗、词、歌赋写就，从外在形式上看，它本身就是一部诗歌集。从内容上看，这些诗词歌赋有很强的宗教目的，主要用以解说教理教义，阐发丹道修炼的精义，所以同时它又是一部道教经典。《悟真篇》是一部典型的道教文学作品，应在宗教实践和宗教情感上着眼，不能全以世俗文学的文艺理论和批评标准进行评判。

首先，《悟真篇》并非全是充满隐语和暗示的诗句，有些诗作直白浅显，说理深刻。《悟真篇》首篇七律，不言丹道，劝世意味更浓，读来晓畅明了，全无一点晦涩难通之处：

> 不求大道出迷途，纵负贤才岂丈夫。
> 百岁光阴石火烁，一生身世水泡浮。
> 只贪利禄求荣显，不觉形容暗瘁枯。

---

① ［元］方回：《桐江续集》卷三一，文渊阁《四库全书》本。

　　试问堆金等山岳，无常买得不来无。①

　　这是全书开篇的第一首七言律诗，具有提纲挈领的作用，该诗劝告世人不以荣显富贵为最终追求，应该认识到现实人生的短暂虚无，一句"试问堆金等山岳，无常买得不来无"令人警醒。第二首作品："人生虽有百年期，寿夭穷通莫预知。昨日街头方走马，今朝棺内已眠尸。妻财抛下非君有，罪业将行难自欺。大药不求争得遇，知之不炼是愚痴。"该诗延续上篇，继续劝喻世人炼心修道。"昨日街头方走马，今朝棺内已眠尸"一句形象地揭示了人生无常、死生难料的残酷现实，而这样的诗句浅显生动，具有很强的感染力。《悟真篇》中类似的诗篇还有不少，其实除去丹道术语和一些大药返还的理论表述，有很多诗作都相当直白。如六十四首七绝中的部分诗作：

其五十四：

　　药逢气类方成象，道在希夷合自然。一粒灵丹吞入腹，始知我命不由天。②

其五十五：

　　赫赫金丹一日成，古仙垂语实堪听。若言九载三年者，总是推延款日程。③

---

① ［宋］张伯端撰，王沐解：《悟真篇浅解》卷上，第1页。
② ［宋］张伯端撰，王沐解：《悟真篇浅解》卷中，第118页。
③ ［宋］张伯端撰，王沐解：《悟真篇浅解》卷中，第119—120页。

其五十六：

　　大药修之有易难，也知由我亦由天。若非积行修阴
德，动有群魔作障缘。①

　　这几首诗作用语都很平实，而且类似的诗作所占比重并不少。
从这个方面中，我们可以看出《悟真篇》有其简易通俗的一面。
与古奥、晦涩的《周易参同契》相比，这显示了道教世俗化的趋势。
　　其次，《悟真篇》使用道教隐语，充分利用汉语的隐喻功能，
使诗作富有浓厚的宗教神秘色彩②。《悟真篇》的丹道理论是通过
两种文学形式来表达的，一是文学隐喻手法，二是诗歌韵语形式。
英国修辞和语言学家麦克斯·米勒在《神话学论稿》中曾提出：
"古代语言是一种很难掌握的工具，尤其对于宗教的目的来说更是
如此，人类语言除非凭借隐语就不可能表达抽象概念：说古代宗
教的全部词汇都是由隐语构成，这并非夸张其词。"③ 当然，以为
古代宗教的全部词汇都是隐语构成的，是值得商榷的，甚至卡希
尔也认为是"古怪"的，但神话乃至古代宗教从语言固有的含混
性中汲取养料，则是不争的事实。作为古代本土宗教的道教，在
其经典造构的阶段，也同样运用汉语固有的隐秘性和模糊性传播
教义、阐释教理。据蒋振华《唐宋道教文学思想史》的初步统计，

---

　　①　[宋] 张伯端撰，王沐解：《悟真篇浅解》卷中，第 121 页。
　　②　蒋振华《唐宋道教文学思想史》第三章《北宋时期的道教文学思想》第
二节《道教隐语系统与文学隐喻》针对《悟真篇》中的隐语、隐喻做过系统分
析。见岳麓书社，2009 年，第 271—283 页。
　　③　[英] 麦克斯·米勒：《神话学论稿》，载卡希尔《人论》，上海译文出版
社，1985 年，第 140—141 页。

《周易参同契》中的隐语或隐喻有 15 条，"三光陆沉，温养子珠"中的"陆沉"喻指气收丹田，"被褐怀玉"中的褐与玉均指炼丹原料"铅"，因铅外黑内白、外粗内精，与褐、玉有相似性①。对于道教隐语和隐喻，敦煌古道经《道教故实》（P2524）就有过专门搜集，陈国符也曾对丹道中的石药、草木药的隐名做过统计，并分门别类，如：

赤龙：丹砂　　　**金虎**：铅　　　**玄珠**：汞　　　**艮**：银

庚、兑：金　　　**帝男、阳黄**：雄黄　　　**帝女、阴黄**：雌黄

河车：铅的氧化物　　　**青要玉女**：空青②

草木药的隐名更为繁复，如：

儿长生：牡丹　　　**三变得苏骨**：泽泻　　　**千岁老翁脑**：松根

薛侧胶：桃胶　　　**丹光之母**：松脂　　　**木落子**：杏仁

金蕊龙芽：菊花　　　**悬球龙芽**：茄子　　　**天刃龙芽**：菖蒲

地骨龙芽：枸杞　　　**碧玉龙芽**：竹子　　　**金苑龙芽**：椒③

这些隐语出现在丹道诗词中，如果没有必要的知识准备，普通人是很难理解其用意的。《悟真篇》中的类似隐语也有不少，比如律诗第十四：

三五一都三个字，古今明者实然稀。

东三南二同成五，北一西方四共之。

---

① 蒋振华：《唐宋道教文学思想史》，第 272 页。

② 陈国符：《〈道藏〉经中外丹黄白术材料的研究法》，见《陈国符道藏研究论文集》，上海古籍出版社，2004 年，第 10—11 页。

③ 陈国符：《中国外丹黄白术所用草木药录》，见《陈国符道藏研究论文集》，第 230—233 页。

戊己自居生数五，三家相见结婴儿。

婴儿是一含真炁，十月胎圆入圣基。①

刘一明解释说："和合四象，攒簇五行，则精气神凝结。曰三家相见，名曰婴儿，又曰先天一气，又曰圣胎，又曰金丹。"② 这类隐语不能仅从字面了解，其字面意义似乎有某种深意，清代傅金铨在《四注悟真篇》中说：

> 丹经有微言，有显言；有正言，有疑似之言；有比喻之言，有影射之言；有旁敲侧击之言。有丹理，有口诀。似神龙隐现，出没不测，东露一鳞，西露一爪，所以读者必须细心寻求。③

微言、显言、正言、疑似之言、比喻之言、影射之言、旁敲侧击之言，都是文学修辞笔法，《悟真篇》把汉语的这种模糊特质发挥到极致，既说明了丹经要旨，也达到了隐秘而不妄传的宗教目的。我们在研习阅读这些作品时，需要"祛魅"的功夫，即"得意忘言"的本领。《悟真篇》绝句第三十七首云：

> 卦中设象本仪形，得象忘言意自明。

---

① ［宋］张伯端撰，王沐解：《悟真篇浅解》卷一，第24页。
② 王沐：《〈悟真篇〉丹法要旨》，见张伯端撰、王沐解《悟真篇浅解》，第302页。
③ 王沐：《〈悟真篇〉丹法要旨》，见张伯端撰、王沐解《悟真篇浅解》，第258页。

后世迷徒惟泥象，却行卦气望飞升。①

王沐先生对《悟真篇》有精深的了解，他在研读《悟真篇》时就此指出："更从比喻词、影射词，暗喻的隐语中，反语的机锋内，寻其含义，破其哑谜。然后六辔在手，驰骤由心，掌握主流，一以贯之，才能剥去掩饰的外衣，看到它本来的面目。例如精气神三种内炼主要成份，在宋翁葆光《紫阳真人悟真直指详说三乘秘要》中，举出'精'的代号就有二十九种———坎、庚、四、九、金、月魄、兔脂、老郎、坎男、真铅、白雪、金液、水虎、金华、黑铅、丹母、玉蕊、虎弦气、黄芽铅、黑龟精、潭底日红、素炼郎君、白头老子、黑中有白、兔髓半斤、生于壬癸、九三郎君、上弦金半斤、坎戊月精。又有神的代号三十七种———离、卯、甲、东、三、八、木、日魄、乌髓、姹女、青娥、真汞、木液、火汞、火龙、金乌、雌母、流珠、红铅、朱砂、交梨、玉芝、真火、水银、日中乌、龙弦气、赤凤髓、砂里汞、离之己、山头月白、青衣女子、碧眼胡儿、乌肝八两、生于丙丁、二八姹女、朱砂鼎内、下弦水半斤。"② 我们要读懂《悟真篇》，必须明了一些关键性的要点，寻出线索脉络，比喻和隐语无非阴阳变化、五行生克、河图数字、药物名称等。读懂之后，我们就能慢慢领会《悟真篇》的魅力和诡谲奇特之美。

再次，张伯端除了运用律诗、绝句、词等诗歌形式，还广泛运用了"颂""歌""诀"等形式，通俗而生动地诠释性命双修的

---

① ［宋］张伯端撰，王沐解：《悟真篇浅解》，第90页。
② 王沐：《〈悟真篇〉丹法要旨》，见张伯端撰、王沐解《悟真篇浅解》，第258—259页。

真奥。前引张伯端《序》："及乎篇集既成之后，又觉其中惟谈养命固形之术，而于本源真觉之性有所未究，遂玩佛书及《传灯录》，至于祖师有击竹而悟者，乃形于歌颂诗曲杂言三十二首，今附之卷末，庶几达本明性之道，尽于此矣。"这三十二首歌颂诗曲杂言，除去四首绝句和十二首《西江月》词，由十二篇颂、三首歌、一篇散文组成。颂为：《性地颂》《生灭颂》《三界惟心颂》《见物便见心颂》《齐物颂》《即心是佛颂》《无心颂》《心经颂》《无罪福颂》《圆通颂》《随他颂》《宝月颂》；歌为《采珠歌》《禅定指迷歌》《读雪窦窦师〈祖英集〉》；散文为《戒定慧解》。其中"颂"体占了很大部分。作为一种文体，颂出现很早，大体来说，当源于原始宗教的祭祀仪式，《诗经》中的"颂"就是明证，如《诗大序》所言："颂者，美盛德之形容，以其成功告于神明者也。"① 道教中的"颂"体经文，一部分保留了原始"颂"体文的特性，一部分转为对道经功德的赞颂，并含有劝勉之意，有时候与偈或赞的边界模糊不清、容易混淆②。《悟真篇》中的这 12 篇颂文，即是对经典功德和教理教义的颂扬，如《心经颂》一篇："蕴谛根尘空色，都无一法堪言。颠倒之见已尽，寂静之体翛/修然。"③ 《悟真篇》中的颂还有深切的劝讽意味，如这篇《无心颂》：

---

① ［汉］毛享传，［汉］郑玄笺，［唐］孔颖达疏：《毛诗正义》卷一，北京大学出版社，1999 年，第 18 页。

② 相关论述参阅成娟阳《道教文献中的"颂"及其文体学意义》，《中国文化研究》2010 年夏之卷。

③ ［宋］张伯端撰，王沐解：《悟真篇浅解》，第 187 页。

堪笑我心，如顽如鄙。兀兀腾腾，任物安委。不解修行，亦不造罪。不曾利人，亦不利己。不持戒律，不徇忌讳。不知礼乐，不行仁义。人间所能，百无一会。饥来吃饭，渴来饮水。困则睡眠，觉则行履。热则单衣，寒则盖被。无思无虑，何忧何喜。不悔不谋，无念无意。死生荣辱，逆旅而已。林木栖鸟，亦可为比。来且不禁，去亦不止。不避不来，无赞无毁。不厌丑恶，不美善美。不趋静室，不远闹市。不说人非，不夸己是。不厚尊荣，不薄贱稚。亲爱愿仇，大小内外。哀乐得丧，钦侮险易。心无两睹，坦然一揆。不为福先，不为祸始。感而后应，迫而后起。不畏锋刀，焉怕虎兕。随物称呼，岂拘名字。眼不就色，声不来耳。凡所有相，皆属妄伪。男女形声，悉非定体。体相无心，不染不碍。自在逍遥，物莫能累。妙觉光圆，映彻表里。包裹六极，无有遐迩。光兮非光，如月在水。取舍既难，复何比拟。了兹妙用，迥然超彼。或问所宗，此而已矣。①

无心之妙用，此《颂》用浅显文字表达出来，颂中数十言反复说明无心则可以在尘出尘，居世出世，自在逍遥，物莫能累。

《悟真篇》全书一共 24 首（有的本子多出一首）《西江月》词。张伯端用词的形式写作内丹修炼的精义的原因是，除了词在两宋时期已经成为相当成熟的诗歌体裁外，当还有《西江月》本身的特殊含义。南宋翁葆光注、元戴起宗疏的《紫阳真人悟真篇

---

① ［宋］张伯端撰，王沐解：《悟真篇浅解》，第 185—186 页。

注疏》卷七《西江月》词牌下，有谓：

> 《西江月》一十二首，以周岁律
>
> 仙翁自注云："西者，金之方。江者，水之体。月者，药之用。"无名子注曰："盖仙翁作此曲以周岁律，以显其大道也。"①

"十二首以周岁律"，说明了为什么做 12 首，而非 24 首、36 首，而《西江月》的词牌，据此"仙翁自注"，"西""江""月"各有所指，即西——金之方，江——水之体，月——药之用。这是以丹道理论所作的比附，当自有其深意。王重阳以为柳永的一句"杨柳岸、晓风残月"实言丹田，句中也有江水、月的意象，或有某种契合。《悟真篇》的这十二首《西江月》自有其特定的声情体式，当与《西江月》词牌本身的缘起也有关系。且看这十二首作品中的两首：

其一：

> 内药还如外药，内通外亦须通。丹头和合略相同，温养两般作用。
>
> 内有天然真火，炉中赫赫长红。外炉增减要勤功，妙绝无过真种。

---

① 《道藏》第 2 册，第 953 页。

十二：

> 牛女情缘道合，龟蛇类禀天然。蟾乌遇朔合婵娟，二气相资运转。
>
> 总是乾坤妙用，谁能达此真诠。阴阳否隔即成愆，怎得天长地远。①

相比前代丹道歌诗，这十二首《西江月》都相当通俗浅显，这也正是张伯端一再申明的，丹道大药没有想象的那么复杂、深奥，《悟真篇》律诗第五十五首说："赫赤金丹一日成，古仙垂语实堪听。若言九载三年者，总是推延款日程。"② 金丹一日可成，而所谓三年九载的言论不过是推延日程而已。这大概也是受"见性成佛"的禅宗教义等三教融合理论的影响，以为丹药并非"九载三年"之功。那么，张伯端为什么用《西江月》的词牌来表达金丹修炼的主旨，也当与这种词牌本身的声情体式有关。

《西江月》为唐代教坊曲，调名可能取自李白《苏台揽古》一诗。李白诗云："旧苑荒台杨柳新，菱歌清唱不胜春。只今唯有西江月，曾照吴王宫里人。"此处"西江"乃长江的别称，诗作针对繁华易逝、人生如梦而天地永恒的深刻矛盾，发出深沉的感慨。唐五代时期，《西江月》为民间流行歌曲，后来因清越哀伤，转入法部道曲。有以为《西江月》又名《步虚词》，当与此法部道曲有关。其词牌体式以柳永词《西江月·凤额绣帘高卷》为正体，双

---

① ［宋］张伯端撰，王沐解：《悟真篇浅解》，第135—156页。
② ［宋］张伯端撰，王沐解：《悟真篇浅解》，第119页。

调五十字，前后段各四句两平韵一叶韵。《西江月》体式上为徘体，容易滑入俚俗，清人吴衡昭指出"词有俗调，如《西江月》《一剪梅》之类，最难得佳"①。而这种通俗浅显的声情体式，很容易为佛、道传唱偈语提供方便。在这方面，《悟真篇》较早用《西江月》从事道教歌诗的创作，当是开创者之一。无怪乎清人谢章铤（1820—1903）说"而道录佛偈，巷说街谈，开卷每有《如梦令》、《西江月》诸调，此诚风雅之蟊贼，声律之狐鬼也"②。

《悟真篇》申明的是丹道主旨和修炼方法，约略言之，也是一篇"内丹修炼指南"，但这个"指南"要求读者具备一定素养和基础才能"祛魅"化简，拨云见雾。这个祛魅功夫也是赏鉴和诠释的过程，通过前辈学人的不断努力，我们已经越来越接近《悟真篇》的本来面目。

第三节　贾善翔及其道教史传的编纂

贾善翔，字鸿举，号"蓬丘子"，蓬州（今四川蓬安、仪陇一带）人。《宋史》无传，仅《艺文志》著录贾善翔撰《高道传》十卷、《犹龙传》三卷。较早关于贾善翔的文献记载，为南宋王象之《舆地纪胜》所引《东皋杂录》《图经》等，后世记载多辗转因循此处文字。《舆地纪胜》卷一八八"贾善翔"云：

仪陇人，年十五，超然有出尘之志。《东皋杂录》

---

① ［清］吴衡昭：《莲子居词话》，见唐圭璋《词话丛编》，中华书局，1986年，第2454页。

② ［清］谢章铤：《赌棋山庄词话》，见唐圭璋《词话丛编》，第3346页。

云：蓬州道士贾善翔，字鸿举，能剧谈，善琴嗜酒。东坡尝过之，献书问曰：身如芭蕉，心如莲花，百节疏通，万窍玲珑，来时一，去时八万四千。《图经》云：至都下，与陈太初为方外友。神宗时，签书教门公事。游太清宫，讲《度人经》三遍，盲者闻目明。忽曰：太上命为太清宫主。乃沐浴而逝。张天觉撰《游真记》。①

《东皋杂录》不传，《五朝小说》等可辑佚数条佚文，未见贾善翔的条目。至宋末元初，赵道一《历世真仙体道通鉴》卷五一《贾善翔》传记载详瞻，描述细腻：

道士贾善翔，蓬州人，字鸿举，善谈笑，好琴嗜酒，混俗和光，默究修炼。苏东坡尝过之，献书问曰："身如芭蕉，心似莲花，百节疏通，万窍玲珑。来时一，去时八万四千。"末云"鸿举下语"。善翔答曰："老道士这里没许多般数。"善翔于宋哲宗朝作《犹龙记》暨《高道传》，行于世。一日，在亳州太清宫，众请讲《太上洞玄灵宝度人经》。至说经二遍，盲者目明。时会中有一媪，年七十余，丧明已三十年，一闻经义，豁然自明。后启醮之夕，梦众灵官传太上命，赐其仙服，以善翔为太清宫主者。数日后，竟返真。张商英作《真游记》，编载其事。②

_____

① ［宋］王象之编著，赵一生点校：《舆地纪胜》卷一八八《蓬州》，浙江古籍出版社，2013 年，第 3867 页。

② 《道藏》第 5 册，第 399 页。

　　张商英，字天觉，亦蜀人，徽宗朝官至宰相，曾重撰《金箓斋三洞赞咏仪》。他或与贾善翔有过交游往来，惜其《真游记》不传，这当是有关贾善翔最切实的记载。这里还提到，大概在哲宗朝（1086—1100），贾善翔作《犹龙传》和《高道传》，另有《南华真经直音》和《太上出家传度仪》。这两部道经及《犹龙传》尚存明刊《正统道藏》，但《高道传》已经散佚。此书最早著录于南宋初《秘书省续编到四库阙书目》，后《通志·艺文略》著录为十卷，《遂初堂书目》无卷数。据李静《〈高道传〉辑考》一文，《高道传》当成书于公元1087年之后，1118年之前。《历世真仙体道通鉴》中关于《高道传》在哲宗朝撰成的记载应当是可靠的。至于《高道传》佚失的时间，丁培仁根据《道藏阙经目录》判断明代编《道藏》时《高道传》亡佚，而严一萍则认为更早，此书当在元明际就已经散佚。然而，据李静上文考订，明代万历年间尚有人见《高道传》，其亡佚时间当在明万历之后。严一萍先生有《高道传》辑佚本四卷，收入其所编《道教研究资料》第一辑，辑得凡八十五人，但是严氏未留意《道门通教必用集》与《说郛》所收《高道传》佚文。李静上文共补得12人传记，新辑96人，从东汉至北宋，最早为张道陵，最晚为刘从善，其中59人为唐五代人，9人为宋人，大部分为唐宋高道①。

　　从题名上看，《高道传》与《高僧传》相对，显然其编纂缘起当受到佛教史传的刺激或影响。以此，《高道传》不完全是一部"神仙传记"，它更强调"历史"的成分，所记高道都是在道教发

---

① 李静：《〈高道传〉辑考》，《道教研究学报：宗教、历史与社会》（Daoism: Religion, History and society），香港中文大学出版社，2017年，No. 9，第41—42页。

展史上做出过重要贡献的历史人物，而非隐显无常的神仙。丁培仁指出，此前神仙道士传记仍多题"仙传"，而贾善翔此作在道教传记中似属仅见①。据此，我们可以看出，贾善翔本人就是一位素养深厚、学识渊博的高道。

现《高道传》所辑96人传记，主要采自《三洞群仙录》、《道门通教必用集》、《说郛》、《类说》、《乐善录》、嘉定《赤城志》等书。所辑篇目多经过改编，并非传记原貌，而且有些篇目未必是贾善翔原创的，有些改编自杜光庭《录异记》、《神仙感遇传》等前代仙传，但我们通过一些较完整的篇目，仍可以看出它在仙传系统中的重要地位与文学文献价值。具体来说，有这样几点②：

1. 《高道传》大量采集前代仙传，又被后世仙传如《历世真仙体道通鉴》等重编改写，它在整个仙传书写系统中具有承前启后的作用。

2. 《高道传》所辑唐宋高道传记可以为唐宋道教史研究提供重要的文献参考。差不多每个朝代都有相应的高道，其中唐代高道传记占比最大，这无疑构成了一部小型的唐代道教史。如初唐高道：双袭祖、田仕文、巨国珍、刘道合、岐晖；太宗朝：张公弼；高宗朝：韦善俊、叶法善、潘师正；玄宗朝：司马承祯、刘知古、赵惠宗、邢和璞、贺知章、辅神通、张果、薛幽栖、李含光、李遏周、薛季昌、徐左卿、吴筠、傅仙宗、成道士、申元之；肃宗朝：罗公远；宪宗朝：程太虚、轩辕弥明、俞灵璸；敬宗、文宗

---

① 丁培仁：《读书札记三则：贾善翔的〈高道传〉》，《宗教学研究》，1990年第2期，第29页。

② 以下几点是在李静《〈高道传〉辑考》一文的基础上综合而成，见李静《〈高道传〉辑考》第62—68页。

朝：谭峭岩；武宗朝：应夷节、徐灵府；宣宗朝：轩辕集、侯道华；懿宗朝：叶藏质、李生；昭宗朝：闾丘方远。

另外，《高道传》依从"史传"体例，除了介绍传主的生平，还往往介绍高道所在宫观等地理文化信息，这对道教地理、宫观、建筑等研究也有重要价值。

3. 《高道传》对唐宋文学研究亦可提供史料和文本。传记涉及不少唐宋诗歌作品，这些作品大都见藏于唐宋两代的诗歌总集，无甚辑佚价值，但可兹校勘，并分析其接受、流传情况。

贾善翔还有一部道教史传，具有更重要的文化史意义和道教文学价值，即在哲宗朝创作的《犹龙传》。因《犹龙传》与"老子化胡"说密切相关，元代两次佛道论争以道教失败告终，最后导致包括《老子化胡经》在内的大量道经文献被焚毁，贾善翔的《犹龙传》就包括在内。后世《犹龙传》很少单行，据王重民先生《中国善本书提要》"宗教类·道教"的记载，美国国会图书馆藏有上下两卷残本《太上混元上德皇帝犹龙传》，当系宋刻明影钞本[①]，除此以外，鲜见其他单行刊本。明刊《正统道藏》洞神部谱录类所收六卷本《犹龙传》，是现在能看到的较完整的本子，《道藏辑要》尾集所收《犹龙传》不分卷，内容和篇目与《道藏》本基本一致，当出于此。

《史记》卷六三《老子韩非列传》记载孔子曾问礼于老子，归而对弟子曰："鸟，吾知其能飞；鱼，吾知其能游；兽，吾知其能走。走者可以为罔，游者可以为纶，飞者可以为矰。至于龙，吾

---

① 丁培仁著：《丁培仁道教学术研究论文集·读书札记三则》，巴蜀书社，2006年，第185页。另外，丁培仁《增注新修道藏目录》一书的《犹龙传》条也有提及，见巴蜀书社，2008年，第578页。

不能知，其乘风云而上天。吾今日见老子，其犹龙邪!"① 后以"犹龙"代指老子，贾善翔《犹龙传》即《老子传》。老子何时成为道教尊神，学界有各种争论，但大体在汉晋时期，从《列仙传》把老子列为神仙开始，到《老子铭》《神仙传》等，老子的仙风道骨就越发明显了。《太平广记》卷一引自《神仙传》的《老子》篇形容老子为：

> 老子黄白色，美眉，广颡长耳，大目疏齿，方口厚唇；额有三五达理，日角月悬；鼻纯骨双柱，耳有三门；足蹈二五，手把十文。以周文王时为守藏史，至武王时为柱下史。时俗见其久寿，故号之为老子。②

随着佛教传入，"老子化胡"说日渐成型，相传西晋惠帝时，道士王浮据此前传说作《老子化胡经》，从此一石激起千层浪，佛道与各种政治势力之间围绕这部经典和化胡真伪问题争论不休，涤荡起伏。

到了唐代，因李姓王朝的建立，道教被看做"本朝家教"，老子传记和各种神化塑造更趋繁复。托名尹喜的《高士老君内传》、尹文操的《太上老君玄元皇帝圣纪》《太上混元真录》等纷纷出世。宋代有关老子的传记在篇幅上明显增多。《宋史·艺文志》等目录书多著录贾善翔的《犹龙传》为三卷，《道藏》本因版式统一等因素，析为六卷，其白文达四万三千多字，而南宋谢守灏《混

---

① 《史记》卷六三，中华书局，1982 年，第 2140 页。
② ［宋］李昉：《太平广记》卷一，民国影印明嘉靖谈恺刻本。

元圣纪》篇幅更为庞大，系统更为复杂。

贾善翔《犹龙传》对元朝《老子八十一化图》的形成产生了重要影响，而它的文本当与《老子化胡经》有密切关系。据胡春涛《老子八十一化图研究》，《犹龙传》"流沙化八十一国九十六种外道"，与敦煌本《老子化胡经》完全一致①。正如大多数道教仙传的编纂多在前代文献基础上综合重塑一样，《犹龙传》也是如此。虽然它是一部杂糅了各种文献资源的综合性传记，但我们通过这部"庞大"的老子传记，还能看出北宋中晚期宗教叙事文学强而有力的发展。

首先，《犹龙传》构建了完整的意象系统和宗教叙事结构。

贾善翔在《史记》和道经等本土文献的基础上，从佛教释迦摩尼本生故事寻找老子的叙事资源，把老子比附为佛教的创始者，进而将老子由"人灵"神化为"道主"，成为大道的创始者。这个动机和举措是成功的，以至于我们现在一提起道教马上联想起老子，更有很多人在潜意识中想当然地以为老子就是道教的创教者。贾善翔《犹龙传序》云：

> 司马子长唱始作史书，而《帝纪》《世家》《列传》，叙前古圣哲之云为，灿然若当年目击，故班固而下，皆以为则焉。聊圣降世之迹，虽预其列，大率简约，学者莫能究始末。愚不揆浅陋，绅绎内外书而广之，庶其详也。然涉世之外，其间不能无耳目不相接之论，盖著于

---

① 胡春涛著：《老子八十一化图研究》，巴蜀书社，2012 年，第 252 页

传记，无敢略之，且不以辞害意者，其是之谓欤。①

贾善翔认为《史记》有关老子的记载太过简略，于是"绅绎内外书而广之，庶其详也"，广泛采集各种文献记载，"无敢略之"。世间凡夫的传记，由生入死，历时记载而已，而对于老子，《史记·老子申韩列传》已经为他的非凡神性埋下了伏笔：

> 老子修道德，其学以自隐无名为务。居周久之，见周之衰，乃遂去。至关，关令尹喜曰："子将隐矣，强为我著书。"于是老子乃著书上下篇，言道德之意五千余言而去，莫知其所终。
>
> 或曰：老莱子亦楚人也，著书十五篇，言道家之用，与孔子同时云。盖老子百有六十余岁，或言二百余岁，以其修道而养寿也。自孔子死之后百二十九年，而史记周太史儋见秦献公曰："始秦与周合，合五百岁而离，离七十岁而霸王者出焉。"或曰儋即老子，或曰非也，世莫知其然否。老子，隐君子也。②

关于老子"莫知其所终"而后世再现的神圣叙事，《史记》已经具备基本的框架结构。唐代至少在这个框架基础上系统地塑造老子隐显无常的神性品格，而贾善翔《犹龙传》巧妙地借用《史记》本传中孔子的一个比喻，以"犹龙"代指老子，既揭示了

① 《道藏》第18册，第1页。
② 《史记》卷六三，第2141—2142页。

《犹龙传》的文本源头，也指明老子非同常人、"神龙首尾"、"反复再现"的叙事结构。

与之前的老子传记不同，贾善翔把老子起于"无始"、再现真身传道的过程，总结为30个类似"章节"的目次，历时性地依次展开，并在《犹龙传序》中先加以概括："故在周历年之多而名位不迁者，盖欲和光同尘而不自异。故著书称：吾言甚易知，甚易行，天下莫能知，莫能行。以其当世之士，鄙纯素，尚奇变，所以世与道交相丧也。而不知圣人起于无始，禀于自然，现真身而启师资，历劫运而造天地。至于登位统，典灵篇，撰仙图，传宝蕴，为帝师，示降生，皆圣人恢鸿妙本，匠成一切。逮夫涉世，则有宗绪之鸿源，历官之华也。久之辞荣去周，青牛命驾，东离魏阙，西度函关，以吉祥草而试徐生，以上下篇而授尹喜。复升紫府，宿约青羊。西入流沙，化于犷俗。却还诸夏，屡接宣尼。在孝文时，号河上公。在孝成时，授干吉《太平经》。在东汉时，授辅汉天师经箓。嘉禾中，葛孝先居天台山，而获冲科秘典。至后魏道士寇谦之，继有所受焉。有唐推真鸿源，尊为圣祖。圣宋有天下，至真宗命驾朝谒。"① 随后，序文针对这三十个目次，依次加以解说：

1. 起无始：子太极，孙三才，族万物者，道也。圣人以道为身，故无乎不在。推五太之先，则为无始。逮夫以三炁氤氲，流乎混茫，则为元炁之祖也。

2. 禀自然：前起于无始，后见于真身，自然而然，不知其所以然，故谓之自然。

3. 见真身：妙本无形，至真非像，结气凝形，强为之容。《灵

---

① 《道藏》第18册，第1页。

宝经》云：上无复祖，唯道为身。道之身即真身也，降此则为法身。所谓法身，具足微妙，三界特尊。故九圣、九真、九仙，位业升降，申兹始也。

4. 启师资：圣人运兹兴感，接物振人，故立于教。教既立矣，而师资之法行焉。经曰：为学日益，为道日损。始于学而日益，则有所得也；终于道而日损，则有所忘也。不得不足以为学，不忘不足以造道，故圣人遗其学相而无大迷。要妙之异，则贵爱两忘，师资双泯也。

5. 历劫运：三界九地，有成坏之期，自种人四天至三清大罗，不干阳九百六之灾，而亡拂石芥城之数。所以三境慈尊，四天种人，劫运终而无终，诸圣尽而无尽也。

6. 造天地：太上降真元始之三炁，而成三十六天，三十六地，每天立一天帝，每地立一地皇，以司百灵，以御万有。《救苦经》云：天上三十六，地下三十六，谓此也。

7. 登位统：天地无为也，而岁功归焉，圣人无为也，而位业成焉。三界十方，既广且大，非统之有宗，会之有元，则乱矣。《易》曰：卑高以陈，贵贱位矣。世之以贵贱知其卑高，以黜陟明其升降。而圣人则不然，若天之自高，地之自厚，无不覆也，无不载也。

8. 典灵篇：太上道君以《大洞真经》、《智慧消魔经》、《神虎宝章》，以《金简玉书》，命老君典领，以付上学之士也。

9. 撰仙图：凡二十四阶，上清大洞登真上法慈尊，以洞阳之炁化生此图，按而修之，能自致三部八景二十四神之现也。

10. 传经蕴：开辟之初，天尊命天真皇人裁云作篆，字方一丈，八角垂芒，为天书之始也。圣人欲诠妙本，故著之以为经箓符图，所以有三洞四辅，凡三十六部，为大教之炉锤也。

11. 为帝师：在伏羲时号郁华子，神农时号大成子，祝融时号广寿子，黄帝时号广成子，颛帝时号赤精子，帝喾时号录图子，帝尧时号务成子，帝舜时号君臣子，夏禹时号真行子，商王时号锡则子，皆以经术授帝，俾行化于世。

12. 降生年代：以商第十八王阳甲十七年庚申岁，托孕于玄妙玉女九十一年，诞于亳之苦县，即武丁九年庚辰岁二月十五日也。

13. 明宗绪：灵飞之先，起于颛帝之后，至灵飞凡数十世。灵飞娶天水尹氏，尹氏即玄妙玉女也。

14. 七十二相八十一好。

15. 为柱史：圣人隐圣同凡，潜龙卑秩，以示臣子之道也。

16. 去周：圣人委质以同尘，涉世以伸道，所以进非于时，退非迹，岂穷通得丧之所系哉。

17. 试徐甲：孔子曰：如有所誉，必有所试。圣人虽目击而道存，犹且试之，又况徐甲乎？故仙道有二十五试，以财色为先，而徐甲试之以色，则有所不过也。

18. 度关试令尹：以其道缘深重，故有斯遇，所以凡试之皆过也。

19. 授关令尹道德二经：次授经者，盖试之过则其行实，其心坚。圣人格量，中有主焉，故以上下经而授之，庶传洪大道也。

20. 青羊肆：太上与尹真宿约之所，千日之期，一时之遇，忻跃稽首，命从云驾。

21. 流沙化八十一胡王九十六种外道：流沙异俗，声教不闻，狸面狼心，惟知杀戮。其次或男或女，若人非人，断发荣须，乌衣�足，作种种魔事，以乱其土。太上乃命尹真，摄以正法也。

22. 孔子问礼：孔子问老氏之言，而起犹龙之叹。然以圣问圣，岂不玄同，盖圣人尊道之大，为起教之端也。

23. 号河上公：孝文时应迹河滨，泊授微言，复升云汉。

24. 授干吉《太平经》：孝成时，北海人干吉，于琅琊遇太上授之。至后汉顺帝时，琅琊人宫崇，诣阙投进。其表云：臣亲受于干吉，吉言亲受于太上，凡一百七十卷也。

25. 度汉天师：天师，留侯之后，本大儒士。抑干禄之志，修出世之法。乃于维岳遇神人，授以丹诀，遂往西蜀修炼。太上降驾，为说《南北二斗经》，授二十四阶法箓。已而戒五瘟八部六天故气，化地作咸泉，又建斋醮之法。久之，于云台化，白日登真。

26. 授葛仙公斋法：修行于天台山，又降授以六斋之法。

27. 授大魏太平真君之号：道士寇谦之隐于嵩岳，亦降授以经箓及太平真君之号，具以闻太武帝，遂改太延为太平真君之年者，为此耳。

28. 大唐圣祖（上）：自神尧御历之初示现，自称帝祖。至僖宗朝，每降迹，皆载之国史也。

29. 大唐圣祖（下）

30. 真宗皇帝朝谒：具法驾，诣景亳，朝谒以旌钦崇之意。

这个宗教叙事结构成功地借鉴了几乎所有能利用的文献资源。我们甚至可以说，这样的叙述以老子的隐显变化为主线，基本上贯穿了道教的核心教义和经典传授的历史。全传引用了大量前代道经，如《西升经》《列子》《历象书》《太清碑》《老君本纪》《楼观内传》《大唐天演玉谍》等，粗略估计当有四五十种。而老子传授的经典在这里也有系统介绍。正是通过这种"反复再反复"的宗教性申述和强化，老子为大道之主的宗旨在《犹龙传》中得到进一步加强。

其次，《犹龙传》有的目次并非全然堆砌复述前代文献，有些具有"故事"趣味的节目在情节设计和文辞修饰上都相当讲究，有着特殊的宗教文学魅力，如传内第17节《试徐甲》：

圣人运慈兴感，以度人济物为心，而岂择卑高贵贱，远近幽显，皆一而已矣。故受其赐者，纷纷然莫知其纪。且古之人，一饭之恩必报，又况济以生而负其约，人情固且不容，岂神明之所可容哉。

昔有御太上车者，姓徐名甲，老君谓曰："吾欲往西海大秦、罽宾、天竺、安息诸国。今汝御车，与汝顾直，日百钱，候诸国还，以黄金顿偿。"甲如约，御车至函谷关。老君欲试之，乃令甲牧青牛于野，以吉祥草化一女子，姿容绝整。行及牧牛之所，辄戏以言。甲惑之，以老君欲远适流沙，必不反，遂废约。矫辞诣关令，讼老君，索顾金。老君曰："汝随吾已二百余岁，当还汝七百二十万钱。且汝昔已命尽，吾以太玄生符投之，即再活，汝奚不念此。"言讫，符自口中飞出，至老君前，文篆如新。甲复化为白骨。关令悯甲违心复死，复欲观老君起死之术，因稽首于前，曰："甲之顾直，喜辄代还，愿大圣哀矜，赦其罪戾，赐以更生。"老君纳关令之言，即再以符投枯骨中，复如故。老君曰："吾不责汝，汝负本约，而道自去，汝故死。"遂给顾直，欲遣之。甲伏地搏颊，曰："已沐圣慈曲赦罪戾，令此枯骨复见光明，刻骨铭心，愿从云驾。"太上竟弗许。①

这是一则典型的"考验母题"的道教叙事。佛教文献中有大量修行考验类故事，但中国本土叙事中向来就有"考验母题"，如晋公子重耳颠沛流离、饱经磨难而终成霸业；黄石公三试张良，张良以诚相感，遂受其兵法，最终辅佐刘邦成就帝业。而早期道教经典中也有张道陵七试赵升，李八百试唐公房等神仙考验故事②。此处老子考验徐甲，自是神仙考验母题的又一范式。《犹龙传序》在解释此节《试徐甲》时说："孔子曰：如有所誉，必有所试。圣人虽目击而道存，犹且试之，又况徐甲乎？故仙道有二十五试，以财色为先，而徐甲试之以色，则有所不过也。"③

考验徐甲的故事，较早见于《神仙传》，《云仙杂录》《三洞群仙录》《太平广记》等有转引改编，但都比较简略，而此处对徐甲、尹喜、老子和吉祥草所化美女，都有生动的描写，对徐甲遇美女而变心的心理变化和动机行为，也有细腻的描写，如："甲惑之，以老君欲远适流沙，必不反，遂废约。矫辞诣关令，讼老君，索顾金。"惑、矫、讼、索，四个字虽简省，但不禁让人想起《西游记》中八戒在高老庄贪色恋生的种种憨态。

如有所誉，必有所试。尹喜也在考验范围内，但因其"道缘"深厚，凡试皆过。《犹龙传》引《老君内传》云：

---

① 《道藏》第 18 册，第 15—16 页。

② 刘惠卿：《佛经文学与六朝小说修佛考验母题》，《陕西理工学院学报（社会科学版）》2012 年第 4 期，第 49 页。

③ 此处引孔子语出自《论语·卫灵公》，原文为"子曰：'吾之于人也，谁毁谁誉？如有所誉者，其有所试矣。斯民也，三代之所以直道而行也。'"见刘宝楠《论语正义》，中华书局，1990 年，第 632 页。

　　老君以昭王二十五年癸丑五月壬午，去周隐居。寻欲西之流沙，以化异俗。乃有紫炁西度函谷关，昭王大夫尹喜，善观乾象，知有圣人将度关，乞出为关令。乃斋戒夹道，焚香扫洒以候焉。七月十二日，老君驾青牛之车，徐甲为御，无极先生、鬼谷先生、太极先生从焉。西度关时，关令先谕关卒孙景云：若有车服异常，形容殊俗者，勿听过。至七月十二日甲子，果有一老人皓首聇耳，乘薄辇，驾青牛而至。关卒曰：明府有教，愿翁少留。于是入白，曰：有一老翁，乘青牛车，从东来求度。喜曰：圣人来矣，我当见之。即加朝服出迎，具弟子礼而邀之，曰：愿圣人暂留神驾。老君谢曰：吾贫贱老翁，家在关东，田在关西，今暂往，何故见留。幸相听度，吾无所取。劳子恩倒若斯，有误展敬耳。老君如此谦辞，此一试也。喜复稽首曰：窃谓非往西庄，愿暂留神驾。老君又曰：吾开导竺乾，有古先生，善人无为，不终不始，永劫绵绵，是以升就。道经历关，子何妄留邪。此二试也。喜又曰：今睹圣人真姿超绝，乃天上至尊，何边夷可往观乎。愿不托言，少垂哀悯。老君又曰：子以何所见而知之。喜答曰：去冬十月，天理星西行过昴。今又自秋朔，融风三至，加之东南真炁状如龙蛇而西度，此真人之验也。喜少好天文秘纬，凡仰观俯察，未尝不验。昨乾象如此，当有圣人度关。自尔已来，夙夜存思，未尝暂懈。今似有道缘，果遇神驾，愿垂慈诲，开济沉冥。老君以其三试之皆过，乃怡然含笑，曰：吾知子与道有缘，故来相试。且子之知吾，吾亦知子矣。如此三反覆，然后听喜而前。①

此处虽引自《内传》，但一定有贾善翔重新加工和改写的成分。老子携鬼谷子、无极先生、太极先生，由徐甲御青牛之车入关的场面，也极富传奇色彩。这里面涉及的人物较多，主要有关卒、尹喜、老子，其中关卒探听消息来回传话的描写相当传神。尹喜的三试比徐甲的"色验"都要容易的多，所谓"子知吾，吾亦知子矣"。

贾善翔的《犹龙传》在道教发展上起到承前启后的重要作用，后世《老子八十一化图》应在很大程度上借鉴了《犹龙传》，对后世针对老子化胡的"佛道论争"起到根本影响，这种影响是消极的还是积极的，是道教史、道教思想的研究方向，而从道教文学角度来看，《犹龙传》无疑是北宋中后期道教叙事文学的代表性作品。

第四节　北宋中期文人的祠祭书写

宋代道教斋醮科仪与朝廷祭礼相融合，凡郊社、祖庙祭礼，或遇重大节庆、地震、旱涝等，道教宫观多修斋设醮，举办祈禳活动。彼时士大夫需去特定的斋宫筹备并参与仪式，这是他们的分内之事。另外，也不排除有些文人本来倾慕道教，在任地方官时虔诚地参与宫廷和民间举办的祈福禳灾仪式，为此创作大量青词、斋文、密词、上梁文等各种道教祠祭类的科仪文书。我们翻开《全宋文》或欧阳修、王安石、苏轼等文人别集，斋文、青词、

---

① 《道藏》第 18 册，第 16—17 页。

密语、道场疏等触目可见。这些作品虽非创自道门内部，但也多出于道教科仪实践，有明确的宗教目的，是宋代道教文学的有机构成。相较于宋初文人的道教文学创作，北宋中期文人参与道教实践的频次增多，范围渐广，有重要的道教文学史意义。

一、欧阳修对仙道的态度及道教文学创作

真宗朝群臣大献祥瑞，泰山封禅刚刚结束，又要西祀临汾，孙奭（962—1033）上疏谏曰："撰造祥瑞，假托鬼神。才毕东封，便议西幸。轻劳车驾，虐害饥民，冀其无事往还，便谓成大勋绩。是陛下以祖宗艰难之业，为奸邪侥幸之资，臣所以长叹而痛哭也。"① 因真宗的狂热崇道，很多士大夫开始批评"天书下降"及各种祥瑞泛滥的社会现象，在真宗之后的仁、英、神时期，伴随着庆历新政和诗文革新，各种批评声音更加普遍，范仲淹、欧阳修等都是其中的重要人物。

欧阳修（1007—1072）对"神仙实有"深度怀疑，其《删正黄庭经序》以"无仙子"自名正是这一点的体现。他的很多作品从理性主义出发，批判求仙之虚妄，如《感事》诗四首中的第二首、第三首，对道士和修炼长生极尽言语上的挖苦和嘲讽，其第二首云："空山一道士，辛苦学延龄。一旦随物化，反言仙已成。开坟见空棺，谓已超青冥。尸解如蛇蝉，换骨蜕其形。既云须变化，何不任死生。"② 诗作虚构一个隐居空山的道士，辛苦修炼，

---

① ［元］脱脱：《宋史》卷四三一《孙奭传》，中华书局，1977 年，第12804 页。
② ［宋］欧阳修著，李逸安点校：《欧阳修全集》卷九，中华书局，2001年，第 143 页。

难免荒冢凄凄，却反说尸解蝉蜕。第三首继之，语气更加直切：

> 仙境不可到，谁知仙有无。或乘九斑虬，或驾五云车。朝倚扶桑枝，暮游昆仑墟。往来几万里，谁复遇诸涂。富贵不还乡，安事富贵欤？神仙人不见，魑魅与为徒。人生不免死，魂魄入幽都。仙者得长生，又云超太虚。等为不在世，与鬼亦何殊？得仙犹若此，何况不得乎？寄谢山中人，辛勤一何愚！①

全诗三句反问"安事富贵欤""与鬼亦何殊""何况不得乎"，直指修仙之虚妄，最后一句"寄谢山中人，辛勤一何愚"对修道者的讽刺和不屑溢于言表。但是，对这首组诗我们应做整体性理解，欧阳修这里抨击的不仅仅是修仙的虚妄，还有汲汲于功名者，他认为这类人"断碑埋路旁"，最终都会面临肉身毁灭的残酷现实。组诗第四首"莫笑学仙人"就是针对朱门客的种种苦衷和无奈而大发感慨。这四首诗作于欧阳修因"长媳案"风波而自求出知亳州的治平四年②，多少反映了欧阳修此期对命运无常、人生苦短的深刻感悟。

从欧阳修留存的所有诗文作品来看，他对道教修炼的态度并非一成不变。他在知亳州的熙宁年间，因亳州本为老子故里，道教氛围浓厚，虽仍以为"神仙事茫昧，真伪莫究徒自传"（《升天桧》），但明显对太清宫的庄严肃穆产生亲近感，与道士也有一些

---

① ［宋］欧阳修著，李逸安点校：《欧阳修全集》卷九，第143页。
② ［宋］欧阳修撰，刘德清、顾宝林、欧阳明亮笺注：《欧阳修诗编年笺注》卷十五，中华书局，2012年，第1785页。

接触。据《欧阳修诗编年笺注》卷十六，熙宁初年，欧阳修知亳州期间，有《游太清宫出城马上口占》《太清宫烧香》《升天桧》等游览亳州太清宫的作品。其中《太清宫烧香》云：

> 清晨琳阙耸巑岏，弭节斋坊暂整冠。玉案拜时香袅袅，画廊行处佩珊珊。坛场夜雨苍苔古，楼殿春风碧瓦寒。我是蓬莱宫学士，朝真便合列仙官。①

从诗作描述的清晨坛场来看，欧阳修可能参加了此次斋醮，最后一句"我是蓬莱宫学士，朝真便合列仙官"，与之前强烈质疑神仙虚妄的语气已迥然有别。

治平、熙宁年间，欧阳修曾与嵩山道士许昌龄有过密切交往，今存《赠许道人》《送龙茶与许道人》《又寄许道人》《赠隐者》《戏石唐山隐者》等作品，都与许道士的交往有关。《宋朝事实类苑》卷四十六引《西清诗话》云：

> 颍阳石唐山，一峰特峙，势雄秀，独岐遥通，绝顶有石室，邢和璞算心处也。治平中，许昌龄者，安世诸父，早得神仙术，杖策来居，天下倾焉。后游太清宫，时欧阳文忠公守亳社，公生平不肯信老佛，闻之，邀致州舍与语，豁然有悟，赠之诗曰："绿发青瞳瘦骨轻，飘然乘鹤去吹笙。郡斋坐觉风生竹，疑是孙登长啸声。"公

---

① ［宋］欧阳修撰，刘德清、顾宝林、欧阳明亮笺注：《欧阳修诗编年笺注》卷十五，第 1820—1821 页。

集中载许道人、石唐山隐者，皆昌龄也。一日，公问道，许告以公屋宅已坏难复。语此，但明了前境，犹庶几焉。且道公昔游嵩山，见神清洞事。公默有所契，语秘不传。后公归汝阴，临薨，以诗寄之。①

除了《西清诗话》，还有明人的《武林梵志》等文献都记载过欧阳修与道士许昌龄交往的特殊经历，有些表述或有虚构和夸张，但结合欧阳修自己的诗作，我们可以发现他随着年老体衰，确实表现出对高道的倾慕和对神仙的向往。有宋一朝，像范仲淹、欧阳修一样曾明确反对神仙虚妄的文人士大夫并不算多，相反大多数对丹道信仰持有好感，并有一定程度的参与，尤其在地方和朝廷祭祀斋醮的时候，大多积极参与，撰写青词奏章。

宋初夏竦（985—1051）等士大夫留存近30篇青词作品，仁宗以后的北宋中期，参与道教科仪、写作青词的士大夫明显增多，胡宿、王珪、宋祁、苏轼、苏辙等人都有相当数量的青词创作，而欧阳修一人就有40多篇传世②。

道教科仪与国家祭礼在源头上有密切关系，内容上也有部分重叠和交叉，而唐宋道教科仪与国家祭礼更是交织在一起。欧阳修作为文臣，无论在朝还是出任地方官，创作青词均是职责所在，是其政治生活的一部分。欧阳修《内制集序》曾云：

---

① ［宋］江少虞撰：《宋朝事实类苑》，上海古籍出版社，1981年，第234页。

② 韩丹《宋代青词研究》（华东师范大学硕士论文，2012年）及周密《道教科仪与宋代文学》（浙江大学博士论文，2018年）等论著都有统计。

昔钱思公尝以谓朝廷之官，虽宰相之重，皆可杂以他才处之，惟翰林学士，非文章不可。……今学士所作文章多矣，至于青词斋文，必用老子、浮图之说；祈禳秘祝，往往近于家人里巷之事；而制诏取便于宣读，常拘以世俗所谓四六之文。其类多如此。然则果可谓之文章者欤？①

欧阳修对青词、斋文这类宗教性公牍文是否可以被看做"文章"是怀疑的，但即使如此，这种应制之作在一代文豪手中，在严遵青词程序的基础上，仍旧做到了辞彩斐然、庄重典雅。如这篇《皇帝本命兖州会真宫等处开启道场青词九月二十日》：

维至和元年岁次甲午，十月辛卯朔，二十日庚戌，嗣天子臣某谨遣某人，开启本命灵宝道场三昼夜，罢散日，设醮一座。谨上启太上开天执符御历含真体道玉皇大天帝：宝祚无疆，苍穹垂祐。吉日式临于元命，醮科爰举于旧章。荐诚悫以惟精，延圣真而并集。仰希灵贶，敷锡眇冲。四时叶序于和平，品汇均休于康泰。无任恳祷之至。谨词。②

宋代士大夫经常为皇帝本命道场写作青词，欧阳修也有多篇。本命日禁忌信仰源自上古天文观测和以岁星纪年的"太岁"观念，

---

① ［宋］欧阳修著，李逸安点校：《欧阳修全集》卷四一，第597—598页。
② ［宋］欧阳修著，李逸安点校：《欧阳修全集》卷八二，第1194—1195页。

后世佛、道教均将其纳入各自的科仪体系。《太上玄灵北斗本命延生真经》云："凡人性命五体，悉属本命星官之所主掌。"① "本命"都对应某一"星官"，本命星官"每岁六度降在人间，降日为本命限期"②。譬如，主管甲子的本命星官每遇甲子日都会降临人间，此时凡是本命为甲子亦即甲子年出生的人，都应当小心谨慎，斋戒祈祷。"若本命之日能修斋醮，善达天司"，就会"三生常为男子身，富贵聪明，人中殊胜"，"消灾忏罪，请福延生，随力章醮，福德增崇"③。自晚唐五代到宋元时期，本命日祈禳活动十分活跃，《云笈七签》将本命日列为道教的重要斋醮日期，许多重要宫观都为皇帝专门设立"本命殿"，遇到皇帝的本命日（或本命月、本命年）在此为他求福祈寿④。唐宋士大夫为皇宫贵族本命日道场撰写大量青词作品，欧阳修也有多篇。本篇青词开头一句"维至和元年岁次甲午十月辛卯朔二十日庚戌，嗣天子臣某谨遣某人开启本命灵宝道场三昼夜……"交代了开启道场的时间，即仁宗至和元年（1054）十月。是年，欧阳修四十八岁，八月修《唐书》，九月拜翰林学士，十月朝飨景灵宫天兴殿⑤。上引青词正创作于十月，作为翰林学士的欧阳修爰举旧章，中规中矩地按照青词程序撰写，但也在形式与内容上做到了偶对精切、古雅隽永。

从欧阳修的其他青词作品看，他主要参与了皇帝本命日、生日及宫中皇后、公主等的道场活动，另外，上元节等节庆日的青

---

① 《道藏》第 11 册，第 347 页。
② 《道藏》第 11 册，第 347 页。
③ 《道藏》第 11 册，第 347—348 页。
④ 参阅张帆《中国古代的本命禁忌》，《澎湃新闻·思想市场》2015 年 9 月 13 日。
⑤ 见《欧阳修全集》附录卷一《欧阳修年谱》，第 2607 页。

词也有数篇。这些青词虽是按照既定程序创作出的，但大多简洁明了，辞藻堆砌、典故铺排的古奥晦涩之作很少，体现了其四六文"一洗昆体，圆活有理致"的审美特征。而相较于杜光庭《广成集》中的青词，欧阳修的青词创作与其诗文革新运动是同步的，面目也为之一新①。

《宋史·乐志》云"凡国之庆事，皆进歌乐词"②。仁宗至和、嘉祐年间，欧阳修任翰林学士、修《唐书》之余，每逢皇帝圣节、郊祀、籍田礼，都要参与这些隆重的国家庆典，并撰写歌乐之词。宋代国家级别的大型宴会主要有春、秋大宴、圣节大宴和饮福大宴等。皇帝诞辰的圣节制度源于唐玄宗，到宋朝已经相当成熟。仁宗嘉祐中的一次圣节大宴，欧阳修曾参与其中，并撰写了《圣节五方老人祝寿文》的乐语。这五篇乐语依据各方神性和相关典故，分别让东、西、中、南、北五个方位的"五方老人"，向皇帝祝寿，并颂语口号四句。对于欧阳修在圣节大宴上作的《五方老人祝寿文》，南宋洪迈的《容斋随笔》还曾提及：

　　　　圣节所用祝颂乐语，外方州县各当筵致语一篇，又有王母队者，若教坊，唯祝圣而已。欧阳公集，乃载《五方老人祝寿文》五首，其东方曰……其颂只四句，西、中、南、北方皆然。集中不云何处所作，今无复用之。③

① 周密《道教科仪与宋代文学》（浙江大学博士论文，2018 年）第六章《道教科仪中的公牍文：以宋代青词为中心》重点论述了欧阳修的青词成就和特征，可参。

② ［元］脱脱：《宋史》卷一四二，第 3358 页。

③ ［宋］洪迈著，孔凡礼点校：《容斋随笔·五笔》卷三，中华书局，2005 年，第 866—867 页。

从这段记载看，当时外方州县在盛大的宴会场合，有"王母（西王母）队"效仿教坊歌舞祝贺圣寿，但欧阳修的《祝寿文》已不复用。这五篇祝寿文是在特殊的"圣节"上使用的，祝寿对象是皇帝本人，外方州县自然不能僭越。对于圣节大宴的隆重仪节，《宋史》卷一四二《乐志》教坊条有较详细的铺述，下面节录其中的第一、第六、第九、第十四节：

> 宋初循旧制，置教坊，凡四部。……每春、秋圣节三大宴：其第一、皇帝升坐，宰相进酒，庭中吹觱栗，以众乐和之；……第六、乐工致辞，继以诗一章，谓之"口号"，皆述德美及中外蹈咏之情。初致辞，群臣皆起，听辞毕，再拜。……第九、小儿队舞，亦致辞以述德美。……第十四、女弟子队舞，亦致辞如小儿队。[①]

完整的十九个仪节，如果按部就班地进行，是相当繁琐冗长的，但又显得极为隆重而欢乐祥和。这其中的第六节，乐工致辞，然后颂诗一章，诗又称"口号"，今世俗云"喊口号"，当源于此。这些辞章的内容主要是叙述人君德美及中外（朝廷内外）人臣的祝贺颂扬之情。欧阳修的这五篇《五方老人祝寿文》，正是乐工或小儿、女弟子歌舞队所唱颂的乐语歌词。现引录如下：

东方老人

> 但某太山老叟、东海真仙。溜穿石而曾究初终，松

---

① ［元］脱脱：《宋史》卷一四二，第3348页。

避雨而备知岁月。羲氏定三百六日，尝守寅宾之官；夷吾纪七十二君，尽睹登封之事。遇安期而遗枣，笑方朔之偷桃。风入律而来自岩前，斗指春而光临洞口。昔汉武帝尝怀三岛之胜游，有美门生欲谒巨公于昭代。今则紫庭降圣，华渚开祥，远离朝日之方，来展望云之恩。千八百国，咸归至治之风；亿万斯年，共祷无疆之寿。遥望天庭，敢进祝圣之颂：

东海蓬莱第一仙，遥瞻西北祝尧天。愿皇长似东君寿，与物为春亿万年。

西方老人

但某秦川故老、华岳幽人。询仙掌之遗踪，咸知始末；恋莲峰之绝顶，不记岁时。漱流玉乳之泉，枕石云阳之洞。逍遥物外，笑傲林间。奉王母之蟠桃，尝延汉帝；指老聃之仙李，永佑唐基。掌中五色之丸，世上千年之寿。欣逢圣代，来至尘寰。当洪河澄九曲之时，是甲观诞一人之日。祥麟游于泰畤，天马来于大宛，景星见而朱草生，瑞露降而赤乌集。既遇无为之化，宜歌有道之君。是以驾青牛而度函关，指丹凤而趋魏阙。唯愿庆源流远，齐河海以无穷；睿算绵长，等乾坤而不老。遥望天庭，敢进祝圣之颂：

华岳峰头万叶莲，开花今古世相传。愿皇长似蓬峰久，结实盘根不记年。

中央老人

但某栖心嵩极，振迹伊川，年高而可等松椿，气粹而尝飧芝术。洞里之烟霞不老，壶中之日月遍长。当圣主之盛时，居天心之奥壤。但见璇玑运而寒暑正，土圭测而阴阳和。冠带被于百蛮，玉帛来于万国。龙在沼而麟在薮，河出图而洛出书。民跻寿域之中，俗乐春台之上。今则尧眉诞秀，舜目开庭。远离王屋之间，来入帝畿之内。仰瞻天表，莫非岳降之神；上祝皇图，岂止山呼之岁。遥望天祥，敢进祝圣之颂：

嵩高维岳镇中天，王气盘基降寿仙。唯愿吾皇等嵩岳，三灵齐祝万斯年。

南方老人

但某托迹炎洲，游神衡岳。非海滨之野叟，乃星极之老人。当火德为治之朝，是离明继照之日。里社鸣而圣人出，泰阶正而王道平。百蛮向风，重译来贡。屡睹丰年之上瑞，故知百姓之欢心。鼓腹而歌，治世之音安以乐；曲肱而枕，化国之日舒以长。斯可谓唐虞之民，又岂止成康之俗！今则流虹诞圣，绕电开祥。来趋北阙之前，上祝南山之永。云翔雾集，既罗仙籍之班；地久天长，以祷皇家之祚。遥望天庭，敢进祝圣之颂：

南极星中一老人，南山为寿祝吾君。愿君永奏南薰曲，当使淳音万国闻。

北方老人

　　但某修真北岳，常倾葵藿之心；混俗幽都，不避草茅之迹。潜神自得，味道为娱。易水歌风，曾识荆轲于往岁；燕山勒石，亲逢窦宪于当年。仙家之景物常春，人世之光阴易老。华表之鹤，未久还来；莲叶之龟，于时屡见。但处积阴之境，每输就日之诚。望干吕之青云，庆流虹于华渚。当万域来王之际，是千龄诞圣之初。是以历沙漠而朝宗，叩天阍而祝颂。唯愿庆基不朽，永齐金石之坚；宝祚无疆，更等山河之固。遥望天庭，敢进祝圣之颂：

　　北岳神仙九转丹，持来北阙献君前。愿将北极齐君寿，万国陶陶共戴天。[①]

　　这五篇文字的开头致语均以各方"老人"——实则神仙——的口吻，叙述他们所在的五岳及所经历的历史事件，赞颂今上德美，并做祝寿口号一首。这五位老人当由参加圣节大宴的歌舞乐者扮演，在做自我介绍时，略带幽默诙谐，如南方老人所云"非海滨之野叟，乃星极之老人"，北方老人云"混俗幽都，不避草茅之迹，潜神自得，味道为娱"，字里行间带有明显的舞台表演成分，是难得的音乐文学史料，可惜这方面的关注还比较少。

　　五篇文字的内容都是从道教层面写作的，每一篇都有大量的

---

　　① ［宋］欧阳修著，李之亮笺注：《欧阳修集编年笺注》卷一三二《近体乐府》卷一《乐语》，第179—188页。

道教典故，口号部分的内容更是离不开神仙、长寿等标志性符号。
五方老人的说法较早见诸六朝道经。《无上秘要》卷八十四"得太
极道人名品"下录有：

> 东极老人扶阳公子
>
> 西极老人素灵子期
>
> 南极老人丹陵上真
>
> 北极老人玄上仙皇
>
> 中元老人中央上玄子。
>
> 此五人，修五辰所致，五方老人。①

《真灵位业图》第三中位也有大致的五老说法，如：五老上真
仙都老公、中元老人中央上玄子、北极老子玄上仙皇、南极老人
丹陵上真、西极老人素灵子期、东极老人扶阳公子等名号②。此第
三中位的五老名号与《无上秘要》所记基本一致，当同出一源。
五方老人实际上诞生于五方自然精气，后来经道教的经典系统神
格化。对此《登真隐诀辑校》所录的疑似道经《太极真人服四极
云牙神仙上方》有所解释："真人挹五方元晨之晖，食九霞之精，
所以神光内曜，朱华外陈，体生玉映，形与气明。行之十年，四
极老人、中央元君降下，于子一合，乘云驾龙，白日登天。"③ 修
道真人如果"挹五方元晨之晖，食九霞之精"，行之十年，会有四

---

① 周作明点校：《无上秘要》（下册），第 1059 页。

② 《道藏》第 3 册，第 275 页。

③ ［梁］陶弘景撰，王家葵辑校：《登真隐诀辑校》，中华书局，2011 年，
第 302 页。

极老人和中央元君下降。欧阳修这里把五方老人与五岳仙山联系起来，强化他们富有情感的神格，可以说巧妙地化用了道教经典，推动道教在世俗化与艺术化的路上走得更远。《苏轼文集》卷四十五《集英殿春宴教坊词》中存有大量教坊致语、口号、勾合曲、勾小儿队、小儿致语、勾杂剧、放小儿队、勾女童队、队名、问女童队、女童致语、勾杂剧、放女童队等歌词乐语，其世俗化和文学化的程度更加明显，这些当离不开前辈欧阳修的铺垫和努力。

除了祠祭文书，欧阳修也是鼓子词的较早创作者。《六一词》中咏颖州西湖的《采桑子》十二首及两组十二月鼓子词《渔家傲》都是较早的作品①。《采桑子》十二首前有《西湖念语》一篇，乃酒宴之前的致辞：

> 昔者王子猷之爱竹，造门不问于主人；陶渊明之卧舆，遇酒便留于道士。况西湖之胜概，擅东颖之嘉名。虽美景良辰，固多于高会；而清风明月，幸属于闲人。并游或结于良朋，乘兴有时而独往。鸣蛙暂听，安问属官而属私？曲水临流，自可一觞而一咏。至欢然而会意，亦旁若于无人。乃知偶来常胜于特来，前言可信；所有虽非于己有，其得已多。因翻旧阕之辞，写以新声之调。敢陈薄伎，聊佐清欢。②

---

①　见刘永济辑录：《宋代歌舞剧曲录要·元人散曲选》，中华书局，2007年，第68—72页。另外，于天池《论宋代鼓子词》（《海南师院学报》1999年第4期）在刘永济研究的基础上也有论述。

②　［宋］欧阳修撰，李之亮笺注：《欧阳修集编年笺注》卷一三二，巴蜀书社，2007年，第192页。

这篇《念语》辞彩斐然，运用了王子猷爱竹与陶渊明嗜酒的典故，体现了魏晋士人率性潇洒的天性，与西湖边美景良辰的酒宴场合相契，可谓应景妥帖。《采桑子》第一首就出手不凡，曾被选入部编版中学语文教材：

　　轻舟短棹西湖好，绿水逶迤。芳草长堤，隐隐笙歌处处随。　无风水面琉璃滑，不觉船移。微动涟漪，惊起沙禽掠岸飞。①

这十二首《采桑子》的第一句都是以"西湖好"作结，还留有一丝表演歌唱的痕迹。在这些鼓子词中，欧阳修利用道教意象和仙道典故，奠定了鼓子词的基本色调，如下面这四首词作：

　　春深雨过西湖好，百卉争妍。蝶乱蜂喧，晴日催花暖欲然。　兰桡画舸悠悠去，疑是神仙。返照波间，水阔风高扬管弦。②

　　天容水色西湖好，云物俱鲜。鸥鹭闲眠，应惯寻常听管弦。　风清月白偏宜夜，一片琼田。谁羡骖鸾，人在舟中便是仙。③

　　平生为爱西湖好，来拥朱轮。富贵浮云，俯仰流年

---

① ［宋］欧阳修撰，李之亮笺注：《欧阳修集编年笺注》卷一三二，第193页。

② ［宋］欧阳修撰，李之亮笺注：《欧阳修集编年笺注》卷一三二，第194页。

③ ［宋］欧阳修撰，李之亮笺注：《欧阳修集编年笺注》卷一三二，第197页。

二十春。　归来恰似辽东鹤，城郭人民。触目皆新，谁识当年旧主人。[1]

关于"疑是神仙""人在舟中便是仙"两句，结合上下语境，欧阳修并未表达对神仙的无限向往之情，相反他强调颍州西湖的美景，以为人在舟中就是神仙了，而仙境就在眼前，何必远求。但是最后一首的下阕却生动地化用了《搜神记》中丁令威学仙功成后，回到家乡化作辽东鹤的典故，深刻地表达了富贵浮云、人生短促而学道长生才是根本的忧思。这种劝世意味正是后世道教劝善书、鼓子词的基本功能。欧阳修之后，还有吕渭老《圣节鼓子词》、侯真《金陵府会鼓子词》、王庭珪《上元鼓子词并口号》等宴饮佐乐的词作，另外出现了叙事性的《元微之崔莺莺商调蝶恋花》及张抡的《道情鼓子词》等。从发展脉络上看，欧阳修显然有一定的开创之功。

二、宋祁的青词创作

宋祁（998—1061）字子京，小字选郎，少年时寓居安州安陆（今湖北省安陆市），天圣二年（1024）与兄宋庠同举进士，历官翰林学士、史馆修撰、翰林学士承旨，谥景文，《宋史》有传。宋祁才华横溢，学问赅博，广涉音乐、训诂、史学、文学等多个领域，今存《宋景文集》《宋景文笔记》和《益部方物略记》等。宋祁与欧阳修等合修《新唐书》，《新唐书》大部份为宋祁所作，

---

① ［宋］欧阳修撰，李之亮笺注：《欧阳修集编年笺注》卷一三二，第198页。

二人合作前后长达十余年。宋祁诗文在北宋诸公中自成一家，与兄宋庠并有文名，时称"二宋"。宋祁诗词语言工丽，因《玉楼春》词中的"红杏枝头春意闹"句，世称"红杏尚书"。

宋祁同欧阳修等文臣一样，每逢皇帝诞辰、本命和节庆举办道场祈福，或禳灾、救拔等道场法事，大多会参与并撰写青词。宋祁在仁宗宝元二年（1039）权三司度支判官时，作《上三冗三费疏》，所谓"三费"的第一费就是"道场斋醮"，疏云：

> 何谓三费？一曰道场斋醮，无日不有。若七日，若一月，若四十九日，各挟主名，未始暂停。至于蜡蔬膏麯，酒稻钱帛，百司供亿，不可赀计。而主者旁缘，利于欺攘；奉行崇尚，峻于典法。皆以祝帝寿，奉先烈，祈民福为名，欲令臣下不得开说。臣愚以为陛下上事天地宗庙，次事社稷百神，醴酪粢盛，牺牲玉币，使有司端委而奉之，岁时而荐之，足以竦明德于天下，介多福于黔庶，何必道场斋醮，希屑屑之报哉！是国家抱虚以考祥，小人诬神而获利耳。陛下若断自圣虑，取必不可罢者，使略依本教，以奉薰修，开启有时，赐与有度，则一费节矣。①

宋祁明确反对道场斋醮的泛滥，指陈频繁斋醮中存在欺攘和浪费的现象，以为"使有司端委而奉之，岁时而荐之"足矣，不必频开道场，只有必不可少者开设，且开启有时，赐与有度。宋

---

① 《全宋文》（第二十三册）卷四八九，第225—226页。

祁秉持儒臣的理性与担当，主张有节制地举办斋醮。从宋祁现存道场斋祝文、青词篇目来看，数量确实并不算多，应是为“必不可少”的道场而撰。据四库本《景文集》及《全宋文》来看，今存十六篇篇目中有“青词”二字的道场公牍文字。这些青词作品，有参与南郊、祖庙道场科仪的《南郊预告道场青词》《庙祭预告青词》，有参与上元、中元祈福道场的《崇禧观启建上元祈福道场青词》《崇福观启建中元祈福道场青词》，有祈雨祈晴及应验后的谢雨谢晴青词，如《中太乙宫启建谢雨道场青词》《福宁殿启建祈晴道场青词》《福宁殿启建谢晴道场青词》。另外，宋祁还有四篇用于后宫妃嫔生产时的催生保庆青词和一篇《后苑祈皇嗣道场青词》。在《全宋文》中，目前仅见欧阳修和宋祁两位写过催生保庆类青词，这也反应了仁宗朝一直困扰的皇子继承问题。其中的《禁院催生保庆道场青词》云：

恭念以眇眇之身，奉丕丕之祚。祈天锡羡，嗣历无疆。顾比嫔帷，就安乳馆；永言穹昊，夙庇宗祧。敢通醮于蕊宸，愿委慈于祺襡。克生而育，俾炽而昌。罄露至诚，仰须祺祉。①

首句“恭念以眇眇之身，奉丕丕之祚”形容有孕在身的宫妃虽然身材弱小，却承载着国祚延续的重大使命。“眇眇之身”与“丕丕之祚”生动含蓄地点出了举办催生保庆道场的重大意义。宋祁文章向有“涩体”之称，欧阳修曾不满其《唐书》传记写作中

① 《全宋文》（第二十五册）卷五三一，第189页。

"好以艰深之辞文浅易之说"，如"震霆不及掩耳"偏偏写作"震雷无暇掩聪"等①。因四六文本身的骈体特征，宋祁青词更重辞藻与典故，但也并非篇篇佶屈聱牙，大多数篇目富有文采，如这篇《后苑祈皇嗣道场青词》：

> 圣真所居，灵感斯集。属拥休于庙社，将储庆于宫庭。生聚仰禧，幅员翘庇。载驰使命，恭叩清都。诚款罄伸，宝香交馥。伏愿神威溥护，法力扶持。朱芾讲仪，早继斯皇之咏；瑞曦腾耀，益隆久照之期。言念虔词，不胜企俟。②

"朱芾讲仪，早继斯皇之咏；瑞曦腾耀，益隆久照之期"一句对仗工整，"朱芾"当采自《诗经·小雅·斯干》："乃生男子，载寝之床，载衣之裳，载弄之璋。其泣喤喤，朱芾斯皇，室家君王。"③郑玄以为，宣王所生之子"皆将佩朱芾煌煌然"，"朱芾"是皇室新生儿的特殊服饰，这里宋祁以"朱芾讲仪"表达了皇帝早得贵子，皇儿早日接受教育、茁壮成长的美好愿望。"瑞曦腾耀，益隆久照之期"即以太阳比作未来的皇子，表达了皇子泽被天下的殷切希望。此篇四六，可谓用典恰切而情感真挚的典范之作。宋祁的青词作品或经删略，不像欧阳修青词尚有诸多格式化的套语，而是直接四六偶对，辞彩斐然，富有更强的文学色彩，

---

① 南宋祝穆《古今事文类聚》别集卷五文章部曾载此事，另有其他野史笔载之，此引《事文类聚》。
② 《全宋文》（第二十五册）卷五三一，第190页。
③ 程俊英，蒋见元著：《诗经注析》，中华书局，1991年，第547页。

在宋代道教文学史上自有一席之地。

《宋景文集》卷二中还有一篇《诋仙赋》。在宋代道教文学作品中，涉道仙赋的创作并不算多，这是比较珍贵的一篇。赋文的创作背景是宋祁出知寿春（今安徽寿县），翻览郡图发现有"八公山"一处，且闻当地故老云山上有车辙马迹，是淮南王刘安留下来的，耕种的农民往往得金，谓丹砂所化，可以疗病。宋祁未像很多地方官对当地的"文化遗存"大加敷扬，而是对这种荒诞不稽的传说，考之《汉书》《抱朴子》《神仙传》，指陈其中的原委和虚妄，以自警于斯文。《诋仙赋》是从儒家士大夫角度反对神仙之虚妄的，但从宗教文学角度来看，此赋也有其文学价值，现节录如下：

> 悯兹俗之鲜知兮，徇悠悠之妄陈。常牵奇以合怪兮，欲矜己以自神。操百世之实亡兮，唱千龄之伪存。彼淮南之有子兮，固殊死而殒身。缘《内篇》之丕诞兮，眩南公之多闻。谓八人者语王兮，历倒影而上宾。饵玉匕之神药，托此躯乎霄晨。王负骄以弗虔兮，又见谪于列真。虽长年之弥亿兮，屏帑倨而愈愆。葛《传》云：仙伯主者刘安不恭，乃谪守郡都厕，后为散仙。寒斯事之吾欺兮，聊反复乎遗言。号圣仙之灵禀兮，宜常监德而辅仁。不足察王之倨贵兮，遽引内于天门。已乃悟其非是兮，胡为赏罚之纷纭？宁仙者之回惑兮，无以异乎常人？国为墟而嗣绝兮，载遗恶而不泯。故里盛传其遗金兮，证碻石之余痕。武安隐语而前死兮，更生伪铸以赎

论。彼逞诈以罔时分，宜自警于斯文。①

此文征引《汉书》和《神仙传》，指出武帝时期淮南王刘安所谓得仙上升事及与八公故事均属虚妄，不过欺人而已。而刘向（生于公元前 79 年，卒于公元前 8 年，字更生）献刘安所藏《枕中鸿宝苑秘书》，言黄金可成，后以伪造黄金获罪，皆"逞诈以罔时"。宋祁文向有"涩体"之讥，但这篇赋文条达流畅，不疾不徐，说理透彻，可谓有宋论仙涉道的美文。

三、王安石（1021—1086）的青词、密词、斋文等道教祝祷文书创作

王安石字介甫，号半山，抚州临川（今江西省抚州市）人。庆历二年（1042），王安石进士及第。历任扬州签判、鄞县知县、舒州通判等职，政绩显著。熙宁二年（1069），王安石被宋神宗升为参知政事，次年拜相，主持变法，但因守旧派反对，熙宁七年（1074）罢相。一年后，王安石被神宗再次起用，旋即又罢相，遂退居江宁。元祐元年（1086），保守派得势，新法皆废，王安石郁然病逝于钟山，享年六十六岁。

据统计，王安石青词作品有 27 篇②，主要是为皇室举行各种斋醮科仪而写，但也包括一些地方举行祈晴、求雨等科仪时撰写的青词。这类作品严格按照青词体式，简短凝练，多为三五句话，如这篇《延祥观开启太皇太后本命道场青词》：

---

① 《全宋文》（第二十三册）卷四八三，第 109 页。
② 韩丹：《宋代青词研究》，华东师范大学硕士论文，2012 年。

伏以圣功辅世，已大济于艰虞；神道示人，用宠绥
于祉福。敢因谷旦，祗奉灵科。冀大锡于寿祺，得永承
于慈范。①

这类作品体式僵化，用语古奥生硬，缺乏审美意味，但宋祁
等人在写这类作品时就比较讲究，写得更富有文采，这也从一个
侧面反映了王安石的个性。但是，关乎民生疾苦、为民祈福一类
的青词作品，王安石往往写得比较充实。熙宁初年，河北沧州、
定州一带发生地震，需举办斋醮祈禳仪式，为此王安石撰写了三
篇青词：

《沧瀛州地震设醮青词》一：

伏以地德安静，震非其常，阴阳厥愆，以告咎罚。
禬禳有典，仰赖监歆。所冀方隅，具膺庇贶。

《沧瀛州地震设醮青词》二：

伏以自河以北，坤载不宁，敷置净筵，以祈后福。
仰惟皇觉，敷祐群生。监此斋精，俯垂庇贶。

《北岳庙为定州地震开启祭祷道场青词》：

---

① ［宋］王安石著，刘成国点校：《王安石文集》卷四五，中华书局，2021
年，第752页。

恭以地职持载，静惟其常。今兹震摇，以警不德。
涉河而北，又用惊骚。惟岳有神，苊绥厥壤。袚除祠馆，
按用祈仪。请命上灵，冀蒙孚佑。敢忘夤畏，以答
眷歆。①

北岳庙道场青词篇幅比较长，用典繁密，格式严整，当是王
安石用心的雕饰之作，字里行间，其诚可感。对于祈雨、谢雨等
有关民生的文字，王安石也精心撰作，有的颇为感人，如这篇
《祈雨文》：

惟神美名正气，索之前史详矣。噫！昔人也，挺王
臣之节，忠信我任，德谊我负，故时君倚焉。今其神也，
享庙食之贵，阴阳吾职，祸福吾柄，故州民赖焉。今千
里旱暵，及时不雨，农夫悼心，郡将失色。某遂躬率僚
属，来请于大庥下。惟神全死生之大名，开聪明于一方，
霈甘霝以足民食，则前谓人神之灵，于古今无愧焉。
尚飨！②

这篇文字相比一些青词作品，情感真挚，为民求雨的真切之
情溢于言表。从这种生硬的"公文"中，我们能看出王安石内心
深处的悲悯之情。下面这篇《谢雨文》当是针对这次祈雨应验而
写的，与祈雨时的急切和促迫之情有别：

---

① ［宋］王安石著，刘成国点校：《王安石文集》卷四六，第759—760页。
② ［宋］王安石著，刘成国点校：《王安石文集》卷八六，第1497—1498
页。

夫庙其貌，神其灵，函聪明正直之德，俾祸福倚伏
之时，用默于民，而不知其所以用者，斯之谓至神乎！
太守领天子命，藩一都会，岁时丰凶疾苦，得劳佚之，
使百姓无愁叹之声，斯太守之事也。神，阴也，阴阳契
合，若影响然。向以郊原旱暵，及夏不雨，耘者籽者，
悼心自失，遂祈福于大庙下。惟神恻然开明灵，惠然纳
至诚，言然而云兴，祷然而雨零。苗枯而生，民默而声，
又得非神之至乎？今吏民洁牲体，奔走欢呼，请偿其灵，
某不佞，辄书为千古世谚，尚飨！①

《谢雨文》对一方神灵的灵验与感应着力褒扬，语气舒缓中透
露一丝天遂人愿的轻松，官吏、乡民奔走欢呼，请神还愿的欢乐
场景也能从几笔勾勒中体会一二。

在各种道教祝祷文书中，还有一类上梁文，也是一种典型的
科仪文学。明人徐师曾《文体明辨》云：“按上梁文者，工师上梁
之致语也。世俗营构宫室，必择吉上梁，亲宾裹面（今呼馒头），
杂他物称庆，而因以犒匠人，于是匠人之长，以面抛梁而诵此文
以祝之。其文首尾皆用俪语，而中陈六诗。诗各三句，以按四方
上下，盖俗礼也。”② 皇室建造宫殿，普通民众安宅置屋，上梁环
节都是关乎此后主人吉凶的大事，故在上大梁以前，要举行诵唱
《上梁文》的仪式，这种仪式往往是由道士主导的，诵唱的内容也
多借助道教意象和典故表达美好愿望。王安石亦存数首《上梁

---

① ［宋］王安石著，刘成国点校：《王安石文集》卷八六，第 1498 页。
② 郭鹤威：《〈文体明辨〉研究》下编《文体明辨序题疏证》，山东大学硕
士论文，2022 年，第 237 页。

文》，如这首《景灵宫修盖英宗皇帝神御殿上梁文》：

儿郎伟！天都左界，帝室中经。诞惟仙圣之祠，夙有神灵之宅。嗣开宏构，追奉睟容。方将广舜孝于无穷，岂特尚汉仪之有旧？先皇帝道该五泰，德贯二仪。文摛云汉之章，武布风霆之号。华夏归仁而砥属，蛮夷驰义以骏奔。清跸甫传，灵舆忽往。超然姑射，山无一物之疵；邈矣寿丘，台有万人之畏。已葬鼎湖之弓剑，将游高庙之衣冠。今皇帝孝奉神明，恩涵动植，纂禹之服，期成万世之功；见尧于羹，未改三年之政。乃眷熏修之吉壤，载营馆御之新宫。考协前彝，述追先志。孝严列峙，寝门可象于平居；广祐旁开，辇路故存于陈迹。官师肃给，斤筑隆施。揆吉日以庀徒，举修梁而考室。敢申善颂，以相欢谣。

儿郎伟！抛梁东，圣主迎阳坐禁中。明似九天升晓日，恩如万国转春风。

儿郎伟！抛梁西，瀚海兵销太白低。王母玉环方自献，大宛金马不须赍。

儿郎伟！抛梁南，丙地星高每岁占。千障灭烽开岭徼，万艘输赆引江潭。

儿郎伟！抛梁北，边城自此无鸣镝。即看呼韩渭上朝，休夸窦宪燕然勒。

儿郎伟！抛梁上，仿佛神游今可想。风马云车世世来，金舆玉斝年年享。

儿郎伟！抛梁下，万灵隤祉扶宗社。天垂嘉种已丰年，地产珍符方极化。

伏愿上梁之后，圣躬乐豫，宝命灵长。松茂献两宫之寿，椒繁占六寝之祥。宗室蕃维之彦，朝廷表干之良。家传庆誉，代袭龙光。有一心而显相，保馈祀之无疆。皇帝万岁！①

这篇上梁文延续杨亿、胡宿、欧阳修等人的上梁文格式，开头为"儿郎伟"的衬词，上梁的吉庆、热闹场景，扑面而来。敦煌愿文作品如驱傩文、上梁文、障车文中多见"儿郎伟"一句。南宋楼钥曾解释云：

上梁文必言"儿郎伟"，旧不晓其义，或以为唯诺之唯，或以为奇伟之伟，皆所未安。在敕局时，见元丰中获盗推赏，刑部例皆节元案，不改俗语。有陈棘云："我部领你懑厮逐去。"深州边吉云："我随你懑去。""懑"本音"闷"，俗音"门"，犹言辈也。独秦州李德一案云"自家伟不如今夜去"云，余哑然笑曰：得之矣。所谓儿郎伟者，犹言儿郎懑。盖呼而告之，此关中方言也。上梁有文尚矣，唐都长安循袭之。然尝以语尤尚书延之、沈侍郎虞卿、汪司业季路，诸公皆博洽之士，皆以为前所未闻。或有云"用相儿郎之伟者"，殆误矣。②

---

① ［宋］王安石著，刘成国点校：《王安石文集》卷三八，第635—636页。
② ［宋］楼钥著，顾大朋点校：《攻媿集》卷七〇，浙江古籍出版社，2010年，第1249页。

可见,"儿郎伟"相当于"儿郎们"。上梁文的创作一直延续到明清时期,而上梁仪式存续至今。王安石此篇《上梁文》在历代上梁文中,以其严谨的体式、活泼的用语,成为后世上梁文的典范。王安石的青词、祝祷文书创作,因其特殊身份,在宋代道教文学史上有一定的代表性意义。

第五节 苏轼、苏辙的道场文书与 道教辞赋、传奇的写作

苏轼、苏辙兄弟二人早年得志,富有才情,但仕途坎坷,一生忧患。他们二人游走于儒释道三教之间,除了儒家经典和经邦济国之务,对佛、道教的义理、经籍和禅修养生等,亦有精湛研究和体验实践。就道教方面,他们二人在朝为官,或贬谪地方,都曾积极参与祈禳设醮活动,又常年在瘴疬病苦中,创作了相当多的青词、斋祝文、上梁文等道场文书及道教养生辞赋。这类作品出于祠祭通神和修炼养生的目的,有浓厚的宗教色彩,纯文学领域很少涉及,同样表现了两位文化巨人的文学天赋和人文关怀。在宗教文学史上,"二苏"相比宋祁、欧阳修、王安石等人的作品,更富有"人情味"和文学性,用语日趋浅近,个人情感更加充沛。因二人的道教文学的成就和体量,特专辟一节加以论述。

一、苏轼的道场文书及道教辞赋的写作

苏轼(1037—1101)字子瞻,一字和仲,号铁冠道人、东坡居士,世称苏东坡、苏仙等,眉州眉山(今四川省眉山市)人。宋神宗时,苏轼在凤翔、杭州、密州、徐州、湖州等地任职,元丰二年(1079)因"乌台诗案"被贬为黄州团练副使。宋哲宗即位

后任翰林学士、侍读学士、礼部尚书等职，并出知杭州、颍州、扬州、定州等地，晚年因新党执政被贬惠州、儋州。宋徽宗时获大赦北还，途中于常州病逝。宋高宗时追赠太师，谥号"文忠"。苏轼不仅是北宋的文坛领袖，他在诗、词、散文、书、画上成就卓越，人谓"千古一人"，而且对儒学经典、诸子百家、前朝历史、中医中药、佛教道教、音乐舞蹈、饮食养生、格致方技、天文博物、自然物理各方面，也有深湛研究。①

　　苏轼文集中的宗教性祝文、疏等，在宋人文集中占比较大，其中有相当一部分是为佛教法事而作，如《修法云寺浴室疏》《杭州请圆照禅师疏》。道教方面的青词、斋文、祝文等也占很大比重。总体来看，这部分内容在遵守仪式旧章的基础上，有较大的变通，不再是典故辞藻的堆积。有的科仪文书，结合身世苦恼，直陈遭际，信息量相当丰富，表现的个人情感也鲜活有力。如这篇《醮上帝青词》：

　　　　臣闻报应如响，天无妄降之灾；恐惧自修，人有可延之寿。敢倾微恼，仰渎大钧。臣两遇祸灾，皆由满溢。早窃人间之美仕，多收天下之虚名。溢取三科，叨临八郡。少年多欲，沉湎以自残；褊性不容，刚愎而好胜。积为咎厉，遘此艰屯。臣今稽首投诚，洗心归命。誓除骄慢，永断贪嗔。幸不死于岭南，得退归于林下。少驻

　　① ［宋］苏轼著，李之亮笺注：《苏轼文集编年笺注》代序《我被聪明误一生》，巴蜀书社，2011 年，第 6 页。

桑榆之暮景，庶几松栢之后凋。①

这篇青词作于徽宗建中靖国元年（1101），苏轼自海南北归入中土之后。就在这年，苏轼病殁于常州。据苏轼弟子黄庭坚描述，苏轼顺利渡过琼州海峡、返回广州时，头发已经基本掉光，只有满脸的胡须还在坚韧地生长，但到仪征境内，已经出现回光返照的迹象，到达常州没几天就去世了。这篇青词当作于返回常州的途中，其忏悔自责之情溢于言表，一定程度上也是苏轼晚年心境的真实写照。对于自己遭遇的政治打击，苏轼不加任何辩驳，指出其内在原因——"皆由满溢"。早窃人间美仕，收天下虚名，溢取三科，叨临八郡，是对自己一生的凝练总结，充满了谦卑悔过之情。"少年多欲，沉湎以自残"句涉及一己私情，这种坦陈告白颇类基督教中的"忏悔"，而青词的宗教功能之一就是向天帝尊神坦陈罪愆、祈求赦免。苏轼忏罪悔过的青词，还有这篇《醮北岳青词》：

> 少年出仕，本有志于救人；晚节倦游，了无心于交物。愆冥多罪，忧患再罹。飘然流行，靡所归宿。仰止高真之驭，降于乔岳之阳。稽首投诚，斋心悔过。庶一念之清净，洗千劫之尘劳。妙用无方，先解缠身之网；灵光所烛，幸逢出世之师。誓此余生，永依至道。②

---

① ［宋］苏轼著，张志烈等校注：《苏轼全集校注》文集，卷六二，河北人民出版社，2010 年，第 6821 页。

② ［宋］苏轼著，张志烈等校注：《苏轼全集校注》文集，卷六二，第 6827 页。

"誓此余生，永依至道"对于游走于儒释道三教的苏轼来说，更像是一种客套，不必当真，但开头几句道出了苏轼内心深处无尽的悲凉和失望情愫："少年出仕，本有志于救人；晚节倦游，了无心于交物。"幼而聪明，少壮努力，壮年得志，老大仍旧不免伤悲，苏轼以整饬的四六对仗，文学化地揭示了人生的无奈。"蠢冥多罪，忧患再罹，飘然流行，靡所归宿"一句亦同上篇青词，总结了自己坎坷颠簸的仕宦生涯。这有助于我们深入了解苏轼晚年矛盾悲苦的心境，是重要的文献资料，但作为青词作品，以往关注的并不算多。

苏轼的仕宦生涯，在变法、复辟、绍述、党争的政治漩涡中，跌宕起伏，正如他的画像赞所云"心似已灰之木，身如不系之舟，问汝平生功业，黄州惠州儋州"①。在任地方官时，苏轼关心民瘼，每遇旱涝等自然灾害，在祈雨、祈晴等佛道祈禳中，写作青词、祝文等仪式文书，是其规定动作，但这类作品在苏轼手中，也能一改刻板古奥的面貌，以其对百姓疾苦的深刻同情，写出自己的真情实感。如这篇苏轼任徐州知州时的《徐州祈雨青词》：

> 河失故道，遗患及于东方；徐居下流，受害甲于他郡。田庐漂荡，父子流离。饥寒顿仆于沟坑，盗贼充盈于犴狱。人穷计迫，理极词危。望二麦之一登，救饥民于垂死。而天未悔祸，岁仍大荒。水未落而旱已成，冬无雪而春不雨。烟尘蓬勃，草木焦枯。今者麦已过期，

---

① ［宋］苏轼著，张志烈等校注：《苏轼全集校注》诗集，卷四八，第5573页。

获不偿种。禾未入土，忧及明年。

　　臣等恭循旧章，并走群望。意水旱之有数，非鬼神之得专。是用稽首告哀，吁天请命。若其赋政多辟，以谪见于阴阳；事神不恭，以获戾于上下。臣实有罪，罚其敢辞？小民无知，大命近止。愿下雷霆之诏，分敕山川之神。朝隮寸云，暮洽千里。使虽得中熟，则民犹小康。①

　　元丰元年，苏轼任徐州知州。四月，赴徐州任，徐州水患大作，七月十七日，河决澶州，八月二十一日，及徐州城下。苏轼治水有功，至十月初，洪水渐退，徐州城得以保全，朝廷还曾降诏奖谕。这篇青词的上半部分，描述了徐州遭遇水灾的惨状，房屋都被大水冲走，田地淹没，灾民流离失所，饿殍遍地，盗贼蜂起。此文也是四六偶对的骈文，但是浅近明白，激切不已，我们能看出这是苏轼的用心之作。青词的后半部分是向上苍天帝祷告，"稽首告哀，吁天请命"，誓言"若其赋政多辟，以谪见于阴阳；事神不恭，以获戾于上下"，其诚可感！

　　苏轼除了青词作品，还有不少祝文、疏和上梁文等祠祭文书，其中有一篇《白鹤新居上梁文》，以文为戏，生动活泼，为后世典范：

　　鹅城万室，错居二水之间；鹤观一峰，独立千岩之

---

　　① ［宋］苏轼著，张志烈等校注：《苏轼全集校注》文集，卷六二，第6831页。

上。海山浮动而出没，仙圣飞腾而往来。古有斋宫，号称福地。鞠为茂草，奄宅狐狸。物有废兴，时而隐显。东坡先生，南迁万里，侨寓三年。不起归欤之心，更作终焉之计。越山斩木，溯江水以北来；古邑为邻，绕牙墙而南峙。送归帆于天末，挂落月于床头。方将开逸少之墨池，安稚川之丹灶。去家千岁，终同丁令之来归；有宅一区，聊记扬雄之住处。今者既兴百堵，爰驾两楹。道俗来观，闾里助作。愿同父老，宴乡社之鸡豚；已戒儿童，恼比邻之鹅鸭。何辞一笑之乐，永结无穷之欢。

儿郎伟，抛梁东。乔木参天梵释宫。尽道先生春睡美，道人轻打五更钟。

儿郎伟，抛梁西。袅袅虹桥跨碧溪。时有使君来问道，夜深灯火乱长堤。

儿郎伟，抛梁南。南江古木荫回潭。共笑先生垂白发，舍南亲种两株柑。

儿郎伟，抛梁北。北江江水摇山麓。先生亲筑钓鱼台，终朝弄水何曾足。

儿郎伟，抛梁上。璧月珠星临蕙帐。明年更起望仙台，飘渺空山隘云仗。

儿郎伟，抛梁下。凿井疏畦散邻社。千年枸杞夜长号，万丈丹梯谁羽化。

伏愿上梁之后，山有宿麦，海无飓风。气爽人安，陈公之药不散；年丰米贱，林婆之酒可赊。凡我往还，同增福寿。①

白鹤峰新居为东坡在惠州所建新居，集中尺牍等多记修建此屋时的各种琐碎事务，对于院中所栽花草树木等，东坡也都要亲自筹办。从这篇上梁文我们能看出，当时东坡心境大好，想在惠州"不起归欤之心，更作终焉之计"，在这里终老。破土动工、上梁封顶是修建屋宇过程中的重要环节，古人往往有相应的佛道仪节加以祈福辟邪。上梁场面是喜庆而隆重的，这篇上梁文充分体现了应景之作的娱乐助兴功能。《苕溪渔隐丛话后集》卷三十云："东坡作《惠州白鹤新居上梁文》，叙幽居之趣，盖以文为戏，自此老启之也。其后叶少蕴作《石林谷草堂上梁文》，孙仲益作《西徐上梁文》，皆效其体格，然不能无优劣矣。"② 南宋人胡仔（1110—1170）以为上梁文以文为戏、叙幽居之趣，都始于苏轼。我们以此篇对比王安石的《上梁文》，就能看出这样一种文体在东坡手中也能妙笔生花，各种典故顺手拈来，贴切而富有情趣。

嘉祐八年（1063）九月，苏轼至盩厔上清宫溪堂，读《道藏》，后再谒上清宫，作《上清词》，弟苏辙应邀，亦赋《上清词》。《上清词》见《苏轼诗集》卷四十八，孔凡礼点校的《苏轼文集》附录《佚文汇编》卷五《书〈上清词〉后》略叙其事，文云：

嘉祐八年冬，轼佐凤翔幕，以事□上清太平宫，屡

---

① ［宋］苏轼著，张志烈等校注：《苏轼全集校注》文集，卷六四，第7150页。
② 《海山仙馆丛书》本。

谒真君，敬撰此词。仍邀家弟辙同赋。其后廿四年，承
事郎薛君绍彭为监宫，请书此二篇，将刻之石。元祐二
年二月廿八日记。[①]

　　苏辙的《上清词》编在《栾城集》卷十八"辞"类，该类一
共收辞五首。苏轼《上清词》在明人编《苏轼诗集》卷四八《补
编古今体诗》。《上清词》是一篇模仿楚辞的作品，苏轼在上引
《书〈上清词〉后》中已经交代，在宋代皇家宫观上清太平宫"屡
谒真君"，此"真君"即宋初太宗时期制造的新神翊圣保德真君，
孔凡礼点校的《苏轼诗集》推测为张守真，当误。翊圣保德真君
从星辰信仰黑煞神而来，借助终南山县民张守真之口传达"晋王
有仁心"，参与了太祖、太宗兄弟权利更替时期的"斧声烛影"事
件。太宗即位后，大肆渲染黑煞神信仰，封为赵宋"家神"[②]，并
应谶言，在终南山建太平宫，徐玄作《大宋凤翔府新建上清太平
宫碑铭》记其事。真宗朝王钦若又编撰《翊圣保德真君传》，进一
步确立了翊圣保德真君信仰。苏轼创作的《上清词》描述了真君
的宗教形象和宗教性格，是一篇非教门内部的文学化表达。这样
一位真正的"凶神恶煞"在文学大师手中变得威风凛凛，爱憎分
明，似乎还有几分孤寂：

　　　　南山之幽，云冥冥兮。孰居此者，帝侧之神君。君

---

　　① ［宋］苏轼著，张志烈等校注：《苏轼全集校注》苏轼佚文汇编，卷五，
第 8711 页。
　　② 韦兵：《赵宋"家神"：黑煞神源流及其与宋代政治文化关系》，《社会科
学研究》2020 年第 3 期。

胡为兮山之幽，顾宫殿兮久淹留。又曷为一朝去此而不
顾兮，悲此空山之人也。来不可得而知兮，去固不可得
而讯也。①

南山太平宫云气幽冥，所供奉者就是这位天帝旁边的翊圣保
德真君。真君一朝去此而不顾，"悲此空山之人"，概指真君所托
之人张守真，张守真似未得善终，实"可悲"也。接下来，苏轼
发挥想象，用很大篇幅描述真君往来的壮盛仪仗和"爱流血"、嗜
疟疠与螟虫的保护神形象：

君之来兮天门空，从千骑兮驾飞龙。隶辰星兮役太
岁，俨昼降兮雷隆隆。朝发轫兮帝庭，夕弭节兮山宫。
懔有妖兮虐下土，精为星兮气为虹。爱流血之滂沛兮，
又嗜疟疠与螟虫。啸盲风而涕淫雨兮，时又吐旱火之爞
融。衔帝命以下讨兮，建千仞之修锋。乘飞霆而追逸景
兮，歘毒扫灭而无踪。忽崩播其来会兮，走海岳之神公，
龙车兽鬼不知其数兮，旗纛晻霭而冥蒙。渐俯伛以旅进
兮，锵剑佩之相舂。②

接下来描写真君因为"司杀生之必信"而为上帝不容，但
"约束以反职"后，"退战栗而愈恭"，此后屡建奇功，泽被四海，

① ［宋］苏轼著，张志烈等校注：《苏轼全集校注》诗集，卷四八，第5581
页。
② ［宋］苏轼著，张志烈等校注：《苏轼全集校注》诗集，卷四八，第
5581—5582页。

却"澹然"而不居功，返回天界，执掌天门：

　　司杀生之必信兮，知上帝之不汝容。既约束以反职
兮，退战栗而愈恭。泽充塞于四海兮，独澹然其无功。
君之职兮天门开，款阊阖兮朝玉台。群仙迎兮塞云汉，
俨前导兮纷后陪。历玉阶兮帝迎劳，君良苦兮马愿颓。
闵人世兮迫隘，陈下土兮帝所哀。返琼宫之嵯峨兮，役
万灵之喧豗。默清静以无为兮，时节狩于斗魁。诣通明
而献黜陟兮，诛荡荡其无回。忽表里之焕霍兮，光下烛
于九陔。时游目以下览兮，五岳为豆，四溟为杯。俯故
宫之千柱兮，若毫端之集埃。来非以为乐兮，去非以
为悲。①

真君也因司杀必信而为上帝不容，但依旧忠心耿耿，苏轼把
人间的宦海沉浮投射到真君身上，真君似乎也有人世的烦恼，拉
近了与凡人的距离，平添几分机趣。最后几句描述了苏轼拜谒真
君，沐浴并撰写此《上清词》的过程与感受：

　　谓神君之既返兮，曾颜咫尺之不违。升秘殿以内悸
兮，魂凛凛而上驰。忽窭寐以有得兮，敢沐浴而献辞。
是耶非耶，臣不可得而知也。②

----

① ［宋］苏轼著，张志烈等校注：《苏轼全集校注》诗集，卷四八，第5582
页。
② ［宋］苏轼著，张志烈等校注：《苏轼全集校注》诗集，卷四八，第5582
页。

此文前面是不惜笔墨的渲染与想象，最后却"是耶非耶，臣不可得而知也"，作为对此篇的收尾，良可深味也。

在道教药饵服食、吐纳胎息方面，苏轼亦乐此不疲，贯穿始终。在贬谪黄州、惠州期间，苏轼还曾试炼金丹。在《游罗浮山一首示儿子过》诗中，苏轼曾云"东坡之师抱朴老，真契早已交前生"①，以抱朴子葛洪为师，其对道家养生和道教炼养之术的痴迷可见一斑。其《小圃五咏》分别咏人参、地黄、枸杞、甘菊、薏苡，述其药性与服用效果，非深解其术者不能为也。在道教养生赋方面，苏轼有《后杞菊赋》《服胡麻赋》《天庆观乳泉赋》等，颇有可观之处。

唐陆龟蒙（？—约881）字鲁望，自号天随生，尝作《杞菊赋》。苏轼初以为不然，后贬谪密州，家贫，斋厨索然，曾与通守刘廷式在古城旧圃中寻杞菊而食，然后知天随生之言不谬，遂做《后杞菊赋》以自嘲。在这篇赋文中，东坡以"吁嗟先生"自比，设问自答。设问部分充满了自嘲戏谑，用典精切巧妙，问云：

> 吁嗟先生，谁使汝坐堂上称太守？前宾客之造请，后掾属之趋走。朝衙达午，夕坐过酉。曾杯酒之不设，揽草木以诳口。对案颦蹙，举箸噎呕。昔阴将军设麦饭与葱叶，并丹推去而不嗅。怪先生之眷眷，岂故山之无有？②

---

① ［宋］苏轼著，张志烈等校注：《苏轼全集校注》诗集，卷三八，第4430页。

② ［宋］苏轼著，张志烈等校注：《苏轼全集校注》文集，卷一，第14页。

问者以一下属的口吻道出苏轼作为堂堂太守却"揽草木以诳口"而难以下咽的窘迫。又引东汉高人井丹的典故，阴将军以麦饭葱叶相请，井丹都"推去而不嗅"，先生如此，难道是家乡没有杞菊这种东西吗？接下来，苏轼自拟吁嗟先生答云：

> 人生一世，如屈伸肘。何者为贫？何者为富？何者为美？何者为陋？或糠核而瓠肥，或粱肉而墨瘦。何侯方丈，庾郎三九。较丰约于梦寐，卒同归于一朽。吾方以杞为粮，以菊为糗。春食苗，夏食叶，秋食花实而冬食根，庶几乎西河、南阳之寿。①

贫富、美丑都是相对的，肥白、黑瘦也与饮食无关。所举晋人何曾与齐人庾杲，一豪奢，一苦行，而最终都归于一朽。这种放达乐观的幽默在苏轼《赤壁赋》等大量诗文中也有体现。在他的道教养生赋中，也有如此睿智的表现，惜关注者不广。

苏轼另一首与道教关系密切的赋文为《天庆观乳泉赋》。此赋作于元符元年（1098），彼时苏轼谪居海南儋州。赋文大段论述了"天一为水"的自然常理，指出自然界的山川草木与人之一身都离不开水，都因水而滋生。但水有咸甘，人身之甘水即为道教养生所推重的"甘而不坏、白而不浊"的华池真液——涌于舌底、上流牙颊的唾液。东坡谪居儋州，城南天庆观司命宫中有一泉井，百井皆咸，唯此井如甘甜乳汁一般。苏轼曾中夜起身，伴着月色，一人提瓶罐去观中打水，赋云：

---

① ［宋］苏轼著，张志烈等校注：《苏轼全集校注》文集，卷一，第14页。

吾尝中夜而起，挈瓶而东。有落月之相随，无一人
而我同。汲者未动，夜气方归。锵琼佩之落谷，滟玉池
之生肥。吾三咽而遄返，惧守神之诃讯。却五味以谢六
尘，悟一真而失百非。信飞仙之有药，中无主而何依？
渺松乔之安在，犹想象于庶几。①

从"汲者未动，夜气方归"这句来看，苏轼并非简单地汲水
而归，而是几乎彻夜未眠。"夜气"源自《孟子·告子上》："夜气
不足以存，则其违禽兽不远矣。"② 夜气常指日将晓而未晓时的清
明之气，比喻人在未受外界影响时的天真纯朴状态。苏轼趁此有
所反思，所深思者为自己修炼实践中的体会和对神仙有无的疑问。
从"信飞仙之有药，中无主而何依，渺松乔之安在，犹想象于庶
几"这几句能看出，苏轼对道教服食吐纳之术，并非如教内笃信
道人一样，是有一定质疑的。

苏轼还有一篇《服胡麻赋》（并叙），作于谪居黄州任团练副
使的元丰年间，因其弟苏辙有《服茯苓赋》，遂答而作之。苏辙
《服茯苓赋》当时已经广传北地，影响深远，容后文详述。苏轼这
篇《服胡麻赋》以四言体写就，前有一段序文述其事。苏轼曾服
食茯苓，后梦中有道士谓其当服胡麻。胡麻在北宋时期当属贵重
稀罕之物，有人妄指山苗野草之实为胡麻。苏轼梦醒后查《本
草》，知胡麻又称狗虱、方茎，黑胡麻又称巨胜，由是信其说，始
服食胡麻，并作《服胡麻赋》，赋云：

---

① ［宋］苏轼著，张志烈等校注：《苏轼全集校注》文集，卷一，第75页。
② ［清］焦循撰，沈文倬点校：《孟子正义》卷二三，中华书局，1987年，
第776页。

我梦羽人，顾而长兮。惠而告我，药之良兮。乔松千尺，老不僵兮。流膏入土，龟蛇藏兮。得而食之，寿莫量兮。于此有草，众所尝兮。状如狗虱，其茎方兮。夜炊昼曝，久乃藏兮。茯苓为君，此其相兮。我兴发书，若合符兮。乃瀹乃烝，甘且腴兮。补填骨髓，流发肤兮。

是身如云，我何居兮。长生不死，道之余兮。神药如蓬，生尔庐兮。世人不信，空自劬兮。搜抉异物，出怪迂兮。槁死空山，固其所兮。至阳赫赫，发自坤兮。至阴肃肃，跻于乾兮。寂然反照，珠在渊兮。沃之不灭，又不燔兮。长虹流电，光烛天兮。嗟此区区，何与于其间兮。譬之膏油，火之所传而已耶？①

赋的上半段以四言格式记述梦中得道人语事。因一梦而查阅《本草》，且一番"乃瀹乃烝"，开始吃起了芝麻。苏轼关心自己身体的形象跃然纸上，但他并非一味笃信服胡麻真的可以"长生不死"，相反对很多愚痴道人的妄想提出批评，即"搜抉异物，出怪迂兮，槁死空山，固其所兮"。苏轼重视养生，但停留在相对理性的阶段。对于寿夭福祸、贫富穷达，他更多的是融合儒释道三教精华，以一种旷达超越的心态视之。此赋文最后一句："嗟此区区，何与于其间兮。譬之膏油，火之所传而已耶？"虽是疑问的语气，但可以看出苏轼对生命的态度。

苏轼在贬谪途中，因环境艰苦且诸病缠身（集中多言痔病），尤其晚年，特别留心祛病延年之术，对铅汞坎离的内外丹道有精

---

① ［宋］苏轼著，张志烈等校注：《苏轼全集校注》文集，卷一，第19页。

深理解，并曾身体力行，但未曾坚持，效用不佳，在颠沛流离中，六十五岁就去逝了。苏轼在修炼养生的实践中，虽未得高寿，但留下数篇相关诗文作品，对道教丹道修炼和养生理论的深化有重要意义。

绍圣四年（1097），苏轼时年六十二岁，在《赠陈守道》诗中，就对龙虎铅汞之说有过论述，诗云：

> 一气混沦生复生，有形有心即有情。共见利欲饮食事，各有瓜牙头角争。
>
> 争时怒发霹雳火，险处直在嵌岩坑。人伪相加有余怨，天真丧尽无纯诚。
>
> 徒自取先用极力，谁知所得皆空名。少微处士松柏寒，蓬莱真人冰玉清。
>
> 山是心兮海为腹，阳为神兮阴为精。渴饮灵泉水，饥食玉树枝。
>
> 白虎化坎青龙离，锁禁姹女关婴儿。楼台十二红玻璃，木公金母相东西。
>
> 纯铅真汞星光辉，乌升兔降无年期。停颜却老只如此，哀哉世人迷不迷。①

从文人诗作的角度看，这篇作品还被当作苏轼说教之作的典型，如孔凡礼《苏轼诗集·前言》论苏诗成就时说："如前所述，

---

① ［宋］苏轼著，张志烈等校注：《苏轼全集校注》诗集，卷四〇，第4793—4794页。

苏轼基本纠正了诗体革新运动中出现的散文化、议论化倾向中的弊端，但也偶有'十年栽种百年规，好德无人助我仪'（卷二十《万松亭》）这样生涩乏味的句子和'停颜却老只如此，哀哉世人迷不迷'（卷四十《赠陈守道》）这样的说教。"[1] 客观来说，《赠陈守道》并非全为说教之辞，对了解苏轼的性格和人生志趣有很重要的文本价值。"人伪相加有余怨，天真丧尽无纯诚"，苏轼对蝇营狗苟的蜗争蚁斗充满了鄙弃，他的一生与"天真丧尽无纯诚"形成鲜明对照，他正是一位天真纯诚的赤子。诗的后半部分表达自己对铅汞丹道的独特理解。"楼台十二"取自丹道隐语，或指人之喉管有十二节。"红玻璃"在外丹术语中形容金丹至药的色泽。此诗大抵论述元神与元气的融合。青龙、离、姹女、木公、真汞、乌等意象均喻元神；白虎、坎、婴儿、金母、纯铅、兔等意象均喻指元气[2]。诗的后半部分，当作一首藏内金丹诗亦不为过，但这竟然出自苏轼之手。可见，这有助于我们从多维层面了解认识苏轼的艺术人生。

据《苏轼年谱》，苏轼作《赠陈守道》诗后，"复作《辨道歌》，二诗阐辨道家龙虎铅汞之说"[3]。《辨道歌》继续阐释丹道义理：

> 北方正气名祛邪，东郊西应归中华。离南为室坎为家，光凝白雪生黄芽。

---

[1] ［宋］苏轼撰，［清］王文诰辑注，孔凡礼点校：《苏轼诗集》，中华书局，1982 年，《前言》第 13 页。

[2] 对此诗所述丹道理论和所引《王真人传》文字，均据华东师范大学中文系 2019 级博士研究生张晓东的理解和查阅而综括之。

[3] 孔凡礼撰：《苏轼年谱》卷三六"绍圣四年"，中华书局，1998 年，第1239 页。

黄河流驾紫河车，水精池产红莲花。赤龙腾霄惊盘蛇，姹女含笑婴儿呀。

十二楼瞰灵泉注，华池玉液阴交加。子驰午前无停差，三田聚宝真生涯。

龟精凤髓填谽谺，天地骇有鬼神嗟。一丹休别内外砂，长修久饵须叔遐。

肠中澄结无余粗，俗骨变换颜如葩。哀哉世人争齿牙，指伪为真正为哇。

轻肥甘美形骄奢，谲诡诈妄言矜夸。游鱼在网兔在罝，一气顿尽犹呕哑。

余生所托诚栖槎，九原枯髀如乱麻。胡不割众如镆铘，空与利名交掌拿。

胡不让霜如文骊，可惜贪爱相漫涂。真心道意非不嘉，餐金闲话非虚哗。

何须横议相疵瑕，众口并发鸣群鸦。安知聚散同鱼虾，自缠如茧居如蜗。

日怀嗔喜甘笿筻，其去死地犹猎貑。吾恨尔见有所遮，海波或至惊井蛙。

乌轮即晚蟾影斜，吾时俱睹超云霞。①

同上一首《赠陈守道》，此诗并非全谈丹道，诗的后半部分从自身出发，对纷纭世事中的名利掌拿和横议喧哗，有深刻的反思

---

① ［宋］苏轼著，张志烈等校注：《苏轼全集校注》诗集，卷四〇，第4797页。

和认识。苏轼以为这些无非"聚散同鱼虾"、"自缠如茧居如蜗"，且身在牢笼而日怀嗔息。这种反思在他的《满庭芳·蜗角虚名》中也有表现："蜗角虚名，蝇头微利，算来着甚干忙？事皆前定，谁弱又谁强。"苏轼把对丹道义理的阐释与对社会人生的理解、自身身世的感怀融为一体，形成一种特殊的"文人体丹道歌诗"。

苏轼被贬海南后，对丹道养生更加痴迷，曾作《续养生论》。因篇幅较长，节引如下：

火烈而水弱，烈生正，弱生邪。火为心，水为肾，故五脏之性，心正而肾邪。肾无不邪者，虽上智之肾亦邪。然上智常不淫者，心之官正而肾听命也。心无不正者，虽下愚之心亦正。然下愚常淫者，心不官而肾为政也。知此，则知铅汞龙虎之说矣。

何谓铅？凡气之谓铅，或趋或蹶，或呼或吸，或执或击，凡动者皆铅也。肺实出纳之。肺为金，为白虎，故曰铅，又曰虎。何谓汞？凡水之谓汞，唾涕、脓血、精汗、便利，凡湿者皆汞也。肝实宿藏之。肝为木，为青龙。故曰汞，汞也，肝实宿藏之。肝为木，为青龙，故曰汞，又曰龙。古之真人论内丹者曰："五行颠倒术，龙从火里出。五行不顺行，虎向水中生。"世未有知其说者也。方五行之顺行也，则龙出于水，虎出于火，皆死之道也。心不官而肾为政，声色外诱，邪淫内发，壬癸之英，下流为人，或为腐坏。是汞龙之出于水者也。喜怒哀乐皆出于心者也。喜则攫拿随之，怒则殴击随之，哀则擗踊随之，乐则抃舞随之。心动于内而气应于外，是

247

铅虎之出于火者也。汞龙之出于水，铅虎之出于火，有能出而复返者乎？故曰：皆死之道也。

真人教之以逆行，曰："龙当使从火出，虎当使从水生也。"其说若何？孔子曰："思无邪。"凡有思皆邪也，而无思则土木也。孰能使有思而非邪也，而无思则土木也。孰能使有思而非邪，无思而非土木乎？盖必有无思之思焉。夫无思之思，正庄栗，如临君师，未尝一念放逸。然卒无所思。如龟毛兔角，非作，故无本性，无故，是之谓戒。戒生定，定则出入息自住，出入息住，则心火不复炎上。火在《易》为离。离，丽也。必有所丽，未尝独立，而水其妃也，既不炎上，则从其妃矣。水、火合，则壬癸之英上流于脑，而益于玄膺，若鼻液而不咸，非肾出故也，此汞龙之自火出者也。长生之药，内丹之萌，无过此者矣。阴阳之始交，天一为水。凡人之始造形，皆水也，故五行一曰水。得暖气而后生，故二曰火。生而后有骨，故三曰木。骨生而日坚，凡物之坚壮者，皆金气也，故四曰金。骨坚而后肉生焉，土为肉，故五曰土。人之在母也，母呼亦呼，口鼻皆闭，而以脐达。故脐者，生之根也。汞龙之出于火，流于脑，溢于玄膺，必归于根心，火不炎上，必从其妃，是火常在根也。故壬癸之英得火而日坚，达于四支，浃于肌肤而日壮，究其极，则金刚之体也。此铅虎之自水生者也。龙虎生而内丹成矣。故曰：顺行则为人，逆行则为道。道则未也，亦可谓长生不死之术矣。①

　　这篇谈龙虎铅汞、升降顺逆的文字，从丹道理论上看，没有
新的发明，但是东坡以其清晰的行文脉络、晓畅的笔法，把"顺
行则为人，逆行则为道"的内外丹法则，讲得更为清晰。嵇康有
《养生论》，此篇显然是续嵇康之作，苏轼颇以为重，并非随意为
之。苏轼从儋州北归后，曾与章惇之子章援（字致平）通信，提
及这篇"宏论"：

　　　　又丞相知养内外丹久矣，所以未成者，正坐大用故
　　也。今兹闲放，正宜成此。然只可自内养丹，切不可服
　　外物也。某在海外，曾作《续养生论》一首，甚欲写寄，
　　病因未能。②

　　苏轼在危病中还请学生章援告诉乃父章惇，也即自己的政敌，
"自内养丹，切不可服外物"，其宽厚善良若此。关于《续养生
论》，苏轼还与章援有一封信，云：

　　　　《续养生论》乃有遇而作，论即是方，非如中散泛论
　　也。白术一味，细捣为末，余筋滓难捣者弃之。或留作
　　香，其细末曝日中，时以井花水洒润之，则膏液自上，

────────────

①　［宋］苏轼著，张志烈等校注：《苏轼全集校注》文集，卷六四，第 7132
－7134 页。
②　［宋］苏轼著，张志烈等校注：《苏轼全集校注》文集，卷五五，第 6113
页。

谨视其和合，即入木臼杵数千下，便丸，如梧桐子大。
此必是仙方。日以井花水咽百丸，渐加至三百丸，益多
尤佳。此非有仙骨者不传。《续养生论》尤为异书，然要
以口授其详也。①

从这段文字看，晚年苏轼相当迷信所谓仙方，对《续养生论》
以秘诀"异书"视之，认为非口授不得其要。

在纯文学史中，我们几乎看不到关于苏轼曾撰写丹道歌诗并
亲身实践的讨论，且文学史把这类作品置之末流，或为贤者讳，
避而不谈。但正是通过这些层面，我们才能从一个立体角度认识
一位为"苦痔"而求仙问药的苏轼，因为谪所艰辛而嚼杞菊苦根
的苏轼。在层层困境的磨砺中，通过道教辞赋和祠祭文书的天才
书写，他的乐观、坚毅和仁厚同样有了鲜活的体现。

二、苏辙的道场文书与道教辞赋写作

苏辙（1039—1112）字子由，一字同叔，晚号颍滨遗老，也
是北宋著名政治家、散文家，为"唐宋八大家"之一。嘉祐二年
（1057），苏辙登进士第，初授试秘书省校书郎、商州军事推官。
宋神宗时，因反对王安石变法，出为河南留守推官。此后随张方
平、文彦博等人历职地方。宋哲宗即位后，入朝历官右司谏、御
史中丞、尚书右丞、门下侍郎等职。哲宗亲政后，因上书谏事而
被贬知汝州，连谪数处。宰相蔡京掌权时，再降朝请大夫，遂以

---

① ［宋］苏轼著，张志烈等校注：《苏轼全集校注》文集，卷五五，第
6115—6116 页。

太中大夫致仕，筑室于许州。政和二年（1112年），苏辙去世，年七十四，追复端明殿学士、宣奉大夫。宋高宗时累赠太师、魏国公，宋孝宗时追谥"文定"。

苏辙的文风与父兄苏洵、苏轼有较大差别，茅坤《唐宋八大家文钞》卷一五二《颍滨文钞》谓："子由之文，其奇峭处不如父，其雄伟处不如兄，而其疏宕袅娜处亦自有一片烟波，似非诸家所及。"① 苏辙诗文清淡朴实，一如其人，现存亲手编定的《栾城集》五十卷、《栾城后集》二十四卷、《栾城三集》十卷、《应诏集》十二卷等，共九十六卷。其中《栾城集》卷二十六存"青辞"三首；卷三十四收祝文十二篇，青词十二篇，朱表七篇；《栾城后集》卷十九又收青词十一篇、祝文两篇。这些均为科仪文书，充分体现了苏辙祠祭书写的特征和成就。

从这些道教祝文、青词来看，元祐年间苏辙任翰林学士知制诰时撰写的青词严格遵守旧章格式，显得生硬刻板，如元祐四年、五年间写作的祝文、青词几乎都以"维元祐五年岁次庚午……"开篇，介绍开启道场的时间、地点和缘由，如《全宋文》所录《中太一宫祈晴青词》：

> 维元祐四年岁次己巳八月戊戌朔二十二日己未，嗣天子臣名谨遣入内内侍省内侍高品臣杨偁，请道士三七人，于太一宫真室殿，开启祈晴道场……谨词。②

---

① 文渊阁《四库全书》本。
② 《全宋文》第96册，第326页。

但是《栾城集》在录这类青词时，省略了具体的年月日时等信息，仅作"维年月日，嗣天子臣名，谨遣某官某，请道士三七人，于太一宫真室殿开启祈晴道场……谨词"①。但苏辙出任地方官时所撰青词在格式上相对灵活，且有所创新，如这篇《齐州祈雨青辞》：

> 呜呼！民愚无知，吏怠弗教。鬼神不享，积衅成疬。旱气充塞，五种失艺。饥馑既至，疾疫将起。祷求百神，寂寥无闻。民既穷瘁，吏亦震恐。各知咎殃，将自洗濯。而神怒未怠，膏泽不至。栗栗危惧，无所归命。敢因旧仪，祗荐诚悃。惟皇天后土，靡不覆帱。日月宿耀，靡不临照。山川岳渎，靡不容载。哀矜无辜，纵舍有罪。并包含养，与道为一。祓除妖孽，布导和气。时播甘雨，以救民命。亦俾我守臣。间蒙大赐，以宽忧责。②

在文体格式上，这篇"青词"未按照传统的四六骈体书写，除了呼叹连接的虚词，皆为四言，这在青词创作上是较少的创新变体。另外，出任地方官的其他两篇《南京祈晴青辞》《筠州祈雨青辞》也都是四言格式。在苏辙自编的《栾城集》中，这几篇四言体的青词，特写作"青辞"，并非简单的互通或者误写，而是有意为之，以突出这种四言古体的写作格式。四言格式适于罗列堆砌各种意象，颂圣述德、应酬说理之作往往用四言。苏辙用这种

---

① ［宋］苏辙著，陈宏天、高秀芳点校：《苏辙集》卷三四，中华书局，1990 年，第 600—601 页。

② ［宋］苏辙著，陈宏天、高秀芳点校：《苏辙集》卷二六，第 446 页。

格式，更方便表达为百姓求祈的无任恳切之情，是青词创作上的重要创新。

《栾城后集》卷十九所收青词十一篇，除了在京师期间的一篇，多为苏辙遭遇政治贬黜，在高安、龙川、许昌等地方任上，处境艰困、心灰意懒时所做。且这10多首青词，均非为百姓祈雨、祈晴，而是逢自己生日、年关、节庆，在家略陈薄供，忏悔自责，祈祷早日北归、家人团圆，及晚年能够筑室耕田、养生送死等。这些青词透露了苏辙晚年遭遇贬黜的真实心态和热切愿望，再加上苏辙深厚的文学表现能力，它们在艺术审美上已经与早期模式化的青词大相径庭，直与骈文成就相伴。

在叙述坎坷身世和父兄家人的悲惨遭遇上，苏辙在高安时期所作的青词其一曾云："终年三黜，遂涉江湖之险艰。手足之亲，播迁瘴海；父子之爱，留寓中原。"① 其二又云："重以兄轼平生悻直，仇怨满前，流窜海滨，日虞瘴疠，以至坟墓隔绝，父子分离，相望万里，患不相救。"② 其四云："以忠获罪，夫妇漂流。携家不前，男女离散。宿有疾疢，不甚康强。饱暖安闲，虽感恩于造物；拘縻窘逼，常兴叹于异乡。"③ 贬在龙川时的青词云："伏念臣始自甲戌得罪于朝，流窜南方，于今七载，再投岭表，亦又三年。瘴毒所侵，骨肉凋丧；衣食所迫，囊橐空虚；脾肺冷泄，药石不效；

---

① ［宋］苏辙著，陈宏天、高秀芳点校：《苏辙集·栾城后集》卷一九，第1088—1089 页。

② ［宋］苏辙著，陈宏天、高秀芳点校：《苏辙集·栾城后集》卷一九，第1089 页。

③ ［宋］苏辙著，陈宏天、高秀芳点校：《苏辙集·栾城后集》卷一九，第1090 页。

北归无日，老而益穷。常惧寄死南荒，永隔乡井。"① 苏辙谈及父
亲早丧、兄长远谪等境遇时的诗句感人肺腑，大概只有面对天帝
神灵的时候，才有如此激切泣血的表达。对于认识苏辙人生轨迹、
心路历程及文学风格，这部分青词都是重要的文献资料。

在这些青词中，苏辙除了自述坎坷遭遇，还有苛责与忏悔，
这些内容让我们看到一个宋代士大夫的深刻内省和自我批评精神。
如在京城期间创作的青词中，苏辙曾做过痛彻心扉的表白：

> 臣久以空疏预闻国政，上愧天地，下惭君父。常愿
> 蔑私以徇公，捐身以济物，而智有所不周，力有所不逮，
> 事不称心，十常三四。俯仰愧负，朝夕不忘。而复愚幼
> 之年，过咎未免。长而知悔，往不可追。②

这些当然是一种谦辞，所谓
"以空疏预闻国政""智有所不
周，力有所不逮""生于微陋，
性极冥顽""才短德薄""志弱
才短，学术空虚"等自谦表述，
是贬谪负罪期间，杜门自醒的本
义之一，但也从一个侧面体现了
苏辙在不同境遇当中的婉转心

---

① ［宋］苏辙著，陈宏天、高秀芳点校：《苏辙集·栾城后集》卷一九，第
1091 页。

② ［宋］苏辙著，陈宏天、高秀芳点校：《苏辙集·栾城后集》卷一九，第
1088 页。

曲。如苏辙归隐许昌后，兄苏轼已去世，在"归去来兮，世无斯人，谁与游"的莫大伤痛中，默坐参禅，存思修斋，青词也变得异常沉痛、落寞。《许昌》其三云：

> 伏念臣幼为诸生，力学虽早，闻道则迟。中岁从仕，忧患常多，安乐则少。晚年学道，用力虽笃，成功未期。所经生日，六十有七，来日无几，有志未从。一自谪居南服，首尾七岁；旋居颍川，又复五载。齿发衰变，气血消亡。回首功名，自分已矣。存心性命，犹幸得之，伏愿真圣哀矜，成就微志，苟获安身之福，敢忘及物之心。臣无任恳倒激切之至，谨词。①

这首青词开篇便总结自己的一生：幼年力学，中岁从仕，晚年学道，却几乎"一事无成"，可是"来日无几"。这已经不全是自谦之辞，苏辙所祈求的仅仅是"安身之福"。一位六十七岁的垂暮老人回顾一生时的无奈和哀伤，在这篇青词中都有深刻的体现。

苏辙对道家道教的养生服气和科仪实践，似比苏轼更为热衷。三十余岁时，苏辙曾以道士服气法治愈了脾肺之病，平时对《抱朴子》等道经也多有参研，晚年更沉湎于学道修斋之中。作为一个士大夫，苏辙在这种特殊的宗教实践中，创造了多篇道教辞赋和涉道作品，其宗教艺术成就卓然一家。从《苏辙集》来看，《服茯苓赋》《上清词》《御风词》三篇比较有代表性。《服茯苓赋》

---

① ［宋］苏辙著，陈宏天、高秀芳点校：《苏辙集·栾城后集》，第1093页。

《上清词》与苏轼互有赠答,而《御风辞：题郑州列子祠》是一篇比较特殊的涉道辞赋。

关于《服茯苓赋》在北宋的影响,苏辙《北使还论北边事札子五道：一论北朝所见于朝廷不便事》中有这样一段话：

> 及至帐前,馆伴王师儒谓臣辙："闻常服茯苓,欲乞其方。"盖臣辙尝作《服茯苓赋》,必此赋亦已到北界故也。臣等因此料本朝印本文字,多已流传在彼。①

苏辙出使北边时,知所作《服茯苓赋》传至北界。可见当时他本人和所作文章的影响是相当广泛的。茯苓属多孔菌科,多生于松属植物根上,味甘、淡,性平无毒,入心、脾、肺,肾四经,有渗湿利水、益脾胃保肾、安神生津等功效。古代医书以为,松脂流入地下而成茯苓,茯苓千岁则为琥珀。琥珀虽非金石,但药性胜出一般草木易朽之药。据此,苏辙求取之名山,去其脉络,取其精华,自制而服食之,且作赋文云：

> 春而荣,夏而茂。憔悴乎风霜之前,摧折乎冰雪之后。阅寒暑以同化,委粪壤而兼朽。兹固百草之微细,与众木之凡陋。虽复效骨革于刀几,尽性命于杵臼。解急难于俄顷,破奇邪于邂逅。然皆受命浅薄,与时变迁。朝菌无日,蟪蛄无年。苟自救之不暇,矧它人之足延。

---

① [宋] 苏辙著,陈宏天、高秀芳点校：《苏辙集·栾城后集》卷四二,第747 页。

乃欲撷根茎之么末，假臭味以登仙。是犹托疲牛于千里，
驾鸣鸠而升天。则亦辛勤于涧谷之底，槁死于峰崖之颠。
顾桑榆以窃叹，意神仙之不然者矣。若夫南涧之松拔地
千尺，皮厚犀兕，心坚铁石，须发不改，苍然独立。流
膏液于黄泉，乘阴阳而固结。象鸟兽之蹲伏，类龟鼋之
闭蛰。外黝黑以鳞皴，中洁白而纯密。上灌莽之不犯，
下蝼蚁之莫贼。经历千岁，化为琥珀。受雨露以弥坚，
与日月而终毕。故能安魂魄而定心志，却五味与谷粒。
追赤松于上古，以百岁为一息。颜如处子，绿发方目，
神止气定，浮游自得。然后乘天地之正，御六气之辨，
以游夫无穷，夫又何求而得食？①

　　赋的前半部分发挥《抱朴子》草木之药难以久长的观点，以
四六骈体的美文形式进一步申述，不仅道理明白，且偶对精巧，
印象深刻。如"乃欲撷根茎之么末，假臭味以登仙，是犹托疲牛
于千里，驾鸣鸠而升天"一句，用疲牛千里、鸣鸠升天这样的比
喻，生动而有几分幽默，读来令人失笑。赋的后半部分主要讲茯
苓乘阴阳而固结的生成过程，及象鸟兽、类龟鼋的行状和可以安
魂魄、定心志的药效。"何求而得食之"当是大部分读者的想法念
头。苏轼应此赋而作《赋胡麻赋》，对比看，苏轼对个体与永恒的
矛盾抱持更多理性的反思，而非苏辙在这里表现的"笃信"。
　　苏辙的《上清词》是应苏轼之邀而作，今存《栾城集》卷
一八：

------

　　①　［宋］苏辙著，陈宏天、高秀芳点校：《苏辙集》，第333页。

帝荡荡其无尊兮，居深高乎九阍。顾后土之茫昧兮，若世人之观天。云冥冥其无见兮，曰其下维神奸。山重深而海广兮，忧百鬼之伤人。属神媪以九土兮，畀海若以九川。时节降以督视兮，下斗魁之神君。

吁嗟君兮，吾不可得而讯也。庸使我待之人兮，其使我以为神也？朝求兮山颠，夕采兮涧涘。取荷华兮菱实，拾芳兰兮白芷。鹿伎伎兮来置，鱼揖揖兮趋饵。秋风高而稻熟兮，寒泉冽其清泚。为酒醴以跪酌兮，断白茅而为委。嗟天上其何食兮？畏人君之不吾以。进屏息以荐恪兮，退俯伛而仰俟。为善得福兮，畀恶以死。恐惧受赐兮，怠傲获罪。玉食有不享兮，曾潢污蕨薇之不弃。谓神君之不可知兮，何好恶之吾似。跨修龙之百寻兮，腾怒发而上指。从千骑之飘忽兮，拂长剑其天倚。殒星欻于太极兮，霍云散而风靡。还秘殿之清深兮，目流电其不可仰视。望威神而股栗兮，知其中之人耳。致吾有以荐诚兮，庶其可得而祀也。[①]

苏轼在嘉祐八年（1063）访盩厔县太平宫并做《上清词》，兄弟二人正值二十几岁的青年时期，刚刚博取功名。这两篇作品写得很认真，用典修辞、结构逻辑都很讲究，能看出作者未经世事磨砺的那种沛然之气。从苏辙描述的神君形象，我们能进一步确认北宋太宗一系的"保护神"——由黑煞神而来的翊圣保德真

---

① ［宋］苏辙著，陈宏天、高秀芳点校：《苏辙集》卷一八，第338—339页。

君——是《上清词》的主要描写对象。黑煞神又被天心正法道派利用，北宋末邓有功编辑的《上清天心正法》记录大量行符、持咒之法，有符箓咒诀数十种，其中的"正法三符"之一就是"黑煞符"。江少虞《宋朝事实类苑》卷四六"黑杀将军"条引杨亿《谈苑》中，对黑煞神和太平宫的建造也有一段描述：

神曰："我人形，怒目被发，骑龙按剑，前指一星。"如其言造之，六年宫成，封神为"翊圣将军"。每岁春秋遣中使祈醮，立碑记其事。[1]

苏辙所描述的"跨修龙之百寻兮，腾怒发而上指。从千骑之飘忽兮，拂长剑其天倚"正与杨亿《谈苑》所述接近。苏辙以楚辞体描述太平宫供奉的翊圣保德真君，拉近了人神距离，平添几分幽辟和神秘。

元祐二年（1087）苏辙已经被召回京，任朝奉郎中书舍人。十月，苏辙奉安神御于西京洛阳，初四那天，路过郑州列子观，赋《御风辞》一篇。列子名御寇，《庄子》曾提到列子，关于二人孰先孰后，列子是否实有其人及《列子》一书的真伪，学界有各种争论。综合来看，列子及《列子》不虚，列子当实有其人，书亦不伪。唐天宝初年，《列子》被尊为《冲虚真经》，列子为冲虚真人，此后不断受到道家道教及其他领域的各方面重视。《庄子》内篇《逍遥游》有一段著名的列子"御风而行"，文云：

---

① ［宋］江少虞：《宋朝事实类苑》，上海古籍出版社，1981 年，第 581—582 页。

夫列子御风而行，泠然善也，旬有五日而后反。彼
于致福者，未数数然也。此虽免乎行，犹有所待者也。
若夫乘天地之正，而御六气之辩，以游无穷者，彼且恶
乎待哉！故曰，至人无己，神人无功，圣人无名。①

"夫乘天地之正，而御六气之辩，以游无穷者"这句，在苏轼
其他诗文中时见引用或化用，可见其对这种真正的逍遥之境有充
分的体认。这篇《御风辞》正是为发挥《庄子》这段"御风而
行"而创作的。

《御风词》以客者和列子的问难辩论结构展开，开篇即发挥想
象，描绘客者所以为的列子御风的壮观场面："风起蓬蓬，朝发于
东海之上，夕散于西海之中。其徐泠然，其怒勃然。冲击隙穴，
震荡宇宙，披拂草木，奋厉江海，强者必折，弱者必从。俄而休
息，天地肃然，尘埃皆尽，欲执而视之不可得也，盖归于空。"②
可是曾经如此御风而行，今列子观中供奉的列子却"昼无以食，
夜无以寝，邻里忽之，弟子疑之，则亦郑东野之穷人也"。所谓
"御风而行""五日而返"，到底有何功成或意义呢？接下来，苏辙
以列子的口吻回答客者的设问，此即全文的主体内容，文云：

嘻！子独不见夫众人乎？贫者葺蒲以为屦，斫柳以
为屐，富者伐檀以为辐，蓁驷以为服，因物之自然，以
致千里。此与吾初无异也，而何谓不同乎？苟非其理，

---

① ［清］郭庆藩撰，王孝鱼点校：《庄子集释》，中华书局，1961 年，第 17
页。

② ［宋］苏辙著，陈宏天、高秀芳点校：《苏辙集》第一册，第 337 页。

屦屦足以折趾，车马足以毁体，万物皆不可御也，而何独风乎？昔吾处乎蓬莱之间，止如枯株，动如槁叶，居无所留而往无所从也。有风瑟然，拂吾庐而上。摄衣从之，一高一下，一西一东。前有飞鸢，后有游鸿。云行如川，奕奕溶溶。阴阳变化，颠倒横从。下视海岳，晃荡青红。盖杂陈于吾前者，不可胜穷也。[1]

列子不疾不徐地讲述昔日"御风而行"的有待和局限，认识到包括风在内的万物皆不可御。而今"黜聪明，遗心胸"，且"足不知所履，手不知所冯，澹乎与风为一"，做到了"故风不知有我，而吾不知有风也"，如此才臻于宠辱不惊、"风可得而御矣"的无待逍遥之境。列子还指出客者对"御风"理解的狭隘，虽蹈后土而倚嵩华，亦终将有时而穷尽。于是客起而叹："广矣！大矣！子之道也。吾未能充之矣，风未可乘，姑乘传而东乎？"苏辙融合自己对道家道教的深刻理解，重新塑造了列子的形象。如真有列子，苏辙或可谓列子的"隔代知音"。

苏辙还有一篇传奇作品，不见于《栾城集》，李剑国《宋代传奇集》据涵芬楼校本《夷坚支癸》卷七《苏文定梦游仙》校辑。这是一篇典型的道教传奇，现引录如下：

熙宁十年，予在南京幕府。四月一日，以卧病方愈，忽忽不乐，因起独步于庭。天清日高，乃命仆暴书。闲取《山海经》，隐几而读，不觉假寐。梦薄游一所，楼观

---

① ［宋］苏辙著，陈宏天、高秀芳点校：《苏辙集》卷一八，第 337 页。

巍然，金朱晶荧，丛以奇花香草，杂以丹霞紫烟。入其门，登其堂，门之榜曰"神府"，堂之榜曰"朝真"。自堂趋殿，殿名篆体难识。旋临一阁，阁名甚高，不可辨。左碧池，右雕栏，中有一亭，几案酒肴悉备。九人聚坐其间，所披鹤氅或紫或白，其冠或铁或鹿皮，或熊经鸟伸，或弹琴对奕，欢笑谈话，视予自若。予颇嫌其简傲，舍而出。俄闻招呼之声，回顾之，一青鬟也。谓曰："君何人而到此？奉灵君之命有请。"引诣庭中，一人云："邀至与坐。"予辞不获，辄厕其傍。其一苍髯白发者问曰："子尘中人耶？"曰："然。"曰："何以至此？"曰："信步而来。"其人笑曰："非信步也。岂非心有所祈，意有所感而然欤？"予曰："此为何所？"曰："金泉洞天也。"予曰："孔孟之道，心有所祈；颜冉之学，意有所感。若夫神仙之事，了未尝撄虑，而至于此者，真信步耳。"其人与之剧论儒老之同异，遂及长生。曰："金丹之术百数，其要在神水华池；玉女之术百数，其要在还精采气。驯致之久，则自能脱百骸，遗六腑，如蜩甲焉，蝉蜕焉。形貌有移，而神炁无改。若夫迷于炼石化金，惑于金篆玉检，以求长生者，非吾所谓道也。"予曰："世传白日飞升者何邪？"曰："其变靡常，其化无方，此又非所以语子也。"言毕，命酒同酌。有抵掌而歌者曰："红尘纷处兮人间世，白云深处兮神仙地。仙家春色兮亿万年，蟠桃香暖兮双鸾睡。北看瀛洲兮咫尺间，西顾方壶兮三百里。逍遥无为兮古洞天，洞天不老兮无人至。"酒酣，予求退。其人曰："盍不少留，以竟挥麈之乐乎？"

予曰："有生则不能无形，有形则不能无累。故物色之际，相仍而不停；忧患之来，有进而无已。"其人曰："子知有形而不知所以有形，知有累而不知所以有累，如影之随形，响之应声者，皆有以招之故也。"予谢曰："谨受教。"良久，为家人所惊，遂寤。乃作《梦仙记》。①

以入梦、梦幻和梦悟为叙述框架的梦传奇在唐代已经有一些很成功的作品，如《枕中记》《南柯太守传》等。苏辙这篇《梦游仙》以第一人称为叙事视角，更显亲切自然，也更加真实。苏辙在南京任上晒书时，随手拿起一册《山海经》阅读，后昏昏然入梦。这段有具体时间、地点和情由的描写，有相当多的写实成分。熙宁十年（1077），苏辙改任著作佐郎，随南京留守张方平任职，为签书应天府（南京）判官。《梦游仙》所谓"予在南京幕府"，即在南京留守张方平处任职。我们查《苏颍滨年表》，熙宁九年（1076）二月，李肃之提举南京鸿庆宫，苏辙"以病自请"，有《和李常赴历下道中杂咏》十二首；九月又作《次韵李常九日见约以疾不赴》诗②。可见，熙宁九年，苏辙曾患病数月，这也正吻合《梦游仙》开篇所谓"四月一日，以卧病方愈，忽忽不乐"的表述。另外与《枕中记》卢生、《南郭太守传》淳于梦感梦荣华富贵而转瞬即空的内容和主题不同，苏辙所梦是与仙人论道。实际上，通过与仙人论道，苏辙间接表达了自己对仙道方术的理解和对所谓长生久视的态度。显然，这种理解和态度体现了北宋士大夫对

① 李剑国辑校：《宋代传奇集》，中华书局，2001年，第195页。
② ［宋］苏辙著，陈宏天、高秀芳点校：《苏辙集》附录，第1380页。

生命的理性和达观。虽然这是一篇以论道为主要内容的梦游仙，但其人物对话、对仙道风骨的描写和对环境的渲染足以证明仍旧是一篇富有趣味和深意的宋人传奇。

综观苏辙的道场文书、道教辞赋和道教传奇的写作，虽题材与苏轼多有雷同，且有多篇应答之作，但我们还是能看出二人不同的修道态度和笃信程度。二人的文学风格也同样在他们的宗教性创作中有所体现，苏辙平易自然、条达流畅，而苏轼洒脱恢宏、睿智幽默。

第四章　北宋后期的道教文学
（1101—1126）

徽宗时期，徽宗个人对道教的盲目崇信和一系列崇道政策，虽然客观上加速了北宋王朝的覆亡，但对道教发展和道教文学创作来说，又具有明显的刺激作用。徽宗朝出现了一些新的道派和随之兴起的道教文学文本，而徽宗本人就参与创作了不少用于道教科仪的诗作。《政和万寿道藏》《道史》等大型道教文献的编纂，也为道教文学的繁荣提供了丰富的土壤。围绕徽宗，除了林灵素等人，当时还有很多山野道士、民间异人受到尊崇，他们当中不乏一些修养极高的一代高道。后世尊称的龙虎山第三十代天师张继先就在徽宗朝多次受到征召，但其节操品行绝非林灵素之辈可比。张继先一生洁身自好，清静无为，创作了大量艺术水平相当高的道教诗词，在道教文学的多个方面做出过杰出贡献。这些成就离不开徽宗崇道的时代背景，在道教文学发展史上具有阶段性特征。

第一节　徽宗崇道及其道教文学创作

徽宗赵佶（1082—1135），宋神宗第十一子、宋哲宗之弟，号宣和主人，宋朝第八位皇帝，同时也是位当之无愧的书画艺术家。徽宗"诸事皆能，独不能为君耳"，在位的二十几年中，玩物丧志，纵欲败度，对道教尤为尊崇，形成北宋历史上第二个崇道高峰。徽宗崇道与真宗有明显区别。总体来看，真宗君臣大肆导演天符下降、天尊下降等事件，继而东封西祀，对道教始终是一种政治功利性的主导态势，而徽宗在王老志、徐知常、林灵素等道士的蛊惑和引诱下，逐渐成为一个虔诚的道教信徒，最终不是徽宗利用道教，而是道教"绑架"了徽宗。徽宗朝的官方崇道，除了与前朝一样兴修道观、扩大道教势力，还从深层的社会文化角度将道教强化为国教信仰。徽宗是一个理性不足而感性有余的艺术家，似乎更容易被欺骗，他对道教的崇信是相当虔诚的，如前述，这种虔诚主要源自林灵素等道士的影响。陆游《家世旧闻》卷下记载：

> 或择日施符水，为人治病。车驾间幸其所居，设次临观，则阴募京师无赖数十人，曲背为伛，扶杖为盲，嗫口为喑，曳足为跛。既噀水投符，则伛者伸背，盲者舍杖，喑者大呼，跛者疾走，或拜或泣，各言得疾二十年或三十年，一旦都除，欢声动地，上为大悦。①

《家世旧闻》对徽宗朝史事有较可靠的补充价值②，这条记载有一定真实性，林灵素符水治病不过施展了一点小把戏就让徽宗心悦诚服。另外，当时有些不可理解的自然现象也加重了徽宗对

---

① ［宋］陆游撰，孔凡礼点校：《家世旧闻》，中华书局，1993 年，第 218 页。

② 吴珊珊《〈家世旧闻〉研究》对此书历史文献价值有所探讨，华东师范大学 2007 年硕士论文。

神仙的崇信程度。政和三年（1113）十一月，徽宗参加南郊祭礼时，见玉津园东面似有楼台重复，随后，蔡京长子蔡攸奏曰"见云间楼殿台阁，隐隐数重，既而审视，皆去地数十丈"①，除了《皇朝编年纲目备要》，此事还见载于《宋会要辑稿》《宣和遗事》《清波杂志》《宋史》等宋元文献中，其中《宋会要辑稿》之"礼二八"尚存徽宗《御制天尊降临示现记》，此又详细描述了当时的场面，《清波杂志》卷十一所记也有文学化的想象铺陈，二者文字相类，或出于《示现记》，现引如下：

> 十一月五日，陛下御玉辂，自太庙出南薰门，至玉津园。伏蒙宣谕臣曰："玉津园东楼殿重复，是何处？"臣奏以城外无楼殿，恐是斋宫。陛下曰："此去斋宫尚远，可回顾。"见云间楼台殿阁，隐隐数重。既而审视，其楼殿去地数十丈，即知非斋宫。俄顷，陛下又谓臣曰："见人物否？"臣即见有道流、童子，持幢幡节盖，相继而出云间。人渐众，约千余人，皆长丈余，有辂车舆辇，多青色，驾者不类马，状若龙虎。及辇后有执大枝花数十相继，云间日色穿透，所见分明，衣服眉目，历历可识。人皆戴冠，或有类今道士冠而稍大者，或若童子状，皆衣青、紫、黄、绿、红，或淡黄、杏黄、浅碧，望之，衣上或有绘绣，或秉简，或持羽扇，前后仪卫益众，约数千许人。回旋于东方稍南，人物异常，旌旗飞翻飘转，

---

① ［宋］陈均：《皇朝编年纲目备要》卷二八《徽宗皇帝》，中华书局，2006年，第709页。

所持幢节高数丈，非人世所睹。移刻，或见或隐，又顷
乃隐不见。①

从这个记载判断，徽宗当时所见即海市蜃楼②，但彼时无法理
解光的反射与大气折射原理，主观上有"神道设教"的需求，客
观上加深了对神仙信仰的崇信程度。徽宗崇道期间，无数道徒、
方士从中渔利，但这也客观上促进了宫观的修缮、"道藏"的编
修、经典阐释与道教艺术、医学等在徽宗朝的长足发展，其中道
教文学也取得重要成就。

一、主持《万寿道藏》与《道史》的编修

徽宗在位二十几年，宠道士，兴宫观，铸九鼎，设道学，政
和七年（1117）又自封"教主道君皇帝"，差不多是前无古人后无
来者的一位疯狂崇道的皇帝，再加上徽宗自身的文化素养，他对
注释道经、创作道乐，主持科仪编纂、刊刻《道藏》等用力颇深。
徽宗朝崇道的一个标志性事件就是《政和万寿道藏》的编修和刊
刻。关于徽宗朝搜访道经、刊刻《万寿道藏》的经过与诸多细节，
吉冈义丰《道藏编纂史》、陈国符《道藏源流考》等论著有详论，
需要说明的是，徽宗朝大规模造构搜访道经、编修《道藏》的举
措对于道教文学创作和道经文献的保存都起到了积极作用。

明《道藏》洞真部本文类"天"字号第一部道经《灵宝无量

---

① ［宋］周辉撰，刘永翔校注：《清波杂志》，中华书局，1994 年，第 461
页。

② 刘永翔《清波杂志校注》在按语中也认为"徽宗君臣所见，海市蜃楼
耳"，见《清波杂志校注》卷十一，中华书局，1994 年，第 463 页。

度人上品妙经》就是徽宗时以神霄琼室秘藏的名义从一卷本《度人上品妙经》增衍为 61 卷的道经巨帙。当时以神霄府秘藏名义编造的道经可能达数千卷，徽宗本人也参与了《御注道德经》《南华真经逍遥游真义指归》等道经的注释和步虚词、青词、仪式文学的撰写①。另外，徽宗朝还曾编写道教历史，据《宋史》卷二一《徽宗本纪》载，重和元年（1118）九月，"丁酉，用蔡京言，集古今道教事为纪志，赐名《道史》"②。对此，《混元圣迹》卷九有更为详细的记载：

宣和元年（1119）六月九日，诏：庄周封微妙元通真君，列御寇封致虚观妙真君，仍行册命。八月，编修《道史》官言：编修《道史》所止年代，诏自龙汉，止五代为《道史》，本朝为《道典》。

宣和三年（1121）十一月三日，诏：提举道录院，见修《道史》非可以常史论。自《史记》《汉书》以来，体制有可采，当以为例，则史表一门不须徒设。道纪断自天地始分，以三清为首，三皇而下帝王之得道者，以世次先后列于《纪》，为天地、宫府、品秩、舆服、符篆、仪范、禁律、修炼、丹石、灵文、宝书等十二《志》。男真自风后、力牧而下，女真自九灵元君而下，及凡臣庶之得道者，各以世次先后为《传》。③

---

① 参阅任继愈主编《中国道教史》第十二章《宋朝与道教》，上海人民出版社，1990 年，第 486 页。

② ［元］脱脱等撰：《宋史》卷二一，第 401 页。

③ 《道藏》第 17 册，第 883 页。

这两段记载中的时间等细节与《宋史》《续资治通鉴》等史书略有出入，如"以世次先后列于《纪》，为天地、宫府、品秩、舆服、符箓、仪范、禁律、修炼、丹石、灵文、宝书等十二《志》"句，《续资治通鉴》卷九四《宋纪》"徽宗宣和三年"就作"以世次先后列于纪、志，为十二篇，传分十类"[①]，《混元圣迹》所谓"十二《志》"，从"天地"以下至"宝书"仅 11 类，并不足 12 之数，有把"天地"分为"天""地"两类以凑足 12，但并不符合实情，从《续资治通鉴》所载来看，实则"纪""志"一共十二篇，传分十类，这个说法显然更为可信。但抛开这些细节上的出入，我们可以判断 1118 年（重和元年）或 1119 年（宣和元年）前后徽宗开始编修《道史》，但体例出现争议，最后有无成书，没有明确的记载。元代赵道一《历世真仙体道通鉴序》所云"宣和间，考古校今，述所得仙者五万人，谓之《仙史》"[②]，此《仙史》或即《道史》的别称，但无论如何未见后世著录和流传，想必随着"靖康之难"的来临，此书终未成秩。

二、道乐整理与《三清乐》歌词的创作

徽宗不仅擅长书画，音乐造诣也极高，在演奏、改制、收藏乐器等方面，堪称行内高手，曾亲自主持修订了新朝礼乐《大晟乐》。崇宁元年（1102），一改"建中靖国"调和党争的政治趋势，崇尚熙宁变法，打击元祐党人。这一年徽宗曾召集大臣议政，讨

---

① ［清］毕沅：《续资治通鉴》卷九四，中华书局，1957 年，第 2435 页。
② 《道藏》第 5 册，第 99 页。

论乐制改革问题，而宫廷雅乐改制背后往往是新旧政治力量的角逐①。崇宁四年（1105），徽宗决定在宫廷增设大晟府，设司乐 1 人、典乐 2 人、大乐令 1 人、协律郎 4 人。大晟府的成立推进了宫廷雅乐、燕乐的发展，也对词乐产生了深远影响，不少善于填词、精通乐理的词人出现，周邦彦（1057—1121）就是当时兼采众长的集大成者。

　　徽宗在宫廷雅乐上推出《大晟乐》，就道教科仪音乐也曾召集天下道门集中修习，整理道教科仪音乐并有所创新。《宋通鉴长编纪事本末》卷一二七载："（大观）二年三月庚申，诏以《金箓灵宝道场仪范》四百二十六部，降天下有道观处，令守令选道士依按奉行。"② 又载："（政和四年）三月辛卯，诏诸路监司，每路通选宫观道士十人，遣发上京，赴左右街道录院，讲习科教声赞规仪，候习熟遣还本处。"③ 大观二年至政和四年前后五六年间，徽宗颁赐《金箓灵宝道场仪范》，选道士赴京修习，对道教科仪和仪式音乐的发展无疑具有重大的推动作用。此《金箓灵宝道场仪范》纂辑重订了历代金箓斋科仪，明《道藏》洞玄部威仪类所存的《金箓大斋宿启仪》《金箓大斋启盟仪》《金箓大斋补职说戒仪》《金箓斋三朝仪》《金箓斋解坛仪》等，有的虽署名杜光庭编，但有明显的后世修订、改编的痕迹，这些或即出自徽宗下旨修订颁行的《金箓灵宝道场仪范》。《道藏》洞玄部威仪类所藏张商英编一卷本《金箓斋科仪序》就能透露这方面的信息，现摘引如下：

---

　　① 参阅管艺的硕士论文《宋乐六改中的音乐话语与政治博弈》，华中师范大学，2017 年 5 月。

　　② 清嘉庆《宛委别藏》本。

　　③ 清嘉庆《宛委别藏》本。

臣商英奉御笔曰：卿文章政事之外，深究道妙，博穷秘典，蕊笈琅函，靡不通贯。矧金箓科教，信为余事。向委一二道士，将道场仪矩稽考藏典校正，近成书帙来上，尝付道官定夺。今据签出，异同甚多。并降付卿，可机政余暇看详，指定可否，如有讨论未备，文义乖讹，并未尽事件，并行贴改，删润进入。……旧仪先后颠倒，繁简不伦。今斟酌九条，差次圣位，删削名号，补完教意。一曰，请师非师，则谁主法会。二曰，补职非职，则谁行科法。三曰……①

可见，徽宗先行令一二道士整理金箓斋科仪文献，但"异同甚多"，又令张商英"余暇看详，指定可否"，"并行贴改，删润进入"。从题名来看，上引《金箓大斋补职说戒仪》中的"补职"一词，恰与张商英《金箓斋科仪序》所谓"删削名号，补完教意"中的第二条"补职非职，则谁行科法"相同，可见明《道藏》所存的部分金箓斋科仪文本，尚保留这种删润和贴改的痕迹。

徽宗不仅令道士、儒臣整理编修金箓斋科仪，自己也从事唱赞文本的创作，今存《金箓斋三洞赞咏仪》（《道藏》洞真部赞颂类）卷下即收录了徽宗御制的《玉清乐》十首、《上清乐》十首、《太清乐》十首、《步虚词》十首、《散花词》十首、《白鹤词》十首，这60首作品，古雅庄重，并配以道乐，在道教文学史和音乐学史上都是重要的参考文献。徽宗这60首道乐歌词，还见于《玉音法事》卷下，署作"宋道君皇帝圣制道词"。《玉音法事》没有

---

① 《道藏》第9册，第133—134页。

任何序跋文字，当成书于徽宗朝，在后世科仪中成为唱颂步虚的道乐经典。南宋景灵宫祭祀，道士举唱《玉音法事》为一重要仪节，吴自牧《梦粱录》卷一《车驾诣景灵宫孟飨》云：

> 十六夜收灯毕，十七早五更二点禁中催班，从驾官僚入殿起居讫，出殿门外，俱立马于学士院，恭候驾兴……崇禋馆道士二十四员在殿墀下叙立，举《玉音法事》。上登殿行礼。①

徽宗创作的三十首《玉清乐》《上清乐》《太清乐》当为道乐《三清乐》的歌词。从现存文献来看，《三清乐》在唐朝即已创制，唐人王泾撰《大唐郊祀录》卷九《飨礼》载："入破第一首：'真宗开妙理，玄教统清虚。化演无为日，言昭有象初。瑶坛肃灵瑞，金阙映仙居，一奏三清乐，长回八景舆。'"② 这组歌词，《乐府诗集》卷十一《郊庙歌辞》《全唐诗》卷十四均有收录，题作《太清宫乐章》，其中《乐府诗集》云：

> 《唐书·礼仪志》曰："玄宗开元二十年正月，诏两京诸州置玄元庙。天宝二年三月，以西京玄元庙为太清宫。其乐章：降仙圣奏《煌煌》，登歌发炉奏《冲和》，上香毕奏《紫极舞》，撤醮奏登歌，送仙圣奏《真和》。"

---

① ［宋］吴自牧撰，黄纯艳整理：《梦粱录》，《全宋笔记》第 96 册，大象出版社，2019 年，第 211 页。
② 民国《适园丛书》刊旧钞本。

《会要》曰："太清宫荐献圣祖玄元皇帝奏《混成紫极之舞》。"①

《煌煌》《冲和》《真和》等均为具有大曲性质的道教音乐，诗句"一奏三清乐，长回八景舆"中所谓的"三清乐"或一总称，亦或实有其名的套曲。署名杜光庭但有后世增修的《道门科范大全集》卷十一《灵宝太一祈雨仪》记载，在宣读青词、疏文、献酒等仪节前，举《玉清乐》《上清乐》《太清乐》；据《金箓斋三洞赞咏仪》，宋初太宗有《太清乐》歌词二十首，真宗有《玉清乐》十首、《太清乐》十首，但到徽宗这里，《玉清乐》《上清乐》《太清乐》各十首，可见至徽宗时期，道乐得到系统完善，道乐歌词也保存得相对完整。这三十首歌词去掉衬词"玉清乐""上清乐""太清乐"，均为七言，在道教音乐文献上具有重要意义，从道教文学角度，也富有宗教文学的艺术魅力，现据《金箓斋三洞赞咏仪》引录如下：

《玉清乐》十首：

其一：地居天上接空居，万象森罗遍八区。功用不知谁主宰，绛霞丹雾网清都。

其二：碧落空歌黍米珠，十方勃勃入无余。闻经庆喜难言说，九色龙腾八景舆。

其三：羽童呼吸辟非烟，烟气徘徊绿室前。造化不从身外得，自根自本即三天。

---

① ［宋］郭茂倩编：《乐府诗集》卷一一，中华书局，1979 年，第 156 页。

其四：帝景相将会玉洲，明真层观紫云浮。掣开三八黄金锁，无极虚皇在上头。

其五：白玉飞符下紫庭，华旛三举召群灵。攀条咀嚼空青蕊，五体金光射日星。

其六：远昌台下海扬波，得道高真始得过。下格小仙追莫及，邕邕遥听八鸾和。

其七：五色云营暧暧屯，三三洞户敞琼门。何方道士通朱表，玉女飞函达上尊。

其八：上景三元妙色精，绛宫久已列仙名。更从太混存雌一①，缥缈云车驾羽明。

其九：真阳馆里气徘徊，升降三宫密往来。生死不忓浮世事，相将五老上金台。

其十：三华太素自然生，空里芙蓉灼灼明。绛室金房虚宝座，太微童子下相迎。②

《上清乐》十首：

其一：紫清天上育华林，绛实朱柯竹叶深③。咀嚼繁英身不老，下观乌兔换光阴。

其二：元君八炁号青灵，锦帔飞裙住玉城④。把握帝

---

① "太"原作"大"，据《玉音法事》卷下改，其十句"太微童子下相迎"同此。

② 《道藏》第5册，第769—770页。

③ "竹叶"，《玉音法事》卷下作"绿叶"，《道藏》第11册，第137页。

④ "飞裙"，《玉音法事》卷下作"绯裙"，《道藏》第11册，第137页。

符司道籍，拔除尘累济群生。

其三：高上皇人宴紫霄，撷芳常引八骞条。肌肤表里琉璃彻，映照三涂万苦消。

其四：九日宫中四老真，广霞山上宴仙宾。鸣钟鼓瑟行灵醮，碧落融融别有春。

其五：浮绝山连白玉京，金华楼共日华明。五真结就圆珠炁，骨似丹琼貌似婴。

其六：秀华峰下五灵都，元景神君握化枢。真火有功能造物，销镕五毒出阴途。

其七：赫赫瞳瞳日九轮，六渊宫殿紫元君。霞冠锦帔端居暇，披拂祥烟著赤文。

其八：佳炁青葱覆紫空，青精羽驾命元童。逆风浩荡三千里，七返香烟处处通。

其九：流洄池中大宝莲，开花十丈映池泉。噢香饮水无饥渴，绰约金华叶上仙。

其十：万仞霞山峙玉虚，四司冠剑护灵都。众真稽首持天禁①，腰佩仙皇逸录符。②

《太清乐》十首：

其一：太一元君掌列仙，形晖绛彩射芝田。功圆会

---

① "天禁"，《玉音法事》卷下作"天乐"，《道藏》第 11 册，第 138 页。
② 《道藏》第 5 册，第 770 页。

遇刊名籍，可但洪崖笑拍肩①。

其二：五节清香半夜焚，天人玉女尽遥闻。味同炁合遥相应，绛节霓旌下五云。

其三：太极元君翠翮车，万魔奔走听神符。九龙纵步齐骧首，时见空中吐火珠。

其四：蕊珠宫里七言成，十一神君一一名。云拥苍虬归火府，风随素虎出沧瀛。

其五：金阙明光后圣君，流津焕彩结丹云。不因太上相传授，安得人间有玉文。

其六：元景岩峦耸太空，彭彭仙室在霞中。九灵变化俄离合，羽驾飘飘不可穷。

其七：东井中涵皓月精，群龙奋搦运金晃。仙人灌沐知何代，唯见玻璃透骨明。

其八：渺渺三津绕帝川，川连红雾雾连天。玉灵仙母时游息，侍卫森罗日月輧。

其九：九灵玉馆接昆仑，山隔流刚不可亲。嘱付紫兰令说与，红尘何苦弊精神。

其十：左右灵飞运甲庚，琳房八景炼华精。常阳宴罢归何处，掷火流金事克成。②

这三十首七言诗针对道教三清神吟咏赞唱，且大量用典，充分体现了宗教仪式歌词的古奥神秘、庄重典雅。有些典故很少见

---

① "拍肩"原作"柏肩"，据《玉音法事》卷下改，《道藏》第 11 册，第 138 页。

② 《道藏》第 5 册，第 770—771 页。

于文人诗词，非谙熟道经者不能晓，如《玉清乐》第二首"碧落空歌黍米珠，十方勃勃入无余"中的"黍米珠"出自《灵宝无量度人上品妙经》卷一：

> 于是元始悬一宝珠，大如黍米，在空玄之中，去地五丈。元始登引，天真大神，上圣高尊，妙行真人，十方无极至真大神，无鞅数众，俱入宝珠之中。天人仰看，唯见勃勃从珠口中入。①

手持黍米珠也是元始天尊神像的重要标志之一，徽宗诗作即化于此。在实际坛场中，这三十首歌诗是结合道乐、步虚或禹步的带有表演性质的唱词，旨在赞咏仙界的美好、仙人的永恒，悲叹人世短促，劝讽世人修仙求道，其宗教情感远胜于个体情感，沟通人神、营造坛场氛围的仪式功能超越了审美功能。

从世俗文学的审美角度来看，这三十首作品泛善可陈，但作为宗教文学，有宗教实践和切身体验的艺术价值，是一套意义完整、安排有序的整体的宗教性组诗。

三、鹤降祥瑞诗与《白鹤辞》

《列仙传》中的王子乔在七月七日乘白鹤飞至缑氏山顶，望之不得，自此仙去。《搜神后记》又载丁令威学道灵虚山，后化鹤归辽，集于城门华表柱上，有少年举弓射之，鹤乃飞去，徘徊空中，留下一首诗，云："有鸟有鸟丁令威，去家千年今始归。城郭如故

---

① 《道藏》第1册，第2页。

人民非，何不学仙冢垒垒。"这已成为后世文学反复习用的仙道典故。白鹤以其高洁曼妙的身姿、清唳响亮的鸣叫声，成为得道者或长寿成仙的祥瑞象征，后世逐渐被人格化、神格化，而在仙道信仰中，始终是重要的宗教符号，《灵宝无量度人上品妙经》卷一云：

　　道言：行道之日，皆当香汤沐浴，斋戒入室，东向，叩齿三十二通，上闻三十二天，心拜三十二过。闭目，静思身坐青黄白三色云炁之中，内外蓊冥，有青龙、白虎、朱雀、玄武、狮子、白鹤，罗列左右，日月照明，洞焕室内，项生圆象，光映十方，如此分明。①

　　在斋戒存思的过程中，冥想罗列左右的珍禽异兽，除了四灵青龙、白虎、朱雀、玄鸟和狮子，还有白鹤。修斋设醮、讲经唱颂时出现白鹤，更是被看做道法灵验的吉兆。文人文学中，白鹤也是重要的意象之一②，白鹤高洁的形象被赞美，而道教文学中白鹤祥瑞贞吉的意涵得到凸显。徽宗崇道多礼，频繁邀请宫内外道士修斋设醮，讲经作法，自己也参与其中，鹤鸣翔集的"祥瑞"曾多次出现，每次出现，君臣唱和赠答，创作了不少白鹤降瑞的诗篇。

　　《宋史》卷一二九《乐志》记载崇宁四年（1105）九月，"以鼎乐成，帝御大庆殿受贺，是日，初用新乐，太尉率百僚奉觞称

---

① 《道藏》第1册，第3页。
② 参阅董艾冰的硕士论文《唐诗中的鹤意象研究》，暨南大学，2016年。

寿，有数鹤从东北来，飞度黄庭，回翔鸣唳"①。政和二年（1112）年又有群鹤飞鸣，集于端门之上，徽宗绘制《瑞鹤图》并作诗以纪其实。这是最著名的一次鹤降"祥瑞"，绢本设色的《瑞鹤图》曾在"靖康之乱"中散落民间，600 多年后竟奇迹般现身，入藏于清内府，此后倍受清帝珍赏，乾隆、嘉庆、宣统都曾钤印，并著录于《石渠宝笈续编》。1945 年 8 月，日本投降后，溥仪携带数箱珍贵书画及珠宝玉器欲乘机逃往日本，途经沈阳时为人民解放军及苏军截获，这批文物随即被护送到东北银行保管，其中就包括徽宗的《瑞鹤图》。建国后，劫后余生的《瑞鹤图》入藏东北博物馆，现作为一级文物藏于辽宁省博物馆。《瑞鹤图》后，徽宗附有题诗小序和题画诗七律一首，以典型的瘦金体写就：

> 政和壬辰上元之次夕，忽有祥云拂郁，低映端门，众皆仰而视之。俄有群鹤飞鸣于空中，仍有二鹤对止于鸱尾之端，颇甚闲适，余皆翱翔，如应奏节。往来都民无不稽首，瞻望叹异久之，经时不散。逦迤归飞西北隅散。感兹祥瑞，故作诗以纪其实：

① ［元］脱脱：《宋史》卷一二九，第 3001 页。

清晓觚棱拂彩霓，仙禽告瑞忽来仪。

飘飘元是三山侣，两两还呈千岁姿。

似拟碧鸾栖宝阁，岂同赤雁集天池。

徘徊嘹唳当丹阙，故使憧憧庶俗知。①

　　两宋是诗歌与绘画渗透融合的繁荣时期，题画诗是体现"语图"关系发展的重要载体。近年宋代题画诗研究主要集中于山水题画诗和苏轼、黄庭坚等少数大家，而对于徽宗这种道教题材的题画诗涉及还比较少。实际上宋人孙绍远《声画集》卷二就有"神仙""仙女"两类②，但这方面的讨论尚不多见。徽宗这首神仙题材的自题诗，与绘画和书法交相辉映，组成一个有机的艺术整体。"瘦金体"运笔灵动快捷，笔迹瘦劲，风姿绰约，与晋唐楷书大异其趣，而这种字体正与白鹤曼妙的身姿、清亮的鸣啸、飘举的飞行姿态相配，可以说这不仅仅是一首题画诗，也是书法、绘画、诗歌完美结合的旷世之作。从绘画角度来看，《瑞鹤图》描绘了鹤群盘旋于宫殿之上的壮观景象，构图精巧，突破常规的花鸟绘画技法，画面仅有20只白鹤和云雾缭绕的殿宇屋檐，高洁隽雅中又透着几分神秘，一派皇家气象。徽宗这首七律也是匠心之作，不仅与画相配，还一定程度上弥补了绘画未能传达的丰富意蕴。首先，画面中殿宇楼阁上缭绕的云雾，从诗作来看，"清晓觚棱拂彩霓"，天刚亮时候，殿宇上就已经"彩霓"拂过，而题画诗小序云"政和壬辰上元之次夕，忽有祥云拂郁，低映端门"，到晚

---

① 《全宋诗》卷一四九五，第17069页。
② 影印文渊阁《四库全书》本。

上白鹤来集，即"清晓"已经出现异征，并非晚上突然飞临端门。白鹤为候鸟，12 世纪开封的正月（上元）气温仍较低，此时有群鹤突然出现，在情理上似有不通之处，我们有理由怀疑，这个祥瑞或是近臣讨好徽宗的人为之举。不论怎样，这首题画诗还是进一步丰富了绘画主题，"似拟碧鸾栖宝阁，岂同赤雁集天池"，把赤雁与白鹤相对比，白鹤自不会像赤雁一样栖息于天池，而是似拟"栖宝阁"，"白鹤"在崇道氛围浓厚的徽宗朝，被提高到极高的位置。

除徽宗羽鹤降瑞诗，还有王明清《挥麈后录余话》留存的一首《上清宝箓宫立冬日讲经之次有羽鹤数千飞翔空际公卿士庶众目仰瞻卿时预荣观作诗纪实来上因俯同其韵赐太师以下》：

> 上清讲席郁萧台，俄有青田万侣来。蔽翳晴空疑雪舞，低回转影类云开。
> 翻翰清唳遥相续，应瑞移时尚不回。归美一章歌盛事，喜今重见谪仙才。①

这次羽鹤飞临的现象是在上清宫讲经时出现的，"俄有青田万侣来"用"青田鹤"典。据《庾子山集注》卷四《代人伤往二首》"青田松上一黄鹤"的注解，郑缉之《永嘉记》曰："有沐溪野去青田九里。有双白鹤，年年生子，长大便去，只恒余父母一只耳。精白可爱，多云神仙所养。"浮丘公《相鹤经》云有"青田

---

① 《全宋诗》卷一四九五，第 17073 页。

之鹤"①。"青田鹤"这一典故常见于诗词，如杜甫《秋日夔府咏
怀奉寄郑监李宾客一百韵》谓"马来皆汗血，鹤唳必青田"等。
这里的"青田万侣"显系文学夸张，形容群鹤之众。颔联"蔽翳
晴空疑雪舞，低徊转影类云开"，对仗工整，用比喻手法形容漫天
飞舞的羽鹤就像雪花和白云一样，颈联"翻翰清唳遥相续，应瑞
移时尚不回"进一步渲染群鹤在空中翻飞鸣叫、移时不去的奇观。
这首诗出色地兼顾了宗教与文学的双重特质，是徽宗渲染信仰氛
围、强化信仰程度的一次宗教文学实践。

在道教仪轨中，徽宗还有道乐《白鹤赞》，又称《白鹤词》，
是以吟咏白鹤为主题的唱赞。从现存道经文献来看，《金箓斋三洞
赞咏仪》卷上宋太宗作《白鹤赞》十首，卷中真宗又作十首，已
见本著前论，而卷下又录徽宗《白鹤词》十首，这是最为集中的
三十首白鹤赞歌词，后世科仪文本多有摘引，但新创不多。徽宗
这十首《白鹤词》写得相当生动，现据《金箓斋三洞赞咏仪》本
抄录如下：

其一：胎化灵禽唳九天，雪毛丹顶两相鲜。世人莫
认归华表，来端升平亿万年。

其二：瑶台风静夜初分，仰喙惊鸣露气新。太液徘
徊归未得，曾于往劫作麒麟。

其三：灵鹤翩翩下太清，玉楼金殿晓风轻。昂昂不
与鸡为侣，时作冲天物外声。

———

① ［北周］庾信撰，［清］倪璠注，许逸民校点：《庾子山集注》卷四，中
华书局，1980 年，第 385 页。

其四：三山碧海路非遥，来瑞清都下紫霄。霜雪羽毛冰玉性，瑶池深处啄灵苗。

其五：金火纯精见羽仪，长随王母宴瑶池。玉坛夜醮神仙降，飞过缑山人不知。

其六：五云宫殿步虚长，斗转旋霄夜未央。白鹤飞来通吉信，清音齐逐返魂香①。

其七：一声嘹唳九皋禽，换骨轻清岁月深。辽海等闲人不识，大罗天上有知音。

其八：白毛鲜洁映霜华，丹顶分明夺绛纱。千六百年神炁就，飞鸣长伴玉仙家。

其九：蓬莱会散列仙归，羽驾飘然白鹤飞。明代为祥人惯见，何须乐府咏金衣。

其十：玉宇沉沉瑞雾开，香风未断鹤徘徊。奇姿会与青田别②，定是仙人次第来。③

相比太宗《白鹤赞》每句以"白鹤"开头的类似民歌的形式，徽宗这一组诗反复用典，古雅深致，颇能体现徽宗的文学造诣。因徽宗朝多次出现鹤降祥瑞事件，这十首诗围绕丁令威化鹤而辽海人不识的典故，反复赞咏白鹤往劫为麒麟，瑶池啄苗，为仙侣座驾，昂然不与鸡为伍而与仙界相通的非凡品质。白鹤作为一个宗教文学意象，通过徽宗的生花妙笔，在道教文学史上留下重要印记。

---

① "返魂"，《玉音法事》作"返风"，《道藏》第 11 册，第 138 页。
② "会与"，《玉音法事》作"迥与"，《道藏》第 11 册，第 138 页。
③ 《道藏》第 5 册，第 772 页。

四、徽宗其他道乐歌词的创作

《金箓斋三洞赞咏仪》卷下还录了徽宗的《散花词》十首、《步虚词》十首，这二十首诗作亦见《玉音法事》卷下"宋道君圣制道词"。《步虚词》仅第五首"绿鬓颓云髻"，《玉音法事》本作"绿鬓巍丹帻"，其他几无异文。从内容来看，《步虚词》当属徽宗创作无疑，第八、九、十首尾句均为祈祷四海承平、国祚安荣、多稼丰收等，当为皇家道场的特定程序。《步虚词》第六首作："昔在延恩殿，中宵降九皇。六真分左右，黄雾绕轩廊。广内尊神御，仙兵护道场。孝孙今继志，咫尺对灵光。"①"延恩殿"中宵"降九皇"即指大中祥符五年（1012）圣祖降于延恩殿事，《宋朝事实》等史籍载之。但是这首《步虚词》及其他几首，在署名杜光庭编纂的《太上黄箓斋仪》卷二十七、三十一、三十八的步虚、旋绕仪节中被引用，有以为是杜光庭或唐以前作品②，显误，但这也说明《太上黄箓斋仪》这部重要的科仪经典曾经过南宋以后人的补编和修订。

徽宗十首《步虚词》相较《洞玄灵宝玉京山步虚经》中的早期作品，简易通俗，富有趣味。十首中的前五首，延续《步虚词》描述真仙在旋步云罡、朝拜天帝的传统，以更富有想象力的笔触，书写三天上界的至尊美好和虚皇五老的威严。其第四首云：

---

① 《道藏》第 5 册，第 771 页。

② 陈尚君辑校《全唐诗补编》（下）之《全唐诗续拾》卷五十一从《太上黄箓斋仪》中辑录了这几首步虚词，卷后注云："以上从《道藏》中杜光庭编撰整理诸书中录出的诗歌，虽未必皆为杜光庭之作，但皆可信为唐或唐以前人之作。今姑录存于杜光庭名下，祈读者引用时有以注意之。"见中华书局，1992 年，第 1535 页。

　　　旋步云纲上，天风飒尔吹。飘裾凌斗柄，秉笏揖
参箕。

　　　狮子衔丹绶，骐骥导翠辎。飞行周八极，几见发
椿枝。

　　这首诗细腻地描摹了一位在星空中旋步飞行、洒脱自由的仙
真形象。云纲之上，天风飒飒，仙真长袍广袖、峨冠博带从北斗
七星的斗柄上轻轻掠过，手捧笏版，向参宿和箕宿参拜，且仪仗
威严，有狮子衔送丹绶，骐骥导驾衣车。最后一句，"飞行周八
极，几见发椿枝"，仙真飞遍八极，人间已历几个春秋，从上天的
角度俯瞰人间，充满了无限感慨。

　　十首《步虚词》的后面五首主要转向现实道场的焚香唱祷和
内炼修持，用语相对平实，我们可以看出徽宗对科仪坛场和道教
经典的了解非常深入①。有几首诗作直接描写了坛场的细节，比如
第七首"步虚声已彻，更咏洞玄章"，提示我们步虚旋绕结束后，
继续吟唱其他歌章。第十首云：

　　　华夏吟哦远，人声自抑扬。冲虚归道德，曲折合宫
商。殿阁沉檀散，楼台月露凉。至诚何以祝，多稼永
丰穰。②

　　"吟哦远"、"自抑扬"生动描述了步虚吟唱的悠扬缥缈之美，

---

　　① 陈敬阳《宋徽宗御制步虚词四首浅注》（《弘道》2015 年第 4 期、2016
年第 1 期）针对四首步虚词做过笺注，对大部分典故和道经文本的来源做过分析。
　　② 《道藏》第 5 册，第 771 页。

"曲折合宫商"从一个侧面说明了步虚词吟唱符合"声曲折"的传统，为步虚词吟线谱的进一步研究提供了佐证文献。《步虚词》后面三首分别祝祷国祚安宁、风水调顺等，一定程度上体现了徽宗作为道君皇帝的世俗性，他并非沉湎于一己的成仙不死，也同样顾念天下苍生和社稷安危。《玉音法事》卷下"宋道君圣制道词"除了以上十首《步虚词》，还另题"宣和续降"，附录《步虚词》三首，其一云《长吟玉音金阙步虚》：

　　始青黎元盖，金香结朱烟。飞晨总翘辔，稽首玉帝前。帝心浩以舒，锡吾太灵篇。是谓不灭道，万天秉吾权。吾行空洞中，下仙昧其渊。①

另外两首《步虚词》下双行小字注云"后一首，因讲《御注道德经》，仙鹤翔集而作"②，诗作如下：

其一

　　一炁化之元，邈在两仪先。宝埒驰金马，真香喷玉莲。飞空按龙辔，梵响导芝軿。绵永长春劫，翱翔无色天。初真难晓谕，以此戒中仙。

其二

　　高真明道德，垂世五千言。解释惭凉薄，殚诚测妙

---

① 《道藏》第 11 册，第 139 页。
② 《道藏》第 11 册，第 139 页。

元。霓旌严教典，羽唱彻云軿。瑞鹤仪空际，祥风拂暑
烦。穹窿兹响应，宝祚亿斯年。①

从"宣和续降"四字来看，这三首步虚词与前面一组十首不
同，是宣和年间所写的。宣和是徽宗的最后一个年号，这时候北
宋的危机和随之而来的旷世人祸已经初见端倪。从留存的体式上
看，这三首当非十首一组的大型《步虚词》的遗珍，而是徽宗零
星创作的。其中一首因讲《御注道德经》出现仙鹤翔集，为此祥
瑞而作。徽宗一向关注道教经典的注解纂集，《正统道藏》洞神部
本文类存御注《老子西升经》三卷，洞神部玉诀类收《冲虚至德
真经义解》六卷等，而洞神部玉诀类所收《宋徽宗御解道德真经》
四卷，当即徽宗当时所讲的《御注道德经》。《道藏》收唐玄宗、
宋徽宗、明太祖御注《道德经》，徽宗的注解独宗《周易》和《庄
子》，在义理上超出玄宗、明祖之上，而能抉道家之奥秘②。徽宗
此诗中的"解释惭凉薄，殚诚测妙元"实为谦辞。在讲这部经典
时，"瑞鹤仪空际，祥风拂暑烦"，可见时当盛夏，祥风轻拂，暑
烦都解，而诗作最后仍旧落脚于"宝祚亿斯年"的具有深刻反讽
意味的祈祷上。

《金箓斋三洞赞咏仪》收徽宗十首《散花词》，《全宋诗》卷
一四九四予以收录。真宗曾创作二十首《散花词》，前文已有所
论。道教仪式中的奏散花乐、吟唱《散花词》当来自佛教仪轨中
的散花，但吟唱散花词并不像步虚词一样早在六朝时期就已出现。

---

① 《道藏》第 11 册，第 139—140 页。
② 可参柳存仁《道藏本三圣注道德经之得失》，见《和风堂文集》（上册），
上海古籍出版社，1991 年。

目前所见较早的散花词作品仅是成书于徽宗朝的《金箓斋三洞赞
咏仪》和《玉音法事》，南宋道士吕太古编辑的《道门通教必用
集》和宁全真等纂集的《灵宝领教济度金书》予以引用，其他引
录的道经并不多见。且《玉音法事》卷下所录《五言散花》实为
唐道士吴筠的《步虚词》作品，吴筠《步虚词》尚存《宗玄先生
文集》卷中（《正统道藏》太玄部），可资校读。《玉音法事》卷
下所录《七言古散花》一首不知其所从来，且诗句并没有围绕散
花展开，唯"三真玉女持花节，一双童子捧金炉"句体现了"散
花"意境①。

　　徽宗这十首《散花词》在手法上承袭真宗的二十首作品，围
绕上界的天花和坛场科仪中的散花仪节反复吟咏赞叹，其中不乏
妙笔，如第六首："宝叶开琪圃，珍柯在紫微。不教蝴蝶采，长共
彩鸾飞。"② 虽是宗教诗歌，但"不教"和"长供"两句灵动鲜活
地表现了天界鲜花的无比神圣。

　　徽宗的御制道词可谓道教文学的大宗，不仅在太宗、真宗等
几位崇道君主当中高出一格，也从宗教、艺术和政治层面，鲜明
地体现了帝王介入宗教的文学成就。伊佩霞《宋徽宗》试图从徽
宗自身的角度观察他所处的世界，在历史语境中重塑徽宗的人生
面貌，指出不应当将徽宗与道教的关系贬低为政治上的权宜之计、
艺术上的吸引、天真或幻觉③。徽宗之于道教是虔诚的，也是有所
作为的，在道教经典领域中，他不仅留存多部足以传世的经典注

---

　　① 《道藏》第 11 册，第 143 页。
　　② 《道藏》第 11 册，第 139 页。
　　③ ［美］伊沛霞著，韩华译：《宋徽宗》，广西师范大学出版社，2018 年，
第 137 页。

释，组织编纂《政和道藏》等，在文学上更呈现出独特的"道君诗学"。这种融合了政治、宗教与艺术的独特诗学，是道徒的哲思，文人的神游，也是君主的理想，这些复杂的因素在徽宗的道诗中不断自我编织与交融，别构一种诗境。

第二节　第三十代天师张继先的道教文学创作与艺术成就

第三十代天师张继先是活跃于徽宗朝的一位年轻的天师道掌门，字嘉闻，又字道正或遵正①，号翛然子，信州贵溪（今江西省贵溪县）人。张继先幼年嗣教，徽宗优崇有加，曾得数次召见。据《汉天师世家》记载，崇宁四年（1105），建醮内廷，张继先"因密奏赤马红羊之兆，请修德"，徽宗赐号"虚靖先生"（又写作"虚静"），并赐昆玉所刻"阳平治都功印"及金铸老君、汉天师像②。此后，张继先以封号通闻天下，又称虚靖真君，成为宋元间龙虎山正一道中兴的关键人物③。靖康元年（1126）年，金人围困汴京，徽宗遣使亟召赴阙，冬月，行至泗州尸解，壮岁羽化，葬于安徽天庆观。张继先身后，北宋末至南宋间各种传说层出，又传云：靖康二年（1127）六月，先生与河东张统制自京师回，至

---

① 《汉天师世家》谓张继先字嘉闻又字道正，《历世真仙体道通鉴》载为遵正，白玉蟾《赞历代天师》亦云"讳继先，字遵正"。诸说略备于此，不详考。

② 《道藏》第34册，第827页。

③ 孙克宽《元代道教之发展》（台中东海大学，1968年）曾对张继先的道教史地位做过初步探讨，其后王见川博士论文《张天师之研究：以龙虎山一系为考察中心》（台北博扬文化事业有限公司，2015年）及其单篇论文《龙虎山张天师的兴起与其在宋代的发展》（见高致华编《探寻民间诸神与信仰文化》，黄山书社，2006年，第31—68页）有进一步的深入考察。

泗州，不适，饮汤一杯，便化去，身如蜡色①。张继先早慧与早逝的传奇人生给后人留下许多想象空间，成为颇具"神异性"的道教人物②。

张继先才思敏捷，勤于著述，虽英年早逝，但仍留下大量诗文世教之语，明初第四十三代天师张宇初曾搜集遗缺，重编付梓，成《三十代天师虚靖真君语录》（略称《虚靖真君语录》）七卷，存《正统道藏》正一部。另外，《正统道藏》洞神部赞颂类收录《明真破妄颂》一卷，四十余首七律，署作"虚靖张真君"，但这部作品是否为后人伪托，尚且存疑。元代道士孟宗宝编《洞霄诗集》、彭致中编《鸣鹤余音》等均收录继先诗，今人编《全宋诗》卷一一九四至卷一一九八据《虚靖真君语录》校点整理为五卷，并佚诗两首，未收《明真破妄颂》；《全宋词》亦在《虚靖真君语录》卷六的基础上重新调整词作顺序，厘定为 50 余首，另有单行本《虚靖真君词》传世。《全宋文》卷四〇四五据《虚靖真君语录》卷一及《道法会元》卷五〇，录文 10 篇。在历代高道中，从篇什数量和艺术成就上看，张继先的文学创作都相当可观，所述道教义理也颇为深致，而相关研究还显不足。本节针对虚靖真君的文学活动和文学创作及其诗词作品的道教诗学价值展开研究，希望能对宋代文学的整体性认识和深入了解有所助益。

---

① 《历世真仙体道通鉴》卷十九本传小字注，见《道藏》第 5 册，第 212 页。

② 高振宏《虚靖天师传说研究——笔记、小说与道经的综合研究》（见《政大中文学报》2015 年第二十三期，第 135 页）对张继先传说在后世笔记、小说、道经等文献中的传衍与塑造有深入研究。

一、与石元矩的唱和交游

《虚靖真君语录》有大量唱和诗词，张继先交往的人物多为方外散逸高人，诗词中常见"用伍先生韵""次韵于真人"等，其中交游唱和最为频繁的是石元矩，而关于此人的记载很少，《汉天师世家》卷三《张继先》传记曾言及"石自方"，传云：

> 还山与弟子曰："江湘入蜀，有二十八治。"久之自秦川还山，即西源筑庵居之，扁曰"浑沦"。沂阳琼林台北有《为爱西源好》绝句五首。时石自方从鄱阳来，与之游。一日，语以死生之变。自方曰："吾得全于天，不知好生，不知恶死，奈何得以死哉？"答曰："不然，尔谓得全于天，天复得全于何？真宰不明，性识交炽，一真独露，万劫皆空，则天亦无所全。"自方有省。①

此"石自方"即与张继先唱和的石元矩，而《道藏》本《虚靖真君语录》均作"元㧑"，"㧑"为"规"的本字，而"规"是画圆的工具，"矩"是画方形的曲尺，从"自方"来看，应作"元矩"②，而《全宋诗》《中华道藏》等整理本在收录相关诗作时，均误作"元规"。宋元间人邓牧（约 1246—1306）编《洞霄图志》卷五有《石正素先生》传，也谓"石自方，字元矩"，并且详细记述了石自方不平凡的一生，现节引如下：

---

① ［明］张正常撰：《汉天师世家》，国家图书馆藏明抄本。
② 下文引《道藏》本《虚靖真君语录》的文字，凡"元㧑"处，一律径改为"元矩"。

石自方，字元矩，饶州鄱阳人，师冲寂大师孔守容为道士。长七尺余，龙眉秀鬓，大耳高颧，音声如钟，庄静淡泊，有深沉之思。经史百氏无不通，尤嗜《庄》《列》书。眉山陆惟忠授丹诀，往来西山庐阜，与方外隐逸以琴酒自适，尝自号浑沦道人。时虚静天师作庵于龙虎戏珠峰，先生至，即下榻，榜曰"浑沦庵"。虚静被召，拉先生偕行，居无何，返故庐。朝廷方求岩穴奇士，部使者以先生闻，强起至京师。徽宗幸宝箓宫讲所，先生在焉。上望见仪状魁伟，召前问从何来，对曰："草野臣无他技能，江东使者以臣应诏。"即日授金坛郎，主杭州洞霄。盖宣和元年冬也。明年七月至宫，四方学道者，翕然从之。

冬十月，盗起严、徽间。明年正月，破临安县，官吏散走，其徒亦治舟请行。先生曰："吾被天子命主此宫，守死吾职也，公等第去。"已而贼至，先生正色叱之，遂遇害。门人程用光叩阍言死事状，上闵其忠，赙钱三十万，赠"正素大夫"。……平生有诗文数百篇，以先生死节洞霄，号"石洞霄"。曲肱先生熊彦诗作《石洞霄传》。

赞曰：舍生取义，名教所美。山林间人，人不望此。宣和东南，啸聚蠡起。望风逃遁，守土犹尔。元矩正色，骂贼以死。玺书褒嘉，永耀青史。①

---

① 清《知不足斋丛书》本。

石元矩与张继先同为江西人，此人仪形甚伟，学问淹通，善琴，宣和年间徽宗曾召见，授金坛郎，主杭州洞霄宫，后因贼乱死难，获赠"正素大夫"。李格撰《（民国）杭州府志》卷九〇录有："《石洞霄诗集》，洞霄道士石自方元矩撰。"① 今不见传。从上引可知，石元矩自号"浑沦道人"，《虚靖真君语录》卷四《得请还山元矩远迓，遂成山颂》也云：

> 喜见石浑沦，忘言意独真。还寻石桥约，一洗客京尘。香篆丹炉静，诗篇彩笔新。高霞不孤暎，携手洞门春。②

这里首句即称"石浑沦"，以此我们很容易把《虚靖真君语录》中反复吟咏的"浑沦庵"当作石元矩所建庵，如《和浑沦庵超然即事韵》《浑沦庵成翛然子亲庆，因以"何"字为韵共酬联句》《京师夜坐怀浑沦庵有作寄之》《浑沦庵庆成》等诗作。但通过《汉天师世家》和《洞霄图志》卷五所载《石正素先生》传得知，张继先大观二年（1108）绕道从秦川回到龙虎山，在西源戏珠峰建庵一所，庵成，石元矩至，于是继先以其号"浑沦道人"名庵，即《汉天师世家》所谓"即西源筑庵居之，扁曰'浑沦'"。

大观二年这次还山，石元矩从鄱阳到龙虎山，与张继先唱和当持续了一段时间，但二人交游不限于此，《虚靖真君语录》收录

---

① 民国十一年（1922）刊本。
② 《道藏》第32册，第374页。

二人酬唱赠答之作有 30 余首。这些作品涉及两人讲论老庄、听琴品茗、游访送别等题材，我们可以看出二人对《道德》《南华》的无为守一之道，都有深湛的体悟。五言古诗《同石元矩讲鲲鹏偶书》：

> 翱翔数仞间，何异九万里。大道荡无名，无彼亦无此。倬哉元矩翁，斯言迨尽矣。一物自太极，志士标高拟。鹏乎与蜩鸠，涉辩非至理。有形相变化，不出六合里。飞跃涉程途，底用嘲远迩。乃识逍遥游，㴱远发玄旨。讲罢四窗间，忘言空隐几。①

这是二人研读《逍遥游》开头部分所作的一首古体诗，诗作首先复述了元矩对鲲鹏万里与蜩鸠数仞的理解，接下来作者自己进一步发挥，指出"远"与"近"相对有待，均非至道，悟得玄旨后，遂至"忘言空隐几"。张继先《心说》一文系统阐述了心为万法之宗的观点，石元矩读此文后曾作"颂"一篇，张继先就此次韵赋诗一首，云：

> 新文博不繁，披诵已清魂。意在诸缘外，心为万法源。犹龙谁可测，牧马自微言。三复难穷处，重来得细论。②

---

① 《道藏》第 32 册，第 370 页。
② 诗题作"元矩道人览予《心说》，作颂见寄，次韵奉答"，见《道藏》第 32 册，第 374 页。

张继先觉得《心说》仍有未尽其意处，需要"重来得细论"，二人论道探玄的求真精神良可嘉叹。集中还有一首《临江仙·和元矩览〈杨羲传〉》，词云：

> 自古清真灵妙降，安妃来就杨君。因缘冥会异常伦。
> 仙风聊设相，真道本无亲。
>
> 惟有元矩能访问，深将此意相闻。大家宜赏缀新文。
> 免教尘秽士，诮笑上天人。①

张、石二人精研道经，同声相应，道心相契，这首唱和之作即源于二人共同览诵研读《杨羲传》。

相较参玄论道之作，张继先、石元矩的酬唱联句更显灵动而富有韵味。《虚靖真君语录》卷四录《翛然元矩夜坐，酌余德儒所惠酒，因成》《浑沦庵成翛然子亲庆，因以"何"字为韵共酌联句》两首由五言、七言组成的联句诗。刘勰《文心雕龙·明诗》云："回文所兴，则道原为始；联句共韵，则《柏梁》余制。"②一般认为，联句诗始于汉武帝和诸臣合作的《柏梁诗》，众才合韵，属词接声，且体式多样，经魏晋时期的发展，唐代颜真卿、白居易、刘禹锡、韩愈等人多有创发，兴盛一时。宋人则继之余绪，力求创新，联句诗创作参与者众多，存诗数量也相当可观。据相关研究，北京大学出版社 1991 年至 1998 年出版的《全宋诗》

---

① 《道藏》第 32 册，第 383 页。
② ［梁］刘勰著，杨明照校注：《文心雕龙校注》，中华书局，1959 年，第 35 页。

共收联句诗 123 首①。但是，这些联句诗多为文人骚客所作，也有部分僧人，而道人联句诗仅有白玉蟾等数家。张继先、石元矩两位道人的联句诗在宋人联句诗中有一定代表性，深刻体现了道教诗学的重要价值。

《翛然元矩夜坐，酌余德儒所惠酒，因成》先以五言联句，张继先首唱"共饮名家酒，三杯亦未辞"，元矩和云"抒怀谈道妙，举笔赋新诗"，接下来一韵到底，诗句清奇洒脱，意境浑融。七言再咏部分也是张继先首唱，一韵到底，最后张继先以七绝一首束之："溪上且同三笑乐，饮中要与八仙争。莫言酒量全输我，会是诗名数石卿。"② 从容恬淡中亦见联句诗常见的轻松戏语。

如前揭，继先新庵落成，石元矩忽至，遂以其号"浑沦道人"的"浑沦"二字名庵，集中《浑沦庵成翛然子亲庆，因以"何"字为韵共酌联句》就是二人以此为题材的联句唱和之作，全诗以"何"字为韵，仍是继先首唱，一韵到底：

> 作室观灵境，功成事若何 张。琴书消日月，畊钓老烟萝 石。为羡云踪远，时将酒共过 张。东岩开玉洞，西涧泻银河 石。整珮思天柱，观棋悟烂柯 张。真情敦澹薄，世业信蹉跎 石。绝迹求无累，澄心到不波 张。浑沦甘宴息，真率谢浇讹 石。尘秽千峰隔，风流万气和 张。乾坤堪比寿，乌兔任如梭 石。仙至不无谶，鹤来信有他 张。正月上旬，白鹤数十群飞至此，盘旋移时乃去。煮茶留客话，种药

①　戴欢欢：《论宋代联句诗创作及其艺术特色》，《周口师范学院学报》，2018 年第 3 期，第 18 页。

②　《道藏》第 32 册，第 375 页。

救民痾 石。竹露延清荫，兰风动妙歌 张。闲寻仙传读，静把玉经科 石。大道犹衣袂，嚣尘自网罗 张。有生如石火，移世似灯蛾 石。欲入高仙调，毋教下鬼唆 张。茅檐无一事，时复动吟哦。①

这首联句诗，鲜明地体现了道教诗作特有的清虚无为的意趣。二人围绕新庵落成一事，表达了绝迹澄心、专心修道之志，对吟哦酬唱、煮茶种药、读经设科的修道生活充满了向往之情。值得注意的是，二人联句后，又做了一首联句词《饮罢联西江月》：

此夜月华如昼，东池不让西江。月明人静满庭芳，酒兴诗情贪长 张。

未忍茅堂归去，濡毫且趁吟狂。灯前高咏对幽窗，却笑青春流宕 石。

有以为："宋代词坛留存下来的唯一联句词是朱熹与张栻的联句，朱熹《水调歌头·联句问讯罗汉同张敬夫》。"② 显然，论者未见北宋末年这首《西江月》联句，如果宋代确实只有这两首联句词，那么张继先和石元矩的联句词当有开创之功。从词作内容看，该词仍是上一首联句诗的延续，无甚新意，但形式自创一格，在宗教文学史上当有其特殊地位。

---

① 《道藏》第 32 册，第 376 页。
② 李睿：《论联句词的发展流变》，《中国韵文学刊》，2020 年第 1 期，第 73 页。

二、《金丹诗》创作与自出机杼的丹道理论

龙虎山正一道统领三山符箓，向以符箓道法见长，但是张继先对内丹理论也有深入理解，从其留存的四十八首《金丹诗》，我们可以确定他亦深谙此道。南宋李简易《玉谿子丹经指要》所附《混元仙派图》中，在刘海蟾、景知常、赵仙姑等人以下，张平叔（张伯端）与张虚靖（张继先）并列于下位，有论者指出，张虚靖传自刘海蟾，可信性实难指辨①。从《金丹诗》我们可以看出，张继先的内丹修炼师承有自，一诗云："只自明师分剖后，难为荒野作丘坟。"② 又云："自从一得明师指，始信云车出俗鄽。"③ 这里所谓"明师"未见确指，难以考辨，但其丹道理论的造诣卓然一家当是可以肯定的，《混元仙派图》把张继先与张伯端并列，必定有其根据。

张继先的内丹心性之学，与唐宋间道教变革的基本取向是一致的，即由外而内，致力于内在的修证而合道成真，北方新起的全真道如此，南方符箓派道教亦如此。张继先略晚于张伯端，都活跃于北宋中后期，其《金丹诗》四十八首与《悟真篇》在丹道主旨上有很多相近之处。二者都主张"金丹"大道，反对酒色财气之流俗，尤其强烈反对房中等邪淫之术，不迷信周天火候、胎息行气等"假法"，《金丹诗》第二首云："假法人间有万般，君宜求取紫金丹。"④ 第三首云："流俗纷纷不悟真，不知求己却求人。

---

① 王驰：《天师张继先与龙虎山正一雷法》，《世界宗教研究》，2012 年第 4 期，第 78 页。

② 《道藏》第 32 册，第 379 页。

③ 《道藏》第 32 册，第 381 页。

④ 《道藏》第 32 册，第 379 页。

只贪世上无穷色，忘却人间有限身。"① 第六首云："采阴丹法起何时，后汉刘晟亦自迷。不免轮回归复道，岂将淫欲益愚痴。"② 第十七首云："周天火候诳凡人，胎息萦萦亦未真。"③ 张继先主张的是无为清净的还丹大道，他对此十分自信，第九首云："昭昭妙理余知得，只欲藏机隐旧山。"④ 显然，"藏机"退隐是"客套"，继先在《金丹诗》中，还是从各个方面或隐或浅地透露了他的内修体验。

与有意构建体系的《悟真篇》不同，继先《金丹诗》四十八首没有明确的结构划分，大体来说，前六首有讽劝之旨，从第七首开始，泥丸、紫府、黄婆、白虎、龟蛇、铅汞、坎离、黄牙、白雪、婴儿、炁龙、津虎等隐语反复出现，具体讲述了金丹修炼的法门，如第九首：

> 扰扰浮生一梦间，几人回首锁三关。黄婆压定分全易，白虎飞来投下难。朱雀入炉三亩静，黑龟伏鼎一生闲。昭昭妙理余知得，只欲藏机隐旧山。⑤

第十六首：

> 急认浮沉水内金，若能烹炼鬼神钦。四神守卫神炉

---

① 《道藏》第 32 册，第 379 页。
② 《道藏》第 32 册，第 379 页。
③ 《道藏》第 32 册，第 380 页。
④ 《道藏》第 32 册，第 379 页。
⑤ 《道藏》第 32 册，第 379 页。

固，九转工夫转色深。龙虎翻施双入路，龟蛇腾焰两边侵。但知五色纷纷起，满室荧煌可照心。①

第二十二首：

乘龙驾鹤不须惊，此是金丹一粒灵。五色云龙腾海底，九回风虎到天庭。琼花合处看壬癸，紫府交时藉丙丁。此理要明非下士，除非名是少微星。②

这些金丹秘旨与张伯端的命功在很多地方是雷同的，但是继先反对参禅学佛，第三十二首首句谓："既悟今生与后生，何须苦苦强谈禅。"③ 又，第十四首云：

学佛回心又学仙，两头扪摸不能专。大都错路生迷惑，便见迷途易变迁。得事只烹身上药，痴心莫望火中莲。但能求己兼求命，休说三千与大千。④

"火中莲"是常用的佛教典故，《维摩诘所说经》云："火中生莲华，是可谓希有。在欲而行禅，希有亦如是。"⑤ 虽然"火中莲"在丹道术语中常用来代指金丹药物和先天一炁的元精，但这句

---

① 《道藏》第 32 册，第 380 页。

② 《道藏》第 32 册，第 380 页。

③ 《道藏》第 32 册，第 381 页。

④ 《道藏》第 32 册，第 380 页。

⑤ （南北朝）鸠摩罗什译：《维摩诘所说经》卷中，《大正新修大藏经》本。

"得事只烹身上药，痴心莫望火中莲"似指学仙又参禅的错误路径，指出应该同修。"求己"与"求命"此句中的"求"字当作"修"解，并非"求人求己"之"求"，而"己"成为与"心"和"性"接近的另一种表述。继先《心说》有云："此所谓我之本心，而空劫以前本来之'自己'也。"① 又云："然而轮回于三界，出入于生死而不能自己者，何也？"② 可见，张继先的"自己"实为本心、本我，是形而上的道的另外一种表述。

《金丹诗》后面的一些诗作，告诫世人学仙者需警惕山精、狐狸对内丹心性的破坏性影响。其第二十六首对刘晨、阮肇入山遇仙事，颇不以为然：

> 刘晨阮肇事多非，今日凭君子细推。谩使仙宫由色欲，却将紫府贮奸欺。洞中清净难容杂，穴里幽冥易变奇。大是世人迷不悟，几人丧命为狐狸。③

刘阮遇仙是很多道教传记和道教经典敷衍的传说，但继先并没有人云亦云，而是以"仔细推"的理性精神质疑故事的真实性，凸显色欲成仙的荒谬性，进而批判房中采战派非成仙正道，这与其"慎言语，节饮食，除垢止念，静心守一，虚无恬淡"的内丹心性说是一致的。

张继先《金丹诗》第19首和第23首开头都是"劳生扰扰"，又见"扰扰浮生一梦间""扰扰寻师苦苦忙"等，诗意略有重复，

---

① 《道藏》第32册，第368页。
② 《道藏》第32册，第368页。
③ 《道藏》第32册，第380—381页。

但从整体上看，这四十八首诗作并未因丹道隐语的运用而显得过分晦涩，用典恰切，说理透彻，也体现了"好议论"的宋诗特征，可谓道教文学史上的经典文本。

三、词牌、曲牌的创制与词曲艺术成就

词在宋代成为一代文学的代表，而道门词创作也随之水涨船高，很多高道均有上乘之作，北宋末年的张继先就是其中之一。《虚靖真君语录》卷六所录均为张继先词，明石村书屋抄本《宋元明三十三家词》（五十三卷）抄录《虚靖真君词》一卷①，朱孝臧《彊村丛书》亦收一卷，《全宋词》有整理本，但相关研究几乎还是空白。

《虚靖真君语录》卷六最后一首《泗州尸解颂》（靖康丙午冬）并非词作，《宋元明三十三家词》本等均删，除此共收《点绛唇》（1）、《忆桃园》（2）、《临江仙》（3）、《沁园春》（4）、《满庭芳》（3）、《洞仙歌》（1）、《渔家傲》（1）、《更漏子》（3）、《瑶台月》（1）、《喜迁莺》（2）、《雪夜渔舟》（1）、《春从天上来》（1）、《风入松》（1）、《摸鱼儿》（1）、《惜时芳》（1）、《清平乐》（1）、《苏幕遮》（2）、《西江月》（2）、《南乡子》（2）、《望江南》（14）、《减字木兰花》（1）、《江神子》（1）、《鹊桥仙》（1）、《水调歌头》（1）等23个词牌、50首词，

① 国家图书馆善本库藏，10行18字，蓝格，白口，四周双边。

其中一首《苏幕遮》佚下阕。另外，《虚靖真君词》中还有题为《度清霄》的 5 首道曲，从内容上看，当为传承久远的《五更曲》的道教变体。

张继先虽然存词不多，但他是一位富有创造性的词人。《春从天上来》以宋金词人吴激（1090—1142）《春从天上来·海角飘零》为正体，双调一百零四字，前段十一句六平韵，后段十一句五平韵，最早见诸《中州乐府》。该词调有张翥、张炎等人的变格，而张继先《虚靖真君语录》卷六也有一首变格体《春从天上来》：

王土平平①。正海息波澜，岳敛云烟。三景虚明，八表澄清。一月普照诸天。有流霞洞焕，暎黍珠、徐下空玄。绝形言，见千真拱极，万炁朝元。

当时鹤鸣夜半，感真符宝篆，特地亲传②。碧湛龙文，红凝龟篆，绛衣舞鬣翩跹③。计功成果就，垂真教、廓景飞仙④。已千年，亘灯灯续焰，光朗无边。⑤

《道藏》本《虚靖真君语录》和《宋元明三十三家词》抄本

---

① "王"原作"玉"，据明石村书屋抄本《宋元明三十三家词》及《彊村丛书》本改。

② ［清］朱孝臧《彊村丛书》第二册，"亲"作"清"字。

③ "舞"原作"无"，据明石村书屋抄本《宋元明三十三家词》及《彊村丛书》本改。

④ ［清］朱孝臧《彊村丛书》第二册，"垂"作"無"字，"廓"作"郭"字。

⑤ 《道藏》第 32 册，第 384 页。

《虚靖真君词》都未见词牌名《春从天上来》，仅题《鹤鸣奉旨》，但从正文来看应属《春从天上来》的变格。蔡国强《钦定词谱考正》卷三十三曾指出，宋人张继先有"王土平平"一阕，校之张毭词基本相同，前段第九句亦入韵，且前段第五句异于吴激体，谱应以张继先词为例①。

张继先这首《春从天上来·鹤鸣奉旨》是典型的应制之作。徽宗崇道重礼，鹤鸣翔集的"祥瑞"多次出现。《宋史》卷一二九《乐志》记载崇宁四年（1105）九月，"以鼎乐成，帝御大庆殿受贺，是日，初用新乐，太尉率百僚奉觞称寿，有数鹤从东北来，飞度黄庭，回翔鸣唳"②。政和二年（1112）年又有群鹤飞鸣，集于端门之上，徽宗绘制《瑞鹤图》并作诗以纪其实。从"当时鹤鸣夜半，感真符宝篆，特地亲传"来看，这是在半夜修醮时有鹤鸣，为此"奉旨"庆贺的应制之作。宫廷应制之作往往典故堆砌，繁文冗语，主旨不离颂圣，而这首词更多体现的是宗教性的赞美和颂扬，是对坛场庄严和仙界美好的描摹。

《虚靖真君词》还有一首《雪夜渔舟》，词曰：

> 晚风歇。谩自棹扁舟，顺流观雪。山耸瑶峰，林森玉树，高下尽无分别。性情澄彻。更没个、故人堪说。恍然身世，如居天上，水晶宫阙。
>
> 万尘声影绝。透虚空无外，水天相接。浩气冲盈，

---

①　［清］陈廷敬、王奕清等纂，蔡国强考证：《钦定词谱考正》，华东师范大学出版社，2017 年，第 1177 页。

②　［元］脱脱：《宋史》卷一二九，中华书局，1985 年，第 3001 页。

真功深厚，永夜不愁寒冽。愧怜鄙劣。只解、赴炎趋
热①。停桡失笑，知心都付，野梅江月。②

《钦定词谱考证》卷二八云："《雪夜渔舟》，调见《虚靖真人
词》，因词中有'自棹孤舟，顺流观雪'句，取以为名。双调一百
字，前后段各十一句，六仄韵。……此调只有此词，无别首可
校。"③ 后人虽谓此调实为《绣停针》补体④，但仍有顾太清《雪
夜渔舟·题励宗万雪渡图》等代表作品，兹从《御定词谱》及相
关研究⑤，以张继先此调为新创。

张继先的词作也能体现其"心说"在丹道和符箓法术中的支
配地位，"但明心是道，专役天罡"⑥，以为真正的得道修仙不在于
心乱神迷的搬精运气、飞罡蹑斗，只要"神清心妙"，自然"山长
水远"⑦。但继先词作与其丹道诗及唱和诗歌相比，说解丹道和修
炼体验的作品并不算多，大部分更像文人词，体现了词人冲淡自
适、心清行洁的修道生活，让我们看到不愧为一代宗师的高道形
象，比如这首《江神子》：

彩云楼阁瑞烟平。雨初晴，月笼明。夜静天风，吹

---

① ［清］朱孝臧《彊村丛书》第二册，"只解"前有空格。
② 《道藏》第32册，第384页。
③ 《钦定词谱考证》第988—989页。
④ 清人徐本立《词律拾遗》卷四《补体绣停针》条下谓"此词原题《雪夜
渔舟》，实即《绣停针》调，惟前后第五句平仄及前后结分句稍异，又后结多二
字耳。"
⑤ 潘天宁著：《词调名称集释》，中州古籍出版社，2016年，第291页。
⑥ 见《满庭芳》，《道藏》第32册，第383页。
⑦ 见《鹊桥仙》，《道藏》第32册，第386页。

下步虚声。何处朝元归去晚，双凤小，五云轻。

落花流水两关情。恨无凭，梦难成。倚遍阑干，依旧楚风清。露滴松梢人静也，开宝篆，诵《黄庭》。①

这首词像是描写刚刚结束修醮的两位道人：雨后初晴，彩云伴月，楼阁中的香炉香烟袅袅，这时候嘹远的步虚声徐徐停下。词的下阕描写道人的孤独寂寥的隐微心绪：落花流水总关情，但是作为抛却尘网俗情的修道者，"恨无凭，梦难成"，最后还是回归"开宝篆，诵《黄庭》"的清幽生活。这首词就其写作手法、内涵韵致及所达到的艺术高度而言，当不在一般文人词之下。

《虚靖真君词》中还有一组特殊的《度清霄》，单调，五十六字，八句八平韵，从"一更"写到"五更"，共有五首，后附一首《结语》。《度清霄》不见于《词律》《词谱》等，但《全宋词》曾误收，实际上它是"五更曲"的道教变体。据朱恒夫教授的考察，最早的五更曲为南朝诗人伏知道的《从军五更转五首》，全诗描述戍守边塞的将士在夜间的活动与思乡的情感，与题名"从军"吻合。南朝时候，五更曲已经是很流行的曲调，借用此曲调宣扬佛教的五更曲也出现了，唐代佛教以宣教为目的的五更曲就更多了，任二北先生编纂的《敦煌歌辞总编》中就收录了数十首"五更"曲，如《假托禅师各转》《顿见境》《释神会》《南宗赞》《无相》《太子入山修道赞》《太子成佛》《维摩托疾》《警世》等②，但未见以道教教义宣传或修道为主要内容的五更曲。就目前所见，最

---

① 《道藏》第 32 册，第 386 页。
② 以上关于五更曲发展的叙述，参考朱恒夫《"五更曲"考论》一文，见《上海师范大学学报（哲学社会科学版）》，2015 年第 6 期，第 139—146 页。

早的道教五更曲就是张继先这首《度清霄》，它比全真道王重阳、马丹阳的各种形制的五更曲要早出的多。现据《道藏》本引录如下：

一更一点一更初，城门半掩行人疏。茅庵潇洒一事无，孤灯相对光清虚。蒲团安稳身不拘，跏趺大坐心如如。月轮微出天东隅，空中露出无名珠。

二更二点二更深，宫钟声绝夜沉沉。明月满天如写金，同光共影无昏沉。起来闲操无弦琴，声高调古惊人心。琴罢独歌还独吟，松风涧水俱知音。

三更三点三更中，烟开云敛静无风。月华迸入水晶宫，四方上下同一空。光明遍转华胥同，千古万古无初终。铁蛇飞舞如流虹，倒骑白凤游崆峒。

四更四点四更长，伏牛送鼠心不忙。丹炉伏火生新香，群阴剥尽回真阳。金娥木父欢相当，醍醐次进无停觞。主宾倒置情不伤，更阑别去还相忘。

五更五点五更残，青冥风露迫人寒。扶桑推出红银盘，城门依旧声尘喧。明暗二景交相搏，生来死去纷纷换。道人室中天宇宽，日出三竿方启关。①

这五首曲描述的是道人从一更到五更修炼内丹的神秘体验：一更月轮微出，道人"孤灯相对"，在蒲团上跏趺稳坐开始修炼；二更明月满天，无弦琴起；三更"月华迸入水晶宫"，铁蛇飞舞，

---

① 《道藏》第 32 册，第 387 页。

倒骑白凤；四更"丹炉伏火生新香，群阴剥尽回真阳"；五更"扶桑推出红银盘……日出三竿方启关"。从一更到五更，全曲描述了完整的道教修持过程。全曲末尾，还有一首作结，云："独自行兮独自坐，独自歌兮独自和。日日街头走一过，我不识吾谁识我。人间旦暮自四时，玄中消息不推移。觌面相呈知不知，知时齐唱啰啰哩。"① 这首曲子词旨深奥，耐人寻味，最后的"齐唱啰啰哩"又借禅宗悟道诗的常用格式，突显了作者任性逍遥、自得其乐的忘筌境界。

以五更曲描述宗教性修炼体验的，当始于佛教。南朝人傅翕（497—569）就写过一首《五更词》，自作的题解云："尔时大士语诸弟子，昼夜思维，观察自心，生而不生，灭而不灭，止息攀缘，人法相寂，是为解脱，乃作《五更词》。"词曰：

> 一更始，心香遍界起。敬礼无上尊，心心已无己。
> 二更至，踟跌静禅思。通达无彼我，真如一不二。
> 三更中，观法空不空。无起无生灭，体一真如同。
> 四更前，观法缘无缘。真如四句绝，百非宁复煎。
> 五更初，稽首礼如如。归依无新故，不实亦不虚。②

此作描写了僧人通宵禅坐礼佛、静思悟道的修炼生活③，张继先这首《度清霄》虽未题"五更曲"，但从内容和体式上看，均渊

---

① 《道藏》第32册，第387页。
② 陈尚君：《全唐诗补编》之《全唐诗续拾》卷五十九《先宋诗上》，第1715—1716页。
③ 见上引朱恒夫论文《"五更曲"考论》。

源有自，同时开启了道门运用"五更曲"以宣教的先河。

在道教讲唱文学创作上，张继先的十二首《望江南·西源好》很可能是道教鼓子词。于天池在《论宋代鼓子词》一文中曾提及张继先的这十二首词，以为："依据欧阳修咏西湖《采桑子》，则仲殊的《南徐好》，陈允评的《西湖十咏》，张继先的《望江南》十二首等似乎也可能是鼓子词。……由于缺乏确证，只能付之阙如了。"① 张继先的《望江南》同欧阳修《采桑子》一样，也是十二首之制；前亦有小序，类似欧阳修《采桑子》前的《西湖念语》。但是，从小序的内容来看，这十二首《望江南》并非用于侑酒助兴，《望江南》名下小字注"次元矩《西源好》韵并序"，可见这是与石元矩的唱和之作。石元矩先有《望江南》十二首在前，张继先和之，可惜石元矩的《望江南》未见留存。张继先这十二首词作开头都是"西源好"，与欧阳修《采桑子》第一句末尾三字均以"西湖好"作结雷同。《望江南》的词作内容明显可分为三个部分，中间四首从四季风景的角度描写西源，似有唐宋道曲中"遍"与"入破"的结构痕迹。张泽洪《道教唱道情与中国民间文化研究》就直接把张继先的作品当作"道士所撰鼓子词中仅见者"并加以分析②。这十二首词作是否为鼓子词，虽无确证，但我们这里仍将其视作一组特殊的道教词；也许它们正是道情与鼓子词之间的一个特殊形态，在形式上，直至南宋张抡《道情鼓子词》出现，道情与鼓子词正式结合。

《望江南》小序云："某一喜西源，壁立峻峙，无一俗状，疏

---

① 于天池：《论宋代鼓子词》，《海南师院学报》，1994 年第 4 期，第 16 页。
② 张泽洪：《道教唱道情与中国民间文化研究》，人民出版社，2011 年，第66 页。

松密竹，四通九达，青玉交辉。天作高山地灵若此，常相谓曰：身处真人之墟而不知也。登戏珠峰，以见虎蹲龙跃，远壁遥岑，皆在其下。考室立靖，建名榜之。水中花，圃中蔬，山光竹新，日屋逾静，得其居矣。昔之思归，见十二篇之曲，同声相应，故和之。"① 从前引《汉天师世家》的记载看，这当是他在大观二年（1108）绕道从秦川回龙虎山，在西源建庵时所作。十二首词作主要描写了西源的奇峰异石等可堪仙境的人世美景，同时表达了作者虚寂疏慵的道家情怀。从结构内容上看，十二首词作可以分为三个部分，第一部分主要从远处着眼，从山川地理的角度描写西源美景，反复赞叹"西源好"，表达乐道情怀：

西源好，仙构占仙峰。一鹤性灵清我宇，万龙风雨乱霜空。高静太疏慵。　　天地乐，山水静流通。行坐卧怜尘外景，虚空寂是道家风。非细乐相从。

西源好，龙首虎头高。风雨每掀清宇宙②，林峦长似涌波涛。吟咏有诗豪。　　成大乐，美称适相遭。醮斗清筵投羽札，启元喜会执金刀。身净隔纷搔。

西源好，岩馆凿松厓。五斗洞前斟玉斝，半酣窗外抚金杯。无累自悠哉。　　青翠色，玉竹自新栽。风到莫来摇老木，雨霖时复洗苍苔③。如此恼诗才。④

---

① 《道藏》第32册，第385页。
② "欣"，《全宋词》整理本作"掀"。
③ "苍"，《全宋词》整理本作"圆"，显误。
④ 《道藏》第32册，第385页。

第二部分从四季轮转的角度继续歌咏西源之美，其中对秋景的描写，张继先发挥擅长言说丹道义理的长处，写得似有所指。"童子舞胎仙"是内丹的常用表述，用来比喻元气和元神融和而成的内丹，涵义近似于"婴儿"或"圣胎"。至于"犹喜月华圆"，一般认为中秋月圆正是采集元气的时候，所以内丹学常有"清风明月"之说，其实也是指元神与元气的融合。

> 西源好，春日日初长。不看人间三月景，常思天上万花乡。幽赏一时狂。　　歌笑也，空洞大歌章。千业净来风谷秀[1]，三云归后月林光。沉麝似兰香。
>
> 西源好，迎夏洒炎风。红锦石边怜一派，老张岩上恋群峰。时得化龙笻。　　琴振玉，晓色倚梧桐。黼黻文章朝内盛，山川林木野亭空。朱火焕明中。
>
> 西源好，秋景道人怜。时至自然天气肃，夜深犹喜月华圆。长啸碧厓巅。　　须信酒，难别咏歌边。是处伐薪为炭后，此时尝稻庆丰年。童子舞胎仙。
>
> 西源好，冬日雪中松。携手石坛承爱景，静观天地入清宫。恰似大茅峰。　　襟袂冷，琴里意浓浓。吹月洞前含碧玉[2]，动人佳趣转黄钟。情绪发于中。[3]

第三部分有五首，从近处和具体风物着眼，进一步描述西源之"美"：

---

[1] "业"，《全宋词》整理本作"景"。
[2] "前"，《全宋词》整理本作"箫"。
[3] 《道藏》第 32 册，第 385—386 页。

西源好，幽径不成斜。山谷隐连无改色，池塘空静
点无瑕。人钓水之涯。　　仙舫小，人欲盼君家。归棹
日回如览镜，放船星落似乘槎。风雨乱寒沙。

西源好，神洞自相求。傍水垦田流涧急，斫山开径
小花浮。踪迹旧人留。　　忘万物，爽气白云收。司命
暂曾寻寝静，紫阳真是步条幽。思继此公游。

西源好，人在水晶宫。长愿玉津名濯鼎，恰如龙井
到天峰。的的好遗风。　　清彻底，岂忤李唐隆。自浸
岩前厓石洁，不笼天外岭云浓。澄彻莹怀中。

西源好，雨霁敛红纱。碧水静招摇钓叟，绿岩寒迫
起渔家①。携驾会春茶。　　风浩浩，锦荫石屏华。濯鼎
上方敲翠竹，辘轳西去碎丹砂。休问乐津涯。

西源好，还向观庭西。看晚菊开方丈外，傍寒梅放
六花飞。三鹤会同时。　　清净宇，虚一贵无为。戴月
夜中仍是别，御香原上不须迷。于此振衣归。②

　　幽径、神洞、濯鼎泉、观庭都是龙虎山西源的胜迹，张继先
的描写离不开丹道义理方面的比附和联想。在内丹道中，“水晶
宫”指人身或指人头，“玉津”可指口中津液，“龙井”可指产生
元气的玄关一窍，“天峰”指元神所居的头顶泥丸，“龙井到天峰”
背后暗含一定的丹道义理，或指背后督脉的周天运动③。

---

① “岩”，《全宋词》整理本作“苔”。
② 《道藏》第32册，第386页。
③ 相关解读借鉴了专门研究内丹歌诗的博士研究生张晓东（华东师范大学
2019级）的一些思考。

从整体上看，这十二首词作是张继先的精心之作，修辞用典都极为讲究，尤其是大量仙道意象和内丹隐语，体现出"黄冠体"道人词的特殊风味与意涵。《望江南·西源好》符合鼓子词的一些特征，无论我们是否确定，它都是道教文学史上一组值得重视的道人词作。

四、骈、散道论文的创作

《虚靖真君语录》还录有数篇张继先的骈、散道论作品，其中《谢职官表》《传天师与弟青词》《答林灵素书》《答汤明权启》等用骈体写就，《洞神后序》①《开坛法语》《心说》三篇以散体形式撰写。这部分作品相对其诗词创作，数量不多，但也文采斐然，议论通达，体现了张继先深厚的文学修养。

《心说》文笔简洁，条理清晰，虽然关于"心"的讨论已经没有多少新意，但仍能体现张继先的深刻思考和高深的道论水平。文章首先就"心"的定义和范畴从各个层面做了解说，文内云：

> 夫心者，万法之宗，九窍之主，生死之本，善恶之源，与天地而并生，为神明之主宰。或曰真君，以其帅长于一体也；或曰真常，以其越古今而不坏也；或曰真如，以其寂然而不动也。用之则弥满六虚，废之则莫知其所。〔其〕大无外，则宇宙在其间，而与太虚同体矣；其小无内，则入秋毫之末，而不可以象求矣。此所谓我

---

① 《洞神后序》辑自元明间编纂的《道法会元》卷五〇，是为《八卦洞神》所作的序，署作"嗣汉三十代天师虚靖先生张继先后序"，或后人所增。

之本心，而空劫以前本来之自己也。然则果何物哉？杳
兮冥，恍兮惚，不可以智知，不可以识识，强名曰道，
强名曰神，强名曰心，如此而以。[①]

张继先认为"心"为万法之宗，与天地并生，为神明主宰，
"心"与"道"同，心即道，但他从道教的角度又提出"心"或
曰"真君"，或曰"真常"，或曰"真如"等等，是无所不容、越
古今而不坏的永恒。接着，继先提出"心"的根本作用，以老子、
庄子为例，指出"达人则不然也……斋戒以神明其德，一真澄湛，
万祸消灭"[②]，进而提出"修心"的具体方案："自兹以往，慎言
语，节饮食，除垢止念，静心守一，虚无恬淡，寂寞无为，收视返
听，和光同尘。"[③] 最终归于道家的清静无为。张继先对心的理解
可能受到禅宗"自性"说的影响，但我们仍可以看出他融合借鉴、
比附贴切的深刻思考。

《开坛法语》是张继先给一众道士授箓前的宣讲训示，作为一
篇"讲稿"，词旨宏阔，恳切感人。其最后一句云"不敢久立学
人，伏惟珍重"，一代天师体谅后学的悲悯之心，溢于言表。全文
反复申述，苦口婆心地鼓励受度道士们鄙弃世俗荣华，断缘息虑，
一心向道，济物救人，以修道养性为己任。从另一个层面看，《开
坛法语》也是一篇极富感染力的劝世之作，文内云：

但人之恩情魔阻，名利障难，罪衅日增，未尝少息。

---

① 《道藏》第 32 册，第 368 页。

② 《道藏》第 32 册，第 368—369 页。

③ 《道藏》第 32 册，第 369 页。

生形无父母①，身外谁亲；度日不过衣粮，积之何用？荣华富贵，秉烛当风；恩爱妻儿，同枝宿鸟。高车大马，难将长夜之游；美妾艳妻，宁救九幽之苦。雕墙峻宇，白玉黄金，偶尔属君，不可长守。茫茫三界，碌碌四生，一逐逝波，永沉苦海。莫待酆都使至，黑簿勾名，到此悔之何及！……瑶台阆苑，为自己之家乡；爱海恩山，是他人之活计。人生何定，白首难期；日月迅速，下手犹迟；若更蹉跎，空成潦倒。此生幸到宝山，不得回时空手。②

上引"法语"均非高谈阔论、故作高深之语，全篇词浅而理深，切近而激越，以现代演讲水准来看，也是一篇优秀的演讲稿。"荣华富贵，秉烛当风；恩爱妻儿，同枝宿鸟"此句偶对精切，发人警醒。"瑶台阆苑，为自己之家乡；爱海恩山，是他人之活计"所云"家乡""活计"，用语平实感人，想来受度道士们听闻后，在修道之路上，一定会深受感染与鼓舞。通过这篇《开坛法语》，我们可以探知张继先在修道之路上当是一位包容慈悲、志笃力行之人。

张继先的道教文学创作，在各种文学史和相关论著中尚未得到应有的重视，这与其道士身份及过早仙逝、作品流传不广的境遇有密切关系。

从张继先留存的作品来看，他一生主要创作了教内的格律体

---

① 此句疑脱一字，否则与下句失对。
② 《道藏》第 32 册，第 369 页。

金丹诗48首及若干词曲作品和道论文，其中描述修道生活、记述唱和活动的诗词作品最多。在这些作品中，张继先富有创造性地利用各种词牌、曲调，创制新曲和新的艺术形式，在文学和宗教领域引领风尚。其在文学史上最值得提及的有这样几点：

1. 最早的联句词很可能是张继先与石元矩的《西江月》。

2. 《春从天上来》《雪夜渔舟》均别出一体，其中《雪夜渔舟》据《御定词谱》等相关研究，以张继先此调为新创，在词学发展上有重要贡献。

3. 《度清霄》曾被《全宋词》当作词作收录，实则为五更曲的道教变体，张继先开道门五更曲的先河，在曲学史上也颇值得重视。

4. 《望江南·西源好》十二首很可能也是鼓子词，虽无确凿证据，但从形制上看，的确有鼓子词的特征，很可能是道人创作的具有道情和鼓子词共同特征的作品。

从艺术成就上看，道士张继先的文学才华不在一般文士之下，这在48首金丹诗中有鲜明的体现。《金丹诗》48首全为格律严整的七律，属辞比事，极为恰切，且能就复杂的内丹修炼学说自出机杼，提出自己的理论体系，如没有极高的文化修养，是很难达到的。张继先自小才思敏捷，《汉天师世家》卷三本传记载继先5岁不能言，一日听到鸡鸣，忽笑，赋诗曰：

灵鸡有五德，冠距不离身。五更张大口，唤醒梦中人。①

又崇宁三年，张继先赴阙，上问："卿居龙虎山，曾见龙虎否?"对曰："居山，虎则常见，今日方睹龙颜。"② 这些颇具神异性的描述和记载，如结合《虚靖真君语录》卷六"词"中所录前两首，还是有相当可信度的。《虚靖真君语录》卷六所录第一首《点绛唇》（祐陵问：所带葫芦如何不开口，对御作）云：

> 小小葫芦，生来不大身材矮。子儿在内，无口如何怪。藏得乾坤，此理谁人会。腰间带，臣今偏爱，胜挂金鱼袋。③

因徽宗葬在永祐陵，后人有称徽宗为"祐陵"。这首小词浅显而富理趣，巧妙地回答了圣上，同时还表达了不慕荣华的修道之志。同卷第二首《忆桃园》也是承问"修炼之术""走笔"而成的。结合前引5岁开口作诗和妙对徽宗事，这些足以说明张继先的诗笔才情。张继先不仅富有创造性，其诗词作品也一洗浓厚的宗教色彩，体现了词人冲淡自适、心清行洁的高道形象。总体来看，张继先的文学贡献，不仅在宗教文学领域卓然一家，与六朝陆修静、陶弘景、唐代杜光庭、宋代张伯端、白玉蟾等人可堪比肩，而且在文人文学领域，以其重要的文学成绩，当在文学史上占有

---

① 《虚靖真君语录》卷七"五言绝句"《鸡》作"鸡德灵居五，峨冠凤彩新。五更大张口，唤醒梦中人。"见《道藏》第32册，第388页。
② 《道藏》第34册，第826—827页。
③ 《道藏》第32册，第382页。

一席之地。

第三节　神霄派雷法的形成与《玄珠歌》的创作

雷神信仰是世界性的，费尔巴哈《宗教本质讲演录》、弗雷泽《金枝》等对希腊、远东等地的雷神崇拜都有论及。李远国《神霄雷法：道教神霄派沿革与思想》及李志鸿《道教天心正法研究》第三章对雷神信仰与宋元雷法有系统考述[①]。中国的神霄雷法源自古老的原始信仰，包含着人类文明中最早最本质的自然崇拜，亦保存着人类企图控制造化、主宰天地的胆略与努力。它将人们对天地的敬畏、对神灵的崇拜以及人的主观能动性有机地结合，形成了非常独特的文化现象。道教系统内使用符咒驱使雷神的雷法，与北帝信仰有极深的渊源关系[②]，至唐，邓紫阳、叶法善、胡惠超、汪真君等的驱雷法术也为北宋末年神霄派的形成奠定了道法基础[③]。明代张宇初天师在《玄问》等道书中指称王文卿为神霄派创立者，但从制度形成和影响扩大的角度看，林灵素才是真正的创立者，唐代剑的文章《论林灵素创立神霄派》对此有详尽的论述[④]。另外，我们参考元代赵道一《历世真仙体道通鉴》卷五三《林灵蘁》《王文卿》两篇传记就可以看出二人的先后和主次。赵道一的《历世真仙体道通鉴》在仙真传记的安排上是颇有讲究的，

---

① 李志鸿：《道教天心正法研究》，社会科学文献出版社，2011 年，第 88—109 页。

② 参阅刘仲宇《五雷正法渊源考论》，《宗教学研究》2001 年第 3 期。

③ 参考李远国《道教神霄派渊源略考》，《宗教学研究》，2001 年第 1 期。另外，相关论述可参李远国的《神霄雷法：道教神霄派沿革与思想》一书，四川人民出版社，2003 年。

④ 此文刊载于《世界宗教研究》1996 年第 2 期。

即同一道派的传记大多以时间先后为序编辑在一起，卷五三《林灵蘁》在前，《王文卿》在后，实际体现了一位代高道的深刻见解。林灵素创立神霄派，获得徽宗的推崇和信任，除了依靠各种法术及与之配合的"灵验故事""创教神话"，还要编撰大量道书、建设道馆、确立神霄派的符箓咒术、考召法术及相应的仪式等。在这个复杂的历史过程中，神霄派也无意间创作了大量文学性作品，《道法会元》中保存的神霄派经典《玄珠歌》《火师汪真君雷霆奥旨》等都是颇有韵味的歌诗，而神霄派的各种灵验故事也成了后世各种传奇、小说、笔记、戏曲的原始素材。

林灵素政和五年（1115）得宠，宣和元年（1119）被逐出宫，数年内通过徽宗皇帝从道教组织、经典教义、斋科仪范等层面上创立"神霄大教"。其所编撰的经书大多佚失，据宋代文史资料，可概略知其存目，如《神霄篆》《集成玉篇》《雷书》等，又在佛道冲突中作《释经诋诬道教议》《归正议》等①。其中徽宗朝编纂的《道史》《道典》，亦当为林灵素主持。林灵素本人因作恶多端，亦为道门所忌，他的传记在南宋形成不同角度的重塑和改造，创立神霄派的名头也转移到声誉较好的王文卿身上。

王文卿（1087—1153）一名俊，字予道（一说述道），号冲和子，又称"王侍宸"，建昌南丰（今江西南丰）人。王文卿的辈分和地位本在林灵素之下，但因林灵素过早败亡，遂在神霄派的创立过程中，在理论和组织上作出了重要贡献。王文卿弟子广布大江南北，如朱智卿、熊山人、平敬宗、袁庭植、萨守坚等。在经典

---

① 唐代剑：《论林灵素创立神霄派》，《世界宗教研究》，1996 年第 2 期，第 62 页。

造构方面，《上清五府五雷大法玉枢灵文》《高上神霄玉枢斩勘五雷大法》《雷说》《先天雷晶隐书》《侍宸诗诀》《上清雷霆火车五雷大法》《中皇总制飞星活曜天罡大法》《火师汪真君雷霆奥旨》等雷法要典，或为王文卿编撰。这些雷法经书，有的当编撰于南宋时期，但多数不可考，这里从创立神霄雷法的角度，将其雷法要义与《玄珠歌》的创作一并放在本节加以讨论和介绍。

"玄珠"一词，较早见于《庄子》外篇《天地》，已见前引，现为论述方便，再引如下：

> 黄帝游乎赤水之北，登乎昆仑之丘而南望，还归，遗其玄珠。使知索之而不得，使离朱索之而不得，使吃诟索之而不得也。乃使象罔，象罔得之。黄帝曰："异哉！象罔乃可以得之乎？"①

"玄珠"本意当指道家形上本体之"道"，后渗入神秘性内涵，成为外丹修炼中水银的隐名。

集唐前外丹资料的《黄帝九鼎神丹经诀》多次谈到"玄珠"，卷十一"狐刚子伏水银法"，又谓"伏玄珠诀"。金丹术又有"玄珠（水银）法""造金玄珠法""造银玄珠法""造九丹铅精玄珠法"等，玄珠均指水银。在内丹术中，玄珠又是内丹之别名，张伯端《悟真篇自序》云：

> 夫炼金液还丹者，则难遇而易成。要须洞晓阴阳，

---

① ［清］郭庆藩撰，王孝鱼点校：《庄子集释》，第414页。

深达造化，方能超二气于黄道，会三性于元宫；攒簇五
行，和合四象，龙吟虎啸，夫倡妇随，玉鼎汤煎，金炉
火炽，始得玄珠有象，太乙归真。①

　　检唐人诗歌，运用黄帝使象罔得"玄珠"这一典故的作品很
多，也有部分作品中的"玄珠"指代水银。另外，《正统道藏》洞
玄部众术类录通玄先生撰《玄珠歌》，《全唐诗补编》据此判断为
唐道士张果作。张果确有玄宗所赐"通玄先生"号，但他主要是
一位以各种方术博皇帝一笑的术士。而从《玄珠歌》的内容来看，
这当是一篇系统论述内丹的歌诗，如诗云"点检光芒八道分，解
吞真火体中焚""玄珠得了永无争，不出丹元结宝成""从前搬运
几多人，只把凡形顿出尘"②。内丹道在五代宋初走向成熟，开天
之际的张果似不可能做出此诗。而五代另有一位通玄先生，即道
士张荐明。《历世真仙体道通鉴》卷四六有《张荐明传》，云：

　　张荐明者，燕人也。少以儒学游河朔，后去为道士。
通老子、庄周之说。后晋高祖天福四年己亥九月辛卯，
上召见，问："道家可以治国乎？"对曰："道也者，妙万
物而为言，总两仪而称德。得其极者，尸居衽席之间，
可以治天地。"高祖大其言，延入内殿，讲《道德经》，
拜以为师。……高祖善之。五年五日，赐号通玄先生。
后不知所之。③

---

① ［宋］张伯端撰，王沐解：《悟真篇浅解》（外三种），第2—3页。
② 陈尚君辑校：《全唐诗补编》之《全唐诗续拾》，第799页。
③ 《道藏》第5册，第365页。

　　此通玄先生张荐明为五代人，后晋高祖曾召见之，并拜为师。
张荐明通道家学说，此传虽未言及内丹，但从他的学养和所处时
代来看，这篇《玄珠歌》很可能为此通玄先生所做。

　　王文卿《玄珠歌》见于《道法会元》卷七十，题署"侍宸灵
慧冲虚妙道真君王文卿撰，雷霆散吏紫清真人海琼白玉蟾注"。另
外《道法会元》卷九十《先天一炁雷法》也录王文卿此歌并《侍
宸诗诀》一首。王文卿《玄珠歌》为四言体，主要阐释神霄雷法
的奥旨：

　　　　大道无言，闭息内观。天罡运转，七曜芒寒。五星
　　相联，还绕泥丸。水火交射，金木相克。金水相生，木
　　火相得。土为意神，随炁生克。风火雷电，雨晴雪雹。
　　一炁流通，浑沦磅礴。散为万有，聚为赤子。变为雷神，
　　化为自己。先天先地，一而已矣。心火为神，肝怒魂惊。
　　脾神主意，三帅化形。清浊初分，便有五雷。下应五岳，
　　五炁往来。生旺墓克，其义玄哉。玄牝人门，五炁之祖。
　　泥丸天门，万神之府。胆炁为雷，意为使者。两肾日月，
　　脐轮星斗，心为天罡。水火成雷，金火擘电，水火风动，
　　金水沛然。土为中宫，运转五行。常朝上帝，泥丸之尊。
　　我口是敕，随吾令行。神非外神，五炁之精。我炁自神，
　　外神不灵。五户不闭，天地不合，五炁不聚，五雷不生，
　　阴阳不蒸，雨从何生。若无屯蒙，雨从何起。屯蒙不发，
　　电光不现。此神无炁，何由而发。心火不炎，欻火不降。
　　肝神不怒，辛帅不临。意无所主，使者不行。水火不交，
　　神无所养。元神不完，元炁又短。妄役鬼神，谓法不灵，

书符念咒，笑杀世人。天地人物，一炁相感。古今圣贤，
一理贯通。茫茫九州，四方万里，何处寻师，不如求己。
掌上玄机，胸中奥旨。勉夫好学，吾言毕矣。①

从最后一句"勉夫好学，吾言毕矣"看，这是王文卿的传法
歌诀。虽然是歌诀形式，但神霄雷法的要义都囊括在内了。王文
卿反对"妄役鬼神""书符念咒"，他以为这些都不是雷法的根本。
施行雷法需结合内丹修炼的理论和路数，《道法会元》卷九十所录
《侍宸诗诀》云："二斗初生指坎离，五行混合结婴儿。踏翻斗柄
雷声撼，倒卷黄河雪浪随。阳裹阴兮天欲霁，阴包阳魄雨来时。
玄珠内运功成后，橐籥风雷运化机。"②"玄珠内运"即丹成之状。
通过存思内观自身的"五炁"元神，"变为雷神，化为自己"，再
运转五炁的聚散，阴阳相蒸，进而控制自然界的风雨雷电。我们
在现代大气科学的背景下看待这种道法修持会觉得荒诞离奇，但
这种基于天人合一、一炁相感的朴素理念，这种意图通过"自己"
（真性）控制自然、主宰云雨的努力和勇气，仍是令人感佩的。

内丹歌诀经咒多以五言、七言形式传诵，这篇《玄珠歌》以
四言形式写就，节奏和内容更趋紧凑促迫，体现了雷法歌诀的殊
异性，在道教文学史上颇值得关注。

第四节　张商英对道教文学发展的贡献

张商英（1043—1121）字天觉，号无尽居士，蜀州新津（今

① 《道藏》第29册，第234—239页。
② 《道藏》第29册，第377页。

四川新津）人。治平二年（1065）进士，后被章惇引荐进入变法集团，从此在残酷的党争时局中宦海沉浮。徽宗大观四年（1110），已届晚年的张商英官拜宰相，但旋又罢相，宣和三年（1121）去世，享年七十九岁。在旧党眼中，张商英屡被斥为奸诈反复、趋炎附势的无耻之徒，可是后来因作《元祐嘉禾颂》及《司马光祭文》，又被纳入元祐党人籍。张商英自身个性突出，再加上复杂的政治环境，关于他的私德人品，历来有各种评价，此不具述。

张商英倾心佛法，元祐二年（1087）被贬河东提点刑狱时，曾两诣五台山，撰写了《续清凉传》，维护五台山佛教，有"护法丞相"之誉。张商英在徽宗朝的崇道热潮中，虽然曾劝徽宗"节华侈，息土木，抑侥幸"①，但也参与祈禳斋醮、科仪编纂等活动，且对道教信仰和道经文献有深入的研究。大观年间张商英曾进道教神谱图像《三才定位图》，其奏文云：

> 臣少也贱，刻苦力学，穷天地之所以终始，三光之所以运行，五行之所以消长，神人之所以隐显，潜心研思，垂四十年，而后著成《三才定位图》，今绘为巨轴上进。如有可采，愿得巨石刊刻，垂之永久。②

据张商英自述，他曾潜心研究宇宙运行、五行消长、神人隐显等仙道学问四十余年。《三才定位图》关涉道教宇宙和神仙谱

---

① ［元］脱脱等撰：《宋史》卷三五一，第 11097 页。
② 《全宋文》第 102 册，卷二二二九，第 140 页。

系，需要援引大量道经，对道教仅有一般修养者不能为也。他的《金箓斋科仪序》也自诩："文章政事之外，深究道妙，博穷秘典。蕊笈琅函，靡不通贯。"① 从这些表述中，我们大致能看出张商英相当自信且毫不掩饰，"靡不通贯"之说有一定夸张成分。但我们结合他留存的诗文碑刻来看，张商英对道教文学、科仪经典等确有精深造诣，惜其百卷《无尽居士集》散佚，不能观其全貌。目前，仅据《道藏》及《全宋文》《全宋诗》等文献，可知张商英除了编绘《三才定位图》，还纂修了《金箓斋三洞赞咏仪》，收集科仪歌词，又为《黄石公素书》作注等。张商英自己也撰有《亳州太清宫碑记》《茅山崇禧观碑铭》等碑记及《吉州道藏记》、步虚词等道教诗文作品传世。应该说，他对道教文学的发展作出过重要贡献。

金箓斋是帝王国主每遇重大自然灾害和星象变异等凶丧之事时所修的道教科仪，规模宏大，仪节整肃，且须在名山大川举行，往往有投龙简科仪伴随。杜光庭所集《金箓斋启坛仪》卷前《序事》云：

> 上元金箓，为国主帝王，镇安社稷，保佑生灵，上消天灾，下禳地祸，制御劫运，宁肃山川，摧伏妖魔，荡除凶秽。或五星失度，四气变常，二象不宁，两曜亏蚀，天倾地震，川竭山崩，水旱为灾，螟蝗害稼，疫毒流布，兵革四兴，猛鸷侵凌，水火漂灼，冬雷夏雪，彗孛呈妖，皆当于名山洞府，古迹神乡，精备信仪，按遵

---

① 《道藏》第 9 册，第 133 页。

科典，修金箓宝斋。拜天谢过，责躬引咎，思道祈灵，可以禳却氛邪，解销灾变。①

张商英在徽宗朝曾任中太一宫使的祠禄官，专责祭醮等事。据其《金箓斋科仪序》，张商英或在此期组织道士搜集金箓斋科仪文本，考订校勘，编纂成帙，并付道官定夺，是序云：

臣商英奉御笔曰：……矧金箓科教，信为余事。向委一二道士，将道场仪矩，稽考藏典校正，近成书帙来上，尝付道官定夺。今据签出，异同甚多。并降付卿，可机政余暇看详，指定可否，如有讨论未备，文义乖讹，并未尽事件，并行贴改，删润进入。②

明《正统道藏》署张商英编辑的金箓斋科仪仅《金箓斋投简仪》《金箓斋三洞赞咏仪》，但我们推测其他十几种收在洞玄部威仪类的金箓斋科仪文本，或都在陆修静、杜光庭等人的基础上，重加厘定。张商英通过编纂《金箓斋三洞赞咏仪》，完整保存了太宗、真宗和徽宗的三清乐歌词、步虚词、散花词、白鹤辞等科仪歌词，为道教祠祭文书的写作奠定了基础。

张商英的序跋文、道教碑刻等颇富文采，加之他本人对教义的深入理解，这些文字都是难得的道教文学资料。吉州（今江西吉安）天庆观道士"某甲"作道经藏成，因宝文阁待制李琮之请，

---

① 《道藏》第 9 册，第 67 页。
② 《道藏》第 9 册，第 133 页。

写了一篇《吉州道藏记》。李琮，字献甫，江宁人，《宋史》卷三三三有传。据传载，李琮登进士第，元祐初年，因言官论其括隐税之害，黜知吉州。晚年入为太府卿，迁户部侍郎，以宝文阁待制知杭州、永兴军、河南、瀛州等。李琮与张商英当有一定的过往交情，张商英承李琮之请写的《吉州道藏记》是一篇四言体的赞颂类文字，前有一段小序，云：

> 大道无言，恶乎述之？大道无象，恶乎藏之？言而非言，则三洞四辅，述之至于无穷，而言非多也；象而非象，则百千万卷，藏之至于不可尽，而象非碍也。于是吉州天庆观道士某甲作道经藏成，因宝文阁待制李公琮来求予记，尝试以所学订之。①

张商英对佛禅有精深研究，开篇即以"言""象"两个富有思辨色彩的概念入手，佛教有所谓"法超言象"、不立文字之说，如此纂集道藏经有什么意义呢？张商英设问自答：言之无穷、藏之不可尽，那么就可以"言非多"而"象非碍"了。这样的开篇出手不凡，富有哲思，接下来就是颂赞类的四言体正文。这篇文字将近一千字，篇幅相当长，在南宋已有一定影响，谢守灏《混元圣纪》卷二就曾引用此文以解释"三洞"的由来。现引录张商英正文第一部分如下：

---

① 《全宋文》第一百二册卷二二三二据《国朝二百家名贤文粹》整理校点此文，见第 199—200 页。以下引录，均据此本，不再出注。

空洞之元，气母混成。不忘为真，不二为精。不昧
为觉，不测为神。孰清孰浊，孰凡孰圣？孰短孰修，孰
魔孰正？轻极重生，上下乃形。下腾上降，水火传精。
故有日月，昼夜司明。一二成三，三微成气。三气成候，
三候成节。大明终始，五六循环。日从左运，辰以右合。
周流六十，故新相易。刚柔交发，三才奠体。杳邈太空，
三清所都。莫知其先，强目曰元。莫知其初，强目曰始。
莫知其大，强目曰太。莫知其顶，强目曰上。高而无至，
仰之曰尊。宰而无我，主之曰君。能虚能盈，能一能万。
化生诸天，成就世界。中有妙山，名曰玉京。四方既正，
八天既分。三十二帝，分住宝城。斗箕角轸，井参奎壁。
魁承冈建，五合造运。秒毫忽厘，与道同流。劫运悠旷，
太少格塞。

这一部分讲述道教宇宙生成、元始天尊的由来及三清天、三
十二天帝的天界景象。张商英曾进《三才定位图》，这里也提到
"三才奠体"。这部分文字多用排比句法，有一气呵成之势。开篇
提出元气乃宇宙本体，随之以四"不"形容"气母"混成的"不
忘""不二""不昧""不测"，继之以四句设问，思考"清浊"
"圣凡""短修""魔正"四组对应概念该如何判定，这当然也是
人类信仰要共同面对的一些根本问题。张商英以文学化的笔法解
释道教的信仰架构和神学基础，对理解《三才定位图》的神学依

据有重要帮助①。

这篇《道藏记》的行文有很强的内在逻辑，概括论述了道教宇宙和信仰的基本原理，接下来张商英描述世间凡俗群生，情流识蔽，颠倒梦想，遂起爱憎之心，性不得清，命不得延，幽鬼丛生，群魔凌暴，于是三清化主、三天帝君出于仁爱好生之慈悲，拯救黎民于水火，遂以"自然妙气"示符箓经咒于人间，以"教授仙众，威制魔群，炼度魂魄，役召万灵"。这段文字解释道教经藏的起源，随后以四言方式对道藏经"三洞四辅"的分类等进一步论述。关于洞真、洞玄、洞神的由来和意涵的讨论，异说纷呈，张商英的解释有一定新意：

> 太上道三，上真道七。中真道六，下真道四。金口所说，三师所授。瑶函宝笈，秘畜天台。遗落人间，太仓一稗。修真之士，集为三洞。贪多务得，附以异术。无无上真，名曰洞真。幽深渊微，名曰洞玄。灵奇隐显，名曰洞神。非真之真，泯寂无文。非玄之玄，妙体孤存。非神之神，欻忽无垠。

循其文意脉络，至此，张商英开始褒扬道藏经的编纂者："子藏其书，劳苦经营。予嘉乃志，试为子评。"道士"某甲"当是一位精勤刻苦、修炼有成、且致力于道经纂辑的高道："静室焚兰，齿扣鼓鸣。整肃冠褐，临目注诚。谛存三气，映照兆身。诵持万

---

① 吴羽《〈三才定位图〉考论》（《艺术史研究》第十辑，中山大学出版社，2008年）曾有深论，惜未用张商英此文。

过，反覆发明。无为经肆，无为说铃。子有志乎？将利人乎？人获其利，可以具愧。彼之购书，迨此完备。捐金出力，亦既勤至。"文章的最后部分赞美道藏经典利益众生："资子观阅，遂穷圣意。一观而悟，一悟而修。背土凌虚，所欲可求。……"张商英对丹道修炼有一定了解，这里详细描写了存思、内炼的过程。至此笔锋一转，"然则道以书传，书以藏积"，紧扣《道藏记》的主题，以"道藏之利，不亦博乎"收束全文。

崇宁、政和年间徽宗曾大规模搜访道经，设经局，敕道士校订，后纂成第一部雕版印刷的《万寿道藏》。《吉州道藏》当是"道士某甲"以一己之力经各方搜讨编纂的《道藏》，很可能毁于靖康、建炎年间。陈国符《道藏源流考》之《历代道书目及道藏之纂修与镂板》的徽宗部分也未提及《吉州道藏》，目前我们仅能通过张商英的这篇文字略知一二。从道教文学创作的角度来看，这篇《吉州道藏记》是一篇文、道俱佳的四言体道论。

张商英大部分散文与佛教相关，如佛教寺塔铭记、僧人传记和经教解说等，如《金刚经三十二分说》《护法论》等，但也有几篇道教碑铭、道经序等，如《江宁府茅山崇禧观碑铭》《黄石公素书序》《送蹇道士游庐山序》《送凌戡归蜀记》等。碑铭和经序文字一如张商英的一贯风格，自信放达，说理透彻，文字晓畅。两篇记叙文有一定故事情节，读来颇有趣味。如这篇《送凌戡归蜀记》：

　　凌公济自蜀来谒，曰："戡周旋奉事公三十年矣。公今致身政府，戡志愿毕矣。请从此辞，耕青城山，击壤鼓腹，为太平民。愿得片言，刻石山中，传家为荣，足矣。"应之曰："君隐矣，奚以文为。且赵谂不轨，以辱乡邦，吾何敢怀土哉①。"于是青城丈人夜梦曰："吾何负公而吾弃哉？吾以天地中和之气，生为灵苗，秀为异草。仙人饵以不死，而养命治疾之功，遍于天下。吾从古以来，世生忠臣义士。武王伐纣，所赖而胜者，微、卢、彭、濮人也。公孙述据蜀，迫用蜀士，仰药不惧者，巴郡谯君黄也；漆身为厉者，犍为费贻也；饮毒而死者，广汉李业也；伏剑自刭者，蜀郡王皓也；托盲避世者，任永、冯信也。魏伐刘禅，而劝禅降魏者，西充谯周也。李唐二帝，避贼出狩，而勤王以迎銮舆者，蜀之父老吏民也。且李顺草寇，百日而已，乃孟昶后宫之遗息也；赵谂狂生，阴自推戴，乃南平夷界之獠雏也，奚预吾事哉？神宗作新法度，而元祐之臣指为桀纣，终身贬死不负神宗者，双流邓绾也。哲宗绍述先烈，而建中靖国之臣斥为幽厉，汉东上表慷慨论列者，公也。废为编氓，始终不变者，安、寨二公也。吾三川之灵，何负于世，而公见弃之速邪？"于是仆豁然悟，蹶然兴，急呼凌君而告之曰："勉矣行焉，为我谢青城丈人。上德不德，是以有德。吾之避谤，既失之矣；而丈人自辨，亦未为得也。君平生急义，气豪而善嗷，当持吾说而嗷于山中，万壑响应而震动，不亦快乎！"崇宁三年三月丁未，中大夫、守尚书左丞、上柱国张商英记。②

---

① "怀土"，《全宋文》作"怀士"，据上下文意，当作"怀土"。《论语·里仁》有谓"君子怀德，小人怀土"。

② 《全宋文》第一百二册卷二二二九据《能改斋漫录》卷一四校录，见第149—150页。

　　这是一篇以入梦和梦醒后的觉悟为叙述内容的宋人传奇，李剑国《宋代志怪传奇叙录》等未见叙录。凌戭或为侍奉张商英的一位同乡或亲属辈，所谓"周旋奉事公三十年矣"，现今张商英已经进士及第，"致身政府"，遂想辞归青城山，行前求张商英赐赠片言，以之刻石，"传家为荣"。张商英推辞时，提及当时一桩蜀人赵谂的谋反大案。

　　赵谂为南平僚夷的后代，父亲为当地"洞主"，后联合各路洞主投宋，遂获赐"赵"姓。赵谂少年得志，得中进士，因不满哲宗贬黜同乡苏轼，与张怀素等暗中抨击朝政，时传赵谂自称天子，私立年号隆兴。徽宗崇宁元年（1102），赵谂还乡探视父母时，被人密告私立年号等大逆不道之事，不久入狱被诛，父母、妻儿均被驱逐流放，渝州（今重庆）也改名为恭州。此文撰于崇宁三年（1104），同为蜀人的张商英自然还在这个敏感事件的阴影当中，遂推辞道："且赵谂不轨，以辱乡邦，吾何敢怀土哉！"但是，是夜青城丈人托梦，例数自武王伐纣以来蜀人中的忠臣义士，直至当朝蜀人，当然包括张商英自己。显然，张商英借"青城丈人"之酒杯，浇胸中之块垒。梦醒后，张商英幡然醒悟，同意为凌戭撰文。人物描写生动传神，"青城丈人"俨然化身为一位蜀地的智者。这是借助蜀地神仙"青城丈人"托梦的叙事套路撰写的一篇宋人传奇，事涉当朝变法党争、赵谂谋逆等重大事件，有丰富的历史文化信息。

　　诗歌方面，《全宋诗》据文渊阁《四库全书》所收《两宋名贤小集》等辑张商英诗两卷，内中有不少偈语、题赠寺僧、古刹之作，但斋醮科仪类的诗歌并不多见。其中有几首道诗，如《步虚词》（"珠珮珊珊路绝尘"）、《望仙曲》（"麻姑王蔡迹已往"）等，

《全宋诗》据《重刻麻姑山志》等辑录，但这两首诗均与《全宋诗》卷六七七收录的杨杰诗作重出。以此，这几首诗是否为张商英所作，尚且存疑，故不具述。但元代朱象先编辑的《古楼观紫云衍庆集》卷下存张商英《赠庞道士》诗一首，诗云：

> 褪了朝衣卸了冠，宦情分付梦魂间。因寻太上长生
> 诀，偶到终南第一山。土木形容殷七七，水云情性许闲
> 闲。身中火枣无人会，此药重来便驻颜。①

这首诗不见于《全宋诗》。诗作所赠的庞道士，当是张商英到终南山访求长生之诀时所遇的一位高人。庞道士的"土木形容"和"水云情性"分别用"殷七七"和"许闲闲"来形容。实际上，殷七七、许闲闲是两个道人的名字，但从字面来看，七七、闲闲又可用来形容庞道士的不凡形象，对仗极为巧妙。

总体来看，在徽宗崇道的狂潮中，张商英以其对佛道两教的理解，在佛、道文学创作和经典编纂上，均做出了重要贡献。就道教文学来说，张商英的文献纂辑之功和艺术成就，可谓北宋末期道教文学史上的一抹亮色。

第五节　黄裳的道缘及其文学创作

黄裳（1044—1130），字冕仲，一字道夫，自号紫玄翁、演山居士，南剑州延平（今福建南平）人。元丰五年（1082）春季殿试，神宗亲擢为进士第一，历官越州签判、太学博士、起居舍人、

---

① 《道藏》第 19 册，第 567 页。

太常少卿等。徽宗朝，黄裳任兵部侍郎、礼部侍郎、礼部尚书等虚职，后出知青州、庐州、郓州等，晚年任杭州洞霄宫提举①，有《演山先生文集》六十卷传世②。

黄裳道缘深厚，金庸武侠小说《射雕英雄传》等把黄裳演义为《九阴真经》的作者，此后传播甚广。这并非空穴来风。黄裳与黄庭坚等同处北宋中后期，黄裳更活跃至南宋建炎（1127—1130）初年。此间社会动荡，政局复杂，他身为官僚系统的士大夫，在以儒学为主基调的前提下，对禅宗和道教都表现出浓厚的兴趣。而对于炼养服食等，黄裳"自少年已慕清修之道"③，曾"寓居阆仙洞者十余载"④。程瑀《宋端明殿学士正议大夫赠少傅黄公神道碑》又谓黄裳："颇从事于延年养生之术，博览道家之书，往往深解而参诸日用。凡世俗之所竞趋而共骛者，公独漠然无系累，兹其所以享令名，遂雅操，得遐寿也欤。"⑤ 黄裳淡泊无争，又热衷于服食养生，竟享寿八十有七，这在宋代士大夫中是比较鲜见的。另外，黄裳道号紫玄翁，关于他本为紫薇天宫九真人下

---

① 黄裳《宋史》无传，其生平年里主要据《黄公神道碑》、《宋元学案补遗别附》、《北山小集》、《宋史翼》卷二十六本传、《福建通志》等文献所记，后人考订略有出入，如马里扬硕士论文《演山词研究》（南京师范大学，2008 年）、许起山《黄裳与〈万寿道藏〉在福州的雕版》（《闽江学院学报》2014 年，第 3 期）、鲍睿涵硕士论文《黄裳生平及学术思想考论》（华东师范大学，2019 年）等。

② 四川大学古籍整理研究所编《宋集珍本丛刊》（第 24、25 册）收录清初钞本，线装书局，2004 年。

③ 黄玠：《演山先生文集·题跋》，《宋集珍本丛刊》（第 25 册）《演山先生文集·附录》，线装书局，2004 年，第 193 页。

④ 嵇曾筠：《浙江通志》卷一九五《寓贤下》，影印文津阁《四库全书》本，第 393 页。

⑤ 《全宋文》（第一七七册）第 377 页。

凡的传说，《四库全书总目提要》卷一五五有一段较为公允的
评说：

> 同时庄念祖述《方外志》乃谓裳为紫薇天宫九真人
> 之一，因误校籍、堕人间云云。说殊诞妄。盖以裳素喜
> 道家元秘之书、又自称紫玄翁、往往爱作尘外语。故从
> 而附会之耳。①

《演山先生文集》有一篇《紫玄翁塑像记》，系黄裳之子黄纯
中路过桐庐，听闻绍兴丙寅年（1146）邑宰胡枞据嵩阳庄念祖
《方外志》所记黄裳为九真人事，因其父亲塑像于阆仙洞，遂前往
拜祭并嘱人而作。此记后附《方外志》的记载，云：

> 嵩阳庄念祖所述《方外志》载：张伯端政和中，通
> 名谒黄冕仲于延平，继使人富书于吴伸云：平叔自谓与
> 黄冕仲本紫薇天官，号九皇真人，因误校籍，堕人间，
> 今垣中可见者六星耳，潜耀者三，则平叔、冕仲、睢阳
> 于先生。冕仲曰紫元真人、平叔曰紫阳真人、于公曰紫
> 华真人。胡因书其事，置于大明洞，俾寺僧塑冕仲之像
> 于洞中云。②

据各种史料，张伯端在政和年间已经去世，不可能再去通名

---

① ［清］永瑢等撰：《四库全书总目》，第1336页。

② 黄珍：《演山先生文集》，《宋集珍本丛刊》（第25册）《演山先生文集·
附录》，第192页。

拜谒黄裳。但仙人往往在去世后又重现人间，或叙述往事，或预言将来，此当为好事者据黄裳的一段自述附会之。黄裳有一篇《阆仙洞记》，《全宋文》据乾隆《桐庐县志》卷二辑录，内中黄裳自云：

> 予与文言："顷有异人道予自紫元洞游人间世，可于桥之西为予作紫玄庵，他日于此栖养以度生。"文喜，不日而庵成，求予文。①

可见有一异人曾谓其"自紫玄洞游人世间"，黄裳自己似乎也颇为认同。《方外志》《历世真仙体道通鉴》卷四九《张用成》传等据此进一步铺衍，把黄裳打扮成一位有模有样的谪仙人。另外，第一部雕版印刷的政和万寿《道藏》正是由黄裳役工镂板的②，这为黄裳的仙道色彩又添上浓重的一笔。

作为紫玄翁的黄裳的确一副"仙风道骨"，其诗词作品多有浓厚的道教色彩。《演山先生文集》中多见其参悟道家学说的文字，与道士交往、游览道教名山的涉道诗文也随处可见。黄裳并非出于宣教目的，而是运用想象、夸张等文学手法，把神仙题材和道教典故熔铸于诗文创作，其艺术价值超出了纯粹的宗教文学文本。

黄裳以仙道为题材的诗、文、词作，在宋代文人中算比较密集的。其词作用语、典故等，大都离不开"仙槎"（《渔家傲·咏月》）、"金鼎丹成"（《桂枝香》）、"化作瑶池"（《永遇乐·玩

---

① 《全宋文》（第一百三册），第352页。
② 许起山《黄裳与〈万寿道藏〉在福州的雕版》一文曾予详尽的考察。

雪》）"神仙府"（《蝶恋花·月词》）、"云霄仙子"（《满江红·东湖观莲》）等道教术语。其留存的五十多首词作多与仙道题材有关，其中的《瑶池月》两首运用仙道意象，同时又隐含禅机，以优美的文学方式表达出世情怀，堪称宗教与文学交融的典范。其一《云山行》云：

> 微尘濯尽，栖真处、群山排在云汉。青盘翠跃，掩映平林寒涧。流水急、数片桃花逝，自有留春仙馆。秦渔问，前朝换。卢郎待，今生满。谁伴。元翁笑语，相从未晚。
>
> 更安得、世味堪玩。道未立、身尤是幻。浮生一梭过，梦回人散。卧松庵、当会灵源，现万象、无中须看。乾坤鼎，阴阳炭。琼枝秀，金圆烂。何患。朝元事往，孤云难管。①

这首词主要写山，上阕以渔人误入世外桃源和卢郎岁暮犹为校书郎而晚娶崔氏女的典故，表现自己放达自适的人生态度。下阕一句"道未立、身尤是幻"，接下来写修道体验，"乾坤鼎，阴阳炭，琼枝秀，金圆烂"句显然指丹道方面的修炼。又如《瑶池月》其二《烟波行》：

> 扁舟寓兴，江湖上、无人知道名姓。忘机对景，咫尺群鸥相认。烟雨急、一片篷声碎，醉眼看山还醒。晴

---

① 唐圭璋编：《全宋词》，第 380 页。

云断，狂风信。寒蟾倒，远山影。谁听。横琴数曲，瑶池夜冷。

　　这些子、名利休问。况是物、都归幻境。须臾百年梦，去来无定。向婵娟、留住青春，笑世上、风流多病。蒹葭渚，芙蓉径。放侯印，趁渔艇。争甚。须知九鼎，金砂如圣。①

　　这一首主要从水景着眼，主旨与《云山行》接近，仍是表现词人放旷山水、淡泊名利的情怀。下阕最后一句"须知九鼎，金砂如圣"站在丹道角度，有点题收束之功。当然，黄裳不仅热衷仙道养生，对佛禅打坐也有深究。这两首词也隐含着万有皆空的空幻禅境。词作前小序云："紫玄翁一日公余，危坐寂寥。幽怀逸思，偶往云山烟波之间，想见其为乐也，因作《云山》《烟波》二行，歌之以《瑶池月》。精严禅老请刻之石，乃书以遗之。"② 精严禅老曾把这两首词刻于石上，亦可见其禅机佛趣非同一般。

　　黄裳的《满路花·和秋风吹渭水》引入内丹修炼密语，表现出作者看破红尘、倾心丹道炼养的雅志。词云：

　　乾坤生古意，草木起秋声。移人名利境，梦中惊。便寻灵宝，凤髓与龟精。密报黄芽就，紫府门开，道情有个莺莺。问归含楚山青。

　　卧影水天明。松庵谁笑话，见还婴。鹤归日落，聚

---

① 唐圭璋编：《全宋词》，第381页。
② 唐圭璋编：《全宋词》，第380页。

散两忘情。好笑人痴处，白头青冢，世间犹说醒醒。①

词的上阕描述自己在名利境中惊醒，"便寻灵宝，凤髓与龟精"，灵宝当是金丹大药的代称，凤髓、龟精是丹道隐语，指真铅、真汞，《玄奥集》谓："龟精、凤髓、兔髓、乌肝，先天地精，不过真铅真汞交结而成。"②"黄芽"、"紫府"指修炼功成的一些迹象和步骤，各家说解不一。总之，黄裳积极利用道教修炼术语，表述自己的平生志趣与仙道情怀。

黄裳的诗作也处处可见仙道烟霞气，多数作品引用道教的仙名人物如"真人""仙翁""道人"之类，又时见修炼术语，如"金丹""丹砂""餐霞"等，也有引用道教宫观的名字如"蓬莱宫"、"九仙山"、"紫泽观"之类，又或者引用道教经典如《老子》《庄子》《黄庭》等等。可见，黄裳归隐田园、耽于炼养是贯穿其一生的内圣之道，这也使其诗作在迷离变幻中有一种清幽与古朴的色调，现从《演山先生文集》摘引数句如下。卷三《送骆君归隐庐阜》："况是天台掌仙箓，炼矿成金石龙谷。"卷四《鸿雁渚》："看破眼前人与物，紫玄翁在小桥东。"卷六《赠吕梦得》："香药一炉经一卷，红尘应是懒回头。"卷七《还乡有感》："不向洞霄归未得，此宫犹是地行仙。"《江七山居》："海门有信蓬莱近，丹室无尘宇宙宽。"卷九《道中有作呈崔风子》："双轮辗出三清路，二气烧成几转丹。"卷十《延平阁闲望十首》："百花岩上人长

---

① 唐圭璋编：《全宋词》，第 383 页。
② ［清］查慎行著，王友胜校点：《苏诗补注》卷三九，凤凰出版社，2013年，第 1186 页。

在，谁识神仙指顾中。"①

　　黄裳还有一篇《燕华仙传》，《演山先生文集》不载。李剑国以为此传为黄裳晚年时所作，节录此传的《搜神秘览》作于政和三年，遂疑作于大观间奉祠闲居之时②。但据王安石《题〈燕华仙传〉》的跋文，王安石当见过黄裳此传，跋云：

　　　　燕华仙事异矣，黄君所为传，亦辩丽可喜。十方世界，皆智所幻。推智无方，幻亦无穷。必有合焉，乃与为类。则王夫人之遇，岂偶然哉！③

　　黄裳元丰五年（1082）中进士，王安石元祐元年（1086）去世，此跋所谓"黄君"撰写燕华仙事，即指黄裳撰《燕华仙传》，这是有可能的。如此，则此传不可能撰写于黄裳晚年，但可证确为黄裳所为。李先生《宋代传奇集》曾据《续古逸丛书》本《搜神秘览》辑录校点，现引录如下：

　　　　燕华仙人，女子之得道者也。太子中允王绘，昔为海陵时，有处子未及笄。一日，梦为山中游。其山秀特，插立万仞。烟云缥缈之间，有华亭在其上。仰见二仙围棋，对坐，冠服靡丽粲烂，如世之画女仙者。相望之际，

---

　　①　黄裳：《演山先生文集》，《宋集珍本丛刊》（第24册），第700、706、715、718、721、732、733页。

　　②　李剑国：《宋代志怪传奇叙录》，第209页。

　　③　［宋］王安石撰，刘成国点校：《王安石文集》第四册卷七一《杂著》，第1246页。

怳然已造其坐侧。一仙顾谓之曰："汝见吾一笔塔乎？"遂出而示之："观塔而窜思，复得见，且传其塔，斋戒以自致焉。"后两日，再遇于梦中，与顷所见无以异也。仙复出塔，顾谓之曰："汝能传吾塔，则将与尔会矣。"乃谕处子以发笔处。及觉而思之，一笔而塔就。大功万象，世之画工细窥其妙，不知其所以然而然，欲模而去，不可得也。

一日，燕笔降于海陵之公宇，纶净其室以待之。与处子语笑居处，如人间世，然独处子闻见之耳，纶等不得其仿佛。纶求名字于仙，仙以"清非"命其名，以"道明"命其字。尝言与纶有契，故来此尔。纶问而答，出其文篆，皆寓于处子而见焉。名篆八十四，名曲四十八，名书三十六，七答、二告、十赋，歌行、讽吟、词曲、铭诰、戒谕、书颂一百二十有八。寄赠招勉，其诗在纶尤多。处子阴受其书篆，发于纸笔，如素所习者。奇怪险绝，皆非人巧所至。纶出百轴进上，余藏其家。处子求笛金篆，仙曰："姑俟笔至。"少顷，果有赠纶十笔者，发二笔，为虫食其锋，正笛金所用尔。字无小大巨细，例以一笔写之，未尝易也。或以祸福求之，皆默而不应。

丁晋公之行，因有所请，仙言"复还"而已。处子问仙："今几千岁矣？"仙亦举其问而应之。纶问仙："处子可以归乎？可以不归乎？"仙亦举其问而应之，终不为之决。及其许嫁，而仙往矣。凡昔之所传，遂不复记。临归，弟梦燕华相导，至大海边，白石漫然，不可胜计。

欲其渡海，处子不如其命，顾谓处子曰："可于人世求《碧仙洞玉霞经》而读之。"语已而觉。燕华之降，至此十年矣。

处子之归吕氏，后封万年县君，行六十四年而卒。前此，时复闻有音乐之声，若相将者。然卒不得而遇也。①

章炳文《搜神秘览》云："黄裳为《燕华仙传》，因书其大略曰……。"② 可见这是一个节本，并非照搬过录黄裳的原文，但故事仍是完整的。王纶之幼女的降神、扶乩事当时即有广泛传播，想必并非空穴来风，与宋初终南山县民张守真降神事件类似，当是有意制造的带有一定政治目的的降神行为。《诗话总龟》《梦溪笔谈》《绀珠集》《唐宋遗史》《锦绣万花谷》等宋人文献也记录了王纶之女事，其间的文字传衍删略，李剑国《宋代传奇集》《宋代志怪传奇叙录》都曾考订。其中《诗话总龟》所录较为完整，《宋代传奇集》曾据人民文学出版社校点本《诗话总龟》前集卷四九编录，现转引如下：

太子中允王纶，祥符中登进士第。有女子年十八岁，一日昼寝中忽魇声。其父与家人亟往问之，已起，谓父曰："与汝有洞天之缘，降人间四百年矣，今又会此。"自是谓父曰清非生，自称曰燕华君。初不识字，忽善三

① 李剑国：《宋代传奇集》，第371—373页。
② 影宋刻本《续古逸丛书》（下）。

十六体天篆，皆世所未识。每与清非生唱和，及百余篇。有《送人诗》云："南去过潇湘，休问屈氏狂。而今圣天子，不是楚怀王。"又《赠清非生》末句云："自有燕华无限景，清非何事恋东宫？"又《雪诗》云："何事月娥欺不在，乱飞端叶落人间？"说与人云："天上端木，开花六出。"《赠清非生》云："君为秋桐，我为春风。春风会使秋桐变，秋桐不识春风面。"《题金山》云："涛头风滚雪，山脚石蟠虬。"又诗云："落笔非俗子，鼓吹皆天声。岂俟耳目既，慰予华燕情？"蒋颖叔以楷字释之，刻于石。后嫁为广陵吕氏妻，既嫁则懵然不复能诗。康定间进篆字二十四轴，仁宗嘉之。①

因《诗话总龟》的"诗话"特征，所录不在故事情节中，而是存诗之本事，所以这里录了《送人诗》全诗及《赠清非生》《雪诗》《题金山》中的诗句和散句等。其中《送人诗》"而今圣天子，不是楚怀王"一句提及的"天子"当是真宗皇帝，带有较为明显的政治色彩。燕华仙通过王纶之女降言的诗歌，与真宗朝王钦若编纂《翊圣保德真君传》中的真君降言有一定相似性，但后者是针对太宗继位的政治谶纬，而燕华仙降言显然是针对真宗的。

王纶女儿降言事发生在真宗朝，后来此女出嫁，燕华仙不再下降，享年64岁。可见，此事从在真宗朝发生，历经仁、英、神、哲四朝，一直到徽宗朝都在流播，衍生出各种版本，且有丁谓、蒋之奇等时贤名流参与其中。在诸种传说中，黄裳《燕华仙人传》

---

① 李剑国：《宋代传奇集》，第147页。

未录降言诗作，仅提供了各种降言作品的名目，但对女子梦遇仙人的经过及与父亲王纶的对话的记录都非常生动，燕华仙形象更为丰满，更富有传奇色彩。显然，这不是对前传的简单加工，而是精心的"始有意为之"。可以说，黄裳此传对北宋朝燕华仙降言事起到了文本定型的重要作用。

从黄裳留存的所有作品来看，黄裳热衷仙道，但是集中并没有步虚词、青词等道教斋醮文书，只有数篇文章涉及一些道教修炼内容。这与黄裳的身份和兴趣颇不相符。因青词、步虚词等道教科仪类文书往往不被看重，我们推测在编辑是集时有人删略。总之，黄裳在北宋徽宗朝是好道士大夫的典型和代表，他对佛禅和道教的不同态度与对二教的融合方式，在道教文学创作上也有鲜明的体现。

第五章　南宋道教文学（1127—1279）

道教在两宋演进的原因，除了自身发展的内在动力，还有重要的人为因素。这种因素往往来源于历朝皇帝的个人意志、一己好恶以及官僚系统的推波助澜，而这构成了宋代道教发展中显著的、外在的推助力量。

南宋诸帝吸取徽宗崇道亡国的教训①，对道教的斋醮祈禳、方术养生等大多抱持理性的态度，但在彼时的社会氛围、认识水平和信仰民俗的影响下，也不可能与道教绝缘，只是没有像真宗、徽宗等那样溺于荒唐而已。相较而言，南宋高宗、孝宗、理宗在三教合一的思潮下对道教较为倾心。

高宗即位后，在宗教政策上对道教发展有所限制，对徽宗朝过分崇道的弊端也有所纠正，但就高宗个人来说，他对道教方术、高道修为也颇为推崇。《宋史》卷四六二有《皇甫坦传》，叙皇甫坦医显仁皇太后眼疾及高宗召见问长生事。在国破家亡之际，显仁皇太后与钦宗、高宗之间的隐微关系一向是史家考据和好事者夸饰的素材，而皇甫坦正是参与其间的高道之一。高宗多次征召皇甫坦，还曾写《道德经》《黄庭经》《阴符经》及匾额等赐坦，《历世真仙体道通鉴续编》卷三《皇甫坦》撮合各种文献记载，进

---

① 《宋史》卷二二总结徽宗"失国之由"，有"溺信虚无"、"玩物而丧志、纵欲而败度"。

行有系统的、文学化的铺陈叙事，其中录载高宗诏书一篇，今纂《全宋文》未予收录[1]：

> 先生清标孤映，寄迹物外，秕糠尘俗，啸咏烟霞，信可乐也。去秋为别，俯仰周岁，兴怀晤言，驰神缅邈。计青城会友于元览，白云遂无心于帝乡也。秋凉甚迩，不知何日可相见。愿早践言，则骑气御风，泠然无难。行且湘云横素，桂子吹香，燕馆超然，下风问道，虚怀结想久矣。专此为问，残暑在序，益保清虚。[2]

这实际是写给皇甫坦的一封信，但字里行间我们可以看出高宗对一位高道的敬仰和尊重，但此期大规模的官方崇拜是没有的。

孝宗留心炼养方术，屡次召见高道，除此以外，对《政和万寿道藏》的保存和传播也做出过贡献。陈国符《道藏源流考》在综合《咸淳临安志》等文献记载的基础上，概括为：

> 孝宗淳熙二年，福州闽县报恩光孝观所度《政和万寿道藏》送往临安府。太乙宫即抄录一藏，四年成。其后敕写录成数藏，六年成。寻颁赐道观。南宋末，南方道观，颇有免于兵燹者。其《道藏》因得保存，而传至元代。[3]

---

① 宋高宗文收于《全宋文》第 201 册第四四三九卷至第 205 册第四四五七卷，未见收录此文。

② 《道藏》第 5 册，第 433 页。

③ 陈国符：《道藏源流考》，第 121 页。

孝宗重建"道藏"事不见正史记载，当时陈先生已就孝宗写录"道藏"做了非常详尽的考索，征引文献出自《淳熙三山志》《大涤洞天记》《嘉定赤城新志》等，所得结论凿实可信。

理宗以推崇理学著称，但对道教也较为重视，嘉熙三年（1239）曾召见正一道第三十五代天师张可大，赐号"观妙先生"，赐田免租，自此正一派在南方势力渐强，至元代形成与北方全真道相对的全国性道派。理宗发展道教的另一个举措是大力推行《太上感应篇》。

《太上感应篇》在北宋就已成书，作者不详，严格来说明《道藏》太清部《太上感应篇》三十卷本是后人在一卷本经文的基础上，模仿经典笺、传等阐释体例，以传、赞形式增衍出来的本子。此书在理宗君臣的大力推举下，从南宋后期开始流行，在民间被百姓广为接受，为道教世俗化和民间化起到推波助澜的作用。从道教文学的角度看，传赞本《太上感应篇》中的叙事性作品及所附诗词等都是典型的宗教文学文献，是官方崇道、推动道教文学发展的典型案例。

哲宗绍圣四年（1097），敕龙虎山、茅山、阁皂山为"经箓三山"，各派有所整合，科仪经典和道门制度进一步完善，为南宋符箓派道教的发展打下基础。南宋时期道教内部崛起若干新道派，天心正法、灵宝东华、神霄、清微、净明等新道派此起彼伏，另外唐宋之际兴起的内丹修炼法门，势力大小不一，存世长短各异，此消彼长，影响至为深远。它们生机勃勃，在道教文学创作上也各有所长。另外，除了神霄派雷法，南宋出现的净明道、清微派、东华派等新道派，甚至白玉蟾内丹道也都或多或少吸收融合了雷法，最终与正统道教挂钩，为南方统一于龙虎山天师道奠定了信仰基础。由此，南宋出现了众多与雷神信仰相关的文学作品，有的本身就是教内经典，有的传说、神话、灵验故事渗入传奇、诗歌等文人创作中，其中《夷坚志》中的大量作品与天心正法派有关，需要引起足够的重视。

第一节　天心正法与东华派新道教的创教神话

南宋与北方金朝相对立，不少新兴道派出现。清微派创立于南宋理宗（1225—1264 在位）时期，《道法会元》收录不少清微派教法，但该派道经大多纂辑于元以后，此不详述。天心正法派形成于北宋初期江西华盖山的三仙信仰，与饶洞天"掘地得书"的传说密切相关，且带有福建、江西等地民间信仰的元素①。《道藏》洞玄部方法类《上清天心正法》卷首《序》云：

> 遇宋崇兴大道，淳化五年八月十五日，有肉身大士，夜观山顶之上，有五色宝光冲上霄汉。翌旦寻光起处，即三清虚无瑶坛之上也。遂掘三尺许，得金函一所，开见金板玉篆天心秘式一部，名曰《正法》。钦哉，《正法》乃玉帝之心术，太清之真文，太上之妙法，三洞之灵书，共成四阶之经箓，所谓洞玄、洞神、洞真、灵宝，出于道德自然之始也。大士者，饶公处士也，名洞天。虽获秘文，然未识诀目玉格行用之由。复遇神人，指令师于谭先生，名紫霄，授得其道。紫霄又令往见泰山天齐仁圣帝，得尽其妙王，又奏请助以阴兵。大士作天心初祖，

---

① 参李志鸿《道教天心正法研究》，社会科学文献出版社，2011 年。

号正法功臣，日直元君北极驱邪院使。升天时，以法传弟子朱监观，名仲素。仲素次传游道首，道首次传通直郎邹责，邹责传臣本师符法，师名天信，至臣有功传于今矣。①

上引《序》是天心正法的创教神话，明确记录了饶洞天掘地得书的传说和后世的传承谱系。如何形成一个道派，并最终被纳入正统道教系统，造构创教神话是重要的途径和手段之一。天心正法派的形成也是如此。

东华派创始于两宋之际的宁全真、田灵虚等人，主要活动于浙东地区，后在宋元之际传温州人林灵真。东华派以经典浩繁著称，早期核心经典《天台四十九品》已经散佚，存世的《灵宝玉鉴》有43卷，林灵真又将宁全真一系所传科仪汇编为320卷的《灵宝领教济度金书》，王契真、金允中又分别编有《上清灵宝大法》，共计104卷。这些多为灵宝斋仪的汇集，但内中保存一些青词、咒诀、歌诗等"仪式文学"作品，是南宋道教文学的重要内容。

《道藏》洞神部谱录类《华盖山浮丘王郭三真君事实》记载浮丘公、王、郭三真君的事迹，书前有南宋理宗景定二年（1261）朱涣敬、刘祥、王克明等人的序，大概在南宋末年成书②。另外，书前有明成祖时四十三代天师张宇初的序。

书前两卷由沈庭瑞编纂，载述周灵王时浮丘公度王子晋及汉

① 《道藏》第10册，第607—608页。
② 萧登福撰：《新修正统道藏总目提要》（下册），巴蜀书社，2021年，第1038—1039页。

代王褒事，录颜真卿《唐抚州崇仁县桥仙观王郭二真君铭》及宋人李冲元的《三真记》。卷三题"道士章元枢编华盖山事实"，较沈庭瑞记载更加详细，且有所补充。卷四、五、六未题"道士章元枢编华盖山事实"，但从内容结构上看，应是章元枢所编，但其中也有黄弥坚、刘祥、王克明等人陆续编修刻梓的功劳。《华盖山浮丘王郭三真君事实》卷五至卷六为沈庭瑞、詹太初、毛道人、饶处士传记及宋以来崇拜华盖山三真由此发生的灵验事迹。这些人物传记和灵验记是南宋道教叙事文学的重要成就之一，其中包含大量历史文化信息，且对《全宋诗》补辑有文献价值①。

从传记的文学水平上看，卷五的《沈道者传》和《饶处士》两篇文采斐然，叙事婉曲，颇有可观之处，如《沈道者传》：

> 沈庭瑞，五代南唐时人，住筠州高安县，故吏部郎中彬之仲子也。天性孤介，形貌秀彻。初名有邻。南唐保大中，弃妻入于玉笥山梅仙观精思院，易名庭瑞。性坦率，尝不由刺字，直造县宇前，期吉州刺史到山。戏之曰："沈道者何日道成？"庭瑞应声成诗曰：
>
> 何须问我道成时，武帝坛前自有期。
>
> 手握药苗人不识，体含仙骨俗争知。
>
> 书符解遣龙蛇走，动印还教山岳移。
>
> 时看玉皇飞诏下，参天鸾鹤自相随。
>
> 每遇深山古洞，或数日不返。严寒风雪，常单衣危

① 张振谦《道教文化与宋代诗歌》附录二据卷五、卷六传记、灵验记补辑数首宋诗，可资参考。

坐。或绝食经月，或纵酒行歌，缘峭壁升乔木，若猿猱之状。骨肉相寻，便却走避，忘情混俗，人莫之测。尝寄食阁皂山中，作异俗辈。盛夏向火，同道者往往问其故，终不答。宋雍熙二年正月内，于玉笥山，先不食七日，至上元日早晨辞道侣，归所居院集仙亭读"人生几何"，赋毕，无病而终。命其徒以《度人经》一卷、《土星画像》一轴为殉。如其言而葬之，后二年二月二十日，有阁皂山道士曾昭莹来，自阁皂遇沈于葛仙坛。曾问所往，云："吾暂到庐山寻知己。"乃以前所藏经画赠之，别诗云：

南北东西事，人间会也无。

昔曾游玉笥，今又返元都。

云片随天阔，泉声落石孤。

丹霞人有约，邀共煮菖蒲。

昭莹携至玉笥，话及方知沈已亡。具述途中相遇，出所留经画及诗示人。众皆骇异，即其垄而观之，见其土交横坼裂，傍有穴，尺余，得片纸，遗诗云：

虚劳营殡玉山前，殡后那知已蜕蝉。

应是元神归洞府，更无遗魄在黄泉。

灵台已得修真诀，尘世空留悟道篇。

堪叹浮生今古事，北邙山下草芊芊。

开冢而视，惟有空棺耳。①

---

① 《道藏》第 18 册，第 68 页。

这则传记主要叙述传主沈庭瑞得道成仙、尸解蝉蜕的故事，故事中的三首诗都是《全宋诗》所漏辑的篇目。《华盖山浮丘王郭三真君事实》的前两卷就是沈庭瑞编辑的，主要目的是总结并延续华盖山的仙道信仰传统。他本人尸解蝉蜕后，再次成为这一道派的"仙化"人物，被后人纳入这个道派的神仙谱系，实现了作为一位道人的至高理想。沈庭瑞的故事无甚出奇的地方，基本遵循不畏艰辛、勤苦修道、最终成仙并获得验证的过程。这种叙事方式相当成熟而有效，其他创教神话也多采取这种叙事逻辑，如本卷《饶处士》《毛道人》等。

卷五、卷六还录有25篇华盖山三真信仰的灵验事迹。佛教出于扩大影响和宣传教义的护教目的，创作大量灵验记，早期道教也有不少灵验文字，但很多散佚了，五代杜光庭所撰十五卷《道教灵验记》就是这类灵验记的典型代表。《华盖山浮丘王郭三真君事实》中的灵验文字正应"事实"二字，有非常明显的传教创宗之目的。为了使这些"非常"灵验和神迹更有真实性、更符合"事实"，灵验记采用传统史传的写作范式，强调灵验故事发生的当事者、时间和地点，读起来确实就像"真的一样"，如《吴一鹗梦授法书》：

> 淳熙壬寅岁九月二十六日甲子，天将欲明时，吴君一鹗梦在华盖山崇仙观相似，坐于三层靠背竹床之上。俄睹其山江道士，着山谷褐衣来访。吾遂牵接，上竹床上，相对作揖。叙话间忽在一楼上，江师不见，别有二道士：内着紫一人，长髯道貌，紫色清癯；其次一人，不肥不长，雍容济楚。各执得一卷纸，写文字，与吾相

揖。吾稽首叩头，问手中何文。道士曰："是法书。"吾
为借看。既得，即入袖中，却坚为求觅。一人相允，内
紫衣长髯者有怒意，坚来取索。吾遂与争。吾分明记是
梦中，然心下说："只要入我袖中，虽梦觉亦得其相允
者。"遂劝得紫衣道士下楼去。吾傍有一人，着皂，短小
身材，数令吾急开笈，收藏法书。不久叫得一人，似地
客黄权，来开笈，却收讫。

　　梦觉，正在追思所梦，良久又睡着。复梦前，去楼
上，二道士再上来。吾高声叫本师，适间谢法书，跪拜
不记数目。紫衣方有笑容，吾跪前进言："所赐法书，其
间无诀节，切望教诲。"紫衣云："待我取来看。"就腰间
小袋子，取出数片黑石相似，长才寸许，约大半寸。抛，
从卓子肱上过，变成小剑，十数次为之。其剑渐长，约
近四寸。吾心中自说："想是飞剑之法？"道士将剑看了，
再抛过，化成一活鱼，约长三寸，提在手中，青绿白色，
纹络如绣。头尾鳞甲分明，隔鳞照见肠肚运动。道士才
看，地上忽涌出泉，如池，阔一尺余。放鱼在内，游戏
良久，化为一禽，其大如鹄。眉目分明，衣毛如锦，绿
白相间，两头两身，前后相重，飞向吾顶上盘旋。吾自
思："此神仙相试，不要震惧。"忽飞上左臂，稍久，紫
衣云："来，不要惊他。"鹄立地上，傍有小盆，内仁麻
子。紫衣云："寻常多费粮食，此是天枢院讨来。"吾为
求少许，紫衣云："不可。"吾再三求觅，遂微笑曰："你
也会得些子，将葫芦来。"倾得一粒，如大麻子，安在吾
手中。

傍又一道士，手托得有小青圆子，如针头大。将手指拨数，和麻子共得十一粒。吾云："被地神收却些子。"道士微笑。吾才转身，有一道士在后，亦吃小青圆。吾亦为乞，得二十余粒，并先所得，将抛入口中。觉有二三粒稍大，用力咽下，约又有二三四粒落地。吾中心说："此是仙药，我既吃了，必有仙分。"不胜欢喜，便拜谢三道士。其二道士同下岩穴中去。吾两手扶捉石上，悬头窥觑，却见二道士在睡床说话。吾自思："不可去，恐被失，或致触犯。"尚有紫衣长髯道士，在先拜处睡。吾忽自觉悟："此是华盖浮丘、王、郭三真君。"低头便拜，近前说："今日得遇真仙，愿求济世之术。寻常行法救人，符水无灵，愿求教诲。"紫衣云："汝何苦要法灵？"吾云："为见世人多被邪祟侵害，枉伤性命，誓愿救人。"正再拜求教间，忽尔梦觉。喉中丹药，犹若哽然。

其日甲子，吉邑之善友借法院朝礼真圣，吾遂拜疏，略言得意，请三仙就法院崇奉，愿求护助，俾道法灵显。至二十七日，书记其事。自后，吾符水昭应，胜于前日。因诣华盖山，请三仙像，归及装修讫。其夜，又梦紫衣长髯并二道士到其家堂前，吾瞻拜之际，遂忽梦觉。一日元枢到吾家，偶序及：予近传得《华盖九一上清法》一部，俟早晚奉传。吾历历言及前事，元枢且惊。由此以思，则知三真显著，诲人不倦，接引方来，未见有如此者。①

---

① 《道藏》第 18 册，第 74—75 页。

这是以第一人称叙述自己梦中遇华盖山三真君，并向三真君求取法书、丹药，后获得灵验的事迹。故事中三位真仙的形象，描述得都很为生动，尤其"着紫长髯"的道士，喜怒间颇见性格。这则灵验记篇幅较长，人物对话有俚俗化的倾向，反应了南宋人的口语习惯，在叙事结构和辞藻修饰上也都相当讲究。这样的灵验记还有《贾氏还魂言冥间事》《浮丘真君治龙源山顶水怪及灵迹》等，也都是相当精彩的宋代志怪小说，但是《宋代志怪传奇叙录》等宋代说部研究论著很少提到《华盖山浮丘王郭三真君事实》中的神仙传和灵验记文字。

《华盖山浮丘王郭三真君事实》是地方区域信仰自神其教、努力打造本派道统的创教神话，推动了道教经箓、法术与仪式传统的有机整合，并最终促使天心正法派登上了两宋道教的历史舞台。

第二节　南宋净明道的道教文学创作

净明道起源于六朝的孝道，但正式形成孝道派、净明道则是两宋时期的事情。宋徽宗政和二年（1112）封许逊为"神功妙济真君"，其在道教神谱中的地位仅次于张陵，可见北宋末年与许逊相关的孝道信仰已经相当普及。南宋建炎二年（1128），周真公（周方文）开始从事降真造经等创教活动，后教团星散，弟子何守证重新造构经典，另立教团，净明道再次焕发新的活力。接下来，元代纂辑了《净明忠孝全书》，进一步巩固地位，净明道活动一直延续至明清①。

　　净明道的成立也同样离不开大量创教神话的编撰，此中关于许逊的传记层出不穷。宋以前就有武周道士胡慧超所作《十二真君传》、佚名《孝道吴许二真君传》等，之后熙宁、元丰年间，余卞又撰《西山十二真君传》及两宋之际的《西山记》②。这些宗教传记为了具备更有效的宣传效应，就要在传记的可读性和吸引力上多用心，而且尽量做到全面细致，具有更大的神学权威。南宋以后的净明道具有较强文学意味的经典主要是白玉蟾的《旌阳许真君传》《续真君传》及在白传基础上托名施岑编撰的《西山许真君八十五化录》。

　　《旌阳许真君传》收在《修真十书·玉隆集》卷三十三，卷前署"海南白玉蟾著"。全传有部分双行小字注释，随文说明所涉及的道教宫观和历史背景等，这并不是可有可无的文字，而是验证"所言不诬"的有力证据，是自神其教的重要组成部分。白玉蟾所著《玉隆集》即隐居江西西山时，当地许逊信仰资料的结集③。关于白玉蟾《旌阳许真君传》的文献来源，我们能看到有些情节来自前代杜光庭《墉城集仙录》和宋初《太平广记》，除了前代文献，我们有理由相信大部分篇目或为白玉蟾在西山多年的访查、

────────────

　　① 此处关于净明道发展的叙述，除了参考卿希泰《中国道教史》、小林正美的《中国的道教》，还综合参考了许蔚的《断裂与建构：净明道的历史与文献》第二章《南宋初净明道书降世考》。

　　② 南宋陈葆光《三洞群仙录》引数条《西山记》文字，纲目见于《道门定制》，李剑国曾辑数条。详见许蔚：《许逊信仰与文学撰述》，华东师范大学硕士论文，2008 年。

　　③ 郭武：《白玉蟾在西山的活动及其对净明道的影响》，詹石窗总主编《百年道学精华集成》第 3 辑卷三《道教门派》，上海科学技术文献出版社，2018 年，第 389 页。

记录的基础上亲自撰述的。《旌阳许真君传》的主要情节由这样几部分构成：

1. 许逊身世

2. 任蜀郡旌阳令，地方大治，以符水驱疫，吏民悦服，立生祠，传画像，敬事如神明。

3. 许逊至新吴，获神剑。至镇江丹阳访姆母，受孝道明王之法。

4. 艾城之黄龙山炼丹，此后周游江湖，在海昏上辽、长沙、鄱阳、浔阳等地杀蛟斩毒，为民除害。

5. 谒大将军王敦，郭璞被斩，许逊真君施法逃脱。此后退隐豫章，作《醉思仙》及《八宝垂训》。

6. 成仙飞升，获仙阶，授九州都仙太史，兼高明大使，著《灵剑子》等书，又与十一弟子各为五言二韵《劝诫诗》十首。

这篇传记当由白玉蟾一人在大量文献和考察记录的基础上精心编撰而成，六部分内容衔接自然，文脉与行文风格一致，看不出拼凑组合的痕迹。全传篇幅达 5000 余字，结构严整，前后呼应，以各种修辞手法，精彩而系统地梳理了许逊得道成仙的完整过程。此前也有多种高道个传，如《华阳陶隐居内传》等，但是就完整性和文学造诣来看，都远不及白玉蟾的《旌阳许真君传》。传中，许逊斩杀蛟精的故事是全传核心，其精彩的叙述不输后世章回体神魔斗法小说。如许逊在海昏上辽为民除巨蟒事，读起来相当惊悚：

　　时海昏之上辽，有巨蛇据山为穴，吐气成云，亘四十里。人畜在其气中者，即被吸吞，无得免者。江湖舟船亦遭覆溺，大为民害。真君闻之，乃登北岭之巅验之，果见毒气涨空。真君愍斯民之罹其害，乃集弟子，将往诛之。初入其界，远近居民三百余人，知真君道法，竞来告愬，求哀恳切。真君曰："世运周流，当斯厄会，生民遭际，合受其灾。吾之此来，正为是事，当为汝曹除之，吾誓不与此蛇具生也。"有顷，群弟子至，亦同劝请。真君曰："须时至乃可。"于是卓剑于地，默祷于天。良久，飞泉涌出，俄有赤乌飞过，真君曰："可矣！"遂前至蛇所，仗剑布气，蛇惧入穴，乃飞符召海昏社伯驱之，不能出。复召南昌社公助之。蛇出穴，举首，高十余丈，目若火炬，吐毒冲天。乡民咸鼓噪相助。是时，真君啸命风雷，指呼神兵，以摄服之，使不得动。吴君乃飞步踏其首，以剑劈其颡，蛇始低伏。弟子施岑、甘战等，引剑挥之，蛇腹裂，有小蛇自腹中出，长数丈。甘君欲斩之，真君曰："彼未为害，不可妄诛小蛇。"惧而奔行六七里，闻鼓噪声，犹返听而顾其母。群弟子请诛而戮之，真君曰："此蛇五百年后若为民害，吾当复出诛。以吾坛前松柏为验，其枝覆坛拂地，乃其时也。"又预谶云："吾仙去后一千二百四十年间，豫章之境，五陵之内，当出地仙八百人。其师出于豫章，大扬吾教。郡江心忽生沙洲，掩过井口者，是其时也。此时小蛇若为害，彼八百人自当诛之。苟无害于物，亦不可诛也。"蛇子遂得入江。大蛇既死，其骨聚而成洲。

真君于海昏经行之处，皆留坛井，凡六处，通候时之地为七，其势布若斗星之状，盖以镇弭后患。复至邑之西北，见山泉清冽，乃投符其中，与民疗疾。其效亦比蜀江。巨蟒既诛，妖血污剑，于是磨洗之，且削石以试其锋。告其徒曰："大蛇虽灭，蛟精未诛。彼物通灵，必知吾有除害。意恐其伺隙溃郡城，吾归郡乎，战岑二子者从我焉。"①

这段文字元代编《净明忠孝全书》卷一《净明道师旌阳许真君传》亦载，但删节一些叙述细节和对话，虽保存了大意，可远不如原文生动。巨蟒为害乡里，为下文斩杀巨蟒的曲折艰难埋下了伏笔。传记通过许逊与弟子的对话，把斩杀巨蟒前的紧张气氛营造到了极点，巨蟒出现后，先是海昏社伯的法力不能奏效，再请南昌社公助力，百姓亦鼓噪相助，然后由许逊啸命风雷，指呼神兵才慑服巨蟒，由众弟子斩杀。整个过程曲折而充满血腥，读起来不由得有一丝丝紧张，而这正是传记的最终目的，即令人信服，滋生敬仰。《旌阳许真君传》的另一则精彩的除害故事，当属蛟精化作美少年事。这则故事也见诸刘斧《青琐高议》前集卷一《许真君斩蛟龙白日上升》。但是，相较此篇，《旌阳许真君传》对话生动，文辞典雅，描述细致，且更富有趣味，现引录如下：

真君乃与甘施二君归郡，周览城邑。适有一少年，美风度，衣冠甚伟，通谒，自称姓慎，礼貌勤恪，应对捷给，遽告去。真君谓弟子曰："适者非人，是蛟之精，故来见试也。体貌虽是而腥风袭人。吾故愚之，庶尽得

---

① 《道藏》第4册，第757—758页。

其丑类耳。"迹其所之，乃在江浒，化为黄牛，卧郡城沙碛之上。真君乃剪纸，化黑牛，往斗之。令施岑潜持剑往，候其斗酣，即挥之。施君一挥，中其股，牛奔入城南之井中。真君遣符吏寻其踪，乃知直至长沙，于贾谊井中出，化为人，即入贾玉史君之家。

先是，蛟精尝慕玉之女美，化为一少年，谒之。玉大爱其才，许妻以女，因厚赂玉之亲信，皆称誉焉，遂成婚。居数岁，生二子。尝以春夏之交，孑然而出，周游江湖，若营贾者，至秋，则乘巨舸重载而归。所资皆宝货，盖乘春夏大水，覆舟所获也。是秋徒还，绐玉云："财货为盗所劫，且伤左股。"玉举家叹惋，求医疗之。真君乃为医士谒玉。玉喜，召其婿出求医。蛟精觉之，惧不敢出。玉自起召之，真君随至其堂，厉声叱曰："江湖蛟精，害物非一，吾寻踪至此，岂容逃遁，速出速出！"蛟精计穷，乃见本形，蜿蜒堂下，为吏兵所诛。真君以法水噀其二子，亦皆为小蛟，并诛之。贾女亦几变形，其父母为哀，求真君给以神符，故得不变。真君谓玉曰："蛟精所居，其下即水，今君舍下深不逾尺，皆洪波也，可速徙居，毋自蹈祸。"玉举家骇惶，迁居高原，其地不日陷为渊潭，深不可测。①

这段文字即流传极广也极复杂的"许逊斩蛟""慎郎化人"和"斗牛"故事。其故事渊源，已有李剑国《唐五代志怪传奇叙录》、

_____

① 《道藏》第 4 册，第 758—759 页。

李丰楙《许逊与萨守坚：邓志谟道教小说研究》及许蔚《许逊信仰与文学撰述》等考察。在各种故事版本中，刘斧《青锁高议》所载故事情节与白玉蟾所记大致相当，但《青锁高议》的文字极为简略，白玉蟾显然没有沿袭前人文字，这里的斩蛟故事已经是一次全新的再创作。许真君的机智神勇，慎郎蛟精的阴险怪诈和被骗婚陷害的贾玉家人，都通过白玉蟾富有想象力的文学性描写，变得鲜活起来。《旌阳许真君传》除了这些惊心动魄的除妖斩蛇故事，也有轻松有趣的一面，如许逊召二龙挟舟飞行，飞过庐山山顶事：

　　二君还至金陵，欲赁舟至豫章，而船主告以乏操舟者。真君曰："尔等但瞑目安坐，切毋觇视。吾自为尔驾之。"乃召二龙挟舟而行，经池阳以印印西岸之崖壁，以辟水怪。舟渐凌空，俄过庐山顶，至紫霄峰金阙洞。二君欲游洞中，故其舟稍低，抹林梢，戛戛有声。舟人不能忍，乃窃窥之。龙即舍舟于层岫之上，拆桅于深涧之下。真君谓舟人曰："汝不听吾言，将何所归乎？"舟人拜求济度，真君教以服饵灵草，遂得辟谷不死，尽隐于此山。二君乃各乘一龙，分水陆还会于北岭之天宝洞，遂归旧隐。①

　　舟飞行空中，触碰林梢，舟中人不禁睁眼窃窥，结果船在半空中翻覆深涧。这种富有想象力的文学化描写，读来不禁哑然。

———
① 《道藏》第 4 册，第 759—760 页。

传记又载，永嘉六年前后，许逊以道术高妙，远近弟子追随者有数百人，因却之不得，只好想一妙计：

> 乃化炭为美妇人，夜散群弟子处以试之。明旦阅之，其不为所染污者，唯十人耳。即异时上升诸高弟也。自是凡周游江湖，诛蛟斩蛇，无不从焉，余多自愧而去。①

许逊以炭化作美妇考验众弟子是佛道教中常见的"考验母题"②，有所谓"不受考验不成佛，不受磨难不成道"的说法，从总体上看，《西游记》就是一部"考验"之作。道教的考验方式，往往通过是否守时、是否能忍受丑秽肮脏来考验求道的毅力、恒心和决心。此传以美色的诱惑来考验众弟子，在道教"考验择徒"母题上有重要的参考意义。

南宋对许逊故事做的进一步敷衍，当属《道藏》洞玄部谱录类所藏《西山许真君八十五化录》。该经题晋施岑编，施岑为许逊弟子，白玉蟾传中施岑多次随许逊除妖斩蛟，但卷首录有施岑于淳祐六年（1246）和淳祐十年（1250）作的两篇序跋，可知所谓"施岑"实出自依托。据《道藏通考》等，《西山许真君八十五化录》应为南宋净明派道士宋道坚、贾守澄等人编撰，书成于淳祐年间（1241—1252）。全书分八十五化。前五十化记许逊真君之生平事迹，每化述事一则，附七言赞诗一首。第五十一至六十八化载宋代崇奉许逊，建祠祭祀，加封尊号，以及许真君寄梦宋徽宗

---

① 《道藏》第 4 册，第 758 页。
② 张玉莲《中古道教仙传中的"考验择徒"母题》对此做过深入分析，见《中国传记评论》第二辑，中国海洋大学出版社，2022 年。

等灵异之事。第六十九至七十九化，载许逊之师友吴猛、弟子彭
伉、时荷、周广、甘战、施岑、曾亨、陈勋、盱烈、黄仁览、钟离
嘉等人传记。最后六化记载与许逊有关的人物，如兰公、谌母、
胡慧超等人事迹。《西山许真君八十五化录》中的许逊事改编自白
玉蟾《旌阳许真君传》，所作诗概括本段大意。诗作通俗易懂，对
进一步深化理解、记诵传播许逊事迹有一定帮助。是经卷下所录
传记也多改编自前人，对净明道道统的创立和教义传播起到积极
作用。

第三节　白玉蟾与金丹派南宗的道教文学成就

　　张伯端的《悟真篇》、陈楠的《翠虚篇》、白玉蟾的《武夷
集》《上清集》《玉隆集》等多以五七言诗及长短句的方式创作，
这类宗教性的文学文本已经成为两宋道教文学中的大宗。按明
《道藏》所存两宋丹经有数十种，内丹歌诗作品相当庞杂，此与北
方全真道歌诗创作互为呼应，形成两宋文学史上的奇观。

　　内丹派南宗主要由陈楠、白玉蟾、石泰、薛道光、刘永年、
翁葆光等传承播衍。南宋末年，李简易《玉溪子丹经指要》卷首
即为《混元仙派之图》，后世学者多据以参核己意排列出新的内丹
传承图谱，各本略有差别①。在内丹派南宗当中，道教文学成就首
推白玉蟾。

　　白玉蟾（1134—1229），原名葛长庚，字如晦，号海琼子。自
称神霄散史、海南道人、琼山道人、武夷散人。祖籍福建闽清。

---

　　①　卿希泰主编《中国道教史》（修订版）第三卷第八章《道教在金与南宋
的发展、改革及道派分化》对此有较详细的描述和绘图，第142—146页。

南宋绍兴四年（公元 1134 年）生于海南岛琼山县五原都显屋村
（今琼山市遵谭镇）。少年丧父，母改嫁于澄迈县老城九曲涧上游
的白氏，因而改姓白。白玉蟾年少即谙经书，能诗赋，且长于书
画。虽幼举童子科，但有志道学，无心科名。出道乃以乳名石蛛
（石蛛乃海南方言俗语即蟾蜍），改名为玉蟾。玉蟾较石蛛雅致，
且含有神仙趣味。此为白玉蟾之姓名缘由。据史书记载，白玉蟾
因有志道学，持侠仗义而亡命武夷；学内丹及雷法，游历于罗浮、
武夷、龙虎、天台、庐山等诸地。嘉定十年（1217），收彭耜、留
元长为弟子，建立靖治，开始了传教活动，正式创立金丹派南宗。
嘉定十一年（1218）宋宁宗降御香，建醮于洪州玉隆宫，适逢建
醮，都宫门请白玉蟾"为国升座"，后又于九宫山瑞庆宫主国醮。
以有神龙出现，名声远扬。嘉定十五年（1221）赴临安诣上，阻
不得达。此后隐居著述。内丹著述有《玄关显秘论》《阴阳升降
论》《金液还丹赋》《海琼问道集》《海琼传道集》《静余玄问》
等，重要著作《玉隆集》《上清集》《武夷集》刊行于世。

一、丹道歌诗传统与白玉蟾的内丹歌诗创作

在漫长的道教史上，像南宋道士白玉蟾这样系统大规模地创
作诗词文赋者并不多见。葛洪、寇谦之、陆修静、陶弘景、张万
福、杜光庭等历代高道一生勤于著述，至今仍有重要文献存世，
对道教发展做出过不可磨灭的贡献，但他们更多的是对道经、科
仪文献的疏注或纂辑整理，相对而言，文学性的诗词创作并非主
体。杜光庭以"博学善属文"名世，但他留存的诗词数量在现有
文献中也是少数，想必实际情况也基本如此。而白玉蟾竟留下
1000 多首诗，100 余首词，数百篇仙传、青词、洞章类文、赋，生

前即有《玉隆集》《上清集》《武夷集》流传，后世编刊的《海琼玉蟾先生文集》①《新刻琼琯白先生集》②《白玉蟾全集》③ 及今人整理的《白玉蟾全集校注本》④《白玉蟾集》⑤ 等已有数种，而近纂大型总集《全宋词》收 130 余首、《全宋诗》收 6 卷，《全宋文》收 12 卷。

　　单从白玉蟾留存诗词的卷数和数量，我们都认可他是一位了不起的诗人、文学家，在海南更被誉为"琼籍文化宗师第一人"⑥。近年关于白玉蟾的研究，除了单篇论文，硕士论文和专著都已出现，但每涉及白玉蟾的诗词创作，除了部分道教学者的研究能够结合教义和哲学思想进行深入探讨外，其他无非是综述白玉蟾其人及诗词作品，然后分析思想内容、艺术特色的"三段论"式研究。但白玉蟾为何创作这么多的诗词作品？背景是什么？内在动机又是什么？此前，我们已经做了一些"知其然"的基础工作，但"知其所以然"的深层问题还需进一步发掘。

　　葛兆光《"不立文字"与"神授天书"：佛教与道教的语言传统及其对中国古典诗歌的影响》一文，以佛教的"不立文字""不可言说"对应道教秘传的符文和神圣经典，指出佛教与道教有不同的语言习惯，而道教重视书写文字，对经典权威性和文字神秘

---

① 明正统臞仙刻本。

② 明安正堂刘双松刻本。

③ 萧天石《道藏精华》本，台北自由出版社 1969 年影印。

④ 朱逸辉等校注，海南出版社 2004 年版。

⑤ 周伟民点校，海南出版社 2006 年版。

⑥ 明代南京礼部尚书王弘诲在《〈张事轩集〉序》中说："吾乡自丘文庄相而白琼仙二先生诗文出，业已彪炳艺林，为后世经世之宗，后之作者不可及已。"

性的强调，在 5 至 6 世纪有逐渐升级的趋势①。此说基本不错，道教对经典神圣性和对文字神秘性的重视，可以说是一以贯之的传统。仓颉作书而"天雨粟，鬼夜哭"及"敬惜字纸"的传说与民俗，彰显的正是敬畏文字的传统，作为本土宗教的道教承续这一观念，并在经典的造构与符文的书写上强化。

道教强化经典、符文的神圣性的方法，除了通过汉字形体变化与重新组合而赋予神秘色彩的书写传统②，还有"歌诗传统"。汉语音节分明，再加上汉字的声调变化、抑扬顿挫等因素，较容易形成叶韵整齐的四、五、七言等表意单位。上古文献很多讲究叶韵，《诗经》《周易》《老子》等莫不如此，而道教为"自神其教"，也在歌诀上下足了功夫。其基本方式之一就是以韵体的四、五、七言夹杂大量隐语、比喻以造成"词韵皆古，奥雅难通"的神秘氛围。如早期道经经典——东汉魏伯阳的《周易参同契》，就大量运用四字一句、五字一句的韵体文及少数长短不齐的散文体和离骚体，期间夹杂各种譬喻和隐语，有的篇什颇类古体诗，且韵味十足，如上篇：

世间多学士，高妙负良才。

邂逅不遭值，耗火亡货财。

据按依文说，妄以意为之。

① 葛兆光：《中国宗教与文学论集》，清华大学出版社，1998 年，第 42—44 页。

② 还有一种方式是"离合字"，即把人名或玄道中的重要字词化解分开，然后用韵语表达出来，《真诰》中这种现象尤多，如"凤巢高木，素衣衫然"，据陶注即为许穆之"穆"字等。

端绪无因缘，度量失操持。

……

杂性不同种，安肯合体居？

千举必万败，欲黠反成痴。

穉年至白首，中道生狐疑。

背道守迷路，出正入邪蹊。

管窥不广见，难以揆方来。①

我们单纯看这首五言诗，颇有《古诗十九首》的风味，但这却出自一部地道的丹经——《周易参同契》。朱熹晚年喜读《参同契》，谓"《参同契》文章极好，盖后汉之能文者为之。其用字皆根据古书，非今人所能解"②。仇兆鳌《古本周易参同契集注例言》以为：

　　《契》中经、传，各叶古韵：有全篇一韵者，有一篇数韵者，有两句叶韵者，有数句叠韵者，有隔二句、三句用韵者，变化错综，并非率意偶拈……今玩《契》文，本《周易》以立言，则道尊；讬风人之比义，则辞婉。故语特雅驯，能垂世而行远，且三人各为一体，四言仿《毛诗》，五言仿苏李，丹赋仿楚骚，鼎歌仿古铭，意本

---

① 见《周易参同契考异》，《朱子全书》第 13 册，上海古籍出版社、安徽教育出版社，2002 年，第 544 页。

② 《周易参同契考异》，《朱子全书》第 13 册，第 530 页。

贯通，而语无沿袭。①

以为《参同契》诗体仿自《毛诗》《楚辞》等，且"道尊"
"辞婉"，大概这是从文学角度对《周易参同契》的最高评价了。
除了《参同契》，早期道教经典多以诗歌语言夹杂隐语和大量譬
喻，如《黄庭经》《上清大洞真经》《真诰》等南方上清派经典
等，都以歌诗见长。《黄庭经内景经》基本为七言韵体歌诗，《大
洞真经》中的诗作已趋成熟、精炼，而《真诰》中的人神感会作
品，从本质上讲还是"人为"，文学意味更加浓厚。随着自身的发
展和强大，道教运用诗歌传道、体道的水平也日渐提高，并对俗
世文学的创作产生影响。赵益教授的大作《〈真诰〉与唐诗》就是
这方面的宏论②。但这种影响并不限于世俗文学，它对教内经典的
造构和教义的阐发，更成为一种根深蒂固的传统模式。仇兆鳌在
《古本周易参同契集注例言》中言及《参同契》富于文学意味时，
顺带说：

此历代道家著述之渊源也，如许真君《石函记》、崔

---

① 仇兆鳌：《古本周易参同契集注例言》，上海古籍出版社，1989 年，第
24—25 页。

② 赵益的《六朝南方神仙道教与诗歌文学》对此也有深究，另外其《隐
语、韵文经诰及人神感会之章：略论六朝南方神仙道教与诗歌之互动》（《南京大
学学报》2004 年第 4 期）也提到："《真诰》诗歌既不完全是巫术隐语，也不完
全是方术的秘授，更不是歌赞上仙和宗教威仪的'神圣诗歌'，而是人的创造，
是诗人在宗教的感召与影响下的感情流露与宗教体验。……这些诗歌所包含的丰
富象征，对仙真世界的赞叹与歌颂，对自我宗教热情的强烈抒发以及体道的欣喜
与欢愉，对当时及后来的文学产生了深远的影响。"

氏《入药镜》①、吕祖《敲爻歌》《三字诀》，张公《悟真篇》《金丹四百字》，三丰《节要篇》《证道歌》，皆从此出。②

除了众所周知的《悟真篇》，《石函记》、《入药镜》、《敲爻歌》等丹经歌诀现在还有留存。其中《石函记》除了部分道论，有大量五七言歌诀杂厕其中，如《圣石指玄篇》：

> 万象虚生何所约，妙化本因丹汞作。
> 扶桑东出金乌精，炎焰羽毛光烁烁。
> 飞走阳火名曰魂，暮落朝荣晦还朔。
> 红轮驾起景阳车，循亡还合游匡郭。③

歌诀偶句叶韵，并夹杂大量隐语和譬喻，《入药镜》、《敲爻歌》、《悟真篇》等丹道歌诀基本如此，可以说从《周易参同契》以下，采用似通非通、玄妙隐秘的歌诀形式阐释丹道理论和修炼方术已成为一种潜在的"集体无意识"。

白玉蟾被尊为两宋道教金丹派南传第五祖，也是南宗道派的实际创始人。作为吕祖、张伯端的继承者，白玉蟾也创作大量歌诀深入阐释其内丹理论。在白玉蟾现存诗作中，丹道歌占相当大

---

① 《入药镜》，《道藏》本《修真十书》题做《天元入药镜》，即《崔公入药镜》，崔希范撰，崔氏生平无考，据《修真十书·天元入药镜》题"唐庚子岁望日至一真人崔希范述"，知其为唐人，号至一真人。

② 仇兆鳌：《古本周易参同契集注例言》，第24—25页。

③ 《道藏》第19册，第419页。

的比重，而且在白玉蟾笔下，很多普通诗歌题材都熔铸了内丹修炼的旨趣，比如他的《水调歌头·自述十首》《咏雪》《晓》《暮》《武夷有感》十一首等等看似是寻常题材，但处处因景寓玄，营造了一个修炼金丹的瑰丽世界①。另外，《上清集》中的词作有的词牌下标小字注"修炼"，如《沁园春》《满庭芳》等，内容则全是金丹修炼之旨。《万法归一歌》《大道歌》《安分歌》《必竟怎地歌》《快乐歌》《华阳吟》等与吕祖的《敲爻歌》《三字诀》更是如出一辙，且看《上清集》中的《快活歌》部分：

> 快活快活真快活，被我一时都掉脱。
>
> 散手浩歌归去来，生姜胡椒果是辣。
>
> 如今快活大快活，有时放颠或放劣。
>
> 自家身里有夫妻，说向时人须笑杀。
>
> 向时快活小快活，无影树子和根拔。
>
> 男儿端的会怀胎，子母同形活泼泼②。

现有研究指出，白玉蟾的这些诗词，尤其乐府旧题、新题之作，"是对前代同题乐府诗的模仿与追步，或完全承袭原意而加以改写"③，或"继承并发展了传统乐府诗中的叙事表现手法，形成质朴通俗的叙事效果"④。这种纯粹文学、文艺学角度的观照，固

---

① 詹石窗：《白玉蟾诗词考论》，《武夷文化研究——武夷文化学术研讨会论文集》，海峡文艺出版社，2003 年。

② 《道藏》第 4 册，第 781—782 页。

③ 刘亮：《白玉蟾生平与文学创作研究》，凤凰出版社，2012 年，第 99 页。

④ 刘亮：《白玉蟾生平与文学创作研究》，第 99 页。

然可以纠正单纯从"内丹修炼"角度理解的偏颇，但又容易滑向另一个极端：过分强调本是道经的丹道歌诀的文学性，总结出一些艺术成就、审美特质等，但颇显牵强。如有的文章着力分析《快活歌》的美学思想，以诗中的"真快活"为一种"审美高峰体验"①，想必白玉蟾无论如何也不会想到自己的一首炼丹歌竟与西方美学的"高峰体验"挂上了钩。实际上，白玉蟾这类丹道歌诀，包括乐府、近体诗、古诗等众体歌诗，如果说有传统的话，应是从《周易参同契》《敲爻歌》《悟真篇》等一脉承续下来的。

白玉蟾的词作也有不少，如前揭，《全宋词》收了130余首，词牌有《满江红》《念奴娇》《阮郎归》等②，这些词作有相当一部分是用来阐释内丹理论的。而这正如《周易参同契》借鉴《诗经》《楚辞》及同时代的古体诗一样，随着时代发展，白玉蟾灵活借用新的文学样式为阐释丹道理论而服务。

二、白玉蟾诗词的"才子"之作

白玉蟾诗词作品中，除了大量丹道歌诀，还有很多羁旅天涯中的模山范水、感怀身世之作。这类作品是相对纯粹的文学创作，清人王时宇以"天仙才子"喻白玉蟾③，今人参研白玉蟾词，就借"才子"之名概括这类词作。白词内容丰富，风格多样，从总体上看，可分为两大类：一类是道教词，体现白玉蟾作为"天仙"的

---

① 查庆、雷晓鹏：《白玉蟾道教美学思想简论》，《宗教学研究》2008年第3期。

② 刘亮统计白玉蟾所用词牌有36个，词作计137首，见《白玉蟾生平与文学创作研究》第134—135页。

③ 王时宇在《重刻白真人文集叙》中曾谓白玉蟾"于是知真人固天仙、才子合而为一"。

身份；一类是文人词，更多看到白玉蟾世俗的一面，可见其"才子"身份。

这种划分或有笼统之嫌，也不可能将文学作品完全清晰明确地区别开来。作品的内容与作者当时的观念、感受、经历甚至与后世的传播与接受都有密切联系，而这本身就是复杂而混融的。大致来说，白玉蟾诗词作品基本上可以分为阐释丹道理论和作为一个普通文人的感怀之作两大类。而这类文人诗词的艺术水准颇值得称誉，历史上这类赞赏之辞已有很多，如关于白玉蟾词作，典型的如清人陈廷焯《白雨斋词话》卷二《葛长庚词可以步武稼轩》条云：

> 葛长庚词，一片热肠，不作闲散语，转见其高。其《贺新郎》诸阙，意极缠绵，语极俊爽，可以步武稼轩，远出竹山之右。①

潘飞声《粤词雅》云：

> 白玉蟾词，有情辞俊爽，一气呵成，置之苏辛集中，所谓词家大文者。②

《历代词话》引《词统》云：

---

① 唐圭璋编：《词话丛编》第 62 种，中华书局，2005 年第二版，第 3818 页。

② 唐圭璋编：《词话丛编》，第 4892 页。

……后有海琼子一词足与匹敌。起句云："一叶飞何
处，天地起西风"，卒章云"铁笛一声晓，唤起五湖龙"。
此岂胸中有烟火、笔下有纤尘者所能仿佛其一二耶？①

明清词论家把白玉蟾与李清照相提并论，以为"词家大文"，
直追苏轼、辛弃疾。的评还是溢美，我们看看白玉蟾的词就会心
中有数，比如《白雨斋词话》评为"意极缠绵，语极俊爽"的这
首《贺新郎》：

且尽杯中酒。问平生、湖海心期，更如君否。渭树
江云多少恨，离合古今非偶。更风雨、十常八九。长铗
歌弹明月堕，对萧萧、客鬓闲携手。还怕折，渡头柳。
小楼夜久微凉透。倚危阑、一池倒影，半空星斗。
此会明年知何处，蘋末秋风未久。漫输与、鹭朋鸥友。已
办扁舟松江去，与鲈鱼、莼菜论交旧。因念此，重
回首。②

这是白玉蟾词中典型的抒怀之作，全无一点丹道修炼的意味。
一个失意丈夫、不遇才子对人生悲苦的旷达情怀，在这里表现得
淋漓尽致，气格与辛弃疾的《摸鱼儿》（"更能消"）、《水龙吟·
登建康赏心亭》颇类，却与白玉蟾其他丹道歌诀通篇的烟霞气大
相径庭。像这类词作还有很多，尤玉兵的硕士论文《白玉蟾文学

---

① ［清］王弈清等编：《历代词话》，见唐圭璋编《词话丛编》，第940页。
② 唐圭璋编：《全宋词》葛长庚卷，3659页。

研究》及近刊刘亮的《白玉蟾生平与文学创作研究》第四章《论白玉蟾词》对此已有总结和论述。

白玉蟾诗作，除了《大道歌》《快活歌》《万法归一歌》等纯粹阐释丹道理论的道教歌诀外，还有大量"文人诗"，这些诗作与普通士子的作品一样，抒发俗世的悲欢离合与喜怒哀乐。彭耜《重刻〈紫清白真人诗文全集〉跋》中评白玉蟾诗为：

> 诗则有唐诗，有宋体。其恺挚和厚味之无极者，唐音也；其清新颖异出奇无穷者，宋体也。要皆不失为大著作手，读者当自得之。①

我们翻检《全宋诗》白玉蟾卷，可以随意发现与丹道修炼关系不大的诗作，这样的作品有的轩昂跌宕，有的清新俊奇，还有的凄清悲凉。这些作品有时还表现出对艰苦修道经历的深深感喟，如这首《岁晚书怀》：

> 岁事忽婉娩，旅怀良尔悲。风雾起无边，雨雪凄霏霏。岂无销金帐，唱饮羊羔儿。寄食他人门，屏息从所依。鹏鹗翔九天，鹪鹩巢一枝。烟霄有熟路，我当何时归。人间自富荣，信美非所宜。朱颜日已改，华发渐复稀。触目思远人，胜赏怀昔时。园林向衰谢，青山吞斜晖。坐久露华重，吟残云意迟。晴空清已旷，寒月满我

---

① 《道藏精华》第十集之二，自由出版社1969年影印版，第1463—1464页。

衣。莫言一杯酒，容易相对持。病鹤栖草亭，会须唳
声飞。①

　　这首诗题作《岁晚书怀》，从内容看，当是白玉蟾彼时心境的
真实写照。"岁晚"即年终，这时候正是"千门万户瞳瞳日，总把
新桃换旧符"的佳节，但是白玉蟾仍旧只身一人，风雨凄凄中云
游天涯。从"寄食他人门"这句看，当时白玉蟾大概暂住在某位
友人家中，但毕竟寄人篱下，无奈"屏息从所依"。而且，此时的
白玉蟾并未因金丹修炼而童颜永驻，相反，如常人一样，"朱颜日
已改，华发渐复稀"，头发已经花白且脱落了②。这时，唯一可以
让白玉蟾稍感慰藉的办法，大概也只能是阿Q式的自我宽慰——
"鹍鹏翔九天，鹪鹩巢一枝。……人间自富荣，信美非所宜。"从
字里行间，我们看出白玉蟾并未彻底不食人间烟火，在访道、炼
丹的同时，也时时展现作为"人"的一面。这类诗歌还有《黄叶
辞》《悲风曲》《云游歌》等，其中《云游歌》是认识白玉蟾心路
历程最恰当的一首词作。

　　总而言之，白玉蟾的诗词创作，在主题、内容和风格上，呈
现鲜明的区隔，一部分作品满是烟霞丹道之气，一部分又完全是
一副失落文人、不遇才子的满腔凄楚。而这两方面，白玉蟾都做
出了杰出成就，丹道诗歌是白玉蟾阐释其内丹道修炼思想的重要

---

　　①　《全宋诗》卷三一三六，第37495页。
　　②　其《水调歌头·自述十首》第三首有"虽是蓬头垢面，今已九旬来地，
尚且是童颜"的话，或可作此一时彼一时之解。白玉蟾是36岁去世还是高寿90
多岁，学界争论不休。白玉蟾的行迹记载颇多错杂抵牾之处，这种情况或出于刻
意以"见首不见尾"的隐现无常来自神其玄。

途径，也是成就其"南丹派五祖"地位的重要因素之一；而在诗词等文学创作上，白玉蟾也不失为一个文采斑斓的大家。就这个现象，我们再引用上文提及的"天仙才子"之说，白玉蟾的琼籍老乡王时宇在《重刻白真人文集叙》中曾说：

> 再三读之，其诗文之雄博瑰奇，诚有如真人所云"世间有字之书，无不读者"。于是知真人固天仙、才子，合而为一，洵非操觚家所能及也。①

这个判断基本准确，在南宋乃至后世的众多高道和文人中，能把二者完美地合而为一者，实不多见。

三、白玉蟾的人生选择与心路历程

关于白玉蟾，我们已经有很多结论，无论道教史、还是道教思想史也都有白玉蟾的位子，但白玉蟾作为一个"人"的一生，我们又如何概括和形容呢？

当然，白玉蟾真实的行迹和内心世界，我们很难彻底知晓，单说白玉蟾的生卒年里和漫游过程，已经有多篇考证、多种结论，但目前只能确定一个大致的区间，无法给出定论。而关于白玉蟾的心路历程，我们从他留存的诗词文赋等作品中，多少还是能看出这位伟大的修道者内心深处的诸种婉曲，还有时时隐现的矛盾和凄苦。

道教在宋代仍处于隆盛阶段，但相对佛教而言，还是不及佛

---

① 周伟民：《白玉蟾集》，海南出版社，2005年，第7页。

教势力强大。两宋时期的道士、女冠人数比不上僧尼人数，宫观规模与数量也远不如寺庙①。从总体上看，道士的文化水平与佛教僧侣的也存在一定差距，南宋孙觌《鸿庆居士集》卷三二《跋陈道士〈群仙蒙求〉》云：

> 今世道士能读醮仪一卷中字，歌步虚词二三章，便有供醮祭衣食，足了一生矣，然犹有不能者。常州天庆观道士陈君葆光，好古嗜学，盖超然出于其徒数千百辈中者。读《道藏》，通儒书，与夫儒记传小说靡不记览，著书二十卷，号《三洞群仙录》。②

孙觌对《三洞群仙录》作者陈葆光褒扬有加，但也透露了一个事实，即当时大部分道徒的文化水平不足以进行文学性的创造，仅靠读几卷科仪，唱几句步虚词讨生活、维持生计而已，而有能力阐经释典、著书立说并有著述传世者寥寥无几。我们详参祝尚书《宋人别集叙录》，发现其中的道士别集仅有白玉蟾等数家，而僧人别集则随处可见。白玉蟾在那个时代是一个"另类"，也是一个悲剧性的人物。

在所有白玉蟾传记资料中，比较可信还是《历世真仙体道通

---

① 据程民生《宋代僧道数量考察》，两宋道士、女冠数量最多两万人，与僧尼比例，最多不过8.2%，见《世界宗教研究》2010年第3期。

② 影印文渊阁《四库全书》本《鸿庆居士集》。

鉴》卷四十九所载①。《历世真仙体道通鉴》是宋末至元初赵道一纂辑的带有"通鉴"体史书特征的大型仙传总集，对辑录的传记多有审订、笔削，且去白玉蟾年代不远②。《历世真仙体道通鉴》卷四九《白玉蟾》本传云：

> 先生姓白，母以玉蟾名之，应梦也。……世为闽人，以其祖任琼州之日，故生于海南，乃自号为海琼子，或号海南翁，或号琼山道人，……幼举童子，长游方外，得翠虚陈泥丸先生之道。当时士大夫欲以异科荐之，弗就也。③

这里的记载相对简略，敷衍和附会的成分不多，所记白玉蟾的祖籍、字号来历等，都没有较大出入。这其中有一个细节很值得关注，即白玉蟾少年时期曾经应过"童子科"，得道后又有士大夫举荐"异科"，不过"弗就也"，实际上白玉蟾也是一个"弃儒入道"的个案。

如前揭，白玉蟾本姓葛，出生于诗书之家，但命运多舛，儿时父亲去世，母亲不得已带着孩子嫁入白氏，遂改姓"白"。白玉

---

① 王尊旺、方宝璋《也谈白玉蟾生卒年代及其有关问题—兼评近年来有关白玉蟾问题的研究》（《世界宗教研究》2003 年第 3 期）及刘亮《白玉蟾生平与文学创作研究》第一章《白玉蟾生平考》对署名彭耜的《海琼玉蟾先生事实》与署名彭竹林的《神仙通鉴白真人事迹三条》的真伪均有考订。刘亮在综括前人大量相关研究的基础上，判断二者均有伪托可能，所得结论相对可信。

② 据刘亮《白玉蟾生平与文学创作研究》第一章《白玉蟾生平考》，白玉蟾大概在 1243 年前后去世，《历世真仙体道通鉴》概成书于至元年间（1264—1294），二者相去不远。

③ 《道藏》第 5 册，第 385—386 页。

蟾跟随母亲进入白门，应是他一生中的重大变故，此后在白家过得如何，文献中的可靠记载不多，据明人何继高《琼琯白真人集序》，白玉蟾"天资聪敏，髫龀时即能背诵五经，及长，文思汪洋，顷刻数千言立就"①。又据《武夷山志》，白玉蟾十岁曾到广州应童子科，并赋《织机》诗一首：

> 大地山河作织机，百花如锦柳如丝。
> 虚空白处做一匹，日月双梭天外飞。②

诗的真伪暂且不提，但白玉蟾儿时是一个雄心勃勃的天才少年当没有问题。按照正常轨迹，白玉蟾沿着科举一途，仕途飞黄腾达，甚至拜相封侯，这更符合传统儒家士子的"外王"理想。而且白玉蟾具备这方面的一切条件和因素，但是，为什么十岁时候"童子科"失意，从此改变方向，转而云游天涯崇道求仙呢？这其中一定有重要变故。有以为白玉蟾"任侠杀人，亡命之武夷"③，这个说法很可能是后人为了神化白玉蟾而附会的，"任侠杀人"本是无视生命的违法行为，但在古代社会可以成为李白等侠义之士的标签，于李白或许实有其事，于后人则未必真。从《云游歌》我们看出，白玉蟾当年离家访道时，并非如一个公子哥仗义杀人后，腰缠万贯、远赴他乡那般，相反是非常凄苦的：

① 《藏外道书》第5册，巴蜀书社，1994年，第15页。
② ［清］董天工：《武夷山志》卷一八，清乾隆刻本。
③ 詹石窗《白玉蟾诗词考论》一文提及此语，不详出处，《武夷文化研究——武夷文化学术研讨会论文集》，海峡文艺出版社，2003年，第298页。

如初别家辞骨肉，腰下有钱三百足。思量寻师访道难，今夜不知何处宿。不觉行行三两程，人言此地是漳城。身上衣裳典卖尽，路上何曾见一人。初到孤村宿孤馆，鸟啼花落千林晚。晚朝早膳又起行，只有随身一柄伞。渐渐来来兴化军，风雨萧萧欲送春。惟一空自赤氍毹，囊中尚有三两文。行得艰辛脚无力，满身瘙痒都生虱。茫然到此赤条条，思欲归乡归未得。①

白玉蟾辞别骨肉时身上只有300钱，后来只剩三两文，一路艰辛苦楚无数。白玉蟾没有走向科举仕途，其直接原因不得而知，从根本上说，大概还是个性和母亲改适后的家庭环境的影响。

白玉蟾虽放弃科举转而求道，但兼济天下的理想，或者跻身社会主流的心态，却根植于白玉蟾的内心深处，而这种心态正是从他那些反复申诉"不慕利禄功名"的诗句中看出来的，如这首《题天庆观》：

买得螺江一叶舟，功名如蜡何休休。我无曳尾乞怜态，早作灰心不仕谋。已学漆园耕白兆，甘为关令候青牛。刀圭底事凭谁会，明月清风为点头。②

再如《题岳祠》：

---

① 《全宋诗》卷三七一七，第37568页。
② 《全宋诗》卷三一四一，第37679页。

南来一剑住三山，分得平生风月欢。虽宰旌阳应施
药，本求勾漏为修丹。蒙庄且慕漆园禄，李老尝为柱下
官。<u>我视荣华真惯见，何如早炼碧琅玕。</u>①

又如前引《岁晚书怀》：

<u>鹏鹗翔九天，鹪鹩巢一枝。</u>烟霄有熟路，我当何时
归。<u>人间自富荣，信美非所宜。</u>

白玉蟾一句"早作灰心不仕谋"，透露其早前曾有"谋仕"的
愿望和举动，而"灰心"一词正是经历过挫折和失败后的不得已
的沮丧和放弃。在白玉蟾的诗词作品中，这类"述烟霞之志"、蔑
视人间富贵的感怀之作不少，但这些作品，也多少说明白玉蟾未
曾忘怀。而白玉蟾在丹道诗词之外，创作大量"文人"诗词，当
是文人士大夫情怀的一种外化表现。

第四节 道教劝善书的编撰及其道教文学意义

《红楼梦》第七十三回，迎春面对丫鬟仆人的各种琐事纠缠，
劝止不住，"自拿了一本《太上感应篇》来看"，这在《红楼梦》
人物研究中，常常被用来说明迎春的懦弱性格和悲剧性的人生结
局。现代小说《子夜》中的吴老太爷，也曾念念不忘《太上感应
篇》。抛开这些文学表达，这从一个侧面反映了明清以降这部只有
1200余字的道教经文，对民众生活习俗和信仰教化产生的广泛影

---

① 《全宋诗》卷三一四一，第37679页。

响。另外，《太上感应篇》也传播至东亚文化圈的日本、朝鲜、越南等地①。

《太上感应篇》面世后影响并不大，后李昌龄注本因缘际会，获得南宋理宗的赞许刊行，当时的名臣士宦也纷纷加持推广，从此《太上感应篇》李注本逐渐变成社会道德手册，对庶民社会的民众道德、商业伦理起到形塑作用②。理宗推行《太上感应篇》的背后，有维护统治的政治目的③，而所推行的李注本《太上感应篇》本身既是宗教文本，也是具有一定文学色彩、包含大量灵验故事的文学文本，是道教文学史上的重要成就。

一、《太上感应篇》的出现与李注本在南宋的流行

《太上感应篇》是较早出现的善书之一，国内外学者已有深入研讨。日本汉学家酒井忠夫《中国善书研究》（刘岳兵、孙雪梅、何英莺翻译，江苏人民出版社，2013 年）及陈霞《道教劝善书研究》（巴蜀书社，1999 年）等都有涉及。关于《太上感应篇》的成书年代，历来歧说层出，教门内部有以为"太上"即老子，此书为老子亲传；南宋谢守灏《混元圣纪》卷七又以为葛玄所传；王利器据《感应篇》中"五腊"的说法，猜测成书于"唐、五代

---

① 关于《太上感应篇》传播日本的情况，可参阅北京外国语大学徐士佳的硕士论文《〈太上感应篇〉在日本的传播与接受》（北京外语国语大学，2017 年）。

② 参段玉明《〈太上感应篇〉：宗教文本与社会互动的典范》（《云南社会科学》2004 年第 2 期）及姜生《道教善书思想与明清商业伦理的影响：以〈太上感应篇集注〉为例》（《理论学刊》2004 年第 11 期）。

③ 李冀《宋理宗刊印〈太上感应篇〉的缘由及其影响》对此有深入研究，见《中州学刊》2018 年第 1 期。

间"①。目前学界主要倾向于《太上感应篇》成书于北宋，但具体哪一朝成书意见不一。较近的研究指出：《太上感应篇》文本以《赤松子中诚经》《抱朴子内篇》等魏晋道书为基础，沿用宋徽宗注《老子西升经》的语句，采择、沿袭《上清金匮玉镜修真指玄妙经》《太上金柜玉镜延生洞玄烛幽忏》的部分文字，最终形成，编纂者应是收集、整理《万寿道藏》的道士或官员，概成书于政和六年（1116）十月至政和八年（1118）十月之间②，综合来看，北宋末期、徽宗朝前后成书的观点较有说服力③。

　　《太上感应篇》的基本结构是在劝善思想和道教承负观念的基础上建立的。《抱朴子·对俗》篇引《玉钤经中篇》云：

　　　　抱朴子答曰：有之。按《玉钤经中篇》云，立功为上，除过次之。为道者以救人危使免祸，护人疾病，令不枉死，为上功也。欲求仙者，要当以忠孝和顺仁信为本。若德行不修，而但务方术，皆不得长生也。行恶事大者，司命夺纪，小过夺算，随所犯轻重，故所夺有多少也。凡人之受命得寿，自有本数，数本多者，则纪算难尽而迟死，若所禀本少，而所犯者多，则纪算速尽而早死。又云，人欲地仙，当立三百善；欲天仙，立千二百善。若有千一百九十九善，而忽复中行一恶，则尽失

---

　　① 王利器：《〈太上感应篇〉解题》，《中国道教》，1989 年第 4 期。
　　② 李冀：《〈太上感应篇〉文本来源及其成书时间考析》，《宗教学研究》2017 年第 1 期。
　　③ 俞文祥《〈太上感应篇〉成书略考》（《华夏文化》，2019 年第 1 期）综合各说，倾向认同朱越利、萧登福的考证，以为《太上感应篇》在徽宗建中靖国元年（1101）到《万寿道藏》刻板完成的政和七年（1117）之间成书。

前善，乃当复更起善数耳。故善不在大，恶不在小也。
虽不作恶事，而口及所行之事，及责求布施之报，便复
失此一事之善，但不尽失耳。①

　　《太上感应篇》的文本来源还有其他一些经典，但其劝善止恶
的逻辑框架，基本上与《对俗》篇所引《玉钤经中篇》相类。《太
上感应篇》谓"大地有司过之神，依人所犯轻重，以夺人算"②；
又有"三台北斗神君，在人头上，录人罪恶，夺其纪算"③，又有
"三尸神，在人身中，每到庚申日，辄上诣天曹，言人罪过"④，另
外，灶神也会在月晦之日言人罪过。由此，修仙当立善事，避免
罪过恶行，经文主要列举了哪些罪过不能触犯，其中包括生活习
惯（对北恶骂、夜起裸露、越井越灶、唾流星、指虹蜺……）、人
伦关系（男不忠良，女不柔顺，妄逐朋党，恚怒师傅、慢其先
生……）、政纪国法（赏罚不平，弃法受贿，赏及非义，刑及无
辜、八节行刑……）、神明信仰（骂神称正，轻嫚先灵……）、职
业道德（短尺狭度、轻称小升、房掠致富、耗人财货、以私废
公……）等层面，一一列举各种罪过，涉及士农工商等社会各个
阶层，最后总结如有触犯，司命自会夺算，算尽即死，死有余责，
则殃及子孙。所以要求语善、视善、行善，勉而行之，久久必获
福报。

　　这是一部短小精警的道教经典，体现了道教承负观念和劝善

① ［晋］葛洪著，王明校释：《抱朴子内篇校释》（增订本），第53页。
② 《道藏》第27册，第7页。
③ 《道藏》第27册，第10页。
④ 《道藏》第27册，第10页。

思想，但李昌龄在注解时，除了道教经典，还广泛征引佛教和儒家经典，融入了佛教的因果报应和儒家的天人感应思想，使这部本来名不见经传的小型道经焕发出勃勃生机。《宋史·艺文志》收录"李昌龄《感应篇》一卷"，明《正统道藏》太清部有《太上感应篇》三十卷，卷一题"李昌龄传，郑清之赞"。此本卷首分别有表、叙跋、灵验故事等，为深入了解李昌龄注《太上感应篇》提供了丰富的文本信息。

　　李昌龄注本是目前所见最早的注本。宋代有两位可考的李昌龄，清人盛百二《柚堂笔谈》等即以为《太上感应篇》注者为宋初御史中丞李昌龄（字天锡），但显然误植①。为《太上感应篇》做注的李昌龄当为南宋眉州眉山县人，淳熙间（1174—1189）进士，有《乐善录》存世②。《乐善录》卷四全录《太上感应篇》经文，其他内容与劝善书《太上感应篇》传文意趣相同，引述故事也互相出入，据相关研究，"由两百余条劝善故事组成的《乐善录》中，竟有多达五十余条劝善故事与《太上感应篇注》存在重合的关系"③。这也可以从一个侧面证实南宋"蜀人李昌龄"才是《太上感应篇》的真正注者，而李注《太上感应篇》当成书于淳熙二年（1175）至嘉定十五年（1222）之间④。

---

　　①　［清］盛百二：《柚堂笔谈》之《感应篇跋》，清乾隆三十四年潘莲庚刻本。

　　②　见李剑国《宋代志怪传奇叙录》之《乐善录》条考证，另李冀《李昌龄注〈太上感应篇〉的文本探析》一文对此有深入探讨，见《宗教学研究》2019年第3期。

　　③　丁岚：《李昌龄〈乐善录〉研究》，西南交通大学硕士论文，2012年，第21页。

　　④　李冀《宋理宗刊印〈太上感应篇〉的缘由及其影响》对此有深入研究，见《中州学刊》2018年第1期。

理宗推广刊行李注本《太上感应篇》，离不开郑清之的直接影响①。郑清之身为儒臣，但对佛、道二教都有亲近，尤其道教，还曾提举洞霄宫。《全宋文》据宋本《太上感应篇至言详解》录郑清之《序》文一篇，这篇文字详细谈及理宗龙潜时，自己讲授李昌龄注本《太上感应篇》的事：

> 臣曩岁获侍龙潜之讲，视听言动，稔于朝夕，好恶取舍，窥所趋向，盖未尝一息不出于善也。劝诵之暇，泛及它书，或未经见，必立致之。是以经史之外，虽百家杂说，有片善可观者，靡不采访。一日，语及善恶之报，因谓李昌龄所注《感应篇》该贯殚洽，信而有证，亦可助教化者。翼日讲毕，则是书已列几间。盖平时汲汲于尊所闻类如此。②

理宗即位后，因绍定四年（辛卯年，1231）的一场大火，木结构的太庙等皇家建筑化为灰烬，临安太一宫连同所藏《太上感应篇》也未能幸免。郑清之在这篇序文中说"太一宫旧有摹本，转假留外，毁于辛卯"③，即指此事。《太上感应篇》焚毁后，太一宫道士胡莹微一直谋求刊行此经，郑清之借机建议刊刻李昌龄注本，《序》云："鉴义臣胡莹微再谋锓梓，遂语以李注，引事以为

---

① 李翼《宋理宗刊印〈太上感应篇〉的缘由及其影响》（《中州学刊》2018年第1期）对此做过细致的梳理考订。

② 曾枣庄、刘琳主编，《全宋文》第308册，第247页。

③ 曾枣庄、刘琳主编，《全宋文》第308册，第247页。

证，乃传也。"① 在刊刻李注本时，郑清之当已决定为李注本作赞语以进一步阐释，接着《序》文提到："将欲述赞以明理，庶几涓埃之助，日力困于应酬，期年而未偿。去岁冬，得目眚甚异，伏而思之，未省贻谴造物者。偶记高迈长明灯颂事，念有负于《感应篇》赞久矣，亟斋心研思，日裁数章，疾良已。"② 后来，通过御药臣陈洵益的奏呈，理宗赐禁钱百万刊行李注、郑赞本《太上感应篇》。

李昌龄注《太上感应篇》宋本原刊或题为"太上感应篇至言详解"，理宗还曾在刊本上题写《感应篇》内的"诸恶莫作，众善奉行"八个大字。另国图藏元刊本、明《正统道藏》本和日本藏明刊本的封面仅题为"太上感应篇"。今存《正统道藏》在收录道经时，常因卷次篇幅，重新调整扩充原道经的卷数，李注本《太上感应篇》原刊概为 8 卷③，现《道藏》本析为 30 卷。

二、李昌龄注本《太上感应篇》中的道教散文与灵验故事

李昌龄注本《太上感应篇》针对每句经文加以解释，由"传曰"和"赞曰"两部分构成。"传曰"为李昌龄针对此句经文所做的阐释，引据部分道教经书，但也有大量儒家经典和佛教典籍，如《易经》《论语》《孟子》《中庸》《涅槃经》《楞严经》等。引经之后，为相应的具有解说和验证作用的灵验故事，随后为简短的评断，大致来说，注解部分基本上可以分为引经、征事、评议

① 曾枣庄、刘琳主编，《全宋文》第 308 册，第 247 页。

② 曾枣庄、刘琳主编，《全宋文》第 308 册，第 247 页。

③ 临安天一宫道士胡莹微《进太上感应篇表》云："臣谨以所刊御题《太上感应篇》一部八卷，随表上进以闻。"赵希弁在《郡斋读书附志·神仙类》中亦云："《太上感应篇》八卷……。"

三部分①，但比重各不相同，有的评议为传注的主体，颇类一篇论说文，相当精彩，如"神仙可冀"条下的传注文字：

传曰：张杨阅《道藏》，见一壁鱼，身有五色，烂然夺目。及开经卷，则"神仙"字处，蠹蚀殆尽，乃知壁鱼蠹蚀"神仙"字，遂能身有五色也。何讽买得一轴道如经，中有一物，状如发卷，规可四寸，循环无端。既而截断，则头尾两皆水出，滴可升余。遍以问人，无能知者。一日，遇一得道者，举以问之，则曰：君遇此物而不能羽化，命也。此乃壁鱼三蚀"神仙"字，化为此物，名曰脉望。以规映星，星使立降，可得还丹。复取其水服之，便得换骨。讽归，取经毕读，则一轴之中"神仙"字处，字字果皆蚀尽。又知壁鱼三蚀"神仙"字，遂能化为脉望也。

呜呼，一虫尚尔，况以人冀神仙，其有不可冀者也。大抵人之与仙，性真本一。第以情胜，遂失其真。一旦反真，尘情俱尽，即神仙也。况能济之以善，求之于古，如子房之忠，吴猛之孝，王进贤之不失妇节，兰期之友于兄弟，刘翊之损己分人，赵素台之济穷恤死，许真君之行符施水，严平君之以善导人，周伯持之收瘗遗骸，李五郎之不欺斗斛，陈安世之不杀物命，李奚子之拯济饥禽，杨敬直之闲则凝神，唐若山之性无忿恚，乃至黄

---

① 李冀：《李昌龄注〈太上感应篇〉的文本探析》之第二部分《李昌龄注〈太上感应篇〉的文本结构与特点》，《宗教学研究》，2019 年第 3 期。

万祐之鲜过，景相之酷好放生。刘平阿本一医人，吴睦本一县吏，刘妍本一妓女，鲍靓本一店家，贺生本一屠儿，丁约本一兵卒，朱纯本一劫盗，李正玄本一猎人，此皆自人而得仙者也。求之于今，如晁公迥之为静居天主，章公文起之为司命真君，王公素之为玉京侍郎，吕公晦之为上帝司紏，韩公琦之主紫府，富公弼之司昆台，王公曳之掌翊圣铁轮，金公三之为佑圣风伯，张公孝基之为嵩山主者，窦公禹钧之为洞天真人，乃至欧阳公修之主神清，王公安国之主灵芝，吕公溱之主群玉，石公延年之主芙蓉，陈公靖之判司直，田公承君之主维阳，此亦自人而得仙者也。

　　按经云：今中元二品左洞阳宫所，总地上九皇土垒、四维八极。其灵官僚属，共有九万九千九十九万众，皆是在世有功之人，受度而得进补其职。如吾乡台法何公熙志以注《金刚经》有补于世，死后乃得补为西岳点检，历数官。此虽岳府，是亦受度，孰谓神仙为不可冀乎？其间亦有欲冀而终不能冀者，非仙之不可冀也，所践未足冀乎仙也。不闻二真人之言乎？钟离曰：仙之求人，甚于人之求仙。洞宾曰：人常以不得见吾为恨，虽日见吾，而不能行吾言，于事何益？此皆叹人不能冀夫仙也。[1]

这篇传注引经据典，一气呵成，是一篇精彩的道教论述散文，

---

[1]　《道藏》第27册，第33页。

且所得结论对"神仙有无"这个古老话题，做了别出心裁的深刻省思。

李注本的注解部分所引经典多注明出处，但随后的灵验故事中，仅有少数交代了援引来源，这与李昌龄《乐善录》有很大区别。但这也说明有的故事可能是李昌龄据一己闻见所自创的。这些灵验故事多为宋人事迹、传说，对于宋代思想、志怪小说的研究亦不失为一重要之参考资料①。

灵验、感应、感通是人类面对超验世界的普遍心理，基督教的很多神迹（miracles）多少亦有此种"灵验"意味。佛道两教均有灵验记，这种以护教自神为目的的叙事文体，佛教在六朝时期就已经大规模创制，如系列观世音灵验故事等。道教灵验故事的系统编撰中，存世者当以唐五代杜光庭《道教灵验记》为正宗，此后各种灵验故事渐夥。两宋时期，诵念、刊行、护持《度人经》《清静经》《九天生神章经》及玄天上帝信仰的灵验故事已经颇具规模。这类灵验故事与李昌龄注《太上感应篇》雷同，以阐经释义的方式掺杂在经注文本中，对道教教义的传播、经典的传刻等都有较大影响。

李昌龄注《太上感应篇》中的灵验故事，有十多篇可以确认来自《玄天上帝启圣录》中的内容，卷三"乐人之善"句下传文云：

> 然则诸佛所以护念于善者为如何？按《启圣录》：程

---

① 周西波：《道教灵验记考探：经法验证与宣扬》，台湾文津出版有限公司，2009 年，第 196 页。

嗣昌常在密州，见郊西镇人好食鸟雀。猎徒数辈，日常打捕，或碎首冗胸于鹰鹘爪嘴之下，或拗脚折翅于网罗罥罟之中，或被箭穿，或遭弹击，哀声悲切，所不忍闻。于是夜起，露立于星斗之下，仰天告曰："某欲将家藏一切所食众生，并同七世父母因缘，《戒杀图子》一本，覆板印行，庶几此方，皆知改悔。今日正当真武真君下降之日，愿凭圣力，俾获流通。"覆毕印行，拦头彭景亦请一本，归示其妻。其妻华氏三娘，一见大怒，掳破投之秽处。移时买得一鱼，操刀欲脍。鱼忽跳跃，触破其眼，血遂迸流。俄化为虫，缘绕其身，处处咂噬。方喧传间，监镇孰向，忾见一神，立于其前，自言："吾是真武，察知此地有一大善，乃兴化军程嗣昌，印施《戒杀图子》。不谓妇人华氏，乃敢掳破掷之秽处，罪恶深重，即当死矣。其他不悔之人，亦当获罪。俟吾二十七日再降，更看如何。"然则上真所以主持于善者为如何？呜呼，上真与佛，皆已久住解脱，乐人之善，尚尔如此，况人正在苦海，可不然乎。求之世间，非无人也。①

此段文字，见于《玄天上帝启圣录》卷八《华氏杀鱼》，较之有所删节，略去彭景迁怒于程昌嗣的情节，但在李注《太上感应篇》卷二四"轻秤小斗"、卷二九"春月燎猎"中又化用《华氏杀鱼》的情节，可见李昌龄在传注《太上感应篇》时，根据经文内容灵活地拆分化用。据周西波的研究，李昌龄征引的《玄天上

---

① 《道藏》第 27 册，第 21 页。

帝启圣录》故事将近 20 则，对内容加以剪裁，调整叙事顺序，与原始文本比较，反而显得更为简洁、清楚，但也存在与经文主旨关系不大，甚至牵强附会之处①。

李注本《太上感应篇》卷前有 8 则长短不一的灵验故事，《道藏》本题为《纪述灵验》，但国图藏元刊本和日本藏明刊本只有前两则，现引录如下：

昔峨眉令奉议郎王湘，绍兴辛巳岁，因观此篇，焚香誓行。数十件事后，气疾昏闷殊绝，更衣而卧，男女环泣。觉身在半空，闻哭声微如蜂蝇。少顷，有人云："王湘方欲行《感应篇》，真乐善者，且速放还。"已而遂苏。

遂宁府周篯，因获此篇，日逐观阅，又好与人演说。绍兴二十一年二月二十一日，暴死。经日还魂，谓妻曰："有人追去阴司，见庭下皆立蓝缕人，各有力士，执州府旗号管押。篯被驱立本州旗下，顾盼左右，半是乡里饿死者，心甚恐怖。俄顷，呼至殿下，瞻殿上坐者，如人间画星官像，呼篯喻曰：'汝本在饥馑籍中，今以汝钦奉《太上感应篇》，为人演说，汝虽欲行，未及一二，然闻而回心，为善者多，亦有行持，而证仙果者，皆因汝之功，今一概追至，已改注寿禄籍讫，放还之后，坚固善心，可证大道，不复来此。'篯既出，忽一吏戒曰：'汝还阳间，更宜将《感应篇》广行流布。若一方受持，一

---

① 周西波：《道教灵验记考探：经法验证与宣扬》，第 195—200 页。

方免难；天下受持，天下丰治。传受之士，功业不浅。非但脱水火盗贼疾苦之厄，凡能平心待物，亦可祈求男嗣，添注寿禄。广而充之，可造神仙。'篪因省敬，录其事以警世人。①

以上两件灵验故事都发生在四川，大概是蜀人李昌龄据耳闻所记，周篪故事还见于《乐善录》。王湘、周篪二人都是观览《太上感应篇》，发善心修行，遽而得果报。两则故事后，是一段议论：

噫，即此知彼，二人福兴，一念而报应已。若是其有信心力行，更相开导，引接未来，积之以渐，持之以久，则天地鬼神，森列昭布，岂无助于冥冥之中哉！②

王、周二人仅仅因一念而报应至，如果"信心力行，更相开导，引接未来，积之以渐，持之以久"，那么更是得天地鬼神照护的大果报。可见，这两则故事与这段议论构成一篇自成一体的文章，可能保留了李注本《太上感应篇》的早期形态。后面的几则故事也多发生在南宋，主要是信奉并传刻《太上感应篇》获得果报的故事，最后一句云："及凡能至诚助刊者，亦多获嘉应。今不敢隐其感应之实，姑述其略，用劝善男信女，恪意受持。正真在我，则自应于彼矣。"③ 这部分灵验故事，连同最后一句议论一起，也近乎一篇独立的文字，或为后人重编时所附。

---

① 《道藏》第 27 册，第 4 页。
② 《道藏》第 27 册，第 4 页。
③ 《道藏》第 27 册，第 5 页。

李注本《太上感应篇》中有相当一部分故事与《乐善录》互见，而《乐善录》又明确援据他书，有研究已把所有互现篇目一一罗列①。去除这些条目，李昌龄原创或李注《太上感应篇》中首见的篇目占比较小，所以其在道教文学史的意义，更在于文献征引本身的深刻影响。李注本的引经、征事部分，并没有局限在道家、道教范围内，而是广涉三教，把一部相对纯粹的小型道教经典转变为融合三教思想，且叙事生动，富有趣味，更易为社会普遍接受的劝善大书。这对后世注解《太上感应篇》产生深远影响，以至于一部分僧人也十分看重这部道教经典，如日南和尚就注有《增释感应篇》一书，清末民国时期的印光法师也极力推崇《太上感应篇》，他自己不仅阅读了多种《太上感应篇》注本，而且亲自为《感应篇直讲》作序，推广其流行。② 在李注本的带动下，社会各个层面大力推广《太上感应篇》，这部劝善经典广为人知，成为宋元以后民众道德和伦理观念形成的要素之一。

三、李昌龄注本《太上感应篇》中的赞颂

郑清之的赞颂部分是李注本《太上感应篇》的有机构成，也是传世李注本的道教文学价值所在。郑清之（1176—1251），字德源，鄞（今浙江省宁波）人。宁宗嘉泰二年（1202）入太学，嘉定十年（1217）登进士第，调峡州教授。嘉定十六年（1223），除国子学录，与史弥远谋废济国公，后兼魏惠宪王府教授，迁太学

---

① 丁岚《李昌龄〈乐善录〉研究》（西南交通大学硕士论文，2012 年）列出 50 余条《乐善录》与李注《太上感应篇》互见的篇目，见第 19—21 页。
② 李冀：《李昌龄注〈太上感应篇〉的文本探析》之第三部分《李昌龄注〈太上感应篇〉的影响》，《宗教学研究》2019 年第 3 期。

博士。因参与史弥远拥立理宗获得信任，宝庆元年（1225）任起居郎，此后不断升迁，史弥远卒后拜右丞相兼枢密使，一度出现"端平更化"的气象，此后淳祐年间再次拜相，但因年齿衰暮，政归妻子，日渐腐败。郑清之《宋史》卷四一四有传，另事见《延祐四明志》卷五、《后村先生大全集》卷一七〇《丞相忠定郑公行状》等。郑清之有《安晚堂集》60 卷，残存 7 卷，《全宋文》第308 册辑佚文 2 卷，《全宋诗》第 55 册辑诗 9 卷。

　　郑清之《太上感应篇至言详解序》交代了李注本推广刊行的过程，同时也交代了他本人创作赞语的缘起。郑清之本想为推广李注略尽涓埃之助，可因应酬琐事，一年多竟没有完成李注本的赞语，后因眼疾，想起李注本卷三"乐人之善"条下引录《唐文粹》的一则故事：

　　　　按《唐文粹》，昔高迈见乡之俊杰主宝融寺经藏院长明灯，精进成就，喜而发愿，铭而颂之。已而，迫于多事，斯文莫构。忽染目疾，朦胧如隔绡縠。每自叹恨，不审得罪之由。一夕，梦神告曰："子于长明灯，其有负乎？"迈应声而寤，寤而起，起而作颂，明日目愈。①

　　郑清之受到这个故事的启发，发愿清斋研思，日写数章，终于完成了全部李注本《太上感应篇》的赞语，而令人神奇的是，眼疾果然随之见好。

　　在每一则李昌龄注解之下，郑清之都写一篇赞文，一共 230 多

---

① 《道藏》第 27 册，第 21 页。

篇，每篇四言十句，共计近万字。其中卷七"攻讦宗亲"句下
"赞曰"后附《虚静天师颂》十二句：

> 人之一性，湛然圆寂。涉境对动，种种皆妄。一念
> 失正，即是地狱。敬诵斯文，发立汗下。煨烬心火，驯
> 服气马。既以自镜，且告来者。①

这十句颂署名"虚静真君"，有以为第三十代天师张继先，徽
宗曾赐号张继先"虚靖真君"，"靖"偶作"静"字。从这篇颂文
来看，它主要针对的是整部《太上感应篇》的诵念感应和作者推
介后人的愿望，是否出自张继先另当别论，但它肯定不是郑清之
属笔。

四言押韵是四言诗的基本特征，但也是辞赋、骈文、颂赞、
箴铭等韵文文体的常用格式。刘勰《文心雕龙》卷二《颂赞》篇
对"颂""赞"两种文体做过辨析。赞体文当源于上古祭祀仪式中
的唱发之辞，佛教传入后又受到佛教唱赞的影响。赞的文体功能
本来是"告于神明者"，后来演变为"义兼褒贬"，且涉及人事细
物的变体。"赞者，明也，助也。"② 赞的本义即是参与阐明和辅助
解释，郑清之给李注本《太上感应篇》作赞，与经文和传注相配
合，即为了"述赞以明理"，与传统赞文的目标和性质是一致的。

宋代赞文大概可以分为诗体、骚体和杂言体三类，另有少见
的骈文赞和散文赞等。骚体赞和杂言赞等属于赞文的变体，而四

① 《道藏》第27册，第41页。
② ［南朝梁］刘勰著，黄叔琳注，李详补注，杨明照校注拾遗：《增订文心雕龙校注》，中华书局，2012年，第108页。

言诗体赞才是赞的主要形式。歌、赞、赋、颂等都来源于诗，《文心雕龙》卷一《宗经》云："赋颂歌赞，则诗立其本；铭诔箴祝，则礼总其端。"① 郑清之的李注本《感应篇》赞就是典型的诗体赞，全部230多篇赞文均为四言体韵文，较少变化，这与宋代文人不拘格套、率性而为的赞体文相比，显得更为保守和传统。王质《自赞》云：

> 一百年前，蜀山之下，有苏子瞻，炜炜煌煌，若凤若鸾。一百年后，楚江之滨，有王景文，波波挈挈，半痴半昏。横筇踞石，风标则一，英气蹴天，嗟哉难及。赞者子由，画者伯时，今则渺然，我皆无之。吁!②

最后一句附"吁"字，加强语气，突破四言体赞的惯常格式，显得灵活而情感充沛。但郑清之的赞文都是整齐的四言十句韵文。

郑清之是进士出身，在理宗朝身居要职，他服膺的是儒家治世理想和仁恕修养，之所以对李昌龄注本《太上感应篇》情有独钟，主要是看中其中融合了儒释道三教的劝善思想，并非对神仙修炼笃信虔诚。在"其过大小，有数百事。欲求长生者，先须避之"条传注下，郑赞云：

> 神仙可学，不死可致。博探方药，炼神养气。
> 外诱纷然，可慕可喜。宁保此心，果无纤累。欲成

---

① ［南朝梁］刘勰著，黄叔琳注，李详补注，杨明照校注拾遗：《增订文心雕龙校注》，第27页。

② 曾枣庄、刘琳主编：《全宋文》第258册，卷五八一四，第347页。

仙道，先修人事。①

这里郑清之认为"神仙可学"，但是"欲成仙道，先修人事"，神仙成否是建立在世间"人事"的基础上的。但在"神仙可冀"条传注下，郑清之又云：

> 神仙之说，多谓渺茫。求而不得，汉武秦皇。
>
> 亦如释教，地狱天堂。天堂果有，必处忠良。地狱果有，小人之乡。②

对神仙有无和神仙说辞，郑清之还是持一种怀疑态度，历史上的秦皇汉武就是明证。赞文最后的落脚点还是儒家的君子、小人，如果佛教有所谓天堂地狱，也一定是地狱为小人设，天堂为君子处。如果说李昌龄注《太上感应篇》已经突破道门一家，广涉儒、释，那么郑清之的赞，最终落实在儒家的天理、仁恕之道上。郑清之从儒家立场出发创作的赞语，比比皆是，如"夫欲求天仙者，当立一千三百善；欲求地仙者，当立三百善"条下赞云：

> 礼仪三百，威仪三千。待人而行，人道乃全。
>
> 积功累善，必有后先。条目严备，毫发罔愆。是乃仙道，以人合天。③

---

① 《道藏》第 27 册，第 12 页。
② 《道藏》第 27 册，第 34 页。
③ 《道藏》第 27 册，第 34—35 页。

"慈心于物"条下赞云：

万物同体，均受于天。乐生畏死，此性则然。

忍肆其暴，刲割烹煎。肖翘蠕动，皆在所怜。视物
犹己，仁术乃全。①

"正己化人"条下赞云：

表正影直，源清流泚。枉己直人，万无是理。

圣贤何术，举斯加彼。瑕而戮人，三军见齿。大学
修身，家齐国治。②

郑清之的赞虽然只有十句四十个字，但是语约义长，凝练典
雅，辞彩赋丽，说理含蓄，符合赞文温润典实的审美境界，在众
多宋代文人赞中，独树一帜，别是一家。

《太上感应篇》经过李昌龄的传注，由一部单一道经，变为具
备三教圆融的劝善大书，再经过理宗和郑清之、真德秀等"宗工
巨儒"的推波助澜，一时身价百倍，各种绘图、注释纷起，在中
国近世庶民社会中起到重要的教化作用，以至于有些习语和传统
禁忌在民间仍有遗存。因此，李昌龄和郑清之的文本重建和颇具
文学性的叙事重构，成为南宋道教文学史上重要的宗教文学现象。

---

① 《道藏》第 27 册，第 15 页。
② 《道藏》第 27 册，第 16 页。

401

第五节　南宋道教仙传的编撰与成就

据现存各种道经文献的记载，南宋道教仙传、宫观志的编撰，较北宋有较大进步，数量和影响也比较大。随着南宋各个道派的崛起，一部分山志、宫观志及新纂的神仙个传、派传出现。这些志传类文献，多在前代相关传说和笔记的基础上增衍改编，或重组扩充，在文本和经典层面，形成和强化了地方道教信仰。仙传本身即仙道叙事文学，一些山志和宫观志也包含大量文学文献，可资辑校考订，它们都具有重要的文学史意义。

南宋时期曾出现几种规模比较大的仙传和老君传记的再次整合与重编，其中最具代表性的就是曾慥的《集仙传》《三洞群仙录》及谢守灏的《太上老君混元上德皇帝实录》（又称《混元圣纪》等）。这几部大型仙传资料在道教史和道教思想史上也有重要地位，尤其谢守灏的《混元圣纪》涉及老子化胡这一争议话题，这有助于认识南宋时期的佛道关系，是一部非常重要的历史文献。而《三洞群仙录》采用蒙求体的编撰方式，可以说是南宋道教仙传编撰的一种创新，对道教思想和教义的传播起到重要的历史作用。《集仙传》本为一部规模相当庞大的仙传总集，但基本上散佚，有以为曾慥编撰的《道枢》是在《集仙传》基础编订的，但其可靠性需要进一步确认。总之，南宋时期一些有高深造诣的道士和有慕道倾向的文士编撰了数部仙道总集和老君传记集，进一步推动了南宋道教经典的建构和道教信仰的深入与普及。

一、曾慥与《集仙传》的编纂

曾慥字端伯，自号至游子，生活于南北宋之交，著述颇丰，晚年潜心修道，编纂《道枢》，另有《至游子》二卷。《宋才子传笺证·曾慥传》（南宋前期卷，辽海出版社，2011 年）对曾慥生平著述有较详尽的考订。《集仙传》存在同名异书的情况，《隋书·经籍志》就曾著录《集仙传》十卷，不言作者；《太平广记》注出《集仙传》的篇目，实为杜光庭《墉城集仙录》；又据赵道一《历世真仙体道通鉴序》"宋朝王太初集仙者九百人为《集仙传》"①，可知北宋王太初亦有《集仙传》，规模相当可观，传主有九百人。

据《宋才子传笺证》，晚年曾慥学养生，采神仙事迹，于绍兴二十一年（1151）编成《集神仙传》，又名《集仙传》。较早著录曾慥《集仙传》的是《直斋书录解题》卷十二："《集仙传》十二卷曾慥撰。自岑道愿而下一百六十二人。"②《文献通考·经籍考》所记卷数与此相同。《集仙传》全书已佚，《说郛》有节本，其中涵芬楼百卷本《说郛》注为十三卷，明刊一百二十卷本《说郛》未注卷数，二者之中前者更完整，保存了两段"至游子曰"，且人数正好一百六十二人。曾慥自序在《说郛》中保存下来，这段文字对理解《集仙传》的成书过程、编纂原则和隋唐至南宋这段时间道教新出仙传的大体情况有益，兹录于此：

　　刘向有《列仙传》，葛洪有《神仙传》，沈汾有《续仙传》。予晚学养生，潜心至道，因采前辈所录神仙事迹，并所闻见，编集成书，皆有证据，不敢增损，名曰《集仙传》。异代事得于碑碣者，姑以其世冠于卷首，其

① 《道藏》第 5 册，第 99 页。
② ［宋］陈振孙：《直斋书录解题》卷一二，《四库全书》本。

言不可考者次之，有著见于本朝者又次之。至于亡其姓
名者，皆附之卷末。中有长生久视之道，普劝用功，同
证道果，浮生泡幻，光景如流，生老病死，百苦随之事
在勉强而已。览者详焉。绍兴辛未，至游子曾慥。①

从这段文字中，我们可知编纂者的态度和全书体例。现存
《说郛》本内容极为简略，大都在二十字内，不少仅有姓氏、籍贯
等。又《四库全书总目》有《集仙传》十五卷，不著撰人，馆臣
以为其与曾书"体例迥殊，知非慥作"。又言："此书所载皆唐事，
每条各注出典，如《太平广记》之例，以《广记》核之，无不符
合。盖即好事者从《广记》钞出耳。"②

二、《三洞群仙录》的编纂及其道教文学价值

明《道藏》正一部收录《三洞群仙录》一部二十卷，题"正
一道士陈葆光撰集"。关于陈葆光的生平，我们多据《三洞群仙
录》卷前"嚳里竹轩"于绍兴甲戌年（1154）的序，知道他是
"江阴道士"，序云：

> 江阴静应庵道士陈葆光，愤末学之夫，怠于勤修，
> 果于自弃，生存行尸，死为下鬼，乃网罗九流百氏之书，
> 下逮稗官俚语之说，凡载神仙事者，裒为此书，以晓后
> 学。使知夫列仙修真之勤，济物之功，奉天之严，得法

---

① ［明］陶宗仪纂：《说郛》卷四三，《四库全书》本。
② ［清］永瑢等撰：《四库全书总目》卷一四七，第 1259—1260 页。

之艰，如此之勤苦劳勋，卒能有成，丕显其光，与天为
徒也。

　　昔司马子微著《坐忘枢》，陈碧虚作《混元鉴》，以
启后人，皆旨趣深远，初学蒙叟无自而入。今陈君集仙
之行事，扬高真之伟烈，以明示向道者，使开卷洞然，
知神仙之可学，历世圣贤之迹，萃于目前，如视诸掌。
激之劝之，使愤悱奋发，踊跃精进，以祈度世，如置尊
通衢，人人可以酌取自饫，则其导迷翊教，济物利人，
岂浅浅者？

　　陈君神气虚静，德性粹和，佩三洞之灵文，神飞碧
落，窥九清之秘发，名籍丹台，他日继列仙而授位，载
云气而上浮，五帝校籍，三官策勋，所以酬著书之勤，
而警夫偷堕之士。使知有补于世者，天必有以报也。[①]

　　这几段话透露了他编撰《三洞群仙录》的初衷，即有感于修
道之人"怠于勤修，果于自弃，生存行尸，死为下鬼"的现状，
于是网罗群籍，甚至囊括俚语小说等有关神仙事，编辑为旨趣深
远、启迪蒙叟、激励精进、可证神仙实有的大书。这本书模仿
《仙苑编珠》等，把历代高道仙真事迹，以四言韵语的体裁，编纂
为偶对工丽、易于记诵的"童蒙课本"。现在所存《三洞群仙录》
为带传注的二十卷本，但当时陈葆光编纂时很可能仅有三卷以韵
文偶对形式的正文，传注或为另附，或当时有不加传注的单行本
流传，《〈永乐大典·常州府〉清抄本校注》有一条记载很值得注

---

① 《道藏》第32册，第234—235页。

意，即：

> 陈葆光，受业天庆观，梦真武举白璧授之，遂善符
> 篆，治病辄愈。撰《神仙蒙求》三卷。晚住茅峰，主章
> 醮，天灯尝示现云。①

陈葆光曾在天庆观受业，或后来为静应庵正一符篆派道士，因梦玄武授白璧，遂善于治病驱邪，"晚住茅峰"指晚年在茅山栖止修行，主持斋醮科仪。江阴曾隶常州府，显然这里所载陈葆光即编撰《三洞群仙录》的陈葆光，但这里记载"撰《神仙蒙求》三卷"，从"蒙求"的字眼来看，这就是指以偶对形式撰写的《三洞群仙录》的正文，说明当时有三卷本正文行世。关于陈葆光及其《三洞群仙录》，还有一则资料也非常重要。差不多与陈葆光同时代的孙觌（1081—1169），虽依违无操，但善属诗文，金军入京时，曾拟降表，其《鸿庆居士集》卷三二录一篇《跋陈道士群仙蒙求》，云：

> 今世道士能读醮仪一卷中字，歌《步虚词》二三章，
> 便有供醮祭，衣食足了一生矣。然犹有不能者。常州天
> 庆观道士陈君葆光，好古嗜学，盖超然出于其徒数百千
> 辈中者。读《道藏》，通儒书，与夫传记小说，靡不记
> 览。著书二十卷，号《三洞群仙录》。贯穿古今，属辞比

---

① 王继宗校注：《〈永乐大典·常州府〉清抄本校注》，中华书局，2016年，第780页。

事，以类相从，虽老师宿学者不如；偶俪精切，协比声律，悉成韵语，虽章句之儒有不逮。余读其书而异之。夫道家者流，清净无为者也，饱食终日，无所用心，或弹琴围棋以自娱，或炼丹药以玩物之变，或治符箓以呵百鬼，疗疾病，固贤于其徒矣，如葆光者，博极群书，上自千载之前，远至六合之外，条分汇聚，配合奇偶，相比成文，自为一家。此余所谓超然出于其徒数百千辈者也。年月日，左朝奉郎、充右文殿修撰、提举江州太平兴国宫孙某书。①

这里孙觌已经提到《三洞群仙录》二十卷，当时已有别名，此书又名《群仙蒙求》。这段资料对陈葆光的学识多有称赞，应该是可信的。历史上道士的人数、地域分布和文化素养，一定程度上不如僧门，而这段话也揭示了当时部分道士的情况，即大多数读一二卷科仪文字，能唱几首步虚词，便可衣食饱足一生，缺乏求真仙、修大道的理想。但陈葆光卓然不同，好古嗜学，能读《道藏》，通儒家经典，各种野史小说也无不披览。所撰《三洞群仙录》"贯穿古今，属辞比事，以类相从，虽老师宿学者不如；偶俪精切，协比声律，悉成韵语，虽章句之儒有不逮"。这几句评语，是对陈葆光及其《三洞群仙录》的高度赞扬，我们从《三洞群仙录》的偶对正文及传注文字来看，此评语当之无愧。

1.《三洞群仙录》正文的文学价值

《三洞群仙录》正文又名《神仙蒙求》（或《群仙蒙求》），所

---

① 《全宋文》第 160 册，卷三四七七，第 332—333 页。

谓"蒙求"，说明其体例缘于唐人李翰编著的以介绍掌故和各科知识为主，具有激励劝勉意味的儿童识字读本《蒙求》。"李氏蒙求"之后，世人纷纷效仿，产生众多以"蒙求"为名的儿童启蒙读物，如《广蒙求》《叙古蒙求》《春秋蒙求》《左氏蒙求》《十七史蒙求》《南北史蒙求》《三国蒙求》《唐蒙求》《宋蒙求》等等，但是这些儿童启蒙读物都是围绕儒家经史展开的，而陈葆光的《神仙蒙求》则是仙道方面的题材。实际上，这种四字叶韵对偶的道经，唐五代时期已有王松年的《仙苑编珠》导夫先路。陈国符《道藏源流考》附录一《引用传记提要》曾考订《仙苑编珠》，指出编者天台王松年为五代或宋人，卷内所引《道学传》《楼观传》《灵验传》《八真传》《十二真君传》皆已亡佚，录唐、梁以降接于闻见者132人，仿效《蒙求》体裁，四字比韵，取其精要，笺注于下，共记神仙在三百人之上[①]。王松年《仙苑编珠序》云："伏以诰传文繁，卒难寻究，松年辄敩《蒙求》，四字比韵，撮其枢要，笺注于下，目为《仙苑编珠》。"[②] 而陈葆光的《三洞群仙录》直接以"蒙求"名之，其来有自。

《三洞群仙录》开篇从盘古、轩辕黄帝讲起，所谓：

> 盘古物祖，黄帝道宗。少昊歌瑟，颛帝锡钟。
> 唐尧鸣鹤，夏禹乘龙。伯阳帝师，仲尼真公。[③]

盘古以下，依次为"黄帝—少昊—颛顼—唐尧—夏禹—老子

---

① 陈国符：《道藏源流考》，第 191 页。
② 《道藏》第 11 册，第 21 页。
③ 《道藏》第 32 册，第 235—236 页。

一孔子"，这种神谱结构是在道教神话的基础上，结合五帝传说确定的，突出了轩辕皇帝的神谱地位，首句即指明"黄帝道宗"，反应了轩辕黄帝在宋代新神谱上的地位，而王松年《仙苑编珠》卷首正文云：

  大道自然，混沌之先。一气凝化，盘古生焉。天皇东立，王母西旋。伏羲八卦，轩后五篇。颛顼元犇，帝誉龙鞿。虞舜得药，夏禹道川。老君无极，篯祖长年。广成高卧，尹喜精研。①

这里盘古之后为东王公、西王母，而后是伏羲感神龟负图而画八卦，轩辕等峨眉山遇天真皇人，授以灵宝五符，铸鼎荆山的传说。这里轩辕黄帝还没有被抬高到"道宗"的地位。《三洞群仙录》揭示了宋代道教发展的内在转变。

《仙苑编珠》除了卷首叙述道教源起，正文韵语没有完全按照时代早晚编排，只是把内容相近的一类故事放在一起，撰作韵语，有些故事发生时代相距甚远，前后错杂，隶属不同道派，而《三洞群仙录》也是如此，因其毕竟不是一部道教史传性质的经书，其主要功能是以童蒙识字的方式普及道教知识典故，因此趣味性、可读性更为重要。

《三洞群仙录》的韵语对仗较《仙苑编珠》更为工整，大部分四句一韵，不像《仙苑编珠》有的数句一韵，有的十几句一韵。孙觌评价陈葆光"偶俪精切，协比声律，悉成韵语，虽章句之儒

---

① 《道藏》第11册，第21—22页。

有不逮"，此良非虚誉。陈葆光《三洞群仙录》中的偶对时见精彩，俯拾皆是，如卷一：

范饮桂水，张赐腴膏。灵箫握枣，王粲得桃。

妙想谒舜，良卿荐尧。何知沙麓，裴忆蓝桥。①

第一句引《列仙传》和《仙传拾遗》注云："《列仙传》：范蠡字少伯，徐州人也。事周师太公，好服桂饮水，为越大夫。勾践破吴后，乘轻舟入海，变姓名。又适齐，为鸱夷子皮。后百余年，见于陶，居累亿万，号陶朱公。后弃之，兰陵卖药。后人世世见识之。《仙传拾遗》：张云灵修道于南岳招仙观，精思感通，天降真密，授其内养元和、默朝大帝之道。行之十三年，神游大元，面朝皇极。大帝赐以琼腴琅膏混神合景之液，受而服之，变化恍惚，神用无方。建兴元年九月三日升天。"②《列仙传》卷上所载的范蠡故事广为人知，这里总结为"范饮桂水"，《仙传拾遗》大帝赐张云灵琼腴琅膏，概括为"张赐腴膏"，与上句"范饮桂水"对仗巧妙工整。

"灵箫握枣，王集得桃"句下注云：

《真诰》：九华真妃字灵箫，时同紫阳夫人降杨真人之室，夫人问杨曰：世上曾见此人否。杨曰：灵尊高秀，无以为喻。夫人大笑。妃握枣三枚，令人各食之。真妃

---

① 《道藏》第32册，第239—240页。
② 《道藏》第32册，第239页。

曰：君师南岳夫人，司命秉权，道高妙备，实良德之宗
也。杨云：枣无核，其味有似于梨也。《王氏神仙传》：
王粲昔为王屋令，诵《黄庭经》，每欲诠注，而未晓玄
理。已诵六千余遍，时弃官入洞，寻真访道，誓不期返。
一日深入洞中，见石床几案之上有经，旁有神人，告之
曰：子其志乎，吾乃仙人王太虚也，注此经已七百年矣，
今授于子。仍将一桃与之，曰：此桃非中土所有，汝今
得之，食之者白日飞升。①

　　这两则故事，作者抓住故事中最核心、最引人入胜的情节，
分别以"灵箫握枣"和"王集得桃"概括，一握枣，一得桃，生
动且易于记诵，极大地方便了道教典故的普及和学习。
　　"妙想谒舜，良卿荐尧"句下注云：

　　《集仙录》：王妙想，苍梧女道士也。辟谷服气，想
念丹府，由是感通，常有光景云物之异，灵香郁烈天乐
之音震动林壑，须臾千乘万骑垂空而下。仪卫数千人，
皆长丈余，执戈戟兵仗旌幢，良久乃见鹄盖凤车导九龙
之辇下于坛前，有一人冠剑曳履，升殿而坐，身有五色
光，群仙拥从亦数百人。妙想即往视谒，大仙谓妙想曰：
吾乃帝舜耳，昔劳厌万国，养道此山，每欲诱教后进，
使世人知无可教授者。且夫道在于内，不在于外，道在
尔身，不在他人。玄经所谓修之身其德乃贞，非他所能

---

① 《道藏》第32册，第239页。

致也。吾睹地司奏汝于此山三十余岁，初终如一，守道不邪，汝亦至矣。于是命侍臣以《道德》二经及驻景灵丹授之而去。如是一年或三五降于黄庭观，数年后妙想上升。《括异志》：陈良卿，景祐四年自永州随乡书赴礼部试。十月至长沙，梦一人引导入巨舰中，见一道士，自称青精先生，与之谈论，辞语高古，谓陈曰：吾已荐子于尧，为直言极谏臣。陈曰：尧今何在。曰：见司南岳。陈曰：尧之由古圣君也，安可在公侯之列。先生曰：尧，人间之帝也，乘火德而王，弃天下而神，位乎南方，子何疑焉。陈辞以名宦未立，俟他日应，乃许以十年为期。既寤，甚恶之，为异梦，录以自宽。明年登甲第，调全州判官，道出岳州南驿，偶昼寝，梦使者持檄来召，遽惊觉，喟曰：岂尧命乎。同行相勉，以梦不足信。后执书秩卧读之，晚食具呼之，已逝矣。[①]

王妙想出自杜光庭《墉城集仙录》中的唐前神仙故事，陈良卿出自说部《括异志》中的发生在北宋景祐年间的故事，一则"谒舜"，一则"荐尧"，以类相从。两则故事本文都比较冗长，但总结为对仗工整的八个字"妙想谒舜，良卿荐尧"，极为凝练。

"何知沙麓，裴忆蓝桥"句下注云：

《仙传拾遗》：何丹阳，陇右人，仕于汉季为尚书郎。哀平间，王室陵夷，谓人曰：今日之事非人力所制，盖

---

① 《道藏》第 32 册，第 239—240 页。

世数有之。昔沙麓倾，有知数者云：五百年后，齐有圣女兴。今丞相，齐国田氏之后，圣后当其运，革汉之命，兴齐之业，在此时矣。遂放志山林，以求度世耳。常服松花，身轻目明。乃弃官隐遁，居蜀之名山。太平上真降授以攀魁乘龙之道，后上升。《传记》：裴航佣舟于襄汉，同舟樊氏夫人，国色也，航赂婢袅烟达诗曰：同舟胡越犹怀思，况遇天仙隔锦屏，傥若玉京朝会去，愿随鸾鹤入青冥。夫人曰：妾有夫在汉南，幸无以谐谑为意，与郎君小有因缘，他日必为姻懿。答诗曰：一饮琼浆百感生，玄霜捣尽见云英，蓝桥便是神仙窟，何必崎岖上玉京。后经蓝桥驿，渴甚，茅舍老妪缉麻，揖之求浆，妪曰：云英擎一碗浆来。航接饮之，真玉液也。航谓妪曰：小娘子艳丽惊人，愿娶如何。妪曰：老病有此女孙，神仙遗药一刀圭，得玉臼杵捣一百日方就。欲娶此女，但得玉臼杵。其余金帛，吾无所用。航恨恨而去。月余，果获臼杵。挈抵蓝桥，妪襟带间解药，航即为捣之。妪夜收药，航窥之，有玉兔持杵，雪光曜室。百日足，妪吞药，曰：吾入洞为裴郎具帷帐。俄见大第仙童侍女引航入账，诸亲皆神仙中人。有一女子，云是妻姊，曰：不忆鄂渚同舟抵襄汉乎。左右云：是云翘夫人、刘纲天师之妻，为玉皇女史。航将妻入玉峰洞中，饵绛雪瑶英之丹，超为上仙。[①]

---

① 《道藏》第32册，第240页。

裴航故事引自唐代裴铏《传奇》，是一篇著名的唐人小说，作者概括为"裴忆篮桥"，与杜光庭现已散佚的《仙传拾遗》中的何丹阳故事相对举，作"何知沙麓，裴忆蓝桥"一句。这四句韵语，"膏""桃"押四豪韵，"尧""桥"押二萧韵，而平声"萧"与"豪"临韵通押，从总体上看，基本上做到了"协比声律，悉成韵语"。

总体看，高道陈葆光上承王松年《仙苑编珠》，用对仗等修辞手法，把繁杂冗长的神仙故事，编撰为齐整押韵、朗朗上口的四言韵语，这在宋代道经编纂、教义传播和道教文学创作上，都具有重要意义。

2. 《三洞群仙录》引经之文献价值

《仙苑编珠》的引书范围主要限于唐前道经，而《三洞群仙录》的引书除了道教经典，还广涉经史、说部文献，如《史记》《后汉书》《酉阳杂俎》《太平广记》《青琐高议》《湘山野录》《后汉逸史》等。其中有相当一部分仅是与道教相涉的故事，不全为道门内部的修仙得道事，如卷八的"子良青简，永叔丹书"句注云：

> 《真诰》：周子良，陶隐居之弟子，自幼温雅，肃然高迈。天监中，真仙屡降其室曰：周生修功积德，可为不负其志矣。子良曰：枉蒙上真赐降，欣惧交心，无以自措。司命君曰：近往东华，见子之名已上青简保列保晨司矣。《青琐》：欧阳永叔与梅圣俞游嵩山，醉望西峰崖上有丹书四大字云"神清之洞"。永叔指示圣俞，阒无所见，公乃不言。洎乞身告世，作诗曰：四字丹书万仞

崖，神清之洞锁楼台。烟霞极目无人到，鸾鹤今应待我
来。后数日公薨。①

　　除了《真诰》，周子良事还见于《周氏冥通记》，是重要的道
教神仙故事，但是欧阳永叔早年批判神仙道教之虚妄，晚年又亲
近仙道养生，此事见诸各种文献记载，这里引《青琐高议》，并引
录欧阳修去世前的诗作，与生前游嵩山事相合，颇有神异色彩，
但也从一个侧面很好地说明了神仙不诬的道理。据《三洞群仙录
序》，是书编纂，"网罗九流百氏之书，下逮稗官俚语之说"，以证
神仙实有，激励求仙学道之人。这种编纂策略着实较《仙苑编珠》
视野更为开阔，实际效用也当更为显著。

　　《三洞群仙录》引书达两百余种，对上古至北宋间的神仙事迹
做了广泛的搜集汇编，实为这一历史时期神仙事迹之集大成者。
自汉刘向《列仙传》问世之后，仙道传记层出不穷，但在长期流
传中，多有散失，如南朝陈马枢《道学传》、唐杜光庭《王氏神仙
传》《仙传拾遗》、宋贾善翔《高道传》等重要著作，都已亡佚，
唯《三洞群仙录》尚存上述诸书的大量内容。其中，引马枢《道
学传》六条，陈国符《道藏源流考》附录七有《道学传辑佚》；引
杜光庭《仙传拾遗》近 70 条、《王氏神仙传》约 30 条，罗争鸣
《杜光庭记传十种辑校》据此辑录校勘②；引贾善翔《高道传》者
达 80 余条，李静《〈高道传〉辑考》做过详细的考订③。

---

① 《道藏》第 32 册，第 284 页。
② ［唐］杜光庭撰，罗争鸣辑校：《杜光庭记传十种辑校》（下册）。
③ 李静：《〈高道传〉辑考》，《道教研究学报：宗教、历史与社会》（Dao-
ism：Religion，History and Society），2017 年。

《三洞群仙录》的文献价值相当可观，但除了上述几种有资辑录考订外，还有很多小说及杂史、杂传、笔记等类作品，也多赖此保存，或提供相当多有价值的异文，而这方面研究和发掘还远不够深入。

三、谢守灏对老子传记谱录的编撰

谢守灏博学强记，议论通达，在光宗、宁宗朝备受恩崇，堪称南宋时期的一代高道。但是，关于谢守灏的生平记载并不多，《宋史》没有传记，今存比较完整的记录是《历世真仙体道通鉴续编》卷五中的本传，另外谢守灏所编《太上老君混元上德皇帝实录》（《道藏》本题为《混元圣纪》）卷前序文等也透露了他的一些交游情况，现据各种文献，考述生平于此。

谢守灏字怀英，永嘉人（今浙江省温州市），生于高宗绍兴四年（1134）。谢守灏少时聪慧明敏，刻志于学，后偶遇一云水道士，遂与道结缘。早年谢守灏业儒，通经史，或曾参加科举。《道藏》本《混元圣纪》卷首陈傅良止斋先生（1137—1203）作于绍熙四年（1193）八月的序云：“怀英尝为举子，知推尊孔氏矣。已而脱儒冠去为道士，以推尊孔氏者尊老子。”① 陈傅良与谢守灏同乡，且为年纪相仿的“同舍生”，此序陈傅良对谢守灏弃儒从道的记载应是确信无疑的。

谢守灏或因科举落第，补太学上庠，后馆于南宋大臣曹勋门下。曹勋（1098—1174）字公显，一字世绩，号松隐，颍昌（今河南禹州市）人。曹勋有《松隐文集》《北狩见闻录》等传世。靖

---

① 《道藏》第17册，第779页。

康元年（1126），曹勋与徽钦二帝一同被金兵押解北上，后受徽宗嘱托，带半臂绢书自燕京逃回，建炎元年（1127）秋至南京（今商丘）向高宗上徽宗衣书，请求招募义勇敢死之士营救徽宗。但是在各种势力纠葛中，最终计划未能施行，自己也被贬黜。绍兴年间，曹勋曾数次出使金国，劝金人归还徽宗灵柩。谢守灏在曹勋门下时，时常见到当时的高道皇甫坦。曹勋持徽宗御札南逃至黄河渡口时，无舟可渡，忽遇一道士，以苇筏相济，过河后，道人又燃苇筏取暖，搭救曹勋，并云三十年后当见于钱塘。果然，三十年后，曹勋再遇道人，认出乃是皇甫坦。皇甫坦以其医术神通，在高宗、孝宗朝很受器重，谢守灏在曹勋家所遇的"清虚皇甫真人"就是皇甫坦。后在真人道德的感召下，年轻的谢守灏脱儒冠参礼真人，成为皇甫坦的入室弟子，得其真传。

孝宗淳熙十三年（1186），江西漕使牒请谢守灏知西山玉隆万寿宫。光宗绍熙（1190—1194）之初，朝廷赐"观复大师"，充行在寿宁观管辖高士。在此期前后，谢守灏编撰了《太上老君混元上德皇帝实录》。元抄本《太上老君混元上德皇帝实录》卷前署名为"太上灵宝三洞弟子充行在寿宁观管辖高士臣谢守灏编"，《正统道藏》本《混元圣纪》卷前署"宋观复大师高士谢守灏编"，两个本子一定程度上反映了谢守灏编撰此经的大致时间和身份。此经编撰完成后，谢守灏进呈天子，为光宗"乙夜之览"，一时盛行，声动朝野。元抄本《太上老君混元上德皇帝》除了陈傅良的序，还有朱熹理学创建者之一被誉为"朱门领袖"的蔡元定（1135—1198）、宋朝平江九君子之一吴雄、四川眉州唐辂、工部尚书谢谔等硕儒名士所作的四篇序。这几篇序文都对《实录》一书赞不绝口。

据《历世真仙体道通鉴续编》卷五本传记载，光宗、宁宗朝，谢守灏眷遇优渥，亦勤于讲论三教，弘扬道法。值得注意的是，谢守灏还曾到寺院借座说法，拨妙指玄，应答如响，禅林高僧亦多叹服。谢守灏晚年相貌清古，须发皓白，时人以为"活老君"出世。后还家乡永嘉郡瑞安县，在紫华峰创九星宫，于宁宗嘉定五年（1212）仙逝。

谢守灏留存的著述并不算多，《正统道藏》洞神部存《许真君石函记》两卷，卷前序云："西山玉隆高士谢观复，洎高弟清虚羽衣朱明叔，东嘉郑道全等，递相授受，传至于今。"① 可以肯定，此经托名许逊，实际当出于南宋，但是否为谢守灏所撰则缺乏确切证据。《历世真仙体道通鉴续编》卷五本传云：

> 尝以所隐《石函记》一篇，书字如粟，刻于银叶之上，藏于岩穴，以俟骨相合仙之士焉。②

这里记载谢守灏曾把所藏秘籍《石函记》用小米粒大小的字体刻在银叶上，藏之岩穴以俟骨相合仙者。能确定谢守灏所作的道经主要有元抄本《太上老君混元上德皇帝实录》等。元抄本《太上老君混元上德皇帝实录》与《道藏》本《混元圣纪》内容基本一致，但在卷次和内容上存在因袭、删并的情况。对此，《中华续道藏》影印本《解题》对《正统道藏》本《混元圣纪》与元抄本做了比勘，指出元抄本内容较《道藏》更完整，书中称宋朝

---

① 《道藏》第 19 册，第 412 页。
② 《道藏》第 5 册，第 445 页。

为"皇宋"，称《宋朝事实》为《本朝事实》，此元抄本《太上老君混元上德皇帝实录》当为宋本，而《正统道藏》本为此本的删节改编本。①

《道藏》本《混元圣纪》后还有《太上老君年谱要略》《太上混元老子史略》两种。《太上老君年谱要略》题"永嘉谢守灏编集、隐山李致道校正"，这显然是经后世改编而成的。李致道史传无载，揭傒斯《应缘扶教肇玄崇道真君道行碑》（见《（光绪）鹿邑县志》卷十下）文末列立碑之人有"成真文德明善大师提点李致道"，则其或为张志素门人，丘处机之再传弟子，元代太清宫全真教道士，而太清宫所在之鹿邑县正有隐山，在县东十一里，接近太清宫（在县东十五里）（见《（光绪）鹿邑县志》卷五、一六），故校正者极有可能即此人。《太上混元老子史略》三卷，《正统道藏》题"庐山清虚庵道士臣谢守灏编"，此书为删节《太上老君混元皇帝实录》而来，陈国符"疑即《混元圣纪》之初稿"②。

从《太上老君混元上德皇帝实录》题名"实录"中，我们就可以看出，这是一部有着史学追求的宗教史著作。实录为传统编年体史籍之一，专记某一皇帝统治时期的大事，记祖先事迹的文字，也有称作实录的。南北朝时期已有《梁皇帝实录》等，唐朝有韩愈编纂的《顺宗实录》，宋初则有钱若水、杨亿编纂的《太宗实录》等。谢守灏为老子编撰实录，因为老子在唐、宋两朝多次被尊为"皇帝"。唐高宗乾封元年（666），"二月己未，次亳州，

---

①　龚鹏程、陈廖安主编：《中华续道藏》初辑第十册《解题》，新文丰出版公司，1999年，第25—27页。

②　陈国符：《道藏源流考》附录二《道藏札记》，第217页。

幸老君庙，追号曰太上玄元皇帝，创造祠堂；其庙置令、丞各一员"①。玄宗天宝二载（743）"春正月丙辰，追尊玄元皇帝为大圣祖玄元皇帝"②。此后不久，玄宗进一步追尊"大圣祖玄元皇帝"为"圣祖大道玄元皇帝"。至宋真宗朝，大中祥符七年（1014）又给老子加尊号，称为"太上老君混元上德皇帝"，老子"混元"之号概始于此。老子既为上界"皇帝"，以"实录"体撰述其历代显化、生平事迹，理所当然，而谢守灏编撰《太上老君混元上德皇帝实录》即完整地采用了真宗皇帝所册尊号。

《太上老君混元上德皇帝实录》卷一老子《年谱》前，谢守灏说明了系统编纂老子实录的必要性，其中提及各种前代老子传记，并加以简单评述：

> 太上老君者，大道之主宰，万教之宗元，出乎太元之先，起乎无极之源，经历天地，不可称载，终乎无终，穷乎无穷者也。其随方设教，历劫为师，隐显有无，罔得而测。然随世立教，应现之迹，昭昭然日月，其可无记述乎？

> 夫何若传记，率多疏略，如司马迁《史记》、班固《古今人表》，刘向之载《列仙》，嵇康、皇甫谧之叙《高士》，与夫葛稚川之《神仙传》，暨《集仙》《总仙》等传，例皆裂灭，百不具一。尹文操编《圣记》，八百二十章；贾善翔传《犹龙》，析为百篇，虽记述颇详，而枝蔓

---

① （后晋）刘昫等撰：《旧唐书》，卷五，中华书局，1975年，第90页。
② （后晋）刘昫等撰：《旧唐书》，卷九，第216页。

旁引，首尾失次，其间取舍，未免乖违，二三其说，览
者滋惑。每一披卷，为之感慨，诚教门之阙典也。今不
揆愚陋，编考三教经典传记，究其源流，仍叙历代崇奉
之事，编为《实录》，冠以《年谱》。①

　　谢守灏简要概括了此前仙传谱录对老子事迹的记述情况，以
为"例皆裂灭，百不具一"，专门记载老子的《圣记》《犹龙传》
等，也"枝蔓旁引，首尾失次"，甚至"未免乖违，二三其说"，
而自己所编这部《实录》《年谱》，是在"稽考百家说"、详细考
察三教经典传记之源流的基础上完成的，资料可信度自不待言。
从现存文本来看，谢守灏《实录》《年谱》所引前代典籍大都交代
了明确的来源，如《史记》、前后《汉书》《魏书·释老志》及各
种佛、道经典、杂史小说等，这些都在谢守灏的考察范围。另外，
《实录》里夹杂大量按语考订，所云虽涉荒诞，但大多有理有据，
自成一家之言。从这些努力中，我们能看出谢守灏对老子历代演
化传说的全面把握和精深思考，可谓中国古代最详细的老君传记，
宗教史料价值极为突出，有待深入发掘。元抄本《太上老君混元
上德皇帝实录》卷前唐轭序文认为谢守灏为"太清之董狐，何浮
荣可尚焉"②，实为至言。
　　《太上老君混元上德皇帝实录》是一部宗教史著作，但它本身
也搜集编排了大量具有文学色彩和文学研究价值的传记资料。其

①　龚鹏程、陈廖安主编：《中华续道藏》初辑第1册《太上老君实录》卷
一，第8页。
②　龚鹏程、陈廖安主编《中华续道藏》初辑第1册《太上老君实录》，第6
页。

中最重要的部分，当属谢守灏延续历史上的老君"化胡说"资料，做了进一步的搜集和整合。老君西化流沙"教胡"传说肇自东汉末三国时期，此后一直有各种铺排和附会，成了历代佛道论衡中最核心的议题。在南宋时期，谢守灏重提"老子化胡"事件，是有一定舆论风险的，谢守灏在《太上老君混元上德皇帝实录》中亦透露其中的隐忧，但这客观上为老子化胡研究提供了宝贵的文献资料。

南宋时期，除了《三洞群仙录》《太上老君混元上德皇帝实录》等大型仙传的编撰，还有诸多派传与个传的编撰，这些传记资料为南宋道派的发展和地方仙真崇拜的塑造与宣传，做出了重要贡献。

四、叶法善形象在南宋的重塑

《正统道藏》洞神部谱录类收《唐鸿胪卿越国公灵虚见素真人传》一卷，又名《唐叶真人传》《唐叶天师传》，卷首有理宗淳祐年马光祖序一篇。马光祖是南宋名宦能臣，生于南宋庆元六年（1200），卒于咸淳九年（1273），享年七十四岁，历任沿江制置使、江东转运使、知临安府（今杭州）、知建康府（今南京）、户部尚书、大学士，咸淳三年（1267）拜参知政事，咸淳五年（1269）升授为知枢密院事，以金紫光禄大夫致仕。马光祖政绩卓著，公正清廉，有"南包公"之誉，所断案例成为后世不断演绎改编的小说、戏曲作品。他在出守处州时，张道统赠送所撰《唐叶天师传》，遂为之序。张道统生平事迹不见于其他经传，从马光祖序来看，张道统为其表兄，在处州冲真观为道士。马光祖为儒臣，对道教持相对客观的态度，序云：

　　道家以清净虚无为宗，仙家以导引修炼为法。秦皇
汉武尝求神仙矣，求而不得，则曰：天下岂有仙人哉，
尽妖妄矣。嗟夫！神变无方，希夷莫测。弊屣功名，泥
涂轩冕，是岂多欲之君所能屈致耶？①

　　马光祖对"道家"与"仙家"的区分体现了时人对道家哲学
和道教信仰的一般性认识，也真实地反映了彼时道教的信仰形态。
他并没有对仙道一概否定，认识到其"神变无方，希夷莫测"的
宗教神秘性和超越性。对叶天师本人，马光祖也极力赞扬肯定，
序中又云：

　　亦其孝于亲，忠于君，有以动天地感鬼神，位在上
卿，足以鞭风驾霆，膺天爵之荣，岂区区人爵之所能浼
哉？今仙化几千百年矣，祈晴祷雨，泽及生民，报应如
响，故宜受享祀，香火绵绵，亘万古而不穷者矣。②

　　据吴真《为神性加注：唐宋叶法善崇拜的造成史》第七章
《宋代地方道观的各自加注》的考察，马光祖为其表兄所做的《唐
叶天师传序》表现了地方政府对叶法善崇拜的推重，是地方官员
对处州叶法善崇拜的进一步神性加注。③
　　张道统所撰《唐叶天师传》正文有六千多字，传后附李邕所

---

① 《道藏》第 18 册，第 78 页。
② 《道藏》第 18 册，第 78 页。
③ 吴真：《为神性加注：唐宋叶法善崇拜的造成史》，中国社会科学出版社，
2012 年，第 208—209 页。

作碑志及真人前后表奏、批答、制诰、世系等内容，这是对叶法善事迹一次较全面的文献整合和形象重塑。这部传记"多抄袭唐代旧传文字"①，但总体来看，传记遵循传统的史传笔法，综合各种史料和前代传记，详细记述叶法善富有神异色彩的生平及其修真体道、匡世济人、屡受封赐之事迹，仍不失为一部重要的南宋仙传。

五、地祇大法与温太保（温琼将军）等传记在南宋的整合

《正统道藏》洞神部谱录类载《地祇上将温太保传》一卷，卷前题"天一靖牧羊遗竖黄公瑾校正"，卷后又附《温太保传补遗》，题"虚白室养素下士黄公瑾纂集"。黄公瑾为南宋末年施行并传授地祇温元帅大法的道士。《道法会元》卷二百五十三有一篇五雷经箓火铃仙官刘玉所述的《地祇法》，内中介绍了地祇法在南宋的施行情况：

> 地祇一法，凡数十阶，温将军专司亦十余本，使学者莫之适从。余初得之盛仙官椿，继得之李真君守道，再得之于六阴洞微卢仙卿垫，所授之本已大不同。继而遇时真官，则符箓愈异。晚参之闻判官天佑，及传之吕真官希真，玄奥始全备矣。吕以道法自青城而来江浙，名动一时，凡祈晴祷雨，伐庙瞰邪，莫非用此。②

---

① 丁培仁：《增注新修道藏目录》，巴蜀书社，1996年，第612页。
② 《道藏》第30册，第555页。

据此段叙述，地祇法有数十阶，温将军专司也有十几本，混乱莫知所从。刘玉所传地祇法，得自盛椿、李守道、卢埜、时真官，各有所异，及至闻天佑、吕希真，地祇法始全备而成系统。吕希真所行地祇法，在成都至江浙一带，名动一时，灵验昭彰。地祇法为神霄派雷法的分支，刘玉当为重要的传承者、整理者。《道法会元》同卷录黄公瑾《刘清卿事实》云：

清卿姓刘氏名世，仍法讳玉。世为河朔人，中兴勋臣玠之孙。因敕葬临川，其父赘于丰城，因家焉。受祖荫承信郎。幼慕清虚，年未弱冠，弃官从事道法。遍历江湖，捐赀无所靳，参礼名师。初行小四直符水，继行灵官、酆都、地祇考附，悉有灵著。

后因养浩卢君伯善来江西，以诸法付度于徐洪季，洪季以所得授清卿。清卿得法，方从卢游。伯善殁于洪季家，炁虽绝，体甚温，无敢封殓。三日，忽苏，视诸弟子，惟清卿在焉，语之曰："我以三事当入酆都：一母死不奔丧；二邪淫败真，轻慢道法；三改摘咒诀，传授非人。汝法欲何阶，吾于汝当无隐。却须帅诸法友笺天救我，免入酆都。"清卿以神霄中独体金火天丁一阶为请，卢悉以心章隐讳、内炼秘诀，倾囷付之。笔录才竟，诸弟子辐辏，则卢复瞑目化去。清卿自后朝斯夕斯，念兹在兹，不过此耳。单符支将，千变万化，所向无前。凡祷祈馘伐，刻日动雷，皆出于十手，目之所指。视其救危难，则多用玉天心章，七十二冢讼章，三十六冢讼章，万法不救告急皂章。其保生治病驱邪，则多用神霄告斗，传忱捧表，只一天丁。大意此一身之造化，上参神霄九天之梵炁，中分北斗九皇之真光，下含金生火旺之九变。传之者迨数百人，得其说者未之一见。

余升高自下，历阶而趋，十余年间，得其说十之七八，而时乎未遇，清卿早仙，遂稽奏授，不啻如入宝山空手回矣。石笋山海门洞河南先生一见清卿，笑云："武当殿上香钱为公使去，能记邪？"公不能答，乃知清卿因此堕落人间，不知仙去还归根复位否。生平怪怪奇奇，落魄滑稽，性能强记，尝观《云笈七签》，终身不忘。谈三界中隐赜，人所不知之事，历历如指诸掌。于地祇一司之法，亦其平生受用，其序中敷绎，可谓深切著明矣，刊以为后学之指迷，并摭平生大概于后，以显其功用。①

黄公瑾所述刘清卿即道人刘玉。刘玉世为河朔人，中兴勋臣刘玠之孙，后从事道法，游走江湖。刘玉神霄道法传自徐洪季，徐洪季传自卢伯善，卢伯善临殁，把道法悉数独传刘玉，此后刘玉大行其道，"所向无前"。黄公瑾地祇法即传自刘玉，十余年得其说十之七八。《道法会元》卷二百五十三黄公瑾所撰《地祇绪余论》及撰于咸淳十年甲戌岁（1274）天贶节（六月六）的《后跋》，实为所撰《地祇上将温太保传》及地祇法的序言和跋语，但《正统道藏》本《地祇上将温太保传》未收这两篇文字，仅录传记正文。黄公瑾在《地祇绪余论》中自叙身世，云：

① 《全宋文》第355册，卷八二一一亦收此文，此据《道藏》第30册第558—559页录。

余生得数最奇。自束发后，颇能操觚，习举子业，始冠而失恃。先君徼福于缁黄。教因荩刍祖仁性宗洞达，过从余家，语及大藏奥旨，虽未能由顿门而觉，然好生一念，三教殊途而同归，因得以管窥天，隐显之机，阴阳变化之理，幽明有无，相关之脉络，暇时取释氏语录一览，作为文字，几仿佛逃禅。越一二年，为父师所知，悉取其文秉彼炎火。自后又专心场屋之文，奈青冥垂翅，功名竟堕甑矣。

丁未冬，鸰原稔疾，二竖子告急，乃从事于道法，一符而顷刻奏功。通真达玄之趣，有开于此。后乎忧患屡见，叩之大则大鸣，小则小应。愤悱一念，研覃七年，方受雷霆符水。又七年谙练，颇熟蹊隧，稍通内外之神炁出入，惯鬼神之变化情态，识行持之要妙，十得其一二。又奏受地祇诸阶之法，而宗派不同，师授各异，咒诀增减，以伪易真，元本倒乱，认本为末，江湖以搬贩苟利，初传以浅陋称师，又岂知求其简捷，不在文繁，要其心传，亦多面受。令世传日下，学者愈多而得者愈少。姑以地祇一司之法，谩著《绪余论》，与同志商略之，求其指归焉。[①]

黄公瑾，江西人，号巽园先生，早年曾习禅和举业，最终举业不成。后因"二竖子"患病告急，用一符而获救，此后对道法产生兴趣，每有灵验。后受地祇诸阶道法，有感于道法真伪混杂，

---

①　《道藏》第30册，第556页。

本末颠倒、法师良莠不齐等情况，系统纂辑道法，并著《绪余论》以梳理道法源流和主要派别、主旨。《道法会元》卷二百五十四所收《东岳温太保考召秘法》、卷二百五十五所收《地祇温元帅大法》或即出自黄公瑾之手。

虞集《黄孺人墓志铭》所记黄孺人即黄公瑾之女，知黄公瑾祖父即故吏部尚书黄畴若。《后村大全集》卷一四二有《焕章阁尚书黄公神道碑》。黄畴若（1154—1222）字伯庸，丰城（今属江西）人。孝宗淳熙五年（1178）进士，为黄庭坚族裔，曾授祁阳主簿，调柳州教授、知庐陵县等。宁宗开禧二年（1206）除秘书丞，累迁殿中侍御史兼侍讲。嘉定元年（1208）出知成都府。七年，权兵部尚书兼太子左庶子。嘉定十年提举南京鸿庆宫，嘉定十三年致仕，十五年卒，年六十九。据虞集《黄孺人墓志铭》，"至尚书公贵显，诗书文献大闻于世，至巽园数传矣"①。黄公瑾出身名门，受到过良好的教育，所撰《地祇上将温太保传》长达五千多字，叙事婉转曲折，不乏诙谐幽默，正邪斗法的各种描摹颇有明清"神魔小说"的风味。

温元帅，原名温琼，是流行于江浙一带重要的地方神祇，东岳十太保中的第一太保，也是道教护法神将——"马、赵、关、温"四大元帅之一。目前，江浙一些乡镇仍有温元帅信仰，阴历五月初五是温琼的诞辰日，民众还会抬着他的神像在街上游行以镇邪祛恶，禳灾除祸。元明间成书的《三教源流搜神大全》亦载温琼事，与黄公瑾所述多异，但叙事的基本框架雷同，有因袭之

---

① 李修生主编：《全元文》第二十七册卷八九九，凤凰出版社，1998 年，第 639 页。

迹。据黄公瑾传记，温琼曾为郭子仪帐前军将：

> 太保姓温，名琼，字子玉，乳名卓郎，温州平阳县人。母夫人张氏，尝梦南方日轮大如车，其声如雷，寤而有娠，遂生太保。身长九尺二寸，长大有志，武勇敢为。时唐朝群盗蜂起，随汾阳郭子仪出战，身为先锋，白刃未尝伤体。子仪尝梦前军有黑雾，觉而问："军中夜来前军有甚事？"监军曰："夜来只有校尉温琼大醉，身中酒气有如黑雾。"子仪即拜琼为帐前准备将。一日，子仪与贼对垒，贼见军中有黑雾冲冲，状成龙蛇，群盗惊走。琼请步卒一千人追之，杀贼数千余人，而琼兵不失一卒。未几拜琼为帐前都检点。子仪尝与同宿，又梦其变黑蛇而生一角，知其为异人也。然终疑其为患，欲杀之。琼觉其意，遂逃归岱山下，屠牛卖酒。①

温琼成为东岳太保的故事富有趣味，颇符合民间故事的传播特性。温琼隐泰山屠牛卖酒后，遇东岳大帝第三子炳灵公点化，修道学仙，精进三年，"忽一日，岳峰遇黄衣蓬头道者，长揖琼曰：'今日岳帝书上汝名，若天年终，则为岳府太保。汝可立像于殿前，身后当任其职。'琼如其言，立像于岳府。自此诸太保时复来访琼。一日，殿前太保灌丘休语琼曰：'汝像若变，则归职矣。'琼日至像前观之。有少年孟云笑之曰：'汝日日来观此像，恐人盗去乎？'琼曰：'灌将军报我，像变则为神。我若为神，汝亦为我

---

① 《道藏》第 18 册，第 90 页。

卒矣.'其后，孟云同韦彦以青色涂其像，口装二猪牙。一日，温
琼来烧香，只见其像已变，即更青衣、青巾、麻鞋，唯有平时杀
牛铁棒头持至殿下，遂立化矣。孟、韦来观，方欲顶礼，亦皆立
化。至五月初九日敕下，肉身不倒，亦不变动。敕封显德大将
军。"① 在《三教源流搜神大全》卷五《孚佑温元帅》篇中，温将
军受玉帝敕旨，被封为"翼零照武将军兵马都部署"，又获赐玉环
一握，后世温将军神像脸色青蓝、一手持棒、一手握环即成"标
配"。

温琼为东岳太保神将后，北宋初年温州大旱，温将军显灵，
降雨解困，不以庙食国封为荣，后遇天师虚靖真君。传记用大段
篇幅叙述地祇大法的缘起：

> 虚靖曰："向者温州百姓保奏汝于天廷，云有救旱之
> 功，不以庙食国封为荣，而有归依正道，扶持宗师之志。
> 吾面对岳帝为汝作地祇一司，正法符箓咒诀。"谓琼曰：
> "汝化于三月十五日寅时，此为木老火初之节，故木生
> 火，火旺于丙丁。鬼为万物之灵者，故只此篆为汝真形
> 足矣。"虚靖作其符为"丙丁生鬼"四字，以应其时，而
> 成真篆。然后又以云篆而书画诸符，地祇一司之法盖始
> 于此。虚靖教主曰："地祇之神，奉命玉清，是谓灵宝侍
> 卫送迎之官。"故《度人经》中有敕制地祇，侍卫送迎之
> 语。又谓弟子曰："法部至灵，无出温琼。"②

---

① 《道藏》第 18 册，第 90 页。
② 《道藏》第 18 册，第 91 页。

　　虚靖真君制"丙丁生鬼"等符篆和地祇大法后，传记以大量篇幅描述虚靖真君与温琼以地祇大法讨伐降服各路妖魔邪神的故事。传记涉及人物神灵众多，黄公瑾善用对话塑造性格特征，营造环境氛围。温琼的正直勇猛，虚靖真君的足智多谋，都有精彩表现。虚靖真君后以地祇大法授王宗敬，王宗敬传吴道显。吴道显至福建，"以镜一面，诵丙丁之咒，布气镜中，持炼九年，其镜通神，琼现身出入镜中，而持炼不辍，又加之天蓬咒"①。此后温琼将军备足六通，能升天入地，剿灭佛教邪神伽罗王，太保及十地祇大法流行于世，灵验昭彰。

　　《温太保传补遗》为黄公瑾撮拾见闻、补缀前传的文字。《补遗》较正传篇幅短小，仅一千五百余字，但其中极富想象力的神通感应描述和曲折变化的情节，颇有神魔小说的叙事色彩。据《补遗》，岳帝受诏，令温琼行瘟疫于人间，温琼奉命领药，再三思之，以为行瘟"有失太上好生之德"，遂吞药自杀，以一身代千人，在岳帝前变作一猛鬼请罪。后北帝赦免，令阐化诛魔，由此温元帅威名更震。温元帅为了无数苍生的生命，竟然违抗帝命，吞下瘟药自杀，这显然是在民间传说的基础上做的想象化描述。《补遗》又记蜀口有一县宰射杀猴精，猴精不死，却反被猴精加害，后为虚靖真君和温元帅剿灭，而此时猴精已经与县宰夫人生下两只小猴。故事奇幻怪诞，为非作歹的猴精、正义刚直的温元帅，再加上神机妙算的虚靖真君生动形象，文字虽短浅，但想象力非常丰富，现引录如下：

---

①　《道藏》第 18 册，第 92 页。

又蜀口有一县，有神祠甚灵著，累经国封，能祸福人。而寝殿深秘，未尝容人辄入，欲入者，神必祟之。宰初到官，心已怪疑，因后其眷聚婴疾，咸归咎于此神。一日，佯以他事，檄巡尉领弓兵至庙。乃盛服蕆祀，作文谕之，彻其寝门，帅众排闼而入，见一猴甚巨，仓卒不能变化，宰叱弓兵射而毙之，遂焚其庙。

宰终始三年，善解而去，携累以归。行至中途，少憩旅邸，因如厕，忽睹路上迎神，骈骑从者甚都，及见所迎之神，即向来射死庙中猴神相貌。其神下轿作人语，按剑而坐，呼左右擒宰，叱一鬼使食啖之。宰就执傍，有人为解救，曰："不须食啖，只请大王去他家做主。"其鬼使遂将宰抛弃于空中，忽失身于旷野，不知何地。寻路数日，方见有人，问之，则去家五千余里。日夕丐寻归路，不得，惟探信州龙虎山，欲投天师。一念所至，真灵护之，得以不死。

越四年余，方探到信州，未及入山，见一道人叩之，则曰："我是虚靖先生。"宰叩头下拜，才欲陈诉，虚靖曰："我已知之，不烦到山。明公在路，有何生活可以度日？"答曰："仅能课命。"虚靖遂授一镜一令，一镜则令悬之当心，令则令系之于左臂，教之使去。宰急寻路，如有阴护，日行百余里不倦。越仅年，忽然到乡，如有人引领到家，及门一如虚靖之教，仍只以课命为辞。神领长幼俱出观其课算，神宰对语，忽然镜动，以所授令一击，只见温将军自镜跃出，雷电交作，黑雾黑风，不可仰视。良久开霁，则击死向来一巨猴，及二猴子于一

斤前。宰具言其所以，而家人方能记忆。二猴子皆宰之
妻妾所生，惜不能记其名姓也。①

黄公瑾受地祇法，有感于此法混乱无所依从，系统编辑了地
祇法的符箓图文，此《地祇上将温太保传》及《补遗》不仅梳理
了地祇法的缘起，还汇总了温太保的各种传说，为地祇法的传播
确立了文本基础，同时也编撰了一组温元帅的传说，为南宋道教
传记文学的发展作出贡献。

六、早期"八仙"之一徐神翁及其传记编撰

活跃于北宋神宗、哲宗、徽宗朝的徐守信，泰州如皋（今江
苏如皋市）人，概生于宋仁宗天圣十年（1032），十九岁入天庆
观，供洒扫之役，后以测字预言平生祸福，言无不验。时人推崇
备至，王安石、吕惠卿、苏轼、林灵蘁、蔡京等人及一般僧人道
士、市井百姓都向徐神翁求字，甚至哲宗也曾因"圣嗣未立"遣
使问公，求得"吉人"二字，预言了徽宗即位。徽宗朝徐神翁获
宠，崇宁二年（1103）赐号"虚静冲和先生"，此后三次被召赴京
师，解化后赠"太中大夫"，葬泰州城东响林东原；宣和年间，又
在葬址建升真观。徐神翁在徽宗朝获宠当与预言徽宗即位，参与
了徽宗即位的合法性宣传有关。

要强化徐神翁预言徽宗即位的神圣性，就需要加强徐神翁的
神秘色彩和特殊禀赋。负责记录整理徐神翁测字神通有关事迹的
是门下徒弟、天庆观道士苗希颐。明《道藏》正一部存一部《徐

---

① 《道藏》第 18 册，第 95—96 页。

神翁语录》，卷前有南宋潜山居士朱翌于绍兴戊寅年（1158）和朝散大夫知泰州军州兼管内劝农营田屯田事朱宋卿于淳熙丁未年（1187）写的两篇序文。朱翌序云：

> 翌早时往来江淮，多闻其言，岁月深，知者益少严之。天庆观道士苗希颐，翁弟子也。在翁左右数十年，录其书字藏之，求予删次存其实，以告其徒，今二十七年矣。希颐死，其书为人取去。予来守是邦，获其初稿于民间，复次比之。①

朱翌（1097—1167）字新仲，号潜山居士、省事老人，舒州（今安徽桐城）人。绍兴八年（1138），朱翌除秘书省正字，迁校书郎、兼实录院检讨官、秘书少监、起居舍人等。绍兴十一年为中书舍人，与秦桧不和，曾谪居韶州十几年。秦桧死，朱翌充秘阁修撰，出知宣州、平江府等，乾道三年（1167）卒。朱翌早年曾往来于江淮一带，当时就听闻很多徐神翁的神异故事，后来天长日久，知之者渐稀。徐神翁弟子田希颐陪侍数十年，曾把神翁所测文字收藏，请朱翌删次整理。二十七年后，朱翌在泰州任职，苗希颐已仙逝，书亦为人取去，朱翌在民间获得此书初稿，重加编次。这是《徐神翁语录》早期编纂的大致情况。20多年后，淳熙乙巳年（1185），朱宋卿到泰州主事，也听说徐神翁异事，后访得朱翌当年的整理本《徐神翁语录》，朱宋卿序云：

---

① 《道藏》第32册，第395页。

继有以严陵所刊《语录》示余者，盖道士苗希颐所记，而朱新仲舍人为删次也。虽裒集颇详，而讹缪无以考正。暇日访诸邑子，则有能道其父兄与公弟子之所见闻者。质之苗《录》，时有异同，而其言则有考焉。又出其往时乡老潘汝一所为《行化状》，第严于采择，惜其所记之不广也。因俾取希颐之《录》，证以所闻，重为编削。其间舛缪乖忤、删正损益者，殆数十处，传疑则两存之。又益以耆旧所传，及《东轩笔录》《龙川别志》《孙公谭圃同安志》所载，凡十有八事，与《行化状》合为一编。攻之坚木，庶以传信。且使是邦家诵遗训，得以去恶就善，亦风俗之一助也。岁在丁未正月旦日，朝散大夫知泰州军州兼管内劝农营田屯田事朱宋卿序。①

朱宋卿访得苗希颐、朱翌整理的《徐神翁语录》，又得乡贤潘汝一所作《行化状》，参考各种传闻及《东轩笔录》《龙川别志》等重加编纂删正，合为一编，再次版刻，这些即明《道藏》本所传《徐神翁语录》。

《徐神翁语录》大致介绍了徐神翁的生平事迹，语极简约：

徐神翁名守信，泰州海陵人。年十九入天庆观，隐迹于扫洒之役。尝遇至人授道，日诵《度人经》。有问休咎者，假经中语以告。常携一帚，人呼曰"徐二翁"。发运使蒋颖叔，以经中有"神公受命，普扫不祥"之语，

---

① 《道藏》第32册，第395—396页。

> 呼曰"神翁"。自是，皆以"神翁"目之。崇宁二年，诏
> 赐号虚静冲和先生，凡三召赴阙。大观二年四月二十日，
> 解化于上清储祥宫之道院，年七十有六，赠太中大夫，
> 敕葬本州城东响林东原。宣和中，即其地建升真观。①

《语录》随后以大量篇幅叙述神翁成道过程的非常之处。得道
后，《语录》大体上以编年方式缕述历年各路人等向神翁求问休咎
而应验的神异事件。故事情节简单同一，即某人求问吉凶，徐神
翁书一字或数字，求问者始不甚明了，事后对照神翁所书字，通
过拆分、组合等测字法而恍然大悟，神翁的广大神通得以一次次
验证和强化。"测字"占卜源远流长，徐神翁深得其旨而成为一代
高道，这在道教史上也是少有的个案。

徐神翁因得徽宗恩宠，在泰州本地有深远影响。本地上层文
士和地方官吏，出于对风俗人情的改善和本地文化的弘扬，也有
意发掘整理相关的文献记载和口头传说。除了地方官吏朱翌、朱
宋卿两人在绍兴、淳熙年间的整理以外，若干年后，泰州海陵人
王禹锡再次对徐神翁事迹做了编次整理。但是，王禹锡本次整理，
是针对海陵三位本土神仙的传说做了一个整合，即传世的《海陵
三仙传》。

《海陵三仙传》，明《道藏》没有收藏，今有《古今说海》本
等。《宋史·艺文志》著录王禹锡《海陵三仙传》一卷，《天一阁
书目》卷三子部著录"《海陵三仙传》一卷，蓝丝栏钞本，宋通直

---

① 《道藏》第 32 册，第 396 页。

郎金书镇江军节度判官厅公事赐绯鱼袋王禹锡撰"①。绍熙五年
（1194），王禹锡曾为王明清《挥麈后録》作跋，题"海陵王禹锡
谨书"，另与王十朋为绍兴二十七年（1157）同榜进士。王禹锡世
次不详，官爵大抵如此。北宋亦有王禹锡者，词人王齐愈之子，
夫人为北宋清河县令鞠常之女、兵部员外郎鞠仲谋之妹，与苏轼
私交甚厚。此南宋泰州王禹锡绝非此人。清人夏荃撰《退庵笔
记》②卷一《王禹锡》条及李剑国《宋代志怪传奇叙录》等曾予
详考。

　　《海陵三仙传》中徐神翁传记的叙事结构和主要内容，与《徐
神翁语录》基本一致，王禹锡当参考了《语录》一书，但并非简
单过录。相较《语录》，王禹锡所作《徐神翁传》没有账簿式地逐
条记录徐神翁测字的神通故事，而是选择了情节相对曲折、问卜
人物相对显赫的故事加以叙述，文学色彩更强。当然，《徐神翁语
录》毕竟是"语录体"，而王禹锡《三仙传》中的徐神翁传记是一
篇完整的传记，在记叙各种问字神通事迹后，用大量篇幅叙述徐
神翁仙逝后的影响和传闻。

　　徐神翁、周处士、唐先生都是北宋中后期泰州本土的神仙隐
士，这在朱宋卿的序文中就已经提及了，朱序云："神翁之时，又
有陈豆豆、周处士、唐先生相继而出。"③王禹锡在《海陵三仙传》
之周处士传记中云：

　　　　初，元祐中有陈豆豆者，不知何许人。披方毯无他

---

① 清嘉庆文选楼刻本。
② 清抄本。
③ 《道藏》第32册，第395页。

服，冬夏不易，行丐于市。郡人朱医见其死瘗之矣，历四十年复至，朱识之，始以为异人也。居福田院，携小篮，贮书卷，见可人即付与，得钱物复施丐者，人呼陈毯被。尝与唐道人谒先生，笑语竟日，所言他人莫能解也。宣和末示化，葬神公之西。先生与唐道人相继同域，号三仙坟焉。①

陈豆豆死而复活，似无预言休咎之长，但周处士、唐先生两位与徐神翁类似，或同出一门，都以擅长预言而名动一时。徽宗朝，周处士曾屡召不起，预言蔡京弟弟蔡卞得中风病而嘴斜眼歪，又蔑视蔡京，后徽宗赐号"守静处士"。唐先生本为一小吏，后有所遇而行为怪诞，裸行亵语，家人以为狂，但后来唐先生一些无厘头的疯话往往都应验了。如：

晨至蒋氏舍，排闼入妇寝，取溺器翻衽席，衣衾淋漓，顾笑曰："解了矣。"室中人颇怒，既而闻一婢自经，系绝得不死。

建炎二年，忽持覽自击其颊。俄裴渊溃卒至，摽掠无遗，乃悟打颊者，隐语打劫耳。

绍兴元年，语人曰："上元夜观灯时，虏人陷城。"至上元日，火仙源宫，屋五百楹煨烬无余矣。

张荣来据城，闻其神异，执于酤肆。大雪中露坐，方数尺独无雪，肤略不沾润。乃积雪丈余，穿洞穴埋其

---

① 李剑国辑校：《宋代传奇集》，第480页。

中，弥日出之，怡然也。

人问："寇乱何时已邪？"曰："直待见阎罗。"闻者
忧之，谓不可逃死。无几何，有裨将李贵过城下，号李
阎罗，自是岁小休矣。①

徐仙翁、周处士、唐先生三人是当时泰州以预言、测字为长
的一派道士，曾获得徽宗的重视和信崇。他们仙逝后，墓地当相
去不远，王禹锡在传记中就提及"三仙坟"的遗迹。王禹锡作为
海陵人，系统纂辑了三位神仙传记，可谓有功于乡贤前辈。三仙
中的徐神翁后来位列早期"八仙"之伍，当离不开朱塑、朱宋卿、
潘汝一和王禹锡等人从宗教经典与传记文学角度的重塑、固化和
传播。

元代戏曲、壁画、诗词作品中，八仙人物基本都有徐神翁
（守信）的位置。元彭致中集《鸣鹤余音》卷八曾录双调《水仙
子》词八首，每首词前分别题名汉钟离、吕洞宾、蓝采和、徐神
翁、张果老、曹国舅、李岳、韩湘子八人。这里虽未提及八仙，但
显露了早期八仙的雏形。从词作内容来看，每首词都描述了八位
神仙的重要神迹和外貌特征，其中徐神翁的词作为：

不为贼盗恋妻奴，独向烟霞冷淡居。金银财宝无心
顾，浑身上破落索。褴褴缕缕衣服。冷清清为活路，闲
逍遥走世途。脊梁上背定葫芦。②

———————

① 李剑国辑校：《宋代传奇集》，第481页。
② 《道藏》第24册，第302页。

这里描述的徐神翁形象与《徐神翁语录》和《海陵三仙传》中的徐神翁都有很大距离。山西侯马金氏墓砖雕的八仙画像中就有徐神翁守信，山西芮城永乐宫元代壁画《八仙过海》中就有身背葫芦的徐神翁，元杂剧中的八仙也指汉钟离、韩湘子、铁拐李、曹国舅、吕洞宾、蓝采和、徐神翁（守信）、风僧寿（或元壶子）。元代八仙中的徐神翁形象，与徐神翁弟子和王禹锡笔下的徐神翁形象存在很大差异。《徐神翁语录》中的徐神翁未曾"独向烟霞冷淡居"，而是在天庆观执役洒扫，度为道士后为人测字，所交接的人物不乏一时名流，想必也未曾"金银财宝无心顾"，而"脊梁上背定葫芦"的形象也不见于《徐神翁语录》和《海陵三仙传》这两种相对可靠、直接的记载。由此，早期八仙组合中的徐神翁或另有其人，并非泰州海陵徐神翁，明代以后徐神翁被何仙姑替代，成为影响不太大的"下洞八仙"，或许即出于"徐神翁"形象指代不明的原因。对于徐神翁信仰的形成与宋元明通俗文学对徐神翁的重塑问题，前人已有一些深入探讨①，解亚珠《宋元时期通俗文学对徐神翁信仰的推动与重塑》一文就曾指出：

> 北宋道士徐神翁在徽宗朝声誉日隆，其神灵信仰逐渐从家乡泰州扩散流布。经过宋元时期全真教和元杂剧的推动，徐神翁进入八仙行列，其民间地位进一步提高，但也导致其人物信仰对通俗文学依赖的加强。由于八仙戏对徐神翁缺乏深层人物塑造，单调狭隘的宗教书写造

---

① 具体可参张振谦《八仙早期成员徐神翁信仰考述》，《宗教学研究》2011年第3期。

成了他在元末社会实际名声的衰退。最终在元末文人笔记的叙述中，徐神翁脱离了宗教人物的藩篱，再次走入政治和世俗书写并获得新生。通俗文学对宗教信仰的影响在徐神翁身上得到了高度体现。①

徐神翁作为一名出身贫苦的普通道士，最后成神的过程，文本已有较详细的梳理。但是元代八仙中的徐神翁是否为泰州海陵徐神翁是存疑的，另外徐神翁被神圣化最重要的原因，当为徽宗即位制造宣传，是徽宗登基的有功之臣，所以此后才有赐号、建观和不断的文本塑造与宣传。

七、林灵素形象在南宋的重塑

靖康之难以极其惨烈的方式结束了北宋统治，个中原因是多层面的，但我们往往特别关注徽宗的非理性崇道。在徽宗崇道过程中，林灵素是一位可以出入禁中、一度荣宠有加的神霄派道士，他的百般谄媚和哄骗促使徽宗在佞道的路上越走越远，他本人也终因失宠而放归故里，于宣和年间去世。

林灵素去世后不久，北宋也随之瓦解，林灵素传记也开始撰述流传，因不同的政治和宗教立场，这些南宋笔记、道教经典和后世正史中的传记，开始重塑林灵素形象②。耿延禧所撰《林灵素传》是林灵素传记中较早的一篇，收录在《宾退录》中。赵与峕

---

① 见于《宗教学研究》2018 年第 1 期，第 27 页。
② 李珂菁的《"妖道"与"高道"——南宋传记文中的林灵素形象》一文曾系统梳理了林灵素传记在南宋的传播和形象的重塑问题。《西南交通大学学报》（社会科学版）2023 年第 6 期，可资参考。

《宾退录》概成书于嘉定十七年（1224）前后，《四库全书总目提要》称《宾退录》"考证经史，辨析典故，则精核者十之六七，可为《梦溪笔谈》及《容斋随笔》之续"，又云"愈见其所学之加密"①。《宾退录》在录《林灵素传》末尾处，自述"此耿延禧所作《灵素传》也，灵素本末，世不知其全，故著之，不敢增易一字"②。可见这篇传记基本上保留了耿延禧原作的面貌。现引录如下：

> 林灵素，初名灵噩，字岁昌。家世寒微，慕远游。至蜀，从赵升道人数载。赵卒，得其书，秘藏之，由是善妖术，辅以五雷法。往来宿、亳、淮、泗间，乞食诸寺。政和三年，至京师，寓东太一宫。上梦赴东华帝君召，游神霄宫。觉而异之，敕道录徐知常访神霄事迹。知常素不晓，告假。或告曰："道堂有温州林道士，累言神霄，亦作《神霄诗》题壁间。"知常得之大惊，以闻。召见，上问有何术，对曰："臣上知天宫，中识人间，下知地府。"上视灵噩，风貌如旧识，赐名灵素，号金门羽客、通真达灵元妙先生，赐金牌，无时入内。五年，筑通真宫以居之。时宫禁多怪，命灵素治之，埋铁简长九尺于地，其怪遂绝。因建宝箓宫。太一西宫，建仁济亭，施符水，开神霄宝箓坛。诏天下：天宁观改为神霄玉清万寿宫，无观者，以寺充。仍设长生大帝君、青华大帝

---

① ［清］永瑢等撰：《四库全书总目》卷一一八，第1023页。
② ［宋］赵与峕撰，齐治平点校：《宾退录》，第7页。

君像。上自称教主道君皇帝。皆灵素所建也。灵素被旨修道书，改正诸家醮仪，校雠丹经灵篇，删修注解。每遇初七日升座，座下皆宰执、百官、三衙、亲王、中贵，士俗观者如堵。讲说三洞道经，京师士民始知奉道矣。灵素为幻不一，上每以"聪明神仙"呼之。御笔赐玉真教主、神霄凝神殿侍宸，立两府班。上思明达后，欲见之。灵素复为叶静能致太真之术，上尤异之。谓灵素曰："朕昔到青华帝君处，获言'改除魔髡'，何谓也？"灵素遂纵言佛教害道，今虽不可灭，合与改正：将佛刹改为宫观，释迦改为天尊，菩萨改为大士，罗汉改尊者，和尚改德士，皆留发顶冠执简。有旨依奏。皇太子上殿争之，令胡僧一立藏十二人，并五台僧二人道坚等，与灵素斗法。僧不胜，情愿戴冠执简。太子乞赎僧罪。有旨：胡僧放；道坚系中国人，送开封府刺面决配，于开宝寺前令众。明年，京师大旱，命灵素祈雨，未应。蔡京奏其妄。上密召灵素曰："朕诸事一听卿，且与祈三日大雨，以塞大臣之谤。"灵素请急召建昌军南丰道士王文卿，乃神霄甲子之神，兼雨部，与之同告上帝。文卿既至，执简敕水，果得雨三日。上喜，赐文卿亦充凝神殿侍宸。灵素眷益隆。忽京城传吕洞宾访灵素，遂捻土烧香，气直至禁中。遣人探问，香气自通真宫来。上亟乘小车到宫，见壁间有诗云："捻土焚香事有因，世间宜假不宜真。太平无事张天觉，四海闲游吕洞宾。"京城印行，绕街叫卖。太子亦买数本进。上大骇，推赏钱千缗，开封府捕之。有太学斋仆王青告首，是福州士人黄待聘令青卖。送大理寺勘招，待聘兄弟及外族为僧行，不喜改道，故云。有旨斩马行街。灵素知蔡京乡人所为，上表乞归本贯，诏不允。通真有一室，灵素入静之所，常封锁，虽驾来亦不入。京遣人廉得，有黄罗大帐、金龙朱红倚卓、金龙香炉。京具奏："请上亲往，臣当从驾。"上幸通真宫，引京至，开锁同入，无一物，粉壁明窗而已。京惶恐待罪。宣和元年三月，京师大水临城，上令中贵同灵素登城治水。敕之，水势不退，回奏："臣非不能治水，一者事乃天道，二者水自太子而得，但令太子拜之，可信也。"遂遣太子登城，赐御香，设四拜，水退四丈。是夜水退尽，京城之民，皆仰太子圣德。灵素遂上表乞骸，不允。秋九月，金台上言："灵素妄议迁都，妖惑圣聪，改除释教，毁谤大臣。"灵素即时携衣被行出宫。十一月，与宫祠，温州居住。二年，灵素一日携所上表见太守同丘鹗，乞与缴进，及与州官亲党诀别而卒。生前自卜坟于城南山，戒其随行弟子皇城使张如晦，可掘穴深五尺，见龟蛇便下棺。既掘，不见龟蛇，而深不可视，葬焉。靖康初，遣使监温州伐墓，不知所踪，但见乱石纵横，强进多死，遂已。①

传文叙林灵素一生事迹，主要记其作为道士之宗教活动及道术，又颇述徽宗之崇道行为。此传记林之道术，能治宫禁之怪，行叶静能致太真之术，与众僧斗法，祈雨，治水等，又记吕洞宾

---

① 李剑国辑校：《宋代传奇集》，第438—440页。

访林及葬后神异之事。情节皆简，缺乏细致夸张之描写。作者对林之骗术及徽宗惑溺道教之昏昧，明显持肯定赞扬态度，此与《宋史》卷四六二《方技传下》本传揭露林"欺世惑众"、"恣横不悛"的态度正相反。

综观耿、赵二传及诸书所记，所谓异迹道术大都较平实，远不及唐明皇叶、张、罗辈之云谲波诡，足见宋代士人之求实心理、拘束性格及想象力之匮乏。《夷坚志·神霄宫醮》记林灵素降仙，作者疑为诈术，虽足以证其道术之伪，却也反映出宋人征实态度对于艺术幻想之破坏。而在民间，情况有所改变，《大宋宣和遗事》卷上详演林灵素之事，本篇所叙尽数取入，而又大加增饰。如本篇写皇太子"令胡僧一立藏十二人，并五台僧二人道坚等，与灵素斗法。僧不胜，情愿戴冠执简。太子乞赎僧罪，有旨胡僧放，道坚系中国人，送开封府刺面决配，于开宝寺前令众"，未叙斗法事，《宣和遗事》虽于斗法一事一仍耿传，但下文增出五台山寺长违命不从被拘，其徒作法兴汴河之水，救出师父，平定水患，腾云而去这一大段情事，遂与耿传所叙治水事连为一体。此段情节不仅丰富化、完整化，且由抑佛扬道一变而为扬佛抑道，并藉以抨击"无道之君"宋徽宗。《宣和遗事》又叙徽宗梦与林灵素游广寒宫事，当化自唐明皇故事。

最早的由耿延禧撰写的《林灵素传》较为全面地展现了林灵素的本来面貌，即兼具高道与妖道的双重身份①。此后的南宋林灵素传记大多参照前传的具体框架，但因为不同的宗教和政治立场，

---

① 相关表述参考综合了李珂菁博士的《"妖道"与"高道"：南宋传记文中的林灵素形象》一文，见《西南交通大学学报》（社会科学版）2023 年第 6 期。

这些传记塑造出的林灵素在一定程度上偏离了史实，削弱了人物本身的复杂性。一方面，僧人释祖琇和文人陆游、杨仲良等通过删去有关林灵素的神异叙事，将其描述成一个毫无法术、引诱君主的妖道；另一方面，道教的信奉者赵鼎则在仙传《林灵蘁》中，极力神化传主林灵素，着重强调林灵素与生俱来的仙人身份和高尚品行。

第六节　南宋道教宫观山志的道教文学文献学价值

《中国道观志丛刊》正续编收录部分南宋时期的宫观山志，这为我们研究南宋道教宫观志提供了系统的文献资料。从总体来看，南宋时期道教宫观图志的编纂，较前代有极大的发展，有些宫观图志包含大量仙道诗歌、传记等，为宋代道教文学提供了丰富的道教文学资料，也为宋代文学的整体性认识提供了重要的视角。

一、《洞霄图志》及《洞霄诗集》的编纂

洞霄宫在今浙江省余杭县南大涤、天柱两山之间，大涤山为道教七十二福地之一，有以为洞霄宫与北京白云观、山西永乐宫、成都青羊宫等古道观齐名。洞霄宫所在的大涤山、天柱山在汉唐即有大规模的祭祀崇奉活动，《咸淳临安志》卷七五记载：

> 汉武帝元封三年创宫坛于大涤洞，前为投龙祈福之所。唐高宗时迁于前谷，为天柱观。光化二年，钱王更建。国朝大中祥符五年，漕臣陈文惠公尧佐以三异奏：

一地泉涌，一枯木荣，一祥光现。赐额为洞霄宫。①

　　真宗之后，洞霄宫的地位不断提升，张君房等主持的《大宋天宫宝藏》即在此编修。此后洞霄宫进一步成为宰辅大臣的荣养退休之地，而"提举洞霄宫"当然也成了安置政敌的一种柔性手段。南宋时期，洞霄宫因毗邻临安都城，地位进一步提高，高宗曾御书《度人经》并赐新修《道藏》给洞霄宫，理宗也曾御书《常清静经》赐予洞霄宫。另外，南宋只有重要的权臣才有资格提举洞霄宫，有谓"地上宰相家"之誉。唐宋时期，李白、苏轼、陆游、范成大等历代名流在洞霄宫均有题咏，许迈、郭文举、吴筠、邓牧等高道也先后在此住持。宋代李纲、朱熹等名宦都曾任过"提举洞霄宫观察使"等闲职。可以说，汉唐宋元时期，洞霄宫一度成为一个特殊的文化中心。

　　宋末元初隐士邓牧隐居在余杭大涤山，洞霄宫住持沈多福为其营造白虎山房居之，命道士孟宗宝与其合作，搜罗旧籍，咨询耆旧，考订编纂《洞霄图志》。元沈多福《洞霄图志序》载：

　　　　大涤天柱为东南一大胜，概其可纪者不少……余惧灵迹奇闻久将湮没，遂俾道士孟宗宝、隐士邓牧，相与搜罗旧籍，询咨故老，考订作《洞霄图志》。凡山川标致之胜，宫馆规制之详，仙圣游化之迹，英贤纪述之美，皆收拾而无遗。②

----

① ［宋］潜说友：《咸淳临安志》，台湾成文出版社，1970 年，第 723 页。
② 《知不足斋丛书》本。

《四库全书总目提要》云："宋邓牧撰。牧字牧心，钱塘人。宋亡后，隐居屏迹，惟与谢翱友善。翱临终时，牧适出游，翱绝笔诗所谓'九锁山人归不归'者，即为牧作。其志趣可以想见矣。洞霄宫在余杭县大涤洞天，岩壑深秀，为七十二福地之一。宋世尝以旧宰执之奉祠者领提举事。政和中，唐子霞作《真境录》纪其胜，后不传。端平间有续录，今亦无考。牧于大德己亥入洞霄，止超然馆，住持沈多福为营白鹿山房居之。遂属牧偕本山道士孟宗宝搜讨旧籍，作为此志。凡六门，曰宫观，曰山水，曰洞府，曰古迹，附以异事。曰人物，分列仙高道二子目。曰碑记，门各一卷。前有元教嗣师吴全节及多福二序，后有钱塘叶林台州李洧孙二跋。"① 邓牧为南宋末年人，入元后隐居洞霄宫，遂与当地道士合作编撰《洞霄宫志》，但《志》未成而溘然长逝。在编纂《洞霄图志》的同时，由宫观住持沈多福倡议，洞霄宫道士孟宗宝与邓牧等人还在编纂一部《洞霄诗集》。

关于《洞霄诗集》的编纂者，清代法式善《陶庐杂录》卷四，陆心源、李宗莲《皕宋楼藏书志》集部卷一百一十六，丁立中《八千卷楼书目》卷十九等文献都将《洞霄诗集》的编纂者归为孟宗宝一人。祝尚书《宋人总集叙录》及王媛《元人总集叙录》均题作孟宗宝编辑，但均提及宋末洞霄宫道士龚大明、王思明。绍定年间（1228—1233），已有道士龚氏与王思明同编之本传世，孟宗宝不过是增删旧集而已。② 近年有学位论文以《洞霄诗集》为研究对象，也对此作了更为详细的考订："《洞霄诗集》的编纂其实

---

① ［清］永瑢等撰：《四库全书总目》卷七〇，第 620 页。
② 祝尚书：《宋人总集叙录》，中华书局，2004 年，第 482 页。

是一个不断增补的过程，是集体智慧的结晶。其参与者前后至少有龚大明、王思明、孟宗宝、邓牧和叶林，共计五位编纂者。虽然孟宗宝的贡献最大，但其他四位的努力也不应忽视。"① 刘雨《〈洞霄诗集〉研究》将参与编纂《洞霄诗集》的人逐一考述，大致梳理了其成书过程。

《洞霄诗集》汇集了唐至元的高道名僧大贤涉及洞霄宫的记胜游览和交游等的诗歌作品，其中宋代诗歌占绝大部分。《洞霄诗集》共十四卷，卷一为唐人，卷二至卷五为宋人，卷六为宋高道，卷七为宋本山高道，卷八为宋高僧，卷九以后为元人诗作，可见宋人诗作在《洞霄诗集》中有七卷之夥。此对《全宋诗》的编纂亦可补阙辑佚，据刘雨硕士论文，从《洞霄诗集》中辑出、且《全宋诗》所未收的宋诗共计九首，兹引录如下：

《赠洞霄道士张安持》姚舜陟：

富贵不可絷，萧然脱尘羁。神气自涵养，岩壑方栖迟。山中有宰相，物外多真师。蓬莱定不远，节操请坚持。

《寄洞霄道士王重庵》张尧臣：

一笑相逢已隔秋，人间多事苦相留。乱云有路通仙境，清梦何因访昔游。白日无情伤老大，青山此地可藏

① 唐欢《〈洞霄诗集〉研究》（华中师范大学 2019 年硕士论文）及刘雨《〈洞霄诗集〉研究》（湖南师范大学 2020 年硕士论文）都曾考察过《洞霄诗集》的成书过程，此引刘雨文，见论文第 5 页。

修。与君宿有诛茅约，为卜来贤一室幽。

《石室小隐》陆维之：

　　天柱峰前古洞霄，我生来此避尘嚣。半床明月琴三弄，四座青山酒一瓢。当户老松如对立，隔花啼鸟似相招。断金一去无消息，唯有寒梅共寂寥。

《寄对闲堂》陆维之：

　　莫讶仙翁爱独醒，襟怀和气自氤氲。每缘夜话留佳客，欲假春醪扰近邻。火枣如瓜元有种，冰壶贮月本无尘。相从落拓杯中友，半是逍遥物外人。

《求洞霄宫碑谢别陆放翁》竹庵道士王思明：

　　还丹一粒如粟大，点铁成金金不坏。服之冲举骑苍龙，直上九霄观世界。君藏此药天下知，鬼神正服那能窥。归磨苍石宝君施，文章与此元无异。

《山居二首》竹庵道士王思明：

　　人贪白水成潘鬓，我爱青松示阮眸。名利到头浑是梦，何如平易赋三休。随缘随分是天涯，莫使身心乱似麻。幸有钵盂三两个，不妨抱饭卧烟霞。

《雨后过松风庵》竹庵道士王思明：

　　一溪春水湍流急，几树梅花香韵长。暖雨过来山卷书，松风庵里坐清凉。

《观棋》竹庵道士王思明：

　　兴亡今古一枰棋，虎战龙争岂异斯。一死一生奚足怪，七擒七纵不须疑。机筹虽与孙吴合，肝胆终防楚越危。我辈当求超世著，若逢活路也须移。

《闻蝉》竹庵道士王思明：

　　变化南风里，超然浊得清。一枝藏去稳，两翼蜕来轻。呼吸饱珠露，吟蛾仿玉笙。秋林如罢唱，无处问亏成。①

　　虽然此集最终结集已经在入元后，但对宋代道教文学来说，有重要的文学文献价值。早在二十世纪九十年代，蒋安全在其《宋代道教文学刍论》中就指出，《洞霄诗集》所体现出来的宫观建筑、斋醮礼仪、道士生活等等是江浙地区文学题材的一部分，

---

　　① 刘雨：《〈洞霄诗集〉研究》，湖南师范大学 2020 年硕士论文，第 79—80 页。

具有相当的文学性和道教文化意趣。① 此后，张振谦也以《洞霄诗集》所收诗歌为例，论述道教文化对宋代诗人之文化修养、知识结构、心理状态、审美情趣、日常生活、处世方式等多方面的影响，充分肯定了这些诗歌所具备的文化价值。他在《宋代文人游览洞霄宫诗歌透视》中，以洞霄宫陆永仲的诗歌为例，指出洞霄宫道士的文学创作在当时的影响，其创作风格独具特色，兼具超凡脱俗的神秘之美和奇崛之美，指出"从《洞霄诗集》所保留的这些诗歌中我们可以追寻到宋代文人在临安宦游的行踪与文学创作活动，从而加深对临安宫观文化与地域文学的研究"②。

《洞霄诗集》作为一部宋元之际的道教诗歌总集，此前在纯文学研究的大潮下，很少有人关注，但经过这些年的不断探索，这部诗集的文献价值已经得到较充分的发掘，其特殊的道教诗学意义也得到较充分的认识。《洞霄诗集》对于宋代亦或元代道教文学史来说，都是一部极典型、且相当重要的宗教文学诗集。

二、倪守约《金华赤松山志》

《道藏》洞玄部记传部存《金华赤松山志》一卷，卷前有倪守约序。倪守约，南宋末浙江金华人，金华赤松山道士。据《金华赤松山志序》，倪守约少时即希慕仙道，因家在赤松山附近，耳闻目见都是赤松子得道事，后辞别父母出家，投师赤松山，精勤不已，修道四十余年。后有感于赤松山灵宗仙迹的岁久散乱，无以

---

① 蒋安全：《宋代道教文学刍论》，《广西师范大学学报》（哲学社会科学版），1995 年第 4 期。

② 张振谦：《宋代文人游览洞霄宫诗歌透视》，《兰州学刊》，2015 年第 5 期。

启迪后人，于是整理旧籍，重为编纂，《序》云：

> 家山旧有刊本《事实》，岁久而磨灭不存。余曰：既
> 为二皇君之子孙，忝冲和先生之余裔，其可使祖师之道
> 不显乎？乃采摭源流，举其宏纲，撮其机要，定为一编，
> 号曰《赤松山志》，俾来者有可考焉。若夫神仙传记之所
> 录，经典碑铭之所载，父老之所传，风月之所咏，观乎
> 此则不待旁搜而后知之也。偈曰：挂一漏万，择焉而不
> 精，语焉而不详，则负罪其奚以文。松山羽士竹泉倪守
> 约序。①

在倪守约之前，赤松山有山志一类的编著，文中简称"事
实"，此编是倪守约在旧刊的基础上，"采摭源流，举其宏纲，撮
其机要"而成。赤松山金华洞为道教三十六洞天之一，向有皇初
平崇拜。《神仙传》卷二《皇初平》云：

> 皇初平者，丹溪人也。年十五，而家使牧羊，有道
> 士见其良谨，使将至金华山石室中四十余年，忽然不复
> 念家。其兄初起入山索初平，历年不能得见，后在市中
> 有道士，善卜，乃问之，曰："吾有弟名初平，因令牧
> 羊，失之，今四十余年，不知死生所在，愿道君为占
> 之。"道士曰："金华山中有一牧羊儿，姓皇名初平，是
> 卿弟非耶？"初起闻之惊喜，即随道士去寻求，果得相

---

① 《道藏》第 11 册，第 69 页。

见，兄弟悲喜，因问弟曰："羊皆何在？"初平曰："羊近
在山东。"初起往视，了不见羊，但见白石无数，还谓初
平曰："山东无羊也。"初平曰："羊在耳，但兄自不见
之。"初平便乃俱往看之，乃叱曰："羊起！"于是白石皆
变为羊数万头。初起曰："弟独得神通如此，吾可学否？"
初平曰："唯好道便得耳。"初起便弃妻子，留就初平，
共服松脂茯苓，至五千日，能坐在立亡，行于日中无影，
而有童子之色。后乃俱还乡里，诸亲死亡略尽，乃复还
去。临去，以方授南伯逢。易姓为赤，初平改字为赤松
子，初起改字为鲁班，其后传服此药而得仙者，数十
人焉。①

皇初平约为晋代人，其在金华山牧羊得道事，葛洪《神仙传》
有记载。金华山向为道教名山洞府所在，杜光庭《洞天福地岳渎
名山记》"三十六洞天"中载："金华山金华洞元洞天，五十里，
在婺州金华县，有皇初平赤松观。紫盖山紫玄洞盟洞天，八十里，
在韶州曲江县。"② 金华山在唐末仍有赤松观，皇初平信仰在金华
一带其来有自，源远流长。关于皇初平的姓氏，自唐以后，黄姓
记载渐多，后以黄初平"黄大仙"名世。有以为黄大仙乃葛洪弟
子黄也人，因为民除害兴利，泽被一方，所以民众为其在金华山
修建起黄大仙祠，又名赤松观，世代祀奉，由此各地信奉黄大仙
者均以金华为"仙乡"，以赤松观为"祖庙"。黄大仙庙宇遍布东

---

① ［晋］葛洪撰，胡守为校释：《神仙传校释》卷二，第41—42页。
② ［唐］杜光庭撰，罗争鸣辑校：《杜光庭记传十种辑校》，第391页。

南沿海一带，以至东南亚及美国。香港的黄大仙庙亦是一座典型的道教宫观，位于九龙竹园区，人称"香港第一大庙"，为"金华分迹"而来。至今，香港黄大仙庙与浙江省金华市黄大仙祠一起，成为黄大仙信仰香火最为炽盛、信众最为繁盛的两所道观①。

　　从皇初平到黄初平，再到遍布全球的黄大仙信仰，葛洪等历代文人道士针对皇初平牧羊成仙事不断渲染，并加以文学化烘托，黄大仙信仰逐渐成型，并得到不断的强化和推展。这其中南宋倪守约的《金华赤松山志》当起到重要的搜集、整理和固化文本的作用。《金华赤松山志》卷首即为《二皇君》传记，申明赤松山皇初平崇拜的缘起。《金华赤松山志》中皇初平兄弟成仙的大致情节与《神仙传》的大致相同，但倪守约添加了更多细节，把一个牧羊童子的成仙故事，进一步神圣化：

　　　　丹溪皇氏，婺之隐姓也。皇氏显于东晋，上祖皆隐德不仕。明帝太宁三年四月八日，皇氏生长子，讳初起，是为大皇君。成帝咸和三年八月十三日，生次子，讳初平，是为小皇君。二君生而颖悟，俊拔秀耸，有异相。小君年十五，家使牧羊，遇一道士，爱其良谨，引入于金华山之石室，益赤松子幻相而引之。小君即炼质其中，绝弃世尘，追求象罔，且谓朱髓之诀，指掌而可明。上帝之庭，鞠躬而自致，积善累功，蹽四十稔。大君念小君之不返，巡历山水，寻觅踪迹而不得见。②

---

　　①　黄兆汉曾撰文《黄大仙信仰考略》，系统考察了香港黄大仙的来历和源流，见其《中国神仙研究》，台湾学生书局，2001年。
　　②　《道藏》第11册，第70页。

倪守约这里明确皇初平的祖上世系、出生年月、排行名讳。《神仙传》并没有这些细节，且不论这些记载是否准确，但在传记真实性、可信性和随之而来的神圣性方面，《金华赤松山志》则得到明显的加强。另外，倪守约强调皇初平牧羊遇仙，所遇神仙即为赤松子"幻相"，指出了皇初平神迹和信仰的渊源。皇初平和其兄长成仙后，倪守约传记亦有增补：

> 二君道备，于松山绝顶为炼丹计。丹成，大君则鹿骑，小君则鹤驾，乘云上升。今大簪山即是也。二君既仙，同邦之人相与谋而置栖神之所，遂建赤松宫，偕其师赤松子而奉事焉。召学其道者而主之。自晋而我朝，香火绵滋，道士常盈百，敬奉之心，未有涯也。按仙录：南岳衡山太虚真人得道处，玉帝命小皇君主之，赐神姓崇名嵤，号司天，主世界分野。孝庙淳熙十六年，封大君为冲应真人，小君为养素真人。理庙景定三年，加封大君冲应净感真人，封小君养素净正真人。猗欤休哉！大道流行，正教恢阐，福庇于婺，垂千万年。①

《神仙传》传记仅略述皇初平兄弟成仙，及成仙后以丹方传南伯逢，易姓为赤，初平改字为赤松子，初起改字为鲁班等故事。倪守约身在南宋，去东晋已八九百年，据所记，从东晋以来，赤松山赤松子、皇初平信仰绵延不绝，香火繁盛，并在南宋孝宗、理宗时期得到封敕。唐宋时期，文人墨客游访赤松山时，也留下

---

① 《道藏》第 11 册，第 70—71 页。

一些诗词，进一步强化并传播了赤松山的皇初平信仰，如陈子昂《春日登金华观》、曹唐《皇初平入金华山》、苏东坡《卧羊山》、张虚靖《咏金华山》、韩元吉《羊石》、葛惟肖《单井诗》、郑士懿《卧羊山》。这些敕诰和文人诗作，从文学传播的角度，为后世皇初平信仰的稳固和强化，起到了重要的作用。

《金华赤松山志》还记载了赤松山的山水形胜、宫观建筑等，在"人物"部分收录七位高道传记，除了舒先生为唐末赤松山道士以外，其他均为两宋时期在赤松山隐迹修炼的高道：舒先生即舒道纪，曾与禅月大师贯休往来，有莫逆之交，《全唐诗》存诗二首，此传记录其一。至乐先生盛君名旷，字符放，绍兴年间曾被召入宫；冲和先生周君，名大川，字巨济，宁宗朝曾被召入宫；道录吴先生，名养浩，绍定间理宗闻其名召入觐，令主太乙宫；宗师朱先生，名知常，字久道，景定四年适茅山上清经箓嗣教宗师阙员，上特御笔以先生名为四十一代宗师。这些传记虽简略，但对了解唐宋时期赤松山的道教信仰传统有重要的学术价值。

三、《梅仙观记》的编撰与地方梅仙信仰的形成

《道藏》洞玄部记传类有《梅仙观记》一卷，包括长篇传记《梅仙事实》、罗隐碑文、两宋敕告圣旨、历代题咏等 50 余篇诗文。这些诗文均有重要的文献辑佚价值，《宋诗纪事》《全宋诗》《全宋文》等就从中辑录了若干篇什。对于该书的编撰者与成书过程，《古今图书集成》《四库全书总目提要》《道藏提要》等均有论及，但多有舛谬者。李俊清《〈梅仙观记〉考辨》一文就《梅仙

观记》作者、编撰过程、宋代梅福崇拜等方面做了深入考察①，西方学者所编《道藏通考》即参考此文撰写了相关提要，可惜有些晚出的国内论著并未注意于此②。

《梅仙观记》所录诗文，纪年最晚的是萧山明所撰的《书梅先生碑阴》，作于咸淳六年（1270）。据此碑阴文字，当时罗隐所书碑和梅仙观都已废毁，在道士熊应祥等人的主持下重新刻立。咸淳六年，南宋已在灭亡前夜。碑阴字里行间透露了萧山明对亡国灭种、义士难求的悲愤：

> 乌乎！天欲福汉之天下，故生一福之贤畀之。汉弃天福，乃弃人之福。两自弃，是自祸也。金铁交飞，天无如汉何？老凤变妖，汉亦无如新之移汉何？乌乎！失士则亡，得士则存；存以从诤，亡以玩言。壮哉气节，贯于乾坤。视我泥土，藏我玙璠。辞汉去坐，隐吴市门，驰迹仙路，诉情帝阍。泯泯者刘，长空无痕；永永者梅，遍祠共尊。……咸淳六年岁在庚午六月朔。③

《梅仙观记》所收诗文多为南宋作品，这也说明在南宋偏安一隅、朝政日腐的社会环境下，如此直言敢谏的直臣最后隐迹仙踪，更容易引起普遍的认同和期许。根据《梅仙观记》所载的几则宋

---

① 李俊清：《〈梅仙观记〉考辨》，《世界宗教研究》1997年第4期。

② 查庆、雷晓鹏《宋代道教审美文化研究：两宋道教文学与艺术》第五章《两宋道教小说》论及《梅仙观记》，把它看作神仙传记或小说。虽然《梅仙观记》有部分神仙传记，但本质上更接近道教宫观志。此著仍以"南宋道士杨智远"为编纂者，显然未曾参考李俊清1997年发表的《〈梅仙观记〉考辨》一文。

③ 《道藏》第11册，第64页。

代敕诰，我们可以看出，所谓编纂者杨智远实为北宋神宗元丰年间的道士，又苏辙诗作《寄梅仙观杨道师》进一步印证此人确为北宋道士，并非"南宋杨智远"。① 但是此书所录诗文已经作于南宋末年，显然又不是杨智远所编。

通过《梅仙观记》所载宋代敕诰，杨智远在神宗元丰五年（1082）前后曾上奏状，乞赐梅福号：

> 据丰城县申勘会到宣风乡南岐里梅仙坛观，委是国家逐年祭醮，每遇水旱，人民祈祷，皆有感应。委得诣实，州司检会。昨据梅仙坛观道士杨智远状："本观元系汉朝梅福遗迹之所，古坛、丹井、庵基见存。观宇已是汉代兴建，名垂典祀，乞奏闻赐真君名号。"州司所据前项申述，切以福之伟节忠论，布在史策，可考而见。晚避逆莽，弃妻子去九江，全性吴市门，世传以为仙，今遗迹具存，观宇严饬，水旱疾疠，有祷即应。伏望特赐宠号，以称远民祈报之意。会到本州自来只称呼梅真人，当寺参详，汉朝梅福真人加封申候指挥。本部今据太常寺状伏候敕旨。元丰年。②

从杨智远的奏状来看，元丰年间，汉代所建的观庵基址尚在，古坛、古井仍存，每遇水、旱灾害等，祈祷必应，因请赐真君名号。从后面的几篇敕诰圣旨看，元丰五年（1082）七月神宗即加

---

① 可参李俊清《〈梅仙观记〉考辨》一文所作的考订分析，见《世界宗教研究》1997 年第 4 期。

② 《道藏》第 11 册，第 64 页。

封梅福为"寿春真人",至南宋高宗绍兴二年（1132），追封为
"寿春吏隐真人"。除各种敕诰，《梅仙观记》收录的主要为文人道
士的题咏之作，如黄庭坚、苏辙等大诗人题咏梅福事和梅仙观的
诗作也被编入其中，李俊清《〈梅仙观记〉考辨》一文曾逐篇梳理
了作者和诗作收录情况，可参。

从整卷《梅仙观记》来看，我们虽不能把北宋的杨智远道士
看作此书的编者，但是梅仙观在宋代得到官方重视，梅福得赐封
号，梅福信仰在宋朝得以广行，都离不开杨智远道士的功劳。另
外，卷首长篇传记《梅仙事实》题目下，署名为"仙坛观道士杨
智远编"。对于这个署名，我们大都误以为是指整部书的编者，其
实整部《梅仙观记》除了这篇传记体的《梅仙事实》，就是罗隐等
碑刻文字、宋代敕诰及文人题咏。文人题咏的篇幅有很强的伸缩
弹性，任何重编、重刻都可以增补新出的诗文创作，所以考察
《梅仙观记》的编纂者没有太大的学术意义。而信息量较多的这篇
《梅仙事实》也是不断增补拼凑之作。《梅仙事实》主要由三部分
构成：略述梅福的生平；改编《汉书》卷六十七《梅福传》；梅福
求道成仙的过程及影响。这三部分内容中只有梅福求仙得道故事
为创作性的。这部分内容很可能由杨智远初创，但最终可能定型
南宋末咸淳年间的某位道士之手。

李俊清《考辨》文指出："该书编定于南宋末年，其编者不是
杨智远，书中《梅仙事实》一文作于南宋，纠正了原书中传写脱
误及后世一些书目对这些错误的承袭。"① 李俊清认为《梅仙观记》

---

① 李俊清《〈梅仙观记〉考辨》之《摘要》，《世界宗教研究》，1997 年第 4
期。

成书于南宋的考察依据是《梅仙事实》传记后颇具迷惑色彩的两句纪年文字：

自汉至今，历二十二丙寅矣。自元始中至今贞元二年丙申，计一千二百五十九年不泯矣。[①]

李俊清以为"历二十二丙寅"实指过了 21 个丙寅，即 21 × 60 = 1260，这种理解是有偏差的，从上下文意看，"历二十二丙寅"即经历过 22 个丙寅年，应是 22 × 60 = 1320，如此计算，则《梅仙事实》这篇传记的最后定型当在元代。为什么编撰者随后又云"自元始中至今贞元二年丙申，计一千二百五十九年不泯矣"？贞元年号只有唐德宗和金主海陵王完颜亮用过，德宗贞元二年为丙寅年（786），金海陵王贞元二年为甲戌年（1154），但从年份和干支上看，均与所云"计一千二百五十九年"不符。而元成宗元贞二年为丙申年（1296），但"自元始中至今贞元二年丙申"，又不止 1259 年。按清人《重刊道藏辑要》"翼"集所有《梅仙观记》，这两句纪年文字不存在异文，如果不存在文字讹误，只能存疑。但是我们从《梅仙观记》中的传记文字来看，其中涉及的佛道问题也极有可能发生于入元后：

至今丹光隐伏，犹存山根，有梅君道院，崇奉香火。自后，浮屠占之为居址，弃仙像，塑佛像，改名观音院，将梅仙像移入开山堂。安奉郡之民相传，只呼梅仙院，

---

① 《道藏》第 11 册，第 63 页。

不从其额。其院中有护法五圣公显灵,立庙院侧,人只
呼作梅君庙。梅君同其名,乃仙圣迹也。[①]

这段文字透露了梅君道院后来为佛教寺庙侵占的不幸遭遇,
梅仙像被佛像替代,移至开山堂,梅君道院亦更名为观音院。但
是当地百姓仍据传统呼之为"梅君庙"。道观为佛寺侵占,这很可
能发生在元代宪宗(蒙哥)、世宗(忽必烈)时期全真道教在佛道
论争中溃败以后。以此,《梅仙事实》这篇文字很可能是杨智远乃
至南宋末某位道士草创在先,入元以后加工定型,非成于一人
一时。

《梅仙观记》除了所录诗文可资辑校以外,《梅仙事实》这篇
传记在叙事上亦有可观之处。梅福上书文字与《汉书》本传基本
雷同,而此后求仙过程的描述则出于小说家手笔,有自创的成份:

帝亦不报,于是有归休之志。乌乎!所谓臣之于君
再三谏而不从则逃之,此岂虚言哉。遂解衣挂冠东都门,
纳官,弃妻子,去九江。恐国舅摄之,易姓名为吴门市
卒,以保其身。厥后求师慕道,访山采药,多隐名山广
谷之间。尝与张留侯子房,执版唱《无生曲》,以快其
情也。

访雁荡诸山,即会稽之南也。游南闽,入支提山修
炼数年未就,为尼所触,愤然曰:"灵丹九转,愈久愈
精,何厌成功之晚。"遂入仙霞山即武夷之东也。彷徨乎

---

① 《道藏》第 11 册,第 63 页。

无人之境，逍遥乎尘埃之外。猿啼古木，虎啸幽岩，有竹曰瘦腰，有草名黄芽，灵苗异种，杂然莫能尽识，遂依岩结庵，坚心苦志，辟谷餐松，慕学神仙，积有年矣。每望闽粤间有紫气，颇异，复往建城立坛修炼。未几，一日山色溟蒙，烟霞满室，瑞气浮空，紫云盖覆于山顶。天乐嘹晓，有一神人语福曰："空洞仙君至。"须臾，仙乐近，仙君临，福拜而迎之。仙君曰："念子学道志坚，吾故下临，授汝外烧内炼还返大丹之法，九老仙都济世之文，汝可择名山依法修炼，方得成仙。"言竟而梅君谢焉。彩云散空，天乐自鸣，仙君乃隐隐而去，梅君精视天文数日，下山行济世之法，无不灵验。

初至鸡笼山修炼，被尸鬼相魔。次至毛竹洞，夜梦神人曰："此山非先生修炼之所。"遂入演仙山修炼，又为野火所烧。继往玉华山修炼，昔神人居焉。方欲修炼而群贼四起。次至乌石山修炼，樵妇触之。梅君叹曰："道缘浅薄，障魔群起。"遂再行济世之法数年，至剑江西岭修炼。

一日祥云瑞气，覆于山巅，开户视之，乃道师空洞君降。梅君拜而迎之，告道师曰："弟子恭依师旨，广行济世之法，游历名山修炼，多为魔苦，适至于此。"道师曰："汝之道缘在飞鸿山也。再授汝八神却魔灵丹。乃召二光童子，控赤骢白马于山前，君可急乘马领童，至飞鸿山精修，成功之日，吾当举汝，使汝骨像同升也。"言讫，道师隐于云中。梅君遂乘马领童，至飞鸿山卓庵修炼千日，神游体外，丹光烛天而道成矣。遂开炉出丹，一九祭天，天神收之；一九祭地，地神护之；一九自服，服讫拜谢天地毕，地神奏于三官，三官奏闻天阙，言西汉梅福成道于飞鸿山。

梅君乃乘白马领童欲回九江，二童马前抚掌吟诗，隐于山溪巨石之下。须史，红光射日，紫雾漫空，甘露天花，一时飞降。云中仙乐嘹喨，金童持节，玉女执幡，力士控鸾，侍仙捧诏，向梅君曰："天阙诏下，令汝乘鸾上升。"梅君拜谢天恩，弃马乘鸾升天而去，白马坠于水中。自后飞鸿山号曰梅仙山是也。山之西有坠马洲，三十里有遗鞭蓍山，山之下有登仙里，山之东溪有逃童石、骏马渡，山之侧有甘露源，山之后有天花岭，石上有花迹。自后乡人号曰癫石岭是也。①

这部分传记文字富有想象力，但也透露出梅福求仙修炼并非一番风顺，从雁荡山到闽南，再到武夷山，入鸡笼山、演仙山、乌石山等地，历经各种魔障和失败，后感遇道师空同君，受丹经药方和济世之术，最终在飞鸿山修炼丹成。这种历经磨难而最终成仙的故事结构，以其更富感染力的求道精神，进一步强化了地方的梅福信仰。

四、《南岳总胜集》中的道教文学资料

《南岳总胜集》，南宋隆兴元年（1163）道士陈田夫撰，记述了南岳衡山的地理形胜、自然景物和以佛道为主要内容的历史事

---

① 《道藏》第 11 册，第 62—63 页。

迹。所记佛教寺院和道教宫观九十多所，佛塔十四座。《叙唐宋得道异人高僧》记有唐宋时期僧人、道士、隐士约五十人。《南岳总胜集》因南岳自身丰富的历史人文积淀和长期作为佛道信仰中心的地位，内容包含大量佛、道教内容，因此佛道两教经典体系均将此书看作教内经典，《大藏经》全文收录，《道藏》洞玄部记传类节录部分道教内容。

陈田夫大约活跃在南宋绍兴至隆兴年间，据《南岳总胜集》卷前拙叟《序》云：

> 溪山之胜，林壑之美，人所同好也，而于幽人野士，常独亲焉，必志不拘于利欲，形不胶于城市，养心于清静，养气于澹泊，养视听于寂寞，然后山林之观，得其真趣。阆中道人陈耕叟有焉。庵居南岳紫盖峰下，往来七十二峰之间三十余年，心有所慕，不倦求访前古异人高僧，岩居穴处，灵踪秘迹，考其事而纪之，所历滋多，所获亦广，遂积而成编，名曰《总胜集》。凡岳山之邃隐，与夫观寺之始末，古今之题咏，有关于胜趣者，靡不毕录。……隆兴甲申上巳日拙叟序。①

这篇撰写于隆兴甲申年（1164）的《序》透露了陈田夫编撰《南岳总胜集》的大致经过。据此可知，陈田夫字耕叟，阆中人，在南岳紫盖峰下庵居，游访南岳达三十余年，期间求访并记录大

---

① ［宋］陈田夫编撰，唐卫红、阳海燕校注：《〈南岳总胜集〉校注》，湘潭大学出版社，2018年，第27—28页。标点略作调整，下引同。

量有关南岳的历史文化遗迹，纂集而成《总胜集》。拙叟《序》后为陈田夫《自序》，云：

> 衡岳之记，有《寻胜》《证胜》大小二录，《胜概集》《衡山记》，皆近代好事者编集，疏略何多，并各执于一隅，不能广其登览。故僧作《寻胜》，则道家之事削而不言；道作《证胜》，则僧舍之境阙而不书。不惟不究二教之始终，抑亦蔽诸峰之殊异。至于监岳庙事，杨临县尉钱景衎虽并而录之，其中胜概瑰奇，灵踪昭著，百得三五而已。愚因圜眼，合前四记，广为修之，删其重复，补其阙略。寥寥空山，绰有年岁，漫峰跨谷，未始云劳。探胜寻真，顿觉忘倦。搜求内教，博采仙经，并讨旧记。断自三皇已来，迄于我宋，约数千万载之间，得道真仙凡经涉于南岳者，必为之纂录，敷至四五万言……。隆兴改元重九日九真洞老圃庵苍野子陈田夫耕叟。①

陈田夫《自序》作于隆兴元年（1163），进一步廓清了编撰《南岳总胜集》的缘起与编纂过程。此前有关南岳的史志著作有四种，但均有不足，于是陈田夫在这四种前人编著的基础上，删其重复，补其缺略，搜求佛道经藏及前代史籍，再加上现地寻访和记录，终成这部《南岳总胜集》，"总胜"之义在此矣。从这篇序

---

① ［宋］陈田夫编撰，唐卫红、阳海燕校注：《〈南岳总胜集〉校注》，第29—30页。

文中，我们也知道陈田夫号苍野子，其庵名为老圃，在南岳九真洞。

陈田夫今存诗两首，《宋诗纪事》《沅湘耆旧集》都有辑录，这两首诗见于《南岳总胜集》，其一为《南岳总胜集》卷中所记：

愚近岁卜庵于此泉之北山，相去五里。因采药，尝憩此亭，每钦叹其异云。寂寥宇宙之中，凡真仙隐化于白龟者，计此乃三处也。愚自谓：年秋栖于是山，为终焉之计。凡三徙其居，至朱陵之东，芟王氏旧药圃而住，适与此泉为邻，非偶然耳，因成一绝，谩书之于此：

天下白龟三处显，怡山少室寿仙亭。

我今卜筑南山顶，得尔为邻祝圣龄。

观有九仙阁，阁后旧有琅瑛阁，重和元年，改赐今额。①

陈田夫另一首诗作亦见于《南岳总胜集》卷中：

又大中祥符年，有桂林栖霞洞畅玄先生石仲元（字庆宗）住持，道行超伦，诗才振楚。经营一新，重建白云轩。下瞰青草渡，前有白云堂、白莲池。愚自绍兴丙寅度夏于是堂，亦留四十字，虽不足以仿佛其前贤，但识朱陵之事尔，诗云：

① ［宋］陈田夫编撰，唐卫红、阳海燕校注：《〈南岳总胜集〉校注》，第145—146页。

我爱潇湘境，朱陵后洞天。白云堂里客，青草渡头眠。小艇率红鲤，幽池种白莲。颐真堪此地，风月两依然。①

这首诗相较上一首，情感深致，格律严整，颇能体现陈田夫的文艺才华。从有限的文献信息来看，陈田夫当是北宋末年四川阆中人，有相当深厚的文化素养，但生逢乱世，后入道云游至南岳衡山，致力于南岳佛道专志的搜集和整理工作，而最终留下一部《南岳总胜集》。

《南岳总胜集》综合了佛、道两家的内容，但编者陈田夫本人即为信仰纯笃的道教中人，从内容上看仍总体倾向于道教。陈田夫所谓"总胜"即对佛道教内容不做刻意的割裂，而是兼收并蓄，从某种意义上说，《正统道藏》的节存本《南岳总胜集》已经丧失了"总胜"之本意。《南岳总胜集》卷上叙五峰及另外六十七峰灵迹，引用大量上古神话、笔记杂史和道经文献。《叙历代帝王真仙受道》部分，从炎帝以下，到秦始皇、魏华存等，搜集了宋前衡山一带帝王真仙得道本事，其中包括部分高僧的神通事迹。卷中寺庙宫观部分，佛道亦杂糅在一起叙述。卷下《叙唐宋得道异人高僧》更是将佛道一并记录。从整部《南岳总胜集》来看，陈田夫似有意混淆佛道边界，从经典层面制造了佛道一体的事实。

《南岳总胜集》搜集了大量道教传记和道教诗歌，堪称道教文学资料的渊薮，这也体现了南宋道教志书在道教文学方面的重要

---

① ［宋］陈田夫编撰，唐卫红、阳海燕校注：《〈南岳总胜集〉校注》，第154—155 页。

贡献。

五、《庐山太平兴国宫采访真君事实》的编修

庐山太平宫创始于唐玄宗时期，原为九天采访祠，至南唐更名为通元府，北宋时改名为太平兴国观，之后又改观为宫。元末兵毁，洪武己酉（1369）、正德丙寅（1506）年道士江梅高、住持周洪宪相继对其有所修复①。《庐山太平兴国宫采访真君事实》详细记载了历代皇家、官府及民间对采访真君的供奉和各种灵验事迹，是庐山道教史上硕果仅存的一部体系完整的道教宫观志②。

明《道藏》正一部存七卷，书前有宋高宗绍兴二十四年（1154）叶义问《序》，据此可知原本当成书于南宋，但元代又有增补。第一卷为分真创始类，卷二为宋朝崇奉类（北宋），卷三为宋朝崇奉类（南宋），卷四为元朝崇奉类，卷五为习仙类，卷六为碑记类，卷七为应感类，卷八杂录记疏碑文等。卷五与卷七中有一些仙道事迹的记载，其中卷五为历代庐山修道者的修道事迹，卷七为采访真君的灵验事迹。其余诸卷大抵为青词、圣旨、诏书、醮文、碑文、祭告祝版、祷告词等。采访真君，亦名九天使者、庐山使者。另外《藏外道书》所收为八卷本，是在第七卷后增加了明代的内容。

《庐山太平兴国宫采访真君事实》卷前有叶义问序：

---

① 杜玉玲《〈庐山太平兴国宫采访真君事实〉与〈太平宫志〉考》（《九江学院学报（社会科学版）》2015 年第 2 期）及刘肖楠硕士论文《〈庐山太平兴国宫采访真君事实〉校注》（江西师范大学，2013 年）均对太平兴国宫做过详考。

② 杜玉玲《〈庐山太平兴国宫采访真君事实〉与〈太平宫志〉考》一文详细考察了该志在明清时期的版本流传情况。

义问来九江，适太守大卿胡公纺以清静理郡政，民神协从。甲戌春，举行旧典，以义问摄祀事于太平兴国宫。礼毕，因观山川之胜，穹隆磅礴，层见叠出，不可名状，是宜高真之所慎择也。宫之道士有向师尚者，清修自持，且有心于阐宗立教，以使者应化之迹泯泯未传，求义问编次，义问不敢以鄙陋辞，谨列于左方。绍兴二十四年中元左朝奉郎通判江州军州事兼管内劝农营田事赐绯鱼袋叶义问谨序。①

叶义问承太平兴国宫道士向尚之请，在前代相关文献的基础上编修了这部《采访真君事实》。庐山的佛、道教信仰有悠久的历史，就道教而言，早在三国时期即有道士活动，此后东晋高道陆修静曾在此修持，并与慧远法师和陶渊明留下佳话，虽然"虎溪三笑"不一定符合史实，但从一个侧面说明庐山向来是一个儒、释、道汇聚的文化中心。采访真君最初为"九天使者"，宋神宗元丰四年（1081）获"应元保运真君"封号，宋理宗嘉熙四年（1240）又获"应元保运妙化真君"封号，景定二年（1261）再获"应元保运妙化助顺真君"封号。此后，随着太平兴国宫的地位下降和多次焚毁，采访真君信仰也逐渐消歇。

第七节　南宋文人的道教文学创作

南宋文人虽不是道教文学创作的主体，但他们当中有一部分对仙道养生抱持坚定的信心，并在为政之余，不同程度地参与丹

---

① 《道藏》第32册，第661页。

道修炼，在水旱禳灾仪式中撰写祠祭文书，与各级道士往来唱和。伴随这些宗教活动，他们创作了数量可观的仙道文学作品。这些作品因摆脱了纯粹的教义束缚和教义宣传阐释的宗教功能，再加上自身较高的文化素养，往往有较高的艺术水平。如主要活跃于南宋初期的扬无咎（1097—1171）①，诗词、书法、画作兼长，有《逃禅词》一卷存世。扬无咎词作的审美取向以及清新自然的创作风格，都受到道教的深刻影响②，词作对道教意象和典故的运用，可谓炉火纯青。洪适（1117—1184）、洪迈（1123—1202）兄弟等是与道教关涉较深的文人士大夫，更创作了大量青词、步虚词、道场疏文、祝文等祠祭文书，另外还出现了道情词等新的道教文学体裁。另外，朱熹于绍兴二十二年（1152）专门筑室以供修行，并做《作室为焚修之所拟步虚辞》一首。诗云：

> 归命仰璇极，寥阳太帝居。翛翛列羽幢，八景腾飞舆。愿倾无极光，回驾俯尘区。受我焚香礼，同彼浮黎都。③

此诗鲜明地表达了他对道教的虔诚之心，另外《寄题咸清精

---

　　① 唐圭璋《读词札记·扬无咎非杨无咎》（《社会科学战线》1983 年第 3 期）、黄颐寿《宋代画家扬无咎姓氏籍贯考略》（《江西历史文物》1987 年第 1 期）及《宋才子传笺证·词人卷》（傅璇琮、王兆鹏主编，辽海出版社，2011 年）等论著对扬无咎生平有详细考订。扬"与"杨"本同姓，扬无咎本人画作和徽宗御笔均作"扬"。

　　② 赵帝：《论道教思想对扬无咎〈逃禅词〉的影响及原因》，《周口师范学院学报》2013 年第 6 期。

　　③ ［宋］朱熹著，朱杰人、严佐之、刘永翔主编：《朱子全书》第 20 册，第 239 页。

舍清晖堂》中写道：

> 欲将身世遗，况托玄虚门。
>
> 境空乘化往，理妙触目存。
>
> 珍重忘言子，高唱绝尘纷。①

很明显，朱熹这几句意在勉励自己潜心修道、领悟道教的真谛。晚年朱熹也不能免俗，对道教长生之术颇感兴趣，曾写过两首地道的《步虚词》，也曾托名"空同道士邹䜣"作《参同契考异》《阴符经考异》，以探讨道教内丹学，主张把易学与道教炼养术结合起来。朱熹是南宋文人崇道心态的一个典型代表，但他毕竟是一位理学的开创者，道教文学作品只能是一种点缀。南宋还有多位文人对道教崇奉弥笃，积极参与各种修斋设醮，同时也创作了大量优秀的道教文学作品。

一、曹勋《法曲·道情》与《游仙诗》创作的文学史意义

曹勋（1096—1174）字公显②，一字世绩，号松隐，原籍颍昌阳翟（今河南禹县），后迁居开封府祥符县③。曹勋恩补承信郎，宣和五年（1123），特命赴进士廷试，六年，赐同进士出身。④ 靖康元年（1126），曹勋与徽宗等一起被金兵押解北上，至燕山，奉

---

① ［宋］朱熹著，朱杰人、严佐之、刘永翔主编：《朱子全书》第 20 册，第 240 页。

② 据钱建状、王兆鹏《宋诗人庄绰、郭印、林季仲和曹勋生卒年考辨》（《文献》2004 年第 1 期）考订，曹勋当生于绍圣三年（1096）。

③ 傅璇琮、王兆鹏主编：《宋才子传笺证·词人卷》，第 483 页。

④ 傅璇琮、王兆鹏主编：《宋才子传笺证·词人卷》，第 489 页。

密旨遁归南京（今河南商丘）。一路上，曹勋备尝艰辛，痛定之余，撰《北狩见闻录》。建炎元年（1127）秋，至南京向宋高宗上御衣书，请求召募敢死之士，由海路北上营救徽宗，但当权者不听，被黜，建炎三年（1129），出知泉州，艰窘中作《荔子传》、《棋局传》及大量古乐府诗。绍兴十一年（1141），宋金和议，被旨军前讲和，以官卑为兀术遣还。次年，持节抵金国，以言辞开谕金主，请还梓宫及太后，归赋《迎銮赋》。绍兴十四年、二十九年又两次使金国。孝宗朝，曹勋拜太尉，淳熙元年（1174）卒。《宋史》卷三七九有本传，《宋才子传笺证》考订甚详，其著有《松隐文集》四十卷，另有取《松隐文集》卷三八、三九、四十之长短句集为《松隐词》（一名《松隐乐府》）三卷等。

《松隐文集》版本源流复杂，有抄本数种，多出自《四库全书》，缺卷十四。《松隐文集》在明代当有刻本流传，嘉业堂曾收藏一部，后稍改易行款刻入《嘉业堂丛书》。傅增湘曾校订过《嘉业堂丛书》本《松隐文集》，其跋文、祝尚书《宋人别集叙录》卷十八及近年所刊单篇论文曾予考订。在诸本中，源自明刊的《嘉业堂丛书》本《松隐文集》更接近原貌①。该本卷三十八卷前录有《法曲·道情》11 首，但《四库》本和几种抄本卷三十八前都未见，傅增湘校记亦云"《法曲》抄本不载"。这很可能是后世抄纂者刻意删除，但《彊村丛书》所收《松隐乐府》保留了这组《法

---

① 《宋集珍本丛刊》（线装书局，2004 年）第 41 册收傅增湘校《嘉业堂丛书》本《松隐文集》。傅增湘《藏园群书题记》卷十四《松隐文集跋》云："今见此本钞手极旧，当为二百年前物。取余本校之，凡所校改之字，核之此本悉同。此本似亦出于明刻，旧式尚存，刘刻则已改易行款，故不免微有差失。此集传抄本亦不多得。留此旧帙，以为勘正新刻之资，要为可贵，见者幸勿以寻常钞白视之可耳。"（上海古籍出版社，1989 年，第 716 页。）

曲·道情》。因"法曲"和"道情"的来源和演变极为复杂，这组作品是乐府，是长短句，是道情，还是唐法曲的变体，想必《松隐文集》的编纂者也不得其所。但这组作品是分析道教与词调、词体、音乐相互渗透的典型案例，在宗教文学领域有特殊的文学史意义。

对于法曲的定义和起源问题，向来有各种争论，饶宗颐《敦煌曲续论》八有"《法曲子》论"一篇，以为敦煌"法曲子"为佛曲唐赞，但这是针对敦煌"法曲子"而言的佛、道教的宗教性法曲，与中土固有的乐律系统是"两流"。华夏本土固有的法曲，其本义是"应雅合法之曲"，为清商雅乐，后世与胡夷之乐合奏，对词乐、词体产生重要影响，尤其唐玄宗时期设梨园盛法曲的事实，成为词乐兴盛、词体流行的关键。[①] 宋以后，有以为"法曲亡于宋"，但实际上，宋代法曲仍有发展，且依托其他曲艺获得重生，在词调音乐中，《破阵乐》《破阵子》《霓裳中序第一》《法曲献仙音》《昭君怨》《后庭花》《雨淋铃》《荔枝香》等，皆为唐法曲入词乐之可考者[②]，而曹勋的《法曲·道情》无疑也是法曲未亡于宋的例证之一。

曹勋《法曲·道情》一共11段，分散序（1）、歌头（1）、遍（3＋攧）、入破（4＋煞），而唐法曲《霓裳羽衣曲》分为散序、中序、曲破，可见二者结构大致相同。南宋王灼《碧鸡漫志》卷

---

① 钱志熙《法曲胡部合奏与词乐、词体的产生》（《文艺研究》2020年第4期）对法曲的定义、性质及词体词乐产生等相关问题做了深入考察，超越了之前的各种论著，本段综述多引自此文。

② 张春义：《论法曲在词乐中的演进》，《中国曲学研究》第5辑，中国社会科学出版社，2021年，第14—15页。

三《凉州曲》说：

> 凡大曲有散序、靸、排、遍、攧、正攧、入破、虚催、实催、衮遍、歇指、杀衮，始成一曲，此谓大遍。而《凉州》排遍，予曾见一本有二十四段。后世就大曲制词者，类从简省，而管弦家又不肯从首至尾吹弹，甚者学不能尽。①

法曲也是大曲的一种，所谓"法曲型大曲"②，曹勋的《法曲·道情》还保留了隋唐大曲的"歌头"部分，尚有"攧"、"煞"等段落，但相对《碧鸡漫志》所云大曲的完整结构，也相当简略，可见这是"后世就大曲制词者，类从简省"的结果。

曹勋的《法曲·道情》因"道情"二字和涉道内容，有以为北宋似乎已有道情的创作，是南宋"唱道情"或之后道情戏的先声③，但这里的"道情"仅表示吟唱道教题材、抒发崇道之情而已。《法曲》本是华夏正声，与清商乐有渊源关系，而曹勋的《法曲·道情》是此种宫廷音乐的流变，与后世道士手持渔鼓、简板传道募化时所唱的"道情"应是两路。车锡伦在《"道情"考》一文中虽然未提及曹勋的《法曲·道情》，但是他的一句表述很能说明《法曲·道情》的性质：

---

① 唐圭璋：《词话丛编》之《碧鸡漫志》，中华书局，1986年，第100页。
② 王小盾《唐大曲及其基本结构类型》（《中国音乐学》1988年第2期）、黎国韬《唐代大曲分类新论》（《中华戏曲》第51辑，文化艺术出版社，2016年）都指出"法曲型大曲"是唐大曲中具有独特性的一种。
③ 张泽洪：《道教唱道情与中国民间文化研究》，人民出版社，2011年，第18—22页。

而自唐代以下题为"道情"的作品，体裁和形式多样，也不可能用"道士传道和募化时所唱的歌曲"来概括。①

如前云，《松隐文集》卷三十八开始专收曹勋词作，刻本和《彊村丛书》所集《松隐乐府》都保留了11首曹勋《法曲·道情》，但是多数抄本未见，可见古人对这11首作品是否属于词作亦有不同意见。综合各种考察来看，曹勋的《法曲·道情》是法曲与胡夷之乐合奏对词体创作产生重要影响的又一例证。显然这11首作品是具有浓厚道教色彩的词作，今《全宋词》予以收录，符合实情。

这11首词作围绕道教炼养的核心内容，层层推进，是道教诗词发展至南宋的重要成就。现据《嘉业堂丛书》本过录、简释如下：

散序

飞金走玉常奔驰。日上还西。自古待着长绳系。算尘心、谩劳役堪悲。盘古到此际。桑田变海，海复成陆高低。噫嘻。下土是凡质容仪。寿考能消，几日支持。念一世。真若朝荣暮落难期。幸有志士传得神仙希夷。希夷。堪为千古人师。

---

① 车锡伦：《"道情"考》，《戏曲研究》第70辑，文化艺术出版社，2006年，第219页。

白居易《霓裳羽衣歌·和微之》中的自注文字，对了解唐大曲的结构特征有一定帮助。其中"磬箫筝笛递相搀，击擫弹吹声逦迤"句下注云："凡法曲之初，众乐不齐，唯金石丝竹次第发声。《霓裳》序初亦复如此。""散序六奏未动衣，阳台宿云慵不飞"句下注云："散序六遍无拍，故不舞也。"① 散序是唐大曲中的开头部分，节奏自由，器乐独奏、轮奏或合奏，六遍无拍，故不舞，但应该有歌。这里的《散序》歌词，在起始开头部分，自有交代主旨、奠定基调的意味，而这个基调与《悟真篇》前面几首七律是相同的。《悟真篇》卷上第一、第二首诗云：

　　不求大道出迷途，纵负贤才岂丈夫？百岁光阴石火烁，一生身世水泡浮。只贪利禄求荣显，不顾形容暗瘁枯。试问堆金等山岳，无常买得不来无？

　　人生虽有百年期，寿夭穷通莫预知。昨日街头犹走马，今朝棺内已眠尸。妻财抛下非君有，罪业将行难自期。大药不求争得遇？遇之不炼是愚痴。②

两首七律列在《悟真篇》之首，不直言丹道，指出现实人生短暂虚无、生死无常，劝世人但当悟真求道，永脱苦海。这首《散序》歌词表达的也正是个体生命在宇宙面前的渺小、无奈与悲哀，当以陈抟（希夷）为师，求取真仙大道。

---

① ［唐］白居易撰，谢思炜校注：《白居易诗集校注》卷二一，中华书局，2006 年，第 1668 页。

② ［宋］张伯端撰，王沐解：《悟真篇浅解》，第 1—2 页。

歌头

柱史乘车，青牛驾轭，紫云覆顶，函关令已前知。西升稍驻，尹喜虔恭誓。求老子。亲谈《道德》微旨。五千余言，俱救末俗，度脱令咸归生理。体元机。人间方解道术，兼明治身，与国阶梯。更有《黄庭》，专分二境，内外皆举璇题。羽客见者，倾诚恳诵合斋仪。万神潜礼。密奉二经，炷香静默，心无竞，靡端倪。得失扫去，意海澄流要体。内景防愆失。外景忘疲。阆风蓬岛岂能移。念诵灵辞。指群迷。

相传隋炀帝凿汴河时曾自制《水调歌》，唐人演为大曲，"歌头"即全曲之首章。此后，大曲多遍之开头部分倚声填词，亦谓"歌头"，词牌《水调歌头》即源于此。此处《歌头》当即《遍》第一、第二、第三部分的"歌头"。这部分主要讲了老子《道德经》和上清经典《黄庭经》。关于《道德经》，歌云"人间方解道术，兼明治身，与国阶梯"一句点名了《道德经》治身理国的根本宗旨。《黄庭经》是道教上清派的重要经典，也被后世奉为丹经歌诀。《道德经》与《黄庭经》关系密切，《列仙传》卷下《朱璜》篇云：

邱与璜七物药，日服九丸，百日病下如肝脾者数斗，养之数十日肥健，心意日更开朗，与《老君》、《黄庭经》。令日读三过，通之，能思其意。①

　　王叔珉把《老君》《黄庭经》当作两本书标点，但又以为是一本书即《老君黄庭经》或一人一书即"老君《黄庭经》"。另外，东汉延熹八年（165）边韶作《老子铭》也提到"出入丹庐，上下黄庭"②等，可见黄庭、老子在东汉末即有联系。这篇歌词同样把《道德经》和《黄庭经》放在一起，但从"更有《黄庭》，专分二境"和后面内容看，作者只看重《黄庭内景经》《黄庭外景经》二经，而没有提及出现较晚的托名《黄庭中景经》。《黄庭经》首提三丹田的理论，以七言韵语描述人体五官、五腹六脏诸神、全身八景神及二十四真之形象与作用，以为恒诵神名及存思诸神形象可以消灾祛病、却老延年，甚而升天登仙等。《歌头》部分以《道德经》《黄庭经》两部经典为吟唱对象，其总括随后歌词内容的作用相当明显。现引《法曲》的主体歌词如下：

遍第一

　　丽景早春时。正花漏初迟。东君出震，太和应物，恍惚中立丹基。天风卦成随象，纪合成□□□□□□□□必相契。三千六百火候，密运精微。蒸入肌肤，嫩红潮频，自然旧容生辉。情志。鄙凡尘，瑶圃满眼，都看桃李。晴云万叠开异色。灵光湛湛增秀逸。与道合。真境丹房，随时沐浴，亦向朝夕。

————————

① 王叔珉撰：《列仙传校笺》，中华书局，2007年，第153页。
② ［清］严可均编：《全上古三代秦汉三国六朝文》卷六二，中华书局，1958年，第1626页。

遍第二

向虚靖晨起。朝元意达，冲漠怡怡。三天澄映，九
光霁碧，如有鹤舞鸾飞。泛空际。瑶室明辉。动与真期。
至理常寂，户庭无远，欣欣端比。侍宴日在瑶池。师友
多闲，抱琴沽酒度曲，笑采华芝。九节倚筇时。何须钓
月眠石，寻觅占渊静逸。乐修持。澹然灵府泳真谛。怡
养丹光里。春已收功，自育火枣交梨。

遍第三

珠星璧月，昼景夜色相催。正阳炎序火府，龙珠蕴
照，冰海融澌。洞天春常好，日日琪花，琼蕊芳菲。绛
景无别，惟似琉璃。平地环绕清沚。火中生莲，会成真
物，更取海底龟儿。胜热涤暑风，全形莹若冰肌。常存
道意。铄石流金无畏。共协混元一气。入冲极。觉自己。
乾体还归。

第四摄

南熏殿阁，卷窗户新翠。池沼十顷净，俯桥影横霓。
龟鱼自乐，潺潺螭口，流水照碧，芰荷绿满长堤。柳烟
水色，一派涟漪。松竹阴中，细风缓引凉吹。琴韵响，
玉德凤轸，声转瑶徽。疏襟曳履。或行或凭几。待饮彻、
玉鼎云英，怎更有炎曦。

入破第一

　　秋容应节，渐肃景入窗扉。碧洞连翠微。商律回岩桂。金精壮盛时。拥蟾轮、生素辉。启口天为侣，是列仙行缀。心均太上，欲度世缘无亏。用定力坚持。奉真常，惟凝寂。忱诚贯斗极。赐长生，仍久视。洞达虚皇位。德寿高与天齐。

入破第二

　　清昼静居香冷，风动万年枝。凉应兑卦体。秋色鸣轻飔。冥心运正一。御铁牛、耕寸地。都种金钱花，秀色照戊己。新霜万物凋谢，我常无为。冲起浩然气。抱冲和，人间世。登高共赏宴，泛东篱。菊尽醉。谁会。登高意表、迥出凡尘外。

入破第三

　　光铺晓曦。云影拂霜低。空阔飞鸿过，两三行、向天际。晴景乍升，晃疏楥，蜂翅迷。密障红炉暖，香缕飘烟细。超然坐久，幽径试寻寒梅。酥点竹间稀。正疏〔蓓〕（菩）吐南枝。微阳动细蕊。任斜日、沉淡晖。惨惨寒威。晚知皓雪欲垂垂。

入破第四

> 黄钟正严凛，飞舞屑琼瑰。清赏丰年瑞。云液喜传
> 杯。阴爻会见复，动一阳、升浩气。谁问添宫线，炼功
> 在金液。晴檐试暖，表里莹如无疵。庭柳漏春信，更萱
> 色、侵苔砌。优游岁向晚，叹人间时序疾。还捧椒觞，
> 羽衣礼无极。①

《歌头》之后的三遍、一攧、四破共计 8 段，从四季变换和阴阳升降关系入手，讲述元神与元气交合为内丹大药的修炼过程。其中，《遍》第一、第二讲春天阳气初升，瑶圃满眼春光，体内元气（丹基）也随之升起，为之后的修炼奠定基础。《遍》第二似描写春天的修持过程和收功所成的元神、元气，即："乐修持。澹然灵府泳真谛。怡养丹光里。春已收功，自育火枣交梨。"从内丹学来看，春天过后，涵养了元神（火枣）和元气（交梨）。《遍》第三进入夏季，"正阳炎序火府，龙珠蕴照，冰海融渐"都是夏日场景。所谓"火中生莲，会成真物，更取海底龟儿"，从内丹学来看，可以看成夏日里元神（火中生莲）与元气（取海底龟）的融合，而"乾体还归"似指炼就纯阳之体。《攧》第四仍是写夏景，"芰荷绿满长堤。柳烟水色，一派涟漪"和"松竹阴中，细风缓引凉吹"，即长夏或夏末秋初凉风渐起的时节。从《入破》第一开始进入秋景，且夹杂着"用定力坚持。奉真常，惟凝寂"的修道体验。关于《入破》第二，从"新霜万物凋谢"和"登高共赏宴，

---

① 《嘉业堂丛书》本《松隐文集》。

泛东篱。菊尽醉"等句看，仍是借秋日气象写内丹修炼的过程，即："冥心运正一。御铁牛、耕寸地。都种金钱花，秀色照戊己。""铁牛耕地"即元神与元气的融合，"金钱花"即中央戊己土所成就的金丹大药。《入破》第三、第四全写冬景，冬天万物寂然，但"阴爻会见复，动一阳、升浩气"，预示着阳气回归，马上进入下一个春天，即下一个修炼循环。

上述8段是整部《法曲·道情》的主体部分，在天人合一的观念下，讲述四季更替、阴阳升沉和与之相应的丹道义理。《煞》第五是对整部大曲的回应和总结，歌云：

> 多景推移。便似风灯里。将尘寰喻，尘里白驹过隙。今世过却，来生何处觅。失时节。生死到来嗟何及。勤而行之。竞力待与、钟吕相期。三千行满，连环脱下已。驾青鸾素鹤朝太微。①

"风灯""白驹过隙"等形容人世的漂浮不定和短暂无常，劝世人应该不失"时节"，勤而修道，与钟离权、吕洞宾期约，最终"驾青鸾素鹤朝太微"。这与《散序》部分的劝世人修道的主旨相呼应，结构精巧严密。

除了这部《法曲·道情》的大曲歌词，曹勋还有不少涉道诗作和游仙诗作，艺术水准上乘。从曹勋留存的诗文来看，他经常参访道教宫观名山，与当时的很多道士也有广泛接触。《松隐文集》中有《送凝神张先生还茅山》《和茅山张达道二首》《赠张炼

---

① 《嘉业堂丛书》本《松隐文集》。

师二首》《送王道录桐柏住庵二首》《送张冲举先生还山》《和张凝神见贻》《和张达道先生三首》《元丹歌赠会稽陈处士》等，都是与道士的往来酬唱赠答之作。其《祭王道录正道文》是祭奠天台山桐柏观主持王道士的，情真意切，读来感人至深：

> 呜呼，公自童稚，潜心羽衣。以道自任，学富其辞。宣和天子，冠服尊之。教门龙象，见于设施。南渡而来，圣主谘咨。丹经奥约，有问即知。厥闻洋洋，于焉四驰。冲隐赐号，名冠一时。力求访道，台山是依。我喜相遇，分庵处兹。尝谓昔梦，柏桐主持。今当领职，克践其司。闻讣惊叹，邻无善师。果赴主者，弗及耄期。临终遗颂，辱公厚知。所以连日，惟有涕洟。具馔设奠，以致我思。西望稽首，文以寓悲。尚飨！①

曹勋与王道士本有往来，曾经"我喜相遇，分庵处兹"。王道士梦自己将为桐柏宫主持，后来果然梦成，《送王道录桐柏住庵二首》云"见说当年梦甚真，公今高步挹清尘"②，即此文所云"尝谓昔梦，柏桐主持，今当领职，克践其司"。王道士辞世后，曹勋连日泣涕，可见其用情之深。

《松隐文集》卷六"古乐府"下有曹勋《小游仙》三首；又《游仙》四首，分别是七言16句（"天河水冷烟波渺"）、五言20句（"飞辔络绝景"）、五言22句（"严驾发沧浪"）、五言20句

---

① 《全宋文》第191册，第146页。
② 《嘉业堂丛书》本《松隐文集》。

（"驾景绝响"），有的一韵到底，有的中间换韵。关于游仙诗的起源、性质和艺术成就，此前已经有很多讨论，但除了郭璞、吴筠、曹唐等人的作品，曹勋的这两组游仙诗很少有人关注，孙昌武先生的《游仙诗与步虚词》一文也未提及曹勋的作品。

从留存作品来看，曹勋的游仙诗同样以歌咏仙人漫游为主题，内容更为统一，道教化的色彩更为浓烈。郭璞、曹唐等人的游仙诗"文多自叙"，借游仙以"坎壈咏怀"，目为游仙诗的变体。但曹勋的这七首《游仙诗》更接近道士吴筠的《游仙诗》风格，回归"游仙正体"。李善《文选注》在评价郭璞游仙诗的时候，概括了游仙诗的本来面目："凡游仙之篇，皆所以滓秽尘网，锱铢缨绂，餐霞倒景，饵玉玄都。"① 游仙诗大多以摒弃俗世尘累、遨游仙界为主旨，因此曹勋的游仙诗更像是道门中人的作品，如这组《小游仙》三首：

> 九霄风静夜沉沉，仙籁虚徐度玉音。好是太真歌未阕，飞烟遥上郁华林。
>
> 十二层城倚阆风，金台珠树郁葱葱。遥瞻玉室藏书府，万仞飞光散晓红。
>
> 摇曳空歌上玉清，飞烟冉冉拂仙缨。龙輧已过黄金阙，致肃门郎识姓名。②

诗人发挥想象，直接从"九霄"之上仙乐飘飘的仙界写起，

---

① ［梁］萧统编，［唐］李善注：《文选》（第三册）卷二十一，上海古籍出版社，1986年，第1018页。

② 《嘉业堂丛书》本《松隐文集》卷六。

接下来写西王母所居的墉城金台和天帝所居的玉清天金阙宫。三首作品的仙幻想象，基本上符合游仙诗正体"餐霞倒景，饵玉玄都"的特征，这一点在他的《游仙》四首中有更明显的体现，现引录如下：

天河水冷烟波渺，流水无声银浪小。白榆历历映瑶沙，白露凄清下云表。扶疏丹桂落红英，片片红霞散瑶草。月中桂子空传名，散在人间无处讨。仙翁呼童收紫芝，紫芝肥嫩光离离。遗英残蓂坠无数，仙鹤饮啄时鸣飞。仙人种玉耕云隈，倚云横笛学凤吹。须臾羲御崦嵫没，相呼拍手骑龙归。

飞辔络绝景，访我同心人。解驾三秀岭，濯足玉华津。晤言会良契，携手凌高晨。扬旌出阊阖，羽节趣群真。入宴明霞馆，回轩过始青。音灵散空洞，逸响萦云营。倏忽九万里，流目低蓬瀛。玉妃款清话，偃盖希林庭。顾彼簪缨客，宠辱劳汝形。神仙有真诀，胡不希长龄。

严驾发沧浪，行乐从所之。方诸款青童，隐景朝郁仪。流金戒前导，玉节纷蒌蕤。运策乘飞电，扬旌耀彩霓。斑龙承倒景，蠖略翔紫微。命我发金策，受事临西垂。白帝启真箓，斟酌合四时。解带清商馆，置酒璇渊池。高酣发空谣，群响凄以悲。海水变苍陆，翻覆如弈棋。咄叱红尘子，役役何所为。

驾景络绝响，游目低阴虹。灵光转修袂，羽节飘晨风。抗手辞金母，偃盖东华宫。高仙发空谣，逸响飞九

重。霞觞艳流目，叠舞歌玉童。缘云上虚籁，笑语铿洪

钟。海水屡清浅，倏忽欣再逢。不惜暂游诣，情款无初

终。欢余促归轸，摄辔翔斑龙。投闲懋三素，保绩崇

真功。①

　　这四首游仙诗与曹唐《大游仙诗》取若干仙道故事分题咏之
的方式有所区别。曹唐《大游仙诗》曾围绕刘晨、阮肇入天台故
事写作了五首，但曹勋这四首诗作中，第一首描述天界仙真种玉
吹笛、倏忽往来的无待逍遥，第二首至第四首描写仙真驾驭斑龙、
运乘飞电，至"西垂"拜访西王母，宴饮欢歌后依依不舍（"抗手
辞金母……欢余促归轸，摄辔翔斑龙"）的神秘过程。这四首作品
没有采用一个明确的仙道典故，而更像是一种修道体验和对仙界
的美好向往。曹勋写作乐府诗时，曾自觉申明"新而补之""申而
广之""续而起之"等的创作理念，在体式、结构和抒情叙事功能
上力求创新，但这几首《游仙诗》作品却体现了他赓续传统、回
归正体的努力。

二、张抡道情鼓子词的创作

　　张抡，字材甫（一作才甫），开封人，琼王赵仲儡之婿。绍兴
年间累官为武翼大夫、贵州刺史、两浙西路马步军副都统总管等，
曾多次奉使赴金。淳熙年间为宁武军承宣使，淳熙末知池州。② 张
抡曾作为副使随洪迈出使金国，正史无传，比较完整的介绍见于

———————

① 《嘉业堂丛书》本《松隐文集》卷六。
② 钟振振《〈全宋词〉张抡小传辑补》对张抡生平做了进一步考察，可资
订补，见《汉语言文学研究》2010 年第 1 期。

清光绪《石门县志》卷八（下），谓张抡："建炎初扈跸南渡，以文墨际高、孝二庙……资禀浑厚，性爱闲雅，伟容貌，美髭髯，好延纳宾客，善谈论。著《古器评》二卷。晚年潜心内典，于宅东凿池种莲，仿慧远结社遗意，日与缁素往来。光尧书"莲社"二大字赐之，有《莲社词》一卷。"① 另外，《词话丛编补编·历代词人考略》有张抡条，亦可参。

张抡自号净乐居士、莲社居士，又号灌园老圃。据《高宗皇帝御书莲社记》一文，张抡曾模仿慧远和尚结社，也曾凿池种莲，每日率家人念佛诵经，另外从"莲社居士""净乐居士"的自号和《结莲社普劝文》中，我们也可以看出，张抡晚年对净土宗颇为倾心，与佛教徒多有往来。

张抡留存的诗文作品不多，《全宋文》仅存数篇，《全宋词》据《彊村丛书》本《莲社词》录 100 多首词，孔凡礼《全宋词补辑》据《诗渊》第二十五册又补十首。但是，孔凡礼所录未必全为张抡词，其中数首亦见晏殊《珠玉词》和元好问《遗山新乐府》。

《直斋书录解题》卷二一和《千顷堂书目》卷三二曾著录张抡《莲社词》一卷。清藏书家何元锡（1766—1829）家钞《十家词钞》，有《莲社词》一卷；劳权（1818—1868）钞本《宋元明六家词》及丁丙（1832—1899）嘉惠堂钞《宋明十六家词》亦录《莲社词》。清代江阴缪氏也有抄本，现藏北大图书馆；国图还有《宋元四家词存》（国立北京图书馆民国间照相本）本《莲社词》，张

---

① 清光绪五年刊本《石门县志》。

泽洪曾据以校正《全宋词》所收张抡词的部分错误①。可见,《莲社词》并非"久佚不传",只是传而不显,影响不大。

南宋人编《中兴以来绝妙词选》卷二录张抡词 9 首,即从《莲社词》中选录,这是所见较早的张抡词文本,但每调十首的道情鼓子词未有选录。《宋明十六家词》等钞本所收《莲社词》的前 9 首词作与《中兴以来绝妙词选》一致,这 9 首词作后接道情鼓子词,但从这里就开始出现文字残缺。朱孝臧《彊村丛书》之《莲社词》后面所附劳权的题跋云:

> 此道情鼓子词乃应诏所撰,初不见于著录。此本卷末残缺,首九阙系从花庵《中兴绝妙词选》录入,遂改其标题。疑汲古毛氏所为。予又从《阳春白雪》补得一首,此十阙则《莲社词》中作也。非见丁氏钞本,何从证其伪耶?咸丰丙辰七月巽卿手识。②

清末况周颐《历代词人考略》亦云:

> 近彊村朱氏依善本书室藏本刻行,惜缺字太多,无从据补。有《春》《夏》《秋》《冬》及《山居》《渔父》《咏酒》《咏闲》《修养》《神仙》词各十阙,疑即所谓

---

① 张泽洪著:《道教唱道情与中国民间文化研究》,人民出版社,2011 年,第 71 页。
② 朱孝臧辑校:《彊村丛书》第 1 册《莲社词》,广陵书社,2005 年,第 562 页。

《道情鼓子词》，当时别为一卷，附《莲社词》以行者。①

从以上情况我们可以看出，《莲社词》不包括这些带有俚俗色彩的道情鼓子词，这上百首道情鼓子词或别为一集，且残缺破损严重，后与《莲社词》合并而钞刻流传。另外，根据王重民《中国善本书目提要》，原北京图书馆有《道情鼓子词》，与《和清真词》同订一册，但检国家图书馆藏的四种电子版《和清真词》，均为未见合订的《道情鼓子词》，检索系统也未见此单册《道情鼓子词》的著录。

张抡撰写道情鼓子词事，首见于《武林旧事》的记载，此书卷七《乾淳奉亲》云：

> 淳熙十一年六月初一日，车驾过宫……太上邀官里便背儿，至冷泉堂，进早膳讫。……上领圣旨，遂同至飞来峰，看放水帘。时荷花盛开，……堂前假山、修竹、古松，不见日色，并无暑气。后苑小厮儿三十人，打息气，唱道情。太上云："此是张抡所撰《鼓子词》。"②

绍兴三十二年（1162），高宗赵构禅让于太子赵昚，称太上皇，移居德寿宫，此宫号称"北内"或"北宫"。乾道年间（1165—1173），孝宗在"北内"后苑，仿照西湖景致，挖池引水，

---

① 葛渭君编：《词话丛编补编》所附况周颐《历代词人考略》，中华书局，2013 年，第 4410 页。

② ［宋］周密、［明］朱廷焕著，谢永芳注评：《武林旧事：附〈增补武林旧事〉》，中州古籍出版社，2019 年，第 277—278 页。

叠石为飞来峰，营造一所专为太上皇休憩的小型园林——冷泉堂。园景别致，仿佛仙境，《端午帖子》云："人间炎热何由到，真是瑶台第一重"，又有谓"境趣自超尘世外，何须方士觅蓬瀛。"①

张抡供职于大内，因文才卓著，在北苑陪侍二圣，宴饮赏园之际，常常做一些应制之作，《莲社词》中的《柳梢青》（侍宴）、《壶中天慢》等都是这样写就的。这些词作大多以颂圣、祝寿为主题。张抡不仅写作这些应制之作，也为宫内教坊乐伎写作歌词，按劳权的话，这些道情鼓子词也是"应诏所撰"。

据《武林旧事》，南宋初鼓子词在民间已经相当流行。"鼓子词"的标志性特征就是一定用鼓伴奏，附以简版（息气）等。道情鼓子词的"道情"是从歌词内容上讲的。明朱权《太和正音谱》对"道情"下过一个定义，云：

> 道家所唱者，飞驭天表，游览太虚，俯视八纮，志在冲漠之上，寄傲宇宙之间，慨古感今，有乐道徜徉之情，故曰"道情"。②

这种基调的歌词很适合在北宫冷泉苑颐养天年的太上皇，再以鼓子词这种"流行音乐"的形式表演，娱耳目，养性情足矣！淳熙十一年（1184）六月初一，太上皇看到小厮儿三十人在打息气、唱道情，一听就知道是张抡所作的道情词，可见对此并不感

---

① ［宋］周密、［明］朱廷焕著，谢永芳注评：《武林旧事：附〈增补武林旧事〉》，第268—269页。
② ［明］朱权著，姚品文点校、笺评：《太和正音谱笺评》，中华书局，2010年，第86页。

到陌生，没有表现出任何讶异之态。这些道情鼓子词，从吟咏四季开始，依次述山居、垂钓、酒、闲、修养，最后落实在"神仙"上。可以说，单从主题上看，我们就可知此为太上皇"量身定制"，实为太上皇赋闲、退隐生活的张本掩饰之作。

高宗禅让后，实际上仍在不同程度上干预朝政，且在北宫内过着极度豪华奢靡的富贵生活，史家多有揭示和批评。而从鼓子词的内容看，我们看到是一种逍遥自适、淡薄自守、不慕荣华、一心修炼、向道求仙的退隐生活。我们推测，这些鼓子词是应高宗在不同季候、不同场景下的不同生活方式和不同情趣，由宫内乐伎演唱侑兴之作。如前引《武林旧事》卷七所载，六月初一正值夏日酷暑，太上皇赴冷泉堂、飞来峰避暑之际，闻见小厮儿三十人唱道情，所唱或即《阮郎归·咏夏》十首。现举《咏夏》中相对完整的八首词作如下：

亭亭槐柳午阴圆，熏风拂舜弦。一轮红日贴中天，乾坤如火燃。　　观上象，想丹田，阳精色正鲜。□从炼得体纯全，朱颜无岁年。

深亭邃馆锁清风，榴花芳艳浓。阳光染就欲烧空，谁能窥化工。　　观外物，喻身中，灵砂别有功。若将一粒比花容，金丹色又红。

炎天何处可登临，须于物外寻。松风涧水杂清音，空山如弄琴。　　宜散发，称披襟，都无烦暑侵。莫将城市比山林，山林兴味深。

豪家大厦敞千楹，风摇玉柄轻。金盆弄水复敲冰，热从何处生。　　低草舍，小茅亭，如何安此身。元来一念静无尘，萧然心自清。

金乌玉兔最无情，驱驰不暂停。春光才去又朱明，年华只暗惊。　须省误，莫劳神，朱颜不再新。灭除妄想养天真，管无寒暑侵。

谁言无处避炎光，山中有草堂。安然一枕即仙乡，竹风穿户凉。　名不恋，利都忘，心闲日自长。不须辛苦觅琼浆，华池神水香。

炎炎皦日正当中，澄潭忽此逢。金丹乍浴表深功，通明照水红。　丹浴罢，乐无穷，怡然百体融。人间何处不清风，此怀谁与同。

寒来暑往几时休，光阴逐水流。浮云身世两悠悠，何劳身外求。　天上月，水边楼，须将一醉酬。陶然无喜亦无忧，人生且自由。①

《咏夏》十首词作保存相对完整，分别用十个韵脚，描写夏日风物和此际避暑纳凉、清修自得的富贵生活。"谁言无处避炎光，山中有草堂"所指或即太上皇夏日避暑的冷泉堂。"金盆弄水复敲冰"说明夏日的临安城居然能有冰块降暑，此非豪奢之家而莫能焉。有几首词作借用内丹意象，融合一些修炼体验，如"观上象，想丹田，阳精色正鲜"，又如"金丹乍浴表深功，通明照水红"等，但词作主要以夏日最具代表性的风物如鸣蝉、石榴等为歌唱对象，体现了顺任自然、境清心静的主题。

---

① ［清］丁丙抄纂：《宋明十六家词》第 3 册《莲社词》，国家图书馆藏。以下道情鼓子词均录自此，不再出注。

除了四十首以四季为主题的作品外，其他词作从太上皇的日常生活入手，分别描写山居、垂钓、饮酒、闲适四个方面。《诉衷情·咏闲》有八首相对完整，从中可见圣贤书、百花香、瓮头春酒、建溪茶、七弦琴、小渔舟、日高眠、醉时歌八种闲适高雅的贵族生活。如咏建溪茶这首：

> 闲中一盏建溪茶，香嫩雨□□①。砖炉最宜石铫，装点野人家。三昧手，不须夸，满瓯花。睡魔何处，两腋清风，兴满烟霞。

建溪茶从唐五代开始就是皇室贡茶，宋朝尤盛。宋徽宗赵佶《大观茶论》云："本朝之兴，岁修建溪之贡，龙团凤饼，名冠天下。"② 皇宫贵族的日常饮馔，除了天下名茶，还有佳酿美酒：

> 闲中一盏瓮头春，养气又颐神。莫教大段沉醉，只好带微醺。心自适，体还淳，乐吾真。此怀何似，兀兀陶陶，太古天民。

瓮头春酒在古诗词中多有吟咏，其制作工艺说法不一，清人吴世昌编《奇方类编》中有瓮头春酒的做法，即以各种补益之药研磨成粉，然后与糯米掺和酿造，有壮阳种子、填精补髓之用。高宗退位后，在德寿宫里过着相当奢靡的生活，还曾利用各种豁

---

① 此处两字，《彊村丛书》本作"前芽"。
② ［宋］赵佶撰，方健校证：《大观茶论》之《序》，中州古籍出版社，2015年，第330页。

免权酿造私酒，《武林旧事》记载多起太上皇与孝宗等皇室成员饮酒大醉事。张抡所作道情鼓子词中，也有十首专门吟唱酒的作品，即《菩萨蛮·咏酒》，现存相对完整的有八首：

> 人间何处难忘酒，迟迟暖日群花秀。红紫斗芳菲，满园张锦机。　　春光能几许，多少闲风雨。一盏此时疏，非痴即是愚。

> 人间何处难忘酒，中秋皓月明如昼。银汉洗晴空，清辉万古同。　　凉风生玉宇，只怕云来去。一盏此时迟，阴晴未可知。

> 人间何处难忘酒，素秋令节逢重九。步屧绕东篱，金英烂漫时。　　折来惊岁晚，心与南山远。一盏此时休，高怀何以酬。

> 人间何处难忘酒，六花投隙琼瑶透。火满地炉红，萧萧屋角风。　　飘飘飞絮乱，浩荡银涛卷。一盏此时干，清吟可那寒。

> 人间何处难忘酒，闭门永日无交友。何以乐天真，云山发兴新。　　听风松下坐，趁蝶花边过。一盏此时空，幽怀谁与同。

> 人间何处难忘酒，山村野店清明后。满路野花红，一帘杨柳风。　　田家春最好，箫鼓村村闹。一盏此时辞，将何乐圣时。

> 人间何处难忘酒，兴来独步登岩岫。倚杖看云生，时闻流水声。　　山花明照眼，更有提壶劝。一盏此时斟，都忘名利心。

人间何处难忘酒，水边石上逢山友。相约老山林，幽居不怕深。　　浮名心已尽，倾倒都无隐。一盏此时无，交情何以舒。

这组鼓子词延欧阳修《采桑子》的"横排式"，以一调咏之，首句均以"人间何处难忘酒"起，分别吟唱十种饮酒的场合，现存可见春日迟迟、中秋皓月、九九重阳、大雪纷飞、闭门无友、山村野店清明、独步岩岫、水边石上逢友等数种情形宜饮酒。酒性本燥热，词中难忘酒处，没有炎炎夏日，多是清冷、酷寒、孤独、愁闷、邂逅等场合，符合饮酒的雅兴，对中国酒文化来说是一则重要的文献。

张抡道情鼓子词最后两组落在"修养"和"神仙"主题上，分别用《减字木兰花》《蝶恋花》两个词调。这两组词专讲内丹炼养、成仙得道，对太上皇在德寿宫的退位生活，带有总括点题的性质。惜这两组词作残损严重，较完整的不过四五首，且看《减字木兰花·修养》中的三首：

五行颠倒，火里栽莲君莫□。□要东牵，引取青龙来西边。　　一阳时候，□□温温光已透。消尽群阴，赫赤金丹色渐深。

神仙何处，若有宿缘须□□。□□□□，不在山林与市朝。　　丹炉休守，须信人人皆自有。此外非真，莫认丹砂与水银。

天机深远，不遇真仙争得见。欲下工夫，须是先寻偃月炉。　　抽添运用，火候不明□妄动。毫发才差，只恐灵根□□芽。

从这些残存词句中，我们可以看出张抡这里写的是内丹大道。
灵苗、偃月炉、灵根等都是内丹歌诀中常见的隐语表述，上述词
作主张金丹人人自有，不必隐逸山林，不要妄信外丹烧炼所用的
丹砂与水银。《蝶恋花·神仙》相对较完整的有两首：

> 弱水茫茫三万里。遥望蓬莱，浮动烟霄外。若问蓬
> 莱何处是，珠楼玉殿金鳌背。　　唯是飞仙能驭气。霞
> 袖飘飘，来往如平地。除□飞仙谁得至，只缘山在波
> 涛底。

> 莫笑一瓢门户隘。任意游行，出入俱无碍。玉殿珠
> 宫都不爱。别藏大地非尘界。　　东海扬尘瓢不坏。寒
> 暑□移，瑞日何曾改。一住如今知几载，主人不老长
> 春在。

从这两首词作和其他残存词句看，《蝶恋花》十首主要描写神
仙游览太虚、飞驭天表的无待逍遥和仙境的无限美好。"主人不老
长春在"一语道出这组道情鼓子词的颂圣祝祷之旨。高宗从绍兴
三十二年（1162）55 岁禅让，在德寿宫颐养天年，一直到淳熙十
四年（1187）去世，享年 81 岁，为历代高寿皇帝之一。

《武林旧事》卷七所载太上皇见宫内小厮儿唱道情事，是目前
所见关于唱道情的起源的比较早的文献记载，所幸张抡写作的这
100 首道情词仍有大部分残存。据此我们可以看到南宋初期上层社

会唱道情相对雅化的形态和特征。

三、陆游的仙道信仰及其步虚词的新创

陆游（1125—1210）字务观，号放翁，越州山阴（浙江绍兴）人。宋高宗时，陆游因受秦桧排斥而仕途不畅，宋孝宗即位后，赐进士出身，历任福州宁德县主簿、敕令所删定官、隆兴府通判等职，但因坚持抗金，屡遭主和派打压。乾道七年（1171），应四川宣抚使王炎之邀，投身军旅，任职于南郑幕府。次年，幕府解散，陆游奉诏入蜀，与范成大相知。光宗继位后，陆游升为礼部郎中兼实录院检讨官，不久即因"嘲咏风月"而被罢官，归居故里。嘉泰二年（1202），宋宁宗诏陆游入京，主持编修孝宗、光宗《两朝实录》和《三朝史》，官至宝章阁待制。书成后，陆游长期蛰居山阴，嘉定二年（1210）与世长辞，留绝笔诗《示儿》。

陆游是典型的士大夫、爱国诗人，一心北伐，但这并不妨碍他笃信道教。陆游《家世旧闻》记载其高祖陆轸曾受仙人施肩吾炼丹辟谷法，著《修心鉴》一书。其祖父陆佃、父亲陆宰也都崇尚道教，而陆游家所藏道书更达二千多卷。《道室试笔》其四谓"吾家学道今四世，世佩施真三住铭"[1] 是对其崇道家学最好的概括。

陆游对仙道信仰的热衷和企慕，体现在他的日常生活当中。他的居室名多与道教典故有关，如"玉笈斋""可斋""心太平庵""还婴室"等。陆游还专门设置一个用于炼养和钻研道法的居

---

① ［宋］陆游著，钱仲联、马亚中主编：《陆游全集校注》之《剑南诗稿校注》卷六○，第336页。

室，名之曰"道室"。其"渔隐""笠泽渔隐""渔隐子"等别号署名，也能看出道教对陆游的影响。陆游平日常着道服，有谓"羽衣道帽从吾好，柏子烟中起磬声"（《夏夜》），"羽衣暂脱着戎衣"（《赠倪道士》），"予雅有道冠、挂杖二癖，每自笑叹"①。陆游像很多宋代士大夫一样，对《黄庭经》偏爱有加，诗云"中宵煮白石，平旦诵《黄庭》"（《山家》），"日晡浓睡起，盥濯诵《黄庭》"（《暖阁》），"晨兴取涧水，漱齿读《黄庭》"（《学道》），"一簪残雪寄林亭，手把《黄庭》两卷经"（《道室即事》）。可见，无论晨昏寒暑，诗人都在诵读《黄庭经》②。

陆游对道教的信仰，并非停留在纸笔之上，而是有亲身体验的修炼实践。他曾表示：

> 子宅、季思下世，忽已数年。予今年六十有七，览此太息。然予方从事金丹。丹成，长生不死，直余事耳。后五百年，过云门草堂故址，思昔作彩戏，岂非梦耶？③

在这篇跋文中，陆游明确表示神仙是可学的，以为金丹若成，"长生不死直余事耳"。其《烧丹示道流》对外丹烧炼有更进一步的描述：

---

① ［宋］陆游著，钱仲联、马亚中主编：《陆游全集校注》之《老学庵笔记校注》，第 241 页。

② 张振谦《论〈黄庭经〉对陆游的影响》（《北京理工大学学报（社会科学版）》2011 年第 1 期）对此有详论，可参。

③ ［宋］陆游著，钱仲联、马亚中主编：《陆游全集校注》之《渭南文集校注》，第 198 页。

昔烧大药青牛谷，磊落玉床收箭镞。

扶桑朝暾谨火候，仙掌秋露勤沐浴。

带间小瓢鬼神卫，异气如虹夜穿屋。

点成黄金弃山海，挥手人间一裘足。

明年服丹径仙去，洞庭月冷吹横玉。

相逢只恐惊倒君，毛发鬕鬕垂地绿。①

陆游曾在青牛谷烧炼金丹，这首诗详细描述了烧丹的神奇经历和对仙道飞升的无限向往。每有丹成，诗人内心充溢着无限喜悦，有云"眉间喜色谁得知，今日新添火四铢"（《玉笈斋书事二首（其一）》）。除了外丹烧炼，陆游对内丹修炼和养生之道也极为热衷，诗云"久从道士学踵息"（《晚起》其二），"受廛故里老为氓，三十余年学养生"（《养生》）等，这些即是明证。

陆游热衷丹道养生，又具有极高的文学修养，名列"中兴四大家"，他创作的步虚词、青词、游仙诗等道教文学作品，在宋代道教文学史上有标志性意义。

如前述，步虚词有正体、变体之分。道教内部的步虚词要配合步虚仪节和道教内部的正统道乐，一般以六朝时期的五言步虚词为正体。但宋代文人在道教繁荣、斋醮频设的氛围下，也积极参与步虚词的创作，他们不再遵守道门内部的限制，在道乐和步

---

① ［宋］陆游著，钱仲联、马亚中主编：《陆游全集校注》之《剑南诗稿校注》，第 188 页。

虚词体式上，发展出七言律诗体、杂言古体、词体等步虚词变体①。如范成大的《白玉楼步虚词》，实际上是调寄《望江南》词体，词云：

　　琳霄境，却似化人宫。梵气弥罗融万象，玉楼十二倚清空。一片宝光中。

　　浮黎路，依约太微间。雪色宝阶千万丈，人间遥作白虹看。幢节度高寒。

　　罡风起，背负玉虚廷。九素烟中寒一色，扶阑四面是青冥。环拱万珠星。

　　流铃响，龙驭蔼云来。夹道骞华笼彩仗，红云扶辂辇天街。迎驾鹤毰毸。

　　钧天奏，流韵满空明。琪树玲珑珠网碎，仙风吹作步虚声。相和八鸾鸣。

　　楼阑外，辇道插非烟。闲上郁萧台上看，空歌来自始青天。扬袂揖飞仙。②

这六首《白玉楼步虚词》是范成大因赏赵从善所示《白玉楼》图而作，而非专为斋醮科仪所作，仪式功能减弱，慕道之情的文学表达加强。这种变体步虚词在南宋还有陈淘直的《九锁步虚

　　① 详参周密《道教科仪与宋代文学》（浙江大学 2018 年博士论文）第五章《道教科仪中的赞颂文：以宋代步虚词为中心》，此文对步虚词正体、变体多有论述。

　　② ［宋］范成大著，辛更儒点校：《范成大集》，中华书局，2020 年，第 572—573 页。

词》。九锁山是大涤洞天对面的九个山峰，名为天关锁、藏云锁、飞莺锁、凌虚锁、通真锁、龙吟锁、洞微锁、云激锁、朝元锁九座山峰，如洞霄宫的山门。宋元以来有大量诗词吟咏九锁山，陈洵直《九锁步虚词·序》云：

> 大涤洞天为江左形势之最，九锁乃天下所无。……戊午仲春，徜徉岩麓，恍然若登天，次第之阶，俯境冥会。因入一锁，即记一名，并述《步虚词》九章。离尘达清，未免觊霄房之见接也。①

从此篇小序看，陈洵直在宁宗庆元四年（1198）春游览大涤洞天九锁山，每登临一锁即记一名，并以此山作《步虚词》一章。显然这是一组富有山水诗意味的步虚词，且运用大量道教意象和典故，当然也有逞才、游戏的意味②。随后，宁宗朝进士赵汝湜有《敬和九锁步虚词》，同样是基于山水描写的步虚词，亦属此类变体。

关于九锁山的步虚词还有程公许（1182—1251）的《步虚蕊珠七言》。程公许一字季与，一字希颖，人称沧洲先生，眉州人（今四川眉山县），宁宗嘉定四年（1211）进士，后累官中书舍人，礼部侍郎，知婺州，官终权刑部尚书，享年七十余岁。四库馆臣据《永乐大典》辑《沧洲尘缶编》十四卷。《全宋诗》据《咸淳临安志》辑得一首《步虚蕊珠》七言古体长诗，其中有云"嶙峋

---

① 傅璇琮等主编《全宋诗》，第34189页。
② 周密：《道教科仪与宋代文学》，浙江大学2018年博士论文，第174页。

四面森翠壁，中有瑶柱倚天立，窈窈郁郁仙者宅，涵云蓄雾九锁隔"①，此"瑶柱倚天立"即天柱山，"九锁隔"即九锁山，"大涤栖真转石室，幽岩邃窦杳莫测"②所指即大涤洞天。这首七言古诗长达54句，格调高古，气势雄浑，与早期正体步虚词相比，在体式和内容上都有创新。

在南宋文人创作的变体步虚词中，陆游以雄浑豪健、气势奔放的笔触，既保留了步虚词的仙道色彩，又拔高了步虚词的艺术境界，所作《步虚词》成为宗教性诗歌的上品。陆游今存四首《步虚词》：

微风吹碧海，细细生龙鳞。半醉骑一鹤，去谒青华君。归来天风急，吹我过缑山。锵然哦诗声，清晓落人间。人间仰视空浩浩，远孙白发尘中老，初见姬翁礼乐新，千九百年如电扫。

瀛海日月渊，蓬壶仙圣宅。驾鹤一时游，海面日夜窄。人生蜉蝣耳，一哄瓦瓮中。天地广如许，谁能发其蒙。丹书千卷藏一尘，子能求之勿从人。晴窗趺坐春满腹，昆仑待得丹芝熟。

曩者过洛阳，宫阙侵云起。今者过洛阳，萧然但荒垒。铜驼卧深棘，使我恻怆多。可怜陌上人，亦复笑且歌。世事茫茫几成坏，万人看花身独在。北邙秋风吹野蒿，古冢渐平新冢高。

---

① ［宋］潜说友纂：《咸淳临安志》卷二四，宋刊本。
② ［宋］潜说友纂：《咸淳临安志》卷二四，宋刊本。

一瓢小如茧，芳醪溢其中。醉此一市人，吾瓢故无穷。不言术神奇，要是心广大。觞豆有德色，笑子乃尔隘。岳阳楼中横笛声，分明为子说长生。金丹养成不自服，度尽世人朝玉京。①

　　四首诗作与正体步虚词在体式和内容上都有很大区别。正体步虚词一般为五言古体，十首为一组。这四首均为五七杂言体，平仄韵互用，声律奇崛，造语新奇但又不失古意。早期步虚词多是站在上天的视角，以大量笔墨描写神秘缥缈的游仙历程，俯瞰人间红尘滚滚、沧海桑田，慨叹人命短促，时空无穷，而最终落脚在求仙修真才是根本的主题上。陆游这四首步虚词祛除大量上天缥缈飞巡的晦涩描述，仙人半醉驾鹤拜访青华君，归来路上，过缑山时，降落人间，从在人间仰视的角度发出千年一瞬的感慨："人间仰视空浩浩，远孙白发尘中老，初见姬翁礼乐新，千九百年如电扫。"接下来三首描述的也都是仙人驾鹤在世间"步虚"的经历和感慨。先是"驾鹤一时游，海面日夜窄"，游访蓬莱三岛。陆游毕竟是爱国诗人，他的步虚词也处处体现着"北望中原"之思。第一首中"吹我过缑山"的缑山正在洛阳偃师的中原一带，彼时已在金人铁蹄之下。"今者过洛阳，萧然但荒垒。铜驼卧深棘，使我恻怆多"，即使步虚，诗人化身的神仙，还是不忘到洛阳看看，但是往日繁华一去不返，萧然荒垒，铜驼残卧，从而引发了无限恻怆哀痛之情。这种"接地气"的"步虚"一定程度上彻底颠覆

---

① ［宋］陆游著，钱仲联、马亚中主编：《陆游全集校注》之《剑南诗稿校注》，第251—252页。

了"步行虚空"（"步虚"的英文翻译一般为 pacing the void）的"步虚"本义，有重要的文学史意义。

有以为陆游步虚词是道教诗体在文人创作下彻底丧失其宗教性而走向世俗化的一个重要标志①，也有以为陆游步虚词是文人变体的典范，无论从体式还是内容上，基本脱离了道教的束缚，成为文人抒情言志的文体②。这样的论断都肯定了陆游变革步虚词创作的努力，但忽视了陆游本身对道教的虔诚信仰。源于深切的忧国之思和天纵奇才的文学修养，步虚词这一尊"旧瓶新酒"在陆游手中散发出浓郁的芬芳。

陆游青词和道场疏文数量不多，且大多沿袭旧式，缺乏特色，此不具述。

四、南宋后期文人的道教文学创作

南宋后期，真德秀、刘克庄、文天祥等人大多亲近道教，或多或少地参与了道教文学创作，他们留存的诗文集中有不少步虚词、青词、道场疏文等科仪文本，为宋代道教文学的发展做出了重要贡献。

真德秀（1178—1235）本姓慎，因避孝宗讳改姓真，始字实夫，后更字景元，又更为希元，号西山，福建路建宁府浦城县（今福建省浦城县）人。庆元五年（1199）进士及第，开禧元年（1205）中博学宏词科，理宗时擢礼部侍郎、直学士院。后因史弥远惮之，被劾落职，知泉州、福州。端平元年（1234）入朝为户

---

① 张振谦：《道教文化与宋代诗歌》，第 291 页。
② 周密：《道教科仪与宋代文学》，浙江大学 2018 年博士论文，第 174 页。

部尚书，改翰林学士、知制诰。次年拜参知政事，旋即去世，获赠银青光禄大夫，谥号"文忠"。真德秀是南宋后期的理学家，学者称为"西山先生"，学宗朱熹，修《大学衍义》。真德秀为朱熹之后的理学传人，与魏了翁齐名，在确立理学正统地位的过程中发挥了重大作用，有《真文忠公集》传世。

真德秀对佛、道二教均有钦慕，后人从正统儒家的立场批评过真德秀，谓其"沉溺于二氏之学，梵语青辞，连轴接幅，垂老津津不倦，此岂有闻于圣人之道者"①。这种批评从一个侧面反映了真德秀一生在儒释道之间游走。他在道教文学上的贡献，最为突出的就是他的青词创作。据《真文忠公集》和《全宋文》的整理，真德秀现存青词和各种道场疏文有400多篇。如此体量的道教科仪文本也引起哲学思想学界的广泛重视，日本学者小岛毅曾对真德秀400多篇"青词""疏语""祝文"进行了分析与整理②。松本浩一又对此做过补充，对真德秀道场文书创作的内在因素做了分析③，另外陈晓杰早年也曾参与过这一课题的研讨④。

真德秀的青词在文体划分上属于"哀祭类"的骈文。真德秀在骈文创作上卓然一大家，《四六丛话》评其骈文"华而有骨，质

---

① ［清］黄宗羲著、［清］全祖望补修，陈金生、染运华点校：《宋元学案》卷八一《西山真氏学案》，中华书局，1986，第2708页。

② 小岛毅：《牧民官の祈り—真德秀の场合》，《史学杂志》第100号，1991年。

③ 松本浩一：《宋代の道教と民間信仰》第一章第五节《祠庙の位置づけと知识人の贡献》，汲古书院，2006年。

④ 陈晓杰在日本关西大学攻读博士学位时曾撰《从"上帝"到"万神殿"——以真德秀之青词祷告为例》（《儒道研究》第1辑，社会科学文献出版社，2013年。），该文主要从宗教哲学思想的角度分析真德秀青词文本所体现的儒家与道教之间的差异性与同一性。

而弥工，不染词科之习"。① 于景祥《中国骈文通史》、刘麟生《中国骈文史》、曹丽萍《南宋骈文研究》等论著也对真德秀骈文评价很高。作为词臣的真德秀不仅要起草大量诏书表奏，每逢生日、节庆、祈禳道场，还需要撰写大量祝祷文和青词作品，而这些也是其骈文创作的一部分。因青词、祝文的对象是他界鬼神、天帝，撰写时需斋戒沐浴，这类骈文作品除了措辞典雅、裁对工巧外，更多了一份虔诚和神秘的宗教氛围，具有特殊的宗教美学价值。

　　真德秀在青词创作中，所祝祷的他界神祇很多，其中太乙天尊、昊天玉皇上帝较为常见，龙神、山神、先祖等也在告诚之列。设醮祈福禳灾的宗教功能，无非是保国安民、丰稔岁康，但与前代士大夫青词创作不同，真德秀热衷于各种佛、道坛场，所做道场祝、疏文有数百篇，所谓"梵语青辞，连轴接幅，垂老津津不倦"② 的确是不诬之词。生日、火灾、虎患、海盗、日食、求子、求孙、病痛、忌日，与生老病死有关的所有生活场景都有法事祈禳，似乎有违早期儒家"子不语怪力乱神""敬鬼神而远之"的立场，但这也说明真德秀是一位悲悯良善、充满敬畏心的士大夫。这些切近日常的青词读来真挚感人，加之措辞典雅，裁对工巧，更富有文学感染性。

　　真德秀为母亲或逢重要节日、生日，或在其生病时祈祷，或在去世后的忌辰中等，写过多篇青词，如《母疾愈醮谢青词》《丙子立春日设醮为母祈福青词》《为母醮星青词》《母夫人祈祷青

---

① 余祖坤编：《历代文话续编》，凤凰出版社，2013年，第1225页。
② 《宋元学案》卷八一，第2708页。

词》《母夫人愍忌设醮青词》,从中我们可以看到真德秀的纯孝之心。《太夫人诞辰设醮》是一篇为母亲生日设醮而作的青词:

> 天覆物以无私,固岂容于徼福;子为亲而有请,庶可冀于垂仁。敢摅一喜一惧之情,庸致三沐三熏之祷。伏念臣母吴氏,早罹忧患,晚被宠荣。乌哺虽勤,未报劬劳之德;驹阴甚迅,浸惊迟暮之龄。顾华发之萧然,每丹衷之惕若。属新元之肇始,且诞日之载临。肃演真科,虔祈道荫,增寿祺于有永,膺福祉于无疆。居高听卑,愿鉴惓惓念亲之悃;举此加彼,敢忘老老及人之心?①

真德秀母亲吴氏早年含辛茹苦,晚年因真德秀而被加封。逢新元肇始、母亲生日之际,真德秀庄重严肃地为母设醮祈祷,希望其获得大道的荫蔽。"乌哺虽勤,未报劬劳之德;驹阴甚迅,浸惊迟暮之龄"一句多处用典,"乌哺"出自《本草纲目·禽部》,"劬劳"出自《诗经·蓼莪》,"驹阴"出自《庄子》。这些典故用于感怀母亲抚养的艰辛、光阴的流转易逝,都极为恰当妥帖。真德秀在母亲病愈后,也曾设醮祈祷,而其去世后的几篇青词尤见其切肤的丧母之痛。《母夫人愍忌设醮青词》云:

> 昊天罔极,莫报劬劳之恩;春露既濡,岂胜怵惕之念!惟岁元之不日,实母氏之诞辰。彩服称觞,记每岁

---

① 《全宋文》卷七二〇五,第314册,第343页。

欢娱之旧；缞裳捧奠，怆于今变故之新。惊华诞之重逢，想慈颜之如在。茫茫长夜，念遄返之无期；浩浩苍穹，幸归投之有路。肆陈净醮，追拔营魂。冀蒙被于天慈，蚤超跻于仙籍。载念送终之重，无踰治葬之先。异梦有开，既类牛眠之兆；远期是卜，将营马鬣之封。更祈列真覆帱之仁，诞受二气冲和之正。庶几体魄，获安固于九原；抑俾子孙，蒙休祥于百世。①

　　真德秀在母亲去世后的愍忌之日，再次举办斋醮，拯拔逝者，祈愿早登仙籍。"彩服称觞，记每岁欢娱之旧；缞裳捧奠，怆于今变故之新"把母亲去世后的悲伤与生前的欢愉对举，更突出了内心的无限哀伤，偶对精切，用词典雅。"异梦有开，既类牛眠之兆；远期是卜，将营马鬣之封"中的"牛眠"典出《晋书·周访传》，指卜葬的吉地阴宅，"马鬣"指形似马鬣的坟墓，用典生僻但又极为恰切，可谓词华典雅、偶对工致，非一代词臣所不能。

　　真德秀非常虔诚地参加各种道场祈禳，偶尔记录仪式场景和法事过程，类似于"灵验记"的描述。这些文字相当生动，一定程度上还原了南宋后期的道教仪式场景。嘉定九年（1216）建康大旱，真德秀时为江南东路转运副使，因关心民瘼，于赏心亭醮太乙天尊求雨，但雨稍作即止。至初七日夜，他再次默祈良久，果然大雨如注。关于这次求雨的灵验事迹，《太乙醮祈雨青词》篇后详记如下：

---

　　① 《全宋文》卷七二〇四，第 314 册，第 368 页。

嘉定丙子秋，建康旱，大田龟坼，苗且槁死，人情相顾皇骇。既祷于山川未应，遂以后七月丙戌，用道家法醮太乙于赏心亭。是日迟明阴翳，时有小雨，空濛如丝。遥望钟阜诸山，云色泼墨，近夜雨稍大，而风力悍怒，震撼户牖，皆鸣雨霁止。越翼日丁亥，晴色愈炽。夜邀天文生范其姓者，相与仰视星汉。范曰："月行度太高，雨未可冀也。"丙夜，具衣冠，望紫微垣，斋栗百拜以祈。戊子夙兴，星斗烂然，至暮云气益薄，亡纤毫蒸润意。晚上香，宜词磬折神位前，默祷良久，退即帘次少休。候兵忽踉跄来告曰："雨作矣！"起视檐间，溜落如喷玉。醮罢，乘雨以归。四鼓后，益滂霈。自是频大雨，槁苗复茂，岁已有秋。呜呼！以某之庸驽，何敢言格天事，然惟幽明精祲之交，一念贯彻，诚有不可诬者，盖自是益知暗室屋漏之不容欺，而战兢临履之诚没吾身而后已可也。自警云。①

夜半，真德秀身着法服，仰望紫微垣，"百拜以祈"。本来是夜星斗烂然，没有丝毫雨意，但其精诚感天动地，祷念不久，突然大雨滂沱。这段文字记录了设醮求雨的过程，情节曲折神奇，从中看出真德秀作为父母官，为一方百姓谋福祉的良苦用心。这篇青词创作的"副产品"叙事灵动，富有生气，也是真德秀道教文学成就的一个显例。

刘克庄（1187—1269）初名灼，字潜夫，号后村居士，吏部

---

① 《全宋文》卷七二○五，第 314 册，第 338 页。

侍郎刘弥正之子，莆田（今福建省莆田市）人。以荫入仕，因《落梅》诗被指讪谤而落职。淳祐六年（1246）理宗赏识刘克庄"文名久著，史学尤精"，特赐同进士出身，历官至工部尚书，龙图阁学士，也曾长期游幕于江、浙、闽、广等地，有《后村先生大全集》二百卷存世。

刘克庄曾受业于真德秀，受南宋理学思想影响较深，但如同真德秀等其他士大夫，对释道两家也颇为亲近。他在《王与义诗序》中，把学诗与学仙作比：

> 前辈有学诗如学仙之论，窃意仙者必极天下之轻清，而后易于解脱，未有重浊而能仙也。君之作，庶乎轻清矣。然余闻之丹家，冲漠自守，专固不怠，一旦婴儿成、囟门开，足以不死矣。此养内丹者之事，癯于山泽之仙也。若夫大丹则异于是，传方诀必有师，安炉灶必有地，致金汞则必有赀。又必修三千功行以俟之，及其成也，笙鹤幢节，不期而至。王乔骖乘，韩众执辔，翱翔太清而朝于帝所，此天仙也，异乎前之癯于山泽者矣。余以其说推之于诗，凡大家数擅名今古，大丹之成者也。小家数各鸣所长，内丹之成者也。①

黄庭坚、陈师道就曾把学诗与学仙类比。刘克庄这里指出学仙必是"轻清而后易于解脱"，学诗亦如此。内丹之成，不过"癯于山泽之仙也"，但是大丹成，则是羽驾骖乘的"天仙"。学诗的

---

① ［宋］刘克庄著，辛更儒校注：《刘克庄集笺校》卷九六，第4043页。

境界亦可有此内丹、大丹之别，擅名今古的大家如大丹，各有所长的小家则如内丹。

《后村集》中的步虚词和青词创作较少，其中《杂咏一百首》中有《十仙》组诗，分别咏广成子、彭祖、老子、列子、徐甲、王子晋、安期生、刘安、梅福、孙思邈十位传说和历史上的神仙：

《广成子》：不能战涿鹿，聊复隐崆峒。挥手谢轩帝，毋烦顺下风。

《彭祖》：活得如彭老，忧愁八百春。频为哭殇叟，屡作悼亡人。

《老子》：了不见矜色，晬然真德容。先生新沐髪，弟子叹犹龙。

《列子》：肉身无羽翼，那有许神通？会得泠然意，人人可御风。

《徐甲》：白骨因谁活？青牛与尔俱。未酬再生德，更索积年逋。

《王子晋》：宿有骖鸾约，飘然溯碧宵。不为君主邑，却伴女吹箫。

《安期生》：子羽徒扛鼎，其如欠转圆。不能决王霸，聊去作神仙。

《刘安》：忽弃国中去，疑为方外游。早知守都厕，何似莫仙休？

《梅福》：忽去为吴卒，深逃安汉公。翻身天地外，脱屣市朝中。

《孙思邈》：药品用昆虫，遂亏全活功。至今仙未得，只在蜀山中。①

《杂咏一百首》分别对历史上的忠臣义士、大儒硕学、隐士高人、僧释仙道、贞妇婢妾等具有代表性的历史人物加以勾勒素描，体现出刘克庄的价值取向和历史认识。这十首诗吟咏的仙道人物，有的源自寓言传说，如广成子、彭祖，而大部分都是历史人物，如老子、刘安、孙思邈等。诗人用 20 字浓缩概括每位仙人的典故，抒发一己感慨。当然也偶有轻松调侃的成分，如孙思邈，传说药王因用昆虫、动物为药，有杀生伤命的罪业，所以最终没有成为天仙，刘克庄以诗歌形式重塑这个传说，读来颇有几分机趣，体现出作者高妙的诗思。

《后村集》有 130 多卷收录的都是骈、散作品，其中有青词、道场疏文、祝文、上梁文等数量可观的道教文学作品。刘克庄的骈文成就在这些宗教仪式文本中，也有鲜明的体现。对骈文四六的创作，刘克庄本人就相当自信，曾自诩"四六是吾家事"②。时人也有较高评价，如真德秀曾谓："当今词人，惟赵某、刘某。"③

刘克庄现存青词 15 篇左右，与真德秀相比，数量远逊，篇幅也都不长，题材较窄，多是为皇帝本命生日、祈雨禳灾等重大事项而作，很少涉及伦常日用。但刘克庄的每一篇青词都中规中矩，精心裁对，比真德秀的青词作品更为严谨古雅。刘克庄曾为理宗

---

① ［宋］刘克庄著，辛更儒校注：《刘克庄集笺校》，中华书局，2011 年，第 836—837 页。

② ［宋］刘克庄著，辛更儒校注：《刘克庄集笺校》卷一〇八《翀甫任四友除授制》，第 4501 页。

③ ［宋］刘克庄著，辛更儒校注：《刘克庄集笺校》附录二《后村先生刘克庄年谱》，第 7740 页。

生日——天基节——茅山醮场做过两篇青词,其一云:

> 弥月初生,有神光之下属;后天难老,非巧历之能推。惟昊穹示箕翼之祥,即福地羞涧溪之荐。凡眇躬所祈者,岂秘祝之谓哉?上欲绵社稷之卜年,下则为苍黔而敛福。共愿高真来格,寸念默孚。俾尔炽昌,敢独专于一己?跻民仁寿,可推广于八荒。[①]

其二云:

> 青规届序,甫布阳和。赤气呈祥,有开景运。稽首隃瞻于福地,斋心默祷于皇穹。以渺躬膺历数之归,以凉德托士民之上。多历年所,克享天心。属逢诞节之前期,尽屏昔人之秘祝。恭愿雨旸朝顺,朝野欢娱。锡五福于庶民,敢云专缮;开八荒之寿域,孰不乐生?[②]

两篇都是非常严整的四六文,偶对工巧,用意深长,绝不是为了形式而形式的掉书袋。这种炉火纯青的措辞能力来源于宏富的学术积累,正所谓“学富醇儒雅,辞华哲匠能”[③]。关于自己的四六文写作体验,刘克庄还说过这样一段话:“同一脉络,同一关

---

① [宋] 刘克庄著,辛更儒校注:《刘克庄集笺校》卷五八,第 2790 页。

② [宋] 刘克庄著,辛更儒校注:《刘克庄集笺校》,第 2798 页。

③ [宋] 刘克庄著,辛更儒校注:《刘克庄集校笺》卷一九四,第 7560 页。

键，而融液点化，千变万态，无一字相犯。至此而后，可以言笔力。"① 上引两文都是皇帝生日祈福道场的青词，可谓同一脉络、同一主题，但是两文绝无重复冗赘之病。两文末尾都是祝寿之语，其一云："俾尔炽昌，敢独专于一己？跻民仁寿，可推广于八荒。"其二云："锡五福于庶民，敢云专飨；开八荒之寿域，孰不乐生？"表达的都是万寿无疆、百姓同欢之意，但是语法结构和用词用典几乎没有重复，而真德秀的青词作品因数量太多，也就无暇推敲斟酌，多有雷同和重复。

林希逸《后村居士集序》谓刘克庄四六文创作："文不主一家而兼备众体，模写之笔工妙，援据之论精详，其错综也严，其兴寄也远。或春容而多态，或峭拔以为奇，融贯古今，自入炉鞴。有谷梁之洁，而寓离骚之幽；有相如之丽，而得退之之正。霜明玉莹，虎跃龙骧，闳肆瑰奇，超迈特立，千载而下，必与欧梅六子并行，当为中兴一大家数也。"② 这段论述不无过誉之词，但就他的青词等道教文学的创作成就而言，在整个宋代，刘克庄应当是名副其实的。

文天祥（1236—1283）初名云孙，字宋瑞，又字履善，道号浮休道人、文山，江西吉州庐陵（今江西省吉安市）人。宝祐四年（1256），进士第一。开庆元年（1259），补授承事郎、签书宁海军节度判官。咸淳六年（1270）四月，任军器监、兼权直学士院。后辗转江浙、福建等地，参与抗元斗争。景炎二年（1277）五月，攻江西，败退广东。祥兴元年（1278）十二月在五坡岭

---

① ［宋］刘克庄著，辛更儒校注：《刘克庄集笺校》卷一〇八《耞甫任四友除授制》，第4501页

② ［宋］刘克庄著，辛更儒校注：《刘克庄集笺校》附录三，第7841页。

（今广东海丰）被俘。至元十九年（1283）于大都就义，终年47岁。有《文山诗集》《指南录》《指南后录》《正气歌》等存世。

因《过零丁洋》"人生自古谁无死，留取丹心照汗青"，文天祥的爱国诗人形象几乎尽人皆知，但文天祥对道家道教情有独钟，则闻者不广。文天祥的号"浮休道人"出自《庄子·刻意》中的"其生若浮，其死若休"。他的很多诗作，都体现出对修仙的向往，如《赠老庵廖希说》："短屦平生几两穿，锦囊真得当家传。山中老去称庵主，天上将来说地仙。面皱不妨筋骨健，舌存何必齿牙全。金精深处苓堪饭，更住人间八百年。"① 诗人对世俗荣华的蔑弃、对长生脱俗的向往溢于言表。《赠适庵丹士》一诗云："本是儒家子，学为方外事。此身恨凫短，有意求蝉蜕。犹留鼎余药，还授人间世。从君卧山中，共谈弘景秘。"② 适庵丹士入道修仙，仍不失修齐治平的儒者本色，留得余药授予人世间。最后一句"从君卧山中，共谈弘景秘"体现了文天祥向往修仙的志趣。在文天祥留存的诗作中，有三十多首是与道士的赠答之作，如《赠拆字嗅衣相士》《赠闾丘相士》《赠神目相士》《赠镜湖相士》《赠刘矮跛相士》等等，与之交往的有徐相士、罗道士、云屋道士、丁相士、萍乡道士、邹道士、娄道士、彭道士、赵道士、灵阳子等多人。这些作品虽是赠答之作，有人情往来的客套成分，但文天祥对道流和丹道的钦慕，可谓至死不渝。《宋史》卷一四八本传云：

天祥在道，不食八日，不死，即复食。至燕，馆人

---

① ［宋］文天祥著，刘文源校笺：《文天祥诗集校笺》，中华书局，2017年，第143页。

② ［宋］文天祥著，刘文源校笺：《文天祥诗集校笺》，第149页。

供张甚盛，天祥不寝处，坐达旦。遂移兵马司，设卒以守之。时世祖皇帝多求才南官，王积翁言："南人无如天祥者。"遂遣积翁谕旨，天祥曰："国亡，吾分一死矣。傥缘宽假，得以黄冠归故乡，他日以方外备顾问，可也。若遽官之，非直亡国之大夫不可与图存，举其平生而尽弃之，将焉用我？"积翁欲合宋官谢昌元等十人请释天祥为道士，留梦炎不可，曰："天祥出，复号召江南，置吾十人于何地！"事遂已。①

文天祥自云"得以黄冠归故乡"的"黄冠"即指道士。宋代道士的服装主要有道冠、道巾、黄道袍等，道冠通常用金属等材料制成，其色尚黄，故称黄冠。文天祥在生命的最后时刻，除了殉国，仍以入道作为最后的抉择。文天祥又有《借道冠有赋》律诗一首，也体现了他的慕道倾向："病中萧散服黄冠，笑倒群儿指为弹。秘监贺君曾道士，翰林苏子亦祠官。酒壶钓具有时乐，茶灶笔床随处安。幸有山阴深密处，他年炼就九还丹。"② "秘监贺君曾道士"指贺知章（约659—约744）天宝初请为道士还故里事；"翰林苏子"指苏轼，他曾做过祠官。文天祥以此二人自比，表明有心修道，但在山河破碎之际，又难以潇洒、忘怀世情的内心焦灼的复杂心理，这一点在他的很多诗作中都有体现。

文天祥直接参与道场祝祷的青词、步虚创作并不多见，他的道教文学创作是融合了道家道教义理和意象的艺术提升。文天祥

---

① ［元］脱脱：《宋史》，第12539页。
② ［宋］文天祥著，刘文源校笺：《文天祥诗集校笺》，第414页。

诗作中常有生不逢时的感慨，设想文天祥生在太平盛世，他一定会像那些勤于炼养的士大夫一样，在香烟缭绕的颂祷声中创作大量宗教实践性的文学作品。

附　　录

宋代道教文学藏内文献简目

　　两宋道教文学文献分为藏内、藏外两类，这是基于现存文献的实际情况划分的。很多年前，伍伟民的《道教文学三十谈》曾主张把道教文学划分为"藏内文学"与"藏外文学"①。如果针对所有道教文学，且不考虑作者身份和作品内容等因素，有时可能会显得过于混乱，但就文献层面来说，我们可以清楚地根据《道藏》《重刊道藏辑要》②《藏外道书》《敦煌道藏》《庄林续道藏》《中华续道藏》等明代以降的道教经典爬梳分类，择取以文学形式撰写的、具有一定文学审美意味的宋代道经，看作"藏内"道教文学文献；而从《全宋文》《全宋诗》《全宋词》《全宋笔记》及各种宋代类书、丛书、总集、别集、碑刻铭文等辑录出的道教文学文献，则看作"藏外"道教文学文献。

　　《道藏》中有丰富的文学文献，几种新编《道藏》经目中多列有"文学"一类。朱越利著《道藏分类解题》第七部"文学类"统计诗文集有 11 部，诗词集 36 部，文集 8 部，戏剧表演类 153

---

　　①　上海社会科学院出版社，1993 年。

　　②　《重刊道藏辑要》在明《道藏》基础上，增收道经百余种，多数为清朝新出道经，也有清朝以前的作品，如曹仙姑的《灵源大道歌》。据考，此文成于两宋，收录在《道藏辑要》中，但这类文本相对较少 。

种，神话类 49 种；第九部"历史类"中的历史资料、仙传部分，多为叙事文献，也属于文学类作品；第十部"地理类"中的道教宫观、仙山志中也蕴藏着大量文学资料。丁培仁《增注新修道藏目录》的收录范围不限于明《道藏》，还包括《藏外道书》等。此目录将道经分为教理教义、戒律清规、科范礼仪等十类，其中专门的"文学艺术类"下又分为"诗文集""小说、俗讲、宝卷""音乐""美术（附书法）"各类。不过，同朱越利的分类一样，《增注新修道藏目录》的其他各类也多包含道教文学文献，如"修炼摄养"类中的丹道诗词，"神谱仙传"中的列纪、仙传等也都是道教文学文献。综括藏内的文学性文献，两宋编撰者概有七八十人。总体来看，相对于人数众多的两宋文人，道教文学的作者寥寥，且作品中的丹道歌诗、仙道传记等占了很大比例。

两宋道教文学的教内文献并不限于现成的《道藏》或《藏外道书》等，有些没有入藏的道经文献，也应在考虑范围内，如《道家金石略》等收录的道教碑刻文献。具体来说，藏内宋代道教文学文献主要见于明《道藏》、清《重刊道藏辑要》及《藏外道书》《中华续道藏》《中国道观志丛刊》等今人纂辑的道经宝库和各种道经文献汇编。在这些文献的基础上，我们对宋代丹道歌诀、仙传、科仪赞颂、道人别集四类文献，择其要者——尤其侧重本著正文简略提及或未作专论者，做一著录、考订，以期对宋代道教文学文献的基本面有较为清晰的把握，并以之为进一步探讨的基础。本著已有专论者，为保持相对完整，也作简要著录。另外，白玉蟾留存的大量道教文学文本，是两宋期间留存数量最多的一代高道。关于白玉蟾的著述情况，盖建民《道教金丹派南宗考论》第二章《南宗典籍文献史料厘正与辑存》及日本学者横手裕《白玉蟾与南宋江南道教》一文对白玉蟾藏内、外著述做了系统考察。今人整理编辑的白玉蟾文集，也对白玉蟾著述的整理作出了不少贡献。这里综合以上诸书和各种提要类著作，仅对《道藏》中保存的具有较大文学价值的白玉蟾著述做一简要梳理。《道德宝章》《松风集》《群仙珠玉集》及各种散见的单篇不在考察之列。

本附录每有征引前贤处，恕不一一注解，谨此致谢。所用书目，胪列如下：

任继愈、钟肇鹏主编：《道藏提要》（第三次修订），中国社会科学出版社，1991年。

祝尚书著：《宋人别集叙录》（增订本），中华书局，2020年。

祝尚书著：《宋人总集叙录》（增订本），中华书局，2019年。

朱越利著：《道藏分类解题》，华夏出版社，1996年。

丁培仁著：《增注新修道藏目录》，巴蜀书社，2008年。

萧登福著：《新修正统道藏总目提要》，巴蜀书社，2021年。

盖建民著：《道教金丹派南宗考论：道派、历史、文献与思想综合研究》，社会科学文献出版社，2013年。

一、丹道歌、诀、颂

1. 《至真子龙虎大丹诗》

少室山隐居布衣周方撰，前有天圣四年（1026）丙寅岁九月九日卢天所作序文。诗以龙虎铅汞为喻，述内丹修炼法门。七言古体。《正统道藏》洞真部方法类存。

2. 《龙虎还丹诀颂》

北宋初林太古撰，谷神子注。林太古字象先，道号淳和子，太宗曾召见，赐予京兆山居。诀颂为64首七言绝句，以拟64卦。

《正统道藏》太玄部存。

3.《龙虎还丹诀》

书名下题"李真人述"，未见其他年里信息，从所用词牌来看，此人当为宋人。全书以《望江南》《菩萨蛮》《沁园春》三个词牌诠释龙虎诀、还丹诀等。《正统道藏》太玄部存。

4.《内丹祕诀》

书不署撰人，或为北宋人所辑。书内杂采诸家内丹歌诀而成，歌诀依次为《内丹赋》《阴丹诗》《海蟾子还丹赋》《至真歌》《牛颏先生赠马处士歌》《青城山后岩栖谷子灵泉井歌》及题"张果述"《金虎白龙诗》。《正统道藏》太玄部存。

5.《巨胜歌》

书名下题"玄明子上清大洞道士柳冲用"，柳或为五代末北宋初人。书前有长序，后为五、七言诗各五首，叙内丹修炼法门。《正统道藏》洞神部众术类存。

6.《真人高象先金丹歌》

高象先撰，不分卷。象先为北宋初期人。《正统道藏》太玄部存。诗为古风体，虽言丹诀，但气势磅礴，汪洋恣肆，有很强的文学色彩。本著有专论。

7.《学仙辨真诀》

张无梦撰，一卷。书中有《辨真》《辨宝》《辨水银》《辨汞》《通辨》五篇阐述内丹修炼的文字，后附《子母歌》一篇。《宋诗纪事》卷九十有"张无梦"条，云："字灵隐，号鸿蒙子。与种放、刘海蟾为方外友。事陈希夷，多得微旨。久之，游天台，登赤城，庐于琼台观。真宗召对，除著作郎，不受，赐还山，令台州给著作郎俸以养老。有《琼台集》。"《正统道藏》洞真部玉诀类存。

8. 《太玄朗然子进道诗》

刘希岳撰，此书由序文和30首七言律诗组成，自述得道修炼法门。《朗然子诗》曾刻于碑石，陈垣《道家金石略》录有《重刻朗然子诗》碑文，《正统道藏》洞真部众术类存。刘希岳亦五代末北宋初人，萧登福等人有详考。

9. 《陈先生内丹诀》

书名下题"陈朴冲用撰"，书前序云："先生名朴，字冲用，唐末五代初人也。"据萧登福等人考订，此人或为北宋神宗时代人。该书共有九转歌诀，每一转歌为七言四句诗。一转至八转歌后，各有《望江南》词一首及《口诀》，九转歌后仅有《望江南》词。《口诀》部分用口语化的表述详细解说修行的具体步骤和要点，浅白易懂。《正统道藏》太玄部存。

10. 《金丹四百字》

书名下题"天台紫阳真人张平叔撰，盱江蕴空居士黄自如注"。该篇有张伯端自序和20首五言诗，另有黄自如注及后序。《修真十书》第一书《杂著指玄篇》亦收。后世俞琰等谓此《金丹四百字》非张伯端所为，而萧登福等人有详细考订，以为未必。《正统道藏》太玄部存。

11. 《紫阳真人悟真篇注疏》

北宋张伯端撰，八卷，南宋翁葆光注，元戴起宗疏。《正统道藏》洞真部玉诀类存。本著有详论，此略。

12. 《证道歌》

此书由序文及15首七言诗组成，叙述内丹修炼法门。书名下题"左掌子撰"，疑出于北宋初。《正统道藏》太玄部存。

13.《劝道歌》

《修真十书》卷二十二第四书《杂著捷径》收，南宋曾慥等人撰。曾慥首唱《劝道歌》，六言，王承绪次韵唱和，三唱三和，后附另一首唱和之作。以上几首歌诗均述内丹养生之要，如戒酒少茶、晚餐少食等养生经验，均有提及。《正统道藏》洞真部方法类存。

14.《临江仙》《满庭芳》《永遇乐》《渔家傲》《促拍满路花》等修道词

《修真十书》卷第二十三第四书《杂著捷径》收，南宋曾慥、何钰翁等人撰，述钟离八段锦、内丹等修养法门。《正统道藏》洞真部方法类存。

15.《马自然金丹口诀》

唐宣宗朝有道士马湘，字自然，此《金丹口诀》为宋人马自然撰，《历世真仙体道通鉴》卷四九有传。口诀为五、七言杂言诗，共七百余字，篇后又见一五言绝句。述金丹不假外求、元神不散即得长生之理。《正统道藏》太平部存。

16.《亶甲集》

书名下题"西秦降真子赵民述"，据萧登福等人考订，赵民当为宋人。集中有30首七言律诗，《正统道藏》太玄部存。

17.《了明篇》

南宋宋先生述，毛日新编，不分卷。此书序后为《遇真歌》《解迷歌》，并《和朗然子进道诗》30首、词《苏幕遮》《丑奴儿》《沁园春》等词作22首。此篇当为毛日新据宋先生所传诗歌编写，成书于南宋乾道四年（1168）。《正统道藏》洞真部众术类存。

18.《还源篇》

《还源篇》卷前、卷后分别有南宋石泰的序文，叙述内丹修炼的源承和宗旨。书名下题"杏林石泰得之撰"。石泰为南宗二祖，张伯端弟子。《还源篇》由 81 首五言绝句组成。《正统道藏》太玄部存。

19.《翠虚篇》

书前有真息子王思诚序，书名下题"泥丸陈真人撰"。首为《紫庭经》，七言诗 160 句；次为《大道歌》，七言诗 124 句；又有《罗浮翠虚吟》七言诗 272 句、《水调歌头》《鹊桥仙》《真珠帘》词各一首、《金丹诗诀》100 首。这是一部规模较大的内丹修炼歌诗集，《正统道藏》太玄部存，清人董德宁也有辑本。

20.《先天金丹大道玄奥口诀》

此书由三部分构成，《金丹图》出自北宋，《口诀直指》为霍巨川父所传，其余《指迷颂》等为霍巨川撰。霍巨川，字济之，南宋理宗朝人。《正统道藏》洞真部众术类存。

21.《还丹复命篇》

书名下题"紫贤真人薛道光撰"，书前有靖康丙午（1126）序。书中有五言绝句 16 首、七言绝句 30 首（又诗一首，共 31 首）、《西江月》9 首、《诗》1 首、《丹髓歌》34 首（七言绝句）《正统道藏》太玄部存。

22.《三极至命筌蹄》

书名下题"果斋王庆升述"，存内丹修炼图像 17 幅，每幅图像下以七言诗解说修炼过程。后有白玉蟾丹诀、吕真人词的注解和各种丹诀、戒律文字。据萧登福等考订，《三极至命筌蹄》当成书于南宋淳祐四年（1244）之后。《正统道藏》洞真部众术类存。

23. 《爱清子至命篇》

书名下题"鲐洲果斋王庆升撰"。此书与《三至至命筌蹄》为姊妹篇，共两卷。卷上为内丹修炼的图像，间引紫阳真人诗作数首。卷下为《入道诗》19首及《注沁园春》《注北斗真形咒》。卷前序云："鲐洲爱清子果斋王庆升吟鹤自序，时淳祐己酉孟秋三日壬申也。"此书当成于南宋淳祐九年（1249）前后。《正统道藏》太玄部存。

24. 《金液大丹口诀》

题白衣道者授，郑德安序，疑出于宋元时期，一卷。《正统道藏》洞真部众术类存。

25. 《金丹正宗》

书名下题"五陵玄学进士胡混成编"，胡氏或为南宋初人。内中有长文述修炼之法，后有《短句十二首》，四言四句诗。《正统道藏》太玄部存。

26. 《还丹至药篇》

题"悟玄子贤芝膺图述"，疑为宋人。书不分卷，有七律十首，《正统道藏》太玄部存。

27. 《渔庄邂逅录》

书名下题"高盖山人自然子述"。自然子为南宋孝宗朝吴悮。书后有《草衣子火候诀》并七律诗三首。《正统道藏》太玄部存。

28. 《金丹直指》

南宋周无所住撰，书名下题"永嘉周无所住述"。书由16首颂及《或问》合成，阐释内丹修炼的名相和次第。周氏以内丹为修命，以禅宗为修性，主张性即命，命即性，多受张伯端、陈泥丸等人影响。《正统道藏》太玄部存。

二、仙道记传

1. 《江淮异人录》

吴淑撰，原有三卷，今存一卷，《正统道藏》洞玄部记传类存。《通志》亦有著录。吴淑，徐弦婿，《宋史》有传，亦称淑撰《江淮异人录》三卷。《江淮异人录》有多种版本，藏内本价值较高。本著有专论。

2. 《翊圣保德传》

宋王钦若编，三卷，卷前有宋仁宗序，书名下题"宋开府仪同三司同中书门下平章事上柱国太原郡开国公王钦若奉敕编集"，《正统道藏》正一部存。《云笈七签》本作《翊圣保德真君传》。本著有专论。

3. 《犹龙传》

宋贾善翔撰，六卷，《正统道藏》洞神部谱录类存，另《重刊道藏辑要》亦存。本著有专论。

4. 《混元圣纪》

南宋谢守灏编撰，九卷，《正统道藏》洞神部谱录类存。另有元抄本。本著有专论。

5. 《华阳陶隐居内传》

传前有序，序及卷前书名下题"薛萝孺子贾嵩撰"。有谓贾嵩为唐人，萧登福等证其为徽宗朝或以后之宋人。《正统道藏》洞真部记传类存。

6. 《唐鸿胪卿越国公灵虚见素真人传》

卷前有淳祐（1240）马祖光序，谓其表兄张道统出示《叶天师传》，作者信息不详。是传后附玄宗以来的碑文、敕书、奏状等文书，最晚的是徽宗的《加封灵虚见素真人诰》等。此书或纂集于南宋时期，又名《唐叶真人传》，《正统道藏》洞神部谱录类录存。敦煌写卷 S.6836《叶净能诗》亦述叶法善事，可互参。

7.《南岳九真人传》

书名下题"奉议郎致仕骑都尉赐绯鱼袋廖侁撰"，廖侁为北宋人，此传为廖侁删定而成。传内记九位道士修道升仙之事，唐末李冲昭撰《南岳小录》亦载此九真传，并记九仙宫事。《正统道藏》洞玄部谱录类存。

8.《疑仙传》

书名下题"隐夫玉简撰"，小序云："夫神仙之事，自古有之。其间混迹，固不可容易而测也。仆偶于朋友中录得此事，辄非润色，不敢便以神仙为名。今以诸传构成三卷，目之为《疑仙传》尔。""玉简"有作"王简"，字形近而致异，莫能详也。《四库全书总目》以为"词皆冗沓拙陋，或不成文"，"虽宋人旧本，无足采录也"。《正统道藏》洞真部记传类存。

9.《虚静冲和先生徐神翁语录》

南宋朱宋卿编，二卷。本书述徐神翁生平和灵异事迹，《正统道藏》正一部存，本著有专论。

9.《三洞群仙录》

南宋陈葆光撰，二十卷，《正统道藏》正一部存，本著有详考。

10.《地祇上将温太保传》《温太保传补遗》

南宋黄公瑾编撰，一卷。原题"天一靖牧羊遗竖黄公瑾校正"，《正统道藏》洞神部谱录类存。本著有详考。

11.《华盖山浮丘王郭三真君事实》

此书由沈庭瑞、章元枢、黄弥坚等人编，并经南宋理宗朝的刘祥、王克明汇纂而成，成书于南宋末。卷五、卷六为沈庭瑞、詹太初、毛道人等人传记及浮丘、王、郭三真人之灵验事迹。《正统道藏》洞神部谱录类存。

12.《希夷先生传》

南宋庞觉撰，刘斧《青琐高议》前集卷八录庞觉《希夷先生传》。《藏外道书》第 18 册存。

三、科仪章表、歌诗、咒诀

1.《宋真宗御制玉京集》

宋真宗撰，又称《玉京集》，《玉海》著录，称有二十卷。《正统道藏》洞真部表奏类存，共六卷，录三清、玉皇、圣祖、太祖皇帝等表、词凡 150 余首，首皆称臣致拜，为真宗崇道之重要史料，亦为典型的道教诗歌文献。

2.《金箓斋三洞赞咏仪》

卷上书名下题"宋太宗皇帝御制通奉大夫守尚书右仆射兼中书侍郎上柱国清河郡开国公张商英奉敕编"。是集纂太宗、真宗、徽宗御制《步虚词》《白鹤赞》《散花词》及三清乐歌词等歌诗文本，辞藻雅丽，《正统道藏》洞真部赞颂类存。

3.《玉音法事》

集东晋以降科仪歌咏灵章，三卷，书成于北宋末。部分步虚词标有吟线谱，为罕见之道乐曲谱，弥足珍贵。《正统道藏》洞玄部赞颂类存。

4.《上清灵宝大法》

宁全真授，王契真纂，书成于南宋，系宋元符箓道派道法总集之一。凡二十七门，六十六卷。书中有大量咒诀和章表程式，是道经文体研究的重要资料。《正统道藏》正一部存。

5.《上清灵宝大法》

金允中编纂，南宋末成书。此书与宁全真授、王契真纂的《上清灵宝大法》都以《度人经》为灵宝大法，并以此涵摄正一、上清诸派法术。书中有大量招引施食所用的文辞。这些文辞对后世影响深远。《正统道藏》正一部存。

6.《灵宝领教济度金书》

原题宁全真授，林灵真编，系宋元间灵宝东华派斋仪道法全书。书中屡见"大明国"字样，可知最终编成于明初。原书正文三百二十卷，并目录一卷，《嗣教录》一卷，总计三百二十二卷，是现存卷帙最大的道书，内中保存大量道教文学文献。《正统道藏》洞玄部威仪类存。

7.《道门通教必用集》

原题"鹤林道士吕太古集"，实为元代马道逸综合云台何公《炼教集》汇编而成，但主体仍是吕太古所编《通教集》八篇。此书卷一《矜式篇》收录历代宗师传记，可据此略窥《高道传》篇目。卷二《词赞篇》、卷三《赞咏篇》保存大量赞颂歌词，系典型的道教文学文献。《正统道藏》正一部存。

8.《道门定制》

南宋吕元素编，胡湘龙校，凡十卷。是编为道门斋醮仪范集。卷一至卷五录章奏、文牒、符箓等，卷九至卷十为斋醮科仪所用牒文、榜文等。《道门定制》亦有《四库全书》本，与《正统道藏》正一部所存在篇目内容上有异。

9.《无上黄箓大斋立成仪》

此书汇集陆修静、张万福、杜光庭等人的科仪文本，由南宋
蒋叔舆、留用光补辑汇编而成。是集乃宋人编辑的黄箓斋法全书，
其中包括大量科仪文学文本，如步虚词、青词、赞颂诀咒等。《正
统道藏》洞玄部威仪类存。

四、道人别集

1.《伊川击壤集》

北宋邵雍撰，二十卷，《正统道藏》太玄部存，另有文渊阁
《四库全书》本及近年出土宋本。本著有详论。

2.《洞渊集》

北宋李思聪撰，九卷。思聪为仁宗朝大中祥符宫道士，号冲
妙先生。据卷首表、状、劄子及卷前皇祐二年（1050）序，李思
聪曾进《名山福地图》《蓬壶阆苑图》《金液还丹图》等十轴，并
谓"纂为画图，赞之诗序"。本集仅见序文而无画图。本书系统介
绍了道教的三清名号、《黄庭经》《道德经》等众经宗旨、洞天福
地的概况、星辰、三界三十二天的职司等，可谓一部微型"道教
手册"。

3.《三十代天师虚靖真君语录》

北宋张继先撰，明张宇初编，七卷，《正统道藏》正一部存。
本著有专论。

4.《玉隆集》

《正统道藏》洞真部方法类《修真十书》第六书存。白玉蟾
撰，主要收集白玉蟾为西山玉隆宫会仙阁、阁皂山崇真宫心远堂

等所作记文及净明道许真君、逍遥山群仙传记等。据盖建民考证，部分篇目可能与《武夷集》发生错编。《玉隆集》有元明以后刻本，此不一一。

5.《上清集》

《正统道藏》洞真部方法类《修真十书》第七书存，据文集标题，此集诗文或为白玉蟾云游龙虎山上清宫时所撰，有些内容也描写了武夷山的地理文化，盖建民以为与《武夷集》篇目发生错编，但《上清集》《武夷集》等或有其他编纂原则，未及详考。《上清集》有元明刻本，此不一一。

6.《武夷集》

《正统道藏》洞真部方法类《修真十书》第八书存。白玉蟾撰，内容驳杂，不限于吟咏武夷的文字，如《赞历代天师》等。集中有大量道教诗词、章表疏诰等，系南宋道教文学的渊薮。《武夷集》有元明刻本，此不一一。

7.《海琼白真人语录》

是书为白玉蟾弟子所编白玉蟾的语录、诗词、杂文，并掺杂陈楠等人歌诗，内容杂乱，编者不一。盖建民以为此《海琼白真人语录》本为福州天庆观旧版《海琼集》，后世编者以卷一对话语录内容，而标书名为《海琼白真人语录》。但此书卷二亦是白玉蟾与诸弟子关于度亡建醮的问答，卷三问答有类佛教禅师之公案，内容讨论的是内丹修炼之法，也是一种广泛意义上的"语录"。《正统道藏》正一部存。

8.《海琼问道集》

书名下题"海琼白玉蟾作"，卷首有白氏弟子留元长序文。全书收白玉蟾诗赋八篇，其中六篇阐述内丹理论，《道阐元枢歌》为留元长自撰。《海琼君隐山文》以问答方式述隐居山林之趣，《常寂光国记》以佛教名相述道教无位真人与白玉蟾同游大慧明天常寂光国，终悟"真人即我，我即真人"。《正统道藏》正一部存。

9.《海琼传道集》

白玉蟾文集之一，南宋洪知常编集。其中的《庐山快活歌》系白玉蟾赠道士陈知白之作，以七言古体诗的形式描述摆脱俗务的快活及忘形养气等修丹法门。《正统道藏》正一部存。

10.《勿斋先生文集》

南宋杨至质撰。《道藏》本未见序跋文字。《四库全书总目》卷一百六十四载《勿斋集》二卷，云："宋杨至质撰。至质字休文，号勿斋，阁皂山道士。南宋淳祐赐高士右街鉴仪主管教门公事。"杨至质为阁皂山道士，书存六十八篇答谢书启，皆骈体，文辞清丽。《四库全书总目》谓"对偶工致，吐属雅洁，犹有《樊南甲乙集》之遗，正未可以方外轻之矣"。《正统道藏》太平部存。

宋代藏内道教文学文献还有《太平御览·道部》《云笈七签》等藏内类书文献及宫观山志、劝善书等，本著正文已有论述，此略。

参 考 文 献

古籍：

B

《抱朴子内篇校释》（增订本），〔晋〕葛洪撰，王明校释，中华书局，1985.

《宾退录》，〔宋〕赵与旹撰，齐治平点校，中华书局，2021.

C

《册府元龟》，〔宋〕王钦若等编纂，周勋初等校订，凤凰出版社，2006.

D

《道藏》，文物出版社、上海书店、天津古籍出版社影印涵芬楼本，1988.

《道藏辑要》，彭文勤等纂辑，贺龙骧校勘，台湾新文丰，1986.

《登真隐诀辑校》，〔梁〕陶弘景撰，王家葵辑校，中华书局，2011.

《杜光庭记传十种辑校》，〔唐〕杜光庭撰，罗争鸣辑校，中华书局，2013.

《敦煌道藏》，李德范辑，全国图书馆文献缩微复制中心，1999.

《敦煌道教文献合集》，王卡主编，社会科学文献出版社，2020.

J

《建炎以来系年要录》，〔宋〕李心传编撰，胡坤点校，中华书局，2013.

《净明忠孝全书》，许蔚校注，中华书局，2018.

L

《刘克庄集笺校》，〔宋〕刘克庄著，辛更儒笺校，中华书局，2011.

《陆游全集校注》，〔宋〕陆游著，钱仲联、马亚中主编，浙江古籍出版社，2015.

《楼钥集》，〔宋〕楼钥著，顾大朋点校，浙江古籍出版社，2010.

O

《欧阳修诗文集校笺》，〔宋〕欧阳修著，洪本健校笺，上海古籍出版社，2009.

Q

《彊村丛书》，〔清〕朱孝臧辑校，广陵书社影印，2005.

《全宋笔记》（全102册），上海师范大学古籍所编，大象出版社，2020.

《全宋词》，唐圭璋编纂，王仲闻参订，孔凡礼补辑，中华书局，1999.

《全宋诗》，傅璇琮等主编，北京大学出版社，1991.

《〈全宋诗〉补阙：补诗人、补诗事、补诗评》，高志忠、张福勋编著，商务印书馆，2018.

《〈全宋诗〉订补》，陈新等补正，大象出版社，2005.

《〈全宋诗〉辑补》，汤华泉辑撰，黄山书社，2016.

《全宋文》，曾枣庄等主编，上海辞书出版社、安徽教育出版社，2006.

R

《容斋随笔笺证》，［宋］洪迈撰，凌郁之笺证，中华书局，2021.

S

《邵雍全集》，［宋］邵雍著，郭彧、于天宝点校，上海古籍出版社，2015.

《神仙传校释》，［晋］葛洪撰，胡守为校释，中华书局，2010.

《四库全书总目》，［清］永瑢等撰，中华书局，1965.

《宋朝事实类苑》，［宋］江少虞辑，上海古籍出版社，1981.

《宋代传奇集》，李剑国辑校，中华书局，2001.

《宋会要辑稿》，［清］徐松编，刘琳等校点，上海古籍出版社，2014.

《宋集珍本丛刊》，舒大刚编辑，线装书局，2004.

《宋诗纪事补订》，钱锺书补订，北京生活·读书·新知三联书店，2005.

《宋史》，［元］脱脱等撰，中华书局点校，1977.

《宋太宗皇帝实录校注》，［宋］钱若水修，范学辉校注，中华书局，2012.

《宋元明清书目题跋丛刊》，中华书局编辑部编辑，中华书局，2006.

《宋元学案》，［清］黄宗羲著，［清］全祖望补修，陈金生、梁运华点校，中华书局，1986.

《苏轼文集编年笺注》，［宋］苏轼撰，李之亮笺注，巴蜀书社，2011.

《苏轼全集校注》，［宋］苏轼撰，张志烈、马德富、周裕锴校注，河北人民出版社，2010.

《苏辙集》，［宋］苏辙撰，陈宏天、高秀芳点校，中华书局，2017.

T

《太平广记会校》，［宋］李昉编，张国风会校，北京燕山出版社，2011.

《太平寰宇记》，[宋] 乐史撰，王文楚等点校，中华书局，2007.

W

《王安石文集》，[宋] 王安石撰，刘成国点校，中华书局，2021.

《文天祥诗集校笺》，[宋]文天祥著，刘文源校笺，中华书局，2017.

《无上秘要》，[北周] 宇文邕编，周作明点校，中华书局，2016.

《五百家播芳大全文粹》，[宋] 魏齐贤、叶棻编，文渊阁四库全书本.

《悟真篇集释》，[宋] 张伯端撰，翁葆光等注，中央编译出版社，2015.

《悟真篇浅解》，[宋] 张伯端撰，王沐解，中华书局，1990.

X

《西昆酬唱集注》，[宋] 杨亿编，王仲荦注，中华书局，1980.

《续资治通鉴》，[清] 毕沅编，中华书局，1957.

《续资治通鉴长编》，[宋] 李焘编，中华书局，1980.

Y

《夷坚志》，[宋] 洪迈撰，何卓点校，中华书局，2006.

《乐府诗集》，[宋] 郭茂倩编，中华书局，2017.

《云笈七签》，[宋] 张君房编，李永晟点校，中华书局，2003.

Z

《藏外道书》，胡道静主编，巴蜀书社，1994.

《真诰》，[梁] 陶弘景撰，赵益点校，中华书局，2011.

《真诰校注》，[日] 吉川忠夫、麦谷邦夫编，朱越利译，中国社会科学出版社，2006.

《真灵位业图校理》，[梁] 陶弘景纂，闾丘方远校定，王家葵校理，中华书局，2013.

《真西山先生集》，［宋］真德秀撰，中华书局，1985.

《中国道观志丛刊》，高小健主编，广陵书社，2000.

《中国道观志丛刊续编》，张智、张健主编，广陵书社，2004.

《中华续道藏初辑》，龚鹏程、陈廖安主编，台湾新文丰公司，1999.

《朱子全书》，［宋］朱熹著，朱杰人等主编，上海古籍出版社、安徽教育出版社，2002.

《资治通鉴》，［宋］司马光编著，中华书局，2010.

中外论著：

B

《白玉蟾生平与文学创作研究》，刘亮著，凤凰出版社，2012.

《北宋古文运动发展史》，祝尚书著，北京大学出版社，2012.

D

《道家文化研究》（第九辑），陈鼓应主编，上海古籍出版社，1996.

《道教》（第二卷）之《道教和文学》，游佐昇著，王葆珍译，上海古籍出版社，1992.

《道教唱道情与中国民间文化研究》，张泽洪著，人民出版社，2011.

《道教金丹派南宗考论：道派、历史、文献与思想综合研究》（上、下），盖建民著，社会科学文献出版社，2013.

《道教灵验记考探：经法验证与宣扬》，周西波著，台湾文津出版有限公司，2009.

《道教图像、考古与仪式：宋代道教的演变与特色》，黎志添编著，香港中文大学出版社，2016.

《道教文化与宋代诗歌》，张振谦著，人民文学出版社，2015.

《道教文学史》，詹石窗著，上海文艺出版社，1992.

《道情戏与黄河文化》，杨志敏著，江苏人民出版社，2020.

《道藏辑要·提要》，黎志添主编，香港中文大学出版社，2021.

《道藏提要》（第三次修订本），任继愈主编，中国社会科学出版社，1991.

《道藏源流考》（第二版），陈国符著，中华书局，2012.

《断裂与建构：净明道的历史与文献》，许蔚著，上海书店出版社，2014.

《多重视野下的西方全真道研究》，张广保编，宋学立译，齐鲁书社，2013.

G

《管锥编》，钱锺书著，中华书局，1986.

J

《净明道研究》，黄小石著，巴蜀书社，1999.

L

《两宋文学史》，程千帆、吴新雷著，上海古籍出版社，1991.

N

《南宋金元道教文学研究》，詹石窗著，上海文化出版社，2001.

《南宋金元时期的道教文艺美学思想》，申喜萍著，中华书局，2007.

《南宋文学史》，王水照、熊海英著，人民出版社，2009.

S

《神霄雷法：道教神霄派沿革与思想》，李远国著，四川人民出版社，2003.

《宋才子传笺证》，傅璇琮、王兆鹏主编，辽海出版社，2011.

《宋代道教管理制度研究》，唐代剑著，线装书局，2003.

《宋代道教管理制度与政策研究》，张龙成等著，四川大学出版社，2020.

《宋代道教审美文化研究：两宋道教文学与艺术》，查庆、雷晓鹏著，四川大学出版社，2012.

《宋代歌舞剧曲录要 元人散曲选》，刘永济集，中华书局，2007.

《宋代话本研究》，乐蘅军著，精华印书馆，1969.

《宋代乐府诗研究》，罗旻著，花木兰文化出版社，2017.

《宋代诗学通论》，周裕锴著，上海古籍出版社，2019.

《宋代文学》，吕思勉著，商务印书馆，1964.

《宋代文学的历史文化考察》，钱建状著，福建教育出版社，2012.

《宋代文学史》，孙望、常国武主编，人民文学出版社，1996.

《宋代文学通论》，王水照主编，河南大学出版社，1997.

《宋代志怪传奇叙录》，李剑国著，南开大学出版社，1997.

《宋徽宗》，［美］伊佩霞（Patricia Ebrey）著，韩华翻译，广西师范大学出版社，2018.

《宋人别集叙录》，祝尚书著，中华书局，1999.

《宋人总集叙录》，祝尚书著，中华书局，2004.

《宋史艺文志考证》，陈乐素著，广东人民出版社，2014.

《宋元道教之发展》（上册），孙克宽编撰，台湾"中央书局"，1968.

《宋元明讲唱文学》，叶德均著，商务印书馆，2015.

《宋元文学史稿》，吴组缃、沈天佑著，北京大学出版社，1989.

《宋元戏曲史》，王国维著，中华书局，2016.

T

《唐宋词汇评（两宋卷）》，吴熊和等编，浙江教育出版社，2004.

《唐宋道家道教与文学》，张松辉著，湖南师范大学出版社，1998.

《唐宋道教文学思想史》，蒋振华著，岳麓书社，2009.

《唐宋内丹道教》，张广保著，上海文化出版社，2001.

The Taoist Canon：*A Historical Companion to the Daozang*，施舟人（Kristofer Schipper）、傅飞岚（Franciscus Verellen）编，University Of Chicago Press，2004.

X

《新范式道教史的构建》，〔日〕小林正美著，王皓月译，齐鲁书社，2014.

《新修正统道藏总目提要》，萧登福著，巴蜀书社，2021.

《修仙：古代中国的修行与社会记忆》，〔美〕康儒博（Robert Campany）著，顾漩翻译，江苏人民出版社，2019.

Y

《元帅神研究》，〔日〕二阶堂善弘著，刘雄峰译，齐鲁书社，2014.

Z

《增注新修道藏目录》，丁培仁编著，巴蜀书社，2008.

《中国道教史》（增订本），任继愈主编，中国社会科学出版社，2001.

《中国道教通史》，卿希泰、詹石窗主编，人民出版社，2019.

《中国善书研究》，〔日〕酒井忠夫著，刘岳兵、孙雪梅、何英莺翻译，江苏人民出版社，2010.

《中国社会和历史中的道教仪式》，〔法〕劳格文（John Lagerwey）

著，蔡林波翻译，白照杰校译，齐鲁书社，2017.

《中国神仙研究》，黄兆汉著，台湾学生书局，2001.

《走向世俗：宋代文言小说的变迁》，凌郁之著，中华书局，2007.

学位论文（以获得学位时间为序）：

《宋代游仙诗研究》，卢晓辉，南京师范大学，2004年硕士论文。

《北宋士大夫与道家道教》，鲍新山，暨南大学，2005年博士论文。

《许逊信仰与文学撰述》，许蔚，华东师范大学，2008年硕士论文。

《仙道赋初探》，兰洪美，首都师范大学，2009年硕士论文。

《宋代青词研究》，韩丹，华东师范大学，2012年硕士论文。

《宋代游仙词研究》，秦永红，湖北大学，2012年硕士论文。

《艺术·审美视阈中的北宋道教与文学》，苏振宏，中央民族大学，2012年博士论文。

《〈道藏〉中的宋代小说研究》，潘燕，安徽大学，2012年硕士论文。

《隋唐五代巴蜀仙道文学研究》，李柯，四川师范大学，2012年博士论文。

《徽宗宫词研究》，宋金萍，华东师范大学，2014年硕士论文。

《北宋道士诗研究——以陈抟、张伯端、黄希旦、张继先等四人为中心》，姜游，华中师范大学，2016年博士论文。

《南宋诗文与道家道教》，戴文霞，湖南师范大学，2017年博士论文。

《〈太上感应篇〉在日本的传播与接受》，徐士佳，北京外国语大学，2017年硕士论文。

《南宋上梁文研究》，焦佩恩，西北大学，2017年硕士论文。

《道教科仪与宋代文学》，周密，浙江大学，2018年博士论文。

《宋代十二月鼓子词研究》，刘俊青，西北大学，2019年硕士论文。

《洞霄诗集研究》，唐欢，华中师范大学，2019 年硕士论文

《真德秀奏议文研究》，钱玉忠，福建师范大学，2020 年硕士论文。

《〈文体明辨〉研究》，郭鹤威，山东大学，2022 年硕士论文。

后　记

2012年8月末9月初，课题组在武汉大学和湖北省黄梅四祖寺召开了一次撰写《中国宗教文学史》的工作会议。就在这次会上，我正式接手《宋代道教文学史》的写作任务。在这之前，我的学术兴趣主要在唐五代道经文献与文学方面，对宋代道教与文学很感兴趣，但没有写过相关论文。我来写《宋代道教文学史》，实际上也是想拓展自己的学术空间，开辟一个新的学术领域。一转眼，十多年过去了。此间，我发表了几篇宋代道经文献与文学的文章，开了几次相关的学术会议，又因定稿时间较晚，写作过程中得以参考了最新的研究成果，为将来深入探讨积累了大量的学术资料。应该说，当初的计划和设想，总算没有落空。

詹石窗教授的《道教文学史》写到北宋，后来的《南宋金元道教文学研究》虽然不是史的体例，但也对南宋道教文学的几个重要方面做了深入分析。本册《宋代道教文学史》把北宋、南宋当作一个整体，在全部清理两宋道教文学文献的基础上，分四期详论各个阶段作家作品的宗教文学特征、艺术成就和内在的发展脉络。宋初编纂的《太平御览》"道部"、《太平广记》前七十卷的神仙传记及《云笈七签》中的诗词记传、南宋道情词、劝善书、宫观山志等，都在本著的关注范围内。高向先的《金丹歌》、贾善翔的道教史传、张继先的《虚靖真君词》、曹勋的《法曲·道情》

等，也都是此前各种道教文学论著中较少涉及的内容。当然，考量一部文学史的撰写是否成功，不在于占有作家作品的多寡，但没有足够的资料支撑，也无法勾勒一代文学的总体风貌，说明内在的发展历程。

在撰写过程中，《宋代道教文学史》本着知人论世、论从史出的原则，对所涉及作者的生平年里，作品的真伪、卷次分合、史料来源，甚至版本异同等，都有必要的考察，尽量避免凭空蹈虚的鉴赏和评判。以此，本著更像是一部考论性质的专著，但字里行间实有内在的联系和脉络。

《宋代道教文学史》还有诸多不尽如人意的地方。比如，南宋金丹派白玉蟾的文学创作非常丰富，但书中仅有一节，针对这些作品的艺术成就和特征的总结还显不足。南宋文人的道教文学创作，除了陆游、真德秀、刘克庄等人，仍有不少，但书中未能详述。还有，引用的道经原典，尤其充满大量隐语的内丹经诀，在阐释与分析的过程中，或许还存在误解与偏差，这些都需要继续修订。

从撰写是著以来，十年间有太多的事情都是值得铭记和感恩的。当年的项目组成员，很多都是40岁上下的副教授，而今大多成了学界年富力强的中坚力量。《中国宗教文学史》也终成正果，获得国家社科基金重大项目结项优秀的好评。这里，我要特别感谢项目组首席专家武汉大学吴光正教授的辛苦操持。一个囊括二十几部专著的重大项目，涉及十几所高校和科研机构，其间还召开了数次国际会议，这些都需要强大的组织能力，更需要恒心和毅力。如此没有点学术理想和追求，想必是无法完成的。但我们要给中国宗教文学述史立碑，建构中国宗教文学研究的话语体系，这一切又都是值得的。

　　拿到校样后，我曾请硕士研究生刘祖豪、刘琛和博士研究生李珂菁帮忙校改，他们都非常认真，提出不少有价值的修改意见。我为他们扎实的文史基础和严谨的学术态度很感欣慰。另外，书中有的章节也参考过我指导的张晓东博士和李珂菁博士的相关论著。韩愈《师说》有谓"弟子不必不如师，师不必贤于弟子"，学问面前，人人平等。教学相长，诚如是哉！

罗争鸣
2023 年于华东师范大学